살인자가
아닌 남자

살인자가
아닌 남자

1판 1쇄 | 2015년 2월 25일

지은이 | 미카엘 요르트 · 한스 로센펠트
옮긴이 | 홍이정

펴낸이 | 모계영
펴낸곳 | 가치창조
편　집 | 박지연
디자인 | 한은경

등　록 | 제406-2012-000041호
주　소 | 서울시 마포구 모래내로 7길 12, 202
전　화 | 070-7733-3227　　팩　스 | 02-303-2375
이메일 | shwimbook@hanmail.net

ISBN 978-89-6301-111-0 03870

가치창조 공식 블로그 http://blog.naver.com/gachi2012

DET FÖRDOLDA

살인자가
아닌 남자

미카엘 요르트 · 한스 로센펠트 지음 ㅣ 홍이정 옮김

가치창조

그 남자는 살인자가 아니었다.

그는 죽은 소년을 언덕에서 끌어내리며 자신은 살인자가 아니라고 되새겼다.

살인자들은 범죄자다. 그들은 사악한 인간들이다. 어둠에 영혼을 빼앗기고 악마를 얼싸안으며 반가이 맞아들이는 인간! 밝은 세상을 외면하는 그런 인간인 것이다. 하지만 자신은 나쁜 인간이 아니라고 생각했다. 맹세코.

지금껏 그는 악한 모습들을 절대로 보여주지 않았다. 다행히도 자신의 감정과 의지를 눌러왔고 신중하게 행동해왔다. 누군가 자신의 한쪽 뺨을 때리면 나머지 뺨도 내어줄 정도로. 하지만 이제 그는 질퍽한 늪 같은 이곳에서 죽은 소년의 시체와 함께 있다는 것을 부인할 수 없었다. 그렇다면 그의 행동이 정당했다고, 어떻게 증명할 수 있을까? 반드시 증명해야만 할 텐데 말이다. 시체를 버려두고 그냥 돌아설 수는 없었다고.

남자는 한숨 돌리려고 자리에 멈춰 섰다. 죽은 소년은 그다지 몸집이 크지는 않았지만 상당히 무거웠다. 운동을 많이 한 모양이었다. 헬스장에서 상당한 시간을 보냈을 것이다. 하지만 이제는 더 이상 할 수 없게 되었다. 남자는 소년의 바짓가랑이를 움켜잡았다. 한때는 흰색이 었을 법한 바지가 지금 어둠 속에서는 거의 시커멓게 보였다. 소년은 피를 너무 많이 흘렸다.

그렇다! 사람을 죽인다는 건 나쁜 일이다. 신이 내리신 계명 중의 하나가 아닌가? 절대로 사람을 죽여서는 안 된다는 것. 물론 예외적인 경우도 있다. 성경을 읽어보면 정당할 경우에는 살인을 허용하는 문구가 여러 곳에 나온다. 여기서 우리는 배울 점이 있다. 그릇된 행동들 속에서 올바른 행동이 나올 수 있다는 것. 그 어떤 것도 절대적인 것은 없다는 것도.

살인의 동기가 자신의 이득과는 아무런 상관이 없다면? 한 생명이 없어져야 다른 생명들이 구제된다면? 살인으로 인해 또 다른 새 생명을 선사할 수 있는 기회가 제공될 수 있다면? 그렇다면 이 행위가 그렇게도 사악한 것일까? 살인 의도가 좋았다면 어떨까?

남자는 간신히 어두운 저수지까지 도착하자 발길을 멈추었다. 며칠 동안 폭우가 쏟아진 터라 바닥이 질퍽거렸다. 평소에는 몇 미터 되지 않았던 웅덩이가 마치 작은 호수처럼 덤불 위로 넘쳐났다.

남자는 몸을 굽혀 소년의 어깨를 붙잡았다. 죽은 시체를 어떻게 해서라도 반쯤 일으켜 세우려고 애를 썼다. 한순간 그는 소년의 눈을 똑바로 쳐다보았다. 죽기 직전에 소년은 어떤 생각을 했을까? 생각할 겨를이나 있기나 했을까? 자신이 죽을 거라는 것을 짐작이나 했을까? 그리고 왜 죽어야 하는 건지 물어는 보았을까? 어린 나이에 더 이상 살수 없는 이유를, 소년은 생각해보았을까? 아니면 그동안 자신이 해온 일에 대해서도.

다 부질없는 짓이다.

남자가 이렇게 괴로워하는 이유가 뭘까?

그는 선택의 여지가 없다. 거부할 수도 없는 일이다. 결코.

그럼에도 남자는 머뭇거렸다. 아무도 그를 이해할 수 없을 것이다. 그를 용서하지 못할 것이 뻔했다. 자신이 다른 쪽 뺨을 내민다고 해도 절대로.

남자는 소년의 몸을 힘껏 밀어트렸다. 그러자 시체는 첨벙거리는 소리를 내며 물속에 빠졌다. 조용한 어둠 속에서 뜻밖의 큰 소리에 소스라치게 놀란 나머지 남자는 몸을 움츠렸다.

소년의 시체는 물속에 가라앉더니 사라져버렸다.

살인자가 아닌 남자는 좁다란 숲길에 세워둔 자신의 자동차로 돌아왔다. 그러고는 집으로 향했다.

다음 날 오후, 베스테로스(스웨덴 중남부 멜라렌호에 있는 도시_옮긴이) 경찰서의 클라라 리트만은 실종 신고를 접수했다.

"아들 실종 신고를 하려고요."

여자는 뭔가 변명하려는 눈치였다. 전화번호를 맞게 눌렀는지 확신이 없어 보였다. 아니면 그녀의 말을 믿어주기나 할지 기대도 하지 않는 것 같기도 했다. 클라라 리트만은 메모장을 펼쳤다. 원래 모든 대화가 다 녹음되고 있는 데도.

"당신 이름은요?"

"레나 에릭손이에요. 아들 이름은 로저고요. 로저 에릭손. Roger Eriksson."

"몇 살이죠?"

"열여섯 살이요. 어제 오후부터 그 애를 보지 못했어요."

클라라는 나이를 메모장에 기록하면서 이 사건을 곧바로 동료들에게 알려야겠다는 생각을 했다. 소년이 정말로 실종되었다는 가정하에.

"정확히 어제 오후 몇 시부터죠?"

"아들이 5시경부터 보이지 않았어요."

22시간 전. 사람이 실종되었다면 22시간 전이라는 시간은 중요했다.

"어디로 갔는지 알고 계신가요?"

"예, 리자한테요."

"누구죠?"

"아들의 여자 친구예요. 오늘 리자한테 전화를 해보았어요. 근데 어제 저녁 10시경에 돌아갔다고 했어요."

클라라는 메모장에 쓴 22에 줄을 긋고 대신 17을 적어 넣었다.

"그 다음에 아들은 어디로 갔나요?"

"리자도 모른대요. 그냥 집에 간 줄 알고 있었대요. 하지만 아들은 집에 오지 않았어요. 저녁 내내. 지금도 거의 한나절이 다 지났는데."

그런데 이제야 전화를 걸다니, 클라라는 생각했다. 클라라의 느낌으로는 전화를 건 여자가 특별히 흥분하는 것 같지는 않았다. 오히려 목소리가 풀이 죽어 있었다. 뭔가 체념하는 것 같기도 하고.

"리자의 성은 뭐죠?"

"한손이요."

클라라는 이름을 메모장에 기록했다.

"로저한테 핸드폰이 있나요? 전화는 걸어보셨어요?"

"예, 하지만 연락이 되지 않아요."

"어디 갈 만한 곳이 있는지 모르시나요? 혹시나 친구 집에서 잠을 잘 수도 있잖아요?"

여자는 잠시 말을 멈추었다. 클라라는 전화를 건 여자가 숨을 들이 마시려고 말을 멈춘 것으로 추측했다. 여자는 한숨 깊게 담배를 태웠다. 그리고 담배 연기를 내뿜었다.

"그냥 사라졌어요."

매일 밤 꿈을 꾸었다. 그는 잠시도 휴식을 취할 수가 없었다. 언제나 같은 꿈, 언제나 같은 두려움이 펼쳐졌다. 꿈 때문에 그는 어찌할 바를 몰랐다. 그는 미쳐버릴 것 같았다. 세바스찬 베르크만은 이 꿈에 대해 어떻게 대처해야 할지 알고 있었다. 그가 아니더라도 이런 꿈의 의미를 알고 있는 사람이라면, 이런 진땀 나는 기억들을 이겨낼 방법을 터득해야만 할 것이다. 그가 아니라 누구라도. 그런데 그는 이 꿈을 어떻게 해석해야 할지 너무나 잘 알고 있었다. 물론 그렇다고 해서 그가 이런 꿈을 꾸지 않도록 막을 도리는 없었다. 꿈 때문에 그의 전문가다운 행동도 속절없어 보였다. 꿈도 그의 일부임을 보여주기라도 하듯이.

4시 43분.

동이 트기 시작했다. 그의 입술은 바싹 말라 있었다. 소리를 지른 것일까? 아마도 아닐 것이다. 왜냐면 그 옆에 누워 있는 여자가 깨지 않았기 때문이다. 여자는 새근새근 숨을 내쉬었다. 그는 발가벗은 가슴 위로 긴 머리카락을 드리운 채로 반쯤 이불을 덮고 있는 그녀의 모습을 빤히 바라보았다. 그는 별다른 생각 없이 바들바들 떨리는 손가락을 펼쳤다. 꿈에서 깨어날 때면 항상 오른 주먹을 꽉 쥐고 있었던 것이다. 이는 늘 있는 일이었다.

그는 옆에서 자고 있는 여자의 이름을 기억해보려고 했다.

카타리나? 아니면 카린?

그녀가 어젯밤에 뭐라고 이름을 말해주었을 것이다.

크리스티나? 카롤린?

이름이 뭐든 무슨 소용일까? 어차피 그는 다시 만날 계획이 없었다. 그보다는 그의 존재 의미와 관계가 있을 법한, 흐릿한 꿈의 일부를 쫓기 위해 머리를 집중해야 했다.

이 꿈은 이미 5년 전부터 그를 쫓아다녔다. 매일 밤 같은 꿈, 똑같은 장면들. 그의 잠재의식은 깨어 있었고, 낮 동안에 달리 대처할 수 없이 계속되었다.

세바스찬은 천천히 침대에서 일어났다. 하품을 애써 참으며, 몇 시간 전에 벗어놓은, 의자 위의 옷가지들을 집어 들었다. 옷을 입는 동안에 그는 하룻밤을 보낸 방 안을 무관심하게 둘러보았다. 침대 하나, 장롱 두 개. 이 중에 한 장롱 문에는 거울이 붙어 있었다. 이케아의 소박한 하얀색 협탁에는 자명종과 피트 포 펀 간행물이 한 권 놓여 있었다. 게다가 그가 옷가지를 챙겨들었던 의자 옆 탁자에는 갖가지 잡동사니들과 이혼한 아이의 사진이 한 장 있었다. 사방 벽에는 공허한 그림 인쇄물들이 걸려 있었다. 아마도 교활한 부동산 중개인이 벽지 색깔을 '나무색'이라고 설명했을지도 모른다. 하지만 실제로는 그저 때가 꼬질꼬질한 베이지색일 뿐인데도. 오늘 그는 환상도 없이 좀 지겹게 하룻밤을 보냈지만 어쨌든 목적을 달성했다. 언제나 그랬던 것처럼. 유감스럽게도 만족감은 그리 오래 지속되지는 않았다.

세바스찬은 눈을 지그시 감았다. 이 순간은 대체로 고통스러운 때였다. 현실로 돌아가야 했기 때문이었다. 자신이 너무나 잘 알고 있는 감정들이 유턴하는 순간. 그는 침대에서 자고 있는 여자를 뚫어져라 쳐다보았다. 특히나 이불을 덮지 않아 그대로 드러난 여자의 젖꼭지를 바라보았다.

이 여자 이름이 뭐였더라? 어젯밤 그는 음료수를 들고 여자에게 다가서며 자신의 이름을 소개했던 때가 생각났다. 언제나 그렇듯이. 그는 여자의 옆자리가 비었는지, 뭘 마시고 싶어 하는지, 아니면 그녀를 초대해도 될지 전혀 물어보지 않았다. 언제나 그렇듯이 무작정 음료 한 잔을 여자 앞에 갖다 주고서 곧장 본론으로 들어갔다.

"내 이름은 세바스찬이야."

그리고 여자가 뭐라고 대답했던가? 뭔가 K로 시작하는 이름이었다. 이건 확실했다. 그는 바지 고리에 벨트를 집어넣었다. 순간 벨트의 버클에서 쇳소리가 철컥거렸다.

"가려고?" 여자의 목소리가 잠이 덜 깬, 쉰 소리를 냈다. 그러고는 협탁 위의 자명종을 찾는 눈빛이었다.

"응."

"함께 아침 먹으려고 했는데. 지금 몇 시나 됐어?"

"5시 다 돼가."

여자는 팔꿈치에 몸을 괬다. 몇 살이나 됐을까? 마흔 살 정도일까? 여자는 얼굴 쪽의 머리카락을 한 움큼 쓸어내렸다. 자신이 상상했던 아침 식사를 할 수 없다는 생각에 더 자고 싶은 생각이 없어진 모양이었다.

세바스찬은 침대에서 슬그머니 일어나 옷을 입고 갈 준비를 했다. 여자를 깨우고 싶지 않았다. 그들은 함께 식사를 하지 않을 것이며, 신문을 같이 읽는다든지 산책을 함께 하는 일은 없을 것이다. 그가 그녀와 더 가까워지고 싶은 생각은 눈곱만치도 없었다. 그가 언제나 주장하는 것처럼 다시는 연락하고 싶지 않았다. 이런 마음을 여자도 알고 있었다. 그래서 그는 한마디만을 남겼다.

"잘 지내."

세바스찬은 더 이상 그녀의 이름을 생각해내려고 애쓰지 않았다. 문득 그는 여자의 이름이 K로 시작하기나 했던 것인지조차 확신할 수 없었다.

아침 여명에 거리는 아직 조용했다. 변두리 지역 사람들은 단잠을 자고 있었다. 이런저런 소음들은 마치 그들의 단잠을 깨우지 않으려는 듯이 잔잔하게 들려왔다. 근거리에 있는 닌네스베겐의 자동차들조차도 예의를 지키려는 듯 큰 소리를 내지 않았다. 세바스찬은 다음번 횡단보도의 도로 표지판 앞에서 멈추어 섰다. 바르파베겐. 굽벵 지역의 어느 곳쯤 될 것이다. 집까지 가려면 꽤 떨어진 곳이었다. 지하철이 이렇게 이른 새벽에 다녔었던가? 어젯밤에 그들은 택시를 잡아탔다. 아침 식사로 먹을 빵을 사려고 세븐일레븐에서 내렸다. 그녀가 집에 먹을 게 없다고 말했기에. 그가 아침 식사를 함께 하려고 했던 것일까? 그들은 빵과 주스를 샀다. 그녀와…… 이름이 떠오르지 않아 그는 그냥 포기 상태였다. 그녀의 이름이 무엇이었을까? 세바스찬은 인적 없는 도로에서 갈 길을 재촉했다.

그녀의 이름이 무엇이든 간에 그는 그녀에게 상처를 주었다.

일을 계속하기 위해 그는 열네 시간 내에 베스테로스로 돌아갈 것이다. 그렇게 되면 이 여자는 더 이상 그를 만날 일이 없어질 것이다.

비가 오기 시작했다.

이런 불쾌한 아침이 또 있을까?

굽벵에서.

뒤틀어질 수 있는 일들은 어느 것이나 다 엉망진창이 됐다. 토마스 하랄드손 경사의 신발은 물이 샜고, 그의 무전기는 작동하지 않았다. 게다가 그는 수색대를 놓쳤다. 햇빛이 그의 얼굴을 사정없이 내리쬔 탓에, 눈을 깜박거리지 않을 수 없었다. 그래야 질퍽한 바닥의 무성하고 나지막한 덤불들과 뿌리들 사이에서 비틀거리지 않고 제대로 걸을 수 있었다. 욕이 절로 난 하랄드손은 시계를 들여다봤다. 대략 두 시간 안이면 제니의 병원에서는 점심시간이 시작된다. 그녀는 자동차를 타고서 집으로 향할 것이다. 그도 집에 오기를 희망하면서. 하지만 그는 그럴 가망이 없어 보였다. 이 지랄 같은 숲에서 아직도 헤매고 다닐 테니까.

하랄드손의 왼발이 진흙탕에 더 깊게 빠져들었다. 마치 테니스 양말이 신발 속으로 물을 빨아들이는 것 같았다. 공기는 이미 풋풋하게 스쳐가는 봄날처럼 따사로웠지만 물은 여전히 겨울의 냉기를 고스란히 유지하고 있었다. 오한이 절로 났다. 질퍽거리는 진흙탕에서 겨우 발을 뺀 하랄드손은 좀 단단한 바닥 위를 내딛었다.

하랄드손은 주위를 둘러보았다. 이 방향으로 가면 동쪽이 틀림없다. 그곳에는 군인들이 있었던 것 같은데? 아니면 스카우트 대원들이? 물론 그는 같은 자리를 맴돌다가 완전히 방향감각을 상실했을지도 모를 일이다. 좀 떨어져 있는 언덕 쪽을 바라보았다. 바닥이 말라 있었다. 이 지옥 같은 웅덩이에서는 작은 오아시스나 진배없었다. 그는 그곳으로 걸어가기 시작했다. 그의 발은 다시 빠졌다. 이번에는 오른발이. 정말 재수 없는 일이었다.

이것은 모조리 한저 탓이었다.

이곳에서 장딴지까지 다 젖은 채로 서 있어야만 할 사람은 바로 그 여자였다. 한저는 애당초 자신감을 나타내지 말았어야 했다. 그러지 말아야 하는 데는 다 그만 한 이유가 있었다. 그녀는 아직 한 번도 진정한 경찰이 아니었기 때문이다. 그녀는 법률가였다. 인솔할 때에도 그녀는 어떤 식으로든지 술수로 일을 성사시켰다. 손 한 번 더럽히지 않고서. 물론 자신처럼 발이 젖는 일은 더더욱 없었다.

그래서는 안 됐다. 하랄드손이 결정을 내렸어야 했다. 그랬더라면 이 일은 딴판으로 돌아갔을 것이다. 소년이 금요일부터 행방불명된 것은 확실했다. 그리고 지시에 따라 수색 지역을 넓히는 것도 맞다. 소년이 실종된 주의 주말에 어떤 전화 제보자가 리스타케르 근처 지역에서 '야간 활동'과 '숲 속 불빛'을 목격했기 때문이다. 하지만 하랄드손은 경험상 이러한 출동은 전혀 의미 없는 일이라는 걸 잘 알고 있었다. 소년은 스톡홀름에 있으면서 자신을 걱정하는 어머니를 비웃고 있을 것이다. 소년은 열여섯 살이다. 열여섯 살 소년들은 이런 행동을 하기 일쑤였다. 자신의 어머니를 비웃으면서.

한저.

몸이 젖으면 젖을수록 하랄드손은 더욱더 그녀를 증오했다. 그가 겪은 일들 중에 그녀가 최악이었다. 그녀는 현대적인, 새 시대 경찰의 대표 주자일뿐만 아니라 젊고 매력적이고 정치적이면서도 성공했기 때문이다.

한저는 그의 앞길을 방해했다. 그녀가 베스테로스 경찰에 처음으로 발령받았을 때 이미 하랄드손은 단박에 눈치챘다. 자신의 경력이 완전히 난관에 봉착했다는 것을 말이다. 그가 이곳에 지원하자, 그녀가 받아들였다. 그녀는 적어도 5년간은 책임자로 일할 것이다. 그가 5년 동안 근무하는 동안. 다행히 그의 경력은 지금과 같은 수준에서 정착했다. 그리고 이제 그녀가 추락하는 것은 시간문제로 보였다. 그가 베스테로스와 몇 킬로미터나 떨어져 있는 숲 속에서 냄새나는 진흙탕에 무릎까지 빠지는 것을 보면, 바로 그녀의 추락도 얼마 남지 않았다는 징표였다.

오늘 아침의 SMS에서 '오늘 따사롭게 파고드는 점심시간'이란 문구를 보았다. 무슨 의미일까? 제니는 점심시간이 되면 그와 섹스를 하려고 집에 온다. 그런 다음 그들은 저녁에도 한 번이나 두 번쯤 섹스를 한다. 요즘 그녀의 삶은 이런 것이었다. 제니는 임신이 되지 않아서 치료 중이었다. 가임 기회를 높이기 위해 의사와 함께 시간 계획을 짰다. 그리고 오늘이 임신하기에 가장 좋은 날이다. 그래서 제니한테서 SMS가 온 것이었다. 하랄드손의 마음이 뒤숭숭해졌다. 어떤 맥락에서 보자면 최근 그녀의 섹스 생활로 활력이 몇백 퍼센트로 상승했다는 것을, 그도 잘 알고 있었다. 또한 제니가 그에게 지속적으로 원하고 있다는 것도. 동시에 이런 생각도 들었다. 그녀가 원하는 것은 애당초 그가 아니라 그의 정자라는 것. 그녀가 애를 원하지 않는다면 점심시간에 집으로 와서 콩 볶듯이 섹스하겠다고 결코 생각하지 못했을 것이다. 이 모든 행동이 어느 정도는 동물 사육과 다를 바 없다는 생각이 들었다. 난세포가 자궁 쪽으로 이동하자마자, 그들은 토끼들처럼 재빨리 착수해야 했다. 그리고 그러는 동안에도 임신율을 높일 수 있는 위치를 찾아야 한다. 하지만 이러한 행동은 결코 즐겁지 않으며 서로 친밀감도 느낄 수 없다. 열정이라는 게 있기나 한 것인지? 쾌락이라는 것은? 지금쯤 그녀는 빈 집에 도착했을 것이다. 아마도 그는 그녀에게 전화를 걸어야 할 것이다. 집에 가기 전에 그가 유리잔에 사정한 다음 냉장고에 보관해놓아야 할지 물어보려고. 그리고 더 불행한 것은, 제니가 이런 그의 제안을 완전히 쓸모없는 것으로 간주할지 어떨지 확신할 수 없다는 것이다.

모든 일은 지난 토요일에 시작됐다.

15시경에 베스테로스 경찰은 긴급 호출로 전화 한 통을 받았다. 한 어머니가 열여섯 살 아들의 행방불명 신고를 해왔던 것이다. 미성년자 사건일 경우에 행방불명 신고는 최우선권이었다. 철저히 규정에 따라서.

유감스럽지만 수색대가 이 일을 조사하려고 일을 맡게 된 것은 일요일이었으며, 그때까지는 이 긴급한 신고는 그대로 무방비 상태였다. 결국 16시경에야 실종자의 어머니는 유니폼을 입은 경찰 두 명의 방문을 받았다. 그날 늦게 저녁 일을 끝마치기 전까지 그들의 임무는 두 번에 걸쳐 기록으로 남았다. 동일 실종자에 관한 거의 동일한 행방불명 신고를 두 번에 걸쳐 신중하게 제출했다는 것 말고는 아무런 조치도 취하지 못했다. 경찰관 두 명은 '최우선 과제'라는 메모를 남겼다.

담당 경찰들은 로저 에릭손이 행방불명된 지 이미 58시간이 지난 월요일 아침에야 비로소 실종자 신고가 별다른 진척이 없다는 것을 깨닫게 되었다. 유감스럽게도 제국 경찰청의 안건을 다루어야 할 회의에서 새로운 유니폼에 대해 오랫동안 거론되는 바람에 하랄드손은 점심시간 이후에야 이 사건을 통보받았다. 우편물 수령 날짜를 보자, 자신의 수호천사에게 고마운 마음이 들었다. 수색대가 레나 에릭손을 지난 일요일 저녁에 방문했기 때문이다. 경찰관들이 다시 한 번 신고 서류를 작성했다는 걸, 로저의 어머니가 굳이 알 필요는 없을 것이다. 아니다. 수사는 이미 일요일에 시작되었지만 어떤 결과도 이끌어내지 못했다. 그렇다면 하랄드손이 이 사건에 매달려야만 할 것이다.

그는 레나 에릭손과 대화를 나누기 전에 몇 가지 정보를 얻어야겠다는 생각을 했다. 그래서 리자 한손과 연락을 취하려고 했지만 그녀는 아직 학교에 있었다.

그는 경찰 명부에서 레나 에릭손과 그의 아들에 관한 신상을 조사했다. 로저의 기록에는 가게 절도로 인해 몇 번의 신고가 들어와 있었다. 마지막 신고는 이미 1년 전이었고 그의 실종과는 그다지 연관성이 없어 보였다. 어머니에 대해서는 아무런 기록이 없었다.

하랄드손이 지방 행정청에 전화를 걸어 보자 소년이 팔름뢰브스카 고등학교를 다녔다는 사실을 알게 되었다.

좋은 일은 아니라고 하랄드손은 생각했다.

이 고등학교는 기숙사가 있는 사립학교였다. 순위표에 따르면 지방에서 가장 좋은 학교들 중에 한 곳이었다. 팔름뢰브스카 고등학교에는 재능이 있으면서도, 부자 부모로부터 상당히 동기부여가 많이 된 자녀들이 다니는 곳이다. 그렇다면 경찰들은 속죄양을 찾아야 할 형편이다. 수사가 바로 진행되지 못했을 뿐만 아니라, 이러한 맥락에서 볼 때 소년이 행방불명된 지 3일째에도 알아낸 것이 아무것도 없었기에 좋은 인상을 풍기지 못할 게 뻔했다. 하랄드손은 다른 일을 모두 중단하기로 결심했다. 그의 경력이 이미 교착상태에 왔으며, 이 상황에서 또다시 위험을 감행한다는 것은 무모해 보였기 때문이다.

그래서 이날 오후 그는 일을 지독하게 많이 하고난 뒤에 학교를 방문했다. 교장인 라그나르 그로스와 로저 에릭손의 담임선생님 베아트리체 슈트란트는 굉장히 근심하는 것 같았다. 로저가 행방불명된 사실을 접하자 무척이나 놀라는 눈치였다. 물론 그들도 놀라기만 할 뿐 딱히 도와줄 수 있는 방법은 없었다. 그들은 로저한테서 이상한 낌새를 전혀 느끼지 못했다고 했다. 소년은 평상시처럼 행동했고 아주 정상적으로 학교에 왔다. 금요일 오후에는 스웨덴어 시험을 치렀다. 같은 반 친구들의 말을 들어보면 시험을 본 뒤에도 기분이 좋았다고 한다.

마침내 하랄드손은 금요일 밤에 마지막으로 로저를 만난 리자 한손과 대화를 나눌 수 있게 되었다. 그녀는 같은 학년 학생이었으며 고등학교의 카페테리아에서 만날 수 있었다. 그녀는 상당히 평범한 소녀였음에도 예뻤다. 반질거리는 금발 머리를 단순한 머리핀으로 위로 묶은 포니테일이었다. 푸른 눈에는 눈 화장을 하지 않았다. 입고 있던 흰 블라우스는 아래에서 위쪽의 두 번째 단추까지 다 채워져 있었고 그 위에다 조끼를 덧입고 있었다. 그녀와 자리를 마주하고 앉은 하랄드손은 곧바로 자유교회(국가의 지배에서 독립한 신교의 분파_옮긴이)를 떠올렸다. 아니면 어린 시절에 TV에서 본 〈하얀 돌〉이라는 시리즈물의 소녀가 연상되기도 했다. 그는 어떤 음료를 마시고 싶은지 소녀에게 물었다. 그녀는 고개를 내저었다.

"로저가 너희 집에 갔다고 들었는데, 그 금요일에 뭘 했는지 설명해 줄 수 있겠니?"

리자는 그를 쳐다보며 잠시 동안 어깨를 움찔거렸다.

"로저가 5시 반쯤 왔을 거예요. 우리는 제 방에서 같이 앉아 텔레비전을 봤어요. 그러고 난 다음에 한 10시경에 집에 간 것 같아요. 어찌됐건 로저는 집에 갈 거라고 말했어요……."

하랄드손은 고개를 끄덕였다. 소녀의 방에서 네 시간 반이라! 열여섯 살 청소년 두 명이 텔레비전을 봤다고. 할머니에게나 할 말이었다. 문득 그는 자신의 생활을 떠올렸다. 제니와 그가 마지막으로 밤새 텔레비전을 실컷 봤던 것이 언제였을까? 선전 광고가 나와도 막간에 속

성 섹스를 하지 않고서 텔레비전을 봤던 때가? 아마도 몇 달은 된 일이었다.

"다른 일은 일어나지 않았니? 너희들이 싸웠거나 아니면 서로 헤어지기로 했거나?"

리자는 고개를 가로저었다. 그녀는 거의 없다시피 한 엄지손톱을 깨물었다. 하랄드손은 그녀의 손톱 밑 피부가 짓무른 것을 보았다.

"로저가 이렇게 아무 말 없이 사라졌던 일이 또 있었니?"

리자는 다시 한 번 고개를 내저었다.

"난 잘 몰라요. 우리가 사귄 지 오래되지 않았거든요. 혹시 로저의 엄마랑 말씀 나눠보셨나요?"

잠시 동안에 하랄드손은 소녀의 질문이 비난처럼 여겨졌다. 물론 아무런 뜻 없이 그저 하는 말이라는 것을 잘 알고 있었지만 말이다. 전부 한저 탓이다. 그녀 때문에 그는 자신을 믿지 못하는 버릇이 생겼다.

"어머니한테는 이미 다른 경찰들이 찾아갔단다. 하지만 우리가 다 함께 얘기를 나눠봐야 해. 전체적인 정황을 같이 파악해야 하거든."

하랄드손은 헛기침을 했다.

"로저와 어머니 사이는 어땠니? 뭔가 문제는 없었니?"

리자는 다시 어깨를 움찔거렸다. 하랄드손은 그녀의 레퍼토리가 뻔하다는 것을 알게 되었다. 고개를 내젓거나 어깨를 움찔거리거나 둘 중 하나.

"그들이 자주 싸웠니?"

"예. 가끔씩요. 로저의 엄마는 이 학교를 좋아하시지 않았어요."

"이 학교를?"

리자는 고개를 끄덕여 보였다.

"속물 같다고 생각하셨거든요."

엄마 말이 잘못된 것이 있나? 하랄드손은 생각했다.

"로저의 아버지는 이 도시에 살고 계시니?"

"아니요. 저는 어디에 살고 계신지는 잘 몰라요. 로저가 알고 있는지도 잘 모르고요. 아버지에 대해 말한 적이 한 번도 없거든요."

하랄드손은 메모했다. 흥미로운 일. 아들이 자신의 뿌리를 찾아 나설 수도 있지 않을까? 부재중인 아버지와 대화를 나누기 위해서. 그리고 어머니한테는 그 사실을 비밀로 하고서. 그렇다면 이 사건은 아주 다른 문제였다.

"아저씨는 무슨 일이 일어났다고 생각하세요?"

하랄드손은 하던 생각을 멈추고는 리자를 바라보았다. 처음으로 그는 그녀의 눈가에 눈물이 글썽거린다는 걸 알게 되었다.

"글쎄? 나도 잘 모르겠구나. 하지만 로저는 분명히 다시 나타날 거란다. 어쩌면 한동안 그냥 스톡홀름에 갔을지도 모르고 아니면 다른 곳에. 작은 모험 같은 거, 너도 잘 알고 있잖니?"

"왜 로저가 그런 짓을 한다는 거죠?"

하랄드손은 어찌할 바 모르는 그녀의 얼굴 표정을 관찰했다. 화장기 없는 입술 사이로 그녀는 매니큐어를 칠하지 않은 엄지손가락 손톱을 물어뜯고 있었다. 아니다. 이렇게 어린 자유교회풍의 소녀가 결코 그 이유를 상상이나 할 수 있을까? 갈수록 하랄드손은 실종된 소년이 가출했을지도 모른다는 확신을 갖게 되었다.

"뜬금없이 엉뚱한 생각을 하고 그걸 행동으로 옮기는 사람들도 가끔 있단다. 로저는 분명히 다시 돌아올 거야. 다시 만나게 될 테니 걱정 마라."

하랄드손은 믿음을 주고 확신을 줄 수 있는 미소를 지어 보였지만, 리자의 얼굴에서 별다른 반응을 느낄 수 없었다.

"내가 약속하마." 그는 한 마디 덧붙였다.

그가 가기 전에 리자에게 로저와 친한 남자 친구들 이름을 알려달라고 부탁했다. 친구뿐만 아니라 관계 있는 모든 사람들의 이름을. 리자는 오랫동안 골똘히 생각하고는 쪽지를 적어서 건네주었다. 이름은 달랑 두 개였다. 요한 슈트란트와 스벤 헤버린. 외로운 소년. 외로운 소년들은 가출을 한다고 하랄드손은 생각했다.

월요일 오후, 자동차로 돌아온 하랄드손은 하루 동안의 일에 상당히 만족감을 느꼈다. 요한 슈트란트와 그다지 많은 대화를 나누지 못했어도 말이다.

요한은 지난 금요일에 학교 수업이 끝나고 마지막으로 로저를 보았다고 했다. 그가 아는 바로는, 그날 밤에 로저가 리자한테 가려고 했다는 것. 그 다음에는 로저가 어디로 갈 만한지 전혀 감을 잡지 못했다. 그리고 스벤 헤버린에 대해 말하자면 얼마 전에 장기 휴가를 떠났다. 플로리다에 6개월 동안. 그는 이미 7주 전부터 여행을 떠난 상태였다. 소년의 엄마가 미국에서 상담 업무를 맡았다. 그래서 온 가족이 그녀를 따라갔다.

잘나가는 사람도 많다고 하랄드손은 생각했다. 그리고 자신이 일했던 곳 중에서 어떤 곳이 이국풍이었는지 곰곰이 생각해보았다. 리가에서 열린 세미나가 생각나는 유일한 곳이었다. 하지만 그는 그곳에 있는 동안 내내 침대 위에서 위장과 사투를 벌였다. 기억나는 바로는, 자신이 푸른색 플라스틱 들통만 쳐다보고 괴로워하는 동안에 동료들은 재수 없게 좋은 시간을 보냈다는 것이다.

그때는 그랬지만, 오늘 하랄드손은 아주 만족스러웠다. 그는 여러 가지 단서를 발견했다. 그것도 아주 중요한 단서를. 그는 어머니와 아들 간에 뭔가 갈등이 있었음을 알게 되었다. 그들의 갈등은 경찰에게 신고할 만한 것은 아닌 것으로 추측했다. 어머니가 신고할 때에는 아들이 "떠났다"고는 말하지 않았다. 하지만 그녀의 말에서 얼마든지 추측할 수 있었다. 신고 당시의 녹음 기록을 들어보면 충분히 하랄드손의 눈에 띄었던 것이다. 그녀의 아들은 '사라진 것'이 아니라, '스스로 떠난' 것이다. 이것은 무엇을 의미하는 걸까? 아들이 화가 났다는 것은 아닐까? 체념한 어머니의 코앞에서 문을 꽉 닫아버리고서 집을 나간 것은 아닐까? 하랄드손은 갈수록 자신의 이런 추측에 확신감이 들었다. 소년은 스톡홀름에 있을 것이다. 자신의 시야를 넓히기 위해서.

그래도 만일의 사태를 위해 그는 잠시 동안 리자의 집을 방문하기로 했다. 공개수사를 하기로 한 것이다. 수사가 어떻게 진행되고 있는지 물어보는 사람이 있을 수도 있으니, 자신을 다시 알아보는 사람들을 한 번 샅샅이 찾아보는 게 좋지 않을까? 어쩌면 실제로 로저를 본 목격자가 있을지도 모른다. 적어도 시내나 그 역방향으로 가는 길에서도. 그렇다면 그가 로저의 어머니를 찾아가 뭔가 압력을 행사하는 것은 어떨까? 그녀가 아들과 자주 싸웠다는 것을 인정하게 할 작정으로. 좋은 계획이라고 생각한 그는 자동차의 시동을 걸었다.

그 순간에 그의 핸드폰 벨이 울렸다. 잠시 동안 액정 화면을 쳐다본 그는 등줄기까지 오싹함을 느꼈다. 한저였다.

"또 뭐야?" 하랄드손은 혼자 하는 말투로 중얼거리고는 시동을 껐다. 전화를 받지 말아야 할까? 잠시 허튼 생각이 들었지만, 소년이 다시 돌아왔다고 할지도 모르는 일이었다. 어쩌면 한저가 이 사실을 그에게 알려주려는 것일지도. 하루 종일 그는 혼자서도 일을 잘 처리해 오지 않는가! 그는 전화를 받았다.

대화 시간은 8초간이었고 한저가 한 말은 딱 두 마디뿐이었다.

"어디죠?" 첫 번째 한 마디였다.

"자동차 탔는데요." 하랄드손이 사실대로 대답했다.

"방금 소년의 학교에 갔다 오는 길이에요. 그 애 여자 친구랑 담임선생님을 만났어요."

불쾌한 마음이 들면서도 하랄드손은 곧장 자신을 변호하는 말부터 했다. 그의 목소리는 순종하는 투였다. 제기랄! 하지만 그는 자신의 처지대로 고분고분하게 행동해야만 했다.

"당장 들어오세요."

하랄드손은 애당초 어디를 가려고 했는지 설명부터 하고는 무슨 중요한 일이 있는지 물어보려고 했다. 하지만 한저가 이미 전화 통화를 끊어버렸다. 젠장! 그는 시동을 다시 켜고는 방향을 바꾸어 경찰서로 향했다.

그곳에서는 한저가 이미 그를 기다리고 있었다. 쌀쌀맞은 눈을 부릅뜨고서. 그녀의 머리카락은 결점 하나 없는 금발 머리였다. 복장은 완벽한 상태였고 가격도 제법 나갈 것이다. 그녀는 방금 전에 레나 에릭손으로부터 전화 한 통을 받았다. 일이 어떻게 진행되고 있으며, 왜 같은 말을 반복해야 하냐고 물어보는 내용이었다. 정확히 말하자면 어떻게 할 작정이냐고.

하랄드손은 오후 활동에 대해 간단하게 보고했다. 자신이 이 사건을 보고 받은 것은 오늘 점심시간 이후였다고 네 번씩이나 언급했다. 만약 한저가 못마땅한 게 있다면 주말 담당자들을 문책해야 한다고 말하기도 했다.

"그럴 생각입니다." 한저는 조용히 대답했다. "근데, 왜 이 사건이 이렇게 오래 방치되어 있었는데도 말하지 않았나요? 이런 일이라면 내가 반드시 알아야 하는데요."

하랄드손은 자신이 생각지도 못한 방향으로 이야기가 진행된다는 것을 느꼈다. 그는 여전히 변명하려고 했다.

"이런 일은 얼마든지 있을 수 있는 일입니다. 일이 잘 안 돌아갈 때마다 매번 보고할 수는 없어요. 당신한테도 이보다 더 중요한 일이 많을 테니까요."

"실종된 애를 찾는 것보다 더 중요한 일이 뭐가 또 있다는 거죠?"

그녀는 할 말이 많은 듯이 그를 빤히 쳐다보았다. 하랄드손은 입을 다물었다. 대화는 그가 마음먹은 대로 흘러가지 못했다. 결코.

때는 월요일. 리스타케르 근처에서 그는 완전히 젖은 양말을 신은 채로 서 있었다. 한저는 될 수 있는 대로 최대한 자료를 모았다. 이웃들에게나 날마다 이 지역을 꼼꼼히 뒤지고 다닌 수색대에게 이것저것을 물어보았다. 지금까지는 아무런 성과도 없었다.

어제 경찰서에서 하랄드손은 총경과 우연히 마주치게 되었다. 그래서 하랄드손은 농담조의 어투로 이번 작전이 아주 형편없이 진행되어서는 안 된다고 언급했다. 소년을 찾으려고 너무 많은 사람들이 너무 많은 시간 동안 작업을 하고 있기에. 그것도 큰 도시만 좋아하는 소년을 찾기 위해서. 하랄드손은 총경의 반응을 파악할 수는 없었다. 하지만 늦게라도 로저가 잠시 동안의 소풍을 마치고 돌아온다면 상관도 자신의 말을 기억할 것으로 보았다. 그리고 그는 한저가 쓸데없는 경비를 지출했다고 생각했다. 이런 생각을 하니 하랄드손은 웃음이 절로 나왔다. 근무 지침이 있긴 하지만 경찰관의 직감은 그것과는 사뭇 다른 것이었다. 말로는 절대로 터득할 수 없는 것이었다.

하랄드손은 우두커니 서 있었다. 언덕에 반쯤 올라와 있었는데 발은 계속해서 빠졌다. 이번에야말로 제대로 빠진 셈이었다. 그는 발을 높이 끌어올렸다. 43 신발 사이즈에 진흙이 얼마만큼 시커멓게 달라붙어 있는지 낱낱이 살펴볼 수 있었다. 그러는 동안에 왼발 양말은 차가운 물을 몇 리터씩이나 빨아들이고 있었다.

이젠 그만 좀 하자. 이만하면 충분하잖아.

들통을 가득 담을 만큼 물방울이 뚝뚝 떨어졌다.

다리가 무릎까지 빠져 있었기에 진창 속 깊숙이 손을 넣어 신발을 끄집어냈다. 그러고는 집으로 향했다. 남은 사람들이 우둔한 수색대와 함께 이곳을 헤매어 다니는 동안에 그는 아내를 임신시켜야만 했다.

뒤늦게 택시를 잡아탄 세바스찬은 380크로네가 부족한 바람에 외스테르말름의 그레브 마그니가탄(스웨덴의 파란 하늘만큼 예쁜 인테리어의 아파트_옮긴이)에 위치한 자기 집 앞에 서 있었다. 애당초 그는 오래전부터 여기서 이사할 작정이었다. 이 집은 비용도 많이 들고 럭셔리했기 때문이다. 늘 강연에 초청받으며 상당히 광범위한 사회적 네트워크를 형성하고 있는 아주 성공한 작가와 학자들에게나 어울릴 법한 집이었다. 지금의 상태로 볼 때는 그는 이와는 전혀 다른 처지였으며 가진 것이 아무것도 없었다. 그는 이미 불필요한 방들은 사용하지 않고 짐도 꾸려놓았다. 몇 년 동안 수집한 물건들을 관리하자면 어쩔 수 없는 일이었다. 그래서 그는 집 안의 상당 부분을 그냥 잠가놓고서 부엌과 손님방과 좀 더 작은 목욕탕만을 이용하고 있었다. 나머지 공간은 손도 대지 않고. ……를 기대하면서. 그렇다. 그 무언가를.

세바스찬은 정돈되지 않은 침대 위를 슬쩍 바라보았다. 하지만 잠보다는 샤워부터 하기로 결정했다. 따뜻하고 편안하게. 지난밤에 느낀 은밀한 분위기는 이미 잊은 지 오래되었다. 이렇게 빨리 잊어버리는 건 뭔가 잘못된 게 아닐까? 그래도 몇 시간 동안은 그녀가 그의 마음에 남아 있어야 되는 게 아닐까? 섹스를 더 하고 싶다든지. 아침 식사를 하겠다거나. 주스와 빵을 함께 먹고 싶다거나. 하지만 그 다음에는? 그래 봤자 작별은 기정사실일 텐데. 절대로 다른 식으로는 끝날 수 없을 텐데. 그래서 아예 빨리 끝내는 게 좋은 일이 아닐까? 그럼에도 불구하고 사실상 그는 잠시 동안이나마 자신의 처지를 잊게 해준 둘만의 순간을 그리워했다. 이미 그는 마음 한구석이 묵직하고 왠지 텅 빈 것처럼 느껴졌다. 지난밤에는 얼마나 잤을까? 두 시간? 두 시간 반쯤? 어찌됐건 간에 그는 숙취 중은 아니었다. 그는 거울 속 자신의 모습을 들여다보았다. 눈은 평상시보다도 더 피곤해 보였다. 당장 머리모양을 바꾸는 것은 어떨까? 짧은 커트는? 아니다. 짧은 머리를 하면 옛 생각이 너무 많이 날 것이다. 옛날에는 지금과는 완전히 달랐다. 하지만 수염은 과감하게 자를 수 있다. 머리는 모양을 내서 자르고 몇 가닥 염색을 해도 좋을 것이다. 그는 미소를 지어 봤다. 뭔가 매혹적인 미소를. 작업을 걸 때마다 성공하다니 정말 굉장하다고 그는 생각했다. 갑자기 그는 엄청난 피로를 느꼈다. 자신의 제자리로 완벽하게 돌아온 상태. 그리고 공허함이 다시 찾아왔다. 그는 시계를 쳐다보았다. 어찌됐건 잠시라도 눕고 싶었다. 다시 꿈을 꾸게 될 게 뻔했지만 이제는 너무 피곤해서 더 이상 아무 생각도 하고 싶지 않았다. 오랜 세월 동안에 그는 항상 반복해서 찾아오는 이 동반자한테 친밀감을 느끼고 있었다. 그래서 그런지 예외적으로 깨지 않고 잠을 깊게 자면 오히려 그립다는 생각을 할 정도였다.

처음에는 전혀 딴판이었다. 몇 달 동안 꿈 때문에 괴로움을 겪자 세바스찬은 꿈에서 깨어나는 것도 괴로웠다. 두려움과 호흡곤란, 희망과 절망이 끝없이 반복됐다. 그는 잠을 자기 위해 술을 지나치게 많이 마시기 시작했다. 술은, 내적으로 좀 복잡하고 대학 나온 중년 백인 남자의 가장 큰 문제점을 풀어줄 수 있는 해결책이었다. 한동안은 꿈에서 완전히 벗어날 수 있었지만 그의 잠재의식은 점차 빠르게 술에 의지하게 되었다. 그 탓에 그는 일정의 효과를 내기 위해 그 전보다 더 많은 양의 술을 들이켜야만 했다. 결국 세바스찬은 싸우려는 의지를 상실하게 되었다. 그는 날마다 포기한 삶을 살았다. 그 대신에 그저 고통 없이 살고 싶었다. 세월이 가면 자연히 치유되기만을 바라면서.

이것도 소용이 없었다. 일정 기간 동안에 지속적으로 깊은 잠을 이루지 못하자, 그는 드디어 약물치료를 하기 시작했다. 그는 자신이 마음먹은 대로 결코 해내지 못했다. 자신의 경험을 바탕으로 다른 사람들보다는 더 잘할 수 있었는데도 자신만의 다짐을 지킬 수는 없었다. 특히나 삶이라는 커다란 현실적 난제와 맞닥트릴 때면 그랬다. 무슨 일이 일어나면 좀 더 유동적으로 대처해야만 했다. 그는 오히려 뻔뻔스러운 옛 환자들에게 전화를 걸어 그들의 처방지에 쌓인 먼지를 없애주었다. 거래는 간단했다. 그들은 50대 50으로 약물을 나눠 가졌다.

물론 건강과 사회복지 관리 센터가 그에게 전화를 걸어왔다. 그가 갑자기 그 많은 양의 수면제를 처방하게 된 사실에 대해 놀라움을 금치 못했다. 하지만 세바스찬은 '자기 발견 단계 환자들'을 '집중적으로 치료하다보니 일이 많아졌다'고 그럴싸한 거짓말을 둘러댔다. 게다가 그는 애당초 자신이 담당한 환자 수도 늘려서 말했다.

처음에 그는 프로파반(Propavan), 프로작(Prozac, 항우울제)과 디-제식(Di-Gesic)을 복용해보았지만 효과는 당황스러웠다. 그래서 그는 그 대신에 모르핀의 일종인 돌콘틴(Dolcontin)과 그 밖의 다른 성분들을 시도해보았다.

여태까지의 일로 봐서는 절대로 관리 센터가 문제가 아니었다. 더 괴로운 것은 그의 약물 실험으로 인한 부작용이었다. 꿈은 더 이상 꾸지 않았지만 식욕이 없어졌다. 대학 강사로서의 거의 모든 일들과 성적 욕구는 완전히 새로운 차원의 경악스러운 경험이었다. 가장 심각한 문제들은 만성적인 피로였다. 그는 더 이상 자신의 복잡한 생각을 어찌할 수 없을 것만 같았다. 일상적인 대화는 힘들어도 근근이 할 수 있었지만, 토론이나 더 긴 설명은 완전히 생각하고 싶지도 않았다.

세바스찬은 자기 자신에 대해 지적인 자화상, 즉 예리한 사고의 소유자라는 환상을 갖고 있었기에 이러한 상태는 정말로 경악스러운 것이었다. 약물로 고통을 진정시키며 살아가고 있으나 어쨌든 간에 이 모든 능력이 무뎌진 것처럼 느껴졌다. 더욱이 삶조차도. 자신의 명석함은 더 이상 느낄 수 없었다. 결국 그는 한계점에 도달했다. 이제 그는 결정해야 할 때에 이르렀다. 두려움에 떨면서도 예전처럼 완전히 사고할 수 있도록 돌아갈 것인지, 또는 반쪽짜리 인지능력을 지닌 채로 아둔하고 흐리멍덩한 삶을 살 것인지. 그는 자신의 존재가 밉다고 느끼자, 무슨 일을 하든지 상관없을 것 같았다. 두려움을 선택하고 일상화되어 버린 약물을 끊더라도.

그 이후로 그는 술도 약물도 손에 대지 않았다. 두통약도 더 이상 복용하지 않게 되었다. 그 대신에 다시 꿈을 꿨다. 매일 밤마다.

하지만 그는 욕실 거울에서 자신의 모습을 뚫어져라 바라보면서 무엇 때문에 이런 생각을 해야 하는지 의문이 들었다. 지금 왜? 수년 동안에 그의 삶은 꿈과 함께 해왔다. 그는 꿈을 탐구하고 분석했다. 치료전문가와 꿈에 대해 토론하기도 했다. 그가 터득한 것은 꿈과 더불어 살아가는 것이다.

그런데 이제 와서 무엇 때문에?

바로 베스테로스 탓이라고 그는 생각했다. 수건을 걸치고서 그는 발가벗은 채로 욕실을 나왔다. 베스테로스 때문이었다. 베스테로스와 그의 어머니. 하지만 오늘 그는 이러한 삶의 한 단락을 끝낼 것이다. 영원히.

오늘은 좋은 날이 될 것이다.

요아킴이 살면서 경험했던 일들 중에 최고는 리스타케르 인근의 숲속 체험이었다. 그리고 그는 선택받은 사람들 중에 한 명이라는 것 이상으로 느꼈다. 그들은 경찰한테서 어떠한 방식으로 어디로 가야 할지 직접 지시를 받았다. 이 황량한 스카우트 모임은 돌연히 진짜 모험에 가담하게 되었다. 요아킴은 그 앞에 서 있던 경찰관을 남몰래 흘겨보았다. 특히나 권총을. 그는 경찰이 되기로 결심했다. 유니폼과 권총을 차고서. 거의 스카우트와 흡사하지만 진밀로 무장할 수 있어서 좋아 보였다. 얼마나 좋을까! 솔직히 말해서 스카우트가 가장 재미난 일은 아니라고 요아킴은 생각했다. 더 이상은 아니라고.

그는 막 열네 살이 되었다. 이번 스카우트의 야외 활동은 여섯 번째 경험이어서 그런지 갈수록 재미가 없어졌다. 야외 생활, 생존, 동물과 자연에 대한 매혹은 이제 온데간데없었다. 그는 같은 반 소년들이 이런 생각을 하고 있더라도 결코 어리석다고는 생각하지 않았다. 아니다. 이제 그는 단순한 야외 활동과는 작별한 것이다. 지금까지는 고맙고 흡족한 일이었지만 이제는 새로운 어떤 일을 경험할 때였다. 정말로 괜찮은 일을.

어쩌면 그들의 리더인 토미가 그 사실을 알고 있었을지도 모른다. 그래서 그가 경찰들과 군인들이 리스타케르에 온 이유가 무엇인지 물어보려고 찾아갔는지도. 그들이 무슨 일로 이곳에 왔는지 알고 싶어서. 토미가 이런 행동을 하는 데에는 그만한 이유가 있을 것이다.

어쨌든 하랄드손이라는 경찰은 여러 가지 고심 끝에-좀 주저하는 기색이 보이긴 했지만-아홉 명의 눈들이 숲 속을 돌아본다고 해서 결코 해가 되지 않을 것으로 결정했다. 그들은 수색 지역을 각자 배분받아 샅샅이 뒤지고 다닐 수 있게 되었다. 하랄드손은, 아홉 명의 스카우트 대원들이 세 그룹으로 편성되도록 토미에게 부탁했다. 각 그룹에서 인솔자를 한 명씩 뽑아야 하고 그의 지시에 따라 나머지 두 명이 행동해야 한다고. 요아킴은 운이 좋았다. 그는 엠마와 앨리스와 한 그룹이 되었다. 앨리스는 전체 스카우트에서 가장 멋진 소녀였다. 게다가 그는 이 그룹 인솔자의 영광을 차지하게 되었다.

요아킴은 그를 기다리고 있는 소녀들에게 돌아갔다. 이 하랄드손은 벡-경감-영화에 등장하는 경찰들처럼 과묵하고 단호했다. 그리고 요아킴은 자기 자신을 대단히 중요한 사람으로 느꼈다. 그는 이 환상적인 날이 앞으로 어떻게 전개될 것인지 상상부터 했다. 그는 행방불명된 소년을 중상을 입은 채로 발견하게 될 것이다. 그러면 소년은 거의 죽어가는 사람처럼 애원하는 눈빛으로 쳐다볼 것이다. 소년은 말할 기운도 없어서 눈빛으로 모든 것을 말해 줄 것이다. 그렇다면 요아킴은 그를 부축해서 만남의 장소까지 질질 끌고 올 것이다. 아주 드라마틱하게. 다른 사람들은 그를 보자 환호성을 치며 박수갈채를 보내줄 테고. 그야말로 모든 게 완벽하게 돌아갈 것이다.

다시 자신의 그룹으로 돌아온 요아킴은 구성원들에게 명령을 내렸다. 엠마는 그의 왼쪽에 그리고 앨리스는 오른쪽에 서 있도록. 하랄드손은 수색대 대열을 절대로 이탈해서는 안 된다고 아주 엄격하게 경고했다. 그리고 요아킴은 소녀들을 아주 진중한 눈빛으로 쳐다보면서 반드시 다 함께 있어야만 한다고 설명했다. 이제부터는 아주 진지하게! 영원할 것 같은 시간이 지나자, 하랄드손은 그들에게 눈짓으로 신호를 보냈다. 마침내 수색대는 행동 게시를 할 수 있게 되었다.

얼마 되지 않아 요아킴은 수색대 대열을 함께 유지하는 게 얼마나 어려운 일인지를 느꼈다. 오로지 세 사람씩 세 그룹밖에 없는데도. 특히나 숲 속 깊이 들어간 그들은 질퍽한 바닥 탓에 이미 정해진 코스를 벗어나지 않아야만 했기 때문이다. 한 그룹은 대열을 유지하는 데 쩔쩔매는가 하면, 또 다른 그룹은 속도가 조금도 늦춰지지 않아서 이미 언덕 저 너머로 넘어가버렸다. 정확히 하랄드손이 사전에 지시했던 것처럼. 요아킴은 이 남자에게 깊은 인상을 받았다. 그는 정말로 모든 것을 다 알고 있는 것만 같았다. 요아킴은 소녀들을 향해 미소를 지어보이며 다시 한 번 하랄드손의 마지막 말을 보고했다.

"너희가 뭔가 발견하면, 소리를 질러라. '발견했다!'고."

엠마는 약간 신경질적으로 고개만 까딱거렸다.

"네가 벌써 100번은 말했잖아."

하지만 요아킴은 그 말에 풀 죽지 않았다. 햇살을 쳐다보며 입을 꽉 다문 채로 그는 앞을 향해 계속해서 나아갔다. 갈수록 더 어려워졌지만 간격과 방향을 유지하려고 안간힘을 썼다. 잠시 전까지만 해도 그들의 왼쪽에 있던 그룹들은 이제는 더 이상 보이지 않았다.

30분이 지나자 엠마가 휴식을 취하고 싶어 했다. 요아킴은 그렇게 맘대로 행동할 수는 없다고 분명히 말했다. 다른 그룹에서 완전히 이탈하게 된다면 위험하다고.

"누구?" 앨리스는 의미심장하게 웃음을 띠었다. 요아킴은 한참 전부터 더 이상 나머지 그룹을 보지 못했다는 걸 인정해야만 했다. "걔네들이 마치 우리를 따라오고 있는 것처럼 말하네."

그들은 아무런 말없이 귀 기울여 보았다. 저 멀리서 희미한 소리들이 들려왔다. 누군가 뭐라고 소리치는 것 같았다.

"앞으로 가자." 요아킴은 재촉했다.

앨리스의 말이 옳다는 것을 마음속으로는 알고 있었는데도. 그들이 너무 빨리 걸었거나 엉뚱한 방향으로 왔을 가능성이 컸다.

"그럼, 너나 가라!" 엠마의 대답이었다.

그녀는 몹시 화가 난 얼굴로 그를 빤히 쳐다보았다. 잠시 동안 요아킴은 자신의 인솔 그룹을 통제하지 못하고 있음을 느꼈다. 특히나 엠마를. 하필이면 지난 30분 동안에 몇 번씩이나 그윽한 눈빛으로 그를 쳐다봐준 엠마를. 요아킴은 진땀을 흘렸고, 마침내는 너무 더운 긴 속바지까지 적실 정도였다. 애당초 그는 자신의 인상적인 모습을 보이고 싶어서 그녀를 닦달했다. 그런 자신의 의도를 이해하기나 한 것인지? 이제 와서 갑자기 모든 게 그의 잘못이 되었다.

그가 이런저런 생각을 하는 동안 앨리스가 끼어들었다. "배고프지?"

그녀는 배낭에서 샌드위치를 꺼냈다.

"아니." 그는 배고픔을 느끼기도 전에 곧바로 대답부터 했다. 요아킴은 몇 발짝 앞으로 나아갔다. 알고 보면 계획이 다 있다는 걸 보여주고 싶어서 언덕 위로 올라섰다.

엠마는 기쁜 마음으로 빵을 받아들었다. 그러고는 뭔가 중요한 일을 해보려는 요아킴의 시도를 안중에도 두지 않았다. 요아킴은 전략을 바꿔야겠다고 느꼈다. 그는 한 번 숨을 깊게 들이쉬고는 신선한 숲 공기를 폐 속으로 들이마셨다. 하늘은 구름으로 뒤덮여 있었고 햇살은 사라진 상태였다. 햇살과 함께 완벽한 날을 꿈꾸던 그의 약속도 사라졌다. 요아킴은 소녀들한테 다시 돌아갔다. 그는 약간 나긋나긋한 어조로 바꾸었다.

"남은 빵 있으면 나도 하나 줄래?" 그는 가능한 다정하게 말했다.

"당연하지." 앨리스가 대답하고는 쿠킹호일에서 샌드위치 한 조각을 뒤적거리며 찾아냈다. 그녀는 미소를 지어 보였다. 요아킴은 자신의 새로운 전술이 더 효과가 좋다는 걸 깨달았다.

"원래 우리가 어디쯤 와 있어야 하는 거지?" 엠마가 말했다.

그녀는 가방에서 작은 지도를 꺼내들었다. 세 명의 단원들은 지도 쪽으로 몸을 숙이고는 위치가 어딘지를 찾아보았다. 상당히 복잡해 보였다. 이 지역에는 이정표가 될 만한 지점이 없었으며 언덕, 숲, 늪이 뒤섞여 있었다. 하지만 그들은 처음에 어느 지점에서 출발했는지 대충 어느 방향으로 가고 있는지는 알 수 있었다.

"우리가 줄곧 북쪽으로 왔으니까, 아마도 여기쯤 왔을 거야." 엠마가 말했다.

요아킴은 인정한다는 듯이 고개를 끄떡였다. 엠마는 똑똑했다.

"계속 가야 돼? 아니면 다른 사람들을 기다려야 돼?" 앨리스가 물었다.

"내 생각에는 계속 가야 될 것 같아." 곧바로 요아킴이 대답했다. 그러고는 신속하게 말을 이었다. "너희들이 여기서 기다리고 싶다면 할 수 없지만……."

그는 두 소녀들을 빤히 쳐다보았다. 엠마는 또랑또랑한 푸른 눈을, 엘리스는 좀 더 각진 얼굴 모양을 하고 있었다. 그들 둘 다 무척이나 예뻤다. 그래서 그런지 요아킴은 갑자기 소녀들이 여기서 기다리자고 말하기를 바랐다. 그리고 다른 단원들이 아주아주 오랫동안 오지 않기만을.

"우리가 가는 게 더 나을걸. 지금 우리가 있는 곳이 다시 만나기로 한 지점과 멀지 않잖아." 엠마가 지도를 가리키며 말했다.

"그래, 물론 너희 말이 맞아. 그런데 다른 사람들이 우리를 찾아올 테니까 그들을 기다리는 게 낫지 않을까?" 요아킴은 시험 삼아 제안해 보았다.

"내 생각으로는, 네가 제일 먼저 가고 싶어 하는 것 같은데. 빠른 기차처럼 쏜살같이 가고 싶어서." 앨리스가 대답했다. 소녀들은 깔깔거리며 웃었다. 그리고 요아킴은 이렇게 예쁜 소녀들과 함께 웃을 수 있는 편안함을 즐겼다. 장난 삼아 앨리스를 팔꿈치로 치면서.

"그래도 너 아주 잘 버티는 것 같아!"

별안간 그들은 서로서로 잡기놀이를 시작했다. 요아킴과 소녀들은 물웅덩이 사이를 빙글빙글 뛰어다녔다. 아무 데나. 그러다가 엠마가 웅덩이에 발이 빠져 넘어지자 서로 물을 뿌리기 시작했다. 이렇게 노는 게 지루한 수색보다는 훨씬 더 재미난다고, 요아킴은 생각했다. 그는 엠마의 뒤를 쫓아다니면서 아주 잠깐 동안 그녀의 팔을 붙잡기도 했다. 그녀는 팔을 뿌리치며 다시 벗어나려고 안간힘을 썼다. 하지만 그녀의 왼쪽 발이 바닥 깊이 빠지는 바람에 균형을 잃었다. 순간적으로 다시 몸을 꼿꼿이 세우는가 싶더니, 커다란 물웅덩이 바닥이 진흙탕이라 미끄덩거리는 바람에 엠마는 엉덩이까지 발랑 넘어지고 말았다. 요아킴은 웃음을 참지 못했고 엠마는 소리를 질렀다. 다시 진정을 한 요아킴은 그녀에게로 다가갔다. 하지만 엠마는 더 크게 소리를 질렀다. 참 이상한 애라고 요아킴은 생각했다. 그렇게 위험하지 않은데. 물도 많지 않고.

그런데 그는 바로 엠마 앞, 물속에서 불쑥 솟아나 있는 하얗고 창백한 몸을 보았다. 마치 그 몸은 물 아래에 있다가 자신의 희생자를 숨어서 기다린 것 같았다. 지금까지 자유롭게 놀던 모습은 온데간데없고, 이 세 명한테는 경악과 메스꺼움이 엄습했다. 엠마는 먹은 걸 다 토해냈고, 앨리스는 흐느껴 울었다. 요아킴은 돌처럼 굳은 채로 시신을 뚫어져라 처다보았다. 앞으로 평생 동안 잊지 못할 모습을.

하랄드손은 침대에 누워 졸고 있었다. 그 옆에 누워 있던 제니는 엉덩이 밑에 쿠션을 받치고, 발바닥으로는 매트리스를 꾹 누르고 있었다. 그녀는 해야 할 일을 마냥 미루고 싶지 않았다.

"바로 해버리는 게 나을 것 같아요. 내가 돌아가기 전에 한 번 더 하는 게 좋겠어요."

해버리자고? 이 말이야말로 낭만적이지 않은 말처럼 들리지 않을까? 하랄드손은 내키지 않았지만 지금 당장 해버려야만 했다. 그러고서 그는 단잠을 잤다. 어디에선가 누군가 아바(Abba)의 〈링 링(Ring Ring)〉을 부르는 소리가 들렸다.

"자기 핸드폰 소리잖아요." 제니는 그의 옆구리를 꾹꾹 찔렀다. 하랄드손은 깜짝 놀란 나머지 벌떡 일어섰다. 애당초 아내와 함께 침대에 누워 있으면 안 되기 때문이다. 바닥에 있던 바지를 집어 든 그는 주머니를 뒤적거려 핸드폰을 찾았다. 이럴 수가! 또 한저였다. 그는 숨을 깊이 들이마시고는 전화를 받았다. 이번에도 단 몇 마디뿐이었다.

"도대체 어디 있는 거죠?"

한저는 수화기를 심하게 들이받으며 자극적인 소리를 냈다.

"발목이 삐어서요."

제기랄! 한저는 이 바보의 거짓부렁을 들추기 위해 병원으로 달려오거나 그곳으로 순찰대를 보낼 만한 위인이었다. 하지만 그녀는 그럴 만한 시간이 없었다. 당장 살인 사건을 해명해야만 했다. 게다가 이 일이 그녀한테는 그리 간단한 일이 아니었다. 리스타케르 수색대의 책임자가 현장에 함께 있지 않았으며 그곳에서 미성년의 스카우트 대원들에게 수색 작업에 참여하도록 지시했기 때문이다. 이 아이들한테는 심리적인 도움이 필요했다. 그들 중에 한 명이 작은 물웅덩이에 빠졌는데, 자리에서 일어나다가 수면으로 떠오른 시체를 보게 된 것이다.

한저는 고개를 내저었다. 이번 실종자 신고로 인해 모든 것이 엉망진창이 되었다. 그냥 모든 것이. 이제는 더 이상의 실수가 없어야 한다. 지금부터 그들은 모든 걸 제대로 해내야만 하는 것이다. 전문가답게. 한저는 전화기를 뚫어져라 쳐다보았다. 문득 이런 생각이 떠올랐다. 모든 게 너무 빨리 진척되는 것이 아닐까? 너무 이르다고, 생각하는 사람들이 많을지도 모른다. 만일의 경우 그녀의 권위가 약해질지도 모르고. 하지만 이미 오래전부터 그녀는 불편한 결정도 개의치 않겠다고 맹세해왔다.

한 소년이 죽었다.

살해된 채로.

이제는 최고의 실력자들과 협력 작업을 할 때였다.

반야는 토르켈 회글룬트의 사무실 문 안으로 머리를 쑥 집어넣고는 "전화 왔어요."라고 말했다. 사무실은 그의 이름처럼 (Torkel, 현기증이 란 뜻_옮긴이) 거의 현기증이 날 지경이었다. 무미건조하고 단순하고. 잡동사니라든지, 값어치 나는 물건이라든지, 뭔가 개인적인 소지품은 전혀 없었다. 토르켈이 센터 창고에서 가져온 가구들을 보면 마치 이 곳은 예산 삭감을 당한 소도시의 실업학교 교장실과 같은 인상을 주 었다. 스웨덴의 가장 고위 경찰들 중에 한 명이라고는 아무도 믿지 않 을 것이다. 이상하게 생각하는 동료들도 꽤나 많았다. 스웨덴 제국 사 법경찰의 특별살인사건전담반을 통솔하는 남자가 자신이 얼마나 출 세했는지 자랑하지 않는다는 것이. 또 어떤 동료들은 이렇게 결론짓기 도 했다. 토르켈은 성공 따위는 별로 유념하지 않는다고. 하지만 정작 진실은 그보다는 더 간단했으며 고상한 내용도 아니었다. 토르켈은 그 저 시간이 없었다. 직업 때문에 해야 할 일이 너무 많았다. 그리고 항 상 여행을 다녀야 했다. 게다가 그는 자주 있지도 않는 사무실을 꾸미 려고 남는 자유 시간을 낭비할 생각은 눈곱만치도 없었다.

"베스테로스에서요." 반야는 덧붙여 말하면서 그와 마주 보고 자리 를 잡았다. "열여섯 살 소년이 살해됐대요."

토르켈은, 반야가 자리에 편안하게 앉을 때까지 그저 지켜보았다. 보아하니 이번 전화 통화는 혼자서 해결할 수 없을 것 같았다. 토르켈 은 고개를 끄덕이며 수화기를 들었다. 두 번째로 이혼한 다음부터 그에게 걸려오는 전화라면 끔찍하고 갑작스런 살해 사건들뿐이라는 생각이 들었다. 그가 제시간에 집에 와서 식사를 할 수 있는지 혹은 그에 관해서 뭔가 일상적이면서도 신선한 얘기를 알고 싶어 하는 전화를 마지막으로 받은 지도 벌써 3년이 넘었다.

그는 베스테로스 형사경찰의 인솔자 케르스틴 한저의 이름을 알고 있었다. 4년 전에 경찰관 연수에서 처음으로 그녀를 만났다. 그 당시에 그는 마음에도 들고 확실히 능력도 있는 보스라는 인상을 받았다. 그리고 그는 그녀의 승진 사실을 알고서 기뻐한 일도 생각이 났다. 오늘은 그녀의 목소리가 잔뜩 짓눌리고 스트레스를 많이 받은 듯이 들려왔다.

"도움이 필요합니다. 특별살인사건전담반의 도움을 받을 수 있도록 결정해주세요. 당신이 올 수 있으면 제일로 좋고요."

그는 그녀의 말을 듣고 있었다.

"가능할까요?" 그녀는 거의 애원하는 투로 계속 말했다.

잠시 동안 토르켈은 핑계를 댈 생각을 하고 있었다. 그와 그의 팀은 아주 끔찍한 사건으로 린쾨핑에서 돌아온 지 얼마 되지 않았다고. 하지만 그는 케르스틴 한저가 아주 다급한 일이 있을 때만 연락해 온다는 사실을 잘 알고 있었다.

"우리가 처음부터 수사를 잘못했어요. 결국 배가 산으로 갈 위험에 처해 있답니다. 정말로 당신의 도움이 필요해요!" 그녀는 그에게서 부정적인 말을 들을지도 모른다는 생각에 더욱더 다급하게 말했다.

"무슨 일인가요?"

"열여섯 살짜리에요. 일주일 동안 행방불명됐죠. 그런데 죽은 채로 발견됐어요. 살해된 채로. 그것도 아주 잔인하게."

"이메일로 모든 서류를 보내주세요. 사건을 한번 검토해볼게요."라고 대답하면서도 토르켈은 반야를 관찰하고 있었다. 그 사이에 그녀는 자리에서 일어나 다른 수화기를 집어 들었다.

"빌리, 토르켈 씨의 사무실로 오세요. 할 일이 생겼어요." 이렇게 말한 그녀는 수화기를 다시 내려놓았다. 마치 토르켈의 대답을 이미 알고나 있는 것처럼 행동했다. 이는 언제나 그녀가 해야 할 일이었다. 그녀의 재바른 행동 때문에 토르켈은 한편으로는 자랑스럽기도 하고, 또다른 면에서는 좀 화가 치밀기도 했다. 반야 리트너는 팀에서도 가장친한 동료였다. 그녀가 이제 막 서른 살이 되었을지언정. 반야는 그와함께 일한 지난 2년 동안에 전문적인 경찰관으로 탈바꿈했다. 그래서이런 그녀의 변모는 토르켈을 조바심 나게 만들었다. 자신도 서른 살초반에 이렇게 좋은 경찰관이 되었더라면! 그는 케르스틴 한저와 대화를 마친 뒤에 반야를 보며 미소 지었다.

"여기서는 아직 내가 책임자예요." 그는 상황을 분명히 했다.

"알고 있어요. 저는 그저 팀원들에게 연락만 한 거예요. 이 사건에대한 평가를 함께 들을 수 있도록요. 항상 그랬듯이 결정은 당신이 내릴 거잖아요." 그녀는 눈을 찡긋해 보였다.

"당신이 아무리 고집 피워도 선택은 내가 해야겠죠." 그는 대답하면서 자리에서 일어났다. "그럼, 짐을 싸서 베스테로스로 갑시다."

빌리 로젠은 여느 때와 마찬가지로 너무 빠른 속도로 E18가를 능숙하게 달렸다. 토르켈은 이미 한참 전부터 아무 말도 하지 않았다. 그대신에 그는 이메일로 받은 살인 사건 서류에 온 정신을 쏟았다. 보고서는 부족하기 짝이 없었다. 담당 수사관 토마스 하랄드손은 열정적으로 일하는 사람이 아닌 것 같았다. 어쩌면 그들이 처음부터 새로 수사 해야 할지도 모르겠다. 토르켈은 일간지들이 아주 좋아할 만한 사건이 라는 생각을 했다. 사건 장소에서 잠정적으로 확인된 사망 원인은 극 단적인 폭력 때문이었다. 심장과 폐 쪽에 수도 없이 많은 칼자국이 나 있었던 것. 일간지에 이보다 더 좋은 사건이 또 있을까? 하지만 이것 때문에 토르켈이 불안해할 이유는 없었다. 다음 내용은 시체를 발견한 장소에서 작성된 의사 보고서의 마지막 문장이었다.

"잠정적인 검사 결과를 내리자면 사망자의 심장이 상당 부분 소실되 었기에 사망한 것으로 본다."

토르켈은 창문 너머로 바스락거리며 스쳐 지나가는 나무들을 물끄 러미 바라보았다. 누군가가 심장을 도려냈다는 말인가? 토르켈은, 소 년이 헤비메탈을 좋아했다거나 열정적인 월드 오브 워크래프트 중독 자만 아니기를 바랐다. 왜냐면 신문들은 또다시 어처구니없는 억측으 로 기대감에 부풀어 있을 테니까.

반야도 서류를 보았다. 그녀는 어떤 가능성을 생각하면서 토르켈이 막 읽었던 문장을 읽었다.

"당장 우르줄라에게 조언을 구하는 게 더 좋지 않을까요?" 그녀가 말했다. 언제나 그렇듯이 그녀는 그의 생각을 척척 읽어냈다. 토르켈 은 간단히 한두 차례 머리를 끄덕여 보였다. 빌리도 긍정적인 눈빛으 로 잠시 뒤를 돌아보았다.

"주소 알죠?"

토르켈은 빌리에게 주소를 건네주었다. 그러자 빌리는 능숙하게 내 비게이션 자판에 주소를 눌러 입력했다. 빌리가 운전 도중에 다른 일 에 신경 쓰는 게, 토르켈의 마음에는 들지 않았지만 적어도 속도는 약간씩 늦추었다.

"30분은 걸리네요." 빌리가 가속페달을 다시 한 번 힘껏 밟자 커다란 밴 자동차가 곧바로 반응했다. "어쩌면 20분 내에 도착할지도 몰라요. 뭐 교통 사정에 따라 다르겠지만."

"반 시간이면 충분합니다. 너무 과속하면 내 마음이 편하지 않아요."

토르켈이 그의 운전 태도에 대해 그다지 탐탁해 하지 않는다는 것을, 빌리도 잘 알고 있었다. 하지만 백미러로 토르켈을 바라보며 그저 웃을 뿐이었다. 도로도, 자동차도, 운전사도 모두 좋은데 왜 마음껏 사용하면 안 된다는 걸까?

빌리는 더 밟았다.

토르켈은 핸드폰을 꺼내어 우르줄라에게 전화를 걸었다.

기차는 16시 7분에 스톡홀름의 중앙역을 출발했다. 세바스찬은 일등석에 앉았다. 기차가 도시를 출발하자 그는 의자에 등을 기대고는 눈을 지그시 감았다.

옛날에는 기차 안에서 깨어 있은 적이 없었다. 지금은 아주 절박하게 한 시간가량 잠을 자야 하는데도 좀처럼 휴식을 취할 수가 없었다.

마침내 그는 장례 기관의 편지를 꺼내들고는 편지를 읽기 시작했다. 그는 이미 내용이 무엇인지 잘 알고 있었다. 어머니의 옛 동료가 그에게 전화를 걸어왔고 어머니의 사망 소식을 전해주었다. 아주 조용하면서도 품위가 있었다고, 그녀는 말했다. 조용하고 품위 있게-어머니의 삶은 종지부를 찍었다. 이런 편지 내용은 그다지 긍정적인 의미를 담고 있지는 않았다. 세바스찬 베르크만한테는 절대로 아니었다. 그렇다. 그에게 삶이란 처음부터 마지막 순간까지 일종의 싸움이었다. 그의 입장에서는 조용하고 품위 있는 죽음이란 있을 수가 없었다. 그는 어머니의 죽음을 지극히 지루한 것이라고 생각했다. 이런 사람들은 언제나 중병에 걸리거나 큰 위험에 처해 생명이 위태로운 사람들이다. 하지만 그는 옛날만큼 그렇게 확고한 생각을 갖고 있지는 않았다. 만약 그가 조용하면서도 품위 있게 산다면 그의 삶이 어떻게 달라질까? 어쩌면 더 좋아질지도 모른다. 고통도 더 줄어들지도 모르고.

적어도 세바스찬의 치료사, 슈테판 함마르슈트룀은 신뢰를 주려고 노력했다. 마지막으로 만났을 때에는 세바스찬이 어머니의 사망 소식에 대해 전하자 그들은 서로 그 문제에 대해 토론할 수 있었다.

'조용하면서도 품위를' 지키려면 어찌해야 할지 세바스찬이 의견을 분명히 하자, 슈테판이 물었다. "다른 사람들과 똑같이 산다는 게 얼마나 위험한 일일까요?"

"생명에 해가 되겠죠!" 세바스찬이 대답했다. "그것도 치명적으로."

연이어 그들은 위험에 봉착했을 때 유전학적으로 어떤 성향을 보이는지에 대해서 거의 한 시간 동안 토론했다. 세바스찬이 좋아하는 테마들 중에 하나였다.

그는 원동력으로 위험의 중요성과 영향력을 잘 알고 있었다. 일부는 자신의 경험에서, 또 일부는 연쇄살인범을 연구하면서. 그는 연쇄살인범이 두 가지 측면에서만 자극을 받는다고 치료사에게 설명해주었다. 바로 판타지와 위험. 판타지는 윙윙 소리를 내는 엔진과 마찬가지로, 공회전할 때에도 언제나 존재한다고.

대부분의 사람들은 판타지를 지니고 있다. 성에 중독되거나 침울하거나 폭력적인. 이러한 판타지를 통해 자아는 더 강력해지고 멀쩡하던 사물이나 사람들을 없애버리기 일쑤다. 판타지 속에서는 누구든지 강력한 힘을 발휘하지만 아주 소수의 사람들만이 자신의 판타지를 현실에 반영한다. 실제로 행동으로 옮기는 사람은 다음과 같은 열쇠를 발견하게 된다.

위험.

폭로될 수도 있다는 위험.

이루 형용할 수 없는 일을 행동으로 옮겨야 하는 위험.

이때 분비되는 아드레날린과 엔돌핀은 터보 엔진이자 연료일 것이다. 순간적으로 엔진에 불을 붙여서 최대 성능을 내게 하는. 이런 이유에서 많은 사람들은 언제나 새로운 실수를 저지르게 되고, 살인범들은 연쇄살인범이 되는 것이다. 엔진의 회전수를 한 번 올려놓으면 공회전에서 다시 제자리로 돌아오기가 그리 쉽지는 않을 것이다. 이러한 힘에서 삶을 자극하는 것이 무엇인지를 깨닫게 된다. 바로 위험을.

"정말로 위험이라고 생각하나요? 스릴 때문이 아니고요?" 세바스찬이 입을 다물자 슈테판은 몸을 앞으로 숙였다.

"우리 지금 스웨덴어 강의 시간인가요?"

"아니요. 강의를 하고 있는 건 당신입니다." 슈테판은 탁자에서 마개 있는 유리병을 집어 들고는 물 한 잔을 부어 세바스찬에게 건넸다.

"당신은 애당초 아무런 대가도 못 받고 강의를 하고 계시지요? 오히려 강의를 하기 위해 대가를 지불하고 계시는 건 아닌가요?"

"내 말을 들어주시니, 내가 당신에게 지불해야겠죠. 내가 뭐라고 말하든 상관없이 다 들어주시니 말입니다."

슈테판은 머리를 내저으며 웃었다.

"아닙니다. 당신이 내게 돈을 지불하는 이유가 무엇인지, 당신이 더 잘 알고 계실 거예요. 당신은 도움이 필요합니다. 오늘은 이렇게 본론에서 벗어나는 바람에 우리가 정작 다루어야 할 일에 대해서는 별로 말할 시간이 없군요."

세바스찬은 아무런 대답도 하지 않았으며 아무런 표정도 짓지 않았다. 그는 슈테판을 좋아했기에 쓸데없는 소리를 하고 싶지 않았다.

"다시 한 번 당신 어머니에 대해서 말해봅시다. 장례식은 언제죠?"

"이미 했습니다."

"그럼, 참석했나요?"

"아니요."

"왜죠?"

"왜냐면 장례식은 정말로 어머니를 좋아했던 사람들만 가야 할 것 같았습니다."

슈테판은 한동안 말없이 그를 찬찬히 지켜보았다.

"당신이 보기에도, 우리가 서로 해야 할 말이 아직 많을 겁니다."

기차 칸이 커브길로 접어들었다. 창밖에는 아름다운 풍경이 펼쳐졌다. 기차는 스톡홀름의 서북 방향으로 푸른 숲과 목초지를 가로지르며 우레와 같은 소리를 내며 지나갔다. 멜라렌 호수가 나무들 사이로 화려하게 반짝이며 내비치고 있었다. 다른 승객들은 창밖의 풍경을 보며 여러 가지 살아가는 방식에 대해 생각할지도 모른다. 세바스찬의 경우는 이와는 정반대였다. 그는 주변의 아름다운 풍경 속에서도 어떤 가능성을 찾지 못했다. 문득 그는 차량의 천장 쪽을 바라보았다. 그는 평생 동안 부모님을 피해 다니기만 했다. 청소년 시절부터 내내 적대적인 감정이었던 아버지로부터, 조용하면서도 품위 있게 사셨으나 한 번도 그의 편이 돼 주진 않았던 어머니로부터. 어머니가 단 한 번도 자신을 편들어주지 않았다고, 그는 생각하고 있었다.

순간적으로 그의 눈망울에서는 눈물이 주르륵 흘러내렸다. 지난 몇 년 동안에 그는 이렇듯 눈물을 알게 되었다. 정말 웃긴 일이라고 생각했다. 그의 나이에도 이렇게 쉽게 눈물이 흐르다니. 감정적이면서도 비이성적인 행동은, 그가 절대로 원하지 않던 것이었다.

그는 자신의 감정을 마비시킬 수 있는 단 한 가지 유일한 생각으로 다시 돌아갔다. 바로 여자들. 세바스찬이 번번이 깨트렸던 한 가지 약속이었다. 그는 릴리를 만나자 그녀만을 만나기로 결심했다. 그리고 그가 지닌 많지 않은 가능성에서 벗어나지 않으려고 했다. 하지만 밤마다 엄습하는 소모적인 꿈과 자신의 공허하고 의미 없는 낮 동안의 생활 때문에 더 이상은 다른 탈출구를 찾을 수 없었다. 다양한 여자들과 짧은 시간을 보내며 거듭해서 새 여자를 정복하는 사냥만이 계속되었다. 이때에는 잠시 동안이나마 실신 상태와 같은 느낌을 물리칠 수 있었다. 끊임없이 새로운 여자들을 사냥할 때에는 남자로서, 애인으로서 그리고 맹수로서 자신의 기능을 다할 수 있었으니까. 적어도 이런 능력은 지금도 변함없이 지니고 있었다. 이것 때문에 그는 기뻤다가도 동시에 화가 나기도 했다. 그의 본질을 이루는 이 모든 것 때문에 그는 독신 남자가 되었다. 소년들, 노인들, 여학생들, 여자 동료들, 결혼한 사람들, 싱글들과의 시간을 다 우습게 생각하는 그런 남자. 그는 그 어떤 사람도 구분하지 않았다. 그에게는 오로지 한 가지 원칙만 존재했다. 그에게 적합한 여자여야 한다는 것. 여자로 인해 자신이 무가치한 사람이 아니며 살아 숨 쉰다는 걸 느낄 수 있는 그런 여자. 그는 자신의 행동이 얼마나 악의적인지 잘 알고 있었다. 하지만 자신의 태도를 유지했고, 언젠가는 다른 탈출구를 찾아야만 한다는 생각을 하지 않으려고 노력했다.

그는 커다란 차 칸 내부를 둘러보기 시작했다. 그와는 그리 멀지 않은 자리에 앉아 있던 갈색 머리 여자가 그의 눈에 들어왔다. 대략 마흔 정도 됐을까? 회청색의 블라우스에 값비싼 귀고리를 착용하고 있었다. 나쁘지 않다고 생각했다. 그녀는 책을 읽고 있었다. 완벽해 보였다. 책 읽는 사십 대 여자는 그의 경험상 고난도 등급 3에 해당했다. 그녀가 무슨 책을 읽든지 상관없이.

자리에서 일어난 그는 그녀의 자리 쪽으로 몇 발작 다가섰다.

"제가 지금 식당 칸에 가려고 하는데, 뭐 좀 갖다 드릴까요?"

여자는 의아한 눈빛으로 책에서 눈을 돌렸다. 그의 말이 무슨 뜻인지 믿기지 않는다는 듯이. 서로 눈빛이 마주치자 그녀가 무슨 생각을 하고 있을지 그는 빤히 알고 있었다.

"아니요. 감사합니다." 그녀는 거의 노골적으로 다시 책에 집중했다.

"확실합니까? 커피 한 잔도요?"

"아니요. 됐어요." 이번에는 아예 쳐다보지도 않았다.

"차나 따뜻한 코코아라도?"

그만 책을 내려놓은 여자는 당황한 눈빛으로 세바스찬 쪽을 쳐다보았다. 그는 거의 특허권을 받을 만한 미소를 지어 보였다.

"식당 칸에서 와인도 팝니다만 마시기에는 좀 이른 시간인가요?" 세바스찬의 질문에 여자는 아무런 대답도 하지 않았다.

"내가 말을 걸어서 아마 놀라셨을 겁니다." 세바스찬은 말을 계속했다. "그냥 그러고 싶었어요. 책에서 당신을 구제하는 게 내 의무라는 생각이 들었거든요. 당신도 내게 고마워하게 될걸요." 여자가 계속해서 빤히 쳐다보자 그들의 눈빛은 서로 마주쳤다. 세바스찬은 미소 지었다. 여자는 그의 미소에 응답해주었다.

"커피면 좋겠네요. 블랙에 설탕은 넣지 말고요."

"그럼 당장!" 식당 칸으로 향하는 동안에 세바스찬의 얼굴에는 갈수록 미소가 가득히 퍼져나갔다. 어찌됐건 베스테로스로 가는 여행은 아주 마음에 들게 되었다.

베스테로스의 경찰서에서는 일이 많아 야단법석이었다. 케르스틴 한저는 스트레스 받은 눈빛으로 시계를 쳐다보았다. 마침내 그녀는 출동할 시간이 되었다. 그녀가 원하지 않는다는 것을, 신은 알고 계실 것이다. 영안실에 가서 레나 에릭손을 만나는 일만 아니라면, 100가지 일 중에서 나머지 99가지 일은 언제라도 간단히 해치울 수 있을 것만 같았다. 하지만 이 일을 피해갈 방법은 없었다. 시체로 발견된 소년이 100퍼센트 로저 에릭손이라고 경찰들이 장담했는데도 그의 어머니는 반드시 아들을 확인하고 싶어 했다. 한저는 레나 에릭손을 말렸지만 그녀는 고집불통이었다. 그녀는 아들을 보고 싶어 했다. 물론 그녀는 두 번이나 약속 시간을 미루었다. 이유가 무엇인지는 한저도 모른다. 하지만 소년의 어머니가 아예 약속을 취소해버린다면 가장 좋을 일이다. 아니면 자신이 함께 동반하지만 않더라도 괜찮을 것이다. 이 일은 한저가 제일로 싫어하는 일이었다. 그녀는 성실하고 정직했지만 이런 일은 능력 밖이었다. 그녀는 매번 이런 상황을 피하려고 했다. 하지만 그녀가 여자라는 이유 하나만으로 동료들이 이런 일을 더 잘할 수 있을 것으로 기대하는 것만 같았다. 다들 그녀가 누구보다 더 쉽게 위로의 말을 건넬 수 있을 것으로 생각했다. 그녀가 여자의 입장에서 말한다면 해당 가족들과 슬픔에 빠진 사람들이 훨씬 더 쉽게 고통을 이겨낼 수 있을 것이라고. 한저는 이런 생각이야말로 어처구니없다고 보았다. 도대체 무슨 말부터 해야 할지 그녀도 아는 바가 없었다. 그녀가 할 수 있는 일이라면 진심으로 동정을 표한다거나 가능하다면 껴안아주거나 어깨에 기대어 울 수 있도록 배려해주는 것뿐이었다. 아니면 경찰이 범인 검거에 최선을 다하고 있다고 거듭해서 다짐을 하고 정신적인 조력자로서 전화번호를 건네주는 정도일 것이다. 분명한 건 이런 일은 다 할 수 있지만 그곳에서 내내 서 있는 것은 어려운 문제였다. 이는 누구나 다 할 수 있는 일인데도.

그녀와 남편이 아들 니클라스의 신원을 확인했을 때는 어땠을까? 그 자리에 경찰들 중에 누가 참석했었는지, 그녀는 한 번도 회상해본 적이 없었다. 한 남자. 그저 그곳에 우두커니 서 있었던 한 남자.

애당초 그녀는 남자 동료 한 명을 파견하고 싶었다. 지금까지의 수사가 달리 진행되었더라면 분명히 그렇게 했을지도 모른다. 이제부터는 더 이상 위험을 무릅쓸 수가 없었다. 신문기자들이 가는 곳마다 있었다. 분명히 그들은 이미 희생자의 심장이 없다는 걸 눈치챘을 것이다. 그들이 지금까지의 모든 정황을 샅샅이 밝혀내는 것은 시간문제였다. 경찰이 수색을 시작했을 때는 이미 소년이 행방불명된 지 3일째라는 것을 알게 될 것이다. 하랄드손이 '심하게 발목을 삔 상태라' 숲에는 미성년 스카우트 단원들만 남아 있었으며, 그로 인해 그들이 쇼크를 받게 되었다는 것도. 지금 당장에는 지금까지의 수사에 대해서 이렇다 할 만한 비난받을 일은 없어 보였다. 물론 개인적으로는 그녀가 신경 써야 할 일일 테지만. 그녀는 최고의 수사 요원들과 협력 작업을 함으로써 이 잔혹한 사건을 빠른 시일 내에 종결하고 싶었다. 이것이 그녀의 계획이었다.

전화벨이 울렸다. 여자 동료가 전화를 받았다. 특별살인사건전담반이 도착했다는 것. 한저는 벽시계를 쳐다보았다. 이른 도착이었다.

그녀는 될 수 있는 대로 서둘러 수사반을 맞이하고 싶었다. 레나 에릭손은 몇 분간 더 기다려야만 할 것이다. 그렇다고 그들이 만날 약속이 바뀌지는 않을 것이다. 한저는 블라우스의 주름을 매만지고는 다시 한 번 기운을 차렸다. 그러고는 입구로 통하는 계단 아래로 내려갔다. 경찰서의 내부 공간과 프런트가 분리되는, 마지막 잠긴 문 앞에서, 그녀는 멈추어 섰다. 보호 유리창의 바둑판 창살 사이로 토르켈 회글룬트의 모습이 보였다. 그는 뒷짐을 지고는 편안한 자세로 이리저리 걸어 다녔다. 도로가 창문 쪽에 있는 초록색 소파에는 남자 한 명과 여자 한 명이 앉아 있었다. 둘 다 한저보다는 어려 보였다. 토르켈의 동료들이라고 그녀는 추측했다. 그러고는 스위치를 눌러 문을 열었다. 토르켈은 자물쇠가 열리는 소리가 들리자 뒤를 돌아보았다. 그는 그녀를 보며 미소 지었다.

갑자기 한저는 어찌해야 할지 난감했다. 어떻게 해야 마땅할까? 포옹할까 아니면 동료 간에 악수를 나누어야 할까? 그들은 몇 차례에 걸쳐 함께 세미나에 참여했고 한두 차례 식사도 같이 하고 복도에서 마주치기도 했다. 하지만 한저의 망설임은 쓸데없는 것이었다. 토르켈이 먼저 다가와 그녀를 다정하게 포옹해주었다. 그리고 그는 몸을 돌려, 그사이에 소파에서 일어난 동료 두 명에게 다가가 그들을 소개했다. 한저는 그들을 반갑게 맞이했다.

"정말로 죄송한 일이지만, 제가 지금 아주 바쁩니다. 막 영안실에 가려던 참이거든요."

"소년 말인가요?"

"예."

한저는 방문한 여경 쪽으로 몸을 돌렸다.

"하랄드손은요?"

"같이 가려고요. 당신에게 보고한 뒤에 바로 그에게 전화했어요." 한저는 고개를 끄덕이며 다급한 눈빛으로 시계를 다시 들여다보았다. 그가 너무 늦게 와서는 안 될 것이다. 그녀는 잠시 동안 반야와 빌리를 바라보다가 얘기할 때는 토르켈 쪽으로 몸을 돌렸다.

"하랄드손이 지금껏 수사를 맡았어요."

"알고 있습니다. 서류에서 그의 이름을 봤어요."

한저는 잠시 주춤거렸다. 토르켈의 목소리에서 생색내는 흔적을 느꼈던 걸까? 만약에 정말로 그렇다고 해도 그의 얼굴에서는 아무런 표정도 읽을 수가 없었다.

하랄드손은 또 어디에 있는 걸까? 한저가 막 핸드폰을 꺼내려는 순간, 방금 나왔던 문의 자물쇠에서 다시 찰칵거리는 소리가 들리더니 하랄드손이 다리를 어렵사리 절뚝거리며 프런트 홀 안으로 들어왔다. 그는 걷는 데 짜증 날 정도로 상당한 시간을 소비했다. 마침내 목표 지점까지 도착한 그는 손님들을 반갑게 맞이했다.

"어떻게 된 거죠?" 토르켈은 하랄드손의 오른발을 가리켰다.

"소년을 찾으러 숲을 돌아다니다가 오른발을 삐었어요. 그래서 시체 현장에 없었던 겁니다." 마지막 문장을 말할 때에는 잠시 동안 한저를 바라보았다.

그녀가 자신의 말을 믿지 않는다는 것을, 그도 알고 있었다. 그래서 먼저 잊지 않고 발부터 절뚝거려 보았다. 한저가 병원에 확인하는 것은 아닐까? 만약 그렇게 한다면 병원에서 아무 말도 해서는 안 될 것이다. 비밀 엄수의 의무나 환자 보호의 차원에서 어떤 말도 해서는 안 될 것이다. 아마도 고용주는 피고용자의 진료 기록을 보자고 요구하진 않을 것이다. 아니, 혹시나 요구한다면? 그는 노동조합에 권리 사항에 대해 물어보아야만 할 것이다. 하랄드손은 이런저런 생각에 골몰하다 보니 한동안 상관의 말을 듣지 못했다. 이제야 그는 한저가 자신을 심각한 눈초리로 쳐다보고 있다는 것을 깨달았다.

"토르켈과 그의 팀이 이 수사를 맡을 거예요."

"당신 대신요?" 하랄드손은 화들짝 놀랐다. 그가 예상치 못한 일이었다. 갑자기 모든 것이 좀 더 투명해지는 것 같았다. 그와 마찬가지로 그들은 진짜 경찰들이었다. 그가 상관으로 모시고 있는 탁상공론의 법률가보다는 자신의 활동을 더 잘 평가해 주지 않을까? 이는 물어보나 마나였다.

"아니에요. 책임자는 계속 접니다. 하지만 지금부터는 특별살인사건 전담반이 수사의 일부 작전을 맡아주기로 했어요."

"저와 같이요?"

한저는 마음속으로 깊은 한숨을 쉬며 말없이 빌었다. 베스테로스 지역이 제발 흉악 범죄의 온상이 아니기를. 만약 그렇다면 범죄자들이 설 자리가 없도록 본때를 보여줄 것이다.

반야는 빌리에게 재미있다는 듯이 눈짓을 지어 보였다. 토르켈은 아무런 표정도 짓지 않고서 대화에만 집중했다. 지방경찰의 속을 은근히 떠보거나 아니면 우습게 만드는 것은 협동작전에서는 가장 나쁜 출발이었다. 토르켈은 다른 영역에 영역 표시를 하는 일 따위는 그다지 염두에 두지 않았다. 모두 함께 하는 것이 최선의 가능성이었다.

"아니요. 그들이 이 수사를 완전히 떠맡게 될 거예요. 당신은 이 일에서 손을 떼세요."

"아닙니다. 우리는 기꺼이 긴밀한 협동작전을 환영하는 바입니다."
대화 중간에 끼어든 토르켈은 진지하게 하랄드손을 바라보았다. "당신
은 이 사건에 대해 자세하게 잘 알고 있을 테니까, 우리가 앞으로 성공
리에 일을 끝낼 수 있도록 결정적인 역할을 할 수 있을 거예요."

반야는 매우 놀랍다는 듯이 토르켈을 바라보았다. 개인적으로 그녀
는 이미 오래전에 하랄드손을 탐탁지 않게 생각해왔다. 사건에 대한
그의 의견을 듣는다는 것은 거의 절망적이었다. 그래서 가능한 한 사
람들은 그를 수사에 개입하지 못하게 해왔다.

"그러면 나도 함께 일해도 되나요?"

"우리와 긴밀하게 일해 주세요."

"어떻게 긴밀하게?"

"어디 한번 봅시다. 오늘부터 시작하는 거예요. 당신이 지금까지 일
어난 일에 대해 모든 정보를 우리에게 알려주세요. 그러면 어찌해야
할지 우리가 다음 결정을 내리겠습니다." 토르켈은 하랄드손의 어깨에
손을 얹고는 부드러운 손길로 문 쪽으로 이끌었다.

"이따 만납시다." 그는 어깨 너머로 한저를 향하여 소리쳤다. 빌리는
소파 쪽으로 다시 돌아와서는 자신의 가방을 챙겼다. 반야는 어안이
병병한 채로 우두커니 서 있었다. 이 사건을 맡았던 수사관이 다리를
절지도 않고서 토르켈 옆을 몇 발자국이나 걷던 모습을, 그녀가 목격
한 것은 아닐까?

레나 에릭손은 작은 대기실에 앉아 몇 번씩이나 레케롤 사탕을 입속
으로 밀어 넣었다. 그녀는 사탕 한 통을 일터에서 몰래 훔쳐왔다. 사탕

은 계산대 바로 옆에 놓여 있었다. 유칼리나무. 그녀가 좋아하는 사탕 종류는 아니었지만 문 닫을 시간에 가장 손쉽게 손에 닿는 것을 그냥 집어 들고 주머니에 쑤셔 넣었다. 어떤 종류인지 자세히 확인도 하지 않고서.

어제.

그녀가 아들이 살아 있을 것으로 확신하고 있었을 때에.

로저가 며칠간 그저 가출했을 거라고 주장했던 경찰의 말을 맹목적으로 믿었을 때. 아마도 스톡홀름으로 갔거나 아니면 어디 다른 곳으로 갔을 거라고. 십 대들의 단순한 모험 정도라고.

어제.

지금은 어제와는 완전히 딴 세상이 되었다. 어제는 희망이 있었다. 그런데 오늘은 아들이 영원히 떠나가 버렸다. 살해된 채로, 심장이 없이 작은 물웅덩이에서 발견된 것이다.

그녀가 아들이 죽었다는 소식을 전해들은 뒤에는 한나절 동안 집 밖을 나서지 않았다. 좀 더 일찍 경찰관을 만났어야 했지만 전화를 걸어 약속 시간을 미뤘다. 두 번씩이나.

한동안 그녀는 두려웠다. 다시는 자리에서 일어날 힘조차 없을 것 같았다. 그래서 죽치고 앉아 있었다. 여태까지 그녀와 아들이 같이 있었던 적이 많지 않은 마루의 안락의자에서. 그녀는 아들과 마지막으로 이곳에서 같이 식사를 했던 게 언제쯤이었는지 기억을 더듬어보았다. 영화를 보고 식사를 하고 대화를 나누며 그저 소박하게 살았던 게 언제였을까? 그녀는 도무지 생각나지 않았다. 로저가 이 끔찍한 학교에 간 다음부터. 이 지체 높으신 자제들과 몇 주 지낸 다음부터 아들은 완전히 변했다. 지난해에는 급기야 서로 따로따로 생활하는 횟수가 점점 늘어만 갔다.

일간지 기자들은 연이어 전화를 걸어왔지만 그녀는 아무와도 얘기하고 싶지 않았다. 아직은. 언제부터인지 그녀는 집 전화 수화기를 옆에 내려놓았고 핸드폰 스위치도 껐다. 그 바람에 그들은 레나 에릭손의 집으로 찾아왔으며 우체통 틈바구니로 이름을 불렀다. 그래도 대답이 없자 그녀의 신발 발판에 메모지를 남겨놓았다. 하지만 그녀는 아무한테도 문을 열어주지 않았고 안락의자에서 꼼짝달싹하지 않았다.

그녀는 엄청나게 속이 메스꺼웠다. 도착한 뒤에 마신 자동판매기 커피가 식도를 타고 승강기처럼 오르락내리락했다. 어제부터 뭘 먹기나 했었나? 먹은 것은 아무것도 없었지만 마신 것은 있었다. 술. 보통은 이런 짓을 절대로 하지 않았다. 어찌됐건 많이 마신 적은 없었다. 그녀는 아주 소심한 편이지만, 다른 사람들은 짐작도 하지 못할 것이다. 직접 금발로 염색했던 레나의 머리카락은 뿌리 쪽부터 거뭇거뭇하게 드러나기 시작했다. 그녀의 몸무게는 육중했다. 짧은 손가락에는 반지를 끼고 있었는데 손톱의 매니큐어는 벗겨진 상태였다. 그리고 피어싱을 하고 있었다. 그녀는 신축성이 좋은 조깅바지와 널따란 티셔츠를 좋아했다. 대부분의 사람들은 레나를 만나면 곧바로 그녀가 어떤 사람인지 상상할 수 있었다. 그리고 실제로 그녀의 장점들 중 상당수가 입증되기도 했다. 레나는 8학년까지 학교를 다니다가 중퇴했다. 열일곱 살에 임신을 했기 때문이다. 그녀는 줄곧 파산 상태였다. 미혼모한테는 보수가 나쁜 일자리밖에 없었다. 그럼, 약물중독은? 아니다. 그런 것 따위는 전혀 하지 않았다.

물론 오늘은 그녀도 술을 마셨다. 아들의 사망 소식을 전달받자마자 뒷골에서 느끼는 나지막한 목소리를 진정시키고 싶었다. 하루 이상 이 목소리는 점점 더 심해졌고 좀처럼 사라지지 않았다.

레나의 머리는 지끈지끈 아파왔다. 그녀는 맑은 공기를 마시고 담배 한 가치를 피우고 싶었다. 의자에서 일어난 그녀는 바닥에 있던 핸드백을 주워 들고는 출구 쪽으로 향했다. 닳아빠진 뒤축은 돌바닥에 닿을 때마다 쓸쓸하게 메아리쳤다. 레나가 거의 목표 지점에 다다르자, 45세가량의 여성이 정장 차림으로 회전문 안으로 성급하게 들어섰다. 힘찬 걸음걸이로 그녀는 레나에게 다가왔다.

"레나 에릭손 씨인가요? 저는 베스테로스 경찰서의 케르스틴 한저입니다. 제가 너무 늦어서 죄송합니다."

승강기 안에서는 둘 다 한 마디도 하지 않았다. 지하층에 도달하자 한저가 문을 열어 레나를 안내했다. 그들이 복도를 따라 걷다보니 마침내 안경을 끼고 흰 가운을 걸친 대머리 남자가 마중을 나왔다. 그는 좀 더 좁은 방으로 안내했다. 그곳에는 네온 불빛의 들것만이 달랑 놓여 있었다. 하얀 침대 시트 아래에는 육체의 윤곽이 또렷이 드러나 있었다. 한저와 레나는 천천히 다가섰다. 조용한 걸음걸이로 시체의 머리끝 쪽으로 다가선 대머리 남자가 한저를 바라보며 머리를 끄덕해 보였다. 그러고는 서서히 하얀 침대 시트를 걷어냈다. 그러자 로저 에릭손의 얼굴과 목 그리고 쇄골까지 나타났다. 한저가 정중하게 한 발자국 뒤로 물러서는 동안에 레나는 아무 말도 하지 않은 채 들것 쪽을 바라보았다. 한저 옆에 선 여자는 숨을 거칠게 헐떡거리지도 외마디소리를 내지도 않았다. 흐느끼지도 않았고 반사적으로 자신의 입을 손으로 틀어막지도 않았다. 아무것도 하지 않았다.

그들이 입구에서 처음 만났을 때부터 이미 한저는 의아하게 생각했다. 울어서 레나의 눈이 통통 부어 있지는 않아 보였다. 당황하지도 경직되어 있지도 않았다. 그녀는 거의 편안해 보였다. 하지만 승강구에 올라타자 그녀한테서 유칼리나무 목사탕과 술 냄새를 맡을 수 있었다. 한저는 레나 에릭슨의 감정 반응이 왜 무디게 나타나는지 그 주된 원인을 미루어 짐작할 수 있었다. 그녀는 쇼크 상태였다.

레나는 꼼짝도 하지 않고 선 자세로 아들을 내려다보았다. 그녀가 뭘 기대할 수 있을까? 아무것도. 아들이 어떤 모습을 하고 있을지에 대해 생각할 만큼 용기가 있는 걸까? 여기에 서 있는 것이 어떤 느낌인지 전혀 상상도 할 수 없는 일일 것이다. 더구나 물속에 있던 시간 동안 아들의 모습이 어떻게 변했는지도. 실제로 로저는 알레르기 반응을 보인 것처럼 퉁퉁 부어 있었다. 하지만 이것 말고는 평상시와 다를 바가 없다고, 레나는 생각했다. 짙은 머리색, 하얀 피부, 각지고 검은 눈썹, 윗입술 쪽에 살짝 돋은 콧수염, 감은 눈. 그저 생명이 없다는 것 빼고는. 그리고 또 뭐가 다르다는 걸까? 물론 당연했다.

"내 생각에는 로저가 자고 있는 것처럼 보여요."

한저는 아무 말도 하지 않았다. 레나는 한저에게서 대답을 듣고 싶어서 그녀 쪽으로 몸을 돌렸다.

"잠자는 것처럼 보이지 않나요?"

"아니요."

"나는 로저가 자는 모습을 여러 번 봤어요. 특히 우리 애가 어렸을 때. 내 말은, 우리 애는 말하지 않고 있는 거예요. 눈은 감았지만……."

레나는 하던 말을 다 하지 못했다. 그 대신에 손을 뻗어 로저를 쓰다듬었다. 그의 몸은 차가웠다. 죽은 것이다. 그녀는 그의 뺨을 어루만져 보았다.

"이 애가 열네 살일 때 난 아들을 잃었어요."

레나는 여전히 소년의 뺨을 어루만지다가 한저 쪽으로 약간 돌아섰다.

"맞죠?"

"예······."

그러고는 아무 말도 하지 못했다. 왜 그녀가 이런 말을 한 걸까? 한저는 이와 비슷한 상황에서도 한 번도 이런 대답을 한 적이 없었다. 하지만 들것 옆에 있는 여자한테는 뭐라도 말해야 했다. 레나가 슬픔을 인정하지 않는다는 느낌이 들어서였다. 어찌할지 몰랐을 것이다. 아마도 이런 슬픔을 원한 적도 없었을 테고. 한저는 뭔가 위로가 되는 말을 하고 싶었다. 예를 들어 손을 뻗어서 일러주고 싶었다. 레나가 어떻게 이 상황을 이겨내야 할지 자신도 잘 알고 있다고.

"이 애도 누굴 죽였나요?"

"아니요."

갑자기 한저는 바보가 된 느낌이 들었다. 그녀의 대답이 마치 그들의 고통을 비교하는 것처럼 생각되었다. 나도 사랑하는 사람을 잃었어요. 당신도 그걸 아셔야 합니다. 하지만 레나의 생각은 이미 딴 곳에 가 있었다. 그녀는 다시 몸을 돌려 아들을 관찰했다.

그렇게 오랜 세월 동안에 그는 그녀의 유일한 자랑거리였다.

또한 그 오랜 세월 동안 그녀가 소유한 유일한 아이였다.

끝났다.

이게 당신 잘못일까? 나지막한 목소리가 다시 캐묻기 시작했다. 레나는 로저의 이마에서 손을 떼고는 한 발작 물러났다. 누통은 가혹할 정도였다.

"이제 가는 게 좋겠어요."

두 여자가 문 쪽으로 가는 동안에 한저가 고개를 끄덕여 보이자 대

머리 남자는 시체 위로 천을 다시 덮었다.

레나는 핸드백을 뒤적거려 담배 한 갑을 찾았다.

"서로 전화 연락할 만한 사람이 있나요? 이제는 혼자 계시면 안 됩니다."

"하지만 난, 난 이제 혼자예요."

레나는 그곳을 떠났다. 한저는 그저 그 자리에 우두커니 서 있었다. 정확히 그녀가 예감했던 그대로였다.

베스테로스 경찰서의 회의장은 건물 안의 어느 곳보다 가장 현대적인 장소였다. 밝은색 자작나무 목재로 만든 가구들은 구입한 지, 몇 주밖에 되지 않은 것들이었다. 타원형 탁자 둘레에는 의자가 여덟 개 놓여 있었다. 벽 세 면에는 고상하고 차분한 녹색 톤의 새 벽지가, 나머지 한 벽에는 화이트보드와 아마포가 조화를 이루고 있었다. 탁자 옆 구석에는 가장 최신 기술 제품이 설치되어 있었는데, 천장의 영사기와 연결되어 있었다. 회의용 탁자 중앙에는 방 안의 모든 기계를 조종할 수 있는 콘솔이 놓여 있었다. 토르켈은 이곳을 팀의 근거지로 삼기로 결정하자마자 회색 카펫 바닥에 처음으로 발을 들여놓게 되었다.

그는 그 앞에, 랙칠된 책상 위의 종이들을 주섬주섬 모았다. 그러고는 그의 물병에 남아 있던 마지막 물을 마저 마셨다. 지금까지의 수사 정황에 대해 하랄드손과 얘기를 나누려던 계획은 그의 기대대로 착착 진행되었다. 하랄드손의 보고로 두 번의 놀라운 사실을 알게 되었다. 제일 처음 놀라운 사실을 듣게 된 때는, 그들이 그때까지의 수사 과정을 순차적으로 살펴보는 동안에 반야가 보고 있던 서류에 대해 다음과 같은 질문을 던진 뒤였다.

"그럼 일요일에는 뭘 하셨죠?"

"그날 우리는 경찰 수사를 신중하게 시작했지만 어떤 결과도 도출해 내진 못했어요."

대답은 신속했다. 보고 배우는 것도 신속했다. 반야가 뭘 원하고 있는지 눈치챈 토르켈은 그녀도 자신과 똑같이 행동하고 있다는 것을 알고 있었다. 토르켈이 알고 있는 모든 사람들 중에 그녀는 인간 거짓말 탐지기와 가장 흡사했다. 그는 좀 긴장한 채로 그녀의 행동거지를 유심히 지켜보았다. 그녀가 한참동안 하랄드손을 뚫어져라 쳐다보다가 다시 서류에 집중하는 모습을. 순간 하랄드손은 안도의 숨을 내쉬었다. 물론 그들은 같은 편이지만 수사 초반에 이런저런 오류가 있었다는 것을, 동료들이 눈치챌 기회는 없었다. 이제 그들은 앞만 보고 가야 한다. 하지만 하랄드손은 약간 당황스러웠다. 특히나 반야가 볼펜을 한 번 더 돌리자 그는 약간 불안해졌다. 빌리는 미소가 절로 나왔다. 반야가 하랄드손의 목소리에서 뭔가 수상한 낌새를 느꼈기에 계속해서 캐고 싶어 한다는 것을, 그도 알아챘다. 그녀가 언제나 그랬듯이. 빌리는 편안한 의자에 기대어 팔짱을 꼈다. 이 상황을 즐기고 싶어서.

"경찰 수사라고 말씀하셨는데요, 당신은 그날 정확히 무슨 일을 했죠?" 시간이 흐를수록 반야는 날카롭게 질문했다. "이 서류에는 신문한 프로토콜이 전혀 없는데요. 소년의 어머니나 아니면 다른 어떤 사람들하고도. 이웃에 물어본 결과도 없고, 금요일에 어떤 일이 있었는지 말해준 사람들도 하나도 없네요." 그녀는 서류에서 눈을 돌려 하랄드손을 쳐다보았다. "그렇다면 당신은 정확히 뭘 했다는 거죠?"

하랄드손은 정신을 좀 가다듬어 보았다. 자신이 여기에 와서 다른 사람들의 잘못에 대해 변호해야 한다는 게 너무 바보 같은 짓 같았다. 그는 헛기침을 했다.

"전 지난 주말에 쉬는 날이었어요. 그래서 월요일이나 돼서 이 사건을 통보받았죠."

"그럼 일요일에는 정확히 무슨 일이 있었죠?"

하랄드손은 두 남자들을 번갈아 쳐다보았다. 그는 뭔가 지지를 호소하는 것처럼 보였다. 너무 과거에만 집중하는 것은 그다지 중요하지 않다는 그의 생각에 대해. 하지만 아무런 도움도 얻어내지 못했다. 토르켈과 빌리는 재촉하듯이 그를 빤히 쳐다보고만 있었다. 하랄드손은 거듭 헛기침을 했다.

"내가 아는 바로는 유니폼 차림의 동료 두 명이 소년의 어머니를 찾아갔습니다."

"정확히 뭘 하려고 그랬던 거죠?"

"소년의 행방불명에 대해 정보를 얻으려고요."

"어떤 정보 말입니까? 그것에 대한 서류는 어디에 있죠?"

반야는 쏘아보듯이 꼼짝달싹도 하지 않고 하랄드손을 쳐다보았다. 하랄드손은 이런 궁지에서 빠져나오기 힘들 것으로 생각했다. 급기야 그는 이 세 사람에게 진실을 설명하지 않을 수 없었다.

연이어 방 안은 침묵으로 가득했다. 하랄드손은, 이들이 지금까지 들었던 일 중에 가장 멍청한 일을 들었으니 다 소화해내려면 그만큼 침묵이 필요할 것으로 해석했다. 마침내 빌리가 말문을 열었다.

"그러니까 일요일에 한 일이 고작 동일 실종자에 대해서 두 번째 신고를 받았던 것뿐이란 말이죠?"

"예, 그런 셈이죠."

"알겠습니다. 그러니까 소년은 금요일 22시에 행방불명됐다고 했고. 그럼, 당신들이 실제로 수색 작업을 시작한 것은 언제죠?"

"월요일이에요. 점심시간이 지나서요. 점심시간 뒤에 제가 이 사건을 넘겨받았습니다. 즉 정확히 말하자면 우리는 이때도 아직 수색 작업은 하지 않았어요. 먼저 소년의 여자 친구나 학교와 다른 증인들에 대한 수사부터 먼저 시작했고요……."

다시 방 안은 조용해졌다. 수사관들은 경험상, 소년이 이 시각쯤이면 이미 죽었을 가능성이 컸다는 걸 알고 있었다. 하지만 만약 아니라 하더라도 소년이 어디에선가 인질로 잡혀 있을 가능성도 배재할 수 없을 것이다……. 3일이나 됐다면! 오 하느님! 토르켈은 몸을 푹 숙인 채로 하랄드손을 정말로 신기하다는 듯이 관찰했다.

"일요일에 무슨 일이 있었는지, 왜 곧장 말하지 않았죠?"

"잘못을 인정하고 싶지 않았어요."

"하지만 그건 당신 잘못이 아니에요. 당신은 월요일이 돼서야 이 사건을 넘겨받았다면서요. 당신이 저지른 단 한 가지 잘못은, 사건의 정황을 정확히 우리한테 보고하지 않았다는 것이지요. 우리는 한 팀이에요, 우리가 서로 믿지 못하면 우린 아무것도 해낼 수 없어요."

하랄드손은 고개를 끄덕였다. 갑자기 그는 교장 앞에 불려간 일곱 살배기 소년과 같은 느낌이 들었다. 그가 학교 운동장에서 뭔가 못된 짓을 했을 때처럼.

마침내 그는 정말로 모든 것을 설명했다. 점심시간 때 제니와 섹스한 일이나 의사한테 거짓으로 찾아갔다고 한 일까지. 그들이 전체 사건에 대해 순차적으로 다 얘기를 나누었을 때는 이미 21시가 훌쩍 지났다.

토르켈은 하랄드손에게 감사의 마음을 표했고, 빌리는 의자에서 느긋하게 사지를 뻗고 앉아 하품을 했다. 반야는 이미 서류들을 챙기고 있었다. 이날 밤, 두 번째로 놀라운 일이 발생할 찰나였다.

"또 한 가지가 있어요." 하랄드손은 효과적으로 잠깐 뜸을 들였다. "우리는 소년의 윗도리랑 시계를 발견하지 못했어요."

토르켈, 반야와 빌리는 몸을 꼿꼿하게 폈다. 그의 얘기는 상당히 흥미로웠다. 하랄드손은, 반야가 서류들을 다시 가방에서 끄집어내는 것을 보았다.

"보고서에서는 그 얘기가 없어요. 보고서를 읽었더라도 아무도 이 사실을 모를 거예요. 어디에도 이 정보에 대해서는 찾을 수 없을 테니까요."

반야는 고개를 끄덕여 보였다. 치밀했다. 이러한 세부 상황까지 절대로 신문사에 알리면 안 되는 것이다. 심문 과정에서 이런 정보는 금쪽같은 가치가 있었다. 불가피하게 거의 모든 사항이 폭로되었음에도 하랄드손의 입장에서는 절대로 희망 없는 사건은 아니었을 것이다.

"그렇다면 도둑맞은 걸까요?" 빌리가 추측했다.

"그런 것 같지는 않아요. 300크로네가 들어 있는 지갑은 그대로 있었거든요. 핸드폰도 바지 주머니에 그대로 있었고요."

그렇다면 어떤 누군가가 희생자에게서 선별적으로 이 물건들을 슬쩍했다는 말일까? 그곳에 있던 네 사람은 이 사실에 주목했다. 이는 뭔가 의미하는 바가 있을 텐데? 이 사실과 사라진 심장은?

"디젤 재킷이었어요." 하랄드손이 말을 이었다. "초록색이고요. 이 옷과 관련 사진은 내 책상 위에 있어요. 그리고 시계는……." 하랄드손은 자신이 해놓은 메모를 찾아보았다. "토니노 람보르기니 파일럿이에요. 이 사진도 내가 갖고 있어요."

긴 대화가 끝난 뒤 토르켈만이 홀로 창문 없는 회의실에 남았다. 그는 호텔로 가지 않는 이유를 찾으려고 노력했다. 화이트보드에 사건의 경과 과정을 적어보는 것은 어떨까? 지도를 걸어볼까? 사진들은? 하랄드손의 과제들을 다시 한 번 체크해보는 것은 어떨까? 아니다. 이 모든 것은 내일 일찍 빌리가 더 신속하고 더 완벽하게 해낼 것이다. 어쩌면 그가 경찰서에 도착하기 전에 다 해낼지도 모를 테니까.

그렇다면 식사를 하러 갈까? 하지만 혼자서 레스토랑에 갈 만큼 그다지 배가 고프진 않았다. 물론 반야한테 같이 가자고 부탁할 수 있었지만, 그녀는 호텔 방에서 이 사건에 대해 꼼꼼히 읽어보는 게 더 나을 것이다. 그도 잘 알고 있었다. 반야는 정말로 야심이 있고 꼼꼼했다. 아마도 그가 같이 식사하러 가겠냐고 묻는다면 그녀는 아니라고는 말하지 않을 것이다. 하지만 애당초 그녀가 계획했던 바는 아닐 것이다. 그리고 밤새도록 그녀는 맘속으로 스트레스를 잔뜩 받을지도 모를 일이다. 그래서 토르켈은 같이 가야겠다는 생각을 단념했다.

그럼 빌리는? 토르켈은 빌리의 다재다능한 능력을 잘 알고 있었다. 컴퓨터나 기술에 대한 지식뿐만 아니라 팀에서는 없어서는 안 될 구성원이었다. 하지만 그들은 옛날에도 저녁 식사를 함께 한 기억이 없었다. 오로지 둘이서 함께 했던 저녁 식사는. 빌리와 대화를 나누는 것은 그렇게 쉽지 않았다. 빌리는 호텔에서 밤을 보내는 것을 좋아했다. 22시와 새벽 2시 사이에는 빌리가 보지 않은 TV 방송이 없었다. 그는 방송에 대해 얘기하는 것을 좋아했다. 이뿐만 아니라 영화, 음악, 게임, 컴퓨터, 새로운 핸드폰 또는 인터넷에서 본 외국 신문까지. 빌리 옆에 있다 보면 토르켈은 공룡처럼 느껴졌다.

그는 한숨을 내쉬었다. 저녁에는 산책을 나갔다가 샌드위치와 맥주 한 잔을 사가지고 와서는 그냥 방에서 한 끼를 때우는 게 좋을 듯싶었다. TV를 친구 삼아. 그는 내일 우르줄라가 온다는 게 좀 위안이 됐다. 그러면 함께 밥 먹으러 갈 사람이 생길 테니까.

토르켈은 네온 불을 끄고 회의실을 나왔다. 언제나처럼 그가 마지막 으로 퇴근했다. 그는 텅 빈 사무실을 나올 때면 늘 이런 생각이 들었 다. 그의 아내들이 이런 생활을 질색했던 것도 무리는 아니라고.

세바스찬이 택시에 요금을 지불하고 차에서 내렸을 때에는 이미 어 두운 밤이었다. 차에서 내린 운전기사는 트렁크를 열어 세바스찬의 가 방을 꺼내주었다. 그리고 좋은 밤이 되라며 마지막 인사를 했다. 부모 님 댁에서 좋은 밤이라고? 글쎄, 그런 일은 생전 처음이라고 세바스찬 은 생각했다. 부모님 두 분 다 이제는 돌아가셨기에 그 기회는 엄청나 게 늘어났다는 게 사실이었다.

세바스찬은 도로를 가로질렀다. 이웃의 출구에서 방향을 돌려 나온 택시가 그의 등 뒤로 스쳐 지나갔다. 그는 나지막한 흰색 울타리 앞에 멈추어 섰다. 페인트칠을 다시 해야 할 것 같았다. 우체통은 넘쳐나 있 었다. 사람이 죽으면 모든 편지를 중단하는 중앙의 사망 통지는 도대 체 있는 걸까? 없는 게 틀림없다.

몇 시간 전에 베스테로스에 도착하자마자, 곧장 세바스찬은 장례 기 관으로 달려가 집 열쇠를 받아왔다. 그가 어머니의 장례식에 참석하지 않겠다고 거절하자, 어머니의 여자 친구들 중 가장 나이 많은 분이 일 을 전적으로 도맡아 주었다. 베리트 홀름베르크. 이 이름을 예전에 들 어본 적이 있었을까? 세바스찬은 기억나지 않았다. 장례 기관은 장례 식 사진 앨범을 보라며 그에게 주었다. 장례식은 아주 아름답고, 분위 기 있으며 방문객도 제법 있었다면서. 세바스찬은 보지 않겠다고 거절했다.

그러고는 그는 식사하러 갔다. 맛있는 음식을 성대하게 먹고 난 뒤에도 자리에 앉아 책을 읽으며 커피를 마셨다. 그는 기차에서 책을 읽던 여자의 명함을 보면서 앞뒤를 뒤집어보았다. 조금 더 기다려보기로 결정했다. 내일이나 모레쯤 전화를 걸어보면 어떨까? 여자에 대해 관심을 표현하지만 필사적으로 들이대지는 않았다. 이는 언제나 최고의 조합이었다. 식사를 마친 뒤 그는 산책을 했다. 극장으로 갈까도 생각했지만 그러지 않기로 했다. 구미가 당기는 영화가 없었던 것이다. 결국 그는 베스테로스에서 해야 할 진짜 의무를 더 이상 미루지 않기로 하고 택시를 불렀다.

그는 열아홉 살 생일 이후 떠나온 바로 그 집을 도로가에 서서 둘러보았다. 돌바닥으로 포장된 길의 양쪽 사이드에는 화단이 잘 가꾸어져 있었다. 지금 이곳에는 깔끔하게 가지치기한 상록수들이 주로 있었지만, 다년생들이 조만간 꽃을 피울 것이다. 그의 어머니는 이 정원을 아주 좋아했고 잘 가꾸었다. 집 뒤편에는 과일나무들과 채소밭이 있었다. 돌길의 끝자락에 2층짜리 단독주택이 자리 잡고 있었다. 세바스찬이 이 집에 이사 온 것은 열 살 때. 그 당시에는 거의 새집이었다. 희미한 가로등 빛 아래에서조차도 세바스찬은 집을 다시 리모델링해야겠다는 생각을 했다. 건물 앞쪽의 회칠이 떨어져나갔고 유리창 틀에는 색이 다 바랬다. 양쪽 천장에는 어두운 그늘이 드리웠는데, 아마도 기와가 떨어져나간 것 같았다. 집 안으로 들어가려면 세바스찬은 심리적인 반감부터 극복해야 했다. 그는 현관문 쪽으로 몇 발자국 걸어가 보았다.

이윽고 그는 문을 열고 복도로 들어섰다. 공기가 탁해 질식할 것만 같았다. 숨이 탁 막혔다. 세바스찬은 자신의 가방을 거실로 통하는 문 밑에 내려놓았다. 바로 뒤편에는 식탁이 있었고, 좀 더 오른쪽으로 거실이 시작되었다. 이제 보니 한쪽 벽은 없어졌고 지하층은 소위 개방형 배치(open plan, 다양한 용도를 위해 칸막이를 최소한으로 줄인 건축평면_옮긴이) 구조로 변해 있었다.

그는 계속해서 걸어 들어갔다. 일부 가구들이 다시 눈에 익었다. 할아버지의 서랍장과 벽에 붙은 몇몇 사진들은 낯설지 않은 것이었으나 벽의 도배지는 난생처음 보는 것이었다. 바닥재도. 여기에 온 게 얼마만일까? 세바스찬은 이 집을 '자신의 가정'으로 보고 싶지는 않았다. 그가 사용하던 가구들은 열아홉 살 때 이미 치우고 없었다. 하지만 그 뒤에도 여러 번 찾아온 적은 있었다. 어른이 되면 부모님과 그가 다시 남들처럼 정상적으로 만날 수 있다는 희망을 품고서. 하지만 헛된 일이었다. 그는 스물다섯 살 생일이 됐던 주에 이곳에 왔던 게 기억났다. 그때가 마지막이었을까? 서른이 되기 직전에 또 온 적이 있었던가? 더 이상 기억나지 않는 게 이상한 일도 아니었다.

거실의 한쪽 면에는 문이 하나 닫혀 있었다. 세바스찬이 여기에 살았을 때만 해도 문 뒤에는 손님방이 있었다. 물론 이용하는 일은 거의 없었다. 부모님은 상당히 아는 사람들이 많았지만 대부분 이 지역 사람들이었다. 그는 문을 열어보았다. 한쪽 벽에는 책장들로 가득했고 예전에 침대가 있었던 자리에는 책상이 하나 있었다. 그 위에는 타자기와, 두루마리 종이가 꽂혀 있는 계산기가 놓여 있었다. 세바스찬은 방문을 다시 닫았다. 집 안 곳곳마다 이런 고물로 꽉 차 있었다. 그가 이 물건들로 뭘 한단 말인가?

그는 부엌으로 들어갔다. 새 싱크대, 새 탁자가 있었지만 PVC 바닥재는 옛날 그대로였다. 세바스찬은 냉장고 문을 열었다. 가득 차 있었다. 하지만 전부 다 상한 상태였다. 그는 우유팩들 중 하나를 꺼냈다. 이미 개봉된 상태였다. 유효기간은 3월 8일까지. 그날은 국제여성의날이었다. 세바스찬은 자신이 어찌해야 할지 알면서도 열려 있는 틈 사이로 코를 대보았다. 그는 얼굴을 잔뜩 찌푸린 채로 우유팩을 다시 냉장고에 집어넣었다. 이번에는 맥주 한 캔을 꺼냈는데 뭔가 포장지로 싸여 있는 것 옆에 있었다. 아마도 처음에는 치즈였을 테지만 지금은 곰팡이 양성 실험실의 성공적인 연구 프로젝트와 맞먹을 정도로 곰팡이가 무성했다.

맥주 캔을 따면서 그는 다시 거실로 향했다. 도중에 그는 천장조명을 켰다. 천장 등들은 업 라이트 조명(윗 방향 조명)으로 장치되어 있어서 온 방 안을 다 비쳐주었다. 덕분에 불빛은 골고루 안락한 느낌을 주었다. 미적 감각이 넘치는 장식으로 거의 현대적이었다. 세바스찬은 자신의 의지와는 상관없이 무척 인상적으로 느꼈다.

그는 안락의자들 중 한 자리에 편안하게 앉았다. 신발을 벗지 않은 채로 낮은 거실 탁자에 발을 올려놓았다. 그러고는 맥주를 한 모금 마시고 등받이에 머리를 기대었다. 그는 고요함을 온몸으로 느꼈다. 아무런 소리도 나지 않는 고요함을. 이곳에서는 도로가 소음조차 들려오지 않았다. 집은 막다른 골목에 있었고, 여기서 가장 가까운 큰 도로는 족히 몇백 미터는 떨어져 있었다. 세바스찬의 시선은 피아노 쪽으로 향했다. 그는 다시 한 번 맥주를 한 모금 마시고는 탁자에 캔을 올려놓았다. 그러고는 자리에서 일어나 검게 반짝이는 악기 쪽으로 향했다.

얼빠진 채로 그는 흰색 건반을 눌러보았다. 뭔가 둔탁하고 음이 맞지 않는 '라' 소리가 고요함을 깨뜨렸다.

세바스찬은 여섯 살 때 피아노를 시작했다. 그리고 아홉 살 때 그만두었다. 당시에 피아노 여선생은 수업을 마친 뒤에 아버지와 면담을 원했다. 왜냐면 세바스찬이 피아노 건반을 만지고 싶어 하지 않았기 때문이다. 그녀는 아버지에게 이렇게 설명했다. 일주일에 한 번 교습을 받는 것도 자신의 시간과 아버지의 돈 낭비라고. 학생이 하고 싶은 마음이 없는 데다가 음악성도 전혀 없다는 게 이유였다. 하지만 그녀의 말은 전혀 맞지 않았다. 세바스찬은 결코 음악성이 없는 게 아니었다. 게다가 그가 아버지에게 반항하려고 피아노 치기를 거부한 것도 아니었다. 아버지에 대한 반항은 1년 뒤에 나타났다. 딱히 설명하기는 어렵지만 그는 그저 피아노 연주를 지루하게 생각했다. 아무런 의미가 없다고. 그 정도로 흥미가 없는 일에는 어떤 것이든 할 수 없었다.

그 당시에는 할 수 없었다. 물론 나중에도 할 수 없었고. 그리고 오늘도.

그는 흥미롭고 매혹적인 일이라면 시간과 에너지를 거의 무조건적으로 투자했다. 하지만 그의 마음에 드는 일이 아니라면……. '견뎌내다'와 '참아내다'와 같은 개념들은 세바스찬 베르크만의 사전에는 존재하지 않았다.

서서히 몸을 앞으로 굽힌 그는 피아노 위에 있는 사진들을 찬찬히 살펴보았다. 부모님의 결혼식 사진이 중간에 있고, 그 좌우로 세바스찬의 친가 쪽과 외가 쪽 조부모님들의 사진이 각기 진열되어 있었다. 그리고 세바스찬의 고등학교 졸업 사진도 있었다. 또 한 장은 여덟 살이나 아홉 살 때쯤의 사진으로 축구 단체복을 입고서 골대 앞에서 포즈를 취하고 있었다. 신중하고도 승리를 다짐하는 눈빛으로. 그 옆에는 부모님의 사진이 한 장 있었다. 배경에 관광버스가 보이는 것으로 봐서는 유럽 어디론가 여행을 떠났던 모양이었다. 어머니의 모습은 약 65세가량으로 보였다. 이 사진은 족히 20년은 된 것이었다. 그의 독립이 아주 의식적인 결정이었던 건 틀림없었다. 하지만 집을 떠난 뒤 부모님이 살아온 삶에 대해서는 그다지 아는 바가 없었다는 사실에 그는 놀라움을 금치 못했다. 그는 어머니가 왜 돌아가셨는지 전혀 알지 못했다.

연이어 세바스찬의 시선은 제일 뒤편에 있는 사진 한 장에 머물렀다. 그는 사진을 집어 들었다. 그의 세 번째 사진이었다. 그는 차고 입구에서 새로 산 소형 오토바이에 앉아 포즈를 취하고 있었다. 어머니가 제일로 좋아하던 사진이었다. 아마도 유년시절에 찍은 몇 장 안 되는 사진들 중에 하나일 것이다. 어쩌면 그가 정말로 행복해 보이는 유일한 사진이었을지도 모른다. 하지만 푸치 다코타 오토바이에 앉아 찍은 사진에는 별다른 관심이 가지 않았다. 이 사진틀에는 신문지 조각이 한 장 끼워져 있었는데, 흰색 병원복을 입은 릴리였다. 그녀는 자고 있는 작은 아기를 팔에 안고 있었고, 아랫단에 독일어로 딸이라는 글자와 2000년 8월 11일이라는 날짜가 표시되어 있었다. 그 밑에는 그의 이름과 릴리의 이름도 있었다. 세바스찬은 신문지 조각을 사진틀에서 꺼내어 찬찬히 훑어보았다.

그는 이 기사 사진이 어떻게 나오게 되었는지 기억해 보았다. 갑자기 병원 냄새와 두 사람의 입김이 느껴지는 것 같았다. 릴리는 그를 보며 미소 지었다. 자비네는 잠을 자고 있었다.

"제기랄 이 사진이 어떻게 여기에 있는 거야?"

세바스찬은 기사를 손에 든 채로 우두커니 서 있었다. 그는 아무런 마음의 준비도 되어 있지 않은 상태였다. 그의 기억을 자극할 만한 것은 이 집 안에서는 어떤 것도 존재해서는 안 될 것이다. 그런데 지금 그는 거실에서 두 사람의 사진을 들고 서 있었다. 그들의 모습이 이곳에서 발견되어서는 절대로 안 될 일이었는데도. 그들은 전혀 다른 세계에 속해 있는 사람들이었다. 서로 다른 두 세상, 두 지옥. 하나도 혼자서는 극복하기 어려운데 둘을 한꺼번에…… 그들은 서로 함께 있어서는 절대로 안 되는 것이다. 그는 자신도 모르게 오른 주먹을 수차례 불끈 쥐었다. 지옥에나 떨어져라! 죽은 뒤에도 어머니가 그를 내버려두지 않는 것 같아 세비스찬은 숨이 꽉꽉 막히는 것 같았다. 지옥에나 떨어져! 이 집도 다 지옥에나 가라! 이 집 안에 있는 이 모든 잡동사니들을 어떻게 처리해야 할까?

신문 조각을 조심스레 접은 뒤 세바스찬은 안주머니에 찢어지지 않도록 집어넣고는 빠른 걸음으로 부엌으로 자리를 옮겼다. 그는 창고 문을 열어보았다. 빙고. 예전과 변함없이 전화번호부가 책장 선반에 놓여 있었다. 세바스찬은 전화번호부를 들고서 거실로 돌아왔다. 그러고는 초록색 페이지에서 부동산 중개인을 찾았다. 알파벳 A에서부터 찾기 시작했다. 물론 아무도 전화를 받지 않았다. 처음 세 곳의 회사들은 근무시간이 언제인지 알려주고는 다시 한 번 전화를 걸어달라고 청했다. 네 번째 안내방송은 다음과 같이 말하고는 끊겨졌다. "시그널이 울린 뒤에 메모를 남겨주시면, 저희가 다시 연락드리겠습니다."

세바스찬은 시그널을 기다렸다.

"세바스찬 베르크만입니다. 집을 팔고 싶은데요. 집 안에 있는 물건이랑 전부 다요. 제가 어떻게 해야 할지 모르겠네요. 가능한 한 빠른 시일 내에 다 처리하고 싶습니다. 가능한 이 지랄 같은 도시를 다시 떠날 수 있도록 해주세요. 저는 돈 따위는 신경 쓰지 않습니다. 중개료는 당신네들이 원하신다면 몇 퍼센트를 떼든지 상관없고요. 중요한 것은 신속한 매매입니다. 저의 제안에 관심이 있다면 전화주세요."

세바스찬은 전화를 끊고는 핸드폰 번호를 저장했다. 그러고는 안락의자에 다시 기대어 앉았다. 갑자기 엄청난 피로가 몰려왔다. 눈을 감자 고요함 속에서 심장 소리가 들려왔다. 인상적이었다.

주변은 너무나 조용했다. 그는 외로움을 느꼈다. 셔츠 가슴팍의 주머니에서 기차에서 만난 여자의 명함을 더듬더듬 찾아보았다. 지금 몇 시나 되었을까? 너무 늦은 시간이었다. 만약 지금 전화를 건다면 그는 다짜고짜 자신과 섹스하고 싶지 않은지 물어볼 것이다. 하지만 그래봤자 그녀한테 통하지도 않는다는 걸, 그는 알고 있었다. 그는 지금까지 획득한 선두적인 위치를 상실하고 다시 원점에서 시작해야 할지도 모른다. 어쩌면 마이너스 지점에서 시작해야 할지도 모르고. 그렇게 되면 그녀에 대한 관심도 사라질 것이다. 그는 깊게 한숨을 내쉬고는 다시 한 번 숨을 들이마셨다. 그리고 또 한 번. 숨을 쉴 때마다 그는 피로감이 얼마나 무겁게 짓누르는지 느낄 수 있었다. 그는 아무한테도 전화하고 싶지 않았다. 그저 아무것도 하고 싶지 않았다. 잠을 자고 싶을 뿐이었다. 잠을 자는 수밖에는.

꿈 때문에 그가 잠에서 깨어날 때까지.

토르켈은 호텔 식당에 앉아 아침 식사를 했다. 빌리는 그들의 사무실을 준비하려고 이미 경찰서로 출발했다. 그는 아직 반야의 얼굴은 보지 못했다. 창문 밖에는 베스테로스 시민들이 구름 낀 여름날의 잿빛 아침에 서둘러 직장으로 향하고 있는 모습이 보였다. 토르켈은 일간지들을 대강 훑어보았다. 지방신문이거나 전국 신문이거나 가리지 않고서. 어떤 신문 할 것 없이 다들 이번 살인 사건에 대해 보도했다. 전국적으로 배포되는 신문들은 주로 최근의 정보를 전달하는 데 주력했다. 그들은 특별살인사건전담반이 가동되었다는 것과 경찰의 가까운 소식통에 따르면 종교적 의식 살인일 가능성도 있다고 언급했다. 희생자의 심장이 없어졌기 때문에. 토르켈은 한숨을 내쉬었다. 이렇게 대형 일간지들이 앞다투어 종교적 의식 살인으로 추측하고 있다면 가판대 신문들은 도대체 어떤 추측들을 난발할 것인가? 악마 숭배? 장기매매? 인육주의자? 가능한 한 그들은 자신들의 입맛에 맞는 '전문가들'을 총 출동시킬 것이다. 인격 파탄자가 힘을 보충하기 위해서 다른 사람의 심장을 삼켜버렸다는 식으로 설명하도록. 그러고 나면 그들은 잉카 사람이나 이미 오래전에 사멸한 그 어떤 다른 종족들을 언급할지도 모른다. 독자들이 쉽게 떠올릴 수 있는, 인육 먹는 종족들을.

연이어 이 문제에 대해 인터넷에서는 다음과 같은 설문조사가 시작될 것이다.

당신은 사람을 먹을 수 있다고 생각하십니까?
□ 예, 우리도 동물입니다.
□ 예, 하지만 내 자신의 생존 문제와 직결될 때에만 가능합니다.
□ 아니오, 차라리 내가 죽는 게 낫습니다.

토르켈은 머리를 내저었다. 그는 다시 마음을 가다듬어야만 했다. 그는 빌리의 말처럼 '욕지거리 잘하는 늙은 괴물'로 둔갑했다. 자기보다 더 젊은 사람들과 하루 종일 함께 하는데도, 예전에는 모든 게 더 나았다는 식의 고리타분한 생각이 갈수록 늘었다. 예전이 더 나았던 일은 아무것도 없었는데도. 그의 사생활을 제외하고는 이런 고리타분한 생각은 이 세상에 어떤 영향도 주지 못했다. 그는 현실을 받아들이려고 노력해야만 했다. 토르켈은 늙고 지친 경찰관이 될 생각은 눈곱만치도 없었다. 위스키 한 잔을 손에 들고서 오디오에서 흘러나오는 푸치니 음악을 들으며 안락의자에 늘어지게 앉아 있으면서도, 자신들이 살고 있는 세상에 대해서는 조롱 섞인 어투로 말하는 그런 경찰관 말이다. 그야말로 정신을 바짝 차려야 할 때였다.

토르켈의 핸드폰에서 진동이 울렸다. 우르줄라의 SMS. 그는 문자를 열어보았다. 그녀는 이미 도착했으며 곧장 시체가 발견된 장소로 향했다는 내용이었다. 그들이 그곳에서 만날 수 있을까? 토르켈은 커피 잔을 비우고는 식당을 나왔다.

우르줄라 안데르손은 작은 웅덩이가에 서 있었다. 그녀는 가슴까지 올라오는 암녹색의 비옷 바지에다 스웨터를 집어넣었다. 그녀의 모습은 총명한 국가경찰관이라기보다는 오히려 고기잡이거나 기름으로 오염된 해안가를 청소하는 사람 같아 보였다.

"베스테로스에 오신 걸 환영합니다."

우르줄라가 주변을 둘러보았다. 때마침 토르켈이 하랄드손에게 머리를 끄덕여 보였다. 연이어 그는 웅덩이를 거의 다 가로막고 있는 빨간 줄 안으로 몸을 구부린 채로 들어왔다.

"바지 멋있는데요."

우르줄라가 그를 보며 웃었다.

"고마워요!"

"안으로 들어가 봤나요?" 토르켈이 웅덩이 쪽을 가리켰다.

"깊이도 재보고 물 샘플도 몇 개 만들었어요. 다른 대원들은 어디에 있는 거죠?"

"빌리는 경찰서에 갔어요. 우리를 위해 만반의 준비를 하려고요. 그리고 반야는 희생자의 여자 친구 집에 가는 길이고요. 우리가 아는 바로는 그 아이가 소년이 살아 있을 때 만난 마지막 사람이거든요." 토르켈은 좀 더 앞으로 다가서더니 웅덩이가에 멈추어 섰다. "어떤 것 같아요?"

"이 발자국들은 별 의미가 없어 보여요. 여기에는 사람 발자국이 천지거든요. 시체를 발견한 아이들, 경찰들, 구급대원, 일반 산책자들도 있고요." 우르줄라는 쪼그려 앉아 걸으며 진흙 바닥에 아무런 모양 없이 생긴 구멍 하나를 가리켰다. 토르켈은 그녀 옆에 쪼그리고 앉았다.

"그런데 이 발자국들은 깊게 쑥 들어가 있어요. 아주 질퍽하고 진흙 투성이로." 우르줄라는 제스처를 써가며 자신의 설명을 강조했다. "추측컨대 일주일 전에는 바닥이 더 질퍽거렸을 거예요. 저지대의 대부분이 물로 차 있었다고 하니까." 자리에서 일어난 그녀는 어깨 너머로 하랄드손을 바라보며 토르켈 쪽으로 더 가까이 몸을 숙였다.

"저기 저 남자 이름은 뭐죠?" 그녀는 머리를 까닥거리며 하랄드손을 가리켰다. 토르켈도, 우르줄라가 가리키는 사람이 누군지를 정확히 알고 있었는데도 주변을 한 번 둘러보았다.

"하랄드손이에요. 우리가 도착하기 직전까지 이번 수사를 맡았던 사람이죠."

"나도 알아요. 그가 여기까지 오는 길에 적어도 세 번은 설명했어요. 여기에 왔으면 뭐라도 일을 해야 할 텐데. 하지만 저 사람…… 뭐, 괜찮아요."

우르줄라가 하랄드손 쪽으로 몸을 돌렸다.

"잠시 이리 좀 와볼래요?"

출입금지 줄 아래로 몸을 굽히고 들어온 하랄드손은 우르줄라와 토르켈 쪽으로 절뚝거리며 다가왔다.

"이 바닥에서 뭐 좀 찾아봤나요?"

"두 번이나요. 하지만 아무것도 없었어요." 우르줄라도 그 말에 찬성이라도 하는 듯이 머리를 끄덕여 보였다. 그녀도 흉기 같은 것은 기대하지 않았다. 이곳은 아닐 것이다. 하랄드손을 바라보고 있던 우르줄라는 여기저기 주변을 돌아다녀 보았다. 모든 게 맞아떨어졌다.

"어떤 것 같아요?" 토르켈이 물었다. 그는, 그들 앞에 있는 젖은 숲 웅덩이에 대해 우르줄라가 이미 그 이상의 의미를 파악하고 있다는 걸 경험상 알아챘다.

"소년은 여기서 죽지 않았어요. 임시 부검 보고서를 보았더니 칼자국이 아주 깊어요. 덕분에 칼의 손잡이 자국이 피부에도 남았고요. 소년의 생식기 부분이에요."

토르켈은 감탄의 눈빛으로 그녀를 바라보았다. 그들이 함께 일해온 것도 벌써 수년째가 되었지만 그녀의 지식과 조합 능력은 언제나 인상적이었다. 토르켈은 그의 수호천사에게 감사했다.

그가 특별살인사건전담반의 수사팀 책임자로 임명된 지 며칠 되지 않았을 때 우르줄라가 자신을 찾아왔다는 사실에 대해서도. 7년 전 어느 날 아침에 그녀가 갑자기 나타났다. 그녀는 약속 시간도 잡지 않고 찾아와 길어야 5분이면 충분하다는 식으로 면담을 요청했다. 그는 그녀에게 시간을 내주었다.

그 당시에 그녀는 국가범죄수사기술 실험실인 SKL에서 일하고 있다고 했다. 경찰 경력을 시작한 지 얼마 되지 않아 그녀는 이미 사건 장소 조사에서도 전문성을 보였다고 말했다. 나중에는 기술적인 증거 입증과 법의학에도 맹활약을 했다고도 덧붙였다. 결국 그녀는 린쾨핑의 SKL에 정착하게 되었다고. 5분 동안의 말을 요약해보면, 그녀가 그곳의 일을 싫어한 것은 아니었다. 하지만 그녀한테 부족한 것은 사냥이었다. 그녀의 말을 그대로 옮겨보면 이랬다. 사냥. 백색 가운을 입고서 실험실에 서서 DNA를 찾아내거나 총기로 시험 사격을 해보는 것도 아주 호감 가는 일이었다. 하지만 범인을 잡기 위해 사건 장소에서 증거자료를 분석하고 다른 동료들과 함께 범인을 포위하는 일은 아주 다른 차원의 일이라는 것이었다. 이 일은 그녀한테 성취욕을 제공해주었는데, DNA 검사로는 절대로 느낄 수 없는 만족감을 줄 수 있다는 것. 토르켈은 그녀의 마음을 이해한 것일까? 그는 충분히 이해할 수 있었다. 우르줄라는 머리를 숙여 인사했다. 그만 가야 할 시간이라고. 그녀는 자신의 시계를 보았다. 4분 48초. 남은 12초 동안 그녀는 자신의 전화번호를 적어놓고 그 방을 나갔다.

토르켈은 주변 사람들의 의견을 물어보았다. 그랬더니 다들 우르줄라에 대해 좋은 말만 해주었다. 물론 토르켈이 신속하면서도 최종적인 결정을 내리게 된 데에는 이보다 결정적인 일이 있었다. 그가 우르줄라한테 관심을 갖자 SKL의 소장이 육체적인 보복으로 위협을 가했던 것이다. 그럼에도 토르켈은 그날 오후에 당장 그녀를 고용했다.

"그렇다면 시체가 이곳에 버려진 건가요?"

"아마도요. 살인자가 이곳과 이 웅덩이를 알고 있는 것으로 봐서는, 이 지역을 훤하게 꿰뚫고 있는 것이 아닐까요? 그 덕분에 가능한 가깝게 자동차를 주차할 수도 있었을 거고요. 저 위에다."

그녀는 30미터 떨어져 있는 언덕을 가리켰다. 한 2미터 정도 높이에 경사가 가팔라 보였다. 사람 눈에 띄지 않는 특수부대가 행동하듯이 그들은 서서히 움직이기 시작했다. 하랄드손은 그 뒤를 따라 다리를 절뚝이며 걸었다.

"미카엘은 잘 있나요?"

우르줄라는 토르켈을 흘낏 쳐다보았다.

"잘 있어요. 왜 묻는 거죠?"

"당신이 집으로 돌아가려면 며칠씩 걸리잖아요. 당신 남편은 오랫동안 당신을 못 볼 테고요."

"그게 내 일인데요, 뭐. 그도 다 이해하고 있어요. 이미 익숙해졌고요."

"그렇군요."

"더군다나 어차피 미카엘은 말뫼의 전시회에 갔어요."

그들은 가파른 언덕 위에 도착했다. 우르줄라는 다시 저수지 쪽을 바라보았다. 이곳 어디쯤에서 범인은 아래로 내려갔을 것이다. 세 명은 언덕 위를 조사해보았다. 몇 분이 지나자 우르줄라는 하던 일을 멈추었다. 그러고는 한 발자국 뒤로 물러섰다. 주변을 비교하기 위해서였다. 무릎을 꿇고서 그녀는 이곳저곳을 살펴보았다. 그래, 맞다. 식물들이 약간씩 짓눌려 있었다. 대부분의 식물들은 다시 일어나 있지만 이곳에서는 뭔가 질질 끌린 듯한 흔적이 남아 있었다. 그녀는 쪼그리고 앉았다. 시든 덤불에는 가지 몇 개가 꺾여 있었다. 흰빛을 띤 노르스름한 단면에는 색 바랜 얼룩이 보였다. 핏자국 같았다. 우르줄라는 주머니에서 지퍼 비닐봉지를 꺼내어 조심스레 가지 하나를 꺾어 넣었다.

"범인이 아래로 내려간 길목을 찾은 것 같아요. 저기 위로 한 번 올라가볼 수 있나요?"

토르켈은 하랄들손에게 언덕을 더 올라가자고 눈짓했다. 맨 꼭대기, 좁은 자갈길의 끝자락에서 토르켈이 뒤를 돌아보았다. 조금 아래에는 경찰차가 서 있었다.

"이 길은 어디로 통하는 거죠?"

"도시로요. 우리가 왔던 그 길이에요."

"그럼, 저 반대 방향은요?"

"숲으로 통할 거예요. 하지만 조금만 가면 연방 도로로 연결이 됩니다."

토르켈은 언덕 아래를 내려다보았다. 우르줄라는 조심스레 이리저리 기어 다니며 잎이란 잎은 다 철저하게 뒤집어보았다. 시체를 이곳에서 아래로 운반했다면 아마도 바로 이 길 위에서 차 트렁크나 뒷문을 열어 끌고 나왔을 것이다. 아래쪽으로 향하는 가장 짧은 길을 선택할 이유가 살인자에게는 없었다. 좁은 자갈길은 단단해서 타이어 자국도 남지 않을 테니까. 토르켈은 자신들이 타고 온, 주차된 자동차들 쪽을 바라보았다. 그들은 좁은 길을 완전히 다 가로막지 않으려고 가장자리에 주차해두었다. 이게 가능한 일이라면?

토르켈은, 우르줄라가 방금 조사했던 좁다란 지형 바로 위쪽에 가서 섰다. 그는 이곳에 어떻게 자동차를 주차할 수 있을지 상상해보았다. 뒤 트렁크가 이 방향으로 열린다면? 도대체 어떤 의미일까? 이 경우에 자동차 타이어 자국이 난다면 여기서 몇 미터 떨어져 있어야만 할 것이다. 차근차근 토르켈은 갓길을 따라 걸어보았다. 이곳 바닥은 원래 길보다는 단단하진 않지만 저 아래 웅덩이처럼 질퍽거리지는 않았다. 이 사실을 알아챈 토르켈은 너무 기뻤다. 그는 조심스레 덤불과 작은 수풀을 옆으로 헤치며 걸었다. 그리고 마침내 찾고 있던 것을 찾았다.

깊게 난 타이어 자국들. 토르켈은 미소가 절로 나왔다.

시작부터 좋았다.

"정말로 아무것도 안 마실 건가요?"

여자는 김이 모락모락 나는 차 한 잔을 탁자에 내려놓고는 반야의 맞은편에 의자를 끌어당겼다. 반야는 고개를 절레절레 흔들었다.

"고맙습니다만, 됐습니다."

여자는 자리에 앉아 찻잔을 휘젓기 시작했다. 부엌 탁자에는 아침 식사가 마련되어 있었는데, 우유와 발효유 옆에 뮤즐리와 콘플레이크가 놓여 있었다. 자작나무 껍질로 짠 빵 바구니에는 여러 조각의 두툼한 빵과 두 가지 종류의 딱딱한 빵이 들어 있었다. 버터, 치즈, 소시지, 절인 오이 조각과 레버파스테테(돼지고기 간을 갈아서 만든 음식으로 주로 빵에 발라서 먹는 것_옮긴이)가 앙상블처럼 전체적인 조화를 이루었다. 음식이 준비되어 있는 식탁은 나머지 부엌의 모습과는 아주 대조적이었다.

부엌은 가구 책자에나 나올 법하게 한 번도 이용하지 않은 듯이 보였다. 아주 새것은 아니더라도, 눈에 띌 정도로 가지런하게 정리되어 있었다. 개수대에는 그릇이 하나도 없었고, 의자에는 빵부스러기가 떨어져 있지 않았다. 전부 말끔하게 텅 비어 있었다. 검정색 오븐레인지의 요리용 철판은 얼룩 한 점 없었다. 싱크대도 마찬가지였다. 반야가 앉은 자리에서 일어나 싱크대 옆에 있는 식료품 선반에 기름띠가 있는지 테스트한다고 해도 분명히 아무것도 발견하지 못할 것이다. 부엌만 봤는데도 반야는 이 집 안의 다른 곳에서도 먼지 한 톨 찾지 못할 것 같았다. 그 와중에 물건 하나가 도드라지게 눈에 띄었다. 반야는 차 마시는 여자 뒤쪽에 걸린 벽 장식을 쳐다보지 않으려고 했지만 자꾸 눈이 갔다. 장식의 둘레가 플라스틱 진주로 장식되어 있는 그림이었다. 물론 일반적인 화분 받침대 크기는 아니었다. 이 샘플 그림은 족히 40x80센티미터는 되어 보였다. 예수님이 물결치듯 나부끼는 백색 예복을 걸치고서 팔을 양쪽으로 넓게 펼치고 있는 그림이었다. 그의 머리 주변에는 금빛의 후광이 반짝였다. 그리고 얼굴에는 검은 수염이 있었으며 강렬하고 짙은 푸른색 눈이 비딱하게 위를 향하고 있었다. 그의 머리 위, 빨간 진주 속에는 "나는 길이요, 진리요, 생명이니."라는 문구가 적혀 있었다. 여자는 반야의 눈길을 주시했다.

"이건 리자가 만든 거예요. 수두 앓았을 때죠. 뭔가 도움이 될 만한 게 필요하다고 생각했거든요. 당시 리자 나이가 열한 살이었어요."

"아주 솜씨가 좋네요." 반야가 대답했다. 그러면서도 뭔가 섬뜩하다고 생각했다.

좀 전에 문을 열어 주며 반야를 맞이할 때 여자는 안 샬롯데라고 자신을 소개했다. 지금은 맞은편에 앉아 반야의 칭찬에 만족한다는 듯이 고개를 끄덕여 보이고는 차를 한 모금 들이켰다. 그러고는 찻잔을 내려놓았다.

"예, 리자는 재능이 참 많아요. 이 그림은 진주 5천 개로 만들었답니다. 아주 환상적이지 않나요?"

안 샬롯데는 딱딱한 빵 한 조각을 집어 들고는 빵을 바르기 시작했다. 반야는 갑자기 궁금해졌다. 진주가 몇 개나 되는지 어떻게 알고 있을까? 일일이 다 세본 걸까? 안 샬롯데가 버터나이프를 옆에 내려놓고 근심스러운 듯이 이맛살을 찌푸리자 반야는 여자에게 막 물어볼 참이었다.

"그런 일이 일어나다니 정말 섬뜩한 일이에요. 그것도 로저한테. 우리는 그 아이가 없어지고부터 일주일 내내 아이를 위해 기도드렸어요."

지금 그게 무슨 도움이 된다는 건지, 이렇게 반야는 생각은 하면서도 말하지는 않았다. 그 대신에 그녀는 의미심장한 눈빛으로 시계를 쳐다보며 협조를 희망한다는 소리를 중얼거렸다. 안 샬롯데가 알아볼 수 있는 제스처로.

"리자가 끝날 시간 됐어요. 당신이 온다는 걸 알고 있으니까……." 안 샬롯데는 미안한 몸짓을 지어 보였다.

"괜찮습니다. 리자와 만날 수 있게 배려해주셔서 아주 감사드려요."

"당연한 일이에요. 우리가 조금이라도 도움이 된다면야……. 로저의 어머니는 좀 어떠신가요? 레나였나? 이름 맞죠? 아마도 땅이 꺼진 느낌일 텐데."

"난 아직 만나지 못했어요." 반야가 대답했다. "하지만 괜찮아질 거예요. 로저가 외동이었나요?"

안 샬롯데는 고개를 끄덕이며 갑자기 근심스런 표정을 지어 보였다. 마치 세상만사 모든 문제들을 자신이 다 짊어진 것처럼.

"쉽지는 않을 거예요. 내가 알기로는 한동안 경제적으로도 어려움을 겪었거든요. 로저가 다니던 그전 학교에서는 언짢은 일도 있었고. 최근에는 로저한테 문제가 없었던 것 같아요. 다시 일이 터지긴 했지만."

"로저가 그전 학교에서 무슨 문제가 있었나요?" 반야가 물었다.

"괴롭힘을 당했어요." 문 쪽에서 목소리가 들려왔다.

반야와 안 샬롯데는 몸을 돌려보았다. 문 앞에 리자가 서 있었다. 그녀의 반질거리는 머리카락은 가지런하게 빗질된 상태로 어깨 밑까지 매끈하게 찰랑거렸다. 머리끈 하나로 묶은 포니테일이었다. 그녀는 흰색 셔츠의 단추를 거의 목까지 다 채웠으며, 그 위에 단순한 니트 조끼를 덧입고 있었다. 그녀의 목에는 금 십자가 목걸이가 길게 매달려 있었는데 셔츠 깃에 고정되어 있었다. 여기에다 무릎 바로 아래에까지 내려오는 치마를 입고 두꺼운 레깅스도 신고 있었다. 언뜻 반야는 어린 시절 70년대 TV 시리즈물에서 여러 차례 본 적이 있는 소녀가 떠올랐다. 특히나 리자의 심각하면서도 뭔가 모욕당한 표정 때문에. 부엌으로 들어온 리자가 탁자의 좁은 자리에서 의자를 꺼내려고 하자 반야는 의자에서 일어나 악수를 청했다.

"안녕, 리자. 난 반야 리트너야. 경찰관이지."

"전 다른 경찰관과 벌써 얘기 다 했는데요." 이렇게 대답한 리자는 반야가 내민 손을 잡고서 잠시 동안 꽉 쥐다가 무릎을 굽혀 정중하게 인사했다. 그러고는 자리에 앉았다. 안 샬롯데는 자리에서 일어나 싱크대에서 찻잔을 가져왔다.

"나도 알아." 반야는 바로 대답하고서 다시 자리에 앉았다. "하지만 난 다른 부서에서 일하거든. 그래서 내가 똑같은 질문을 하더라도 네가 대답을 잘해 주었으면 좋겠어."

리자는 어깨를 움찔거리며 탁자에서 뮤즐리 통을 집어 들었다. 그러고는 그녀 앞에 있는 움푹한 그릇에다 상당히 많은 양을 쏟아부었다.

"로저가 전에 다니던 학교에서 괴롭힘을 당했다고 했지? 누구한테 들은 얘기니?" 반야의 질문에 리자는 다시 한 번 어깨를 움찔거렸다.

"다 아는 사실이에요. 어쨌든 로저는 그곳에서 친구가 없었어요. 그 당시 일을 별로 말하고 싶어 하지도 않았고요. 그 학교에서 우리 학교로 전학 온 사실만으로 로저는 아주 좋아했어요."

발효유를 집어 든 리자는 뮤즐리를 다 덮을 때까지 우유를 가득 부었다. 안 샬롯데는 딸에게 차 한 잔을 갖다 주었다.

"로저는 착한 아이에요. 조용하고. 나이에 비해 조숙했죠. 그 아이가 그렇게 될 줄은 상상도 못했……." 안 샬롯데는 차마 말을 끝맺지 못했다. 그녀는 다시 자리에 와서 앉았다. 반야는 메모지를 펼쳐들고 '예전 학교-따돌림'이라고 기록했다. 그러고는 리자 쪽으로 몸을 돌렸다. 리자는 우유에 젖은 뮤즐리 한 숟가락을 막 입에 넣으려던 참이었다.

"로저가 사라진 금요일에 대해 다시 떠올려 주겠니? 너희들이 뭘 했는지 내게 말해줄 수 있지? 별다른 일이 없었어도 괜찮단다. 로저가 여기에 왔을 때 말이야. 네가 기억나는 걸 다 말해다오. 너무 일상적이거나 의미가 없는 일이라도 상관없단다."

리자는 좀 뜸을 들이며 입안의 음식물을 씹어 삼켰다. 그러고는 마침내 단호한 눈빛으로 반야를 바라보며 대답했다.

"다른 경찰관이 왔을 때, 벌써 다 했어요."

"그래, 하지만 내가 방금 말했듯이 다시 한 번 듣고 싶단다. 로저가 이곳에 온 게 언제니?"

"5시가 넘었을 때요. 한 5시 반쯤 됐던 것 같아요." 리자는 도움을 청하는 눈빛으로 엄마를 바라보았다.

"5시 반 맞을 거예요." 안 샬롯데가 말했다. "에릭이랑 내가 5시 반에 외출했거든요. 우리가 막 외출하려는데, 로저가 왔어요." 반야는 고개를 끄덕이며 메모했다.

"로저가 여기에 오고 난 뒤에 둘은 뭘 했지?"

"우리는 내 방에 있었어요. 몇 가지 숙제를 했어요. 월요일 날 제출하려고요. 그러고 나서 차를 끓이고 레츠 댄스를 봤어요. 로저가 집에 간 건 10시 조금 전일 거예요."

"그가 어디로 간다고 그랬니?"

리자는 다시 어깨를 움찔거렸다.

"집에 간다고 그랬어요. 로저는 쇼에서 누가 탈락되는지 알고 싶어 했어요. 그런데 뉴스랑 선전이 끝나야 발표한다고 그랬거든요."

"그럼 누가 탈락됐지?"

반야는 리나의 입으로 뮤즐리와 발효유가 또 한 숟갈 들어가다가 멈칫하는 모습을 지켜보았다. 긴 시간은 아니었다. 그녀의 행동이 그다지 눈에 띄지는 않았지만 그래도 주저하는 모습이었다. 반야는 사소한 얘기부터 꺼내기로 했던 것이다. 취조하는 것처럼 보이지 않는 좋은 방법이기 때문에. 하지만 그녀의 질문에 리자는 허를 찔린 게 분명했다. 반야는 확신할 수 있었다. 리자는 계속해서 뮤즐리를 입에 집어넣었다.

"내……가……그……."

"다 삼키고 말해라." 안 샬롯데가 중간에 끼어들었다. 리자는 하려던 말을 멈추었다. 그녀는 음식을 계속해서 씹으면서 눈빛은 줄곧 반야를 향하고 있었다. 그녀가 시간을 번 것일까? 왜 그녀는 입에 음식을 넣기 전에 대답하지 못한 것일까? 반야는 기다렸다. 리자는 꼭꼭 씹었다. 그리고 꿀걱 삼켰다.

"난 몰라요. 뉴스가 끝난 다음에, 난 계속 보지 않았어요."

"그럼 그들은 어떤 춤을 췄니? 기억할 수 있니?" 리자의 눈빛이 어두워졌다. 이제야 반야는 확신할 수 있었다. 어떤 이유인지 모르지만 반야의 질문에 그녀가 당황하고 있었다.

"춤 이름은 몰라요. 우리는 그렇게 자세히 안 봤거든요. 얘기도 하고 음악도 듣고 그랬어요. 채널도 넘겨 보고요."

"난 이해가 안 되는군요. 로저를 살해한 사람들을 찾는데, 왜 TV 프로그램이 그렇게 중요하죠?" 안 샬롯데가 중간에 끼어들었다. 약간 불안한 기색이 있는지 찻잔을 덜커덕거리며 내려놓았다. 반야는 살짝 미소 지으며 안 샬롯데를 바라보았다.

"예, 중요하지는 않아요. 저는 그저 얘기를 좀 나누고 싶어서 물어봤어요."

반야는 다시 리자 쪽으로 몸을 돌렸다. 여전히 미소를 지으면서. 리자는 답례로 웃어주지 않았다. 반야를 반항적으로 쳐다보았다.

"이날 밤, 로저가 뭔가 걱정되는 일이 있다고 말했니?"

"아니요."

"그럼 전화한 사람도 없고? 로저가 말하고 싶어 하지 않거나 불안해한 문자메시지는 없니?"

"없었어요."

"그럼 로저가 평상시와 다르게 행동하지도 않았고? 뭔가 집중하지 못한다거나 뭐 그런 거?"

"아니요."

"그렇다면 이곳에서 대략…… 10시까지 있으면서 다른 사람한테 간다는 말을 하지 않았던 거지?"

리자는 반야를 비난하는 눈길로 빤히 쳐다보았다. 이곳에 있는 경찰이 누군가를 얼렁뚱땅 속이려는 것은 아닐까 싶어서였다. 로저가 10시경에 갔다고 벌써 말하지 않았던가? 이 사실을 잘 알면서도 반야가 그녀를 테스트해 보려는 것이다. 그녀가 모순되는 발언을 하는지 떠보려고. 하지만 이 여자 경찰관 뜻대로는 절대로 안 되게 해야만 한다. 그래서 리자도 만반의 준비를 다 갖추고 있었다.

"맞아요. 로저는 10시쯤 갔어요. 다른 데 간다고는 말하지 않았어요. 집에 간다고 그랬어요. 누가 탈락했는지 TV에서 보고 싶다고요." 리자는 손을 뻗어 빵 한 조각을 바구니에서 꺼냈다. 안 샬롯데는 다시 그들의 대화에 끼어들었다.

"이 애가 벌써 다 말했잖아요. 난 이해가 안 되네요. 왜 똑같은 질문을 또 하고 또 하는 거죠? 이 아이를 믿지 못하는 건가요?" 안 샬롯데의 목소리는 언짢은 듯이 들렸다. 혹여 어린 딸이 거짓을 말하고 있을지도 모른다고 생각만 해도, 그녀는 몹시 불쾌했을 것이다.

반야는 리자를 쳐다보았다. 그녀의 어머니는 불쾌할지 몰라도, 리자는 뭔가 숨기는 게 있었다. 이날 밤에 뭔가 일이 있었던 게 분명했다. 리자가 얘기하고 싶지 않은 뭔가! 어머니의 옆자리에서는 절대로 말할 수 없는 일이. 리자는 치즈 몇 조각을 채칼로 썰어 빵에 얹었다. 느리면서도 불필요할 만큼 조심스런 몸짓으로. 가끔씩 그녀는 반야에게 눈길을 주었다. 그녀는 좀 더 신중해야만 했다. 이 여경은 학교 카페테리아에서 만났던 그 남자 경찰보다 훨씬 똑똑했다. 이제부터는 암기한 대로 얘기를 그대로 끼워 맞추는 게 중요했다. 처음 말했던 시각을 재차 반복하면서. 경찰들이 물어보더라도 이날 밤의 사소한 일들을 기억하진 못하는 듯이 행동하면서. 특별한 일은 일어나지 않았다고.

그날 로저가 왔다. 숙제. 차 마시기. TV 보기. 로저는 돌아갔다.

마침내 그녀가 기억하는 바로는, 지극히 평범하면서도 약간은 심심한 금요일 밤의 자디잔 일만 있었던 것은 아니었다. 그녀는 쇼크 상태에 있었다. 남자 친구가 죽었기에. 차라리 우는 편이 나았다면 그녀는 몇 방울 눈물이라도 짰을 것이다. 어머니는 대화를 중단시킬 필요가 있었다.

"물론 난 리자의 말을 믿어요." 반야는 조용한 목소리로 말했다. "하지만 리자가 그날 밤, 로저가 살아 있을 때 함께 있었던 마지막 사람이에요. 그래서 모든 사항을 하나도 빠짐없이 얘기해야 하고요." 반야는 의자를 뒤로 밀고 일어섰다. "어쨌든 오늘은 그만 갈게요. 리자나 어머니나 직장도 가서야 하고 학교도 가야 할 테니."

"난 직장에 다니지 않아요. 공동체에서 몇 시간 일하는 거 빼고는. 하지만 명예직이랍니다."

주부였다. 이 집 안이 이렇듯 완벽한 이유가 무엇인지, 반야는 알 것 같았다. 어쨌든 이 깔끔함에 대해서는.

반야는 명함을 주섬주섬 꺼내어 리자에게 주었다. 한동안 그녀는 명함을 손가락으로 꼭 쥐고 있다가, 하는 수 없이 머리를 쳐들어 반야의 눈을 들여다보았다.

"그날 금요일에 대해 설명하지 않은 부분이 생각나면 내게 전화해라." 연이어 반야는 안 샬롯데 쪽을 바라보았다. "나오시지 않아도 됩니다. 조용히 아침 식사 계속하세요."

부엌과 집에서 나온 반야는 경찰서로 다시 돌아왔다. 도중에 그녀는 죽은 소년을 생각했다. 그녀 자신도 슬프고 화가 치밀어 오른다는 생각에 깜짝 놀랐다. 지금까지 로저의 죽음보다도 더 충격적이거나 슬픈 일은 없었다.

프레데릭은 기껏해야 10분 정도 걸릴 것으로 믿었다. 길어도. 경찰에 보고만 하고 다시 돌아가는 데 걸리는 시간이. 물론 그는, 로저가 행방불명됐다는 사실을 알고 있었다. 학교 전체가 그 얘기로 떠들썩했다. 아마도 지난주처럼 루네베르크 학교에서 로저에 대해서 그렇게 많은 말이 오고간 적은 없을 것이다. 소년에 대해 이렇듯 많은 관심을 보인 적은 없었다. 그리고 어제. 그가 발견된 다음에도. 학교에는 곧바로 애도의 물결이 일었다. 로저가 이곳에서 학생으로 지내던 짧은 기간 동안에 그와 아무런 관계도 없던 학생들도 울며 수업을 휴강했다. 그들은 무리 지어 함께 식사를 하고 손에 손을 잡고서 목멘 목소리로 그와 지낸 아름다웠던 날들을 추억했다.

프레데릭은 로저를 알지 못했기에 그다지 슬픈 마음이 들지는 않았다. 그들은 몇 차례 복도에서 만난 적이 있었다. 낯익은 얼굴이었으나 그 이상은 아니었다. 솔직히 말하자면 가을에 로저가 루네베르크를 떠난 이후에는 그를 생각한 적이 한 번도 없었다. 하지만 이제는 지방 TV 방송국들이 찾아오고, 로저와는 한 번도 대화를 나눠보지도 않았을 상급반 소녀들이 촛불을 켜고 학교 앞 자갈 공원의 축구 골대 옆에다 꽃을 갖다 놓았다. 마치 로저가 이 세상에 단 한 명밖에 없는 소년이나 된다는 듯이.

어쩌면 이런 추모 행사도 좋은 일일지도 모른다. 감정이입과 이웃 사랑이 있다는 증거가 아닐지? 어쩌면 프레데릭이 이런 사람들의 행동을 위선이라고 본다면 너무 냉소적일지도 모르겠다. 사람들이 자신들에게 주위를 끌기 위해 비극적인 사건을 이용하려는 것이라고 생각한다면 말이다. 형언할 수 없는 공허함을 마음속에 꽉 채울 작정이라고. 뭔가 동질성을 체험하고 싶어서. 뭔가를 체험하고 싶은 마음에.

그는 스톡홀름의 NK 백화점 사진들을 떠올렸다. 당시에 안나 린트가 살해되었는데, 그 뒤 공통사회 과목 수업 때 그는 그녀에 관한 사진들을 보았다. 사진들 속에는 꽃다발이 산더미처럼 쌓여 있었다. 프레데릭은 그 당시부터 이미 기이하게 생각했다. 우리가 모르는 사람들을 애도하려는 욕구가 도대체 어디에서 나오는 것인지? 우리가 한 번도 서로 만난 적이 없는 사람을? 이런 애도의 물결은 그저 존재하는 것일지도 모른다. 집단적인 슬픔을 느끼지 못하거나 체험하지 못했다 하더라도 그가 이상한 것은 아닐 것이다.

하지만 그는 신문을 읽었다. 심장을 난도질당한 사람은 동년배이자 모르는 사람이 아니었다. 경찰은 로저가 사라진 금요일 이후부터 목격자를 찾고 있었다. 로저가 단순 행방불명 상태였을 때에는 프레데릭이 경찰서를 찾지 않았다. 행방불명되기 전에 로저를 보았기 때문이었다. 이제 경찰은 금요일이나 그 뒤나 아니면 그전이라도 모든 행방에 대해 관심이 있다고 알렸다. 그래서 프레데릭은 학교 가기 전에 자전거를 타고 경찰서에 잠시 들러 보기로 한 것이다. 아주 서둘러 갔다 오겠다는 마음으로.

그는 프런트 뒤에 앉은, 유니폼 차림의 여자에게 물어보았다. 로저 에릭손에 대해 말하고 싶은데 담당자가 누구인지. 그녀가 전화기를 들기도 전에 사복 차림의 경찰 한 명이 손에 커피 한 잔을 들고서 다리를 절며 다가왔다. 그러고는 당장 같이 가자고 말했다.

프레데릭은 벽시계를 쳐다보았다. 이미 20분이나 지난 시간이었다. 그는 자신이 해야 할 말을 절뚝거리는 경찰에게 다 털어놓았다. 어떤 일은 두 번씩이나. 장소에 대해서는 세 번이나 말해야만 했는데, 세 번째 말할 때에는 지도에다 표시도 해야만 했다. 그제야 경찰은 만족하는 눈치였다. 그는 메모장을 펼치고는 프레데릭을 바라보았다.

"여기까지 와줘서 정말 고맙구나. 여기서 잠깐만 기다려줄 수 있겠니?"프레데릭은 고개를 끄덕였고, 경찰은 다리를 절뚝거리며 나갔다.

프레데릭은 자리에 앉아 커다란 사무실 방을 찬찬히 살펴보았다. 이곳에는 열 명의 경찰들이 책상에 앉아 있었는데 각자 이동식 칸막이로 공간을 나눠서 사용했다. 벽마다 어린이들의 그림, 가족사진, 식단표가 있었고 그 옆에는 컴퓨터 인쇄물들이 걸려 있었다. 소음을 내는 게 무엇인지 둘러보았더니 키보드의 달가닥거리는 소리, 대화 나누는 소리, 전화벨 소리와 복사기 돌아가는 소리가 서로 희미하게 어우러져 들려왔다. 그는 숙제할 때 아이팟을 귀에다 꽂고 하지만 이런 환경 속에서 뭔가를 수행할 수 있다는 사실에 너무 놀랐다. 맞은편 사람의 전화 내용을 엿듣지 않고 어떻게 일을 계속할 수 있을까?

경찰은 다리를 절뚝거리며 문 쪽으로 향했다. 하지만 그가 다가서기도 전에 한 여자가 먼저 다가왔다. 정장 차림의 금발 머리 여자였다. 프레데릭의 눈에는, 여자의 등장으로 다리를 절뚝거리는 남자가 엄청 기죽어하는 것 같아 보였다.

"도대체 누구죠?"한저는 사무실에 앉아서 자신을 유심히 바라보고 있던 소년을 머리로 가리키며 물었다. 하랄드손은 그녀가 정확히 누구를 의미하고 있는지 알면서도 그녀의 눈빛을 뒤쫓았다.

"프레데릭 함머라고 하는 아이에요. 로저 에릭손에 대해 정보를 전하러 왔습니다." 하랄드손은 메모장을 높이 쳐들어 보였다. 마치 자신이 이미 모든 걸 다 알고 있다고 강조하려는 듯이. 한저는 늘 해오듯이 마음을 가다듬었다.

"로저 에릭손에 대한 얘기라면 왜 특별살인사건전담반이랑 얘길 나누도록 하지 않은 거죠?"

"이 아이가 왔을 때 우연히 제가 여기 있었어요. 그래서 먼저 이 애

말을 들어 보는 게 좋겠다 싶었고요. 얘가 하는 말이 정말로 중요한 말인지 보려고요. 토르켈 회글룬트가 수사에 도움이 되지 않는 일들까지 일일이 신경 쓰면서 시간을 낭비하는 건 말이 안 되잖아요."

한저는 숨을 깊게 들이켰다. 그녀는 한 사건에 대한 책임을 저버리기가 얼마나 어려운 일인지 상상할 수 있었다. 상황 전환을 꾀하려고 해도 결국은 신뢰감이 부족하다는 게 드러났다. 게다가 이런 결정을 내린 것은 그녀 자신이었기에 일이 더 복잡하게 꼬였다. 그녀 대신에 하랄드손이 노력하고 있다는 걸, 그녀도 알고 있었다. 그가 그녀를 어떻게 생각하고 있는지 알려고 굳이 전문적인 심리학자를 대동할 필요는 없었다. 그가 했던 모든 행동에서 혐오감과 적개심이 충분히 드러나고 있었다. 지속적으로. 책임질 능력도 없으면서 그가 이렇게도 완고하게 이 사건에 집착하고 있다는 사실에, 그녀는 오히려 기뻐해야할 것인지. 그의 헌신을 높이 치사하고 그의 진정한 참여 의식을 칭찬해야 한다는 것인지. 어쩌면 그는 더 이상 수사에 적극 참여할 수 없다는 걸 여태껏 깨닫지 못한 것일까? 이 상황에서 한저는 다시 한 번 말해야 했다.

"이 사건에서 무엇이 중요하고 중요하지 않은지 결정하는 건, 당신이 해야 할 일이 아니에요." 하랄드손은 그녀의 말이 끝나기만을 기다리며 고개를 끄덕였다. 그녀의 말이 옳지 않다는 걸 고쳐주고 싶어서였다. 그리고 실제로 한저는 더 이상 말을 잇지 못했다. 그가 말을 가로막았던 것이다.

"나도 알고 있어요. 책임자는 그들이란 걸요. 하지만 그들은 나와 공동 작업을 하고 싶다고 분명히 얘기했습니다."

한저는 토르켈의 외교술이 원망스러웠다. 지금부터는 자신이 악인의 역할을 맡아야만 했다. 하랄드손과 그녀와의 관계에 큰 변화는 없을 테지만 뭔가 서먹한 점이 있었다.

"토마스, 특별살인사건전담반이 이번 수사를 넘겨받았어요. 이게 무슨 뜻인지 알아요? 당신은 더 이상 아니라는 거예요. 이제부터는 절대로 관여해서는 안 된다고요. 그들은 당신에게 더 이상 물어보지 않을 거란 말이에요."

이렇듯 그녀는 다시 한 번 말했다. 두 번째로.

하랄드손은 쌀쌀맞은 눈빛으로 그녀를 쳐다보았다. 그는 이미 그녀의 계획을 파악하고 있었다. 만약 그녀가 자신의 부족한 경험과 지도력 탓에 어쩔 수 없이 특별살인사건전담반의 도움을 요청했다면 부하들 중 한 명이 이 구세주들과 함께 작업하는 걸 바라지 않을 것이다. 이들은 사건을 단독으로 해결해야 하고 한저의 상사에게 올바른 결정을 내렸다는 걸 증명해야만 했다. 베스테로스의 경찰은 그럴 능력이 부족했기 때문에.

"다시 한 번 토르켈과 얘기하고 싶어요. 내가 그들과 같이 협력해야 한다고, 토르켈이 진짜 말했거든요. 게다가 여기 이 소년은 상당히 흥미로운 정보를 지니고 있어요. 제가 지금이라도 당장 그들에게 이 사실을 말해야 해요. 당신이 여기서 빈둥빈둥 서서 명령 체계나 따지는 것보다 우리가 같이 이 사건을 해결하는 게 더 낫지 않을까요. 제발."

그는 이 사건에 관한 한 자신을 좋은 경찰로 내세우는 반면에 그녀를 규칙에만 집착하는 사람으로 취급할 작정이었다. 그가 이 사건을 사리사욕 없이 해결하고 있다는 식으로. 갑자기 한저는, 예전에 생각했던 것보다도 하랄드손이 더 위험한 적수라는 걸 깨달았다.

그녀는 한 발작 옆으로 물러섰다. 하랄드손은 승리자가 된 듯이 위풍당당하게 미소 지으며 절뚝거리는 다리로 걷기 시작했다. 그는 최대한 아무 일도 없었다는 듯이 특별살인사건전담반의 사무실 쪽으로 이름을 불렀다. "빌리, 잠깐 시간 있나요?"

반야는 메모장을 펼쳤다. 프레드릭이 이미 말했던 사항을 어쩔 수 없이 다시 반복해야 했기에 양해를 구해야만 했다. 그녀는 화가 치밀어 올랐다. 이 사건에 연루된 증인들이나 사람들의 말을 제일 처음으로 듣고 싶었는데. 두 번째로 인터뷰할 경우에는 그들이 자신도 모르게 대수롭지 않게 넘어갈 위험이 있었다. 아니면 그들이 이미 언급한 정보는 빠뜨릴 수도 있을 것이다. 그들이 정보를 평가하고 흥미 없는 것으로 구분하기 시작할 수도 있고. 그녀는 더 이상 수사에 집중하지 못하는 사람과 두 번째로 대화를 나누게 된 셈이었다. 왜냐면 소년은 이미 자신의 얘기를 하랄드손에게 설명했기 때문이다. 두 사람과 두 번씩. 반야는 이런 일이 다시는 발생해서는 안 된다고 생각했다. 그녀는 펜을 집어 들었다.

"네가 로저 에릭손을 봤다고?"

"예, 금요일에요."

"네가 본 사람이 확실히 로저 맞니?"

"예, 우리는 비킹가 학교를 같이 다녔어요. 그리고 로저가 마지막 학기 초에 루네베르크 학교로 왔고요. 그런 다음에 그 애는 팔름뢰브스카로 전학 갔어요."

"너희들이 한 반이었니?"

"아니요. 제가 한 살 많아요."

"네가 로저를 본 건 어디니?"

"구스타브스보르크스가탄 도로에요. 단과대학 주차장 옆이요. 그곳이 어딘지 아세요?"

"우리가 찾아볼게."

빌리가 메모했다. 반야가 이 시점에서 '우리'라고 말했다면, 그것은 그를 의미했다. 그는 지도에서 장소를 표시했다.

"로저가 어디로 갔니?"

"시내 쪽으로요. 그런데 방위로는 어떤 쪽인지 저도 몰라요."

"그것도 우리가 찾아보도록 하마."

빌리는 다시 기록했다.

"금요일 몇 시쯤 그 애를 만났지?"

"9시가 막 지났을 거예요."

대화를 나눈 동안에 반야는 처음으로 머뭇거렸다. 그녀는 약간은 회의적인 눈빛으로 그를 쳐다보았다. 그녀가 뭔가 잘못 이해한 것일까? 그녀는 다시 메모장을 들여다보았다.

"저녁 9시쯤이라고? 21시?"

"예, 막 지났을 때요."

"지난 금요일에?"

"예."

"너 정말 확실하니? 이 시간도?"

"예, 제가 8시 30분쯤 운동이 끝나서 시내로 가는 길이었어요. 우리는 영화를 보러 가려고 했어요. 시계를 보고 25분 남았다는 걸 확인했기 때문에 그 시간을 정확히 알고 있어요. 영화가 9시 반에 시작했거든요."

반야는 말문이 막혔다. 빌리는 그 이유를 알고 있었다. 그는 회의장

의 화이트보드에 사건의 시간 경과를 간단히 종합해 보았다. 로저가
여자 친구 집을 나선 것은 소위 22시라고 기록했다. 여자 친구의 진술
에 따르면 그는 밤새도록-집 밖은 물론이고-그녀의 방에서 절대로 나
와서는 안 될 것이다. 그렇다면 한 시간 전에 여자 친구 집에서 나온
그가 구스타브스보르크스가탄 도로에서 대체 무엇을 하고 있었던 걸
까? 반야도 빌리와 같은 생각을 했다. 결국 리자는 그녀의 추측대로
거짓을 말했던 게 틀림없었다. 반야와 마주 앉은 소년은 믿음이 갔다.
어린 나이에도 그는 성숙했다. 그가 여기까지 찾아온 것은 주목받고
싶다거나 스릴을 만끽하고 싶어서는 아닌 것 같았다. 또는 그가 인증
된 거짓말쟁이인 것도 아니었다.

"좋아. 네가 로저를 봤다고 치자. 그럼 네가 어떻게 로저를 알아볼
수 있었지? 금요일 저녁 9시였다면 길가에 사람들이 엄청 많았을 텐
데?"

"로저가 혼자 있었는데 계속해서 모페드 한 대가 그 아이 주변을 맴
돌고 있었어요. 그래서 눈에 띈 거예요. 짐작들 가시겠지만 누군가가
그를 해코지하려고 했던 것 같아요."

반야와 빌리는 앞으로 몸을 숙였다. 사건의 시간대가 중요했다. 이
제 그들은 행방불명 전에 희생자가 어디에 있었는지 알게 되었기 때문
이다. 문득 또 한 사람이 눈에 들어왔다. 그것은 로저를 해코지하려던
사람. 뭔가 시작이 좋았다. 하지만 반야는 이 모든 이야기를 두 번째로
경험하게 되었다는 사실을, 또다시 저주했다.

"모페드라고?" 빌리가 반야를 대신해서 가장 적합한 단어를 내뱉었다.

"예."

"자세하게 기억할 수 있니? 어떤 색이었니? 아니면 비슷한 색이라

도……."

"알기는 하는데요……."

"어떤 색깔인데?" 빌리가 그의 말을 가로막았다. 이것은 그의 전문 분야였다.

"빨간색인데, 제가 아는 건……."

"모페드의 브랜드를 아니?" 빌리는 그의 말을 다시 가로막았다. "어떤 종류의 모페드인지 알고 있냐고. 혹시 너, 번호판은 기억하니?"

"예, 글쎄, 아니요. 기억 못해요." 프레데릭은 반야 쪽을 돌아보았다. "하지만 누구 건지는 알고 있어요. 그러니까 운전자가 누군지는 알아요. 레오 룬딘이에요."

반야와 빌리는 얼굴을 서로 마주 보았다. 이윽고 반야가 자리에서 휙 일어섰다.

"여기서 기다려 봐요. 토르켈을 모시고 올 테니."

살인자가 아닌 남자는 자신이 자랑스러웠다. 물론 그럴 형편이 아닌데도. 하지만 그는 학교의 애도 물결에 대한 눈물겨운 기사를 보았다. 또한 격분한 경찰들이 여러 차례 기자회견을 하는 모습도 지켜보았다. 비극적이며, 침울하고, 슬펐다. 하지만 그는 어쩔 수 없었다. 그는 억누르려고 해도 계속해서 자기 긍정의 감정을 피할 수 없었다. 그래도 외로웠다. 아무도 그의 감정을 이해해주지 못하기 때문이다. 사람들이 그의 옆에 얼마나 가깝게 있든, 그들이 뭐라고 말하든 소용이 없었다.

그의 자부심은 맹신적이면서도 자유로웠기에 그를 거의 열광적으로 만들었다. 그는 자신이 얼마나 강한 사람인지를 행동으로 증명했다. 마치 진정한 남자인 듯이. 보호할 만한 것은 다 보호했다. 그는 절대로 물러나지 않았다. 정말로 문제가 있어도 누설하지 않았고 오류를 범하지도 않았다. 피와 오장육부의 강력하고 달콤한 향기가 온몸에 파고들었고, 그 탓에 그는 온 힘을 다해서 끓어오르는 메스꺼움과 싸워야 했다. 하지만 그는 멈추지 않았다. 손에 든 칼은 떨리지 않았다. 시체를 처리할 때에도 다리가 주저앉지 않았다. 그는, 대부분의 사람들이 극복하지 못했을 것 같거나 단 한 번도 겪지 못했을 법한 상황 속에서도 가능한 한 잘 반응했다. 그 점이 그에게는 자랑스러웠던 것이다.

어제 그는 기분이 너무 좋은 바람에 그냥 조용히 앉아 있을 수가 없었다. 그는 여러 시간 산책을 나갔다. 시내를 가로질러서. 그의 비밀을 숨기고 있는 바로 그곳에. 잠시 뒤 그는 경찰서를 지나쳐갔다. 친밀한 건물 모습에 그는 본능적으로 되돌아서려고 했다. 그는 자신이 어디로 산책을 가는지도 모를 정도로 골똘하게 생각에 빠져 있었던 것이다. 하지만 경찰서 앞에 다다르자, 그는 건물 앞을 무리 없이 지나칠 수 있다는 걸 깨달았다. 그는 그저 이 길을 따라 산책하는 사람이었다. 그 안에 있는 남자들과 여자들은 아무것도 눈치채지 못할 테니까. 그들이 찾는 사람이 이렇게 가까이 있는 줄은, 그들도 모를 것이다. 그는 계속해서 걸어갔다. 그럼에도 그는 커다란 유리 창문을 통해 내부를 들여다볼 만한 용기는 없었다. 그가 진입로에 도착할 때쯤 경찰차가 들어오면서 브레이크를 잡았다. 그가 옆으로 지나갈 수 있도록 비켜주려고. 그는 아는 사이인 양, 유니폼 입은 경찰에게 고개를 끄덕거리며 인사를 했다. 따지고 보면 그에게는 당연한 일이었다. 그들은 그의 적수였다. 그는 그들이 찾는 사람이었다. 물론 그들은 전혀 알 턱이 없을 테지만. 이런 비밀을 갖고 있다는 것은 정말로 긴장감이 넘치고 즐거운 일이었다. 그들이 열을 올리며 찾고 있는 진실을 자신의 손아귀에

쥐고 있다는 것만으로도. 그는 경찰차가 지나갈 수 있도록 옆으로 멈추어 섰다. 적수에게 친절한 제스처를 해 보이면서.

그는 이런 힘을 그에게 선사해준 사람이 누구인지 알고 있었다. 신은 아니었다. 신은 그와 동행해주고 그를 위로해주었다. 하지만 그를 강하게 만든 건 아버지였다. 아버지가 동기를 주고 단련시켰으며, 그에게 필요한 일이 무엇인지 전수해주었다. 이는 매번 간단한 일은 아니었다. 현재의 비밀 때문에 어린 시절의 비밀이 어떤 식으로든지 떠올랐다. 아무도 이런 그의 처지를 이해할 수 없을 것이다.

그들이 아무리 가깝게 있더라도 소용없었다.

그들이 뭐라고 말하더라도.

언젠가 그는 슬프고 나약하다고 느낀 적이 있었다. 그 무렵 그는 꽃냄새가 풍기는 금발 머리 학교 간호사에게 자신의 처지를 설명했다. 결과는 흥분 그 자체였다. 혼돈. 학교와 사회 기관이 개입했다. 학교 심리학자와 복지 사무소 직원들은 대화를 원했고 전화를 걸어왔으며 집을 방문했다. 그의 어머니는 울음을 터트렸고, 아직 어렸던 그는 위험을 무릅쓰고라도 잃어버릴 것은 잃어버려야 한다는 걸 깨달았다. 모든 걸. 왜냐면 그는 나약함을 드러냈기 때문이다. 자신의 비밀을 지킬 만한 강인함을 보여주지 못했기에. 그는 아버지가 자신을 사랑한다는 걸 알고 있었다. 아버지는 훈련과 규칙을 통해서 사랑을 보여주는 그런 종류의 남자였다. 자신의 카리스마를 말보다는 오히려 주먹과 카펫 먼지털이나 벨트로 전달하는 남자였다. 아들로 하여금 복종을 매개 수단으로 현실에 대처하도록 강요하는 남자. 더 강해지도록 하기 위해서는 어쩔 수 없는 일이라는 식으로.

그는 자신이 했던 말을 번복함으로써 문제를 해결했다. 모든 걸 부정했다. 자신이 오해받고 있다고 말했다. 그는 규칙을 다시 세웠다. 그가 아버지나 가족을 잃어버리지 않으려면 하는 수 없었다. 그는, 매질은 견뎌도 아버지를 잃는 것은 참을 수 없었다. 그들은 다른 도시로 이사를 갔다. 아버지는 그의 주장과 거짓부렁을 존중해야 한다는 걸 알았다. 그들이 좀 더 가까워졌다는 걸, 그는 느꼈다. 매질은 더 줄지 않았지만 어린 소년한테는 매질도 좀 더 편안하게 느껴졌다. 그리고 그는 아무런 대꾸도 하지 않았다. 갈수록 그는 더 강한 남자가 되어 갔다. 아버지가 그에게 어떤 재능을 전수해주었는지, 아무도 이해하지 못했다. 그 자신조차도. 하지만 이제 그는 깨달을 수 있었다. 혼돈을 극복하고 잘 다룰 수 있는 가능성을.

살인자가 아닌 그 남자는 미소 지었다. 갈수록 그는 아버지에게 한층 더 다가설 수 있다는 생각이 들었다.

새벽 4시가 되기도 전에 세바스찬은 위층의 비좁고 딱딱한 싱글침대에서 눈을 떴다. 방 안의 나머지 가구들을 따져보면 이 침대는 어머니의 것이었다. 세바스찬이 집을 나왔을 때만 해도 그의 부모는 침실을 따로 사용하지는 않았지만 이런 새로운 가구 배치는 놀라운 일이 아니었다. 원한다면 어머니는 얼마든지 밤마다 아버지의 침대로 파고들 수 있었을 테니 말이다. 물론 이런 행동을 건강한 태도라고는 말할 수는 없을 것이다. 분명히 어머니도 차츰차츰 알게 되었을 것이다.

세바스찬은 꿈에서 깨어나면 곧장 자리에서 일어나는 편이었다. 시간이 몇 시건 상관없었다. 물론 대체로 그렇다는 것이지, 항상은 아니었다. 가끔씩은 그대로 누워 있었다. 눈을 감고서. 꿈꾸는 동안에 오른손에서 얼마나 경련이 일어나는지 느낄 수 있었다.

가끔씩은 이런 아침이 그리웠다. 그리고 동시에 두려웠다. 그가 꿈을 또 하나의 새로운 경험으로 받아들인다거나 꿈에서 순수하고 거짓 없는 사랑의 감정을 느끼게 된다면 연이어 현실로 다시 돌아올 때는 너무 힘들고 두려웠다. 그가 꿈에서 바로 눈을 뜨고 자리에서 벌떡 일어났을 때보다 훨씬 더. 꿈속에서 사랑을 느낀다 해도 별다른 가치는 없었다. 사랑에는 고통이 따랐기 때문이다. 상실감. 거부할 수 없기에 언제나 지속되는. 이는 일종의 종속 상태였다. 그는 결과를 알고 있었다. 꿈을 꾼 직후에는 건강 상태가 좋지 않아서 몸 기능이 활발하지 못했다. 숨도 잘 쉬지 못하고, 계속 살기 어려울 정도로.

하지만 시간이 갈수록 그에게는 진정성이 필요했다. 가장 강력한 진실된 감정. 더 이상 포기할 수 없는 그런 기억들이. 그럼에도 불구하고 그의 기억들은 기억일 뿐이었다. 자신의 감정들과 비교해 볼 때 기억들은 희미하고 거의 죽은 것이나 진배없었다. 어쩌면 기억들 중에 대다수가 현실과는 무관한 것일지도 모른다. 그가 놓쳐버렸거나 지어낸 것일지도 모른다. 의식적으로 그랬거나 무의식적으로 그랬거나 간에. 어떤 일은 수정해서 더 강조하고, 또 어떤 일은 약화시키거나 아예 떨쳐버렸다. 기억들은 주관적이었다. 하지만 그의 꿈은 객관적이었으며 무자비하고 비감성적이었다. 뿐만 아니라 견디기 어려운 고통이었다. 하지만 그는 생생하게 살아 숨셨다.

이날 아침 부모님의 집에서 그는 침대에 누워 또 다른 꿈을 기다렸다. 그가 원했다. 그리고 필요로 했다. 아주 간단한 일이었다. 꿈은 보이지 않는 존재인 듯이 그의 몸속에서 단단히 자리 잡고 있었다. 그가 뭔가 새로운 힘을 불어넣어야 하는 존재인 것처럼. 그가 원할 때면……

그러고 나면 그는 그녀를 느낄 수 있었다. 기억은 나지 않아도 정말로 느낄 수 있었다. 그는 그녀의 작은 손길을 느꼈다. 그리고 그 목소리도 들을 수 있었다. 그는 다른 목소리나 다른 소음도 들었다. 그것도 가장 또렷하게. 그는 그녀의 냄새도 맡을 수 있었다. 어린이 비누 냄새와 선크림 냄새를. 비몽사몽 하는 동안에 그녀가 그의 옆에 와 있었다. 실제로. 또다시 이곳에. 그의 엄지손가락은 그녀의 작은 싸구려 반지를 무의식적으로 쓰다듬었다. 그녀가 집게손가락에 끼고 있던 반지. 나비 모양. 그가 벼룩시장의 싸구려 잡동사니에서 이 반지를 발견하고 사준 것이었다. 그녀는 단박에 반지를 좋아했다. 손가락에서 절대로 빼지 않을 정도로.

그날은 슬로모션으로 시작되었다. 그들은 늦잠을 자고 일어났다. 호텔에 머물면서 풀장에서 조용한 날을 보내기로 계획한 것이다. 릴리는 조깅을 나갔다. 늦은 시간이었지만 짧은 시간 동안 조깅을 하기로 했다. 그는 자비네와 밖으로 나갔는데, 아이는 풀장에 누워 빈둥거리고 싶어 하지 않았다. 아니, 아이는 에너지가 넘쳐났다. 그래서 그는 잠시 동안 해변으로 나가기로 결정했다. 자비네는 해변을 좋아했다. 그가 팔로 안고서 파도놀이를 할 때면, 자비네는 좋아했다. 아이의 작은 몸을 공중으로 던져 물속에 빠트리면 아이는 물속에서 뽀로록 올라왔다 다시 가라앉으며 기뻐서 깔깔거리고 웃어댔다. 해안가로 가는 길에서 그들은 다른 아이들도 몇 명 만났다. 그날은 크리스마스 다음 날이었다. 그래서 어린이들은 새로운 장난감을 시험해보고 있었다. 그는 자비네를 어깨에 목말 태우고 있었다. 그때 한 소녀가 공기를 주입하는 돌고래를 갖고 놀았다. 밝은 청색에 귀여운 장난감이었다. 이내 자비네는 손을 앞으로 뻗어 가리키며 이렇게 말했다.

"아빠, 나도 저거 갖고 싶어요."

이는 자비네가 그에게 마지막으로 한 말이었다. 해안은 커다란 모래 언덕과는 좀 떨어져 있었는데, 자비네가 청색 돌고래 장난감을 잊어버리도록 그는 빠른 걸음으로 걸었다. 상황은 그의 생각대로 착착 진행되었다. 그가 따뜻한 모래 위를 세차게 디디며 걷자 자비네는 웃음이 절로 나왔다. 아이의 여린 양손은 그의 면도하지 않은 얼굴을 붙들고 있었다. 그가 비트적거리며 거의 넘어질 뻔 했는데도 아이는 웃었다.

크리스마스 동안에 여행을 떠나자는 건, 릴리의 아이디어였다. 그리고 그는 아무런 반대도 하지 않았다. 공휴일에 들떠 지내는 것은 세바스찬의 성격과는 맞지 않았다. 게다가 그는 릴리의 가족과는 잘 어울리지 못했기에, 여행 가자는 그녀의 제안이 나오자마자 바로 승낙했다. 그는 햇살과 바다를 좋아하진 않았지만 릴리로 인해-언제나-조금은 쉽게 살아갈 수 있었다. 게다가 자비네는 햇살과 바다를 좋아했다. 자비네의 마음에 드는 것이라면 뭐든지, 그도 행복을 느꼈다. 다른 사람을 사랑한다는 건, 세바스찬에게는 상대적으로 새로운 경험이었다. 이는 자비네를 통해서 비로소 체험하게 되었다. 이곳 해안가에 서서 인도양을 바라보자 그는 아름다운 경험이라는 생각이 들었다. 그가 자비네를 내려놓자, 곧바로 아이는 짧은 다리로 물속에 뛰어들었다. 바닷물은 지난 며칠간보다도 더 얕아진 것 같았다. 그리고 해안은 그 전보다도 더 넓어졌다. 그는 썰물로 인해 물이 더 많이 빠졌다고 추측했다. 그는 어린 딸을 훌쩍 안아들고는 물속으로 뛰어 들어갔다. 물은 탁하고 잿빛처럼 보였지만 공기와 바닷물의 온도는 완벽했다. 정말로 아무런 걱정 없이 그는 자비네에게 마지막으로 뽀뽀를 해주었다. 그러고서 그는 따뜻한 바닷물 속으로 자비네를 배까지 빠트렸다. 아이는 껄

꺽 소리를 내며 웃었다. 아이한테는 바닷물이 경이로운 동시에 기이한 것이었다. 그리고 1초나 지났을까 세바스찬은 아이와 함께 노는 것이야말로 심리적인 치료라는 생각이 들었다. 쌍방의 믿음을 연습하는 것! 아빠가 놓아주지 않았는데도 아이는 갈수록 용감해졌다. 예전에 그가 한 번도 행동으로 옮겨보지 못한 간단한 단어. 믿음. 자비네는 두려움과 기쁨이 뒤섞인 채로 꺽꺽 소리를 내며 웃었다. 그리고 얼마 있지 않아 번개 치는 소리를 들었다. 아이와의 믿음에 너무나 매료되어 있었던 것일까? 그가 그 소리를 알아차렸을 때에는, 이미 때가 너무 늦어버렸다.

이날 그는 새로운 단어를 배웠다. 한 단어. 그렇게 박식했던 그도 한 번도 들어보지 못했던 단어.

쓰나미.

그가 꿈을 꾸기 시작한 그날 아침에, 그는 자비네를 잃었다. 슬픔은 너무나 가혹해서, 다시는 자리에서 일어날 수 없을 거라고 믿었다.

하지만 그는 해냈다. 서서히. 그리고 그의 삶은 다시 계속되었다.

레오나르트! 계단참에서 젊은 남녀를 관찰한 클라라 룬딘은 대번 아들에 관한 얘기라는 걸 알아차렸다. 그들이 자신들을 소개하며 신분증을 보여주기 전에 이미 그녀는, 이 둘이 야훼의 증인도 그 어떤 대리인도 아니라는 걸 알았다. 이러한 상황을 다 눈치채자 룬딘 부인은 신경과민으로 위경련을 일으켰다. 어쩌면 감정도 격해졌을지도 모른다. 위경련이 이미 한참 동안 지속되는 바람에 가끔씩은 전혀 느껴지지 않을 정도가 되었다. 저녁에 전화벨이 울려도, 주말에 거리에서 사이렌 소리를 들어도, 레오나르트가 친구들을 집에 데려오는 바람에 그녀가 잠을 깰 때에도, 혹은 우체통 앞에서 학교에서 온 편지를 발견할 때에도 그랬다.

"레오 거기 있니?" 반야가 물었다. 그녀는 신분증을 윗도리 주머니에 다시 찔러 넣었다.

"레오나르트에요." 클라라는 반사적으로 이름을 고쳐 불렀다. "예, 그 애 집에 있어요. 그 애한테 무슨 볼일이세요?"

"아픈가요?" 반야가 대답을 회피하며 물었다.

"아니요. 나도 모르…… 어떻게 오신 거예요?"

"그 애가 학교에 없어서요."

클라라는 그 점에 대해서 한 번도 골똘히 생각해보지 않았다. 그녀는 병원에서 불규칙하게 교대로 일을 하고 있었다. 그래서 아들이 학교를 잘 다니는지 신경 쓸 겨를이 없었다. 그가 학교에 가든 말든 그가 하고 싶은 대로 했다. 대체로 그녀는 아들이 원하는 대로 행동했던 것이다. 사실적으로 말해서 항상 그랬다.

그녀는 아들을 컨트롤하지 못했다. 매사에 그랬다. 그녀는 이 점에 대해 인정하지 않을 수 없었다. 벌써 1년도 훨씬 전부터 그녀는 컨트롤을 완전히 상실하고 말았다. 그녀가 빌려보는 안내 책자들에는, 그것이 당연한 일이라고 쓰여 있었다. 그리고 그녀가 읽는 잡지에서도. 이 나이대에 있는 소년들은 부모로부터 독립하고 싶어 한다고 말한다. 서툴러 보여도 어른들의 세상을 연구하기 시작한다고. 그럼, 부모는 그들에게 더 많은 자유 공간을 제공하고 고삐를 풀어주는 동시에, 손아귀에서 놓아주지는 말아야 한다. 특히나 그들에게 가장 기본적인 사실을 전달해야만 한다. 언제나 부모가 그들을 위해 옆에 있다고. 하지만 레오나르트는 주저하는 성격이 아니었다. 그는 하루가 다르게 어디로 튈지 몰랐다. 그는 마치 블랙홀에 빠진 사람 같았다. 어느 날 갑자기 자취를 감춰버리기도 했다. 이 세상 어디에서도 그를 옭아맬 고삐는 존재하지 않았다. 그저 느슨하게 풀려 있을 뿐이었다. 클라라는 옆에 있었지만 그는 더 이상 그녀를 필요로 하지 않았다. 더 이상은.

"애가 오늘 좀 늦잠을 잤어요. 그 애한테 무슨 볼일이 있나요?"

"그 아이랑 얘기 좀 할 수 있을까요?" 빌리가 힘주어 물었다. 반야와 그는 복도로 들어섰다.

그들은 L자 형태의 방갈로에 들어갔을 때 들은 적이 있는 베이스 비트를 이곳에서도 들을 수 있었다. 복도 안으로 들어가면 갈수록 더욱더 또렷하게. 힙합. 빌리는 이 노래를 알고 있었다. DMX. 2002년의 〈X Go'n Give it to Ya〉 구닥다리 노래.

"난 그 애 엄마에요. 걔가 무슨 짓을 했는지 알고 싶어요."

소년의 어머니가 경찰이 무엇 때문에 아들과 얘기하고 싶어 하는지 전혀 모른다는 것을, 반야는 알아차렸다. 아니다. 그가 뭔가 일을 쳤다는 것을, 어머니가 바로 알아챈 게 틀림없었다.

"우린 로저 에릭손에 대해 그 아이랑 말하고 싶어요."

죽은 소년에 대해? 왜 경찰이 죽은 소년에 대해 레오나르트와 얘기를 나눈다는 걸까? 이제 그녀의 위장에서는 다시금 경련이 일었다. 클라라는 말없이 고개를 끄덕여 보이고는, 반야와 빌리가 안으로 들어올 수 있도록 옆으로 물러섰다. 그녀는 왼쪽으로 사라졌다. 거실을 가로질러 닫힌 문 쪽으로 향했다. 노크하기 전에는 그녀가 절대로 열어서는 안 되는 문 쪽으로. 그렇다면 그녀는 어떻게 해야 할까?

"레오나르트. 경찰이 여기에 왔단다. 너랑 얘기하고 싶대."

빌리와 반야는 좁고 정돈된 복도에서 기다렸다. 오른쪽 벽에는 옷걸이가 있었는데, 이곳에는 윗도리 세 개가 걸려 있었다. 이 중에 두 개는 분명히 레오나르트의 것이었다. 네 번째 옷걸이에는 한 짝뿐인 장갑이 매달려 있었다. 그 아래에는 작은 신발장이 있었고, 신발 네 켤레가 놓여 있었다. 그중에 두 켤레는 실내 운동화였다. 빌리는 리복과 엑코이라는 상표를 기록해두었다. 맞은편에는 거울 달린 나지막한 서랍장이 있었다. 서랍장 위에는 작은 받침대와 밀짚 국화 화병을 제외하고는 아무것도 없었다. 복도가 끝나는 곳쯤에 거실이 시작됐다. 클라라는 다시 한 번 닫힌 문을 두드렸다.

"레오나르트. 그들이 너랑 로저에 대해 얘기를 나누고 싶다는구나. 이제 그만 나올 수 없겠니?"

그녀는 다시 한 번 방문을 두드렸다. 복도에서 기다리던 빌리와 반야는 서로 눈길을 주고받으며 아무 말 없이 결단을 내렸다. 그들은 발판에 신발을 닦고는 거실을 가로질러 갔다. 부엌문 앞에는 소박한 식탁이 놓여 있었고 그 바닥에는 카펫이 깔려 있었다. 노란색 바탕에 갈색 사각형 무늬가 새겨진 것이었다. 그리고 앞쪽에는 탁자를 등지고 소파가 하나 놓여 있었는데 또 다른 소파는 맞은편에 있었다. 그 중간에는 밝은색 나무로 된 나지막한 소파용 탁자가 있었다. 자작나무라고, 반야는 어림잡아 보았다. 실제로 나무 종류가 무엇인지 잘 알지도 못했지만. 벽에는 평면 TV가 걸려 있었고, 그 아래쪽 평면 가구 위에는 DVD 기계가 있었다. 하지만 DVD는 아무 데도 보이지 않았다. 게임기 본체나 게임도. 방 안은 정리되어 있었고 깨끗했다. 잠시도 이 소파에는 앉은 사람이 전혀 없었던 것처럼 보였다. 장식용 쿠션은 순서대로 하나씩 나열되어 있었고, 담요는 개켜 있었다. 리모컨 두 개는 한쪽 옆에 가지런히 자리 잡고 있었다. 두 번째 소파 뒤에는 한쪽 벽이다 서가로 채워져 있었는데, 책들은 딱딱한 가죽 표지나 문고본이 순서대로 정확히 나열되어 있었다. 책장 여기저기에는 깔끔하게 먼지를 털어낸 장식용 도자기가 보였다. 반야와 빌리는 갈수록 불안해하는 클라라 쪽으로 향했다.

"레오나르트, 이제 문 좀 열어라!" 하지만 반응이 전혀 없었다. 음악 소리는 점점 커져만 갔다. 방금 전보다도 소리가 더 커진 것 같다고, 반야는 생각했다. 아니면 그들이 방문 앞에 서 있기 때문에 그렇게 느끼는 것일까? 빌리가 문을 두드렸다. 있는 힘을 다해서.

"레오, 잠시 동안 우리랑 얘기 좀 할 수 있겠니?"

이번에도 반응이 없었다. 빌리는 다시 한 번 문을 두드렸다.

"이상하네요. 문을 잠근 것 같아요."

반야와 빌리는 클라라를 쳐다보았다. 빌리는 방문 손잡이를 힘껏 아래로 눌러보았다. 사실이었다. 잠겨 있었다.

어느새 반야는 거실 창문 밖을 내다보았다. 위풍당당한 빨간 머리 소년이 집 앞 풀밭에 가볍게 내려앉는 것을 목격했다. 연이어 소년은 양말만 신은 채로 잔디 위를 전속력으로 달리더니 그들의 시야에서 사라졌다. 이 모든 일은 눈 깜짝할 사이에 일어났다. 반야는 잠긴 테라스 문 쪽으로 달려가 소리쳤다.

"레오! 거기 서!"

레오는 어떤 경우에도 멈출 생각이 없었다. 정반대였다. 그는 점점 더 빨리 뛰었다. 반야는 놀란 빌리 쪽을 돌아보았다.

"당신이 앞쪽을 맡아요." 반야는 테라스 문을 열려고 안간힘을 쓰면서 그에게 소리쳤다. 그녀는 약간 멀리, 도망치는 소년을 보았다. 그녀는 문을 열어 빠른 걸음으로 화단에 올라섰다. 그러고는 속도를 높여 달리기 시작했다. 뒤에서 소년을 다시 부르면서.

8시쯤에 침대에서 일어난 세바스찬은 샤워를 하고 스타토일(노르웨이 석유 전문 업체_옮긴이) 주유소로 소풍을 나가기로 했다. 기껏해야 몇백 미터나 떨어져 있을까? 그는 카페라테와 아침 식사를 사서 먹었다. 그동안에 담배며, 커피며, 무연 휘발유를 받아 가는 아침 통근자들을 눈여겨보았다. 임시 거주지로 돌아오자 그는 우체통에서 차고 넘친 신문, 편지, 계산서와 광고지를 다 모았다. 창고로 간 그는 포개져 있는 종이 상자를 찾아서 오늘 신문까지 몽땅 집어넣었다. 그는 하루라도 빨리 중개인이 다시 전화를 주기만을 희망했다. 주유소에서 먹는 아침 식사가 습관이 되지 않도록 말이다.

너무 따분하다는 생각에 밖으로 나간 그는 집 뒤편에 자리를 잡고 앉았다. 이미 이곳에는 햇살이 새 나무 테라스를 따뜻하게 데워주고 있었다. 세바스찬이 어렸을 때에는 그곳에 돌이 깔려 있었다. 그의 기억이 맞는다면 그 당시에는 어느 집이든 둥글게 살짝 튀어나온 작은 돌만 깔았다. 오늘날에는 그런 돌을 사용하지 않고 전부 나무 테라스를 사용하고 있다.

신문을 펼쳐든 그가 막 문화면을 읽으려고 하는 참에, 힘이 넘쳐나는 여자 목소리가 들려왔다. "레오! 멈춰 서!"

그리고 몇 초 지나지 않아 건장한 빨간 머리 소년이 이웃의 상록수 덤불을 헤집고 좁다란 보행로와 자전거로 위를 달려왔다. 이 길을 따라 양쪽 집 마당이 서로 분리되어 있었으며, 길은 1미터가량의 흰색 울타리를 가로질러 세바스찬의 마당까지 연결되어 있었다. 소년 뒤에는 30대가량의 여자 한 명이 쫓아왔다. 빠른 속도로. 몸놀림도 유연하게. 그녀가 덤불을 헤집고 거의 소년한테 도달하려면 고작 몇 발자국 남지 않았다. 이러한 추격전을 주시하고 있던 세바스찬은 도망자가 다음번 집 마당까지 오지 못하고 잡힌다는 데에 내기를 걸었다. 그리고 그의 예상은 적중했다. 몇 미터 전부터 여자는 막판 스퍼트를 냈고 결국은 가물치처럼 날아올라 빨간 머리 소년을 바닥에 내다꽂았다. 물론 여자가 무른 바닥에서 훨씬 유리했다는 걸 인정하지 않을 수 없었다. 신발을 신고 있었기 때문이라고, 세바스찬은 생각했다. 그는, 이 두 사람이 조용해지기 직전까지 엎치락뒤치락 바닥 위를 몇 바퀴 구르는 모습을 줄곧 지켜보았다. 여자는 재빠르게 소년의 팔을 등 뒤로 비틀어 꼼짝달싹 못하게 만들었다. 경찰 검거. 세바스찬은 자리에서 일어나서 몇 발자국 잔디 위를 걸어갔다. 조금이나마 도움을 주려고 했던 것은 절대 아니었다. 그저 좀 더 앞에서 잘 보고 싶었을 뿐이었다. 여자는 상황을 제압한 것 같았다. 게다가 이미 비슷한 나이 또래의 남자 한 명이 그들을 돕기 위해 달려오고 있었다. 아마도 그도 경찰 같아 보였다. 왜냐면 그는 재빨리 수갑을 꺼내더니 소년의 등 뒤로 팔을 포박하기 시작했기 때문이었다.

"날 놔주세요, 제기랄! 난 아무 짓도 안 했다고요."

빨간 머리는 여자의 효과적인 포박 때문에 잔디 위에 최대한 납작하게 엎드려 있었다.

"그런데 왜 우릴 보고 도망쳤지?" 이렇게 물어본 여자는 동료의 도움을 받아 소년을 잡아 일으켰다. 그들은 집 앞쪽으로 걸어갔다. 아마도 자동차를 기다리는 것 같았다. 잠시 뒤 그녀는 이 마당에 자신들만 있는 게 아니라는 것을 눈치챘다. 그녀는 세바스찬 쪽을 넘겨다보면서 주머니에서 신분증을 꺼내어 보여주었다. 이 정도 거리라면 그녀가 도

서관 신분증을 내민다 해도 그 누가 알 턱이 있을까? 세바스찬은 뭐라고 쓰여 있었는지 확인할 기회가 없었다.

"반야 리트너예요. 특별살인사건전담반 경찰이죠. 우리가 상황 제압을 다 했습니다. 그러니 다시 집으로 들어가셔도 됩니다."

"줄곧 밖에 있었는데요. 여기서 계속 있어도 되는 거죠?"

하지만 여자는 이미 그에게는 더 이상 관심이 없었다. 그녀는 신분증을 다시 주머니에 쑤셔 넣고는 빨간 머리의 팔을 다시 움켜잡았다. 그 아이는 이미 인생 초반에 막장까지 간, 그런 소년들 같아 보였다. 이렇듯 경찰차로 붙들려가는 소년이 그 아이가 처음도 마지막도 아닐 것이다. 보행로에는 또 다른 여자가 달려오고 있었다. 그녀는 멈춰 서면서 손으로 입을 틀어막았다. 세바스찬의 마당에서 일어난 일을 다 목격한 그녀는 울부짖는 소리를 억누르고 있었다. 세바스찬은 그녀를 유심히 살펴보았다. 분명히 소년의 어머니 같았다. 머리카락이 아주 빨갛고, 살짝 곱슬곱슬 한 걸 봐서는. 대략 45세 정도 돼 보였다. 키는 그다지 크지도 않았다. 165센티미터 정도 되나 싶었다. 운동을 많이 했는지 상당히 단련된 몸매였다. 아마도 그녀는 근방에 사는 이웃 여자일 것이다. 그가 어린 시절 이곳에 살았을 때 바로 옆집에 독일 부부가 살았다. 슈나우저 두 마리와 함께. 그 당시에도 이 개들은 이미 늙은 놈들이었다. 아마도 그동안에 죽었을지도 모른다.

"레오나르트, 너 대체 무슨 짓을 한 거니? 당신들 도대체 어쩌려는 거예요? 그 애가 뭘 잘못했다는 거죠?" 아무도 대답해주지 않아도 상관없다는 듯이 이웃 여자의 입에서는 질문들이 거침없이 쏟아져 나왔다. 빠르면서도 억지를 쓰면서. 목소리는 점점 커져만 가고. 마치 압력밥솥의 코크처럼. 만약 그녀가 입을 다물었다면 압력 때문에 거의 폭

발했을지도 모를 일이었다. 이웃 여자는 잔디 위를 계속해서 달려왔
다. "걔가 무슨 짓을 했다는 거죠? 제발 말 좀 해주세요! 레오나르트!
왜 넌 항상 사고만 치는 거니? 그 애가 뭘 한 거예요? 당신들, 애를 어
디로 데려갈 거죠?"

여자 경찰이 소년의 팔을 놓고서 걱정에 울먹이는 어머니에게로 몇
발자국 다가섰다. 그동안에 남자는 소년을 계속 붙들고 갔다.

"우리가 애랑 얘기 좀 하려고요. 애 이름이 우리 수사망에 포착됐어
요." 그녀는 말했다.

세바스찬은, 여자가 어머니의 어깨를 살짝 잡으며 어떻게 진정시키
고 있는지 줄곧 지켜보았다. 신체 접촉. 효과가 있었다. 전문가답게.

"포착됐다는 게 무슨 말인가요? 어떤 근거에서요?"

"이 애는 우리랑 같이 경찰서로 갈 거예요. 당신이 나중에라도 그곳
으로 오시면 조용히 그 모든 일을 다 말씀드릴 수 있어요." 반야는 가
기 전에 잠시 동안 여자의 눈을 들여다보았다. "룬딘 씨. 지금은 우리
도 아무것도 모릅니다. 제발 불필요한 걱정은 하지 말아 주세요. 나중
에 오시면 저나 빌리 로젠한테 물어봐주세요. 제 이름은 반야 리트너
입니다."

물론 반야는 룬딘 씨의 집에 도착했을 때 자신들을 소개했지만 클라
라 룬딘이 그걸 기억하고 있기나 한 것인지, 아니면 이름을 올바로 알
아듣기는 했는지 보장할 수가 없었다. 그래서 반야는 정확히 하기 위
해 명함을 꺼내어 그녀에게 건네주었다. 클라라는 명함을 받아들면서
고개를 끄덕였다. 그녀는 뭐라고 항의하기에는 너무 쇼크를 받은 상태
였다. 클라라는 반야의 뒷모습을 지켜보았다. 반야가 구스베리 열매가
있는 모퉁이로 사라질 때까지. 한동안 클라라는 그저 우두커니 서 있

었다. 넋을 놓고는. 그러고는 차선책으로 그곳에 서 있던 남자 쪽으로 향했다. 불행히도 그 사람은 세바스찬이었다.

"저 사람들이 저렇게 해도 되는 건가요? 우리 애를 데려갈 수 있는 거예요? 나 없이도? 우리 애는 아직 성인이 아니에요."

"몇 살이죠?"

"열여섯 살이에요."

"그럼, 그들이 데려가도 괜찮습니다."

세바스찬은 나무 테라스 쪽으로 어슬렁어슬렁 걸어갔다. 오전의 햇살을 받으며 신문의 문화면을 읽을 작정이었다. 클라라는 서 있는 자리에서 꼼짝도 하지 않고 반야가 사라진 방향을 물끄러미 바라보았다. 세 명이 웃으면서 모퉁이에서 다시 뛰어나오기를 바랐다. 이 모든 일은 다 농담이었다고 말해주기를 바라면서. 치밀하게 계획된 장난이었다고. 클라라는 세바스찬 쪽을 돌아보았다. 그는 이미 흰색 등나무 의자에 편안히 앉아 있었다.

"어떻게 해서라도 도와주실 수 없나요?" 그녀는 그에게 애원했다.

세바스찬은 그녀를 의아한 눈빛으로 쳐다보았다. "내가요? 도대체 내가 뭘 할 수 있다는 거죠?"

"당신, 베르크만 씨 아들 아닌가요? 세바스찬 맞죠? 당신도 이런 종류의 일을 하고 있지 않나요?"

"그랬었죠. 하지만 다 지난 과거입니다. 지금은 더 이상 일하지 않아요. 그리고 내가 그곳에서 일했을 때에도 체포의 적법성에 관해서는 전혀 담당하지 않았어요. 나는 경찰 심리학자였지 법률가는 아니었으니까요."

도로가에서는 자동차 한 대가 그녀의 외동아들을 태우더니 곧이어 출발했다. 세바스찬은 자신의 잔디밭에 남아 있던 여자를 쳐다보았다. 여자는 당황하고 버림받은 모습이었다.

"그 애가 도대체 무슨 일을 한 거죠? 당신 아들요. 특별살인사건전담 반 경찰이 관심을 갖는 걸 보면……."

클라라는 몇 발자국 그에게 다가왔다.

"살해된 남자아이와 무슨 연관이 있는 것 같아요. 나도 잘 모르겠어요. 레오나르트가 그런 짓을 할 리가 없어요. 절대로."

"아, 정말 아니라면 레오나르트가 무슨 짓을 한 걸까요?" 클라라는 울타리 쪽으로 고개를 까닥거리는 세바스찬을 건너다보았다. 그녀는 뭐가 뭔지 된통 알 수 없었다.

"당신은 이 울타리를 넘어오면서 아드님을 질책했지요. 왜 항상 사고만 치냐고."

클라라는 너무 놀란 나머지 그를 빤히 쳐다보았다. 그녀가 정말로 그랬었던가? 그녀는 기억하지 못했다. 그녀의 머릿속은 뒤죽박죽이었지만 정말 그렇게 말했을지도 모른다. 실제로 레오나르트는 사고만 치고 다녔으니까. 특히나 최근에는. 하지만 오늘 이 일은 완전히 다른 문제였다.

"하지만 그 애는 살인자가 아니에요!"

"사람을 죽이기 전까지는 그 누구도 살인자가 아니죠."

클라라는 세바스찬을 주시했다. 갑자기 그는 완전히 무관심해 보였고 그의 마당에서 벌어진 사건들에 관해서 정말 아무런 감정도 들지 않는 것 같았다. 그는 어떤 특별한 일도 일어나지 않았다는 듯이, 손가락으로 신문을 두들겨댔다.

"당신이 날 도와줄 순 없나요?"

"집에 전화번호부 책이 있으니까 변호사 목록을 찾아드릴 수는 있어요."

이제 클라라는 위장 속에서 불안함과 두려움의 매듭이 분노로 돌변했다는 것을 느꼈다. 에스터와 투레 옆에 살았던 시절에 그녀는 베르크만 씨의 아들에 대해 많은 얘기를 들은 바 있었다. 그중에 긍정적인 얘기는 하나도 없었다. 한 마디도.

"에스터가 당신에 대해 말할 때면 난 항상 도가 지나쳤다고 생각했어요."

"난 그게 이상했어요. 우리 어머니는 남들이 뭐라 그러건 관심이 없었거든요."

잠시 동안 클라라는 세바스찬을 쳐다보다가 아무 말도 하지 않고 그 자리에서 돌아서서 나왔다. 세바스찬은 테라스에서 신문의 맨 첫 장을 집어 들었다. 그는 기사를 이미 본 상태였지만 별다른 흥미를 느끼지 못했다. 그래도 다시 펼쳐들었다.

특별살인사건전담반 경찰은 소년 살인 사건을 수사 중이었다.

"너, 왜 도망갔니?"

반야와 빌리는 비인간적으로 꾸며진 방 안에서 레오나르트 룬딘의 맞은편에 앉았다. 탁자 하나와 비교적 편안한 의자 세 개. 흐릿한 색상의 벽지에는 포스터 액자가 몇 개 붙어 있었다. 작은 안락의자 뒤에는 스탠드 등불이 놓여 있었다. 햇살이 창문을 통해 들어오는데도 유리는 꽁꽁 얼어 있었다. 그래도 햇살이 있었다. 만약 바로 옆방에서 모든 것을 기록하고 생중계하는 감시 카메라 두 대만 치우고 그 대신에 2층 침대만 들어오면, 이 방은 취조 장소라기보다는 오히려 작은 유스호스

텔방과 같은 느낌이 들었다.

레오나르트는 흐트러진 자세로 의자에 앉아 있었다. 엉덩이를 의자 앞쪽까지 쭉 뺀 채로 가슴 위에 팔짱을 끼고 있었다. 게다가 양말만 신은 발은 탁자 밑에서 삐딱하게 옆으로 쭉 뻗고 있었다. 그는 경찰들을 바라보지 않고서 발아래 어딘가, 왼쪽에 있는 가상의 한 곳을 뚫어져라 주시하고 있었다. 그의 몸에서는 온통 무관심과 모멸감이 뿜어 나왔다.

"나도 몰라요. 그냥 반사적으로."

"아 그래! 경찰이 너랑 얘기하고 싶어 하는데, 그저 반사적으로 도망쳤다는 거니? 도대체 왜?"

레오나르트는 어깨를 움찔거렸다.

"너, 뭔가 잘못한 일 있지?"

"내가 뭐라 그러든 말든, 그렇게 믿을 거잖아요."

참 아이러니했다. 그들이 그와 얘기하고 싶어서 룬디 씨의 집으로 갔을 때만 해도 별다른 의심을 하지 않았다는 게. 하지만 레오나르트가 양말만 신은 채 도망을 치자 그에 대한 관심과 범행 혐의 가능성도 높아졌다. 반야는 그의 방을 뒤지기로 결심했다. 창문에서 뛰어내리는 것은 상당히 위험한 일이었다. 어쩌면 이 방에는 그들이 결코 보아서는 안 될 만한 물증이 있을지도 모른다. 이번 살인과 관련 있는 물건들이. 그가 금요일 저녁 모페드를 타고서 희생자 주변을 맴돌았다는 걸, 그들이 알고 있지 않은가? 반야는 이 방향으로 대화를 유도했다.

"너, 로저 에릭손을 금요일에 만났지?"

"내가요?"

"우린 널 봤다는 증인을 한 명 확보했단다. 구스타브스보르크스가탄에서"

"아하! 그때 아마 그랬을 거예요. 그런데요?"

"'아하! 그때 아마 그랬을 거예요'라는 말은 자백이니?" 빌리는 메모장에서 눈을 돌려 소년을 뚫어져라 쳐다보았다.

레오나르트는 아주 잠시 잠깐 동안 그의 시선에 응답해주고는 고개를 까닥였다. 소년의 머리 끄덕임에 대해 빌리는 탁자 위, 녹음 기계에 말로 기록해 넣었다. "레오나르트는 우리 질문에 대해 그렇다고 대답했다."

반야가 계속해서 질문을 던졌다.

"너 로저와 같은 학교에 다녔지? 왜 로저가 전학 갔는지, 그 이유를 알고 있니?"

"그런 건 그 애한테 물어야죠."

이 얼마나 미련한 짓인지! 이렇듯 무례하다니. 빌리는 그의 먹살을 잡고 마구 흔들어주고 싶었다. 낌새를 차린 반야는 동료의 아래팔을 붙잡았다. 그녀는 자극적인 행동에 조금도 반응하지 않고 싶어서 책상 위, 바로 앞에 있는 지도를 펼쳤다.

"나도 그러고 싶구나. 하지만 너도 들었겠지만 로저는 죽었단다. 누군가 그의 심장을 도려낸 다음에 웅덩이에 버렸어. 여기 사진도 몇 장……."

반야는 사건 장소와 시체실에서 찍은, 해상도 높은 대형 사진을 준비하기 시작했다. 영화나 컴퓨터게임을 통해 죽은 사람들을 수도 없이 경험하는 것은 일말의 도움이 되지 않는다는 걸, 반야와 빌리는 잘 알고 있었다. 어떤 매체도 죽음에 대해 제대로 평가하지는 못할 것이다. 최고의 특수효과들도 진짜 시체를 보는 것처럼 그렇게 생생한 느낌을 되살리지 못할 것이다. 특히나 일주일 전만 해도 아직 살아 있던 사람을 본 사람이라면. 레오나르트처럼. 그는 잠시 동안 사진들을 바라보았다. 그는 아무 느낌도 없는 것처럼 행동하려고 했지만 반야와 빌리는 이내 낌새를 알아챘다. 레오나르트가 이 사진들을 쳐다보는 게 얼마나 어려운지. 하지만 이는 큰 의미는 없었다. 그가 사진들을 더 자세히 들여다보지 못한 것은 사진에서 죄책감만큼이나 쇼크를 받았기 때문일 것이다. 이러한 사진들은 무고한 사람들뿐만 아니라 범인들에게도 부담으로 느껴질 것이다. 거의 예외 없이. 그렇기에 반응은 그다지 중요한 게 아니었다. 오히려 여기서 중요한 것은 좀 더 진정성이 있는 방향으로 취조를 유도해야 한다는 것이다. 이렇듯 레오나르트처럼 파렴치하고, 회피하려는 태도를 막아야만 한다는 것. 계속해서 반야는 탁자 위, 레오 앞에 여러 장의 사진들을 쭉 펼쳐놓았다. 번번이 그녀는 레오나르트에게 새로운 인상을 깊이 심어주고 있다고, 빌리는 생각했다. 그녀가 자신보다 몇 살 어린데도 꼭 누나 같았다. 모든 분야에서 최고점을 받는 누나. 하지만 그녀는 출세주의자가 아니라 그저 멋진 누나였다. 그리고 그녀는 항상 어린 동생들을 위해 편을 들어주었다. 이제 그녀는 레오나르트 쪽으로 몸을 숙였다.

"우리는 이런 짓을 한 사람을 꼭 찾고 싶어. 그리고 우리가 해야 할 일이기도 하고. 물론 지금은 혐의자가 한 명뿐이란다. 그건 바로 너야. 만약 네가 이곳에서 나가서 경찰들한테서 어떻게 도망쳤는지 친구들한테 말하고 싶거든, 지금 같은 방어 자세를 풀고 내 질문에 대답해야 할 거야."

"금요일에 로저를 만났다고 말했잖아요."

"하지만 그건 내 질문에 대한 대답은 아니야. 그 애가 왜 학교를 전학했는지 물었잖니."

레오나르트는 한숨을 푹 쉬었다.

"아마도 우리가 좀 언짢게 했기 때문일 거예요. 아마 그 이유 때문일 거예요. 하지만 나만 그런 건 아니에요. 우리 학교에서 아무도 그 애를 좋아하지 않았어요."

"지금 넌 날 실망시키는구나, 레오나르트. 정말로 강한 남자는 다른 사람한테 책임을 전가하지 않아. 하지만 네가 우두머리잖니, 안 그래? 난 그렇게 들었는데."

레오가 그녀를 쳐다보며 막 "예."라고 대답하려는 순간에 빌리가 갑자기 끼어들었다. "아주 멋진 시계네. 이거 토니노 람보르기니 파일럿 아니니?"

순식간에 실내는 조용해졌다. 매우 놀란 반야는 빌리를 쳐다보았다. 그가 레오나르트의 손목시계를 확인하려고 했기 때문이 아니라 뜻밖에 그가 주제를 돌렸기 때문이었다. 레오나르트는 팔짱을 끼고 있던 팔의 위치를 달리하며 오른팔 시계를 감추었다. 하지만 그는 어떤 말도 하지 않았다. 그가 꼭 말할 필요는 없었다. 반야는 그쪽으로 몸을 돌렸다.

"너, 이 시계 영수증 우리한테 제시 못하면 너한테 좋은 일은 없을 거야."

레오나르트는 그들의 심각한 얼굴을 바라보았다. 그는 침을 꼴깍 삼켰다. 그러고는 모든 자초지종을 설명하기 시작했다.

"레오나르트는 시계를 훔쳤다고 자백했어요. 그가 모페드를 타고 나갔을 때 이 지점에서 로저를 만났고요." 반야는 벽에 걸려 있는 지도에 표시했다. 빌리와 반야가 레오와의 심문에서 가장 중요한 결과를 정리하는 동안에 우르줄라와 토르켈은 그 모든 과정을 귀담아듣고 있었다.

"레오나르트의 말을 다 정리해 보자면 그가 로저를 좀 골려주고 싶었대요. 그래서 모페드로 그 아이 주변을 빙글빙글 맴돌기 시작했고요. 잠시 뒤 로저가 그에게 달려들었다고 했어요. 물론 이것은 레오나르트의 주장이에요. 그다음에는 그들이 서로 싸우다가 주먹질도 했고요. 그 탓에 로저가 코피를 흘리게 됐다고 해요. 몇 번의 주먹질로 레오나르트가 로저를 땅에 넘어트렸고 시계도 빼앗았다는 거죠."

그들은 당황한 나머지 아무 말도 하지 않았다. 이제 레오나르트한테서 조사해야 할 것은 오로지 시계였다. 레오나르트가 진실을 말하지 않았다고는 할 수 없었다. 증인도, 간접증거도 없었다. 반야가 먼저 말을 시작했다.

"하지만 이건 레오나르트의 주장이잖아요. 말다툼이 심해지는 바람에 끝내는 칼을 뽑아 로저를 죽였다는 것도."

"스무 곳 넘게 찔렀다고 했나요? 꽤 붐비는 길거리였는데 어떻게 사람들이 눈치채지 못했을까요?" 우르줄라가 상당히 회의적인 목소리로 말했다.

"사건 현장이 어쩐지는 우리도 잘 모르겠어요. 레오나르트는 공포감을 느꼈을 거예요. 한 번 칼을 휘두르자 로저가 땅에 쓰러져서 소리를 질렀다고 했어요. 레오는 자신이 감옥에 갈지도 모른다는 생각에 로저를 덤불로 끌고 가서 계속 찌르려고 했던 모양이에요. 아무 말도 못하도록 아예 죽여 버리려고 했던 거죠."

"그럼 심장은요?" 우르줄라는 여전히 이해가 잘 안 된다는 듯이 물었다.

반야는 그녀의 의혹을 이해할 수 있었다. "나도 잘 모르겠어요. 하지만 정확히 어떤 일이 일어났든 간에 사건은 9시가 조금 지나서 발생했고요. 레오가 시간을 증명했어요. 그가 로저의 팔에서 시계를 빼앗았을 때 시계를 봤다고 했어요. 이게 무슨 의미냐면, 리자의 주장처럼 로저가 22시까지 그 애 집에 있지 않았다는 거예요."

토르켈은 동의의 표시로 머리를 끄덕였다. "오케이. 좋았어요. 사건 장소에서는 뭐 좀 찾은 게 있나요?" 그는 우르줄라 쪽으로 몸을 돌렸다.

"별로요. 우리가 발견한 것은 타이어 자국인데 피렐리 회사의 P7 타이어였어요. 보통 쓰는 것은 아니더라도 상당히 많이들 쓰는 제품이에요. 게다가 이 자국이 정말로 시체를 옮긴 자동차에서 발생한 것인지 아직 확신할 수는 없어요."

우르줄라는 서류철에서 타이어 자국의 사진과 정보지를 꺼내들고는 빌리에게 건네주었다. 그는 칠판에 새로운 정보들을 확인하려고 앞으로 걸어 나갔다.

"레오 룬딘이 자동차를 이용할 수 있었나요?" 토르켈이 질문하는 동안에 빌리는 피렐리 타이어에 대한 사진과 정보지를 핀으로 고정시켰다.

"우리가 아는 바로는 아니에요. 오늘 아침에는 진입로에 차량이 없었어요."

"그렇다면 그가 리스타케르까지 어떻게 시체를 옮겼죠? 모페드로요?"

다들 아무 말도 하지 않았다. 당연히 모페드로는 불가능한 일이었다. 사건 진행 과정에 대한 그들의 빈약한 이론은 별안간 더 빈약해졌다. 그럼에도 지금까지의 이론을 다 폐기처분하기 전까지는 이 이론

대로 수사에 임할 수밖에 없었다.

"우르줄라와 나는 제복 차림의 동료 몇 명에게 룬딘의 집을 방문해서 수색해달라고 부탁했어요. 빌리, 당신은 구스타브스보르크스가탄에 가서 살인이 정말로 그곳에서 일어났는지 가능한 증거를 조사해주세요. 반야, 당신은……."

"다시 한 번 리자 한손과 대화를 나눠보라는 거죠?" 반야가 그의 말을 보충해서 말했다. 기쁨을 애써 감추면서.

클라라는 집 앞에 서서 담배를 태웠다. 반 시간쯤 전에 특별살인사건전담반 경찰들이 제복 차림의 경찰들과 함께 재조사에 착수했다. 클라라는 경찰서로 찾아가면 아까 명함을 준 반야 리트너와 얘기할 수 있는지 물어보았으나 간결한 대답밖에 듣지 못했다. 레오나르트의 진술을 확인할 때까지는 아직 수감 수사를 받아야 한다는 것. 그리고 그동안에 경찰들이 그녀의 집을 수색할 거라는 것. 그녀가 부디 우호적인 태도를 취해주길 바란다면서…….

결국 그녀는 자기 집에서 내몰린 채로 집 앞에 서서 담배를 피우고 있는 신세가 되었다. 봄의 따사로움에도 불구하고 몸은 으슬으슬하게 느껴졌다. 그녀는 머릿속 생각을 좀 더 가다듬어 보려고 노력했다. 달리 말하자면 자꾸만 떠오르는 최악의 상태들을 머릿속에서 밀어내고 싶었다. 레오나르트가 정말로 로저의 죽음과 관계가 있을지도 모른다는 끔찍한 생각을. 클라라는, 이 두 소년들이 친한 친구가 아니라는 걸 알고 있었다. 어쩌면 그녀도 이곳에 온 경찰들을 속였을지도 모른다. 레오나르트가 로저를 괴롭히고 못살게 굴었다는 걸 알고 있었기 때문이었다. 어느 정도는 무력으로.

소년들이 초등학교의 중등 과정(스웨덴은 초등학교가 9년제이다. 초등학교를 졸업하면 고등학교로 입학한다_옮긴이)에 다닐 때 클라라는 수도 없이 자주 교장실에 불려 다녔다. 마지막으로 찾아간 것은, 레오나르트가 퇴학당할 위기에 처했을 때였다. 하지만 일반적인 교육의무 덕분에 퇴학은 겨우 면했다. 클라라가 레오나르트와 대화로 이 상황을 집에서 해결할 수 있는지, 학교 측은 물었다. 또한 이때 가장 중요한 일은 일단 문제를 제어할 수 있어야 한다고, 그들은 설명했다. 그동안에 집단 따돌림을 방치한 학교 측에 대한 피해 보상 요구가 점점 늘어날 거라고도. 비킹가 학교는 증가하는 통계 수치에 일조할 생각이 없다고 밝혔다.

어떤 식으로든지 그들은 살아남아야 했다. 클라라가 레오나르트를 윽박지르고 어르는 수밖에 다른 방도를 생각지 못했던 봄 학기가 지나자, 소년들은 학교를 졸업했다. 그리고 새로 입학하기 전 여름휴가 동안에 그녀는 고등학교에 들어가면 모든 게 더 좋아질 거라고 믿었다. 그들은 새로운 시작을 할 것이라고. 하지만 상황은 그렇지 못했다. 레오나르트와 로저는 같은 고등학교에 배정받았기 때문이다. 루네베르크 고등학교. 레오나르트는 여전히 학교에 남았고, 로저는 한 달 만에 다른 학교로 전학 갔다. 클라라는, 레오나르트가 로저의 전학에 책임이 있는 주요 인물들 중 한 명이라는 걸 알고 있었다. 하지만 그 이상의 뭔가가 있는 것이 아닐까? 이런 생각에 깜짝 놀란 클라라는 더 이상 생각하고 싶지 않았다. 뭐, 이런 엄마가 있을까? 하지만 그녀는 집요하게 파고드는 걱정을 떨쳐버릴 수는 없었다. 그녀의 아들이 살인자라면?

순간 진입로 가까이 다가오는 발자국 소리가 들리자 클라라는 뒤돌아보았다. 세바스찬 베르크만이 스타토일 주유소의 비닐 봉투 두 개를 손에 들고서 어슬렁어슬렁 다가오고 있었다. 클라라의 얼굴 표정은 굳어졌다.

"경찰들이 또 왔나요?" 그는 머리로 집 쪽을 가리키며 물었다. "괜찮으시면 우리 집에 와서 기다려도 됩니다. 분명히 시간이 한참 걸릴 테니까요."

"갑자기 우리 일에 관심이 생긴 건가요?"

"그렇지는 않습니다만, 저는 워낙 교육을 잘 받은 사람이라서요. 우리는 여전히 이웃이잖습니까?"

클라라는 경멸적으로 씩씩거리며 그에게 싸늘한 눈빛을 보냈다.

"됐어요. 나 혼자도 이미 잘하고 있답니다."

"물론 그러시겠죠. 하지만 추우실 것 같아서요. 경찰들은 벌써 15분 넘게 당신 집에 있지 않나요? 이제 기자들이 떼로 모여드는 건 시간문제죠. 그럼 그들은 당신네 집 마당 코앞까지 진을 칠 겁니다. 당신이 날 달가워하지 않더라도 그 사람들과 비교한다면 난 완전히 무해한 사람이란 걸, 당신도 아실 겁니다."

클라라는 다시 한 번 세바스찬을 쳐다보았다. 실제로 기자 두 명이 이미 전화를 걸어왔다. 그중에 한 명은 줄창 네 번씩이나 걸었다. 클라라는 그들을 개인적으로 만날 생각은 눈곱만치도 없었다. 그녀는 고개를 끄덕이며 몇 발자국 그의 옆으로 다가섰다. 그러고는 그와 함께 정원 입구로 들어섰다.

"세바스찬?"

목소리의 주인공이 누구인지 곧바로 알아챈 세바스찬은 남자 쪽으로 돌아보았다. 그는 이미 오랫동안 보지 못했던 사람! 클라라의 현관문 앞 계단에 토르켈이 서 있었던 것이다. 깜짝 놀란 얼굴 표정을 하고서. 세바스찬은 잠시 클라라를 돌아보며 말했다.

"먼저 들어가세요. 문 열려 있습니다. 이거 좀 가지고 가 주실래요?" 그는 비닐 봉투를 그녀에게 건네주었다. "원하신다면 뭐라도 만들어 드셔도 됩니다. 저는 괜찮으니까요."

약간 당황한 클라라는 비닐 봉투를 받아들었다. 잠시 동안 그녀는 뭔가 물어보고 싶었지만 다시 생각해 보고는 세바스찬의 집 쪽으로 향했다. 세바스찬은 토르켈을 바라보았다. 그는 완전히 어이없는 표정을 짓고 있었다.

"도대체 여기서 뭐 하고 있는 거죠?" 토르켈이 그에게 손을 내밀자, 세바스찬은 악수했다. 토르켈은 손을 꽉 부여잡았다. "당신을 다시 보다니! 반가워요. 이게 얼마만인가요."

그가 세바스찬을 덮어놓고 껴안기부터 한다면 이는 분명히 무슨 의미가 있는 것일까? 짧지만 에너지 넘치는 포옹에 대해 세바스찬은 직접적으로는 응답하지 않았다. 연이어 토르켈은 한 발자국 뒤로 물러섰다.

"베스테로스에 무슨 볼일이 있나요?"

"나 저기서 살아요." 세바스찬은 옆집을 가리켰다. "어머니 집에서. 어머니가 돌아가셨거든요. 그래서 집을 팔려고 여기에 왔어요."

"아, 정말 안 된 일이군요. 당신 어머니 일은!"

세바스찬은 어깨를 움찔거렸다. 그는 그렇게 슬프지 않았는데, 이런 심정을 토르켈이 알 리가 없었다. 그들이 만난 지도 이미 몇 년 전 일이었다. 이미 오래전에. 정확히 말하자면 12년 전에. 그 당시에 그들은 수도 없이 세바스찬의 부모님과 그의 행동에 대해 대화를 나누었다. 어쩌면 지금 토르켈은 정중하게 대하려던 것일지도 모른다. 그렇지 않다면 그가 어떻게 행동해야 할까? 그들이 서로 만나던 시절로 다시 돌아가기에는 너무 많은 시간이 흘렀다. 그들이 아는 사이라고 말하기에는 그사이에 너무 오랜 시간이 흐른 것이다. 서로 부담 없이 자연스럽게 잡담을 나누기에는 너무도 오랜 시간. 그리고 그렇게 잠시 동안 그들은 뜸을 들였다.

마침내 몇 초가 지난 뒤에 토르켈이 먼저 말을 걸었다. "난 아직 특별살인사건전담반에서 일해요."

"다 알고 있어요. 소년 얘기를 들었거든요."

"그래요……."

둘은 다시 잠잠해졌다. 토르켈은 헛기침을 몇 번 하고는, 지금 막 나온 집 쪽을 손으로 가리켰다.

"하던 일을 계속해야……." 세바스찬은 이해한다는 듯이 고개를 끄덕여주었다. 토르켈은 그를 보며 미소 지었다.

"우르줄라가 당신 얼굴을 보지 않도록 멀리 떨어져 있는 게 날 거예요."

"당신들 아직도 같이 일하나요?"

"우르줄라가 여태 최고죠."

"나도 그렇고요."

토르켈은 수년 전에 자신의 친구라고 생각했던 남자를 유심히 살펴보았다. 어쩌면 가장 좋은 친구는 아니었을지언정 친구였던 것은 분명했다. 물론 그는 세바스찬의 말을 완전히 무시할 수 있을 것이다. 아니면 동의한다는 듯이 웃으면서 고개를 끄덕여 보일 수도 있을 것이다. 이것도 아니라면 그의 어깨를 툭툭 두드리고 집으로 다시 돌아갈 수도 있을 테지만 이는 공정하지 않을 것이다. 그는 이러한 종류의 어떤 행동도 취하지 않았다. 그래서 그는 말했다.

"당신은 예전에 최고였죠. 다방면의 분야에서. 다른 사람들한테는 완전히 희망 없는 사건도."

애당초 세바스찬은 이런 바보 같은 코멘트를 결코 바란 것은 아니었다. 오히려 반사적으로 튀어나온 말 같았다. 그가 우르줄라와 함께 일했던 2년 동안에 그들은 항상 경쟁 관계에 있었다. 서로 다른 분야, 서로 다른 과제, 서로 다른 관점으로. 오로지 한 가지에 대해서만 그들은 감동적인 방법으로 의견 일치를 보았다. 그들 중에 한 명만이 팀의 최고가 될 수 있다는 것. 이러한 평가에서 볼 때 그들 둘 다 타고난 사람들이었다. 하지만 토르켈의 말이 옳았다. 많은 분야에서, 적어도 몇몇 분야에서는 세바스찬을 능가할 수 있는 사람이 없었다. 다른 사람한테는 완전히 희망이 없는 사건들도. 세바스찬은 배시시 미소 지었다.

"유감스럽게도 난 희망 없는 쪽만 계속 파고들었어요. 그럼 몸조심하세요."

"당신도."

세바스찬은 뒤돌아 정원 문 쪽으로 향했다. 놀랍게도 "우리가 다시 만나다니요." 혹은 "맥주 한잔 하러 갑시다."라는 말이 토르켈의 입에서는 전혀 나오지 않았다. 세바스찬이 우정을 돌이키고 싶은 욕구를 별로 갖지 않은 것처럼 그도 마찬가지였다.

세바스찬이 왼쪽으로 꺾어 부모님 집으로 들어가는 동안에 토르켈은 클라라의 집 앞 계단으로 내려오는 우르줄라를 보았다. 그녀는 이웃집으로 사라진 남자의 뒷모습을 보았다. 토르켈이 세바스찬을 보고서 놀란 눈빛을 지었던 것과는 완전히 다른 눈빛이었다.

"방금 세바스찬인가요?"

토르켈이 고개를 끄덕였다.

"저자가 도대체 여기서 뭘 하고 있는 거죠?"

"어머니가 근처에 사신대요."

"아! 그래요. 요즘 뭐 하고 지낸대요?"

"희망 없는 일을 계속 파고 있겠죠."

"옛날이랑 하나도 달라지지 않았네요." 우르줄라는 다양한 해석이 가능한 대답을 했다.

토르켈은 각각의 세부 상황, 각각의 분석, 그 밖의 수사 과정에 대해 우르줄라와 세바스찬이 다투던 모습을 떠올리자 마음속으로 웃지 않을 수 없었다. 뼛속부터 그들은 닮은 데가 많아서 함께 일하기 어려웠다. 토르켈과 우르줄라는 다시 집으로 향했다. 도중에 우르줄라는 지퍼로 봉한 비닐봉지 하나를 건네주었다.

"뭐죠?"

"티셔츠요. 목욕탕 빨래 통에서 발견했어요. 피가 뒤범벅이 돼 있어요."

토르켈은 비닐봉지 속, 옷을 지대한 관심으로 유심히 관찰했다. 레오나르트 룬딘의 것처럼은 보이지 않았다.

반야가 리자 한손이랑 얘기하기 위해 기다린 시간은 기대했던 것보다 훨씬 오래 걸렸다. 우선 그녀는 베스테로스의 인근에서 조금 떨어져 있는 팔름뢰브스카 고등학교부터 찾아갔다. 확실히 야심 차 보이는 학교였다. 나무들은 가지런하게 일렬로 정렬되어 있었고 담장은 노란색 회칠에 낙서질 하나 없이 말끔했다. 소문에 듣자 하니 국제적인 시험 평가에서도 언제나 최고점을 맞는 곳이었다. 레오나르트 룬딘이 그랬듯이 사진상으로는 전혀 알아볼 수 없는 학생들과 장소였다. 이곳 대외 선전용 고등학교는 로저가 다니던 곳이었다. 그는 도심에 있는 루네베르크 학교에서 이곳으로 전학 왔다. 자초지종을 파악해야 할 반야는 전학과 더불어 어떤 일이 발생했을지 알 것 같았다. 로저는 완전히 다른 환경으로 옮겨오게 된 것이다. 이러한 맥락에서 뭔가 떠오르는 게 없을까? 커다란 변화들은 갈등의 요소가 될 수도 있다는 것. 반야는 로저 에릭손이 대체 어떤 아이였을지부터 알아내기로 결심했다. 이것이 그녀가 해야 할 가장 성급한 일이었다. 하지만 리자 한손이 완강하게 거짓말한 금요일 밤에 대해서부터 먼저 밝혀야만 했다.

마침내 리자의 반을 알아낸 반야가 교실로 찾아가 영어 시간을 중단시키기까지 이미 반 시간이 지났다.

반야가 리자를 발견하고는 아주 느린 걸음걸이로 다가서자 반 학생들은 호기심 어린 눈빛으로 속닥거렸다. 맨 앞줄에 앉은 소녀는 여자 담임선생님의 허락도 없이 이내 말을 하기 시작했다.

"누구 짓인지 알고 있나요?"

반야는 머리를 살랑살랑 흔들었다.

"아니. 아직은."

"내가 듣기로는 로저가 옛날에 다니던 학교 학생이었다면서요."

"맞아요. 레오 룬딘이래요." 짧은 머리를 하고 양쪽 귀에 커다란 가짜 귀고리를 한 소년이 냅다 보충 설명을 했다. "옛날 학교 학생이래요." 반야가 이름을 대지 않자 소년이 다시 한 번 분명하게 말했다.

수사관은 그다지 놀라지는 않았다. 베스테로스는 상당히 작은 도시였다. 그리고 청소년들은 언제든지 온라인으로 모든 정보를 얻을 수 있었다. 물론 그들은 SMS를 보냈을 테고, 이번 사건에 대해 서로 잡담

128

도 하고 내기도 걸었을 것이다. 동년배 중에 어떤 아이가 혐의가 있을지에 대해. 게다가 이런 상황은 상당히 물의를 일으켰을 것이다. 하지만 반야는 소문을 계속해서 부채질할 생각은 없었다. 절대로.

"우리는 어떤 증인하고도 얘기할 준비가 되어 있단다. 우리는 전 방향을 다 수사하고 있거든." 이렇게 말한 반야는 리자를 불러내고는 교실 문을 닫았다.

그들이 복도로 나오자 리자는 가슴 위에 팔짱을 꼈다. 그러고는 건방진 눈빛으로 반야를 쳐다보며 무엇 때문에 또 왔는지 물었다. 반야는 사실대로 설명했다. 몇 가지 진술을 다시 확인 중이라고.

"우리 부모님이 안 계신데 절 신문해도 되는 건가요?" 반야는 약간 당황했지만 겉으로 드러내지는 않았다. 그 대신에 리자를 보며 미소 짓고는 할 수 있는 한 가장 드라마틱하게 말했다.

"널 신문하려는 게 아니야. 넌 피고인이 아니잖니. 나는 그저 얘기하고 싶어서 그래."

"그래도 난 엄마랑 아빠가 다 계실 때 하고 싶어요."

"아니 왜? 몇 분 걸리지 않을 텐데."

리자는 어깨를 움찔거렸다. "그래도요."

힘이 빠진 반야는 한숨을 참을 수가 없었지만 소녀의 의지에 계속 반대해서는 안 된다는 걸 알고 있었다. 그래서 리자는 근방에서 일하고 있는 아버지에게 전화를 걸었다. 반야가 카페테리아에서 커피나 레몬에이드를 사주겠다고 했지만 고맙게도 리자가 거절하는 바람에 그들은 입구로 나와 아버지를 기다렸다.

그동안에 반야는 빌리와 우르줄라에게 전화를 했다. 애당초 이런 잔인한 살인은 구스타브스보르크스가탄에서는 일어날 수 없다고, 빌리는 보고했다. 그곳에는 단과대학이 있고 근방에는 수영장과 스포츠센터가 있어서 보행자와 자동차가 상당히 북적거리는 곳이기 때문이었다. 건물이 없는 곳에는 주차장과 공터가 있었다. 레오 룬딘을 리스트에서 지운 게 너무 이른 감이 있었지만 그들은 새롭고도 현실적인 사건 진행 과정을 구성해야만 했다. 빌리가 거리에서 감시 카메라를 찾았다는 좋은 소식이 있었다. 잘하면 해당 금요일 날이 아직 녹화되어 있을 것이다. 그러면 그가 곧바로 확인할 수 있을 테고.

우르줄라는 그다지 많은 것을 보고하지 않았다. 실험실에 피 묻은 티셔츠를 맡겼다는 것 말고는. 그녀는, 피 묻은 자국이 전혀 없는, 차고와 모페드를 살펴보았고 이제 집을 다시 수색할 거라고 말했다. 반야는 레오의 방을 특히나 꼼꼼히 주시해달라고 부탁했다. 물론 그녀는 우르줄라가 자세히 조사했던 것보다 더 정확히 뜯어보기란 불가능하다는 것도 이미 알고 있었다.

리자는 핸드폰 통화를 하고 있는 반야를 벽 쪽에 등을 기댄 채로 복도 바닥에 앉아 지켜보았다. 겉으로 리자는 아주 지루한 듯이 보였다. 하지만 실제로 머릿속으로는 이 여경이 그녀에게 뭘 물어볼지 머리를 굴리고 있었다. 그리고 어떻게 대답해야 할지도. 결국 리자는 지금까지 해온 방법을 계속 고수하기로 결정했다. 자세한 건 기억하지 못하겠다는 식으로.

로저가 왔다. 숙제를 하고, 차를 마셨다. 그리고 로저가 집으로 돌아갔다. 지극히 평범하면서도 뭔가 지루한 금요일 밤.

문제는 이 말이 설득력이 있을지였다.

리자의 아버지는 20분 뒤에 도착했다. 굉장히 격분한 남자가 복도에 들이닥치자마자 반야는 자유교회를 떠올렸다. 그녀가 이런 생각을 하게 된 이유는 무엇일까? 집 안에서 본 거대한 진주 예수상이나 가장 값싼 백화점에서 구입한 듯한 그의 담청색 양복이나 단정한 좌우 가르마 때문이라고는, 그녀도 생각하지 못했다. 그는 자신을 울프 한손이라고 소개하자마자 3분간 반야에게 설명했다. 고발할까 심각하게 고려 중이라며. 그 이유는, 경찰이 친권 행사자가 없는 상황에서 미성년인 딸을 신문하려고 했다는 것이었다. 게다가 딸이 다니는 학교에서! '혐의 있음'이라는 딱지가 딸에게 붙을 수 있다는 것이다. 리자의 아버지는, 청소년들이 얼마나 입방아가 심한지 모르냐고 반야에게 물었다. 좀 더 은밀하게 행동해줄 수는 없었는지도.

반야는 법적인 개념에 따라 가능한 차분하게 설명했다. 리자는 더이상 미성년에 속하지 않으며, 살인자를 제외하면 로저가 살아생전에 마지막으로 본 사람이라는 것을. 반야는 조심스레 말을 이었다. 그녀가 원하는 것은 몇 가지 진술을 다시 확인해보려는 것뿐이라고. 게다가 그녀는 아버지가 있는 자리에서 말하고 싶다는 리자의 요구대로 곧바로 이행했으며 그 이후로는 단 한 가지도 물어보지 않았다고. 울프 한손은 확인하려고 리자를 쳐다보았는데, 리자는 그렇다고 고개를 끄덕였다. 연이어 반야는 휴게실까지 리자와 함께 가면서 설명해주었다. 어쨌든 간에 그녀는 로저 에릭손 살해 사건과 연루될 혐의가 없다고.

이 말에 울프 한손은 만족하고 좀 진정하는 것 같아 보였다. 그들은 아주 깨끗한 휴게실로 가서는 푹신한 소파에 앉았다.

반야는, 수사 과정에서 두 명의 증인으로부터 서로 다른 진술이 있었다고 설명했다. 그중에 하나가, 사건이 일어난 금요일 밤 로저는 9시가 막 지난 시간에 시내에 있었다는 것. 리자의 진술과는 달리, 그

시각에 로저는 그녀의 집에 함께 있지 않았다는 것. 이런 반야의 의구심에도 울프는 딸을 한 번도 돌아보지 않고서 대답부터 했다.

"그러면 당신의 증인들한테 잘못이 있었겠죠."

"둘 다요?" 반야는 자신의 의구심을 숨길 수가 없었다.

"예. 리자 말로는 로저가 22시까지 우리 집에 있다 갔다고 했어요. 우리 딸은 거짓말 하지 않습니다."

울프는 딸을 보호하려는 듯이 리자를 팔로 감싸 안았다. 마치 자신의 견해에 더 무게를 두고 싶다는 듯이.

"만약 리자가 지금까지 계속해서 잘못 생각하고 있는 거라면 뭔가 일이 터질 수 있어요." 반야는 이렇게 말하고는 리자 쪽으로 시선을 돌렸다. 그녀는 아무 말 없이 아버지 옆에 앉아 있었다.

"하지만 이 애 말로는 로저가 TV4 채널에서 뉴스 시작 전에 갔다고 했습니다. 그 뉴스는 정확히 22시에 시작하고요. 내가 착각하고 있는 게 아니라면."

반야는 아무런 대꾸도 하지 않았다. 그 대신에 그녀는 리자 쪽을 빤히 쳐다보았다.

"네가 이 시간대를 잘못 생각하고 있는 건 아니니? 인포메이션이 정확히 일치해야 한단다. 그래야 로저를 살해한 사람들을 찾을 수 있어. 우리한테는 아주 중요해."

리자는 아버지에게 좀 더 기대앉고는 머리를 살래살래 가로저었다.

"자, 이봐요. 또 다른 얘기는 없나요? 난 빨리 일하러 가야 하는 사람이에요."

반야는 이 한 마디를 물어보기 위해서 벌써 30분을 기다렸다고는 말하지 않았다. 그리고 자신도 일을 해야만 한다고도. 게다가 자신의 일이 당신 일보다는 더 중요하다는 말도 애써 참았다. 마지막으로 그녀는 다시 한 번 시도해 보았다.

"우리가 확보한 두 명의 증인은 각자 제시한 사건 시간에 대해 확신하고 있어요. 그들은 따로 진술했고요."

울프는 반야를 빤히 쳐다보았다. 그는 말을 시작하자마자 점차 목소리를 날카롭게 곤두세웠다. 그의 의견에 반대하는 일은 좀처럼 익숙하지 않은 모양이었다.

"내 딸도 확실합니다. 그렇다면 진술들이 서로 엇갈리겠군요. 그렇죠?"

반야는 반박하지 않았다. 리자는 한 마디 가타부타 말도 없었고, 울프가 상황을 분명히 했다. 앞으로는 매 대화 때마다 자신이 함께 해야만 한다고. 반야는 이에 대한 결정권은 그에게 있는 것이 아니라 그녀나 그녀의 동료한테 있는 것이라는 말을 해주지는 않았다. 그 대신에 아무 말도 하지 않기로 했다. 그동안에 울프는 자리에서 일어나 딸에게 포옹하고 뺨에 뽀뽀를 했다. 그는 반야에게 고개를 숙여 인사를 하고 악수로 작별을 고했다. 그러고는 휴게실과 건물을 빠져나갔다.

반야는 자리에 멈추어 서서 그를 주시했다. 원래 100퍼센트 자녀 뒤에서 지켜보는 부모들이야말로 뭔가 훌륭한 사람들이었다. 하지만 반야가 직업상 만난 부모들은 그와는 정반대의 경우가 태반이었다. 청소년들에게는 다소 낯선 가족들이나 부모들의 경우에 자신의 자녀들이 무슨 일을 하는지, 누구와 만나는지 전혀 알지 못했다. 일하다가 온 아버지가 딸을 얼싸안을 정도라면 애당초 딸을 믿고 변호해야 되는 게 아닐까? 이는 반야의 세계에서는 얼마든지 달가운 일일 것이다. 원래는 그래야만 할 것이다. 하지만 울프는 리자를 변호하기는커녕 오히려 잘 교육받은 딸과 완벽한 가족상을 강조하고 싶은 것이었다. 딸이 절대로 거짓말을 할 리가 없다고. 해당 금요일 밤에 어떤 일이 일어났었는지 그 진실을 알아내기보다는, 어떤 희생을 치르더라도 소문과 억측을 피하고 싶은 게 그한테는 더 중요했을 것이다. 반야는 리자 쪽을 바라보았다. 그녀는 집게손가락의 손톱을 질근질근 씹고 있었다.

"교실까지 데려다 줄게."

"그럴 필요 없어요."

"알아. 그래도 그게 내 일이야."

리자는 어깨를 움찔거렸다. 그들은 아무 말도 하지 않고서 학생들의 사물함 앞을 지나쳐갔다. 그리고 카페테리아 문에서 왼쪽으로 방향을 틀어 3층 계단으로 올라섰다. 리자는 자신의 얼굴 표정을 뒤에 있는 반야에게 들키고 싶지 않아서 얼굴을 푹 숙이고 있었다.

"이제 무슨 시간이니?"

"스페인어요."

"¿Qué hay en tu bolso?"

리자는 전혀 이해가 안 된다는 눈빛으로 반야를 쳐다보았다.

"이건 '네 주머니에 가지고 있는 게 뭐니?'라는 뜻이야."

"알아요."

"중등 과정에서 스페인어도 배웠어. 내가 아직도 기억할 수 있는 유일한 말이기도 하고."

반야는 아무 말도 하지 않았다. 리자는 반야의 궁색한 스페인어 능력에는 별로 관심이 없다는 것을 분명히 표현했다. 그들이 교실에 도착하자 리자는 문 앞에 멈추어 선 채로 교실 문을 잡았다. 반야는 리자의 팔을 살짝 잡았다. 리자는 잠시 몸을 움찔거리더니 다시 반야를 바라보았다.

"네가 거짓말하는 거, 나는 다 알아." 반야는 나직한 목소리로 말하고는 소녀의 눈을 뚫어져라 쳐다보았다. 리자는 완전히 무표정한 표정으로 눈을 피했다. "네가 왜 거짓말을 하는지 아직은 모르겠지만, 어떤 식으로든지 반드시 밝혀낼 거야."

반야는 더 이상 말하지 않고 반응을 기다렸다. 하지만 아무런 반응도 없었다.

"내가 뭘 의미하는지, 너도 알고 있지? 그럼 이젠 내게 말해주지 않겠니?"

리자는 고개를 가로저었다. "내가 뭘 말해야 되는 거죠?"

"예를 들어 진실 말이야."

"이제 스페인어 시간이에요." 리자는 아직도 자신의 팔을 잡고 있는 반야의 손을 바라보았다. 반야는 팔을 놓아주었다.

"그럼, 우리 조만간 다시 보자꾸나."

반야는 돌아서서 앞으로 걸어갔다. 소녀는 그녀의 뒷모습을 빤히 바라보고 있었다. 복도 끝, 유리문으로 그녀가 사라질 때까지. 리자는 교실 문고리를 살포시 놓고는 몇 발자국 떨어져 나왔다. 그러고는 주머니에서 핸드폰을 꺼내들었다. 그녀는 곧바로 번호를 눌렀다. 지금 전화하는 사람의 전화번호나 이름은 그녀의 통화 목록에 저장되어 있지 않았다. 통화를 하고 난 뒤에는 매번 통화 목록에서 지워버렸던 것이다. 몇 번 전화벨이 울리자 누군가 전화를 받았다.

"나야." 리자는 다시 한 번 복도 아래쪽을 살펴보았다. 아무도 없었다. "경찰이 왔어."

전화 받는 사람의 말을 듣는 동안에 그녀는 눈을 치켜뜨고 있었다.

"아니. 당연히 난 아무 말도 하지 않았어. 하지만 그들이 찾아낼 것 같아. 그리고 다시 찾아올 거야. 그럴 것 같아."

리자는 신문하는 동안에 줄곧 무관심하다는 듯이 표정을 지어 보였지만 지금은 잔뜩 신경이 날카로워졌다. 그녀는 이미 한참동안 숨겨왔다. 진실을 마음속 깊이 숨기고 파묻어놓았던 것이다. 이제야 그녀는 그 비밀을 캐내고 드러내려는 사람이 많다는 걸 깨달았다. 전화 받은 사람은 그녀를 지지하고 용기를 주었으며 그녀에게 그럴 만한 논리를 제시했다. 그녀는 고개를 끄덕이며 다시 마음을 가다듬었다. 기분이 좀 나아진 모양이었다. 복도에서 발자국 소리가 들리자 리자는 전화를 끊고서 속눈썹을 가린 머리카락을 옆으로 쓸어내렸다. 그러고는 불안감을 억누르며 스페인어 수업 시간에 들어갔다. 가능한 가벼운 발걸음으로.

오전 내내 레나 에릭손은 어제와 같은 안락의자에서 시간을 보냈다. 이제야 그녀는 몸을 비틀거리며 집 안을 돌아다녔다. 줄담배를 피면서. 2층에 있는 방 세 개짜리 작은 집 안에는 새하얀 니코틴 연기가 가득 찼다. 어떤 자리에서도 그녀는 오래 있지 못했다. 잠시 동안 그녀는 로저가 엉망으로 해놓은 침대에서 식사를 했지만 시간이 갈수록 방 안의 청바지와 한가득 쌓여 있는 교과서와 비디오게임을 보고만 있을 수가 없었다. 열여섯 살짜리 소년이 이 방에서 지냈던 그 모든 흔적들을. 그녀는 욕실, 부엌, 자신의 침실에서 휴식을 취하려고 노력했다. 하지만 어떤 장소에 있든지 간에 로저의 모습이 너무도 선명하게 떠올랐다. 그녀가 거듭해서 다음번 장소로 옮겨가더라도. 하는 수 없이 그녀는 집 안을 빙글빙글 돌아다녔다. 슬픔에 빠진 엄마. 하지만 그녀가 안

절부절못하고 이리저리 걸어 다니는 데에는 또 다른 이유가 있었다. 바로 목소리 때문이었다. 목소리가 그녀의 영혼 속 깊숙이 나지막하게 들려오고 있었던 것이다.

네 잘못이 뭘까? 무엇이 잘못이란 거지? 그녀는 절대로 이 피비린내 나는 대화를 원치 않았다. 하지만 그녀는 화가 치밀어 올랐다. 그녀는 분풀이를 하고 싶었다. 그래서 시작했다. 돈으로. 대화, 돈, 대화. 그녀는 집 안 구석구석에서 몸을 비틀거리며 떠돌아다니듯이 빙글빙글 맴돌았다. 이런 행동에도 끝이 있는 걸까? 그녀는 알 수 없었다. 도무지 모르겠다. 그리고 그녀는 그 끝점이 어디인지 알아낼 방법도 전혀 몰랐다. 하지만 그녀는 알아내야만 했다. 그녀는 아들을 잃은 어머니라는 것을 알 필요가 있었다. 그것도 가장 무서운 일을 당한 무고한 아들의 어머니라는 걸. 레나는 또 한 가치의 담배에 불을 붙였다. 애당초 오늘은 그들이 함께 장을 보러 가려던 날이었다. 언제나처럼 그들은 돈, 옷, 행동 때문에 서로 다투었다. 그녀는, 아들이 이것 때문에 얼마나 괴로워했을지도 잘 알고 있었다. 레나는 울음이 터져 나왔다. 아들이 너무나 보고 싶었다. 그녀는 무릎을 꿇고 앉아 슬픔과 고통을 실컷 느꼈다. 속이 좀 시원해지는가 싶었지만 울고 있는 동안에 또다시 목소리가 들려왔다.

그건 네 잘못이야.

"우리는 나쁜 엄마라고 느껴져요. 우리는 최선을 다하는 데도 자식들이 우리 곁을 떠나가니까요."

클라라는 마지막 남은 커피를 다 들이켜고는 찻잔을 다시 탁자에 올려놓았다. 그녀는 맞은편에 앉아 있는 세바스찬을 쳐다보았다. 귀담아

듣지도 않으면서 그는 그 말에 동의한다는 듯이 고개를 끄덕였다. 그들이 함께 집에 있을 때부터 클라라는 레오나르트와 사이가 좋지 않다는 것만 강조해서 말했다. 아침 일만을 보면 이해가 가지만, 혈육이 아닌 다음에야 관심 가질 만한 일은 아니었다. 그래서 세바스찬은 그녀에게 뭔가 언질을 주어야 할지 어떨지 고민 중이었다. 그녀가 자기 자신에 대해 말할 때에는 항상 '나'라는 표현보다는 '우리'라는 표현을 사용했기 때문이었다. 그녀의 말투에서도 방어 메커니즘이 묻어나왔던 것이다. 자신의 좌절 상태를 개인적인 일로 취급하지 않고서 일반화시키려는 의도였다. 그럼으로써 고통을 받아들이고 싶지 않아서. 하지만 그가 곧이곧대로 말을 해준다면 그녀가 악의적이라고 받아들일 테고 그에 대해서는 부정적인 인상만 더 강해질 게 뻔했다. 그는 이런 상황을 원치 않았다.

어쨌든 간에 아직은 아니었다.

그가 그녀와 잠자리를 할지 그렇지 않을지 결정하기 전까지는 아직 아니었다. 그래서 그는 계속해서 부드럽게 접근하기로 했다. 조용하면서도 신뢰감을 줄 수 있도록. 남을 평가하는 발언 대신에 이해심을 십분 발휘하여. 그는 황갈색의 스웨터 아래로 아주 매혹적으로 보이는 그녀의 가슴을 슬쩍 훑어보았다.

"자식 일이 다 그런 것 같군요. 어떤 때는 잘되다가도 어떤 때는 엉망이 되고. 혈연관계라는 게 늘 좋은 법은 없으니까요."

세바스찬은 마음속으로 비웃었다. 정말 명석하고, 예리하다고. 7년 동안의 심리학 공부와 20년 동안의 직업 경험으로 이렇듯 영리하게 행동할 수 있을까? 몇 시간 전까지만 해도 인생이 완전히 절망 상태에 있었던 여자에게 이렇게 위로가 되는 말을 던질 수 있다니 말이다.

놀랍게도 클라라는 그의 말에 진지하게 고개를 끄덕여 보였다. 맞장구를 쳐주는 그의 분석이 마음에 들었던 것이다. 그녀는 심지어 너무 고마운 마음에 살짝 미소를 지어 보였다. 그가 바보가 아닌 다음에야 그녀와 잠자리를 갖는 것은 따 놓은 당상이었다. 그가 집에 들어왔을 때 그녀는 벌써부터 식사 준비를 하고 있었다. 계란 프라이와 스웨덴식 감자 요리였다. 그녀는 냉장고에서 아직 상하지 않은 붉은 비트를 발견했다. 그리고 순한 맥주 두 병도. 그녀가 음식을 거의 먹는 둥 마는 둥 휘젓고 있는 동안에 세바스찬은 맛있게 먹었다.

클라라의 위장 경련은 시시각각 더 심해져서 그동안에 메스꺼운 증상도 생겼다. 하지만 그녀는 음식이 차려진 탁자 앞에 앉아 있는 것만으로도 기분이 좋았다. 그리고 그녀의 문제를 함께 풀어나갈 수 있는 누군가와 대화를 나눌 수 있어서 좋았다. 그녀의 말을 들어줄 수 있는 사람과. 더구나 아주 똑똑한 사람과 함께. 마음은 한결 편안해졌다. 그는 원래는 상당히 친절한 사람이었지만 무뢰한으로 오인되고 있는 게 아닐까?

그녀는 막 등을 돌려 식기세척기 안을 정리하는 세바스찬 쪽을 바라보았다.

"당신은 이곳에 그렇게 자주 오지는 않았죠, 그렇죠? 우리가 1999년에 이사 왔거든요. 내 생각에는 당신을 한 번도 본 적이 없는 것 같아요."

세바스찬은 질문에 곧바로 대답하지 않았다. 클라라가 방금 전 정원에서 말한 것처럼 에스터와 대화를 나누었다면 그녀는 분명히 그의 부모님집 방문 횟수를 정확히 알고 있을 것이다. 세바스찬은 허리를 펴고 일어섰다.

"난 이곳에 오지 않았어요."

"왜죠?"

어머니가 자신이 찾아오지 않는 것에 대해 어떤 이유를 댔을까, 세바스찬은 궁금해졌다. 문제는, 자신들이 거의 만나지 않는 진짜 이유를 어머니가 정말로 말한 적이 있었을까였다.

"우리는 서로 좋아하지 않았어요."

"왜요?"

"내 부모님은 바보거든요. 유감스럽지만."

클라라는 그를 유심히 쳐다보다가 더 이상 이 문제를 들추지 않기로 결정했다. 물론 베르크만 가족들은 그다지 유머 감각이 넘치는 인상을 주지는 못했다. 하지만 몇 년 전에 그의 아버지가 돌아가신 뒤로 어머니가 생기 있어졌다는 것을, 클라라는 알고 있었다. 그녀는 그전보다 얘기도 더 잘 나누었다. 더욱이 그들은 몇 차례 커피도 함께 마시기도 했다. 에스터가 오래 살지 못한다는 걸 알게 되었을 때 클라라는 정말로 슬퍼했다.

그 순간 문에서 초인종 소리가 들려왔다. 그러고는 바로 집 문이 열렸다. 토르켈이 복도에서 인사를 하는가 싶더니 눈 깜짝할 사이에 그들 앞에 들어와 있었다. 그는 곧장 클라라 쪽을 바라보았다.

"이제 다 끝났습니다. 다시 집으로 들어가셔도 됩니다. 번거롭게 해드려서 정말 죄송하게 됐군요."

하지만 토르켈의 목소리에는 감정이 묻어나오지는 않았다. 그는 언제나처럼 정확했다. 세바스찬은 상대방이 알아챌 수 있을 만큼 머리를 내저었다. '번거롭다!' 이 단어는 1950년대에 경찰들이 등장할 때마다 국민들을 대상으로 한 행동 규약으로 빈번히 사용하던 것이었다. 물론 토르켈은 클라라를 번거롭게 했다. 그녀의 아들을 체포했고 집을 홀딱 뒤집어놓았다. 하지만 클라라는 아무런 대꾸도 하지 않았다. 그녀는 자리에서 일어나 거의 나 보란 듯이 세바스찬 쪽으로 몸을 돌렸다.

"식사 고마웠어요. 그리고 시간 내주신 것도." 그러고는 그녀는 토르켈을 쳐다보지도 않고서 부엌을 빠져나갔다.

클라라가 나가고 집 문이 찰깍 잠기자 토르켈이 부엌으로 들어왔다. 세바스찬은 여전히 식기세척기에 등을 대고 서 있었다.

"이제 보니 당신은 조금도 변함이 없군요. 번쩍이는 갑옷을 입은, 여자들의 기사 양반."

"그 여자가 집 앞에서 추위에 떨고 있었어요."

"하지만 아버지 룬딘은 지금도 문 앞에 서 있을걸요. 커피 한 잔 마셔도 됩니까?"

토르켈은 커피 머신을 가리켰다. 열판 위의 포트에는 여전히 커피가 남아 있었다.

"물론이지요."

"커피 잔은?"

세바스찬은 싱크대를 가리켰고, 토르켈은 빨간 테두리가 있는 이딸라 잔을 커냈다.

"만나서 정말 반갑습니다. 대체 얼마만인지."

세바스찬은, 혹시나 토르켈이 약속을 잡자거나 함께 맥주라도 마시자고 초대할까봐 두려웠다.

"정말 오랜만이지요." 그는 대답을 약간 피하듯 말했다.

"요즘은 뭐 하고 지내죠?"

토르켈은 커피포트에서 마지막 남은 커피를 다 따라내고는 기계를 껐다.

"아내의 생명보험이랑 이익배당으로 먹고 살아요. 그리고 지금은 어머니가 돌아가셔서 이 집을 팔려고 여기 온 거고요. 이곳에는 잠시 동안만 머물 거예요. 당신 질문에 정확히 대답하자면 요즘에는 딱히 하는 일이 없어요."

토르켈은 더 이상 묻지 않았다. 많은 정보를 한꺼번에 쏟아낸 데다가 아마도 그가 알고 있거나 기대했던 흔한 보고는 아닐 거라고, 세바스찬은 생각했다. 어쩌면 세바스찬이 가족의 죽음에 대해 완전히 무관심한 태도를 보였기에 토르켈이 옛날을 떠올리기가 어려웠을지도 모른다. 세바스찬은 옛 동료를 찬찬히 살펴보면서 그의 눈에 슬픔이 깃들었다는 것을 알아챘다. 토르켈은 성격이 좋았다. 감정이입. 정확한 사람이지만 동정심이 있는 그런 사람. 경찰 일을 하면서 숱한 일을 다 겪었을 텐데도 말이다.

"부인의 보험……." 토르켈은 커피를 한 모금 마셨다. "당신이 결혼했다는 거 전혀 몰랐어요."

"결혼했지요. 한때는 남편이었지만 지금은 홀아비 신세에요. 12년 동안에 숱한 일을 겪었지요."

"정말 안된 일이에요."

"괜찮아요."

그들은 다시 아무 말도 하지 않았다. 토르켈은 커피를 후후 불어가며 마셨다. 커피가 실제보다 더 뜨거운 듯이 행동하면서. 그래야 자꾸 중단되는 그들 사이의 대화를 계속 진행하지 않아도 됐다. 세바스찬은 이런 난감한 상황을 해결해주었다. 토르켈에게는 분명히 다른 사람과의 대화가 필요했기 때문이다. 그 어떤 이유에서든지. 그리고 12년이 지난 지금 세바스찬은 5분간이나마 그에게 거짓된 관심을 보였다.

"그럼 당신은요? 당신은 어떻게 지내고 있나요?"

"난, 또 이혼했어요. 벌써 3년도 더 됐어요."

"그랬군요."

"음. 그것 말고는 변한 게 하나도 없어요. 여전히 그곳에서 일하고 있어요. 특별살인사건전담반에서."

"예, 알고 있어요. 당신이 벌써 말했잖아요."

"아……."

또다시 아무 말도 하지 못했다. 토르켈은 커피를 한 모금 더 마셨다. 미세하나마 그들의 공통점이자 구세주는 일뿐이었다.

"룬디 씨네서 뭐 좀 찾았나요?"

"우리가 뭔가 찾았다 해도 당신한테는 얘기할 수 없어요."

"물론, 당연한 일이겠지요. 사실은 나도 관심 없어요. 난 그저 당신이랑 잡담을 나누려고 했을 뿐이에요."

세바스찬이 토르켈의 얼굴에서 실망하는 낌새를 알아챈 걸까? 그런 낌새가 있었다고 해도 이내 사라져버렸고, 토르켈은 시계를 보고 자리에서 일어났다.

"난 가야겠어요." 그는 아직 반밖에 마시지 않은 커피 잔을 싱크대 옆에 내려놓았다. "커피 고마워요."

세바스찬은 복도까지 그를 마중 나왔다. 구둣주걱을 옷걸이에서 꺼낸 토르켈은 신발 발판 위에 벗어놓았던 신발을 다시 신었는데, 세바스찬은 팔짱을 끼고 벽에 기댄 채로 이를 지켜보았다. 문득 세바스찬은 뭔가 백발노인을 보고 있는 것 같았다. 호의적인 옛 친구지만 그가 너무 퉁명스럽게 내쫓는 옛 친구를.

"엽서라도 한 장 보내고 싶은데요."

신발을 신던 토르켈은 하던 일을 멈추고 놀란 눈빛으로 세바스찬을 쳐다보았다.

"뭐라고요?"

"우리가 서로 연락을 하지 못한 게, 다 당신 탓이라고 생각하고 있는 것 같아서요. 그래서 중요한 일이 있을 때는 내가 연락해도 되냐고 물어본 거예요."

토르켈은 구둣주걱을 제자리에 돌려놓는 동안에 세바스찬의 말이 무슨 뜻인지 파악하는 데 몇 초간 걸렸다.

"난 그게 내 잘못이라고 생각하지 않는데요."

"그래요, 좋아요."

"어쨌든 간에 내 탓만도 아니에요."

"알았어요. 그럼, 나중에 봐요."

토르켈은 문고리를 잡으며 잠시 동안 머뭇거렸다. 뭐라고 말해야 하는 걸까? 만약 누군가 우정이란 어차피 별로 중요한 것도 아니며 계속 유지할 필요도 없다고 말한다면? 이런 경우에는 상대방에게 전혀 위로가 되지 않는다는 걸 세바스찬에게 설명해야 하는 걸까? 만약 그가 그런 뜻이 아니라면 어떻게 해야 할까? 그래도 뭐라고 말해야 할까? 토르켈은 이런 생각을 떨쳐버리려고 애를 썼다. 애당초 그는 놀랠 필요도 없었다. 예전에도 그들은 이런 얘기를 농담 삼아 하곤 했다. 세바스찬은 심리학자였지만 다른 사람들의 감정에 대해서는 눈곱만치도 이해하지 못한다는 식으로. 그럴 때면 언제나 세바스찬은, 다른 사람들의 감정을 이해하는 것은 지나친 성격이라고 반격했다. 그 당시에 그는 동기란 흥미롭지만 감정이 될 수 없으며 오로지 재활용품일 뿐이라고 말하곤 했다. 이런 생각에 토르켈은 마음속으로 히죽히죽 웃음이 절로 나왔다. 지금 이 순간 세바스찬의 기억 속에는 그가 재활용품일 뿐이라고 생각하니까.

"그래 나중에 봅시다." 토르켈은 인사를 하고 문을 열었다.

"그래요."

토르켈은 문을 닫고 나왔다. 그는 뒤에서 빗장이 걸리는 소리를 듣고는 발걸음을 옮겼다. 우르줄라가 자동차를 몰고 와 그를 기다리고 있어주기를 바라면서.

경찰 본부 앞에 다다르자 토르켈은 자동차에서 급히 내렸다. 우르줄라는 주차 자리를 찾으려고 자동차를 계속 몰았다. 그들은 자동차를 타고 오는 내내 세바스찬에 대해 한 마디도 하지 않았다. 토르켈은 뭐라고 말하고 싶었지만 우르줄라가 줄곧 사건에 대해서만 얘기를 꺼냈다. 피 묻은 티셔츠에 대한 실험실 분석은 잠정적으로 종결되었고, 우르줄라는 핸드폰으로 그 결과를 통보받았다. 티셔츠에서는 오로지 한 사람의 혈흔만 발견되었다는 것이다. 로저 에릭손. 그들이 싸움박질을 했다는 레오의 설명으로 봤을 때 흘릴 수 있는 피의 양보다도, 실제 무자비한 분노의 칼부림에서는 상상 외로 피의 양이 훨씬 더 적었다.

게다가 마지막 심문을 하는 동안에는 처음에 건방졌던 소년의 행동은 점차로 한숨과 울부짖음으로 변했다. 그래서 그런지 토르켈은 잘 상상이 되지 않았다. 이렇듯 고통스러워하고 비탄해하는 인물이 시체를 웅덩이에 처리하기 위해 미리부터 뭔가 철저히 생각하고 계획할 수 있을지! 그것도 본인 소유가 아닌 자동차로. 아니다. 혈흔이 있다고 해도 그건 있을 수 없는 일일 것이다.

그럼에도 그들은 레오나르트의 기록을 이대로 종결할 수는 없었다. 수사가 진행되는 동안에 이미 너무 많은 오류들을 저질렀다. 그들은 레오나르트를 하룻밤 더 데리고 있어야 할 것이다. 만약 그에 대한 증거가 더 이상 나오지 않는다면 검찰은 그를 더 이상 구류 상태로 잡아 두지는 못할 것이다. 토르켈과 우르줄라는 전체 팀을 소집하기로 결정했다. 앞으로 어떻게 행동해야 할지 서로 얘기를 나누기 위해.

이런 생각으로 토르켈이 경찰 본부 문으로 들어서자 이내 프런트여직원이 눈인사를 찡끗했다.

"손님 오셨어요." 그녀는 창문가의 녹색 소파 쪽을 가리키며 말했다.

그곳에는 굉장히 뚱뚱하고 옷도 엉망으로 입은 여자가 한 명 앉아 있었다. 프런트 여직원이 자신을 가리키는 것을 보자 여자는 자리에서 일어났다.

"누구시죠?" 이렇게 갑작스러운 방문에는 익숙하지 않은 토르켈이 가라앉은 목소리로 물었다.

"레나 에릭손이에요. 로저 에릭손의 엄마."

엄마라! 그래 좋아! 토르켈의 머릿속에 이런 생각이 퍼뜩 떠오르자마자 그녀가 그의 어깨를 살짝 두드렸다.

"당신이 담당잔가요? 내 아들의 살인 사건을 맡은?"

토르켈은 머리를 돌려보았다.

"예. 토르켈 회글룬트입니다. 아드님 일에 대해서는 조의를 표합니다."

레나 에릭손은 고개만 끄덕여 보였다.

"그런데 레오 룬딘이 와 있나요?"

토르켈은 기대감으로 그를 빤히 쳐다보는 여자를 바라보았다. 그녀가 알고 싶은 것은 당연한 일이었다. 살인자의 발견과 수감과 재판은 가족을 잃은 사람의 심리적 대처법에 상당히 많은 의미가 있을 테니 말이다. 하지만 토르켈은 아무런 대답도 해줄 수 없었다.

"죄송합니다만, 지금으로서는 세부적인 수사 과정에 대해 어떤 정보도 제공할 수 없습니다."

"하지만 당신이 그를 체포하지 않았나요?"

"방금 말씀드린 것처럼 그 점에 대해서는 아무 말씀도 드릴 수가 없네요."

레나는 더 이상 귀담아들으려 하지 않는 것 같았다. 그녀는 한 걸음 토르켈에게 다가섰다. 토르켈은 마음속으로 뭔가 충동적인 것이 끌어올랐지만 억누르고 피해야만 했다.

"그 애는 항상 로저 주위를 빙글빙글 맴돌며 못살게 굴었어요. 항상. 로저가 그런 속물 같은 멍청한 학교로 전학 간 것도, 다 그 애 탓이었어요."

맞다. 그것은 전부 그의 잘못이었다. 레오 룬딘의 잘못. 혹은 레오나르트. 애당초 그의 이름이 뭐건 간에. 따돌림이 그동안 얼마나 오랫동안 지속되었는지, 레나는 잘 몰랐다. 중등 단계에서 시작했다는 건만, 그녀는 수차례 말할 뿐이었다. 로저가 그런 사실에 대해 말한 적이 없었기 때문이었다. 그는 악의적인 별명과 시비에 대해서는 전혀 언급하지 않았다. 예를 들어 레오가 책을 찢었거나 사물함을 깨부수었거나. 이따금씩 로저가 셔츠를 입지 않거나 신발이 다 젖어서 집에 돌아올 때면 그 이유가 무엇인지 핑계만 둘러댈 뿐이었다. 그의 티셔츠가 찢어졌다거나 체육 시간이 끝나고 화장실에서 신발을 다시 찾았다는 등의 고백은 하지 않았다. 그의 돈과 다른 물건들이 없어진 이유에 대해서는 둘러대는 정도로 그쳤다. 하지만 레나는 그 진짜 이유를 눈치챘다. 결국 로저는 어쩔 수 없이 사실대로 고백해야 했고 이젠 다 괜찮다고 말했다. 혼자서도 다 알아서 할 수 있다는 식으로. 만약 엄마가 개입한다면 모든 일이 더 엉망진창이 될 거라는 것도. 하지만 그 다음번에는 폭력을 당했다. 구타. 퍼렇게 멍이 들었다. 입술은 다 터지고 눈이 뚱뚱 부어올랐다. 머리를 맞은 것이었다. 그래서 레나는 학교와 연락을 취했다. 레오와 그의 어머니와 만나던 날, 교장실에서 한 시간가량 대화를 나누어 보았지만 이곳에서는 아무런 도움도 받을 수 없다는 것을 알게 되었다. 누군가 룬딘 씨 가정에 책임지고 얘기할 사람이 있어야 한다는 건 의심할 여지가 없었다.

레나는 지적인 전문가는 아니었지만 힘의 관계에 관해서는 잘 알고 있었다. 이사장이 반드시 결정권을 가진 사람은 아니었다. 교장이 교사진에 대해 결정하는 것도 아니었다. 그리고 모든 부모들이 다 권위를 지닌 것도 아니라는 걸, 레나는 어렴풋이 짐작하고 있었다. 그렇다면 정작 누가 권력을 행사하고 권력은 어떻게 배치되어 있는 것일까? 그래서 그녀는 스스로 어떻게 행동해야 할지 깨닫게 되었다. 그 많은 이득을 가능한 최대한 끌어내기 위해서. 혹은 적어도 불이익은 당하지 않기 위해서. 그 덕분에 그녀는 수많은 사람들로부터 모사꾼으로 취급되었다. 바람이 불어오는 방향으로 돛을 돌리거나 도처에 알랑거릴 생각을 하는 그런 여자로서. 하지만 힘이 없는 사람이 힘이 있는 주변에서 살려면 이러한 삶을 살아야만 하는 것은 아닐까?

"누가 긴밀하게 합동 작업을 하자고 제안하면, 당신 어떻게 할 거야?" 한쪽 침대에 등을 대고 누운 하랄드손은 팔짱을 끼고 허공을 물끄러미 바라보고 있었다. 그의 옆에는 제니가 누워 있었다. 발바닥은 매트리스에 받치고 엉덩이 아래에는 쿠션을 대고서. 수시로 그녀는 아랫배를 방 천장 쪽으로 쭉 뻗었고 그동안에 남편은 공허한 눈빛으로 천장만 바라보았다. 22시 30분이었다.

그들은 함께 잠자리를 했다. 더 자세히 말하자면 성교를 했다. 하랄드손은 최선을 다했다고 할 수 있을까? 그는 자신의 정자를 의무적으로 아내에게 몽땅 내주면서도 생각은 온통 딴 곳에 가 있었다. 오로지 일에만.

그는 자신을 이번 수사에서 배제시키려는 한저의 시도에 대해 토르켈 회글룬트에게 보고했다. 토르켈의 분명한 희망에 거슬리는 조치라고 말이다.

"같이 일할 수 있다는 건, 좋은 일 같아요." 제니는 엉덩이를 매트리스에서 번쩍 들어 올리며 대답했다. 정자가 자궁으로 통하는 길을 더 확고하게 확보하기 위해서였다.

"그래. 그렇게 생각하는 게 당연한 거지? 내 말은 말이야, 만약 당신이 동료에게 함께 일하자고 말한다면 서로 같이 일하는 게 좋은 거 아닐까? 같은 일에 대해서 같은 목표를 갖고서, 그렇지?"

"음."

실제로 제니는 그의 말을 귀담아듣지 않았다. 그녀의 입장에서 보자면 상황은 빤했다. 남편이 새로운 상사를 맞이한 이후부터는 언제나 거의 일과 관련된 얘기만 했다. 그리고 남편이 일에 대해 얘기할 때면 언제나 불만이 터져 나왔다. 지금은 예외적으로 케르스틴 한저가 아니라 특별살인사건전담반이 분풀이의 표적이었다. 이는 평상시와 별로 다를 바도 없었다. 텍스트는 새로우나 멜로디는 옛날과 변한 것이 없었다.

"특별살인사건전담반의 토르켈 회글룬트가 함께 일하자고 한 말이 무슨 뜻인지 당신 알아? 당신은 어떻게 생각해?"

"아까 당신이 다 말했잖아요."

"전혀 아니었어. 그가 그런 의미로 말한 게 아니더라고. 우리가 같이 일하면 어떻겠냐고 살짝 떠본 건 나야. 그런데 함께 일하는 게 불가능 하다는 걸 알게 됐지. 정말 이상하지 않아?"

"그러내요. 정말 이해가 안 돼요."

저녁 먹을 때 남편이 이 이야기를 하면서 사용했던 용어들을, 제니 는 그대로 사용했다. 그녀가 이 일을 직접 경험하지도 않았는데도 영 향력을 행사할 수 있는 좋은 방법이었다. 그녀는 남편의 직업에 무관 심하지 않았다. 절대로. 일반적으로 그녀는 모든 걸 경험하고 싶어 했 다. 미숙한 위조자에서부터 재작년 현금수송 차량이 강탈당했던 일까 지, 그녀는 세세하게 알고 싶어 했던 것이다. 하지만 그러고 나면 한저 가 꼭 토마스의 인생에 끼어들었다. 그러고 나면 경찰 일에 대한 그의 보고는 부당한 처사에 관한 길고도 상세한 설명으로 가득 찼다. 비참 한 탄식이었던 것이다. 그런데 그 순간 그는 급작스럽게 다른 데 신경 써야만 했다.

"하지만 당신이 지금 진짜, 진짜로 다가갈 수 있는 사람이 누군지 알 아요?"

남편 쪽으로 몸을 돌린 제니는 그의 축 늘어진 남근을 이불 속에서 더듬거렸다. 하랄드손은 그녀를 바라보았다. 이제 막 치아 세 개를 뚫 었는데 네 번째 치아도 구멍 났다고 말하는 환자의 표정으로.

"또?"

"그래야 될 것 같아요. 어제 오전에 체온이 0.5도가량 올랐거든요. 리스크를 무릅쓸 필요가 없잖아요."

하랄드손은 피가 다시 쏠리는 걸 느꼈다. 자신이 생각해도 놀라운 일이었다. 제니는 침대 한쪽에 누웠다. 그를 등지고서.

"뒤에서 해줘요. 뒤에서 깊게 삽입하면 좋을 것 같아요."

하랄드손은 옆으로 누워서는 그녀가 원하는 대로 자세를 취했다. 그러고는 반항하지 않고서 그녀의 몸속으로 미끄러지듯이 들어갔다. 제니는 반쯤 몸을 돌려 그를 바라보았다.

"내일은 아침 일찍 출근해야 돼요. 그러니까 밤새도록 하면 안 돼요." 그녀는 하랄드손의 턱을 가볍게 쓰다듬고는 다시 돌아누웠다.

토마스 하랄드손은 아내의 엉덩이를 어루만지는 동안에도 머릿속에서는 딴생각뿐이었다. 맹세코 그들에게 본때를 보여주고 싶다는.

그들 모두에게.

단번에.

그는 로저 에릭손의 살인 사건을 해결하고 말겠다고 맹세했다.

하랄드손이 아내가 임신할 수 있도록 밤 휴식 시간에도 노력하는 동안에, 살인자가 아닌 남자는 몇 킬로미터 떨어지지 않은 곳에 앉아 있었다. 그는 드문드문 불빛이 빛나는 단독주택가에 살고 있었는데 수사 상황을 수집하고 있었다. 인터넷을 보면서. 그는 차가운 스크린 불빛만 비추는 어두침침한 방에 앉아 있었다. 그 방을 작업실인 양 자랑스러워하면서.

지역신문에서는 사망 사건이-그는 이번 사건을 살해라는 표현으로 말하지 않았다.-여전히 크게 다루어지고 있었지만 처음만큼 그렇게 빈번하게 초특급 뉴스로 다루어지진 않고 있었다. 오늘 하이라이트 보도는 '쇼크에 빠진 학교'였다. 팔름뢰브스카 고등학교에 대한 네 쪽에 걸친 리포트였다. 학생들과 선생들뿐만 아니라 식당에서 일하는 사람들까지도 누구나 한 마디씩 자신의 심정을 표현할 수 있었던 것은 분명했다. 하지만 그들 중의 대부분은 차라리 입을 다물고 있는 게 나을 뻔 했다. 살인자가 아닌 남자는 천편일률적인 글과 졸렬한 인용문들을 읽은 느낌이었다. 겉으로 보기에는 모두들 같은 생각 같았지만 아무도 선뜻 뭔가 말하려 들지 않았다. 지역신문에 따르면 검찰은 불충분한 혐의에도 희생자와 같은 나이의 소년 한 명을 체포하기로 결정했다고 밝혔다.

가판대 신문들은 좀 더 정확한 보도를 제공했다. 그들은 더 많은 것을 알고 있었고 갈수록 이번 사건을 더 비중 있게 다루었다. 스웨덴 인터넷사이트 아프톤 블라뎃의 보도에 따르면, 이 소년은 살해당한 소년을 예전부터 괴롭혔으며 그 탓에 죽은 소년이 전학 갈 수밖에 없는 직접적인 요인이 되었다는 것이다. 집필자의 글에 전신사진과 함께 게재된 신문기사는 그렇지 않아도 비극적인 이야기를 좀 더 마음을 에이도록 만들었다. 그는, 괴롭힘을 당한 소년이 고통을 준 소년으로부터 어떻게 벗어나서 기운을 차리려고 했는지 기술했다. 괴롭힘을 당한 소년이 새 학교에서 새 친구를 사귀면서 한 줄기 빛을 발견하게 된 과정을 담은 것이다. 그뿐만 아니라 그가 비이성적인 희생자가 되기까지. 눈물이 마를 때가 없었다.

살인자가 아닌 남자는 감동적인 글을 읽고 나자 머릿속이 복잡해졌다. 애당초 이런 일이 일어나지 말았어야 했다고 바랐던 것일까? 절대적으로. 하지만 그는 그런 생각을 하지 말아야 했다. 일은 이미 터졌다. 일어난 일을 되돌릴 수는 없는 것이다. 그는 후회하고 있는 걸까? 사실은 그렇지 않았다. 그렇다면 후회라는 말은 그에게 어떤 의미가 있는 걸까? 만약 다시 한 번 동일한 상황에 처하게 된다면 달리 행동할 생각이라는 것.

그리고 그는 후회하고 싶지 않았다.

후회할 수도 없었다.

성패가 달려 있는 일이 너무나 많았다.

그는 익스프레센의 기사로 옮겨갔다. 여기서는 '속보'라는 표제하에 '체포된 베스테로스-살인자에 대한 혐의가 서서히 벗겨지다'는 예고의 글이 담겨져 있었다. 이는 좋은 일이 아니었다. 경찰이 소년을 석방해준다면 새로운 혐의자를 찾기 시작할 테니 말이다. 그는 사무실 의자에 기대앉았다. 언제나 그랬듯이 머릿속을 가다듬고 곰곰이 생각하려면 이런 자세를 취했다.

그는 재킷을 떠올렸다. 그의 뒤쪽 서랍장 속에 있는 초록색 디젤 재킷. 로저의 피가 묻은 재킷. 만약 체포된 소년의 집에서 이 재킷이 발견된다고 가정해보면…… 언뜻 봐도 이는 이용 가치가 있는 생각처럼 보였다. 이기적인 행동처럼. 잘못을 동료에게 돌리려는 거짓 간접 증거. 자신의 행동을 이기적으로 회피하려는 비도덕적인 시도. 하지만 이 일이 정말로 그렇게 부당한 것일까?

이것으로 살인자가 아닌 남자는 로저의 가족과 친구를 돕게 될 것이다. 그들은 소년을 죽인 사람이 누구인지 더 이상 생각하며 고민하지 않아도 될 것이다. 그리고 그보다 아주 중요한 슬픔 극복에 전염할 수 있을 것이다. 그는 이 비밀을 풀 수 있는 사람이다. 다시 일이 잘 진행되도록 도와줄 수 있는 사람. 이는 상당히 가치가 있는 일이었다. 게다가 그는 베스테로스 경찰의 진상 규명률을 더 개선시켜줄 것이다. 이 일에 대해 생각하면 할수록 자신의 아이디어가 이기적이 아닌 희생적인 행동처럼 느껴졌다. 매우 좋은 행동으로.

그는 컴퓨터의 마우스를 몇 번 클릭하지 않았는데도 체포된 소년의 신원을 확인할 수 있었다. 레오나르트 룬딘. 그의 이름은 채팅방이나 블로그 등에 떠들썩하게 올라와 있었다. 인터넷이야말로 환상적이다.

이미 그는 소년의 주소도 알아냈다.

이제는 그가 정말로 도움을 줄 수 있는 때가 되었다.

세바스찬은 시계를 쳐다보았다. 몇 번이나 보았을까? 그는 모른다. 23시 11분. 마지막으로 보았던 게 23시 8분이었다. 시간이 이토록 천천히 흘러가다니 정말로 가능한 일일까? 그는 어찌할 바 몰랐다. 그는 이 도시에 있고 싶지 않았다. 이 집에도. 그렇다면 그는 어찌해야 할까? 소파에 편안하게 앉아 책을 읽으며 마치 집에 있는 것처럼 생각해볼까? 불가능한 일이었다. 그가 이곳에 산 이래로 단 한 번도 집이라고 생각해본 적이 없었다. 그는 뭔가 재미난 채널을 발견하지 못했기에 TV 채널을 마구 돌렸다. 하우스바에 매료되지도 않았다. 그는 술을 마시지 않기 때문이었다. 그리고 그는 욕탕 속에 들어가 어머니의 향기로운 목욕 오일과 고급 목욕 볼을 사용하고 싶지도 않았다. 그의 기억이 맞는다면 그는 어머니의 피난처였던 럭셔리하고 커다란 욕실에서 긴장을 풀고 생기를 되찾고 조화를 이루며 에너지를 보충하는 그런 타입의 사람도 아니었다. 집 전체를 따지고 보면 어머니가 아버지에게 부탁해서 만든 유일한 공간이었다. 아버지의 집에 있는 어머니의 방인 셈이었다.

잠시 동안 세바스찬은 맘 내키는 대로 돌아다니며 집 안의 옷장과 서랍을 열어보았다. 약간은 순수한 호기심으로. 자신이 손님으로 묵었던 다른 모든 집에서 그랬던 것처럼 샅샅이 욕실 서랍을 열어보았다. 하지만 자신의 행동이 탐탁지 않은 점도 있었다. 그가 이 집을 떠난 이래로 무슨 일이 일어났는지 굳이 알고 싶은 생각은 없었기 때문이다. 지금까지는 특별한 인상은 받지 못했다. 스웨덴 뢰어스트란트의 품질 좋은 도자기가 흰색 모퉁이 진열장의 원래 자리에 놓여 있었다. 서랍에는 탁자 덮개와 폭이 좁고 길이가 긴 탁자 센터가 곱게 다림질된 상태로 단정하게 돌돌 감겨져 있었다. 물론 유리와 도자기로 만든 수많은 새 여행 기념품들도 눈에 띄었다. 이들 물품은 진열장 문 안의 좁은 공간 속에서 부모님이 평생 동안 받은 선물들과 함께 놓여 있었다. 예를 들어 다른 시대의 촛대, 꽃병과 재떨이와 함께. 잘 사용하지 않았거나 아니면 전혀 사용한 적 없이 보관만 해온 물건들도 있었다. 누군가 이 물건들을 집으로 가져왔는데 버릴 수는 없었다. 왜냐면 배은망덕하게 행동할 수도 없었고 선물을 준 사람보다 더 나은 취향을 지녔다는 인상을 줄 수도 없었기 때문이다. 예전에 그가 한 번도 본 적이 없는 물건들도 있었지만 집 안 분위기는 그다지 변하지 않았다. 새 가구나 없앤 벽이나 현대적인 조명 장치에도 불구하고 세바스찬의 눈에는 이 집 안의 물건들은 쓸데없는 것뿐이었다. 집 안에서 받은 인상으로는 베르크만 가정의 삶은 아주 조용하고 평온하며 중산계급의 전통에 부합하는 것이었다. 또 다른 한편으로는 그의 기억에 의하면 소심하면서도 근심 걱정이 많은 삶이었다. 사후 물품들을 살펴본다는 게 그한테는 그야말로 거의 지겨워 죽을 지경이었다. 그리고 그가 정말로 느낀 점은 딱 한 가지뿐이었다. 이런 쓰레기들을 다 관리해야 한다는 생각만 해도 엄청난 피로가 몰려온다는 것.

부동산 중개인이 3시경에 전화를 걸어왔다. 그는 세바스찬의 입장에 대해 약간은 놀라워하는 눈치였다. 오늘날에 와서는 모든 사람들이 자신들의 집을 투자라고 생각하기 때문이다. 더구나 현대적인 자본주의의 관점에서는 이런 투자 자본을 지키려는 게 보통일 것이다. 하지만 세바스찬은 전혀 협상할 일이 없었다. 그는 오로지 팔아버리고 싶었다. 어떤 손해를 보더라도. 제일로 좋은 것은 오늘 당장 팔아버리는 것이었다. 중개인은 가능한 서둘러 집을 방문하겠다고 약속했다. 세바스찬은 내일이라도 당장 찾아오기를 희망했다.

그는 기차에서 만난 여자를 떠올렸다. 그녀의 전화번호 쪽지가 침대 옆에 놓여 있었다. 왜 그는 미리 계획을 짜지 못한 걸까? 그녀에게 좀 더 일찍 전화를 걸어서 그녀가 선택한 멋진 레스토랑에서 저녁을 먹자고 제안을 했다면 좋았을 텐데. 그랬다면 오랫동안 편안하게 먹고 마셨을 것이다. 하룻밤에 그녀를 잘 알게 되었을 테고. 그러고 나면 그들은 호텔 로비의 편안한 소파에 앉아 손에는 음료를 들고 귓가에는 조용한 라운지 음악을 들을 수 있었을 것이다. 그리고 그는 그녀의 원피스 속으로 손을 넣어 맨 무릎을 쓰다듬을 수 있었을 것이다. 약간은 주저하면서도 고의가 아닌 듯이.

유혹. 그가 승리해야만 하는 게임. 승리와 향유. 이 모든 것은 그의 사정거리에 미치지 못했다. 지금 그는 늘 그랬던 것처럼 행동하지 못했기 때문이다. 그는 이 집 탓이라고 생각했다. 그의 어머니 탓이기도 했다. 또한 과거 속에서 갑자기 등장한 토르켈 탓이기도 했다. 그럴 만한 이유가 있었음에도 화가 치밀어 올랐다. 옛날에는 이런 외적인 사정이 그에게 영향을 주지 않았으며 이렇듯 평정을 잃게 한 적도 없었다.

삶이 세바스찬 베르크만에게 맞추는 것이지, 그 반대는 아니었다. 어쨌든 옛날에는 그랬었다. 릴리와 자비네가 있기 전에는.

아니다. 그는 절대로 굴복하지 않을 것이다. 오늘도 절대로. 무슨 일이 일어나든, 누가 누구에게 맞추든 그다지 중요하지 않았다. 많은 사람들이 그의 인생을 삶이라기보다는 존재하는 상태라고 말한다 하더라도. 겉보기에는 그가 컨트롤을 잃어버린 것 같더라도 상관없었다. 그는 여전히 이런 상황에서 최선을 다할 수 있는 힘을 지니고 있었다. 그는 절대로 지치지 않을 것이다.

부엌으로 자리를 옮긴 그는 부엌 싱크대 위쪽, 소박한 와인 선반에서 와인 한 병을 꺼냈다. 그는 단 한 번도 와인의 상표를 확인하지 않았다. 종류가 뭐가 됐든 상관없었다. 와인이면 충분했다. 테라스 문을 열자 그는 어떻게 접근해야 할지 생각했다.

감정을 듬뿍 실어서.

당신은 지금부터 혼자 있고 싶지 않을 겁니다…….

근심하는 듯이.

아직 불이 켜 있던데, 괜찮은가요?

또는 단호하지만 남을 배려하는 듯이.

이런 날 밤에는 절대로 당신 혼자 있으면 안 됩니다…….

어느 것이든 결과는 다 똑같다.

그는 클라라 룬딘과 섹스를 할 것이다.

토르켈은 또 다른 이름 모르는 호텔 방의 침대에서 등을 대고 눕자 천장의 색깔이 약간 떨어져나간 걸 알게 되었다. 수년 동안에 그는 이렇듯 수많은 밤을 호텔에서 보냈기에 비개인적인 삶은 일상이 돼버렸다. 소박한 것이 독창적인 것보다 중요하고, 기능적인 것이 안락한 것보다 결정적이었다. 솔직히 말하자면 스톡홀름 남쪽에 위치한 그의 방두 개짜리 집은 스칸딕 호텔의 평균적인 방과는 비교할 수가 없었다. 토르켈은 몸을 쭉 펴고는 베개와 머리 밑으로 손을 집어넣었다. 샤워기에서는 여전히 쏴쏴 소리가 들려왔다. 욕실에서는 그녀가 느긋하게 시간을 보내고 있었다.

수사. 지금까지 그들은 무엇을 알아냈을까?

발견 장소는 알았지만 사건 장소는 아니었다. 살인자의 자동차에서 나온 흔적으로 보이는 타이어 자국을 발견했다. 그들은 소년을 체포했지만 내일이면 그를 다시 풀어주겠다고 약속했다. 긍정적 리스트에 그들은 다음과 같은 사실을 기재했다. 빌리가 사방팔방으로 전화 통화를 걸어본 뒤에 마침내 책임 있는 CCTV 회사의 한 여성과 통화를 하게 되었다는 것. 그녀는 구스타브스보르크스가탄의 CCTV 카메라 녹화를 확인하려면 누구와 얘기를 나누어야 하는지 알고 있는 사람이었다. 지금 담당자가 50번째 생일 파티 때문에 린쾨핑에 갔지만 그가 돌아오는 대로 내일 오전쯤이면 가능한 빨리 이 일에 몰두할 수 있을 것이다. 물론 사건이 일어난 금요일의 CCTV 카메라 녹화가 아직도 남아 있을지는 미지수였다. 대부분의 녹화 필름들은 48시간 동안만 저장되어 있기 때문이다. 지역 협의회는 이런 전망을 해왔다. 담당 동료가 돌아오는 대로 CCTV 카메라를 재검토할 거라고. 내일 오전에. 빌리는 그에게 11시까지 시간을 주었다.

반야는 로저의 여자 친구가 거짓말했다고 확신했다. 로저가 행방불명된 날의 밤을 진술하는 과정에서. 하지만 리자의 아버지는 진술한 사람들의 견해가 서로 엇갈리는 것으로 주장했다. 이 문제에서도

CCTV 카메라 녹화가 도움이 될 것이다.

　토르켈은 한숨이 절로 나왔다. 기운이 빠지는 한 가지 사실이 있었던 것이다. 베스테로스의 G4회사가 공공장소의 CCTV 녹화를 얼마나 오랫동안 보관하느냐에 따라, 이번 사건의 속도가 달라진다는 점이다. 그렇다면 오로지 경찰 임무로만 그들이 해낸 일은 무엇일까? 서둘러 그는 이런 생각을 떨쳐버리려고 했다. 범죄 영화에서 오페라에 열광하고, 위스키를 들이켜는 늙은 경감들이나 이런 생각을 했을 테니 말이다. 현존 기술을 이용하는 것은 명예롭고 새로운 경찰 임무인 것이다. DNA, CCTV 카메라, 컴퓨터 기술, 데이터 비교, 도청 기술, 핸드폰 위치 추적, 삭제된 문자메시지 복원. 이는 오늘날의 범죄를 해결해주는 도구라고 할 수 있다. 이런 일을 가치 있게 평가하지 않는다면 무익할 뿐만 아니라, 경찰 장비들 중에서 가장 중요한 것으로 확대경을 신봉할지도 모른다. 이는 미련하고 퇴보적일 것이다. 지금은 이런 생각을 할 시점이 아닌 것이다. 소년이 살해되었고, 모든 시선들이 여기에 쏠려 있다. 토르켈은 방금 TV4의 뉴스를 보았다. 그리고 연이어 날로 증가하는 청소년들의 폭력 문제를 주요 테마로 다룬 토크쇼도 보고 있다. 원인-영향-해결책에 대해. 토르켈과 그의 팀은 레오 룬딘의 무죄를 주장하면서, 대중이나 신문사들에게 레오를 속단하지 말도록 분명히 암시했는데도 부질없는 짓이었다. 청소년 폭력이라는 테마를 논의하기 위해서는 청소년 희생자가 필요하다는 게, 프로그램 제작자의 견해였다. 범죄자가 몇 살이건 상관없었다. 이런 상황에서 새로운 결과를 이끌어내지 못하는 것도 당연했다. 책임은 특히나 부재중인 아버지한테나 일반적으로는 부재중인 부모한테 돌아갔다. 혹은 영화나 특히 폭력적인 게임도 그 책임에서 벗어나지 못했다. 마지막으로 30세가량의 피어싱을 한 여자가 등장하더니 이런 말을 했다. 토르켈이 이미 예상했던 말이었다.

"우리는 우리 사회가 점점 무분별하게 변해가고 있다는 걸 절대로 잊어서는 안 될 겁니다."

부모, 비디오게임과 사회가 그 원인이었다. 해결책은 언제나 그렇듯이 탁상공론으로 끝나기 마련이었다. 예를 들어 부모가 각기 50퍼센트씩 나누어 전담하도록 법으로 정한 의무 시간을 고려해야 한다든가 학교 성적을 더 엄격하게 매기거나 더 많은 스킨십을 해주어야 된다는 식으로. 사람들의 견해는 예나 지금이나 전혀 변함이 없었다. 토르켈은 방송이 끝나기 전에 TV를 끄고서 세바스찬에 대해 말하기 시작했다. 지난 몇 년 동안에 그는 옛 동료에 대해서 생각한 일이 별로 없었지만, 다시 만날 때는 뭔가 다르게 좀 더 진심으로 대할 것이라고 늘 믿어왔었다. 하지만 그는 실망스러웠다.

토르켈이 이런저런 생각을 하고 있는 동안 우르줄라는 샤워를 했다. 욕실에서 나온 그녀는 머리를 수건으로 휘감고 몸은 수건으로만 가렸다. 토르켈은 15분 동안의 대화 중단이 더 이상 지속되지 않도록 이야기를 시작했다.

"당신이 세바스찬을 봤어야 했는데. 우리가 같이 일할 때부터 이미 좀 독특한 사람이었어요. 하지만 지금은…… 세바스찬이 날 적대시하는 것 같아요."

우르줄라는 아무런 대답도 하지 않았다. 침대 옆 테이블로 다가온 그녀가 바디로션을 집어 들고 온몸에 바르기 시작하자 토르켈의 시선은 그녀의 행동을 하나씩 뒤쫓았다. 그가 알기로는 로션은 알로에 베라였다. 그는 이미 여러 번 이런 모습을 관찰한 바 있었다. 수년 동안.

이런 일이 언제부터 시작되었을까? 그는 그 시점을 정확히 떠올릴 수는 없었다. 그가 이혼하기 전이었지만, 그의 결혼 생활이 위기를 맞은 뒤였다. 물론 이때가 지난 다음에도 또 몇 년이 흘렀다. 그때가 언제부터이든 별로 중요하지 않았다. 그는 이혼했다. 반면 우르줄라는 여전히 결혼한 상태였고, 토르켈이 아는 바로는, 그녀는 미카엘을 떠날 생각이 없었다. 그는 이 둘의 관계에 대해서도 아는 바가 별로 없었다. 미카엘은 알코올을 너무 많이 마시는 바람에 힘든 시기를 지내왔다. 주벽 탓에. 그도 이 사실을 인정하게 되었다. 그리고 자신의 상태를 올바로 이해한 뒤부터는 주벽이 갈수록 줄어들었다. 아마도 그들은 자유로운 결혼 생활을 살고 있을 것이다. 그래서 그런지 각자 누구와 언제, 몇 번 정도 잠자리를 갖든 간에 다 허용되었다. 아마도 우르줄라는 토르켈과의 관계도 속이고 있을지도 모른다. 토르켈은 우르줄라와 가까운 사이였지만 직업 이외의 그녀의 삶에 대해서는 아는 바가 거의 없었다. 처음에는 그가 물었지만, 우르줄라는 아무것도 밝힐 수 없다고 분명히 했다. 그들은 일을 함께 하면서도 다른 사람과도 가깝게 지냈다. 그리고 이 방법도 잘 돌아갔다. 더 이상의 관계는 필요 없었다. 토르켈은 더는 꼬치꼬치 캐묻지 않기로 결심했다. 결국 그녀를 잃어버릴지도 모른다는 두려움 때문에. 그는 그러고 싶지 않았다. 그들의 관계 속에서 우르줄라가 줄 수 있는 그 이상의 것을 바랐던 것인지, 그는 정확히 평가할 수 없었다. 그러므로 그는 자신이 얻은 것에 만족했다. 그녀가 원할 때면 그들은 몇 날 밤을 함께 지냈다. 지금처럼. 그녀는 이불을 헤집고는 그의 옆, 침대 속으로 기어들어 왔다.

"이제 그만해요. 만약 당신이 세바스찬에 대해서 계속 얘기하면 난 가요."

"아니 그냥. 내가 그를 알고 있다고 생각했었는데……."

우르줄라는 한쪽 팔꿈치를 괴고는 손가락을 그의 입술에 갖다 댔다. 심각한 눈빛으로 그를 바라보면서. "내가 벌써 말했죠. 나도 내 방 있어요. 나, 가길 원치 않죠?"

그녀 말이 옳았다. 그는 그러길 원치 않았다. 그는 하던 말을 멈추고는 스위치를 껐다.

세바스찬은 꿈에서 깨어났다. 그가 오른손 손가락을 펼치는 동안에 자신이 어디에 있는지 잠시 동안 생각해 보았다. 이웃집, 클라라 룬딘의 집이었다. 그들은 뜻밖에도 만족스러운 섹스를 했다.

그럼에도 불구하고 그는 실망감이 컸다. 그 과정이 너무 쉽고 간단했다. 단시간의 만족감을 가지고 너무나 쉽게 잠에서 깨어났기 때문이다.

다른 성을 유혹하는 것은 세바스찬 베르크만의 강점들에 속했다. 언제나 그랬다. 성공리에 여자들을 유혹하는 걸 보고, 다른 남자들은 감탄을 금치 못한다. 고전적인 관점에서 볼 때 그의 외모가 그다지 잘생긴 것도 아니었다. 언제나 과체중과 거의 과체중에 육박하는 체중 사이를 맴돌았지만, 지난 몇 해 동안에는 평균 몸무게에 도달했다. 그의 얼굴 모습은 그다지 인상적인 데는 없었다. 개랑 비교한다면 오히려 불도그의 모습과 닮았다. 머리카락은 갈수록 줄어들었고, 옷 입는 스타일은 유명 잡지의 트렌드라기보다는 심리학 교수의 일반적인 모습에 속했다. 물론 돈이나 외모나 권력에 마음을 뺏기는 여성들도 있을 것이다. 하지만 이는 아주 일부였다. 남자라면 모든 여성들을 대상으로 성공률을 높이고 싶어 할 텐데, 그러려면 뭔가 특이한 점이 있어야 할 것이다. 세바스찬처럼. 매력적이고, 직관적이며 레퍼토리가 다양한 남자. 그리고 여성들은 제각기 다르다는 걸, 그는 알고 있었다. 이로써 자신이 선택할 수 있는 다양한 전략을 개발할 수 있게 되었다. 필요에 따라 적기에 사용하고 만족감을 얻어낼 수 있도록 전략을 테스트하고 언제든지 도중에도 바꿀 수 있었다. 섬세한 감각과 상대방의 얘기에 귀 기울이는 능력.

실제로 여자가 그를 유혹한다고 믿는다면 효과는 최상이었다. 술집에서 플래티늄 카드를 급히 꺼내는 부자 남자들은 결코 흉내 낼 수 없을 것이다.

작업을 유도하고, 반응하다가, 조절할 때면 세바스찬은 즐거웠다. 그리고 마침내 교활하게 행동함으로써 육체적인 즐거움을 획득하게 된다면. 하지만 클라라 룬딘은 그에게는 너무나 쉬운 상대였다. 유명 요리사에게 계란 프라이를 해달라고 하는 것보다 더 간단했다. 그는 자신의 능력을 발휘할 필요도 없었다. 따분했다. 곧바로 섹스로 직행하고 말았기에.

이웃집으로 가는 길에 그는 분위기를 좀 바꾸어야겠다고 결정했다.

"내 생각에, 지금은 당신이 혼자 있고 싶지 않을 것 같은데……."

그녀는 그에게 들어오라고 권했다. 그리고 그들은 소파에 앉아 와인병을 열었다. 그는 점심 식사 때와 똑같은 이야기를 다시 한 번 들어야만 했다. 이번에는 좀 더 장문으로 각색된 텍스트로. 어머니로서 안타까운 심정을 한층 더 담아낸. 그는 적당한 구절에서 반응하고 고개를 끄덕여주었다. 그리고 그녀의 와인 잔을 다시 채워주며 계속해서 그녀의 말을 들어주었고 체포시, 어떻게 행동해야 하고 경찰 절차는 어떠한지에 대한 질문에 대답해주었다. 이로써 다음번 질문도 예상되었다. 혐의에 따라 어떤 처벌을 받는지 등. 마침내 그녀가 눈물을 더 이상 참을 수 없게 되자 그는 마음을 달래 주려는 듯이 그녀의 무릎에 손을 올려놓고는 동정심이 가득하게 무릎을 쓰다듬어주었다. 이 순간에 그는 그녀의 육체에서 고동치는 소리를 느낄 수 있었다. 그녀의 조용한 한숨은 점차 줄어들었고, 그녀의 숨소리는 아까와는 달리 점점 거칠어졌다. 그녀는 세바스찬에게 몸을 돌려 그의 눈을 바라보았다. 그가 어떤 행동을 취하기도 전에 그들은 서로 키스를 하고 있었다.

침실에 들어서자 그녀는 그를 탐닉했다. 연이어 그녀는 눈물을 흘리며 그에게 키스를 했다. 그리고 다시 한 번 그를 원했다. 그녀는 될 수 있는 대로 많은 스킨십을 하고는 잠이 들었다.

그가 잠에서 깨어났을 때, 그녀의 팔은 여전히 세바스찬의 가슴팍에서 휴식을 취하고 있었으며 그녀의 머리는 그의 머리와 어깨 사이에 꼭 박혀 있었다. 조심스레 그는 그녀의 품 안에서 벗어나 침대를 나왔다. 그녀는 깨지 않았다. 그는 조용히 옷을 입는 동안에 여자를 눈여겨 보았다. 세바스찬은 유혹하는 단계에서 관심을 갖지만 섹스가 끝나면 불필요하게 오랫동안 함께 있지 않는다. 그에게도 남는 게 있을까? 긴장 없는 단순 반복. 그는 하룻밤의 모험이 끝나면 여자를 떠났다. 이러한 생각은 어차피 피차일반이라는 걸 알고 있기 때문이다. 클라라 룬딘의 경우에는 그녀가 어떤 식으로든지 뭔가 계속되기를 기대한다는 걸, 그는 알고 있었다. 아침 식사와 약간의 잡담뿐만 아니라 그 이상의 어떤 것을. 뭔가 적절한 것을. 그래서 그는 집으로 돌아가야 했다.

일반적으로 그의 감정 목록에서는 양심의 가책은 존재하지 않았지만, 그는 클라라 룬딘이 잠에서 깨어나면 난감해할 거라고 생각했다. 그녀가 얼마나 외로워하고 있는지는, 이미 낮 동안 정원에서 느낄 수 있었다. 이는 나중에 소파에서도 증명되었듯이. 그녀가 그의 입술에 얼마나 세게 키스를 해왔는지, 그녀의 몸으로 그의 몸을 얼마나 강하게 내리눌렀는지를 보면 얼마든지 알 수 있었다. 그녀는 친밀한 관계를 맺으면서도 절망했다. 모든 면에서. 육체적으로도. 아마도 그녀는 몇 년 동안이나 호되게 호통을 받았을 테고, 그 뒤 그녀의 감정과 생각은 완전히 무시당했을 것이다. 최악의 경우 욕을 먹거나 위협을 당했을지도 모른다. 지금 그녀는 살가운 사랑과 보살핌에 목말라하고 있다. 비가 내리면 사막의 모래가 물기를 완전히 빨아 당기듯이. 이는 희미하게나마 일반적인 인간성을 떠올리게 만든다. 그녀의 무릎에 그의 손을 살포시 올려놓기만 해도. 스킨십에 그녀가 열광했던 게 분명했다. 그가 그녀의 욕구 댐을 열었을 때 그녀는 피부나 친밀감이나 누군가를 한없이 원했던 것이다.

세바스찬은 부모님 집을 향해 가는 길에 그녀와의 하룻밤이 잘못된 것이라는 생각이 들었다. 그녀와는 너무나 쉽게 잠자리를 갖게 되었고, 그녀는 감사하는 마음을 가졌다. 그는 대체로 여자들한테 정복감을 느꼈지만 감사하는 마음에 대해서는 항상 뭔가 구역질이 나는 것 같았다. 그를 향한 미움, 과소평가, 슬픔, 이러한 모든 게 더 좋았다. 이와는 반대로 감사하는 마음에 대해서는 분명히 상황에 따라 시시비비가 달라졌다. 그러므로 상대방이 감사하는 마음을 갖더라도 상황이 달라질 게 없다는 걸 그 스스로 되새기는 게 더 편했다. 그러고 나면 그는 개 같은 자식이 되는 것이다. 물론 실제로도 그랬지만.

그가 집에 돌아오자 새벽 4시쯤이었다. 그는 다시 잠자리에 눕고 싶은 생각이 들지 않았다. 뭘 해야 할까? 그는 자신의 문제를 다른 방식으로 해결하고 싶지 않았음에도, 어떤 식으로든지 정리되기를 원했다. 지금이든 나중이든 책상과 서랍을 다 정리해야겠다고 생각했다. 미룬다고 될 일이 아니었다.

그는 차고에 가 보았다. 그곳에는 낡은 오펠 자동차 옆, 벽에 이사용 박스가 차곡차곡 포개어 있었다. 그는 그중에 세 개를 들고 와서는 복도에 놔두었다. 도대체 어느 방부터 시작해야 할까? 그는 오래된 손님 방과 서재를 선택했다. 책상과 오래된 사무용 기계는 놔두고 마분지 상자부터 펼쳤다. 그러고는 책장에 있는 책들을 마구 쏟아 담기 시작했다. 오락물, 실용서, 참고 서적과 학습서가 뒤범벅이 되어 있었다. 모두 상자 속으로 들어갔다. 책들은 차고에 있는 오펠 승용차와 같은 신세가 되었다. 재판매하더라도 그 가치는 전무했다. 그는 상자를 가득 채운 뒤에 꽉 봉하려고 해보았다. 마음먹은 대로 되지 않았다. 이삿짐센터가 와야겠다고, 세바스찬은 생각했다. 그는 온 힘을 다하여 책 상자들을 문 앞까지 끌어냈다. 연이어 또 다른 종이 상자를 펼치고는 계속해서 정리해나갔다. 새벽 5시가 되었을 때, 그는 차고에서 종이 상자 네 개를 더 가져와서는 거의 모든 책장을 다 비워냈다. 남은 건 오른쪽 책장 중에 두 줄뿐이었다. 여기에는 날짜와 내용이 가지런히 기록된 사진첩이 꽂혀 있었다. 세바스찬은 머뭇거렸다. 이 책장에 있는 것은 소위 부모님의 삶이 아닌가? 상자에 넣어 쓰레기장으로 옮겨가도 되는 걸까? 그래도 되는 게 아닐까? 그는 결정을 미루었다. 어차피 이 책장의 앨범들은 치워야만 했다. 어디에다 처리할지는, 나중에 생각해도 될 것이다.

세바스찬은 맨 위쪽 칸 책장부터 시작하여 겨울·새해 초 1992년-인스부르크까지 정리했다. 두터운 사진첩 뒤에 감춰놓은 것만 치우면, 거의 절반은 처리한 셈이 되었다. 상자 하나. 그는 상자를 손으로 더듬더듬 만져보고는 책장에서 꺼냈다. 뚜껑 중앙에 태양이 그려져 있는 밝은 하늘색 신발 상자였다. 아동화 같았다. 신발이 보관되어 있다니 책장은 기이한 곳이었다. 세바스찬은 침대로 가서는 호기심 어린 눈으로 뚜껑을 열어보았다. 상자 속은 반이 채 차지 않았다. 이 속에는 섹스토이가 들어 있었는데 작은 상자 속에 가지런하게 잘 담겨 있었다. 작은 상자에는 카마수트라처럼 보이는 연필 그림이 그려져 있었다. 그 옆에는 은행 대여 금고용 열쇠 하나와 편지 몇 장이 들어 있었다. 세바스찬은 편지 봉투를 열어보았다. 총 세 장이었다. 그중에 두 장은 어머니 앞으로 주소가 되어 있었다. 여성의 필체로 보였다. 세 번째 편지는 어머니가 헤거스텐의 안나 에릭손이라는 여자에게 보낸 것이었는데 다시 돌아왔다. 봉투에 수취인 불명이라고 적혀 있었다. 우체국 도장을 보고 판단하자면 이 편지는 이미 30년은 족히 넘은 것이었다. 헤거스텐과 베스테로스에서. 이 상자에는 어머니가 이 세상으로부터 꽁꽁 숨겨놓고 싶었던 비밀이 담겨져 있는 것은 아닐까? 반드시 지니고 있어야만 할 정도로 중요했지만 비밀로 해야만 하는 무언가를. 어머니는 어떤 일을 한 것일까? 이 두 장의 편지는 누구한테서 온 것일까? 어머니의 애인한테서? 이 집과 아버지로부터 멀리 떨어진 곳에서 작은 사랑 모험을 했던 것은 아닐까? 세바스찬은 첫 번째 편지를 읽어보았다.

안녕하세요.

이 편지를 적절한 사람한테 보낸 것인지 잘 모르겠군요. 내 이름은 안나 에릭손입니다. 난 당신의 아들, 세바스찬 베르크만과 얘기를 나누고 싶습니다. 그는 스톡홀름 대학의 심리학과 강사였지요. 그곳에서 그를 처음 알게 되었어요. 난 대학에 물어보려고 했지만 이제는 그가 더 이상 수업을 안 한다고 하더군요. 그래서 그의 새 주소를 알려줄 수 없다고 했어요.

나와 대화를 나눈 사람은 그의 동료였는데, 이런 말을 해주더군요. 지금은 그가 미국에서 살고 있지만 정확히 어디쯤인지 아무도 모른다고 하네요. 결국 누군가 내게 귀띔해 주었는데, 세바스찬은 베스테로스 출신이며 그의 어머니 이름이 에스테르라고요. 나는 당신의 이름을 전화번호부에서 찾았습니다. 내가 보내는 편지가 적절한 사람한테 잘 들어가기를 바랍니다. 또한 당신이 세바스찬과 만날 수 있도록 날 좀 도와주셨으면 하고요. 만약 당신이 세바스찬의 어머니가 아니라면 이렇게 번거롭게 해드린 점에 대해 사과합니다. 하지만 당신이 누구건 간에 또는 당신이 내게 대답을 주시든 간에, 난 한시라도 절박하게 세바스찬과 연락이 닿아야 합니다. 그리고 나는 이 편지를 맞는 주소에 보냈는지도 알고 싶고요.

　감사합니다

　안나 에릭손.

이 편지에는 주소가 나와 있었다. 세바스찬은 곰곰이 생각해보았다. 안나 에릭손. 그가 미국으로 이사하기 전, 가을이라! 그녀의 이름에 대해서는 아무것도 떠오르지 않았지만 그렇게 놀랄 만한 것도 아니었다. 벌써 30년이 지났고, 그의 대학 시절에 그를 스쳐지나갔던 여자들의 수는 엄청났다. 그가 최고점으로 학교를 졸업하자, 심리학 연구소에서 연구원 자격으로 1년직을 제공했다. 그는 다른 동료들보다 적어도 2년은 어렸기에 공룡 뼈가 있는 공간에서 강아지 같은 느낌이 들었다. 그가 정말로 전력을 다했다면 어떤 상황에서도 그와 잠자리를 한 몇몇 여자들의 이름은 기억나야 할 것이다. 하지만 전혀 떠오를 법하지 않았다. 어찌됐건 간에 안나는 기억 속에 없었다. 하지만 다음번 편지가 이 일에 대해 설명을 해줄 것이다.

안녕하세요.

당신의 신속하고 친절한 대답에 대해 감사드립니다. 내가 다시 연락드리고 번거롭게 해드린 점에 대해 다시 한 번 사과드립니다. 당신에게 무작정 편지를 보낸 생판 모르는 사람에게 아들의 주소를 전해준다는 게 이상하겠지요. 하지만 난 정말로 세바스찬과 얘기를 나누어야 합니다. 아주 급박합니다. 당신에게 이런 글을 쓰는 게 옳지 않다는 걸 알지만 어쩔 도리가 없네요. 얼마나 중요한 일이기에 제가 이러는지, 당신이 이해해주시기 바랍니다.

난 세바스찬의 아이를 임신했기에 그에게 연락을 취해야 합니다. 제발. 그가 어디에 있는지 아신다면 저에게 알려주세요. 저에게 얼마나 중요한 일인지, 당신도 이해하실 겁니다.

이 편지의 내용은 여기서 끝나지 않았다. 이사에 관한 것이나 그녀가 다시 한 번 연락을 취하겠다는 것도 있었다. 하지만 세바스찬은 편지를 더 이상 읽을 수 없었다. 그는 거듭해서 같은 문장만 읽었다. 그에게 아이가 있다는 대목만. 어찌됐건 간에 아들 아니면 딸이 한 명. 어쩌면 그는 두 번 아빠가 됐을지도 모른다. 어쩌면. 어쩌면. 어쩌면 그의 삶이 지금과는 완전히 딴판으로 흘러갈 수도 있다는 생각이 들자, 갑자기 온몸에 힘이 쭉 빠지는 것 같았다. 그는 머리를 아래로 떨어뜨리고는 무릎 사이로 집어넣었다. 그러고는 숨을 깊게 들이마셨다. 이런저런 생각이 마구 떠올랐다. 아이라! 그녀가 아이를 낙태했다면? 아니, 아이가 살아 있다면?

갑자기 그는 안나가 누구였는지 열을 내며 떠올려 보려고 노력했다. 이름들 중에 한 얼굴이 생각났다. 하지만 어떤 기억의 형상도 나타나지 않았다. 어쩌면 집중하기 어려워서 생각이 잘 나지 않을지도 모른다. 그는 기억을 떠올리기 위해 다시 한 번 숨을 깊게 들이마셨다. 여전히 아무것도 생각나지 않았다. 행복과 쇼크라는 모순되는 감정이 별안간 분노로 바뀌었다. 아마도 그에게는 아이가 한 명 있을지도 모르는데도 어머니는 이 사실에 대해 전혀 설명하지 않았다. 어머니가 그를 방치 상태에 버렸다는, 이미 알고 있는 감정이 다시 그를 엄습했다. 위장이 뒤집히는 것 같았다. 어머니에게 막 사과하려던 찰나였는데. 혹은 마음속으로 어머니와 지속해왔던 두 사람 간의 끝없는 싸움이 이제 막 끝날 것으로 희망했는데. 이러한 감정이 갑자기 사라져버렸다. 싸움은 앞으로도 지속될 것이다. 이제야 알게 된 자신의 삶이 끝날 때까지.

그는 더 많은 것을 알아야만 했다. 안나 에릭손이 누구였는지 기억하려면. 그는 자리에서 일어나 손님방에 들락거렸다. 상자 속에 들어 있는 편지 세 장 중에 마지막 편지가 떠올랐다. 아마도 다른 퍼즐 조각들을 더 찾아야 할 것 같았다. 그는 상자 바닥에서 마지막 편지를 꺼냈다. 앞면에는 어머니의 삐뚤빼뚤한 필체가 보였다. 그 순간 봉투를 없애버리고 싶었다. 어딘가 없애버리면 다시는 보지 못하게 될 것이다. 오랫동안 보관되어 온 장소 그대로 비밀을 숨겨두고 묻어버리고 싶었다. 하지만 그는 그리 오랫동안 머뭇거리지 않았다. 그는 어떻게든 해야만 했다. 떨리는 손으로 세바스찬은 조심스레 마지막 편지를 봉투에서 꺼내들었다. 그의 앞에는 어머니의 필체가 보였다. 그녀의 문장, 그녀의 말. 처음에는 뭐라고 쓰여 있는지 잘 이해하지 못했다. 생각이 머릿속에서 빙글빙글 맴돌았기에.

안녕하세요. 안나.

내가 외국에 있는 세바스찬의 주소를 주지 못하는 이유가. 당신이 낯선 사람이라서가 아닙니다. 지난번 편지에 썼듯이 우리는 그가 어디에 살고 있는지 전혀 모르기 때문이에요. 우리는 아들과는 전혀 연락을 하지 않고 있어요. 벌써 몇 년 됐습니다. 당신은 날 믿어야 해요. 우리 사정은 내가 말한 그대로랍니다.

당신이 임신했다는 소리를 들으니. 난 좀 슬퍼지는군요. 당신을 납득하기는 어렵지만 당신에게 다음과 같은 충고를 해주고 싶어요. 아직 가능하다면 낙태를 하세요. 세바스찬을 잊어버리도록 노력하시고요. 그 아이는 절대로 책임지지 않아요. 당신이나. 아이나. 이런 말을 쓰려고 하니 정말 가슴이 아프군요. 무슨 엄마가 이런지. 당신도 의아해하겠지요. 하지만 대부분의 사람들한테는 세바스찬 없이 사는 삶이 훨씬 나을 거예요. 당신한테 좋은 일만 생기기를 희망할게요.

세바스찬은 이 편지를 두 번 읽었다. 어머니는 그들 모자 관계의 시나리오를 정확히 파악하고 있었다. 더욱이 어머니가 돌아가신 뒤에도 그에게 상처를 주는 데 성공했다. 그는 다시 한 번 자신의 생각을 가다듬으려고 노력했다. 감정이 아니라 실재 사실에 집중하려고. 전체를 객관적으로 관찰하기 위해서. 전문가답게 행동하려고. 그가 알고 있는 사실은 무엇인가? 30년 전, 스톡홀름 대학에서 일할 때 그는 안나 에릭손이라는 한 여자를 임신시켰다. 어쩌면 그녀가 낙태했을지도 모르고, 어쩌면 하지 않았을지도 모른다. 어찌됐건 간에 그녀는 30년 전 언젠가—그는 안나의 주소를 유심히 들여다보았다—바자로프수베겐 17번지에서 이사했다. 그는 그녀와 잠을 잤다. 그녀는 그 당시 여학생들 중한 명이었을까? 어쩌면. 그는 이들 중 여러 명과 잠자리를 했을지도모른다.

그동안에 은퇴한 연구소 소장의 이름은 전화번호부에서 찾을 수 있었다. 아더 린트그렌. 세 번 전화를 걸고 스물다섯 번 통화음이 울리고 나서야 아더가 전화를 받았다. 그는 여전히 주르브룬스가탄에서 살고 있었다. 아침잠에서 눈을 뜬 그가 새벽 5시 반에 전화를 건 사람이 누구인지 알고 나자, 놀랍게도 아주 협조적이었다. 그는 여태껏 집에 보관해두었던 옛 서류들에서 안나 에릭손을 찾아주겠다고 약속했다. 세바스찬은 그에게 감사의 마음을 표했다.

아더는 세바스찬이 존경하는 몇 안 되는 사람들에 속했다. 그리고 이 존경심은 서로 상호적인 것이었다. 대학 측이 처음으로 그를 내쫓으려고 했을 때 아더가 보호해주었다는 걸, 그는 잘 알고 있었다. 물론 결국은 아더한테도 참을 수 없는 상황이 되었다. 세바스찬의 여성사는 더 이상 사소하게 비밀로 붙여질 만한 스캔들이 아니었다. 그동안에는 수많은 소문들이 나돌았고, 마침내 세 번째 시도에서 대학 측은 그를 면직시키는 데 성공했다. 그 결과 그는 미국으로 이주했고 노스캐롤라이나 대학에서 다시 시작하게 되었다. 그리고 별로 오래되지 않아서 그는 풀브라이트 장학금을 타게 되었다.

세바스찬은 이 당시를 순차적으로 스케치해보려고 노력했다. 그는 1979년 12월 9일자 첫 번째 편지의 날짜를 메모했다. 두 번째 편지는 12월 18일로 기록되어 있었다. 그는 아홉 달을 거슬러 올라가 1979년 3월을 메모지에 적었다.

그가 노스캐롤라이나의 채플 힐에서 일을 시작한 때는 이해 11월 초였다. 그러므로 3월과 10월 사이쯤에 안나와의 일이 벌어졌을 테고, 이 여덟 달이 관련 기간일 것이다. 아마도 그녀가 임신한 사실은 첫 번째 편지를 쓰기 직전이었을 것이다. 그렇다면 9월과 10월이 가장 가능성이 높은 달이었다. 세바스찬은 1979년 가을날의 성적 모험을 가능한 많이 기억해내려고 노력했다. 간단한 일은 아니었다. 바로 이 시기에는 대학에서 그의 섹스 중독이 하늘을 찌를 때였으니까. 한편으로는, 연구소 측의 연일 계속되는 조사로 인해 스트레스가 가중되었고 더불어 인정받고 싶은 욕구도 강해졌기 때문이었다. 또 다른 한편으로는, 그가 몇 년간 유혹자의 역할을 시험해 본 이후라 완벽하게 행동으로 옮길 수 있었던 시기였다. 초기에는 조야하고 두렵고 서툴렀다. 시간이 흐르자 그는 자신의 능력을 향유할 수 있었고 처음의 신경과민 상태가 지나가자 모든 압박감이 사라졌다. 과거를 돌이켜보자면 그는 당시 자신의 행동에 대해 놀라울 따름이었다. 80년대 초는 인체 면역 결핍 바이러스와 에이즈에 대한 공포에 싸여 있었던 때라 이 같은 섹스 중독이 얼마나 위험한지 잘 알고 있기 때문이었다.

그는 이런 중독 상태에서 벗어나기 위해 새로운 길을 찾기 시작했다. 그러다보니 미국의 연쇄살인에 대한 연구에서 많은 힘을 얻게 되었다. 그는 콴티코(미국 버지니아주 프린스 윌리엄카운티에 있는 마을_옮긴이)에 머물렀을 때가 정확히 기억났다. 이곳은 FBI의 교육 센터가 있는 곳으로, 사우스캘리포니아 대학과 협력하고 있었다. 당시에 그는 자신의 행동이 연쇄살인범의 충동적인 행동과 너무도 흡사하다는 걸 알았다. 물론 완전히 다른 결과를 초래하지만 말이다. 그 자신은 위험을 무릅쓰고 불장난을 한 셈이었고, 이와 반대로 연쇄살인범은 금괴를 노린 것이었다. 하지만 이유는 둘 다 동일했다. 문제가 많았던 어린 시절. 감정이입과 사랑이 부족했고, 자존감이 낮았으며 자신의 강점을 인정받고자 하는 요구가 컸다. 그렇기에 환상과 실행이라는 영원한 두려움의 쳇바퀴가 끝도 없이 계속 돌아가게 된 것이다. 개인은 인정받고 싶어 하고 지배 욕구에 대해 상상의 나래를 폈다. 예를 들어 그는 성적인 지배를, 그리고 연쇄살인범은 다른 사람의 삶과 죽음을 지배하고. 이러한 상상은 마침내 거대한 힘을 발휘하게 되어 그 힘을 더 이상 거부하지 못한 채 현실로 옮기게 된다. 연이어 일을 저질렀다는 두려움과 더불어. 그나 연쇄살인범이나 나쁜 인간이다. 이런 회의감이 들 때면 환상은 다시 나타나게 되고, 환상으로 인해 두려움이 줄어든다. 환상은 이내 다시 강력해지기에 다시 현실로 옮기고 싶은 욕구도 생긴다. 그렇게 계속해서.

이런 생각에 세바스찬은 화들짝 놀랐다. 이는 연쇄살인범 추격 때 경찰을 돕기 위해 그가 알고 있었던 지식이었다. 그는 다른 사람들보다 더 많은 분석을 감행했다. 그의 범인 프로필은 더 세분화되었다. 그는 범인의 심리를 이해하는 데 도움이 될 만한 무언가를 추가로 지니고 있는 것 같았다. 그리고 실제로도 그랬다. 마음속 깊숙이, 아카데믹한 겉치레, 많은 지식과 지적인 주석 속에서 그는 자신이 추격하는 범죄자와 공통점을 공유하고 있었다.

아더는 한 시간 뒤에 다시 전화를 걸어왔다. 그동안에 세바스찬은 이미 안내에 전화를 걸어 보았는데 스웨덴에 수도 없이 많은 안나 에릭손이 있다는 것과 컴퓨터는 '너무 많은 검색 결과들'을 토해낸다는 걸 경험했다. 그 때문에 그는 스톡홀름에서만 찾는 것으로 제한했고 463의 검색 횟수를 얻게 되었다. 이로써 그녀가 아직도 스톡홀름에 살고 있을지는 미지수였다. 혹은 그녀가 결혼을 했거나 다른 이름을 사용하고 있을지도.

아더는 좋은 소식과 나쁜 소식을 전했다. 나쁜 소식에 따르면 1979년 심리학과에는 안나 에릭손이라는 사람이 등록되어 있지 않았다.

1980년에는 동일한 이름의 여학생이 공부를 시작했지만 분명히 세바스찬이 찾는 여자는 아닐 것이다.

좋은 소식은, 라독(스웨덴 교육의 연구 결과를 저장하고 관리하기 위한 레지스터_옮긴이)을 열람할 수 있게 되었다는 것이다.

그래, 당연한 일이었다. 왜 세바스찬은 그런 생각을 하지 못했던 걸까? 모든 학습 결과를 관리하는 문서 작성 시스템은 그리 오래되지 않았다. 아마도 그가 대학을 졸업할 때쯤이었을 것이다. 주소, 이름 변경과 기타 사항이 자동적으로 동사무소의 신고에 맞추어 조정되었다. 그리고 더 좋은 것은, 정보가 공개된다는 점이었다. 원래 전화로는 정보가 제공되지 않았지만 대학의 인사과 직원들 중 한 명이 어느 이른 아침에 옛날 학과장을 위해 예외를 만들었다. 지금 그는 해당 기간에 등록했던 안나 에릭손 세 명의 주소와 전화번호를 가지고 있다.

세바스찬은 아더에게 감사하는 마음을 충분히 표현할 수는 없었다. 그가 다시 스톡홀름으로 가면 그곳에서 가장 좋은 레스토랑에 그를 초대하겠다고 약속하고는 전화를 끊었다. 그의 심장이 마구 뛰기 시작했다. 세 명의 안나 에릭손이라!

이들 중에 한 명이 그가 찾는 여자라면?

짧은 목록들 중에 첫 번째 안나는 그 당시에 마흔한 살이라고 했다. 곧바로 세바스찬은 그녀의 이름을 지워버렸다. 물론 그녀도 임신부가 될 수 있지만 거의 어머니뻘인 여자들은 그의 관심사가 아니었다. 어쨌든 당시는 아니었다. 요즘에 와서는 나이는 아무런 문제가 되지 않았지만.

두 명이 아직 남아 있었다. 가능한 두 명의 안나 에릭손이. 세바스찬은 수화기를 들고 그들 중 첫 번째 여자에게 전화를 걸었다. 이 순간

만큼이나 에너지와 두려움과 기대감으로 뒤범벅이 된 적은 오랫동안 없었다. 그녀는 헤슬레홀름에서 살았고 영화학을 전공했다. 그가 전화를 걸었을 때 그녀는 막 일하러 나가던 참이었다. 세바스찬은 모든 가식적 행동을 다 내려놓고는 진심을 다하여 말하기로 결심했다. 그래서 그는 아침에 발견했던 편지에 대해 모든 이야기를 설명했다. 그녀는 이른 아침에 아주 뜻밖에도 개인적인 얘기로 기습을 받았지만 친절하게 반응했다. 그녀는 그가 누구인지 전혀 모른다고 대답했다. 그리고 절대로 그의 아이를 가진 적이 없다고도. 아이가 둘 있지만 1984년과 1987년에 태어났다고 했다. 세바스찬은 감사하다고 말하고 목록에서 그녀를 삭제했다.

아직 한 명이 남았다.

세바스찬은 그녀에게 전화를 걸었다. 그녀를 잠에서 깨웠다. 그래서 그런지 그녀는 상당히 못마땅한 투였다. 그녀와의 전화는 짧게 끝났다. 그녀는 그를 알지 못한다고. 그녀는 사회학을 전공하고 1980년에 졸업한 건 맞다고 인정했지만 심리학부의 박사 과정생들 중 한 명과 잠을 잔 적이 없다고 했다. 그녀는 그렇게 기억하고 싶을지도 모른다. 그녀가 그 일로 임신하게 되었더라도 그렇게 반응하는 게 당연할 것이다. 아니다. 그녀는 아이가 없었다. 몇 년 뒤에도 그녀와 그녀의 전화번호를 다행히 찾을 수 있게 된다면 그는 틀림없이 간단히 테스트해볼 수 있을 것이다.

세바스찬은 마지막 안나 에릭손을 자신의 목록에서 삭제했다. 그는 지난 몇 시간 동안에 숨을 쉬지 않은 사람처럼 크게 숨을 내쉬었다. 그를 자극했던 에너지는 사라졌다. 그는 부엌 의자에 털퍼덕 앉았다. 생각은 머릿속에서 빙빙 맴돌았다. 그는 생각을 정리해야만 했다.

그렇다. 그가 찾고 있는 안나 에릭손은 학생이 아니었다. 이것 때문에 문제가 더 복잡해졌다. 하지만 그녀는 대학과 어떤 식으로든지 연결되어 있을 것이다. 그녀의 편지에 따르면 그들이 그곳에서 사귀었다고 했다. 하지만 도대체 누굴까? 그녀는 함께 일하던 동료 혹은 그냥 그곳에서 공부하던 누군가의 여자 친구일까? 그리고 그들은 파티에서 사귀었을까? 가능성은 너무 다양하지만 해답은 없다.

이름, 주소, 년도와 스톡홀름 대학 시절의 관계, 이것이 전부였다. 그는 그녀가 몇 살이나 됐는지 전혀 알지 못했다. 만약 나이라도 알았더라면 일은 훨씬 쉬웠을 것이다. 하지만 그는 뭔가 정확한 것을 알아내야만 했다. 더 많이. 전부 다. 간만에 세바스찬은 오랫동안 지속돼왔던, 끝없는 피로와는 뭔가 다른 것을 처음으로 느꼈다. 희망적이라고는 할 수 없지만 뭔가 변화된 모습이었다. 세상과 통할 수 있는 작은 다리. 그는 이 느낌을 다시 갖게 되었다. 언젠가 릴리가 그에게 이런 연결 고리를 맺어준 적이 있었다. 소속감을. 예전에 세바스찬은 언제나 외로움을 느꼈다. 그가 삶과 다른 사람들 옆에서 함께 살았을 때에는. 그가 그들 옆에서 함께 달리고 싶었지만 절대로 함께 할 수 없었을 때에는. 릴리가 이 모든 상황을 바꾸어주었다. 그녀는 그에게 접근하는 방법을 알았고 그의 장벽을 마음과 지혜로 무너트렸다. 그리고 아무도 그렇게 못해줄 듯이 그를 감싸 안아주었다. 그녀는 그의 내면을 들여다보았다. 그는 잘못을 저질렀지만 도전도 했다. 이는 그에게는 뭔가 새로운 것이었다. 사랑. 그는 이곳저곳을 떠돌면서 더 이상 성행위를 하지 않기로 했다. 이는 힘든 싸움이었지만 회의감이 들 때마다 그녀는 말과 위로로 그를 달래는 데 성공했다. 문뜩 그는 이런 생각이 들었다. 그녀가 그들 둘을 위해 싸우고 있다는 걸. 그도 결심을 행동으로 옮길 수 있도록 노력했다. 그렇지 않았더라면 언제나 탈출구를 찾았을 테지만 그는 앞으로 향하고 싶었다. 이는 아주 멋진 느낌이었다. 그는 더 이상 외로운 군인이 아니었다. 그때부터는 그녀가 함께 있었던 것이다. 그리고 자비네가 어느 해 8월에 태어났을 때 그는 삶을 알았다. 그는 하나가 되었다는 느낌을 받았다. 뭔가의 일부라는 걸. 그리고 그는 혼자가 아니라고.

쓰나미가 이 모든 걸 뒤집어놓았다. 그와 모든 다른 사람들 사이에 있는 곱게 짠 실도, 어떤 연결 고리도 몽땅 끊어졌다. 그리고 다시 그는 여기에 있다. 옛날보다 더 외롭게. 왜냐면 이제 그는, 삶이란 어떤 느낌이란 걸 알고 있기 때문이다.

세바스찬은 나무 테라스로 나갔다. 그는 이상하리만큼 기분이 밝아져 있었다. 갑자기 누군가 그에게 구명 닻이라도 던져준 것처럼. 그는 그것을 잡은 것일까? 분명히 나쁜 결말을 갖게 될지도 모른다. 아주 확실하다. 하지만 이날 아침에 그는 오랜만에 처음으로 뭔가 마음속에서 뿜어 나오는 것을 느꼈다. 에너지, 의욕. 섹스나 정복에 대한 의욕이 아니라 삶에 대한 의욕인 것이다. 그는 이 기회를 찾고 싶었다. 어차피 저주가 그를 내리누르고 있었기에 이제는 더 이상 잃을 것도 없었다. 이제부터는 승리뿐이다. 그는 그렇게 믿어야만 했다. 그에게 아직도 아이가 있다면? 그는 이 안나 에릭손을 찾아야만 한다. 하지만 어떻게? 갑자기 아이디어가 하나 생각났다. 그를 도와줄 수 있는 사람들이 있었다. 하지만 그리 간단하지는 않을 것이다.

토르켈과 우르줄라가 아침 식사를 하기 위해 동시에 식당에 발을 들여놓은 것은 정말 우연이었다. 우르줄라가 토르켈의 방에서 보낸 밤이라도 그녀는 4시 반에 알람을 맞추어 놓고는 알람이 울리면 잠자리에서 일어났다. 그리고 그녀는 옷을 입고 다시 자신의 방으로 돌아간 것이다. 토르켈도 침대에서 일어나 방문까지 그녀를 마중 나왔다. 완전히 옷을 다 갖춰 입고서 정중하게. 누군가 이 야심한 시간에 호텔 복도를 지나가더라도, 두 명의 동료는 밤새도록 일을 한 것처럼 보일 것이다. 그리고 이제는 그들 중에 한 명이 다시 방으로 돌아가려고 하는 것처럼 보일 것이다. 아직 몇 시간 더 편안하게 잠을 자기 위해서 말이다. 오늘 아침에 그들은 계단에서 만났다. 그래서 그들은 식당에 함께 내려오게 된 것이다. 동시에 날카로운 휘파람 소리를 들은 그들은 소리가 들리는 창문가 탁자 쪽으로 돌아보았다. 그곳에 세바스찬이 앉아 있었다. 그는 손을 들어 인사했다. 토르켈은 그 옆에서 우르줄라의 한숨 쉬는 소리를 들을 수 있었다. 그녀는 곧장 옆에서 자리를 피해 아침 뷔페의 메뉴를 하나씩 둘러보기 시작했다. 그녀는 일부러 보란 듯이 세바스찬에게 등을 돌렸다.

"제발 좀 친절하게 대해줄 수 없어요? 자, 여기 와서 앉아요. 당신을 위해 커피를 가져왔어요." 세바스찬의 목소리는 전체 식당에 쩌렁쩌렁 울렸다. 휘파람 소리에 관심을 두지 않았던 손님들도 이번에는 둘러보았다. 토르켈은 단단히 결심한 듯이 탁자로 왔다.

"여기서 뭐 하는 거지요?"

"다시 일하고 싶어서요. 당신 팀과. 이번 살인 사건 말이에요."

토르켈은 세바스찬을 찬찬히 살펴보았다. 도대체 농담을 하고 있는 것은 아닌지 알고 싶었다. 그는 어떤 낌새도 알아차리지 못하자 머리를 내저었다.

"안 될 일이에요."

"왜죠? 우르줄라가 원하지 않기 때문에요? 제발, 내게 2분만 시간을 주세요."

토르켈은 우르줄라 쪽으로 시선을 돌렸다. 그녀는 여전히 등을 돌리고 있었다. 그는 의자를 하나 끌어당겨 자리에 앉았다. 세바스찬은 그에게 커피 잔을 밀어주었다. 잠시 동안 시계를 쳐다본 토르켈은 머리를 손으로 떠받쳤다.

"2분이라고 했지요."

몇 초간은 아무 말도 하지 않았다. 세바스찬은, 토르켈이 먼저 말을 걸어주기를 바랐다. 뭔가를 물어봐주기를. 하지만 아무런 말도 없었다.

"나 다시 일하고 싶어요. 당신 팀과. 살해당한 소년 사건을. 아직 해결된 게 없지 않나요?"

"왜 다시 일하려는 거죠? 우리랑. 이 살해당한 소년 사건에 대해."

세바스찬은 어깨를 실룩거리며 커피 한 모금을 들이켰다.

"개인적인 이유가 있어서 그래요. 내 삶이…… 그렇게 원만하게 돌아가진 않거든요. 치료사가 이렇게 말하더군요. 다시 규칙적인 일을 하는 게 나한테 도움이 될 거라고요. 난 규율이 필요해요. 나한테는 일종의 과제지요. 더군다나 당신 팀원들한테도 내가 필요할 테고요."

"이유가 그건가요?"

"예. 당신 팀원들은 완전히 잘못된 길로 접어들었어요."

이는 토르켈한테는 익숙한 일이었다. 그 옛날 그와 그의 동료들은 정말로 빈번하게 이론들을 제시하고 사건 과정을 구성했다. 그러고 나면 세바스찬에 의해 무자비하게 혹평을 당했다. 이렇듯 옛 동료가 전체적인 일을 주제넘게 판결을 내리면 화가 치밀어 올랐던 일이 토르켈의 머리에 떠올랐다.

"우리가 잘못하고 있다는 건가요?"

"이웃집 소년이 범인이 아니에요. 시체는 상당히 먼 지역으로 옮겨졌어요. 심장 공격은 거의 의식적인 거고요." 세바스찬은 허리를 굽히고는 그의 목소리를 낮추었다. 드라마틱한 효과를 내기 위해서였다. "살인자는 어린 난동꾼보다는 훨씬 더 정교하고 노련하지요. 학교에 가볼 생각도 못하는 그런 애송이는 범인이 아니에요."

세바스찬은 커피 잔을 들고서 의자에 기대어 앉았다. 그러고는 커피 잔 너머로 토르켈의 시선과 마주쳤다. 토르켈은 의자를 뒤로 밀었다.

"그건 우리도 이미 알고 있어요. 그래서 오늘 풀어줄 작정이에요. 그리고 아까 당신 질문 말인데요, 우린 당신을 다시 채용할 생각이 없어요. 안 되는 것으로 생각하는 게 좋을 겁니다. 커피 잘 마셨어요."

토르켈은 자리에서 일어나서는 의자를 다시 앞으로 밀었다. 그는, 우르줄라가 창가 자리에서 계속해서 등진 자세로 앉아 있는 모습을 보았다. 세바스찬이 커피 잔을 내려놓고서 목소리를 높이자, 그는 그녀의 옆으로 자리를 옮기려고 했다.

"모니카가 바람피웠을 때를 기억하고 있지요? 당신네 이혼에 대한 모든 이야기 말이에요."

그 자리에 멈추어 선 토르켈은 자신을 태연하게 쳐다보고 있는 세바스찬 쪽으로 몸을 돌렸다.

"그래요, 그게 첫 번째 이혼이었어요."

토르켈은 아무 말도 하지 않고서 분명히 계속 나올 다음 이야기를 기다렸다.

"그 당시 당신한테는 정말로 땅이 꺼지는 것 같았겠지요. 안 그래요?"

토르켈은 대답하지 않았다. 그는 그 당시 이야기에 대해서는 더 이상 하고 싶은 생각이 없다는 걸 분명히 하기 위해서 세바스찬을 빤히 쳐다보았다. 그를 완전히 무시하는 눈빛으로.

"내가 내기 하나 할까요? 어느 암울한 가을날 누군가 당신을 감싸주지 않았다면 당신은 오늘과 같은 경찰 보스는 절대 되지 못했을 거예요. 그 지랄 같은 해에."

"세바스찬……."

"누군가 시간 맞춰 보고서를 제출하지 않았더라면 무슨 일이 일어났을지 생각해 보셨나요? 당신의 잘못을 고칠 수 있었을까요? 과연 피해는 줄일 수 있었을까요?"

토르켈은 몇 발자국 세바스찬이 있는 곳으로 되돌아갔다. 그러고는 탁자를 손으로 붙잡고 섰다. "당신이 뭘 원하는지 정말 모르겠지만, 우리는 완전히 개인적인 문제까지 건드리고 있는 거예요. 당신도 그렇고."

"당신 내 말을 이해하지 못하고 있군요."

"겁주는 겁니까? 압박하는 거예요? 뭘 이해하지 못한다는 거지요?"

세바스찬은 잠시 동안 아무 말도 하지 않았다. 자신이 너무 심한 걸까? 그는 정말로 다급하게 수사팀에 합류하고 싶었다. 게다가 그는 근본적으로 토르켈을 좋아했다. 적어도 한 번은 그랬다. 오래전 다른 삶을 살고 있을 때. 그 당시 삶을 기억하자 세바스찬은 다시 한 번 그런 삶을 살고 싶었다. 그래서 이번에는 좀 더 다정한 어투로 말을 걸었다. "내가 겁주려는 게 아니에요. 부탁하는 거지요. 호의를 베풀어 달라고."

세바스찬은 토르켈을 쳐다보았다. 그의 눈빛에는 솔직하게 간청하는 마음이 어려 있었다. 토르켈이 세바스찬한테 이런 눈빛을 본 적이 있었을까? 좀처럼 떠오르지 않았다. 그럼에도 불구하고 그는 애써 머리를 내저었지만 세바스찬이 선수를 쳤다. "우정이 담긴 일이라고 생각하면 될 거예요. 당신이 날 반 정도만 이해하고 있어도 내가 당신에게 이렇게까지 부탁하지는 않았을 거예요. 정말로 중요한 일이 아니라면."

그들은 경찰서의 회의실에 모였다. 방으로 들어온 우르줄라는 세바스찬이 의자에 앉아 있는 모습을 발견하자 토르켈에게 경멸 섞인 눈빛을 던졌다. 들어오면서 자기소개를 한 반야는 이 낯선 사람을 의아한 눈빛으로 쳐다보았다. 세바스찬이 그녀에게 이름을 밝혔을 때에는, 분명히 그녀의 의아한 눈빛은 싫어하는 눈빛으로 바뀌었다는 걸 알 수 있었다. 우르줄라가 그에 대해 말한 걸까? 물론 그랬을 것이다. 어떤 사람이었는지에 대해서. 그와 일할 때에는 언제나 싸움이 잦다고.

그의 등장에 대해 분명한 반응을 보이지 않은 유일한 사람이 빌리였다. 그는 탁자 앞에 웅크리고 앉아 세븐일레븐의 아침 식사거리를 먹고 있었다. 토르켈은 세바스찬이 무엇을 원했는지 말해야 했지만 적당한 방법이 없다는 걸 알았다. 가장 단순한 방법이 가장 좋을 때가 많았다. 그래서 그가 할 수 있는 것만 직접적으로 알리기로 했다.

"세바스찬이 한동안 우리와 함께 일할 겁니다."

잠시 동안 침묵이 흘렀다. 팀원들은 서로 눈빛만 교환했다. 놀람. 분노.

"아! 이 사람이요?"

토르켈은, 순간적으로 이를 악문 우르줄라의 턱이 굳어지는 모습을 볼 수 있었다. 그녀는 다들 모인 자리에서 토르켈을 바보 멍청이로 욕하지 않을 만큼 프로였다. 충분히 할 수 있었는데도. 그는 그녀를 두 배는 속인 셈이 되었다. 첫째로 토르켈이 다시 세바스찬을 그녀의 직업 세계로 끌어들였다는 점. 둘째로는, 어쩌면 더 나쁜 일일 수도 있는데 그가 앞으로의 계획에 대해 한 마디도 설명해주지 않았다는 점 때문이었다. 아침 식사 때에나 경찰들이 서로 같이 산책을 할 때에도 아무 말이 없었다. 그래서 그녀는 화가 치밀어 올랐다. 당연했다. 앞으로 남은 수사 기간 동안 그는 혼자 침대에서 자게 될 것이다. 어쩌면 그 이후에도.

"예, 맞습니다."

"그런데, 왜죠? 이 사건이 뭐가 그렇게 특별하기에 우리가 이렇게 위대한 세바스찬 베르크만을 끌어들여야만 하는 거죠?"

"우리는 이번 사건을 해결하지 못하고 있어요. 그래서 세바스찬을 쓰려는 거예요."

이 말이 얼마나 공허하게 들리는지, 토르켈도 깨닫고 있었다. 그들이 시체를 발견한 지 아직 만 이틀이 지나지 않았다. CCTV 카메라 필름이 제공된다면 그들은 여러 면에서 돌파구를 고려해도 될 것이다. 그리고 '쓸 수 있다'는 말은 어떤 의미일까? 그를 이번 수사에 포함해야 할 이유가 정말로 있는 걸까? 당연히 없을 것이다. 팀을 위해 쓸 수 있는 심리학자는 이미 충분했다. 이들 중에 많은 심리학자들이 지금의 세바스찬보다 훨씬 나았다. 이는 토르켈도 인정하는 점이었다. 무엇 때문에 세바스찬이 이 회의실에 앉아 있는 걸까? 토르켈은 그에게 빚진 것이 아무것도 없었다. 정반대였다. 그 자리에 옛 동료가 없다면 그의 삶은 어쩌면 더 쉬워질지도 모를 일이었다. 하지만 세바스찬의 요청에는 뭔가 아주 솔직한 것도 있었고 뭔가 절망적인 것도 있었다. 세바스찬은 냉철하면서도 거리감을 두고 나타났지만 토르켈은 그의 공허함을 알아챘다. 슬픔을. 이 단어가 좀 과장되게 들릴지는 모르겠지만 토르켈은 그에게서 깊은 인상을 받았다. 세바스찬의 삶 혹은 적어도 정신적인 건강은 수사 참여에 달려 있다는 것. 토르켈은 아침 식사 장소에서 자신이 올바른 일을 하고 있다는 느낌을 가졌다. 그저 단순하게. 그런데 지금에 와서는 그의 마음속에 회의감이 둥지를 틀어 점점 커지기 시작하고 있음을 느낄 수 있었다.

"난 조금 줄였어요."

의자에서 꼿꼿하게 앉아 있는 세바스찬 쪽을, 네 명의 사람들 모두 동시에 돌아보며 의아한 눈빛으로 쳐다보았다.

"뭐라고요?"

"우르줄라가 날 위대하다고 말했잖습니까? 무게를 좀 뺐다고요. 물론 내 배가 아니라 다른 부위를 말하는 것이라면 좋았을 텐데요?" 세바스찬은 빈정거리는 비웃음으로 우르줄라를 쳐다보았다.

"제발 좀 가만 있을 수 없나요. 30초도 지나지 않았어요. 또 시작하는군요." 우르줄라는 토르켈을 돌아보았다. "우리가 함께 일할 작정이라는 거, 당신 진심으로 말하는 건가요?"

세바스찬은 참석한 사람들에게 사과했다. "죄송합니다. 이 회의에서 나의 위대한 뇌를 암시한다는 게, 그만 이런 불쾌감을 드릴 줄이야 미처 몰랐군요."

우르줄라는 콧방귀만 뀌었다. 그러고는 가슴 쪽으로 팔짱을 끼고는 머리를 절레절레 흔들었다. 그녀는 토르켈을 빤히 쳐다보았다. 그에게서 어떤 해결책을 기대한다는 암시의 눈빛으로. 세바스찬이 나가주기를 바라는 해결책. 세바스찬에 대해서 아무것도 모르는 반야는 혐오감과 매혹감이 뒤범벅이 된 채로 그를 유심히 살펴보았다. 커다란 곤충을 현미경으로 관찰하듯이.

"당신 진심인가요?"

세바스찬은 다시 한 번 사과의 제스처를 해보였다. "이렇게 잘생긴 남자가 거짓말하는 거 보셨나요."

토르켈은 갈수록 의심의 씨앗이 커지고 있다는 걸 느꼈다. 여태껏 그는 뱃속 편한 대로 결정하면 항상 좋은 경험을 해왔다. 하지만 지금은? 도대체 시간이 얼마나 지난 걸까? 3분? 게다가 회의실 분위기가 몇 년 동안 이렇게 나쁜 적은 없었다. 우르줄라가 아무리 기분이 나빠 있을 때라도. 토르켈은 목청을 높여 말했다.

"좋아요. 오늘은 이만합시다. 세바스찬, 당신은 이제 그만 나가 있어요. 어디 앉아 이 사건에 대해 곰곰이 생각해 봐요."

토르켈은 세바스찬에게 지도를 내밀었다. 세바스찬은 지도를 건네받으려고 했지만 토르켈이 한동안 꽉 잡고 놓아주지 않았다. 세바스찬은 의심스런 눈빛으로 그를 쳐다보지 않을 수 없었다.

"그리고 지금 당장 당신은 나와 내 팀을 존경심으로 대해야 할 겁니다. 내가 당신을 채용했으니까요. 내가 당신을 자를 수도 있단 말입니다. 이해하겠어요?"

"아니, 내가 존경심이 없다니요. 너무 화가 나는 말이군요. 모두들 날 진심으로 환영해주는 게 최선일 겁니다."

세바스찬의 빈정댐은 토르켈에게는 소용없는 일이었다.

"난 진심으로 말하는 거요. 당신이 정신 차리지 않으면 쫓아낼 겁니다. 이해했어요?"

세바스찬은 지금은 토르켈에게 계속 반발할 때가 아니라는 걸 알았다. 복종하겠다는 뜻으로 고개를 끄덕여 보였다.

"내가 무조건 사과하겠습니다. 모든 걸. 이제부터 여러분들은, 내가 여기 있는 걸 절대로 눈치채지 못하도록 행동하겠습니다."

토르켈은 지도를 내주었다. 지도를 받아든 세바스찬은 팔 아래에 끼고서 네 명에게 다시 보자는 의미로 윙크를 보냈다. "좀 있다가 봅시다."

그는 문을 열고 밖으로 사라졌다. 우르줄라가 토르켈 쪽으로 몸을 숙이고는 막 말을 쏟아내려고 하려는 찰나에 하랄드손이 노크를 하고 방 안으로 들어왔다. "메일이 왔어요."

하랄드손이 메일을 건네주자 토르켈이 읽어보았다. 반야도 어깨 너머로 보기 위해 가까이 다가왔다. 하지만 그럴 필요가 없었다. 하랄드손은 이미 내용을 입으로 보고했기 때문이다. "로저의 재킷이 레오 룬딘의 차고에 있다고 주장하는 사람이 있어요."

토르켈은 한 마디도 할 필요가 없었다. 우르줄라와 빌리가 이미 자리에서 벌떡 일어나 하랄드손을 지나 다급하게 문밖으로 뛰어나갔다.

세바스찬은 커다란 사무실을 가로질러 돌아다녔다. 겨드랑이에 지도를 끼고서. 펼쳐볼 생각은 없었다. 아직까지는 그럭저럭 기분이 괜찮았다. 그는 수사에 참여하게 되었다. 그러므로 이제부터 그는 접근해서 얻을 수 있는 것은 다 얻어야만 했다. 그러려고 여기에 있는 거니까. 실제로 사람을 찾으려면 경찰 컴퓨터를 뒤져야만 할 것이다. 전과자 명부는 찾아볼 수 있겠지만 이 안에는 누구나 다 기록되어 있지는 않았다. 여하튼 세바스찬은 안나 에릭손이 여기에는 기록되어 있지 않기를 바랐다. 하지만 범죄 기록 말고도 경찰서의 담당자가 볼 수 있는 개인정보는 적지 않게 많았다. 이 정보는 그가 필요로 하는 것이었다.

그렇다면 그는 도와줄 수 있는 사람부터 찾아야 한다. 이 과제를 수행할 수 있는 적절한 사람을. 세바스찬은 일하는 사람들을 둘러보았다. 그는 창문가에 앉아 있는, 40대가량의 한 여성으로 결정했다. 간편해 보이는 짧은 커트 머리의 여성. 세바스찬은 그녀에게 다가가 살짝 미소 지어 보였다.

"안녕하세요. 나는 세바스찬 베르크만입니다. 오늘부터 특별살인사건전담반에서 같이 일하게 됐어요." 여자가 하던 일을 멈추고 바라보자, 세바스찬은 회의실 쪽을 손가락으로 가리켰다.

"아, 그러세요. 안녕하세요. 저는 마르티나예요."

"안녕하세요, 마르티나. 도움이 좀 필요한데요."

"그러세요. 무슨 일이시죠?"

"안나 에릭손이라는 여자를 찾고 있어요. 1979년 스톡홀름에서 살았던 여자예요."

세바스찬은 안나 에릭손의 옛 주소가 쓰여 있는, 줄 있는 종이쪽지를 펼쳐들었다. 그러고는 직원의 책상 앞에 올려놓았다. 그녀는 잠시 쳐다보다가 뭔가 미심쩍다는 듯이 세바스찬을 올려다보았다.

"이 여자가 지금 수사와 무슨 관계가 있나요?"

"예. 그것도 아주 관계가 많죠."

"그런데 왜 당신 스스로 찾지 않는 거죠?"

맞다, 왜 그가 찾지 않는 걸까? 다행히도 이번에는 진실이 통했다.

"난 오늘 처음 일을 시작했어요. 그래서 아직 사용자 이름이나 패스워드가 없어요. 그래서……"

세바스찬은 매력적인 미소를 지어 보였다. 하지만 원하는 효과는 달성하지 못했다는 걸, 마르티나의 눈빛에서 읽을 수 있었다. 그녀는 주소가 적힌 종이쪽지를 살펴보더니 고개를 가로저었다.

"왜 당신 팀원들한테 부탁하지 않는 거죠? 그들은 전체 시스템에 다 접근할 수 있어요."

왜 당신은 이렇게 명망 있는 수사를 기꺼이 돕지 않는 거죠? 내가 필요한 자료를 왜 나보러 찾으라고 하는 겁니까? 이런 지겨운 질문 따위는 이제 그만하시죠. 이렇듯 세바스찬은 마음속으로는 딴 생각을 했다. 그녀 쪽으로 몸을 굽히고 신뢰감이 넘치는 목소리로 말하는 동안에도.

"아주 솔직히 말하자면, 내 파트에 대해서 아직 잘 몰라요. 당신도 아시다시피 오늘이 첫날이라서요. 첫날부터 바보 취급 받기 싫거든요."

"기꺼이 당신을 도와주고 싶지만, 당신 팀장한테 먼저 물어봐야 해요. 무턱대고 아무나 찾을 수 없게 되어 있거든요."

"이건 아무나가 아닌데……."

때마침 토르켈이 회의실에서 나오더니 누군가를 찾는 듯이 주위를 돌아보자 세바스찬은 말을 멈추었다. 연이어 그는 토르켈이 찾는 사람이 누구인지 이내 알아챘다. 세바스찬. 토르켈은 에너지 넘치는 발걸음으로 그에게 다가왔다. 세바스찬은 쪽지를 집어 들고는 서둘러 다시 몸을 일으켰다.

"아, 내가 그걸 잊고 있었네요. 팀원들한테 부탁해 볼게요. 그게 더 간단할 것 같아요. 어쨌든 감사합니다."

세바스찬은 아직 얘기가 다 끝나지도 않았는데도 움직이기 시작했다. 그는 마르티나와 토르켈 사이에서 멀리 떨어져야 했다. 결국 그녀가 1979년에 스톡홀름에서 살았던 안나 에릭손을 찾아봐도 될지 경감에게 물어볼 엄두도 내지 못하도록. 만약 그렇게 하지 않으면 토르켈은 함께 일하고 싶다는 세바스찬의 동기를 금세 의심하고 말 것이다. 그러면 앞으로는 토르켈이 불필요할 정도로 조심하게 될지도 모른다. 그래서 세바스찬은 마르티나의 곁에서 자리를 피했다. 한 발작 한 발작씩. ……까지.

"세바스찬."

세바스찬은 자신이 어찌해야 할지 잠시 곰곰이 생각해보았다. 마르티나와의 대화에 대해 설명해야 하는 걸까? 어쩌면 그것도 나쁜 방법은 아닐지도 모른다. 그는 수긍이 갈 만한 이유를 토르켈에게 대기로 결심했다.

"이걸 보려고 하던 참이었는데 상단 부분에 내용이 너무 많아서 말이에요."

토르켈은 세바스찬에게 다시 한 번 설명해주어야 할지 어쩔지 잠시 생각해보았다. 오늘 아침부터 제국 경찰의 일부가 되었다는 것을. 각자의 수사 과정이 팀을 위해서도 한몫해야 하기에, 결혼한 여자 동료들한테 찝쩍거리는 것은 절대로 좋은 생각이 아니라는 것을 말이다. 하지만 토르켈은, 세바스찬도 이 점에 대해서 누구보다 더 잘 알고 있다는 것을 알고 있었다. 그렇기에 이 점에 대해서는 상관하지 않기로 했다.

"우린 룬딘과 관련된 익명의 제보를 받았어요. 이 일을 조사하려고 우르줄라와 빌리가 벌써 출동했지만, 내 생각에는 당신도 같이 가보는 게 좋을 것 같아요. 가서 그의 어머니랑 얘기 좀 나눠보도록 하세요."

"클라라랑요?"

"그래요. 내가 보기에는 당신이랑 그녀랑 벌써 잘 아는 사이가 됐을 것 같아서요."

그건 그의 말이 틀리지 않았다. 그것도 절대적으로. 육체적인 접촉이 있었다. 이미 그녀는 토르켈의 관찰 대상으로 들어왔을 뿐만 아니라, 세바스찬이 원해서라기보다는 새로운 직업 때문에 내동댕이쳐야 할 여자였다. 살인 혐의가 있는 소년의 어머니와는 잠을 자서는 안 될 테니 말이다. 이 점에 대해서는 토르켈이 분명한 견해를 갖고 있다는 걸, 세바스찬은 확신했다.

"그렇게 안 하는 게 더 좋을 것 같은데요. 내가 새로운 제안을 할 만한 것이 있는지 먼저 보고서부터 읽어보는 게 더 나을 것 같아요."

잠시 동안 토르켈은 그의 의견에 반대 의사를 표하려고 하는 것 같았지만 결국 고개를 끄덕여 보였다.

"알았어요. 그럼 그렇게 해봐요."

"또 한 가지가 있어요. 내가 여기 컴퓨터를 이용할 수 있도록 도와줄 수 있나요? 레지스터 목록이나 뭐 그런 거요."

토르켈은 아연실색하는 표정을 지어 보였다. "왜요?"

"왜라니요?"

"당신은 당신 맘대로 일을 처리하는 타입으로 유명하잖아요."

토르켈은 그에게 좀 더 가까이 다가섰다. 세바스찬은 그 이유를 알고 있었다. 호기심 많은 귀들이 엿듣게 할 이유가 없다는 것을. 팀 내부에 잠재적인 긴장이 맴돌고 있다는 것을 알릴 이유가 있을까? 겉으로 보기에 그들은 일체된 팀이었다. 이것이 중요했다. 그렇다고 해서 토르켈이 그에게 무조건 긍정적인 얘기만 해야 되는 것은 아니었다. 물론 실제로도 긍정적인 말만 한 것은 아니지만.

"당신은 팀 내의 핵심 구성원이 아니라 그저 조언자라고 생각하면 될 거예요. 당신이 계획하는 모든 조사들이나 당신이 추적한 모든 흔적은 몽땅 우리에게 넘기도록 하세요. 특히 빌리한테."

세바스찬은 실망감을 애써 숨기려고 했다. 물론 쉽지는 않았다.

"내 말에 무슨 이의가 있나요?"

"아니요. 절대로. 당신이 결정하는 거니까."

이 미련퉁이 토르켈 때문에! 이제부터는 계획했던 것보다 더 많은 시간이 필요하게 됐다. 그는 아주 오래는 이번 수사에 관여하고 싶지 않았다. 정말로 적극적으로는. 그는 누군가와 얘기를 나누고, 누군가를 심문하거나 누군가나 무언가를 분석하고 싶은 생각은 눈곱만치도 없었다. 그는 사건 진행이나 범인의 프로필을 분석하여 수사에 기여하고 싶은 생각은 추호도 없었던 것이다. 그는 그저 안나 에릭손의 현주소를 알고 싶어서 이곳에 온 것뿐이었다. 이것만 알게 되면 당장 이 팀과 작별을 하고 도시를 떠나 다시는 돌아오지 않을 작정이었다.

세바스찬은 지도를 높이 쳐들었다.

"그럼 지금 앉을 자리를 찾아야겠군요."

"세바스찬. 또 한 가지만요."

세바스찬은 마음속으로 한숨이 나왔다. 왜 토르켈이 그냥 돌아가지 않는 걸까? 어디든지 가서 편안히 커피나 한잔 하지 않고서. 읽을거리라도 볼 수 있을 텐데.

"당신이 여기에 있는 것은, 다 알고 보면 우정 때문이에요. 이 일이 당신한테 정말로 중요하다고 말한 당신 말을, 내가 믿었기 때문이라고요. 난 고맙다는 말을 들으려는 건 아닙니다. 하지만 지금부터 내가 오늘 일을 후회하지 않도록 신경 쓰려고 해요."

세바스찬이 뭐라고 대답도 하기 전에 토르켈은 그를 남겨두고 다시 돌아가 버렸다. 세바스찬은 그의 뒷모습을 빤히 바라보았다. 그는 감사할 생각은 전혀 들지 않았다. 하지만 토르켈이 후회하게 될 거라는 건, 분명했다.

세바스찬과 관련되는 한, 누구라도 그렇게 될 것이다.

빌리는 차고문을 열었다. 지금은 자동차가 없었다. 빌리와 우르줄라는 몇 년 전부터 수많은 차고에 들어가 봤다. 대부분은 가능한 모든 잡동사니로 가득 차 있었다. 자동차를 제외하고도. 이와 비교하자면 룬딘의 차고는 하품이 나올 정도로 비어 있다고 말해도 될 것이다. 바닥은 기름과 얼룩으로 더러웠는데, 중앙에는 하수구가 있었다. 우르줄라가 전등 스위치를 찾는 동안에 빌리는 이미 문을 위로 밀어 올렸다.

그들은 차고 안으로 들어갔다. 덮개 없는 네온 전등 두 개가 깜박깜박 들어왔지만 둘은 손전등을 꺼냈다. 서로 얘기를 나눌 필요도 없이 각자 차고의 절반을 선택했다. 우르줄라는 오른쪽을, 빌리는 왼쪽을. 우르줄라가 있는 차고 바닥은 비어 있다고 해도 무리는 아니었다. 그곳에는 낡은 크로케(구기의 일종_옮긴이) 하나와 모서리에는 공 없는 플라스틱 보치아(이탈리아 구기의 일종_옮긴이)가 하나 있었다. 그리고 잔디 깎는 전기 기계가 있었고. 우르줄라는 그것을 들어올렸다. 아무것도 없었다. 정확히 지난번처럼. 벽 쪽 책장은 가득 차 있었다. 물론 그 내용물로 보자면 예전에 이 차고에 자동차가 있었던 흔적은 어디에도 없었다. 기름도, 점화플러그도, 멀티 스프레이나 탐조등도. 그 대신에 정원에 사용되는 도구들이 더 많았다. 감은 철사, 반쯤 빈 씨앗 봉지, 작업 신발과 살충제용 분무 스프레이. 이곳에는 재킷을 숨길 자리가 없었다. 이에 대한 정보가 이메일로 왔다는 게, 우르줄라는 너무 놀라웠다. 재킷이 여기에 있었다면 그녀가 처음에 이미 찾았을 것이다.

"지난번에 왔을 때 하수구 아래쪽도 살펴봤어요?"

"글쎄요."

빌리는 대답하지 않았다. 그는 화분용 혼합토가 들어 있는 자루 세 개를 들어올리기 시작했다. 자루는 흰색 플라스틱 정원 가구 옆에 쌓여 있었다. 그가 물어보는 게 바보 같았다. 우르줄라가 자신의 일에 대해 질문 받는 걸 좋아하지 않기 때문이다. 특히나 그녀의 옛날 협력 관계를 잘 알지는 못했지만, 빌리는 짐작할 수 있었다. 그 이유 때문에 그녀가 세바스찬 베르크만을 좋아하지 않는다는 걸. 빌리가 지금껏 세바스찬에 대해 들은, 얼마 안 되는 얘기에 따르면, 결과적으로 갈등의 원인은 그가 꼬치꼬치 캐물었기 때문이었다. 가장 좋은 방법은 의문을 제기하지 않는 거였다. 실제로 세바스찬이 뭔가 아는 게 많다고 해도, 빌리한테는 문제가 될 게 없었다. 그는 매일같이 수사관들과 협동작전을 벌이고 있으며, 그들은 그보다 훨씬 유능했다. 그래도 전혀 문제는 없었다. 빌리는 세바스찬에 대해서 어떤 편견도 갖고 있지 않았다. 아까 전에 한 그의 소소하지만 빈정거리는 위트는 그한테는 별로 신경 쓰이는 일이 아니었다. 하지만 우르줄라는 그를 좋아하지 않았다. 그리고 반야도 전혀 좋아하지 않았다. 그렇다면 빌리가 그들의 입장에 끼어들 수 있는 기회가 상당히 컸다. 그는 차고 한쪽 편, 모서리로 가보았다. 바닥에는 몇 가지 정원 도구가 세워져 있었는데, 한쪽 벽으로 가지런하게 정렬되어 있었다.

"우르줄라……"

빌리는 정원 도구 앞에 서 있었다. 갈퀴가 있는 나무대, 격자 모양의 갈퀴와 빌리도 이름을 알 수 없는 뭔가 괭이 같은 물건들 옆에는 2리터짜리 흰색 양동이에 식물 낟알이 들어 있었다. 우르줄라가 빌리 쪽으로 다가오는 동안에 그는 양동이 안을 손전등으로 비추어 보았다. 구운 점토로 된 공 모양들 사이로 뭔가 초록색이 또렷이 보였다. 아무 말도 하지 않고 우르줄라는 사진부터 찍기 시작했다. 몇 장을 찍고 난 뒤에 카메라를 내려놓고는 빌리를 바라보았다. 그녀가 그의 얼굴에서 회의적인 표정을 읽어낸 게 틀림없었다. 그 스스로 아무렇지도 않게 표정을 지으려고 했는데도.

"내가 재킷을 못 봤던 게 아니에요. 혐의자의 차고에서 이렇게 낟알 양동이에 숨겨져 있는 걸요. 당시도 알다시피."

우르줄라는 주머니에서 좀 더 큰, 밀봉되는 비닐봉지를 꺼내들었다. 그러고는 조심스레 집게로 양동이에서 재킷을 끄집어냈다. 둘 다 재킷을 신중하게 살펴보았다. 여러 곳이 커다랗고 마른 핏자국으로 얼룩져 있었다. 등 쪽에는 아예 천 색깔이 잘 보이지 않았다. 그들은 단박에 상상할 수 있었다. 살아 있는 육체가 이 재킷을 입고 있었을 때 어떤 형태를 취하고 있었는지. 아무 말도 없이 우르줄라는 옷가지를 봉지에 집어넣고는 밀봉했다.

베스트괴테가탄의 경찰 본부에서 하랄드손은 자신의 컴퓨터에 앉아 메시지를 기다리고 있었다. 그는 여전히 사건에 관계하고 있었고, 이 점에 대해 한 치의 의심도 없었다. 그들은 그를 쫓아버리기 위해 할 수 있는 일은 다 했다. 그러면 그럴수록 그는 더 용기를 냈다. 이렇게 할 수 있었던 것은, 누가 이 건물에서 가장 많은 정보를 소유하고 있는지 알아내고, 미리 계획하는 성격과 재능 덕분이었다. 대부분의 동료들은 프런트 담당 여성들에게 아무 생각 없이 "안녕하세요."라고 인사만 하고 지나쳤다. 하지만 그들이야말로 거의 모든 정보를 귓결에 듣는다는 것을, 하랄드손은 이미 예전에 눈치챘다. 그래서 그는 이미 몇 년 전부터 그들과 티타임을 여러 차례 갖으면서 관심을 보여 왔다. 가족 안부를 묻는가 하면 필요할 경우에는 그들을 도와주기도 했다. 이런 이유로 인해, 로저 에릭손에 관한 일이 생기게 되면 곧장 그에게 연락하는 것은 그들로서는 당연한 일이었다. 어떤 증거 전화에 대한 인포메이션이나 베스트만란트 경찰청 홈페이지에 서류가 있으면, 곧장 하랄드손에게 전달했다. 룬딘의 차고에 재킷이 있다는 익명의 제보가 있었을 때에도, 프런트 담당 여성은 전화를 걸어주었다. 그리고 1초 뒤에 그의 우편물 접수에는 그것에 대한 메일이 전달되었다. 애당초 그의 임무는 이메일을 복사해서 전달하는 것이다. 좋았다. 하지만 이것만으로는 충분하지 않았다. 누구나 의견을 제출할 수 있는 게 아닐까? 지금 하는 일은 수준이 낮은 연습생이나 할 일이었다. 만약 발신인이 누군지 뒷조사를 해본다면 이것은 경찰이 할 일이었다. 이런 보고를 한다고 해도 어떤 잘못이 있지는 않을 것이다. 하지만 이 진술이 옳은 것인지 증명하려면 특별살인사건전담반이 정말로 흥미로워 할 인포메이션을 지니고 있어야 할 것이다. 그래야 그들에게 정확한 단서를 제시할 수 있을 테니 말이다.

IT부서는 우스꽝스러웠다. 이 부서는 50대 중반의 쿠레 다린이라는 남성 혼자만 담당하고 있었다. 그의 능력이라는 것은, 컴퓨터 자판의 조합인 'ctrl+alt+delete'를 누르고는 머리를 절레절레 가로젓다가 연이어 처치 곤란한 컴퓨터를 보내버리는 일이었다. 아마도 쿠레 다린에게서 이메일의 발신인을 추적해달라고 하는 것보다는 비행하는 법을 배우는 게 훨씬 더 빠를 것이다.

익명의 제보가 전달된 컴퓨터에는 인터넷-프로토콜-주소(IP)가 남아 있었다. 하랄드손에게는 열일곱 살의 조카가 있다. 하랄드손의 우편물 접수에 이메일이 도착하면 곧바로 조카에게 보냈다. 동시에 그는 조카에게 이런 SMS를 보냈다. 만약 발신인의 IP를 알아낼 경우에는 500크로네를 주겠다고. 물론 그는 조카가 학교에 있다는 걸 알면서도 가능한 한 빨리 인포메이션을 필요로 했다.

조카가 SMS를 읽자 교사에게 양해를 구하고 수업에서 나왔다. 2분 뒤에 조카는 학교 컴퓨터에서 메일을 열어보았다. 제보자 메일의 발신 주소를 보자 그는 좌절한 듯이 의자에 푹 눌러 앉았다. 하랄드손은 조카를 컴퓨터에 관한 한 신동이라고 믿고 있었으며 그가 조카에게 부탁했던 일들은 대체로 굉장히 간단한 일이었다. 하지만 이번에는 삼촌을 실망시킬지도 모르겠다. IP를 찾는 데는 문제가 없을 것이다. 하지만 이메일이 대규모 인터넷 제공자를 거쳐 발송될 경우에는 좀 더 구체적인 주소를 찾기가 거의 불가능했다. 그래도 그는 적어도 시도는 해보려고 애를 썼다.

2분이 지나자 조카는 다시 의자에 푹 눌러 앉았다. 이번에는 인상까지 팍 쓰고서. 운이 좋았다. 이 제보는 비어 있는 서버에서 발송된 것이었다. 그는 500크로네를 받을 수 있을 것이다. 그는 '보내기'를 눌렀다.

경찰 본부에서는 하랄드손의 컴퓨터에 다시 메시지가 들어왔다. 그는 서둘러 메일을 열어보고는 만족스러운 듯이 고개를 끄덕였다. 제보가 발송된 서버는 이 도시에서 그리 멀지 않은 곳이었다. 정확히 말하자면 팔름뢰브스카 고등학교였다.

"다음번에는 좌회전해야 돼요."

세바스찬은 경찰차 표시가 없는 민간 경찰차 도요타의 조수석에 앉았다. 운전은 반야가 맡았다. 그녀는 잠깐 동안 기계 장치 위쪽의 작은 모니터를 살펴보았다.

"GPS가 곧장 앞으로 가라고 하네요."

"좌회전하면 좀 더 빨리 갈 수 있어요."

"확실한가요?"

"예."

그래도 반야는 그냥 직진했다. 세바스찬은 조수석에 푹 눌러 앉아 지저분한 유리창을 통해 도시를 바라보았다. 그는 커다란 공허함 말고는 딴 느낌은 들지 않았다.

차를 타고 나오기 전에 토르켈, 반야, 빌리와 그는 회의실에 모였다. 토르켈이 그에게 다가와 팀원들이 이번 사건에 대한 새 인포메이션을 얻었다고 말했을 때, 세바스찬은 회의에 참석하고 싶지 않았지만 마땅한 핑곗거리를 생각해내지 못했던 것이다. 그는 희생자의 윗도리를 확보하게 되었다는 얘기를 들었다. 혈흔은 아직 분석하지 않았지만 로저의 윗도리와 혈흔이 연관성이 없다고는 아무도 생각하지 않았다. 이로써 레오 룬딘이 다시 지대한 관심을 받게 되었다. 회의가 끝난 뒤 반야는 다시 그를 경멸하는 투로 말했다.

"당신이 이 일에 참여하고 싶겠지만, 그래 봤자 시간 낭비일 거예요."

다들 탁자에 앉아 의자를 앞뒤로 기울이고 있던 세바스찬 쪽을 돌아보았다. 애당초 그가 잠자코 앉아 있는 데도 다른 잘못을 저지르기만을, 그들은 굉장히 바라고 있었다. 물론 그는 컴퓨터에 어떻게 접근해야 할지, 자신이 필요한 자료를 어떻게 찾을 수 있을지를 골똘히 생각하고 있었던 참이었다. 달리 말하자면 그의 매력에 마르티나보다도 더 빠져들 수 있는 여자를 이 부서에서 어떻게 찾아낼지에 대해서. 이는 아마도 그렇게 어려운 일은 아닐 것이다. 어차피 아무도 그를 좋아하지 않았다. 그래서 그는 마음이 내키는 대로 할 수밖에 없었다.

"그 말은 비논리적이네요." 다시 한 번 세바스찬은 의자를 앞으로 기울였다가 제자리로 세웠다.

그때 마침 회의실로 들어온 우르줄라는 아무 말도 하지 않고 문 옆쪽 자리에 앉았다.

"레오는 희생자의 재킷을 절대로 자신의 차고에 숨기지 않았을 겁니다." 계속해서 세바스찬이 말했다.

"왜 숨기지 않았을 거라는 거죠?" 빌리는 그의 얘기를 듣는 게 굉장히 흥미로운 것 같았다. 전혀 방어하는 기색이 없었다. 어쩌면 그는 자신에 대해 아주 조금은 알고 싶어 할지도 모르겠다고, 세바스찬은 생각했다.

"그는 희생자의 재킷을 절대로 벗기지 못했을 테니까요."

"하지만 시계는 뺏어갔잖아요." 반야도 결코 방어적인 자세를 취하지 않았다. 오히려 공격적이었다. 그의 말을 바로잡고 그의 의견을 반박하면서. 그녀는 우르줄라와 다를 바가 없었다. 혹은 그가 어떤 일에 흥미를 보였을 때와도 흡사했다. 경쟁에 혈안이 되고 승리를 갈망하는 타입.

하지만 유감스럽게도 그녀는 이번 시합에서 이길 수가 없을 것이다. 세바스찬의 눈빛은 침착하게 그녀의 눈빛과 마주쳤다.

"차이가 있어요. 시계는 가치가 있습니다. 이 아이는 열여섯 살 소년이라는 걸 염두에 두셔야 해요. 게다가 간호 도우미 일을 하는 독신모와 같이 살아요. 그렇다면 언제나 그 아이 주변에서 발생할 수 있는 물질주의적인 경쟁을 상상해보세요. 왜 소년이 지갑과 핸드폰은 다 놔두고 찢어지고 피범벅이 된 재킷을 가져 오려고 했을까요? 이건 뭔가 앞뒤가 맞지 않는 게 아닐까요?"

"세바스찬 말이 맞아요." 이제는 모두들 우르줄라 쪽으로 시선을 돌렸다. 세바스찬은 방금 자신이 무슨 말을 들었는지 도무지 믿기지 않는다는 듯한 표정을 지었다. 이런 말은 우르줄라가 지금까지 살아오면서 자주 하는 말이 아니었다. 솔직히 말하자면 세바스찬은 단 한 번도 생각나지 않았다.

"나도 뭐라고 말하기 어렵지만, 그런 것 같아요." 자리에서 일어난 우르줄라는 봉투에서 사진 두 장을 꺼냈다.

"여러분들 생각에는 내가 처음 차고지를 조사하러 나갔을 때 윗도리를 보지 못한 게 아닌가 하실 거예요. 하지만 이걸 좀 보세요."

그녀는 사진들 중 한 장을 탁자에 놓았다. 다들 허리를 굽혀 사진을 바라보았다.

"어제 내가 차고를 조사했을 때 특히 세 가지 사항에 신경 썼어요. 당연히 일단은 모페드와 하수구였어요. 특히 하수구 속에 혈흔이 남아 있는지 싶어서요. 그러니까 누군가가 모페드나 총기를 그곳에서 씻었을 수가 있거든요. 그리고 마지막으로 정원용 기계였어요. 왜냐면 우리는 아직까지도 살인 무기를 찾지 못했잖아요. 이 사진은 내가 어제 촬영한 거예요."

그녀는 사진을 손가락으로 가볍게 두드렸는데, 차고지의 나무 책장에 있는 정원용 기계였다. 사진은 비스듬하게 위쪽에서 촬영되었고,

낟알이 있는 흰색 양동이가 한쪽 모퉁이에서 또렷하게 보였다.

"이 사진은 내가 오늘 찍은 거예요. 잘못된 점을 찾아보세요."

우르줄라는 두 번째 사진을 탁자에 놓았다. 거의 처음 사진과 동일해 보였다. 하지만 두 번째 사진에서는 엷은 낟알들 사이로 여러 곳에서 푸른빛의 천이 또렷이 보였다. 한순간 회의실에는 침묵이 흘렀다.

"누군가 밤에 차고에다 이 재킷을 숨겨놓았어요." 처음으로 말문을 연 빌리가 다른 사람들도 생각했던 점에 대해서 말했다. "레오 룬딘에게 혐의를 돌리려고요."

"하지만 이게 그자의 주된 목적은 아닙니다."

이 사진들에 대해 특별한 관심을 갖고 살펴본 세바스찬한테는 문득 떠오르는 생각이 있었다. 이와 같은 일은 그에게 에너지를 주는 비타민 주스와 흡사했다. 살인자는 희생자로부터 물건을 빼앗아 엉뚱한 흔적을 남기기 위해 이 물건들을 사용했다는 것. 다른 곳도 아니고, 바로 수사에서 가장 혐의를 받고 있는 집에. 이는 무엇을 의미하는 걸까? 이자가 경찰의 수사 과정을 정확히 뒤쫓고 있으며 이에 맞도록 행동하고 있다는 뜻이 된다. 아마도 이자는 단 한 번도 후회 같은 것은 하지 않았을 것이다. 바로 세바스찬의 구미에 당기는 그런 남자였다.

"그는 자신의 혐의를 딴 데로 돌리고 싶었을 거예요. 이것이 재킷을 차고에 갖다놓은 그의 주된 이유랍니다. 그는 개인적으로 레오에게는 아무런 악감정이 없어요. 지금으로서는 레오가 적합한 거죠. 어차피 우리가 그를 타깃으로 삼고 있으니까요."

토르켈은 세바스찬을 만족스런 눈빛으로 지켜보고 있었다. 아까까지만 해도 느꼈던 의혹은 서서히 희미해졌다. 토르켈은 세바스찬이 생각하는 것보다 그에 대해 더 잘 알고 있었다. 토르켈은 그가 관심 없는

일에 대해서는 잘 참여하지 않으려는 것을 잘 알고 있었다. 하지만 도
전해야 할 경우에는 세바스찬이 얼마나 집착하는지도 잘 알고 있었다.
게다가 세바스찬이 수사에 대해서도 유익함을 줄 수 있다는 것도. 토
르켈은 올바른 방향으로 수사가 진행되고 있다는 걸 느꼈다. 그는 마
음속으로 메일과 윗도리를 찾게 된 것에 감사했다.

"그렇다면 이메일을 보낸 사람이 살인자일지도 모르겠네요." 반야는
재빨리 결론을 이끌어냈다. "우리는 메일을 다시 추적해야 되겠네요.
어디에서 왔는지 찾아야겠어요."

모든 일이 마치 극장 상연과 같았다. 누군가 문을 조심스레 두드리
는 소리가 들리더니 하랄드손이 들어왔다. 무대 위로 올라오기 위해
밖에서 자신의 신호를 기다렸다는 듯이.

이제 세바스찬은 안전벨트를 풀고 자동차에서 내렸다. 그는 건물의
앞면 쪽을 바라보았는데, 그 앞으로 자동차들이 주차되어 있었다. 이
순간 그는 엄청난 피로감을 느꼈다.

"그 아이가 이 학교를 다녔나요?"

"예."

"불쌍한 놈이군요. 우리가 자살 가능성에 대해서는 너무 배제하고
있는 건 아닌가요?"

팔름뢰브스카 고등학교의 입구에는 아주 커다란 벽화가 자리 잡고
있었다. 의심할 여지없이 예수의 초상화였다. 그는 양팔을 뻗은 듯한
제스추어를 따라 해보았다. 이 그림을 그린 예술가는 아마도 초대한다
는 뜻으로 이렇게 그렸을 것이다. 세바스찬은 이 그림에 대해 위협적
으로, 혹은 자유를 강탈당하는 느낌을 받았다. 그림에는 이렇게 쓰여

있었다. 〈요한복음 12장 46절〉.

"나는 빛으로 세상에 왔나니 무릇 나를 믿는 자는 어둠에 거하지 않게 하려는 것이다." 세바스찬은 이에 해당하는 글귀를 읊조렸다.

"당신은 성경을 외울 수 있나요?"

"아니요. 하지만 그 부분은 알아요."

마지막 계단을 올라간 세바스찬은 양쪽으로 열리는 문들 중 하나를 열었다. 안으로 들어가기 전 반야는 잠시 동안 이 거대한 벽화를 다시 한 번 바라보고는 그의 뒤를 따랐다.

교장 라그나르 그로스는 2인용 소파와 사무실 모퉁이에 있는 안락의자 쪽을 손으로 가리켰다. 반야와 세바스찬은 자리를 잡았다. 그로스도 콤비 재킷의 단추를 풀고는 오래되고 소박한 탁자 뒤편에 앉았다. 별다른 생각 없이 그는 볼펜 하나를 정확히 탁자 모서리와 평행하게 가지런히 정리했다. 이를 알아차린 세바스찬은 방 안 여기저기를 둘러보았다. 먼저 탁자 위쪽부터. 작업 공간은 거의 비어 있었다. 책상의 왼편에는 플라스틱 폴더 파일들이 쌓여 있었다. 모서리를 따라서. 파일들은 단 1밀리미터도 앞으로 튀어나와 있지 않았다. 파일들이 모서리에 너무나 가지런히 놓여 있어서 오른쪽과 왼쪽으로 정확히 2센티미터의 틈이 있었다. 라그나르 그로스의 오른편에는 볼펜 세 자루, 만년필 두 자루와 연필 한 자루가 서로 가지런히 평행을 이루고 있었는데 뾰족한 쪽이 한 방향을 가리켰다. 그 위쪽으로는 직각으로 자와 지우개가 놓여 있었고, 둘 다 한 번도 사용한 적이 없는 새것이었다. 전화, 컴퓨터와 조명은 탁자 모서리에 정확하게 줄 맞추어 정돈되어 있었다.

세바스찬의 시선은 방 안 여기저기를 배회했다. 그 모든 게 동일한 스타일이었다. 약간이라도 삐딱하게 걸려 있는 벽화는 하나도 없었다. 메모된 종이는 하나도 없었고, 메모지 판에는 모든 게 가지런하게 동일한 간격으로 붙어 있었다. 모든 책들은 책꽂이의 가장자리를 따라 일렬로 가지런히 꽂혀 있었다. 탁자에는 커피 잔이나 물컵의 아주 미세한 자국도 남아 있지 않았다. 가구들도 벽이나 그 바닥에 깔려 있는 카펫을 고려하여 1센티미터까지 정확하게 정돈되어 있었다. 세바스찬은 곧바로 그로스 교장에 대한 진단을 내릴 수 있었다. 강박증 증세가 있는 지나치게 꼼꼼한 사람.

그의 방에 들어오기 전에 교장은 심각한 얼굴로 반야와 세바스찬을 맞이했다. 그런데 우습게도 손을 양쪽으로 활짝 벌리고는 그들에게 인사를 하는 게 아닌가! 연이어 이 학교의 학생이 살해됐으니 얼마나 끔찍한 일인지에 대해 장황한 설교를 늘어놓았다. 물론 이러한 혐오스러운 범죄를 밝혀내기 위해 모든 도움을 줄 수 있도록 다들 최선을 다하겠다는 말도 잊지 않았다. 그들은 절대로 경찰에게 방해가 되는 일은 하지 않겠다고 말하기도 했다. 절대적인 협력 작업을 준비하고 있다고. 반야는, 교장의 이런 말투가 궁금할 때 흔히 쓰는 선전용 문구라는 인상을 떨쳐버릴 수가 없었다. 교장은 그들에게 커피를 대접했지만 반야와 세바스찬은 감사하는 마음으로 거절했다.

"당신은 우리 학교가 어떤 학교인지 알고 있나요?"

"충분이요." 세바스찬이 말했다.

"많이는 아니랍니다." 반야가 말했다.

그로스는 약간 겸연쩍게 미소 지으며 반야 쪽을 쳐다보았다.

"우리 학교는 1950년대에 기숙학교로 시작했어요. 지금은 사립 고등학교입니다. 사회탐구나 자연과학 프로그램을 갖고 있고요, 언어나 경제와 리더십 분야에 다양하게 중점을 두고 있지요. 우리 학교 학생 수는 218명이에요. 멜라르다렌은 물론이고 스톡홀름에서도 우리 학교에 오는 학생들이 있어요. 그래서 우리는 기숙사도 보유하고 있고, 학생들에게 기꺼이 제공하고 있습니다."

"그렇다면 제국의 아이들은 천민들 속에는 섞이지 않아야 하겠네요."

그로스는 다시 세바스찬 쪽을 바라보았다. 그의 목소리가 나지막하고 잘 조절되었음에도 불구하고 그는 기분 나쁜 심정을 완전히 감추지는 못했다.

"그동안에 상류층 학교라는 명성은 사라졌습니다. 오늘날 우리는 특정 부모들에게 초점을 맞추고 있어요. 즉, 자녀가 학교에서 뭔가 배워오기를 바라는 그런 부모들입니다. 우리 학교는 국제적으로 비교해도 최고점에 도달했으니까요."

"그야 당연하겠지요. 학교가 경쟁력을 갖추게 되면 그렇게 어처구니없이 비싼 등록금을 정당화시킬 수 있을 테니까요."

"우리는 등록금을 폐지했습니다."

"물론 그러시겠지요. 당신은 전체 등록금을 '합리적인 기부'라는 명목으로 이름만 바꾸어 놓으셨죠."

그로스는 세바스찬을 음울하게 바라보면서 인간공학적인 사무용 의자 등받이에 등을 기대었다. 반야는 모든 일이 그들의 손아귀에서 빠져나간 듯한 느낌이 들었다. 그의 과장되게 정확한 억양에도 불구하고 교장은 수사에 적극 도움이 되고 싶다는 인상을 전달한 바 있었다. 그런데 세바스찬의 무례함으로 인해 이 모든 것은 3분 안에 물거품이 되었다. 그렇다면 이제부터 그들은 학생과 선생에 대한 인포메이션을 얻기 위해 싸워야만 할 것이다. 라그나르 그로스가 동의하지 않는다면 사전에 허가를 받지 않고서는 절대로 학교 사진첩도 들여다볼 수 없게 된다. 그로스 교장이 얼마나 이 일을 어렵게 만들 수 있는지에 대해 세바스찬이 알고나 있는 것인지, 반야는 확신할 수 없었다. 하지만 이 경우에 그녀는 어떤 위험도 무릅쓸 준비가 되어 있지 않았다. 그녀는 소파에 앉은 채로 몸을 앞으로 숙이며 흥미롭다는 듯이 그를 향해 미소 지었다.

"로저에 대해 조금이라도 설명해주세요. 마지막으로 그가 학교에 왔을 때 어땠나요?"

"그가 옛날에 다니던 학교나 처음에 다닌 고등학교에서는 괴롭힘을 당했었죠. 우리 여선생님들 중 한 분이 그 아이를 잘 알고 있었어요. 그 아이는 그녀의 아들과 친했어요. 그래서 그녀는 우리에게 그 아이에 대해 좋은 말을 해주었고, 우리는 그 아이를 위해 자리를 마련해주었습니다."

"그렇다면 로저가 이곳에서는 행복했나요? 다툼이나 이와 유사한 일은 없었어요?"

"우리는 아이들끼리 괴롭히지 못하도록 무척 애를 쓰고 있습니다."

"당신은 괴롭힘이라는 단어 대신에 혹시 다른 표현을 쓰진 않나요? 이곳에서는 신고식이라고 부르지는 않나요?"

그로스는 세바스찬의 말참견을 무시했다. 반야는 세바스찬을 날카로운 눈길로 바라보았다. 그에게 입을 다물라고 바라면서. 그러고는 다시 교장 쪽으로 몸을 돌렸다.

"마지막에 로저의 행동에 어떤 변화가 있었는지 알고 계신가요? 그가 불안해했다든지요? 아니면 공격적이 되었거나 뭐 그 비슷한 행동을 했다거나?"

"전 그런 일에 대해서는 잘 모릅니다. 하지만 로저의 담임선생님인 베아트리체 슈트란트와 얘기를 나눠보십시오. 그녀가 매일같이 그 아이와 함께 했었으니까요."

그는 오로지 반야에게만 말을 건넸다.

"로저가 이곳에 오도록 신경 쓴 사람도 베아트리체였습니다."

"로저가 어떻게 '합리적인 기부금'을 낼 수 있었지요?" 세바스찬은 순식간에 다시 끼어들었다. 그는 무시당할 생각이 없었다. 그로스한테는 너무 손쉬운 일이었다. 이 순간 교장은 약간 뚱뚱하고 너절하게 옷 입은 남자를 자신의 사무실에서 쫓아내기라도 할 것처럼 뭔가 기이한 눈빛으로 쳐다보았다.

"로저는 기부금 면제입니다."

"그렇다면 그것도 소규모 사회 프로젝트인가요? 선행률을 채우기 위해서요? 당신한테는 좋은 느낌이었겠죠."

절제된 행동으로 그로스는 의자를 뒤로 밀치고는 자리에서 일어섰다. 그는 책상 뒤에 서 있었다. 등을 곧바로 펴고 손가락 끝을 말끔한 책상 위에 벌렸다. 옛날 공붓벌레 영화에 나오는 사디스트적인 라틴어 교사의 캐리커처와 같다고, 세바스찬은 생각했다. 그리고 그는 교장이 일어나면서 반사적으로 콤비 단추를 어떻게 다시 채웠는지 주시했다.

"우리 학교에 대한 당신의 견해가 틀렸다는 것을 꼭 말하고 싶군요."

"아, 예. 난 내 인생에서 가장 혐오스러운 3년 동안을 이곳에서 보냈죠. 만약 당신네들이 이 같은 찬가에 나의 동조를 바라신다면 횡설수설하는 선전 이상의 것을 제시해야 할 겁니다."

그로스는 세바스찬을 의심스러운 듯이 빤히 바라보았다.

"당신이 우리 학교 학생이었나요?"

"예. 유감스럽지만 우리 아버지는 개인적으로 이 상아탑을 건설하려는 생각을 갖게 되었죠."

이 얘기를 듣자 그로스는 자신이 방금 들은 이야기가 무엇이었는지 생각해보고는 다시 자리에 앉았다. 콤비 윗도리의 단추를 다시 열고서. 의심스러운 얼굴 표정에는 당황하는 얼굴빛이 감돌았다.

"당신이 투레 베르크만의 아들인가요?"

"예."

"별로 닮지 않았군요."

"감사합니다. 그 말은, 내가 이곳에서 들은 최고의 말이군요."

자리에서 일어난 세바스찬은 반야와 그로스, 둘 다 포함한다는 제스처를 해보였다.

"이제 당신들 둘 다 하던 일을 계속해도 될 것 같군요. 내가 어디로 가면 베아트리체 슈트란트를 찾을 수 있는 거죠?"

"방금 수업에 들어갔어요."

"어쨌든 이곳 학교 건물 어디에 계시겠죠, 그렇죠?"

"그녀와 얘기하시려면 쉬는 시간까지 기다리시는 게 나을 것 같군요."

"좋습니다. 내가 찾아보지요."

세바스찬은 복도로 나갔다. 그는 문을 닫기 전에, 반야가 그의 행동에 대해 사과하는 소리를 들을 수 있었다. 그는 이미 이런 일에 익숙했다. 그녀가 아니라 다른 일을 할 때 그를 위해 대신 사과했던 다른 동료들한테서 자주 듣던 얘기였다. 세바스찬은 이번 수사에 점점 더 친근해지는 걸 느꼈다. 그는 빠른 걸음으로 계단을 내려갔다. 예전에는 대부분의 교실이 한 층 아래에 있었다. 이러한 배치는 변하지 않았을 것이다. 대체로 40년 전이나 달라진 게 없어 보였다. 벽만 새롭게 페인트칠을 했다. 일반적으로 지옥은 변하지 않는 법이었다. 그리고 팔름뢰브스카 고등학교는 지옥의 개념에 잘 부합하는 곳이었다. 끊임없는 고통이라는 말과도.

세바스찬은 베아트리체 선생이 있는 곳을 찾기 위해 생각했던 것보다 더 많은 시간을 필요로 했다. 몇 분 동안 그는 이미 잘 알고 있는 복도를 따라 돌아다니며 문마다 노크를 했다. 마침내 베아트리체 슈트란트가 수업하는 반을 찾을 때까지. 그곳으로 가는 길에 그는 다른 감정을 갖지 않으려고 결심했다. 이 학교는 건물일 뿐이다. 그가 3년 동안 저항하며 지냈던 건물. 그가 고등학교에 갈 때 그의 아버지는 이곳에 입학하도록 강요했다. 그리고 세바스찬은 이미 첫날부터 이곳에서는 편안하지 않다는 걸 알아챘다. 적응하기가 어려웠던 것이다. 그는 생각할 수 있는 규칙을 다 어겼고 창립자의 아들로서 모든 선생이나 모든 존경해야 할 인물들에게 도전적인 아이가 되었다. 이 같은 행동으로 그는 다른 학생들 사이에서 확실한 위치를 유지하게 되었지만, 이 학교에 있는 동안에 아무것도 긍정적인 게 없다고 생각했다. 그래서 그는 단 1초도 주저하지 않고서 다른 학생들을 일러바치고, 학생들끼리 혹은 선생을 대상으로 서로 미워하도록 만들었다. 이로써 그는 모든 사람들 사이에서 가장 미움을 받은 아이로 전락했다. 세바스찬이 그토록 반기던 외톨이의 위치로 자리매김하게 된 것이다. 그는 모든 사람들과 체계적으로 멀어지면서 자신의 아버지를 응징할 수 있다고 생각했다. 부정할 수 없는 것은, 총체적인 왕따의 위치로 인해 자유라는 새로운 형태의 삶이 주어졌다는 것이다. 언제나 다른 사람들은 그에게 특별한 기대를 하지 않았다. 그저 매일같이 제멋대로 행동할 것이라는 것 말고는. 그래서 갈수록 그는 그렇게 할 수 있었다.

청소년기에 접어든 이 같은 길을, 세바스찬은 어른이 되어서도 떠나지 못했다. 마이 웨이 혹은 하이 웨이. 그가 지금까지 살아오는 동안에. 아니다. 내내 그런 것은 아니었다. 릴리와 함께 있는 동안은 아니었다. 그녀와 사는 동안은 그렇지 않았다. 한 사람이-나중에는 두 사람이-살아가면서 이런 영향을 받는다는 게 어떻게 가능한 일일까? 그를 밑바닥부터 말끔하게 변화시킬 수 있는 걸까? 그는 이 점에 대해 잘 알지 못했다. 그가 아는 것은 이런 일이 일어났다는 것. 이런 일이 일어났다가, 연이어 모든 걸 다시 다 잃어버렸다는 것이다.

그는 밝은 갈색 문을 두드리며 안으로 들어갔다. 약 마흔 살의 여자가 교탁 뒤에 앉아 있었다. 그녀의 머리까락은 굵고 붉었는데 목덜미에 말꼬리 모양으로 묶여 있었다. 주근깨가 가득한 얼굴에는 화장 끼가 전혀 없었다. 어두운 초록색 블라우스는 볼품없지 않은 젖가슴 위로 단추가 채워져 있었다. 여기에 기다란 갈색 치마를 입었다. 세바스찬이 자신의 이름을 말하며 나머지 수업 시간을 내주도록 요구하자 그녀는 뭔가 묻고 싶어 하는 눈빛으로 그를 자세히 관찰했다. 베아트리체 슈트란트는 이의를 제기하지 않았다.

이제야 그들만이 교실에 남았다. 세바스찬은 맨 앞줄에서 의자 하나를 꺼내어 자리에 앉았다. 그는 로저에 관해 설명해주도록 부탁했고, 그녀의 감정 변화를 기다렸다. 그리고 예상은 맞아떨어졌다. 평상시에 베아트리체는 학생들 앞에서 강한 모습을 보여주어야 한다는 압박을 받았다. 이해할 수 없는 일이 발생했을 때 안전과 정상적인 것을 보장하기 위해 모든 질문에 대답할 수 있어야 한다고. 하지만 지금 그녀는 다른 어른과 단둘이 함께 있었다. 사건을 수사하고 더불어 안전과 컨트롤의 역할을 떠맡은 사람과. 그러므로 그녀는 강한 척 할 필요가 없는 것이다. 세바스찬은 그녀가 강해야 한다는 압박감에서 벗어날 때까지 기다릴 필요가 있었다.

"난 이해가 안 돼요……." 베아트리체는 흐느끼는 목소리로 말을 쥐어짜듯 말했다. "금요일에 우린 언제나처럼 약속했어요. 그런데 이제는 그 아이가 다시는 돌아오지 못하게 되었네요. 우린 마지막까지 희망했거든요. 하지만 그 아이를 찾았을 때는……."

세바스찬은 아무 말도 하지 않았다. 문을 두드리는 소리가 들렸다. 반야가 머리를 내밀었다. 세바스찬이 두 여자들을 서로 소개시켜주는 동안에 베아트리체는 코를 세게 풀고 눈물을 닦았다. 눈물범벅이 된 얼굴을 손수건으로 가리면서 베아트리체는 미안하다는 말을 하고는 자리에서 일어나 교실을 나갔다. 반야는 교단 모서리에 앉았다.

"이 학교는 데이터통신을 감독하지 않아요. 게다가 어느 곳에도 CCTV가 장치되어 있지 않고요. 교장 말로는 서로 존중하는 마음이라고 하더군요."

"그렇다면 누구나 이메일을 보낼 수 있다는 건가요?"

"학생이 아닐 수도 있어요. 누구나 거리에서 간단히 접속할 수 있고요."

"하지만 이 학교에 대해서 좀 알고 있는 사람일 겁니다."

"그렇겠죠. 하지만 학생이 218명에 학부모들과 친구들도 있고, 전체 교사와 교직원까지 다 합치면……."

"그자가 그걸 알고 있을 겁니다."

"누가요?"

"이메일을 보낸 자 말입니다. 아마도 자신을 더 이상은 추적하지 못할 것으로 알고 있을 거예요. 하지만 그놈은 이미 이곳에 온 적이 있을 거예요. 이 학교와 연관성을 갖고 있을 겁니다. 여기서부터 우리는 출발해도 될 겁니다."

"그럴 수 있겠네요. 실제로 이메일을 보낸 사람이 남자라면."

세바스찬은 반야를 회의적인 눈빛으로 바라보았다.

"만약 여자라면 정말 기가 막힌 노릇이네요. 그의 행동이나 특히 심장을 도려낸 일은 범인이 남자라는 것을 의미할 겁니다."

세바스찬은 전리품을 갈구하는 남성 범인의 욕구에 대해 강연하고 싶었다. 희생자의 것을 보유함으로써 그에 대한 강한 지배력을 행사하고 싶어 할 거라고. 여성 범인들한테서는 절대로 나오지 않을 법한 행동이라는 것도. 하지만 베아트리체가 다시 돌아오는 바람에 그가 막 시작하려는 말을 하지 못했다. 그녀는 교탁 뒤쪽에 앉으면서 그들을 향하여 미안하다는 말을 다시 했다. 이제 그녀는 좀 더 침착해 보였다.

"로저가 이곳에서 공부할 수 있도록 당신이 도와주었죠?" 반야가 물었다.

베아트리체는 고개를 끄덕였다. "예, 그 아이는 우리 아들과는 친구 사이에요." 베아트리체는 자신이 말한 현재형을 곧바로 고쳐야겠다고 느꼈다. "예전에는 친구였어요. 그 아이가 자주 우리 집에 놀러 왔거든요. 그래서 나는, 그 애가 중학교에서 별로 적응하지 못했다는 걸 알게 되었죠. 그리고 최악은 아니었지만 루네베르크 고등학교에서 좋은 상태가 아니라는 게 밝혀졌어요."

"그렇다면 이곳에 와서는 그 아이가 편안해했나요?"

"훨씬요. 물론 처음에는 어려웠어요."

"왜죠?"

"그 아이한테는 엄청난 변화였거든요. 여기 있는 학생들은 정말로 어마어마하게 동기부여가 되어 있어요. 반면에 로저는 우리 학교의 템포와 수준에 익숙하지 않았죠. 하지만 시간이 지나면서 점차 나아졌어요. 로저는 수업 뒤에도 오랫동안 학교에 남아 있었어요. 보충수업을 받으려고요. 그 애는 문제를 해결하려고 했던 거죠."

세바스찬은 아무 말도 하지 않았다. 베아트리체는 반야에게 집중했다. 세바스찬은 그녀의 옆모습을 관찰하고 있었다. 손가락으로 그녀의 굵고 붉은 머리카락을 어떻게 쓰다듬어야 할지 생각하고 있었던 것이다. 주근깨 얼굴에 어떻게 키스해야 할지. 커다랗고 푸른 눈을 유혹적으로 감는 모습을 지켜보았다. 그녀에게 어떻게 신호를 보내야 할지를 생각하면서…… 세바스찬은 확신할 수 없었다. 어쩌면 그녀도 외로울지도? 하지만 클라라 룬딘 같지는 않을 것이다. 그녀처럼 그렇게 상처를 입지는 않았을 것이다. 베아트리체는 좀 더 확신이 있어 보이면서도 더 성숙했다. 세바스찬은 이런 추측을 했다. 그녀를 침대로 유혹하기는 어려울 테지만 그만한 노력을 할 만한 가치가 있다고. 하지만 그는 이런 생각을 포기했다. 그녀는 사건과 연관된 여자이기에 그거로 충분한 것이다. 그는 다시 대화에 집중했다.

"로저가 이 학교에서 친구를 사귀었나요?"

"그렇게 많지는 않아요. 그는 요한과 놀거나 에릭 헤버린과도 가끔 놀았어요. 하지만 헤버린은 이번 가을에 미국으로 갔어요. 그리고 여자 친구 리자하고도 친하고요. 로저는 인기가 없는 편도 외톨이도 아니었어요. 오히려 고독한 늑대였죠."

"다툼이 있었나요?"

"여기서는 없었어요. 근데 이따금씩 그전 학교의 학생들과 만났어요."

"로저한테 어떤 걱정거리가 있어 보였나요?"

"아니요. 그 애가 실종되던 날에도 항상 똑같았어요. 다른 아이들처럼 금요일이 되는 걸 기뻐했거든요. 아이들은 스웨덴어 숙제를 했어요. 그리고 로저가 나한테 찾아왔는데 이번에 느낌이 참 좋다고 설명했어요."

베아트리체는 입을 다물고는, 이제야 이 모든 상황이 아무런 의미가 없다는 걸 눈치챘다는 듯이 고개를 절레절레 흔들었다. 또다시 그녀의 눈에는 눈물이 흘렀다.

"로저는 정말로 섬세한 소년이었어요. 예민했어요. 어른들은…… 어른들은 도저히 이해할 수 없었을 정도였죠."

"당신 아들 요한은 이곳에 있나요?"

"아니요. 그 애는 집에 있어요. 로저의 죽음으로 그 애는 큰 상처를 입었어요."

"우리가 요한과 얘기를 나눠보고 싶은데요."

베아트리체는 풀이 죽은 듯이 고개를 끄덕였다.

"그럼, 그러세요. 제가 16시경에 집에 갈 거예요."

"당신이 꼭 함께 있을 필요는 없어요."

베아트리체는 다시 고개를 끄덕였다. 여전히 풀이 죽은 듯이. 그 말은 그녀에게는 친숙하게 들렸다. 아무도 그녀를 필요로 하지 않는다는 것. 세바스찬과 반야는 자리에서 일어났다.

"사정에 따라서는 우리가 다시 찾아올지도 모릅니다. 당신과 다시 얘기해야 할 경우라면요."

"그러세요. 정말로 당신이 이 사건을 반드시 밝혀주기를 바라요. 이번 일은 이렇게…… 이렇게 힘드네요. 모든 사람들한테."

세바스찬은 감정에 겨운 미소를 그럴싸하게 지어 보였다. 그런데 때마침 베아트리체의 머리에 뭔가 기억나는 점이 있었다.

"또 한 가지가 있어요. 근데 이게 중요한 일인지는, 저도 잘 모르겠어요. 로저가 지난 금요일 밤에 우리 집에 전화를 걸었어요."

"언제요?"

그녀의 말이 완전히 새로운 정보라는 생각에 반야는 그녀 옆으로 바짝 다가섰다.

"8시 15분경일 거예요. 로저가 요한이랑 말하고 싶어 했지만 아버지 울프랑 외출 중이었어요. 그래서 나는 요한의 핸드폰으로 전화를 걸라고 말했어요. 하지만 요한 말로는 로저가 전화하지 않았다고 하더군요."

"로저가 뭘 원했을까요? 무슨 말을 하던가요?"

베아트리체는 고개를 내저었다.

"그저 요한이랑 통화하고 싶다고 했어요."

"금요일 8시 15분요?"

"예, 그쯤에요."

반야는 고맙다는 인사를 하고는 교실에서 나왔다. 8시 15분! 이 시간에는 로저가 여자 친구 리자의 집에 있어야 할 때였다. 반야는 갈수록 확신이 들었다. 애당초 로저가 리자네 집에 가지 않았다고.

자료는 두 개의 외장 하드에 저장되어 있었고, 한 시간 전에 CCTV

회사의 한 파발꾼이 제공했다. 빌리는 강철처럼 회색빛이 도는 첫 번째 카세트를 서둘러 컴퓨터에 연결하고 작업을 시작했다. 겉표지에는 〈4월 23일 금요일 06.00-00.00〉라고 표시되어 있었다. 회사가 함께 제공한 표기에 따르면 카메라 1:14와 1:15는 구스타브스보르크스가탄 지역이었다. 아니면 적어도 그 지역의 일부일 수도. 로저가 운명적인 저녁을 보냈던 그 지역.

빌리는 여러 가지 표기 중에서 카메라 1:14를 먼저 찾아 더블클릭으로 화면을 열어보았다. 재생 상태는 기대했던 것보다는 훨씬 좋았다. 카메라 시스템은 6년차가 채 되지 않았다. 외관상으로 볼 때는 CCTV 회사가 인색하지는 않은 것 같았다. 빌리는 그 점에 대해 기쁨을 감추지 못했다. 앞으로 넘겨볼 수 없을 정도로 CCTV의 자료가 희미한 경우가 비일비재했기 때문이다. 21:00시 쪽으로 자료를 감아본 빌리는 CCTV에 섬세한 독일제 차이스 광학 제품(독일의 광학 정밀 기계 제조 회사의 렌즈_옮긴이)이 사용되었을 것으로 생각했다. 이렇듯 30분이 흐른 뒤 빌리는 토르켈에게 전화를 걸었고, 그는 당장 달려왔다.

토르켈은 빌리 옆 자리에 앉았다. 천장에는 빌리의 컴퓨터와 연결된 프로젝트가 윙윙거리고 있었다. 벽에는 CCTV 1:15의 화면들이 돌아가고. 화면 각도를 보니 카메라가 땅에서 약 10미터 위쪽에 부착되어 있었던 것을 쉽게 알 수 있었다. 카메라는 오픈된 자리에 설치되어 있었는데 정중앙에는 거리가 펼쳐져 있었다. 거리는 두 개의 높은 건물들 사이로 사라졌다. 왼쪽 건물은 단과대학이었고, 오른쪽에는 또 다른 학교가 위치하고 있었다. 카메라는 춥고 바람 부는 텅 빈 오픈 공간에 자리 잡고 있었다. 화면의 모퉁이에는 시간 표시가 돌아갔다. 갑자기 화면에 등장한 모페드가 고요함을 깨트렸다. 빌리는 비디오를 멈추었다.

"여기에요. 21:02분에 레오 룬딘이 지나갔어요. 그러고 나서 로저가 왼쪽에서 왔고요."

빌리가 컴퓨터 자판을 누르자, 녹화 테이프가 계속 돌아갔다. 1분쯤 지난 뒤에 다른 사람의 모습이 화면에 나타났다. 초록색 윗도리를 걸치고 있었는데, 발걸음이 빠르고 갈 길을 재촉하고 있었다. 빌리는 테이프를 다시 멈추었다. 그러고는 그들은 화면 속 인물을 관찰했다. 이 인물은 얼굴을 숨기려고 모자를 쓰고 있었지만 의심할 여지없이 로저에릭손 같았다. 키, 중간 길이의 머리카락과 특히 마른 혈흔으로 뒤범벅이 된 윗도리는 지금 경찰의 증거자료로 남아 있었다. 녹화 화면에서는 윗도리가 훼손되지도, 혈흔이 보이지도 않았다.

"21:02:48에 로저가 나왔어요." 빌리는 화면을 계속 돌리며 말했다.

로저는 앞으로 계속 걸어가고 있었다. 이제 몇 시간 더 살지 못할, 한 사람에 대한 화면이 뭔가 독특하게 느껴졌다. 앞으로 다가올 파국을 알고 있기에 토르켈과 빌리는 로저가 발걸음을 옮길 때마다 유심히 관찰했다. 그의 움직임은 어느 것 할 것 없이 모두 의미가 있기 때문이었다. 다음번 모퉁이 뒤편에서 죽음이 도사리고 있었지만, 일상적인 산책을 나선 로저는 그런 사정을 결코 알아채지 못했다. 운명적인 미래에 대해서 관찰자는 알고 있었지만, CCTV 카메라 1:15에서 아무 말 없이 지나가던 열여섯 살 소년은 알 턱이 없었던 것이다. 그는 앞으로 닥칠 일에 대해서는 전혀 알지 못했던 것이다.

토르켈은, 로저가 주춤거리며 쳐다보는 모습을 일일이 관찰했다. 그리고 몇 초가 지나자 모페드가 다시 나타났다. 그들은 로저의 보디랭귀지가 무엇을 말하는지 알 수 있었다. 모페드의 등장으로 그에게 어려운 상황이 닥쳤다는 것을. 로저는 주변을 둘러보며 도망갈 길을 찾는 것 같았다. 하지만 그동안에 모페드가 로저 주위를 자극적으로 빙글빙글 돌자 그는 무시하기로 결정했다. 로저는 몇 발자국 앞으로 나오려고 시도했지만 그의 주변을 맴돌던 모페드가 방해하고 나섰다. 모페드는 점점 더 그의 주변을 좁혀갔다. 빙글빙글 맴돌며. 로저는 자리에 멈추어 섰다. 그리고 몇 번 더 원을 그리던 모페드도 멈추어 섰다. 레오가 모페드에서 내려왔다. 로저는 헬멧을 벗으려는 소년을 꽉 붙잡았다. 그는 자신의 몸을 좀 더 크게 보이고 싶었는지 몸을 쭉쭉 뻗어보았다. 곧 문제가 일어날지도 모른다는 것을, 그도 알고 있는 듯이 준비를 하고 있었다. 경험상 앞으로 무슨 일이 벌어질지, 잔뜩 채비를 하고 있었던 것이다.

토르켈로서는 이 화면이 죽은 소년과의 첫 번째 만남이었다. 화면에서는 소년의 기분이 그리 나쁘진 않아 보였다. 그는 도망가지 않았다. 어쩌면 그는 희생자가 아닐지도 모른다. 로저는 다시 한 번 몸을 쭉쭉 뻗었다. 레오가 뭐라고 말하자 로저가 대답했다. 이윽고 레오가 처음으로 밀치는 모습이 보였다. 로저가 뒤로 비트적거렸고, 레오는 여전히 그에게 바짝 다가섰다. 로저가 몸의 균형을 되찾자 레오는 그의 왼팔을 붙들고는 윗도리 소매를 추켜올렸다. 그러자 로저의 시계가 눈에 띄었다. 레오가 뭐라고 말을 하자 로저가 팔을 뒤로 빼려고 시도했다. 레오는 로저의 얼굴 정중앙을 향하여 주먹질로 반응했다. 빠르면서도 거칠게. 사전 경고도 없이.

로저가 얼굴을 감싸 안았을 때 그의 오른쪽 손에서 피가 흘러내리는 모습을, 토르켈은 볼 수 있었다. 그러고는 레오가 다시 한 방 날렸다. 로저는 비틀거렸고, 그 자리에 주저앉을 때는 레오의 티셔츠를 움켜쥐었다.

"그래서 레오나르트의 티셔츠에 피가 묻었나 봐요." 빌리는 간단하게 코멘트를 달았다. 토르켈은 고개를 끄덕이는 것으로 설명을 대신했다.

피가 얼룩진 티셔츠는 분명히 레오의 폭력이 시작되었다는 시그널이었다. 화가 치밀어 오른 그는 맹렬하게 로저에게 달려들었다. 얼마 있지 않아 로저는 땅바닥에 엎어졌고 그 위로 수도 없는 발길질이 날아들었다. 테이프의 시간 표기가 자동으로 넘어가는 동안에, 로저는 거리에서 태아와 같은 자세를 취하고는 레오의 눈빛에서 뭔가 의미를 읽어내는 것 같았다. 21:05분에야 비로소 레오는 발길질을 그만두었다. 그리고 그는 로저 쪽으로 몸을 숙여 마침내 손목시계를 빼앗았다. 연이어 그는 땅바닥에 웅크리고 있는 소년을 마지막으로 쳐다보았고, 우스울 정도로 천천히 헬멧을 머리에 썼다. 마치 자신의 생각을 다시 한 번 보여주려는 것처럼. 그리고 그는 모페드에 올라타더니 화면에서 사라졌다. 로저는 한동안 그 자리에 남아 있었다.

빌리는 토르켈을 쳐다보았다.

"어쨌든 간에 로저는 여자 친구랑 〈레츠 댄스〉를 같이 보지는 않았네요."

토르켈은 고개를 끄덕여 보였다. 리자가 거짓을 말한 것이었다. 하지만 레오의 진술에도 잘못된 점이 있었다. 로저가 레오의 모페드로 달려들면서 싸움을 먼저 걸지는 않았다는 것. 그들은 싸우지 않았다. 게다가 토르켈의 의견에 따르면 싸움이란 두 사람의 적극적인 참여가 필요한 것이었다.

토르켈은 등을 기대어 앉고는 머리 뒤로 팔짱을 끼었다. 그들은 신체 손상이나 절도로 레오 룬딘을 체포할 수는 있어도 살인죄는 아니었다. 어쨌든지 지금은 아니었다. 물론 나중에도 아닐 것이다. 토르켈은 이 점에 대해서는 확신이 들었다. 레오는 일을 치는 아이였다. 하지만 심장을 잘라냈을까? 아니다. 그는 이런 일을 하지 못할 것이다. 몇 년 안에 그의 삶이 개만도 못하게 되지 않는다면 몰라도. 하지만 지금은 아닐 것이다.

"로저가 어디로 갔을 것 같아요?"

"저도 모르겠네요. 하지만 여길 좀 보세요." 빌리는 자리에서 일어나 벽에 걸린 지도 쪽으로 갔다. "로저가 이쪽으로 직진해서 바자가탄으로 갔다면요. 여기서 오른쪽 아니면 왼쪽으로 갔을 거예요. 이 횡단보도에도 CCTV가 있었는데 그곳에서는 로저의 모습이 나오지 않았어요."

"그렇다면 오른쪽으로 갔다는 얘긴가요?"

"그러면 여기에 설치된 카메라에 언젠간 나와야 된다는 얘긴데요." 빌리는 지도에서 몇 센티미터 북쪽에 위치한 운동장 앞 자리를 가리켰다.

"그것도 아니라면 로저가 이 앞쪽에서 꺾었을 겁니다."

빌리는 고개를 끄덕이며 좀 더 작은 도로를 가리켰다. 바자가탄과는 비스듬하게 갈라지는 길이었다.

"아마도 여기가 되겠네요. 아팔비베겐. 곧장 주택지로 통해요. 그곳에는 카메라가 없고요. 이렇게 되면 그가 어느 쪽으로 갔는지 전혀 알 수가 없어요."

"그럼 사방을 재조사해봅시다. 어쩌면 로저가 좀 더 큰 도로에서 모습을 다시 드러낼지도 몰라요. 동료들을 보내세요. 이 동네에 사는 사람들을 찾아가 물어보도록 합시다. 누군가 그를 본 사람이 있을 거예요. 그가 어디로 갔는지 알 수 있을 겁니다."

빌리는 고개를 끄덕였다. 그러고는 두 남자는 각자 자신의 핸드폰을 꺼냈다. 빌리는 아직도 숙취 상태인, 보안 회사의 생일 주인공에게 전화를 걸어 다른 녹화 테이프를 부탁했다. 토르켈은 반야에게 전화를 걸었다. 언제나처럼 그녀는 통화음이 한 번 울리자마자 곧장 전화를 받았다.

토르켈이 전화를 걸었을 때에는, 반야와 세바스찬이 막 팔름뢰브스카 고등학교를 떠난 뒤였다. 토르켈은 반야에게 돌아가는 상황을 간략하게 설명했다. 얼마나 간략했는지 통화 시간이 1분이 채 걸리지 않았다. 전화를 끊으며 반야는 세바스찬을 돌아보았다.

"구스타브스보르크스가탄의 녹화 테이프를 확보했다고 해요. 로저가 아홉 시 직후에 그곳에 있었다네요."

세바스찬은 새 정보를 곰곰이 생각해보았다. 반야는 사건이 일어난 날 저녁, 로저의 행방을 묻는 말에 열여섯 살 리자가 거듭 거짓말을 했다고 완강하게 주장해왔다. 이제는 반야의 의견이 맞는다는 것을, 그들은 증명할 수 있게 되었다. 그렇다면 리자한테는 친구의 살해 사건을 밝히는 것보다는 진실을 비밀로 지키는 게 더 중요한 일이었을까? 이러한 비밀이 세바스찬을 자극했다. 우습게도 이 전체 사건은 갈수록 더 그를 자극하기 시작했다. 그는 이렇듯 사건에 심취하는 게 결코 거북살스럽지 않다고 생각했다. 그가 원하는 한, 그는 이 사건에 남아 최선의 성과를 만들어내고 싶었다. 그리고 가능하다면 자신의 영향력과 미래에 대해 새로운 결정을 내리고 싶은 마음이 들었던 것이다.

"반야, 이러면 어떨까요? 우리가 리자한테 잠시 들러서 얘기를 나눠보는 게?"

"당신이 나한테 물어볼 줄도 알고……. 전혀 생각도 못했네요."

그들은 가던 길을 돌아 학교로 다시 향했다. 하지만 리자는 영어 수업을 마친 뒤에 집에 가고 없었다. 리자한테는 오늘이 일주일 중 가장 일찍 수업이 끝나는 날이었다. 그녀가 지금도 집에 있기를 바랐다. 반야는 전화해서 물어보고 싶은 마음이 들지 않았다. 그러면 부모가 끼어들어 새로운 방어 전술을 펼칠 게 뻔했기 때문이었다. 일단 그들은 자동차에 올라탔다. 그리고 반야는 가능한 최고속도를 내기 시작했다.

운행 중에 그들은 아무 말도 하지 않았다. 반야는 그게 편했다. 그녀는 동료와 가깝게 지내려고 신경 쓰고 싶지 않았다. 그녀한테는 지나친 강요라고 생각되었기에 그와 오랫동안 같은 팀이 되고 싶지 않았던 것이다. 세바스찬도 단순히 시간을 때우기 위한 수다는 원하지 않을 거라는 걸, 그녀는 알고 있었다. 우르줄라는 그를 사고뭉치라고 표현했다. 어쨌든 간에 그가 입을 다물고 있는 게 훨씬 나을 거라고도 말했다. 왜냐면 그가 입을 열었다 하면 졸렬하기 짝이 없거나 섹스에 집착하거나 비판적이거나 혹은 그저 반대를 위한 반대에 앞장서기 때문이라고. 그가 아무 말도 하지 않고 있는 한, 적어도 다른 사람을 화나게 하지는 않을 것이다.

토르켈이 세바스찬을 소개하면서 그의 수사 참여에 대해 통보했을 때에는, 우르줄라처럼 반야도 정말로 어이가 없었다. 그것이 세바스찬이라는 사람이었기에 그랬던 것만은 아니었다. 물론 그녀는 다른 동료들보다도 그에 대해 훨씬 나쁜 소리를 들었던 것도 사실이었다. 하지만 그녀가 더 화가 날 수 밖에 없었던 것은, 토르켈이 한 마디 의논도 없이 혼자 결정을 내렸다는 것이다. 그녀 생각에는 어떤 일이 있어도 토르켈이 그녀에게 의논했어야 마땅했다. 그럼에도 불구하고 그녀는 확신하고 있었다. 그들은 아주 긴밀하게 협력 작업을 해왔다는 걸. 여기서 중요한 것은, 전체 팀에 관련된 결정이라면 그녀가 얼마든지 의견을 표현할 수 있다는 것이다. 특히나 이런 결정을 내리기 전에. 토르켈은 그녀가 지금껏 만났던 책임자들 중에 최고였다. 이러한 그가 그녀의 생각과는 다르게 포괄적인 변화를 결정했다는 게 더더욱 놀라울 따름이었다. 모든 사람들의 생각과는 다르게. 그 점 때문에 그녀는 놀라지 않을 수 없었다. 그리고 아주 솔직히 말하자면 그 점 때문에 그녀는 실망할 수밖에 없었다.

"리자의 부모님 이름이 뭐죠?"

반야는 하던 생각을 멈추었다. 그녀는 세바스찬을 쳐다보았는데, 그는 단 1센티미터도 움직이지 않았다. 그는 여전히 옆 창문을 쳐다보고 있었다.

"울프와 안 샬롯테요. 그런데 왜죠?"

"그냥요."

"당신이 받은 서류에 다 나와 있어요."

"보지 못했어요."

반야는 뭔가 잘못 들었나 싶었다.

"서류를 아직 보지 못했다고요?"

"아직요."

"당신은 왜 이번 사건에서 나와 일하려는 거죠?"

반야는 세바스찬의 참여에 대해 토르켈로부터 모호한 설명을 들은 상태였지만 같은 질문을 다시 세바스찬에게 던졌다. 세바스찬이 토르

켈을 맘대로 조정할 수 있는 건수를 잡은 것일까? 아닐 것이다. 이는
생각할 수도 없는 일이다. 토르켈은 어떤 수사라도 개인적인 이유에서
위태롭게 할 사람이 아니었다. 그 이유가 뭐건 간에. 세바스찬의 대답
은 기대했던 것보다도 더 빨리 나왔다.

"당신들한테는 내가 필요하기 때문입니다. 내가 없으면 이 사건을
해결할 수가 없어요."

우르줄라가 옳았다. 세바스찬 베르크만에 대해 살짝 화가 나기 시작
할 거라고. 반야는 자동차를 세우고 주차했다. 자동차에서 내리기 전
에 그녀는 세바스찬을 바라보았다.

"한 가지 더요."

"뭐죠?"

"그 아이가 거짓말을 한다는 거, 알고 있어요. 우리는 증거를 갖고
있어요. 하지만 어떻게 해서라도 그 아이가 말하도록 해야 해요. 그러
니까 그 아이가 어떤 말을 하기도 전에 우리가 그곳에서 난리 법석을
피워서는 안 돼요. 이해하겠죠?"

"알았어요."

"내가 그 애를 알아요. 말을 하도록 유도해볼 작정이에요. 그러니 당
신은 입 닥치고 있어야 해요."

"이미 말했듯이 내가 옆에 있는 걸 전혀 느끼지 못할 겁니다."

반야는 그에게 눈빛으로 신호를 보냈다. 차에서 내려서 집으로 들어
가기 전에 그녀는 방금 자신이 한 말이 얼마나 중요한지를 알리기 위
해서였다. 세바스찬은 그녀의 뒤를 따랐다.

반야가 학수고대한 바대로, 리자는 혼자 집에 있었다. 리자는 반야
와 낯선 남자가 집 대문 앞에 서 있는 것을 보고 쇼크를 받았다. 빠져

나갈 구멍을 대려고 입으로 중얼거려 보았다. 하지만 원하지 않았는데도 반야가 벌써 복도로 뚜벅뚜벅 걸어 들어왔다. 그녀는 리자의 부모가 집에 없는 틈을 십분 이용하고 싶었던 것이다.

"몇 분이면 돼. 여기서 우리가 대화를 나눴으면 하거든." 반야가 먼저 티끌 하나 없이 깨끗한 부엌으로 들어섰고, 다른 사람들은 그녀의 뒤를 따라갔다. 세바스찬은 뒤쪽에 자리를 잡았다. 그는 소녀를 다정하게 반겼고 줄곧 한마디도 하지 않았다. 지금까지는 그들의 타협에 대해 반야가 안심할 수 있도록 행동했다. 솔직히 말해서 그는 할 말도 없었다. 그는 진주 액자 속의 예수님 그림을 바라보며 할 말을 잃었다. 이런 것은 난생처음 보는 것이었다. 정말 가공할 만한 것이 아닌가!

"앉아라."

반야는 소녀한테 뭔가 변화가 있다는 걸 느꼈다. 그녀는 좀 더 피곤해 보였다. 눈에는 방어적인 열정이 더 이상 빛나지 않았다. 그녀의 방어벽에 커다란 틈이 생긴 것 같았다. 반야는 가능한 한 인간적으로 다가설 수 있도록 노력했다. 리자가 자신의 말을 공격으로 받아들이기를 원치 않았던 것이다.

"자 내 말 좀 들어봐라, 리자. 우리한테 문제가 있단다. 아주 큰 문제란다. 로저가 사건이 일어났던 금요일 21시에 이곳에 있지 않았다는 걸, 우린 다 알고 있어. 이곳이 아니라 로저가 어디에 있었는지도 알고 있지. 우린 그 점에 대해서 증거를 제시할 수도 있고."

그녀가 잘못 생각하고 있었던 걸까? 리자의 어깨가 약간 앞으로 숙여진 것처럼 보였다. 하지만 그녀는 아무 말도 하지 않았다. 아직은 아무 말도. 반야는 몸을 앞으로 숙이고는 그녀의 손을 쓰다듬었다. 이번에는 좀 더 부드럽게.

"이제는 우리한테 진실을 말해주어야 해. 네가 왜 거짓말을 하는지, 난 모른단다. 하지만 이제는 그만해야 할 거야. 우리를 위해서가 아니라 다 널 위해서야."

"부모님이 오셨으면 좋겠어요." 리자는 한 마디를 던졌다.

"너, 정말 원하니? 네가 거짓말한 이유가 뭔지 너희 부모님이 다 듣길 정말로 원하는 거야?"

처음으로 반야는 리자의 눈이 껌벅거리는 모습을 볼 수 있었다. 이 느닷없는 무기력한 상태의 표현은 일반적으로 진실을 예고했다.

"로저가 9시 5분쯤에 구스타브스보르크스가탄에 있었단다. 내가 CCTV 녹화로 확인했어. 구스타브스보르크스가탄은 너희 집에서 상당히 멀리 떨어져 있어." 반야는 계속해서 말을 이었다. "네 남자 친구가 8시 15분쯤 여기서 나갔다고, 상상해보자. 늦어도 8시 30분에는 나가야 했을 거야. 만약 로저가 여기에 있었다고 한다면 말이야."

그녀는 더 이상 말하지 않았다. 리자의 눈에서는 피곤함과 자포자기 상태가 느껴졌다. 반항심과 청소년기의 뻔뻔스러움은 온데간데없었다. 이제 소녀한테는 신경질적인 모습만 남았다. 신경질적인 아이.

"부모님이 굉장히 화내실 거예요." 마침내 리자는 다시 입을 열었다. "엄마랑 아빠랑."

"부모님이 이 얘기를 다 듣게 된다면 그렇겠지."

"젠장, 이 빌어먹을, 젠장." 리자의 입에서 튀어나온 말이었다. 이 금지된 단어들은 이제 끝장이라는 걸 알렸다. 보호 장막이 와르르 무너져 내렸다. 리자는 반야의 손을 뿌리치고는 자신의 얼굴을 감싸 안았다. 반야와 세바스찬은 거의 안심했다는 듯이 안도의 긴 한숨을 내쉬었다. 비밀은 힘든 일이었고, 더 외롭게 만드는 법이었다.

"로저는 내 남자 친구가 아니에요."

"뭐라고?"

리자는 머리를 쳐들고는 좀 더 큰 소리로 말했다. "그 아인 내 남자 친구가 아니라고요."

"아니라고?"

리자는 머리를 가로저으며 반야로부터 시선을 돌렸다. 그녀는 창문 쪽을 바라보았다. 그녀의 눈빛은 저 먼 곳을 멍하니 바라보았다. 그곳에 가고 싶다는 듯이. 그곳으로.

"그렇다면 로저는 뭐야? 너희들 뭔가 계획한 게 있었구나?"

리자는 어깨를 움찔거렸다. "아무 관계도 아니에요. 그냥 그렇게 허락받은 거죠."

"어떻게 허락받았다는 거야?"

리자는 반야를 피곤한 눈빛으로 쳐다보았다. 반야가 그녀의 말을 이해하지 못한 걸까?

"부모님한테 허락받았다는 거니? 그걸 의미하는 거야?"

리자는 얼굴에서 손을 떼고서 고개를 끄덕였다.

"난 그 아이하고는 외출할 수 있어요. 아니면 그 아이랑은 혼자 집에 있어도 되고요. 우리는 밖에 전혀 나가지 않아도 돼요."

"만약 로저랑 같이 있지 않으면?"

리자는 고개를 가로저었다.

"너 다른 남자 친구가 있구나, 그렇지?"

리자는 다시 한 번 머리를 끄덕여 보였다. 그러고는 처음으로 반야를 향해 간청하는 눈빛으로 바라보았다. 한평생 완벽한 딸로서 연기해야 하는 그런 소녀. 이제는 더 이상 쓸 수 없는 가면이었다.

"너희 부모님은 진짜 남자 친구를 좋아하지 않으시니?"

"만약 그 애에 대해 부모님이 알게 되면 날 죽여 버릴지도 몰라요."

반야는 다시 한 번 진주 액자 그림을 바라보았다. 그 그림은 달리 해석할 수 있었다. "내가 길이노라." 하지만 사실상은 아니었다. 부모가 원하지 않는 소년을 사랑한다면 열여섯 살 소녀에게는 절대로 길이 없었다.

"우리가 이 소년을 한번 만나야 될 거야. 너도 알고 있지? 그 애랑 대화를 나눠봐야 된다는 걸. 하지만 네 부모님한테는 얘기하지 않을게. 우리가 약속하마."

리자는 고개를 끄덕였다. 그녀는 더 이상 저항할 생각이 없어 보였다. "진실만이 널 자유롭게 할 거야."라고 교회 청년반 선생님이 수시로 강조하지 않았던가. 그녀는 지난 몇 년 동안에 강요된 삶을 살아오면서, 점점 거짓말이 산처럼 불어날 때마다 이 말을 곱씹어 보았다. 그런데 바로 지금, 이 순간에는 이 말에 대한 해석을 달리 해야만 했다. 진실은 널 자유롭게 해줄 테지만 너희 부모님은 엄청나게 화를 낼 거라고. 이는 기정사실이었다. 그럼에도 이는 진실이었다. 그리고 그녀는 정말로 자유로웠다.

"왜 부모님이 남자 친구를 못마땅하게 생각하시는 거지? 너무 나이가 많니? 범죄자야? 아니면 약물중독자니? 그것도 아니면 회교도야?"

이 질문은 세바스찬의 입에서 나온 것이었다. 반야는 그를 빤히 쳐다보았고, 그는 미안하다는 손짓을 해보였다. 그녀는 알았다는 듯이 고개를 끄덕여 보였다.

"그 애 잘못은 없어요…… 그저 이곳에서는 어떤 것과도 함께 할 수 있는 애가 아니기 때문이에요." 리자는 이 집뿐만 아니라 이 모든 주변

환경과 조용한 거리를 따라 이 집 앞의 잘 가꾸어진 정원들을 모다 포함한다는 듯한 몸짓을 해보였다. 세바스찬은 그녀의 말을 정확히 이해할 수 있었다. 그도 리자의 나이 때에는 이런 식 외에는 다른 방법으로 자신의 상황을 해석하고 표현하지 못했다. 그래서 그런지 그녀의 느낌을 고스란히 느낄 수 있었다. 감옥이 되어버린 안전. 사람을 압박하는 보살핌. 꽉 억매고 사람을 마비시키는 전통.

반야는 그녀 쪽으로 몸을 숙였다. 그러고는 다시 손을 잡았다. 리자도 반야의 손길을 느끼고 싶었기에 어떤 반항도 하지 않았다.

"로저가 여기로 오긴 한 거니?"

리자는 고개를 끄덕였다. "8시 15분까지는요. 엄마랑 아빠가 정말로 외출하신 게 확실할 때까지요."

"그다음에 로저가 어디로 갔지?"

리자는 고개를 내저었다. "나도 몰라요."

"로저가 누굴 만난다고 했니?"

"아마 그랬던 것 같아요. 항상 그랬어요."

"그게 누군데?"

"난 몰라요. 로저가 그런 얘기는 해주지 않아요. 그 애는 비밀이 참 많았거든요."

세바스찬은, 리자와 반야가 우스울 정도로 깨끗하게 치워진 탁자에 나란히 앉아 사건 당일에 대해 얘기하는 모습을 관찰하고 있었다. 로저 말고는 모두 다 살아 있는 사람들이 사건 당일 날 밤에 대해서. 이 부엌의 정리된 상태를 보니, 세바스찬은 자신의 부모님 집이 떠올랐다. 또한 자신의 성공한 부모와 친하게 지냈던 모든 이웃집들도. 그는 마치 자신의 불쾌했던 어린 시절과 흡사한 곳에 다시 온 것과 같은 느낌이 들었다. 그는 항상 주변 사람들과 치열하게 맞서지 않았던가! 형식과 질서라는 외적인 보호 상태는 경험했었지만 사랑과 용기는 전혀 아니었다. 세바스찬은 갈수록 소녀에게 호감이 갔다. 그녀한테 앞으로 어떤 일이 일어날지 뻔했다. 열여섯 살 나이에 부모가 모르는 비밀 애인이 생겼으니, 그녀의 부모는 언젠가는 그녀와 한바탕 제대로 싸워야 할 것이다. 그녀가 좀 더 나이가 든 뒤에. 이런 생각에 그는 희열을 느꼈다.

갑작스럽게 현관문이 열리는 소리가 들렸다. 그러고는 복도에서 다정하게 부르는 목소리가 들려왔다. "리자, 우리가 왔단다."

반사적으로 리자는 차렷 자세를 하고는 경직된 자세를 취했다. 반야는 눈 깜짝할 사이에 명함을 건네주었다.

"남자 친구를 어떻게 만날 수 있는지 나한테 문자해라. 그러면 남자 친구에 대해서는 우리가 비밀을 지킬게."

리자는 고개를 끄덕이고는 명함을 받아들었다. 그러고는 아버지 울프가 문 앞으로 오기 전에 명함을 주머니에 집어넣을 수 있었다.

"당신, 여기서 뭐 하는 거요?"

복도에서 들려오던 다정한 목소리는 온데간데없었다.

자리에서 일어난 반야는 그에게 뭔가 인위적인 웃음을 지어 보였다. 그가 너무 늦게 왔다는 걸 알려주기라도 하는 듯한 웃음을. 반야는 만족스러웠다. 울프는 자신의 권위를 다시 세우려고 애를 썼다.

"내가 없는 자리에서는 당신이 우리 딸이랑 대화를 나눌 수 없다고 말했던 것 같은데요. 내 말을 완전히 무시한 거요."

"당신은 그런 일을 내게 요구할 권리가 없어요. 더구나 우리는 리자와 해결해야 할 몇 가지 얘기가 있었으니까요. 하지만 우리는 이제 그만 가려고 하던 참이에요."

반야는 머리를 돌리며 리자 쪽을 향하여 미소 지었다. 물론 리자는 탁자 바닥만 뚫어져라 쳐다보고 있었기에 알아채지 못했다. 세바스찬도 자리에서 일어섰다. 반야는 리자의 부모 옆을 지나서 문으로 향했다. "이제부터는 더 이상 방해할 일이 없을 겁니다."

반야를 쳐다보던 울프는 딸 쪽으로 시선을 돌렸다가 다시 반야를 쳐다보았다. 몇 초 동안 그는 아무런 대답도 하지 못했지만 자신이 할 수 있는 한 다시 위협을 가하였다.

"단단히 준비하고 계시오. 당신 책임자한테 얘기할 테니. 그렇게 되면 당신은 그렇게 쉽게 빠져나가지 못할 거요."

반야는 단 한 번 대답할 생각도 하지 않고서 단숨에 문 쪽으로 향했다. 하지만 그녀는 뒤통수에서 세바스찬의 목소리를 들었다. 그의 목소리는 특히나 힘차게 울렸다. 마치 그가 오랜 시간 이 순간을 기다렸다는 듯이.

"한 가지는 당신도 알아야 될 겁니다." 거의 격식 있는 동작으로 그는 앉았던 의자를 부엌 탁자 쪽으로 밀어 넣으며 말했다. "당신 딸이 당신들을 속였다는 거."

아니, 이 남자가 도대체 무슨 짓을 하고 있는 걸까? 쇼크를 받은 반야는 몸을 돌려 심각한 낯빛으로 세바스찬을 노려보았다. 이런 식으로 아이를 고자질하다니! 세바스찬의 행동은 동료와 다른 어른들한테는 돼지와도 같은 짓이 아닐까? 이럴 필요까지는 전혀 없었는데! 리자는 땅이라도 꺼진 것처럼 보였다. 그녀의 아버지는 아무 말도 하지 않았다. 모두들, 갑자기 부엌 한가운데를 차지하고 등장한 이 남자만을 쳐다보았다.

이 순간이야말로 세바스찬 베르크만이 이번 일을 하는 동안에 가장 바라던 것들 중에 하나였다. 그에게는 시간이 충분했다. 이 순간의 마법을 만끽할 수 있는 시간이. 게다가 이런 기회가 그리 자주 돌아오지도 않았다.

"사건이 일어난 금요일에 로저는 리자가 처음에 우리한테 말했던 시간보다 훨씬 일찍 이 집에서 나갔습니다."

부모들은 서로 쳐다보았다. 마침내 어머니가 말을 꺼냈다. "우리 딸은 거짓말하지 않았어요."

세바스찬은 한 발짝 리자의 부모에게 다가섰다.

"아니요. 거짓말했습니다." 그는 진짜 거짓말쟁이들을 관대하게 봐줄 생각이 없었다. "물론 리자가 왜 그랬는지, 물어보시겠지요. 아마도 어떤 이유가 있지 않았을까요? 당신에게 감히 진실을 털어놓을 수 없는 그런 이유가요?"

세바스찬은 더 이상 말을 하지 않고서 리자의 부모를 빤히 쳐다보았다. 부엌에는 그 다음에 나올 얘기로 인해 불안감이 감돌았다. 그가 뭐라고 할지. 반야의 머리는 최대 출력으로 돌아갔다. 지금 막 빠진 수렁에서 다시 단단한 땅으로 나오려면 어떻게 해야 할까? 그녀가 할 수 있는 유일한 것은 약하게나마 애원하는 수밖에 없었다.

"세바스찬……."

하지만 세바스찬에게는 아무런 영향도 주지 못했다. 그는 이 부엌 안을 지배하고 있었으며 열여섯 살 소녀의 인생을 손아귀에 움켜쥐고 있었다. 이런 상황에서 과연 그가 남의 말을 귀담아들으려 할까?

"리자와 로저는 이날 밤에 서로 싸웠습니다. 그래서 그는 8시경에 돌아갔고요. 이 아이들이 싸운 날 밤에, 연이어 그가 죽었습니다. 이 일에 대해서 어떻게 생각하시나요? 리자의 심정이 어떨 거라고 생각하시나요? 만약 얘들이 싸우지 않았다면 그가 아직도 살아 있을지도 모릅니다. 그가 이른 시간에 돌아간 것은, 리자의 잘못입니다. 이런 자책감은 어린 소녀한테는 엄청난 부담감이에요."

"이 말이 맞니, 리자?" 어머니의 목소리는 애원하듯이 들려왔고, 눈빛은 눈물로 가득했다. 리자는 부모를 바라보았다. 마치 꿈에서 막 깨어나 무엇이 옳은 일이고 무엇이 잘못된 일인지 분간하지 못하는 듯이. 세바스찬은 리자에게 남몰래 눈을 찡긋거려 보였다. 이것이 바로 자신이 해야 할 일이라고 생각했던 것이다.

"따지고 보면 리자가 한 일은 거짓말이라고는 말할 수 없습니다. 오히려 방어 본능이라고 할 수 있겠죠. 계속 살아가야 할 테니까요. 어떻게 해서든지 죄책감에서 벗어나야 하지 않을까요? 그래서 제가 여러분에게 이런 얘기를 하는 겁니다." 세바스찬은 엄한 눈빛으로 계속해서 말했다. 그러고는 그는 지금 상황의 심각성을 강조하기 위해 목소리를 한 톤 낮추어 말했다. "리자는 아무것도 잘못한 게 없다는 걸 이제 깨달았을 겁니다."

"당연히 넌 아무 잘못도 없단다, 내 딸아." 이번에는 아버지 울프가 나섰다. 그는 딸에게 다가서며 안아주었다. 리자는 여전히 어안이 벙벙한 상태였다. 자신의 거짓말을 폭로해야 할 상황에서 너무나 한순간에 사랑과 배려로 바뀌었기 때문이다.

"우리 가엾은 아가야, 그래도 왜 우리한테 말하지 않았니?" 어머니가 힘없는 목소리로 묻자, 세바스찬이 다시 끼어들었다.

"리자가 당신을 실망시키고 싶지 않았던 거겠죠. 이해 못하시겠어요? 리자는 굉장한 죄책감을 느끼고 있단 말입니다. 죄책감과 슬픔을.

그런데 당신은 지금도 내내 거짓말을 했냐 하지 않았느냐에 대해서만 따지고 있습니다. 자꾸 그러시면 당신은 리자를 더 외롭게 만든다는 거 이해하지 못하시겠어요?"

"하지만 우리는 전혀 모르고 있었어요…… 그냥 믿고 있었는데……."

"당신은 당신 사정에 맞는 것만 믿었겠죠. 결코 다른 것은 안중에도 없었을 테고요. 물론 이해는 갑니다. 인간적이기도 하고요. 하지만 당신 딸은 지금 사랑과 보살핌이 필요해요. 당신이 리자를 믿고 있다는 걸, 아이가 느낄 수 있도록 해주세요."

"하지만 우리도 그렇게 하고 있어요."

"충분하지 않습니다. 따님에게 사랑을 주시되, 자유도 주세요. 지금 이 아이가 필요한 것은 바로 그겁니다. 많은 신뢰와 자유를 주는 것."

"지당하신 말씀이세요. 고맙습니다. 우리가 모르고 있었네요. 우리가 화낸 점에 대해서는 깊이 사과드릴게요. 그래도 이해해주시기를 바랍니다." 어머니는 자기 자신을 방어하려고 노력했다.

"물론이죠. 우리 모두 우리 아이들을 지켜야 합니다. 무엇보다도. 이건 부모의 본능입니다."

세바스찬은 가장 따사로운 미소로 밝게 웃으며 어머니를 바라보았다. 그녀는 가볍게 머리를 끄덕이며 고맙다는 인사를 했다. 정말로, 정말로 너무 고마운 마음에.

세바스찬은 그동안의 혼란 속에서 막 화가 누그러진 반야 쪽을 돌아보았다. "이제 가도 될까요?"

반야는 될 수 있는 대로 자연스럽게 고개를 끄덕이려고 노력했다. "물론이에요. 더 이상 방해하고 싶지는 않아요."

세바스찬과 그녀는 리자의 부모에게 마지막 미소를 지어 보였다.

"그리고 한 가지는 늘 염두에 두셔야 합니다. 당신들한테는 정말 멋진 딸이 있다는 걸 말이죠. 아이에게 사랑과 자유를 주세요. 당신들이 아이를 믿고 있다는 걸, 아이도 알 수 있도록요."

이 말을 남기고는 그들은 집을 나섰다. 세바스찬은 한솔 가족의 삶에 시한폭탄을 터트린 것 같아서 무한한 기쁨을 느꼈다. 지금까지의 두엄자리를 빠른 시간 내에 날려버리려면 리자에게는 바로 자유가 필요했다. 빠르면 빠를수록 더 좋을 테니까.

"반드시 그렇게 해야만 했나요?" 반야는 정원 문을 열고 나오면서 세바스찬에게 물었다.

"어쨌든 아주 재밌지 않았나요?" 세바스찬은 반야의 표정을 읽을 수 있었다. 그가 그렇게 불쑥 나선 이유가 단지 재미 때문이라는 말로는 설득력이 없어 보였다. 세바스찬은 한숨을 내쉬었다. 좀 더 자세히 설명해야만 했다. "예, 꼭 그럴 수밖에 없었어요. 리자가 주장했던 것과는 달리 로저가 그곳에 없었다는 사실은 지금이든 나중이든 언젠가는 신문에서 알려질 게 뻔하잖아요. 그 이유를 설명하기에는 지금이 적기라고 생각했어요. 그 아이를 도와줄 기회라고."

세바스찬은 계속해서 걸어갔다. 자동차로 향할 때에는 입에서 휘파람이 절로 나왔다. 이런 일은 오랫동안 없던 일이었다.

아주 오랫동안.

반야는 몇 발자국 그의 뒤를 따라 걸으며 그의 말을 이해하려고 노력했다. 당연했다. 리자를 그대로 내버려둔다면, 이는 그들이 할 수 있는 일들 중에 가장 어리석은 일이었을 것이다. 그 점에 대해서 그녀도 염두에 두어야만 했다. 그녀보다 우월하다고 생각되는 사람이 있다는 것도, 아주 오랜만의 일이었다.

아주 오랜만에.

토르켈과 한저는 한저의 4층 사무실에 앉아 있었다. 토르켈이 회의를 요청했던 것이다. 그들은 증거에 대해 할 얘기가 있었다. CCTV에서 발견한 증거들은 난관을 타개할 수 있는 계기가 되었다. 이제는 확신 있게 말할 수 있었기 때문이다. 운명적인 금요일 9시가 좀 지난 시간에 로저가 구스타브스보르크스가탄에 있었다고. 게다가 이 정보로 인해 레오에 대한 혐의도 벗길 수 있었다. 그의 자백은 그럭저럭 사실에 부합하는 점이 많았다. 그래서 토르켈은 검사와 협의하여 그를 풀어주도록 결정했다. 이렇듯 복잡한 사건에서는 더 이상 시간과 집중력을 상실해서는 안 되기 때문이었다. 신문들이 가만 있지 않고 격분할게 뻔했다. 왜냐면 그들은 레오 룬딘에 대해 나름대로의 평가를 내렸기 때문이다. 이미 너무 많은 혐의가 있는 폭도라는 식으로. 신문들은 앞으로도 끈질기게 되풀이할 것이다. 레오 룬딘을 암시하는 분명한 증거가 있다고. 그의 티셔츠에 묻은 희생자의 혈흔은 이미 충분히 알려져 있는 사실이었다. 물론 아직은 푸른 재킷에 대해서는 뉴스에서 언급되지 않고 있다. 경찰이 체포 중인 혐의자의 차고에서 또 한 가지 증거물을 발견했다는 사실에 대해서는 여러 신문사들이 알고 있었다. 하지만 이 증거물이 레오와 관련 있다는 것은 방송 매체에 알리지 않았다. 그랬으니 당연히 대중에게도 전달되지 않았다. 이는 토르켈의 팀만이 알고 있는 정보였다. 그리고 지금은 비밀로 해야 했다. 토르켈은 검사와 만나기 전에 한저에게 그의 결정을 개인적으로 전달해주고 싶었다. 형식적으로 보자면 그녀가 아직도 이번 사건의 수사에 책임이 있었기에 결과를 제시해야 한다는 압박에 시달리고 있었다. 토르켈은 새로운 혐의자가 나타나지 않은 상태에서 지금의 혐의자를 풀어준다는 게, 쉽지 않다는 걸 잘 알고 있었다. 하지만 한저는 그의 의견을 따랐고 그의 결론을 받아들였다. 그럼에도 그녀는 토르켈이 다음번 기자회견을 떠맡도록 고집했다. 그는 그 이유를 알고 있었다. 특별살인사건전담반이 어둠 속을 헤매고 다닐지언정, 그녀의 경력에는 훨씬 나았기 때문이었다. 토르켈은 기자회견을 하겠다고 약속했다. 그러고는 한저의 사무실을 나와 검사에게 전화를 걸었다.

그들은 다른 단독주택가의 다른 주택 앞, 다른 거리에 차를 세웠다. 세바스찬과 반야가 2층짜리 노란색 집의 자갈길을 따라 걸을 때, 그는 이런 생각이 들었다. 베스테로스에는 도대체 얼마나 많은 집들이 있는 걸까? 이 행정 지역에는? 혹은 전체 스웨덴에는? 이런 환경이라면 행복해질까? 그는 잠시 추측해보았다. 그는 행복을 경험하지는 못했지만 불가능하다고는 생각하지 않았다. 그에게도. 이런 주거지에는 그가 마음속 깊이 경멸해온 '조용하고 품위 있는' 오라가 있었다.

"이젠 제발 꺼지지 못하겠소!"

세바스찬과 반야는 뒤를 돌아보았다. 그랬더니 대략 45세가량의 한 남자가 열린 정원 문에서 나오더니 그들을 향해 달려오고 있었다. 남자는 둘둘 만, 천 뭉치를 안고 있었다. 텐트였다. 다급한 걸음으로 그는 가까이 다가왔다.

"내 이름은 반야 리트너에요. 그리고 여기는 세바스찬 베르크만이고요." 반야는 자신의 신분증을 높이 쳐들었다. 세바스찬은 손을 들어 인사했다. "우리는 특별살인사건전담반입니다. 로저 에릭손의 살해 사건을 수사 중이에요. 학교에서 이미 베아트리체한테 허락받고 왔어요."

"아, 그래요. 아이고, 죄송합니다. 난 기자 양반들인 줄 알았어요. 오늘만 해도 내 사유지에서 여러 명 쫓아냈거든요. 울프 슈트란트입니다. 요한의 아빠죠."

그는 그들에게 악수를 청했다. 세바스챤은, 요한의 아버지가 벌써 이런 식으로 소개받은 두 번째 사람이라는 생각이 들었다. 부모로서. '울프, 요한의 아빠'는 '울프, 베아트리체의 남편'은 아니었다. 베아트리체는 울프에 관해 정확히 말했다. 아들의 아버지라고. 하지만 자신의 남편이라고는 말하지 않았다.

"결혼하지 않으셨나요? 베아트리체와 당신?"

울프는 이 질문에 대해서 굉장히 기이하게 생각하는 눈치였다.

"결혼했는데요. 그런데 왜 물어보시죠?"

"그냥 호기심에서요. 글쎄…… 별로 그렇지 않다는 느낌이 들어서. 요한은 집에 있나요?"

울프는 집 쪽으로 시선을 던지며 이마를 잔뜩 찌푸렸다.

"예, 근데 꼭 오늘이어야 하나요? 그 아이는 일어난 사건 때문에 끔찍스러워하고 있어요. 그래서 우리는 야영하러 가려고요. 잠깐 동안 이곳을 떠나 있을 참입니다."

"이번 수사에서는 여러 가지 이유상 진척이 잘 안 되고 있어요. 미안합니다만, 우리는 한시라도 빨리 요한과 얘기를 나누어야 합니다."

반대해야 소용없다는 걸 알아챈 울프는 어깨를 움찔거렸다. 그는 캠핑 장비를 옆에다 내려놓고는 그들을 집으로 안내했다.

그들은 복도 입구에서 신발을 벗었다. 그곳에는 스니커즈와 슬리퍼가 마구 뒤섞여 있었다. 먼지도 뿌옇게 앉아 있었다. 입구 벽에는 검은 나무 의자가 놓여 있었는데, 그 위에는 적어도 세 가지 종류의 윗도리가 아무렇게나 널려 있었다. 그들이 집 안으로 들어가자, 반야는 이곳은 한손 집안의 잘 가꾸어진 집과는 완전히 딴판이라는 느낌을 받았다. 거실 모퉁이에는 빨래 다림질대가 놓여 있었는데, 그 위에는 빨래뿐만 아니라 우편이나 일간지와 커피 잔도 있었다. 텔레비전 앞 탁자에는 부스러기와 얼룩이 가득했고, 그 위에도 마찬가지로 찻잔이 두 개 올라와 있었다. 지저분하든지 깨끗하든지 간에 옷가지 더미도 한가득 있었는데, 안락의자와 소파 등받이에 여기저기 흩어져 있었다. 그들은 2층으로 올라갔다. 그곳에는 허약해 보이는 안경 낀 소년이 앉아 있었다. 소년은 열여섯 살보다는 어려 보였고 방 안에서 컴퓨터게임에 몰두하고 있었다.

"요한, 이 두 분은 경찰서에서 오셨다. 너랑 로저에 대해서 얘기를 좀 나누고 싶으시대."

"잠깐만요."

그래도 요한은 계속해서 컴퓨터 화면에만 집중했다. 분명히 액션 게임이었다. 굉장히 커다랗고 기형처럼 보이는 팔을 가진 남자가 여기저기를 뛰어다니며 뭔가와 싸움을 하고 있었다. 아마도 군인들인 것 같았다. 화면 속 남자는 팔을 무기로 사용했다. 빌리라면 이 게임의 이름을 알고 있을지도 모른다. 남자가 길모퉁이에 서 있던 탱크에 매달리자 '로딩'이라는 문구가 나타나더니 화면이 잠시 머뭇거렸다. 화면이 다시 번뜻거리자 남자가 탱크를 타고 조종할 수 있었다. 요한은 자판을 눌렀다. 화면이 멈추었다. 그는 그들이 있는 쪽으로 돌아보았다. 그의 눈빛은 피곤해 보였다.

"친구 일에 대해선 조의를 표하고 싶구나. 네가 로저와 가깝게 지냈다는 걸 우리도 알고 있단다." 반야가 말했다.

요한은 고개를 끄덕였다.

"그래서 말인데, 로저가 다른 사람들한테는 하지 않은 말을 너에게는 얘기했을 거라고 생각한단다."

"예를 들어 어떤 거요?"

그의 얘기에 따르면 그다지 새로운 사실은 없었다. 요한은 로저한테 걱정거리가 있었다고는 생각하지 않았다. 로저가 가끔씩 비킹가 학교의 소년들을 만났음에도 누구를 두려워했다고도, 요한은 생각하지 않았다. 로저는 팔름뢰브스카 고등학교에서 잘 지냈다고 한다. 누구한테서도 돈을 뜯기지 않았으며 다른 소년들의 여자 친구들한테도 관심을 두지 않았다. 그한테도 여자 친구가 한 명 있었다. 요한은, 로저가 금요일 밤에 여자 친구한테 갔을 거라고 믿었다. 그는 자주 리자한테 갔다고 말했다. 아주 자주라고 요한이 생각하는 것 같았다. 이는 세바스찬과 반야의 짐작이었다. 그는 아는 바가 별로 없었다. 로저가 리자 집에 가지 않으면 누굴 만날지에 대해서는 알지 못했다. 금요일 저녁에 로저가 왜 자신의 집으로 전화를 걸어왔는지에 대해서도, 그는 알고 있지 않았다. 어쨌든 간에 그 뒤에 로저는 요한의 핸드폰으로 연락을 취하지 않았다. 그는 알고 있는 게 거의 없었다.

반야는 절망적이었다. 그들은 더 이상 일을 진척시킬 수 없었다. 다들 같은 얘기만 말했다. 로저는 조용하고 의무감이 강한 소년이었다고. 자존감도 있으면서 절대로 다른 사람과 다툴 아이가 아니라고. 이 사건이야말로 범인이 희생자에 대해서 전혀 아는 바가 없는 아주 보기 드문 경우들에 속하는 것일까? 누군가 금요일 밤에 계획적으로 아무나 살인하려고 집에서 나온 것일까? 그리고 로저를 선택한 것일까? 그것도 아주 우연히. 그저 로저를 우연히 만날 기회가 있었던 것일까?

물론 이러한 가정은 아주 흔하지는 않을 것이다. 특히나 이번 살인이 어떻게 행해졌는지를 생각한다면. 심장을 도려냈다는 것. 시체를 다른 곳으로 옮기고 숨겼다는 것. 그리고 의도적으로 증거를 숨겼다는 사실. 아주 흔하지는 않지만 아주 불가능한 일은 아닐 것이다.

동시에, 로저에 관해 한결같이 말했던 거의 동일한 진술에서는 뭔가 수상한 점이 있었다. 갈수록 반야는 이런 생각을 더 많이 하게 되었다. 로저한테는 비밀이 많다는 리자의 말이 떠올랐다. 돌아가는 상황으로 보자면 가장 진실에 가까운 몇 가지 말들이 생각났다. 마치 로저 에릭손이 두 명 존재하는 것같이. 한 명은 절대로 드러나지 않으며 눈에 띄지도 않으나 또 다른 한 명은 엄청난 비밀을 지니고 있었다.

"로저에게 화낼 만한 이유가 있는 사람으로 생각나는 사람 없니?"

반야는 이미 소년의 방을 나설 준비를 하고 있었다. 요한이 대답 대신에 계속해서 머리를 짤랑짤랑 흔들 것이라고 확신하면서.

"있어요. 악셀이 로저한테 화가 나 있었어요. 하지만 그렇게 심하게는 아니고요."

반야는 머뭇거렸다. 아드레날린이 상승하는 걸 느꼈다. 한 사람의 이름! 로저에게 화가 난 사람! 지푸라기라도 잡는 심정이었다. 어쩌면 또 다른 비밀의 일부가 될 수도 있었다.

"악셀이 누구지?"

"우리 학교 수위 아저씨에요."

어른이었다. 운전면허증이 있는. 잡을 수 있는 지푸라기가 가까이 있었다.

"왜 악셀이 로저한테 화가 났니?"

"몇 주 전에 악셀이 해고됐는데 로저 때문이거든요."

"아! 그건 유감스러운 사건이었죠. 예, 있었어요."

그로스 교장은 콤비 신사복의 단추를 풀고는 뭔가 구역질 나는 것을 먹은 듯한 표정으로 책상 뒤에 앉아 있었다. 반야는 팔짱을 낀 채로 문 앞에 서 있었다. 화가 나는 걸 들키지 않으려고 하니 쉽지 않았다.

"지난번에 우리가 여기 왔을 때, 당신 학교 사람들 중에 누군가가 로저 에릭손의 살인 사건에 가담되어 있을지도 모른다고 말했지요. 그런데 그때 당신은 로저 때문에 해고당한 옛 직원을 떠올리지 못하셨나요?"

교장은 팔 동작으로 미안하다는 제스처와 동시에 교만한 제스처도 함께 해 보였다.

"유감스럽지만 생각하지 못했습니다. 죄송하게 됐습니다. 난 그렇게 연결시키지는 못했어요."

"그럼, 이 '유감스러운 사건'에 대해 설명해주실 수는 있나요?"

그로스는 세바스찬을 쳐다보며 찬성하지 않는다는 눈빛을 보냈다. 세바스찬은 안락의자에 푹 눌러 앉아 기다리면서 교장실 앞 진열대에서 가져온 학교 소개 책자를 넘겨다보고 있었다.

팔름뢰브스카 고등학교 : 모든 가능성이 시작되는 곳.

"그다지 설명할 일은 없습니다. 우리 수위들 중에 한 명이 학생들에게 술을 팔았다는 게 적발되었습니다. 아주 명백하게 불법 거래였죠. 물론 그는 당장 해고되었습니다. 이미 이 일은 말끔히 해결된 상태고요."

"그런데 당신은 그 일을 어떻게 알게 된 거죠?" 반야가 물었다.

그로스 교장은 아주 피곤하다는 듯이 그녀를 쳐다보며, 있지도 않은 가상의 책상 먼지를 훔쳐냈다.

"이것이 당신이 우리를 찾아온 근본적인 이유인가요? 로저 에릭손은 책임감 있는 학생이었어요. 그는 날 찾아와 무슨 일이 일어났는지 보고를 했지요. 나는 11학년에 미끼로 한 여학생을 배치해두었어요. 그 아이가 악셀에게 전화를 걸어 술을 주문하도록 시켰습니다. 그는 물건을 지참하고 약속했던 만남의 장소로 나왔습니다. 그때 우리는 그를 현행범으로 체포했습니다."

"악셀은, 로저가 발설했다는 걸 알고 있나요?"

"그건 나도 모릅니다. 아마도 알고 있을 겁니다. 내가 전해 듣기로는 몇몇 학생들도 그 사실에 대해 알고 있었습니다."

"하지만 당신은 이 사건을 경찰에 신고하지 않았잖아요?"

"그래 봤자 아무런 의미가 없다고 생각했습니다. 전혀요."

"당신의 이미지가 '기독교적인 인간상과 가치 체계'에 바탕을 두고 각 개인에게 안전, 영감, 포괄적인 발전 기회를 제공하는 긍정적인 교육 보고로서 알려져 왔는데, 이것에 대해 뭔가 먹칠을 했다고 생각한 것은 아닌가요?" 자신이 막 인용했던 책자로부터 눈을 돌린 세바스찬은 남의 불행을 보고 즐거워하며 비웃음을 참을 수 없었다. 그로스 교장은 모멸감을 숨기기 위해 자기 자신을 애써 억누르며 대답했다.

"우리의 명성이 우리의 가장 기본적인 자산이라는 것은 만인이 다 아는 사실입니다."

반야는 어이가 없어서 머리를 절레절레 흔들었다. "그런 이유 때문에 당신은 학교에서 일어난 범죄를 신고하지 않았나요?"

"술을 불법으로 거래했을 뿐입니다. 그것도 아주 적은 양을요. 물론

그가 미성년자들에게 팔긴 했지만요. 악셀이 벌을 받았다면 벌금형 정
도겠죠, 그렇지 않나요? 대체로 그럴 겁니다."

"그럴 수도 있겠죠. 하지만 그렇게 해결해서 될 문제는 아니에요."

"아니요. 전혀 문제될 게 없습니다." 그로스는 대번에 단호한 목소리
로 그녀의 말을 중단시켰다.

"그 대신에 나는 학부모들의 신뢰를 상실했습니다. 이 점에 우선권
을 두는 것이지요." 그는 자리에서 일어나더니 콤비 단추를 채우고 문
으로 향했다. "다 말씀드렸습니다. 이젠 저도 제 일을 해야겠죠. 물론
악셀과 얘기해보고 싶으시면 비서실에서 악셀 요한손의 주소를 물어
보셔도 됩니다."

세바스찬은 비서실 앞에 서서 반야를 기다렸다. 벽마다 흑백사진으
로 된 선임 교장들과 선생들의 초상화가 걸려 있었다. 그들이 후세들
에게 오랫동안 기리 기억되어야 한다는 취지였을 것이다. 이 사진 갤
러리의 중간쯤에는 유화 그림이 한 장 걸려 있었다. 세바스찬의 아버
지였다. 아주 위대한 모습으로. 보는 이로 하여금 고전적인 교육의 가
치를 떠올릴 수 있도록 아버지가 상징적으로 교단에 서 있는 모습을
담고 있었다. 그림은 개구리 시각(낮은 위치에서 위를 보는 시각)에서
그려진 것으로, 투레 베르크만은 언제나 관찰자를 내려다보게 되어 있
었다. 어떤 느낌인지 잘 알 것 같다고 세바스찬은 생각했다. 모든 것과
모든 사람들을 내려다보면서 평가하고 동시에 우월한 위치에서 내려
다보는.

세바스찬은 이런저런 생각을 해보았다. 그가 자비네와 살았던 4년
동안에 아버지로서 어떻게 행동했던 걸까? 대답은 대략 이렇다. 그럭

저럭. 아니면 그가 할 수 있는 한 좋은 아버지였을지도 모르겠지만, 대체로 '그럭저럭'이라고 말하는 게 더 맞을 것이다. 세바스찬이 아버지로서 자신의 능력을 의심했던 힘든 때에는, 자비네가 TV를 보고 있을 때와 같다고 생각했다. 프로그램의 질은 아무런 상관이 없었다. 화면에서 알록달록 뭔가 움직이고 있기만 하면 아이는 만족했다. 이는 자비네의 마음도 마찬가지였을까? 자비네는 아주 단순한 이유 때문에 그를 좋아했다. 질적인 것과는 상관없이 자신 옆에 가장 가깝게 있다는 이유만으로. 그는 릴리보다는 딸과 더 많은 시간을 보냈다. 이는 의식적인 동등한 권리 요구와는 아무런 상관이 없었다. 그저 그들 일상의 결과였다. 세바스찬은 집에서도 일하는 일이 빈번했다. 밖에서는 단기간 동안 집중적으로 활동하다가도 오랜 기간 동안 일이 없었다. 그리고 마침내 다시 집에서 일을 했다. 함께 있는 것은 바로 세바스찬이었던 것이다. 그럼에도 무슨 일이 일어나기만 하면 자비네는 릴리한테 안식처를 찾았다. 언제나 처음에는 릴리였다. 이는 뭔가 의미하는 바가 있었을 것이다. 자비네의 이런 행동이 유전적인 거라고는, 세바스찬은 믿고 싶지 않았다. 주변에서 많은 여성들이 주장하는 것처럼 어머니를 대신할 수 없다는 말은 아주 난센스였다. 그래서 그는 자신의 능력들을 잘 살펴보았다. 누군가 항상 자비네 옆에 있어준다는 안정감이나 확신 이외에 그가 딸에게 줄 수 있는 것이 무엇이었을까?

자비네와 지낸 첫해는 특히 특별했다거나—솔직히 말하자면—특히 유쾌했다고는 생각할 수 없었다. 물론 특별한 데가 있긴 했다. 혼란. 그는 주변으로부터 많은 얘기를 들었다. 부모가 된다고 해도 변화는 것은 아무것도 없을 거라고. 지금처럼 계속 살 수 있을 거라고. 부모가 되더라도. 이들의 말을 곧이곧대로 들을 정도로 그는 순진하지는 않았다. 그는 모든 삶을 변화시켜야 할 것만 같은 압박을 느꼈다. 모든 걸. 그가 해왔던 모든 것을. 그리고 이미 마음의 준비를 하고 있었다. 이런 면에서 보자면 그와 자비네의 생활은 특별해졌다. 첫해에는. 하지만 특별히 윤택하지는 않았다. 극단적으로 표현하자면 첫해에 자비네는 그에게 해준 게 별로 없었다. 적어도 그 당시에 그는 그렇게 생각했었다. 하지만 이제는 그 당시를 되돌리고 싶을 것이다.

아이가 커갈수록 상황은 좀 더 나아졌다. 이 점에 대해서는 그도 인정하지 않을 수 없었다. 그들의 관계가 점차 발전되고 굳건해졌다는 걸, 그도 느꼈다. 아이가 그에게 뭔가 반응을 하면 할수록. 하지만 애당초 그가 이기주의자라는 게 밝혀진 것은 아닐까? 아이가 더 자라고 요구 사항이 더 많아진다면 서로 잘 지낼 수 있을까에 대해서는 전혀 생각할 엄두가 나지 않았다. 아이에게서 독립적인 개성이 형성된다면 어떨까? 그가 더 이상 아이에 대해 알지 못하게 된다면? 그런 그의 마음을 아이가 알아차린다면? 그는 아이의 모든 것을 다 사랑했다. 하지만 이 사실을 아이는 알고 있었던 걸까? 그가 자신의 사랑을 표현할 수는 있었던 걸까? 그는 확신이 없었다. 그는 릴리도 사랑했다. 그리고 사랑한다고 그녀에게 말했다. 가끔씩, 아니면 아주 드물게.

그는 이러한 단어들을 표현할 때면 뭔가 마음이 편하지 않았다. 어쨌든 그는 마음속으로는 이런 생각을 가졌는데도. 그가 아이를 얼마나 사랑하는지 아이가 알아주는 것만으로 충분했다. 그리고 그는 사랑을 다른 방식으로 표현했다. 아이와 함께 했던 때에는 절대로 다른 여자와 잠자리를 갖지 않았다. 다른 사람이 하지 않는 방식으로 자신의 사랑을 표현한 것은 아닐까? 이런 식으로 사랑을 표현할 수 있기는 한 걸까?

그리고 지금 이곳에 있는 그한테는 성장한 아들 아니면 딸이 있을지도 모른다. 안나 에릭손의 편지가 그에게 이런 생각을 심어주었다. 그 이후로 그는 먼 세상에서 원격조종당하는 것처럼 행동했다. 그는 이 사실을 알자마자 이 여자를 반드시 찾아내고야 말겠다는 결심을 했다. 자신의 아이를 꼭 찾고 싶었으니까. 아이가 정말로 있기나 한 것인지에 대해 골똘히 생각이나 해본 것일까? 이미 서른이 되었을 것이며 그가 없이 지금까지 지냈을 어떤 아이를 정말로 찾아야만 하는 것일까? 만약 그래야만 한다면 이 아이에게 그는 무슨 말을 해줄 수 있을까? 어쩌면 안나가 아이에게 거짓으로 다른 남자를 아버지라고 말했을지도 모를 일이다. 어쩌면 아이가 죽었다고 주장할 수도 있는 것이고. 그는 마음이 혼란스러웠다. 모든 것이. 가장 혼란스러운 것은 자기 자신이었다.

성인이 된 사람의 삶에 개입하여 발칵 뒤집어 놓는 게 옳은 일이든 그른 일이든, 애당초 세바스찬한테는 전혀 상관없는 일이었다. 그가 더 신경 썼던 것은 자신에게 어떤 영향이 있을 것인지에 대해서였다. 새로운 자비네가 어딘가에서 그를 기다리고 있다고 믿고 있는 것은 아닐까? 물론 그렇지는 않을 것이다. 그 누구도 나비 반지를 낀 손으로 그의 손을 붙들어 주고 뜨거운 태양 아래 그의 어깨 위에서 잠들 수는 없는 일이었다. 그 누구도 아침마다 잠에서 막 깨어나자마자 그에게 기어와서는 거의 눈에 띄지 않게 그의 냄새를 킁킁 맡지는 않을 것이다. 그 대신에 30년 동안 모르고 살았던 아이를 만나면 그가 매섭게 거절당할 위험도 더 클지도 모른다. 아니면 잘되더라도 먼 곳에 사는 지인과 전혀 다를 바 없는 낯선 사람으로부터 어색한 포옹을 받는 정도일 것이다. 최고로 잘되는 경우가 친구 사이로 남는 것이다. 실제로 그는 친구가 많지 않았다. 아마도 이런 경우는 이상적인 경우일 것이다. 만약 앞으로 그가 자식의 삶에서 어떤 역할을 수행할 기회를 전혀 갖지 못하게 된다면 어떻게 해야 할까? 이런 상황을 그가 이겨낼 수 있을까? 결국 그가 지속적으로 이런 이기적인 시도에 집착한다면, 자신이 원하는 대로 될 수 있다는 확신을 가져야만 했다. 하지만 그는 그렇게는 하지 않을 것이다. 아마도 이 모든 일을 쉽게 잊어버릴 것이다. 집을 팔고, 베스테로스와 살인 사건을 뒤로 남긴 채 다시 스톡홀름으로 향할 것이다.

그는 하던 생각을 멈추었다. 반야가 비서실의 문을 너무 세차게 꽝 닫고 나왔기 때문이다. 그녀는 화가 잔뜩 난 빠른 걸음걸이로 그에게 다가왔다.

"여기 주소를 받아왔어요." 그녀는 걸음걸이 속도를 늦추지 않고서 세바스찬 옆을 급히 지나가며 말했다. 그는 그녀의 뒤를 따라갔다.

"이렇게 신고를 하지 않는다면 여기서 얼마나 많은 일이 일어나고 있을까요?" 화가 머리끝까지 난 그녀가 세바스찬에게 물었다. 그녀는 현관문을 매몰차게 닫아버리고 나와서는, 학교 운동장을 폭풍이 휘몰아치듯이 빠른 속도로 지나갔다. 세바스찬은 그저 의미 없이 묻는 말이라고 생각하고 아무런 대답도 하지 않았다. 그럴 필요가 전혀 없었다. 그녀의 입에서 이미 욕이 터져 나오기 시작했기 때문이다.

"정말로 학교의 좋은 평판을 손상시키지 않기 위해 어디까지 대비를 해야 된다는 걸까요? 로저가 죽기 열흘 전에 직원들 중 한 명의 해고에 관여했어요. 그런데도 그들은 일언반구도 하지 않고 있다고요. 누군가 학교 화장실에서 여학생을 성폭행했다고 해도 라그나르 그로스 교장은 은폐하지 않을까요?"

반야가 애당초 어떤 대답도 기대하고 있진 않았지만, 세바스찬은 적어도 관심은 나타내야 할 것 같은 생각이 들었다.

"결정적으로 그는, 신고하면 학교에 아주 큰 해를 준다고 생각하고 있어요. 그는 웬만한 일은 대수롭지 않게 보고 있다는 얘기죠. 언제나 김나지움의 평판이 최고로 중요할 테니까요. 그렇다면 그 맥락이 이해가 되요. 이것이야말로 그한테는 가장 중요한 경쟁 논리가 될 거예요."

"그렇다면 그 말은, 이곳에서 왕따나 따돌림 문제가 없다는 것은 새빨간 거짓말이라는 건가요?"

"물론이죠. 위계질서를 잡는 것은 인간의 본능이에요. 우리가 한 그룹에 속하게 되면 곧바로 우리는 우리가 서야 할 곳이 어디인지부터 파악해야 할 거예요. 그리고 이 자리를 확보하거나 심지어는 더 올라가기 위해서 필요한 만큼의 행동을 취해야 할 거고요. 어느 정도는 세련되게 말이죠."

그들은 자동차에 도착했다. 운전석 문 쪽에 선 반야는 자동차 지붕 너머로 세바스찬에게 회의적인 눈빛을 던졌다. "난 벌써 여러 해 동안에 우리 수사팀에서 일해 왔어요. 그래서 우리 팀에서는 그런 일이 일어나지 않았어요."

"아마 그건, 위계질서가 정착되어 있어서 그렇겠죠. 서열에서 한참 아래에 있는 빌리가 올라올 열망을 갖고 있지 않기 때문이죠."

반야는 재미있으면서도 동시에 믿을 수 없다는 듯이 그를 쳐다보았다. "당신 생각에는 빌리가 가장 아래에 있다고 보시나요?"

세바스찬은 고개를 끄덕였다. 그는 당연하다고 여겼다. 빌리가 팀에서 한참 아래에 있다는 것은 눈 깜짝할 사이에 눈에 들어왔던 것이다.

"그럼 당신이 평가하기에 나는 이 팀에서 어느 정도 위치에 있다고 보는 거죠?"

"바로 토르켈 밑에요. 우르줄라가 이 자리를 두고 당신과 신경전을 벌이지 않고 있어요. 왜냐면 어차피 당신네들은 같은 전문 분야에서 일하진 않기 때문이죠. 그녀는 잘 알고 있어요. 그녀가 자신의 분야에서는 최고라는 걸 말이죠. 그래서 직접적인 경쟁 관계에 설 필요가 없는 것이죠. 만약 경쟁 관계에 있었다면 그녀도 이미 오래전부터 당신을 당신 자리에서 몰아내려고 했을 겁니다."

"아니면 내가 그녀를."

세바스찬은 마치 자기도 모르게 우스꽝스러운 말을 한 어린 소녀를 바라보듯이 그녀에게 미소 지었다.

"그렇게 생각할 수도 있는 일이겠죠."

세바스찬은 운전석 옆자리의 문을 열고 차 안에 들어가 앉았다. 반야는 여전히 잠시 동안 밖에 서 있었다. 온통 혼란스런 느낌을 떨쳐버리고 싶었기 때문이다. 그녀는 자신이 약올라 하는 모습을 보임으로써 그에게 만족감을 주고 싶은 마음이 없었다. 그녀는 자신이 원망스러웠다. 애당초 대화를 하려고 하지 마라. 이는 격언이었다. 그가 입을 열지 않는다면 그녀도 화가 나지는 않을 것이다. 반야는 깊게 두 번 심호흡을 했다. 그러고는 문을 열고 들어가 운전석에 앉았다. 그녀는 세바스찬을 힐끔 쳐다보았다. 그래서는 안 된다는 걸 알면서도, 그녀는 다시 그에게 말을 걸었다. 어떤 경우에도 그가 결정타를 날리게 해서는 안 될 것이다.

"당신은 우릴 전혀 모르고 있어요. 그래서 무언가 엉뚱한 얘기를 하는 거죠."

"내가 한번 말해볼까요? 토르켈이 날 고용했어요. 빌리는 신경도 쓰지 않았고요. 우르줄라와 당신, 당신네들은 날 어떻게 평가해야 할지 잘 모르고 있어요. 당신네들이 알고 있는 사실은 단 한 가지죠. 내가 너무 유능한 사람이기에 당신네들이 나와 거리를 가져야 된다는 거."

"그렇다면 당신 말은 우리가 위협을 느끼고 있다는 건가요?"

"그게 아니면 대체 뭐죠?"

"당신이 바보 멍청이이기 때문이에요."

반야는 자동차의 시동을 걸기 시작했다. 앗싸! 이겼다! 그녀가 결정타를 날렸다. 그녀의 뜻대로 된다면 이제부터 그녀는 아무 말도 하지 않고 악셀 요한손의 집으로 갈 것이다.

하지만 상황은 그녀가 마음먹은 대로 돌아가지 않았다.

"그게 당신한테 그렇게 중요한 일인가요, 그래요?"

아, 맙소사! 제발 입 좀 닥치고 있을 수 없는 걸까! 반야는 큰 소리로 한숨을 쉬었다.

"나한테 중요한 게 뭔지 알아요?"

"매번 결정타를 날리는 거겠죠."

반야는 이빨을 꽉 물고는 앞만 뚫어지게 쳐다보았다. 세바스찬이 등받이에 기대어 눈을 감는 바람에 그의 입술에서 흘러나오는 자만 섞인 비웃음을 그녀는 눈치채지 못했다.

반야는 초인종 단추를 누르지 않았다. 단조로운 웅웅 소리가 문을 통과하여 건물의 현관 계단까지 메아리쳤다. 세바스찬과 그녀가 서 있는 곳까지. 하지만 그들이 들을 수 있었던 소리는 그게 전부였다. 반야는 문의 우편물 투입구를 통해 집 안의 소리를 엿들어 보고서야 처음으로 벨을 눌렀다. 하지만 집 안에서는 어떤 인기척도 없었다.

반야는 집게손가락으로 계속해서 초인종을 꾹꾹 눌렀다. 세바스찬은 반야에게 그만하라고 해야 하는 것은 아닌지 생각해보았다. 만약 악셀 요한손이 집에 있었다면 그녀가 처음 여덟 번 정도 벨을 눌렀을 때 이미 문을 열었을 거라고. 만약 그가 거의 잠들기 일보 직전이라도 늦어도 지금쯤은 자리에서 벌떡 일어나 문까지 기어 나왔을 것이다.

"당신들 여기 밖에서 뭐 하는 거요?"

반야는 초인종에서 손을 떼고는 뒤를 돌아보았다. 반쯤 열린 문 뒤에서 왜소한 회색 차림의 늙은 여자가 호기심 어린 눈빛으로 엿보고 있었다. 이것은 세바스찬이 느낀 첫인상이었다. 노인이 회색이라는 것. 게다가 그녀의 머리카락은 매끄럽거나 얇지도 않았다. 여자는 회색 스웨터에 회색 조깅 바지를 입었고 거기다 회색 털 스타킹을 신고 있었다. 회색 털 스타킹. 회색빛의 둥그런 얼굴 한가운데에는 색깔 없는 안경이 보였다. 이 안경 때문에 회색과 투명함이라는 인상이 더 뚜렷하게 느껴졌다. 여자는 계단식 출구에 들어와 있는 침입자들을 도전적으로 눈을 껌벅이며 쳐다보았다. 저렇게 다 회색인데 여자의 눈이 회색이 아니라면 정말 이상하겠다고 생각하면서 세바스찬은 옆으로 다가섰다. 정말로.

자신과 세바스찬을 소개한 뒤에 반야는 악셀 요한손을 찾고 있다고 설명했다. 그가 어디에 있는지 혹시 알고 있는지도 물었다. 그녀는 '알고 있다' 혹은 '모른다'는 대답 대신에 뜻밖의 질문을 던졌다.

"그가 도대체 무슨 짓을 한 거요?"

왜소한 회색 빛깔 이웃 여자는 막연하고 기본적인 대답을 들을 수 있었다.

"그 사람이랑 얘기 좀 하고 싶어서요."

"그냥 일상적인 겁니다." 세바스찬이 덧붙여 설명했다. 재미있다는 듯이. 실제로 아무도 "그냥 일상적입니다."라고는 말하지 않지만 어쩐지 이 상황에 잘 맞을 것 같았다. 회색빛의 늙은 여자가 그런 말을 기대할지도 모른다는 듯이. 반야는 전혀 재미있게 생각되지 않는다고 그에게 눈짓했다. 그도 이런 반응을 기대한 건 아니었다. 그녀는 다시 이웃집 여자 쪽으로 돌아보면서 순식간에 우편물 투입구 위의 이름을 알아챘다.

"홀민 부인, 혹시 그가 어디 있을 만한 곳을 알고 계시나요?"

홀민 부인은 알지 못했다. 그녀가 알고 있는 것은, 그가 집에 없다는 것이었다. 더구나 벌써 이틀 넘게. 그녀는 그 점에 대해서는 확신하고 있었다. 그녀가 집 안에서 무슨 일이 발생하고 있는지, 누가 드나드는지 감독하는 것은 아니라고 했다. 그저 들어서 알고 있다고. 예를 들어 악셀 요한손은 얼마 전에 해고를 당했다는 것. 또는 그보다 아주 나이 어린 여자 친구가 며칠 전에 이사를 나갔다는 것. 물론 이사 나가는 게 당연하다고 했다. 그녀가 이 악셀한테서 뭘 기대할 게 있는지, 홀민 부인은 이해할 수 없었다. 악셀은 불쾌한 사람은 아니었지만 상당히 자기중심적인 사람이라는 것이다. 자기만을 위하는 그런 사람이라고. 사회성이 부족하다고, 홀민 부인은 말했다. 계단에서 만나도 인사하는 법이 전혀 없었다는 것이다. 이에 반해 그의 어린 여자 친구는 상당히 말이 많았다고 했다. 그리고 아주 친절하다고. 이 건물에 사는 사람들이라면 다들 그렇게 생각하고 있을 거라고도 말했다. 그녀가 염탐을 하고 있는 것이 아니라, 이 집은 방음이 잘되지 않아 옆집 얘기가 잘 들리는 데다가 자신이 잠귀가 밝기 때문이라고 말했다. 이런 이유로 인해 그녀가 이렇게 많은 일을 알고 있다고. 다른 이유가 전혀 아니라고 하면서.

"악셀 씨 댁은 찾아오는 사람이 많나요?"

"예, 상당히 많아요. 자주 학생들이 오죠. 계속해서 전화가 오거나 초인종 벨을 누르거나. 그에게 무슨 혐의라도 있나요?"

반야는 머리를 가로저으며 요한손과 만나야만 한다는 말만 반복했다. 이웃 여자를 향해 미소 지으며 명함을 꺼내주었다. 그리고 혹시라도 요한손이 돌아온 소리를 듣거든 전화해달라고 부탁했다.

왜소한 회색빛의 노인은 눈을 가늘게 뜨고는 제국사법경찰 마크가 찍혀 있는 명함을 유심히 들여다보았다. 마치 그녀는 2 더하기 2를 셈하는 것처럼 보였다.

"죽은 소년과 관계있는 일인가요?"

그녀의 회색빛 눈은 반야와 세바스찬 사이를 두루두루 오고가며 뭔가 확증을 찾아내려는 것처럼 잔뜩 기대에 찬 채로 빤짝거렸다.

"그 사람도 소년이 다니던 학교에서 일했다는 걸, 할머니가 이미 알고 계신 건가요?"

반야는 가방 속을 뒤적거렸다.

"그 애가 이 학교에 다녔다는 것도, 알고 계신가요?"

반야는 모든 경찰들이 지니고 다니는 로저의 사진을 가방에서 꺼냈다. 마지막으로 학교에서 찍은 사진이었다. 그녀가 사진을 회색빛 노인에게 보여주자, 노인은 잠시 들여다보다가 머리를 절레절레 흔들었다.

"난 잘 모르겠는걸요. 모자나 두건을 쓰거나 이렇게 큰 윗도리를 입고 있으면 다들 똑같아 보여요. 내가 뭐라고 해줄 말이 없구려."

반야와 세바스찬은 그녀에게 감사의 마음을 표했다. 그리고 만약 악셀이 조만간 다시 나타날 경우에 꼭 연락해달라고 다시 상기시켰다.

드디어 반야와 세바스찬은 계단을 내려왔다. 그동안에 반야는 핸드폰을 꺼내 토르켈에게 연락을 취했다. 그녀는 간단히 이쪽 상황을 설명하고는, 악셀 요한손을 수배하도록 제안했다. 토르켈은 곧 그렇게 하겠다고 약속했다. 현관문 앞에서 그들은 이제 막 집 안으로 들어온 한 사람과 거의 부딪칠 뻔했다. 반야의 표정이 이내 어두워졌다.

"여기서 뭐 하는 거죠?"

하랄드손은 새 임무를 받았으며 이 지역에서 목격자를 찾는 것이라고 설명했다. 로저 에릭손이 구스타브스보르크스가탄의 CCTV에서 포착됐지만, 만약 그가 큰 도로를 따라 걸어갔다면 이 사건이 일어날 법한 곳은 다른 길이라는 것이다. 그는 어딘가에서 방향을 틀었을 테고, 그 지역이 바로 이 근처라고 했다. 그래서 하랄드손은 금요일 밤에 로저를 본 증인을 찾으러 나왔다고.

반야는 마침내 하랄드손이 정확한 장소에 도착했다는 걸 느꼈다. 결국 악셀 요한손의 집이 수사망 안에 들어온 것이었다. 그들이 잡으려는 지푸라기가 더 두툼해진 것이었다.

죽을 지경으로 지친 팀원들은 경찰서 회의실의 자작나무 탁자 주변에 모여 앉았다. 그들은 결과를 수집하고 모으면서 가슴 뼈저리게 느꼈다. 수사가 별로 진전이 없었기 때문이다. 팔름뢰브스카 고등학교에서 메일이 왔지만 가능한 혐의자들의 수는 줄어들지 않았다. 리자가 거짓말을 했다는 걸, 이젠 증명할 수 있다고는 하지만 반야의 오랜 의혹 덕분이었으며 어느 방향으로 이끌어야 할지 전혀 알 수 없었다. 리자의 진술에서 가장 중요하게 알아낸 점은, 로저한테 비밀이 많았다는 것이었다. 그들은 그의 학교 밖 생활을 정확히 밝혀내야만 했다. 이에 대해서는 팀원들 모두 한마음이었다. 특히나 흥미로운 실마리는, 로저가 비밀 관계를 맺었을 수도 있다는 것이다. 팀원들은 로저가 리자의 집에 있었을 거라고 믿었음에도 그가 만났던 누군가와 관계가 있을 것으로 생각했다. 그들은 팀원들 중 일부는 로저를 집중적으로 파악하는 데 집중하기로 결정했다. 그가 도대체 어떤 소년이었을까?

"우리가 그의 컴퓨터를 조사했나요?" 빌리가 물었다.

"컴퓨터가 없어요."

빌리는 반야를 물끄러미 쳐다보았다. 마치 그가 잘못 듣지나 않았나 싶어서였다.

"컴퓨터가 없다고요?"

"어쨌든 우리 직원들이 그 아이 방을 수색했을 때에는 목록에 컴퓨터가 없는 것으로 기록되어 있어요."

"하지만 그는 열여섯 살이잖아요. 컴퓨터도 도둑맞을 수 있나요? 시계처럼요?"

"CCTV의 화면에서는 로저가 랩톱을 갖고 있지 않았어요." 토르켈은 이의를 제기했다.

빌리는 이 가엾은 소년이 감내해야만 했던 고통을 머릿속에 그려보면서 머리를 절레절레 흔들었다. 연결고리가 없었다. 완전히 고립되어 있었던 것이다. 외롭게.

"그래도 네트워크에 적극적으로 들어갈 수는 있잖아요." 토르켈은 계속해서 말했다. "리자의 컴퓨터나 청소년 회관이나 인터넷 카페를 이용할 수 있겠죠. 로저가 사용할 수 있는 곳이 있었는지 한번 찾아봐 주세요."

빌리는 고개를 끄덕였다.

"그리고 또 악셀 요한손도 있어요." 토르켈의 눈길이 탁자 여기저기를 배회하다가 빌리의 눈과 마주쳤다.

"오늘 현관문 조사에서는 아무런 결과도 내지 못했어요. 금요일 밤에 로저를 이 지역에서 봤다는 사람은 아무도 없었거든요."

"그게 로저가 그곳에 없었다는 걸 의미하는 것은 아니에요." 반야가 이의를 제기했다.

"하지만 그가 그곳에 있었다는 걸 의미하는 것도 아니잖아요." 빌리가 반격에 나섰다.

"로저가 사라진 금요일에 그가 살고 있는 동네에 왔었는지 오지 않았는지는 별도로 하고, 어쨌든 간에 우리는 요한손이란 사람에 대해서 알아봐야 하지 않을까요?" 세바스찬이 물었다.

"요한손은 로저 땜에 해고됐어요." 반야가 이의를 제기했다. "이거야말로 우리가 지금까지 알고 있는 가장 강력한 모티프일 거예요."

"더군다나 이틀 전부터 모습을 보이지 않고 있어요." 빌리가 덧붙여 말했다.

잠시 동안 세바스찬은 자신이 얼마나 성급하게 행동했는지 알 수 있었다. 그는 하루 종일 반야와 같이 다녔다. 그녀와 동일한 얘기를 들으면서. 그래서 그의 눈에 확실히 눈에 띄는 점도 있었다. 범행 동기가 될 수 있는 뭔가가 있다는 것과 악셀 요한손이 집에 없다는 것.

"당연히 난 별도로 생각해보자고 했던 거예요."

탁자 주변에서는 침묵이 맴돌았다. 빌리는 서류들을 넘겨보다가 그가 찾으려던 것을 찾아냈다.

"악셀 말테 요한손. 42세고요. 미혼입니다. 출생지는 외레브로에요. 스웨덴 내에서 빈번하게 이사를 했네요. 우메오, 솔레프테오, 게블레

헬싱보르그로 옮겨 다녔어요. 베스테로스로는 2년 전에 왔고요. 팔름뢰브스카에서 수위로 채용됐어요. 무엇보다도 채무자 명부에 올라와 있네요. 전과자 명부에 따르면 전과는 없지만 수표 사기와 문서 조작과 관련하여 계속 그의 이름이 올라와 있어요. 성추행 때문에도 신고가 여러 번 됐고요. 이 모든 일이 증거 부족으로 중지됐어요."

그럼에도 불구하고 반야는 약간 확신이 드는 것 같았다. 적어도 그 자는 명부에 이름이 올라와 있었기 때문이다. 이로써 악셀 요한손은 이번 수사에서 더 흥미진진하게 살펴봐야 할 인물이 된 것이다. 살인 사건의 경험상, 살인을 저지른 사람들은 거의 매번 이미 그 전부터 법에 상충되는 일을 한 적이 있는 사람들이었다. 이렇듯 극단적인 범죄들은 점차 극단을 치닫는 범죄와 폭력의 정점을 이루었다. 대체로 가장 잔인한 범죄로 가는 길은 다른 범행에서 시작된 것이다. 거의 매번 볼 때마다 범인과 희생자가 서로 알고 있는 경우가 많았다. 거의 매번.

만약 살인자와 로저가 서로 아는 사이가 아니라고 한다면 이게 무슨 의미가 있을까? 반야는 이런 말을 지금 해야 할지 어떨지 고민했다. 그녀가 희생자의 프로필을 작성하는 데 집중하다보면 시간만 낭비하는 게 아닐까 싶어서였다. 어쩌면 이 사건은 완전히 다른 시각으로 접근해야 될지도 모른다. 하지만 그녀는 아무 말도 하지 않았다. 지금까지 그녀는 열두 건의 살인 사건을 해결하는 데 참여했다. 이들 경우에는 전부 범인들과 희생자가 서로 알고 있는 사이였다. 이런 맥락에서 본다면 로저가 완전히 생면부지의 사람에 의해 살해당했다는 것은 있을 수 없는 일일 것이다. 만약 정말 그랬다면 이 사건은 지금까지의 사건과 같은 십중팔구의 개연성으로 해결되지 못할 것이다. 이는 오늘 이곳에 모인 사람들도 다 알아야 하지 않을까? 희생자와 어떤 연관성도 없이 이름 모를 살인자를 찾을 수 있는 기회는 아주 극소수였다. 특히나 이 사건에서처럼 기술적으로 증거를 댈 수 있는 흔적이 없다면 더욱더 그럴 것이다. 90년대 이후로 이런 사건들은 DNA 분석 덕택으로 해결되는 건수가 늘어나고 있지만 물웅덩이에서는 범인의 DNA 흔적이 대체로 부족한 편이다. 그녀가 직면한 일은 결코 간단한 일이 아니었다.

"우리는 악셀 요한손이 의도적으로 줄행랑을 친 거라고 생각하고 있지 않나요? 예를 들어 그냥 여행을 갔을 수도 있잖아요. 나이 드신 아버지를 방문하려고요." 세바스찬의 가능한 반론 제기로 인해 이 문제가 더 복잡해졌다.

빌리는 확인할 게 있어서 잠시 동안 서류를 쳐다보았다. "부모님은 모두 돌아가셨어요."

"오케이. 그래도 아직 살아 있는 다른 사람을 방문하러 갔을 수도 있잖아요?"

"있을 수 있는 일이에요." 토르켈이 그의 말에 동의했다. "그자가 지금 어디에 있는지, 우린 모르고 있어요."

"우르줄라가 그의 집을 한번 수색해보는 것은 어떨까요?"

토르켈은 자리에서 일어나 여기저기 왔다갔다 걸어 다니기 시작했다. 그는 얼굴에 잔뜩 인상을 쓰고 있었다. 방 안의 공기가 금세 질식할 것만 같았기 때문이다. 회의실의 공기정화기는 그곳의 새 물건들과는 달리 새것이 아니었다.

"수색 명령을 내리기에는 그자가 잘못을 저질렀다는 증거가 거의 없어요. 로저와 그자가 사는 곳을 연관 지어 볼 수는 있겠지만 지금은 액션을 취하기 어려울 것 같아요."

체념으로 인한 침묵이 방 안에 가득해졌다. 빌리가 이 우울한 분위기를 깨고 나왔다. 문제가 증폭되어도 언제나 앞만 보고 가는 게 그의 가장 좋은 장점이었다.

"내가 범죄 기술 연구소에 물어봤는데요. 모든 핸드폰 문자를 복원해낼 수 있답니다. 이미 삭제된 문자도요. 게다가 전화기의 통화 목록도 조사할 수 있을 테고요."

반야의 핸드폰이 울리자 빌리는 잠시 하던 말을 멈추었다. 그녀는 전화기 화면을 확인하더니 미안하다는 말을 하고는 회의실을 나갔다. 토르켈과 빌리는 의아하다는 듯이 그녀가 나가는 모습을 지켜보았다. 반야가 사적인 전화 때문에 일을 중단했던 일은 단 한 번도 없었기 때문이다. 방금 걸려온 전화는 중요한 일임에 틀림없었다.

아버지와의 전화로 반야는 엄청나게 흥분했다. 그래서 그녀는 경찰서를 나와서 이런저런 생각을 정리하고 싶었다. 보통은 직업과 사생활을 철저히 분리시켜 왔다. 두 가지 동시적인 세계가 한곳에서 만날 일은 거의 없었다는 듯이. 하지만 지난 반년 동안에 그녀에게는 심적 어려움이 점점 심해졌다. 직업과 사생활을 철저히 분리하려다 보니 그녀는 자기 자신을 너무 억제해야만 했고, 그 탓에 근심 걱정이 없는 날이 없었다. 물론 동료들은 이런 상황을 전혀 눈치채지 못하고 있었다.

마구 소용돌이치는 생각들 중에 대부분은 그녀가 누구보다도 사랑하는 남자, 즉 아버지 발데마르에 대한 것이었다. 불안감을 아무리 떨쳐버리려고 해도 언제나 다시 제자리로 돌아왔다. 아무리 열의를 다해 불안감을 밀어내봤자 다시 한 층 더 강하게 돌아왔다. 지난번부터는 갈수록 더 심해졌다. 그래서 반야는 매일 아침 일찍 눈을 뜨게 됐고,

다시 잠들기는 어려웠다.

그녀는 왼쪽으로 방향을 바꾸어 작은 궁성공원으로 향했다. 멜라렌 호(스웨덴 남동부에 있는 호수_옮긴이)에서 가벼운 산들바람이 불어왔다. 막 솟아난 푸르른 새싹들과 어린 나뭇잎들은 바람에 살랑살랑 흔들리며 바스락거리는 소리를 냈다. 공기 중에는 봄 향기가 물씬 풍겼다. 반야는 특정한 곳을 쳐다보지 않고 그저 앞만 보며 부드러운 바닥 위를 세차게 걸어갔다.

아버지는 화학요법을 받았다. 그 첫 번째 결과는 긍정적이었지만 또 다른 테스트들을 받아야만 했다. 반야의 머릿속에는 여러 가지 모습들이 다시 떠올랐다. 병원. 그들이 아버지의 진단 소식을 들었던 것은 8개월 전이었다. 어머니는 슬피 우셨다. 의사는 아버지 옆에 서 있었는데 전문가다워 보였다. 그녀는 이 의사와 같은 역할을 수행해야만 할 때에는 매번 그 당시를 떠올려보았다. 희생자와 해당 가족들 옆에서 조용히 그리고 전념을 다하는 모습을. 이번에는 이런 역할들이 잘못 뒤바뀌었다. 그녀는 감정을 억제하지 못했다. 아버지가 어떤 병으로 진단되었는지 이해하기 어렵지 않았다. 폐에 변종 세포가 생겼다는 것. 폐암.

아버지 옆 의자에 앉아 있던 반야는 온몸에 힘이 쭉 빠졌다. 그녀의 입술은 파르르 떨렸고, 목소리는 균형 있게 흘러나오지 않았다. 병원 침상에서 딸을 눈여겨보고 있던 아버지는 언제나처럼 편안한 모습을 보이려고 노력했다. 그는 가족 중에, 언제나처럼 일반적인 행동을 유지할 수 있었던 유일한 사람이었다.

8개월 전, 어느 날 반야는 현대과학의 가능성에 대해 의사와 면담 시간을 갖고서 직장으로 돌아왔다. 화학요법과 방사선요법. 아버지가 암 덩어리를 제거하고 다시 건강해질 수 있는 기회는 컸다. 그녀는 빌리의 맞은편에 자리를 잡고 앉아 어떤 밴드의 콘서트 기사에 대해 들었다. 그 밴드의 이름은 한 번도 들어 본 적이 없었는데, 만약 라디오에서 그들의 노래가 흘러나왔다고 해도 그녀는 곧장 라디오를 꺼버렸을 것이다. 1초간 그는 그녀를 바라보며 아무 말도 하지 않았다. 그는 반야한테 무슨 일이 있다고 눈치챈 것 같았다. 그는 다정스런 눈으로 조용히 그녀의 행동을 지켜보았다. 하지만 그 순간은 순식간에 지나갔다. 왜냐면 그녀는 그의 음악 취향에 대해 뭔가 자책하는 소리를 들었기 때문이다. 그가 다음 달이면 서른두 살이 되는데, 그 사실을 망각할 경우에는 스물두 살보다 못하다는 말. 그리고 그렇게 그들은 한동안 농담 섞인 말을 주고받았다. 언제나 그랬던 것처럼. 순간적으로 반야는 이대로 머물러야겠다고 결정했다. 그녀가 그를 믿지 못하기 때문은 아니었다. 빌리는 그녀의 동료 그 이상이었다. 그는 그녀한테는 최고의 친구이기도 했다. 하지만 바로 이 순간에는 그가 지금과 같이 변함없는 상태로 그녀 옆에 있어주길 바랐다. 그래야 마음이 덜 아프지 않을까. 삶의 일부가 갑자기 끝날 수도 있지만, 나머지 부분은 언제나처럼 계속될 테니 말이다. 그녀한테는 이런 느낌이 필요했다.

어느 날인가부터 그녀는 특히나 빌리와 투닥거리는 일이 많았다.

이제 반야는 실개천을 따라 강가를 걸었다. 오후의 햇살은 강물 위에 반짝였다. 몇몇 용감한 보트들이 매서운 바람과 싸우고 있었다. 그녀는 핸드폰을 꺼내 들었다. 동료들에게 다시 돌아가고 싶은 마음보다는 부모님한테 전화를 걸고 싶은 마음이 컸다.

아버지의 병은 어머니에게 놀라울 정도로 심각한 충격을 주었다. 처음에는 반야도 내내 울고, 아우성쳤다. 그리고 아버지가 그녀 곁을 떠날 수도 있다는 생각에 자기 자신이 왜소하고 아무런 힘도 쓸 수 없는 것처럼 느꼈다. 하지만 이러한 그녀의 역할은 갈수록 희미해졌다. 일반적으로 반야한테도 그게 더 나았다. 가족의 역할은 더 강해졌다. 즉 어머니는 감정적이었지만, 딸은 오히려 이성적으로 행동했다. 아버지와 마찬가지로. 지난해에 반야는 처음으로 역할을 바꾸고 싶다는 생각을 했다. 그런 생각을 한 것은 아주 짧은 시간 동안이었다. 갑자기 그녀는 그 깊이를 알 수 없는 심연에서 균형을 잡고 싶은 느낌이 들었다. 언제나 그곳에 있었던 사람은 그 아래로 떨어지지 않기 위해 그곳을 떠날 준비를 했다. 영원히. 아니면 어쩌면 아직은 아닌 것일까? 의학은 희망을 저울질했다. 아버지는 십중팔구 극복해낼지도 모를 일이다. 반야는 절로 미소가 흘러나왔다. 반짝이는 강물을 바라보며 행복을 느꼈다.

"여보세요, 엄마."

"너 얘기 들었니?"

"예. 아빠가 막 전화했어요. 정말 잘됐어요."

"그래. 난 믿기지 않아. 아빠가 지금 집에 돌아오는 길이란다."

반야는, 어머니가 눈물과 싸움을 벌이고 있는 소리를 들었다. 기쁨의 눈물. 어머니는 이런 눈물을 오랫동안 흘리지 못했다.

"엄마, 내가 아빠 꼭 껴안아드리고 싶다고 전해주세요. 아주 오랫동안 꼭. 그리고 될 수 있는 대로 빨리 찾아뵙겠다는 말도 전해주시고요."

"정확히 언제?"

"늦어도 주말에는 가도록 해볼게요."

반야는 다음 주에는 셋이서 식사하러 가야겠다고 결심했다. 어머니는 수화기를 내려놓기가 좀처럼 쉽지 않은 것 같았다. 다른 때 같았으면 이런 긴 작별 인사에 대해 힘들어했던 반야도 오늘만큼은 이 순간을 즐겼다. 그들은 불안감을 내뱉었다. 그들 둘 다 느끼고 있던 불안감은 다른 단어들과 함께 공기 중에 날아갔다. 마치 그들은 모든 것이 다시 예전처럼 돌아갈 수 있다고 서로 확인이라도 해야 할 것처럼. 핸드폰에서 삐삑 소리가 울렸다. 문자메시지.

"난 널 사랑한단다, 반야."

"나도 엄마를 사랑해요. 하지만 이젠 사무실로 들어가 봐야 해요."

"정말?"

"예. 엄마도 알고 계시잖아요. 하지만 곧 집에 가도록 해볼게요."

반야는 대화를 끝내고는 메시지를 확인했다. 또 다른 세계는 그녀의 관심과 주의력을 요구했다.

"어디 있는 거예요? 우르줄라가 이곳으로 오는 중이에요."

반야는 서둘러 대답했다.

"갈게요."

그녀는 스마일 모양의 이모티콘을 덧붙일까 생각도 했지만 하지 않기로 결정했다.

베아트리체 슈트란트는 언제나처럼 버스를 타고 집으로 향했다. 그녀는 한 정거장 일찍 버스에서 내렸다. 공기를 들이켜고 싶었던 것이다. 학교에서는 불가능한 일이었다. 집에서도 그렇고. 로저의 죽음은 댐 구멍처럼 가는 곳마다 느낄 수 있었으며 많은 사람들에게 상처를 주었다. 그녀가 가르치고 있는 학생들한테도. 로저는 아주 많은 시간을 함께 한 요한의 친구였다. 이런 일이 절대로 일어나서는 안 된다. 친구들이 죽어서는 안 된다. 학생들이 숲 속에서 살해된 채로 발견되어서는 안 되는 것이다.

일반적으로 그녀는 흐릿한 노란색 2층집으로 향하는 자갈길까지 가는 데 버스 정류장에서 8분 정도 걸렸다. 오늘은 35분이었다. 울프가 그녀를 그리워하지는 않을 것이다. 이미 오래전부터 그녀가 언제 집에 돌아오든지 그는 상관하지 않았다.

그녀가 들어가자 집은 조용했다.

"아무도 없어요?"

아무 소리도 들리지 않았다.

"요한?"

"우리 여기 위에 있어." 대답이 들려왔다.

더 이상의 말은 없었다. "아래로 내려갈게."라든지 "잘 지냈어?"라는 말은 없었다. 오로지 침묵.

우리는 여기 위에 있어.

우리!

언제나 울프와 요한 둘뿐이었다. 항상. 그들 셋이 모이는 일은 갈수록 드문 일이 되었다. 그녀가 누군가를 속이려고 한 것일까? 위에 올라가 있는 사람들은 셋이 아니었다.

"찻물 올려놓을게요." 그녀는 크게 소리쳐 보았지만 아무런 대답이 없었다.

베아트리체는 전기 주전자의 스위치를 켜고는 기계의 빨간불을 물끄러미 쳐다보았다. 생각에 젖어들면서. 처음에 그녀는 가족들이 모여 앉아 서로 얘기도 나누고 서로 의지할 수 있도록 애써 투쟁했다. 다른 가족들이 일반적으로 하는 것처럼. 어려울 때에도 서로 의지할 수 있도록. 하지만 요한은 원치 않았다. 그는 갈수록 더 그녀와 멀어졌다.

가족 내에서는 아빠하고만 모든 것을 같이 했다. 슬픔도. 그녀는 소외되었지만 포기하지 않았다. 그녀는 프랑스식 과일 문양이 있는 커다란 찻잔을 꺼냈다. 그러고는 꿀과 각설탕을 쟁반에 함께 담아냈다. 창문 너머로 조용한 주택가가 보였다. 그녀가 그토록 좋아하는 분홍빛의 꽃들을 조만간 볼 수 있게 될 것이다. 그녀의 앵두나무는 첫 번째 꽃망울을 맺었다. 이번 해에 일찍. 언젠가 가족은 벚나무를 정성껏 함께 심었다. 그날의 기쁨은 영원할 것만 같았다. 그 당시에 요한은 다섯 살이었는데, 구멍 파는 일을 돕겠다고 주장했다. 그래서 그들은 함께 껄껄 웃으며 그가 돕도록 했다. 그때 그녀가 했던 말이 여전히 생각난다.

"진정한 가족한테는 과일나무가 있어야 하는 법이야."

진정한 가족. 전기 주전자의 빨간불이 꺼지자 그녀는 끓는 물을 찻잔에 부었다. 세 개의 티백도. 그러고는 그녀는 계단 위로 올라갔다. 진정한 가족이 필요 없는 사람들에게로.

요한은 컴퓨터에 앉아 뭔가 폭력적인 게임을 하고 있었다. 가능한 한 많은 사람들을 쏴 죽이는 그런 게임이었다. 그녀가 들은 바로는 '제1 사수'라는 게임이었다. 울프는 청소년 침대의 모서리에서 편안한 자세를 취한 채 요한을 바라보고 있었다. 그녀가 문을 열고 방에 들어가자 울프는 그녀를 빤히 쳐다보았다. 언제나 그런 식으로.

"다들 배고파요?"

"아니. 우린 방금 먹었어."

베아트리체는 서랍장 위에 쟁반을 올려놓았다. 서랍장에는 아들의 만화책들이 여기저기 흩어져 있었다.

"경찰이 오늘 여기에 다녀갔나요?"

"응."

다시 아무런 말도 없었다. 베아트리체는 아들 곁으로 가서는 조용히 그의 어깨에 손을 올려놓았다. 그녀는 아들한테서 편안히 머물고 싶었다. 티셔츠에서 그의 따뜻한 체온을 느끼고 싶었던 것이다. 1초라도 아들이 이런 그녀를 허락해주기를 바랐다.

"엄마……." 아들은 어깨를 휙 뿌리치며 손을 치워달라는 신호를 또렷하게 했다.

그녀는 마지못해 손을 치웠지만 절대로 포기하지 않겠다고 생각했다. 아직은 아니라고. 그녀는 울프와는 조금 떨어진 채로 침대 위에 앉았다.

"우리가 이 모든 일에 대해 함께 얘기를 해봐야 해. 방어벽을 친다고 해서 절대로 도움은 되지 않을 거야." 그녀가 먼저 요한에게 말을 걸었다.

"내가 아빠랑 얘기할게요." 요한은 돌아보지도 않고 책상에서 대답했다.

"하지만 엄마도 이 얘기를 해야 할 필요가 있단다." 그녀가 말했다.

그녀의 목소리는 약간씩 떨려왔다. 그녀한테는 얘기할 필요만 있는 게 아니었다. 그녀는 가족이 필요했다. 특히나 아들이. 요한이 울프와 얘기한 다음에는 엄마를 찾아주기만을 바랐다.

잊어버리자. 용서하자. 그리고 앞을 향해 나아가자.

그녀는 모든 것이 다시 정상으로 돌아오기를 바랐다. 예전처럼. 불행이 일어나기 전으로. 밤이면 요한이 그녀에게 자신의 걱정거리를 털어놓을 수 있는 그런 날로. 그녀가 인생의 문제점들과 기쁨들에 대해 오랜 시간 얘기를 나눌 수 있는 그런 날로. 그리고 그녀는 자신이 학수고대하는 엄마의 위치로, 한 남편의 아내로, 뭔가의 일부가 되고 싶었다. 하지만 이런 시간들은 이미 오래전에 지나가버린 것 같았다. 가족이 앵두나무를 자랑스럽게 심었던 그날처럼.

울프는 그녀 쪽으로 돌아보았다. "나중에 얘기합시다. 경찰과는 아무런 문제도 없었어. 요한이 알고 있는 거는 다 얘기했고."

"다행이네요."

"우린 나중에 여행 갈 거야. 요한이랑 나랑. 적당한 곳으로 가서 야영하려고. 이곳에서 좀 벗어나야겠어."

나한테서 벗어난다고! 베아트리체는 이런 생각을 떨쳐버릴 수가 없었지만, 그저 고개만 끄덕였다. "좋을 것 같아요."

다시 아무 말도 하지 않았다. 할 말이 뭐가 또 있을까?

계속해서 요한은 컴퓨터게임에서 총알을 쏟아부었다.

우르줄라가 방 안으로 들어왔다. 그녀는 미소 짓고 있었다.

"제발, 나한테 얘기해 봐요. 내 말이 맞았죠? 당신, 뭔가 좋은 소식이 있는 거 맞죠?" 토르켈이 애원했다.

"부검 결과를 가져왔어요, 근데 정말 놀라운 사실이 있어요. 깜짝 선물 보따리 같아요."

반야, 세바스찬과 토르켈은 그녀의 의자 쪽을 바라보았다. 우르줄라는 겨드랑이에 끼고 온 지도를 펼쳤다. 그리고 한가득 사진들을 벽에 고정시켰다. 다양한 거리와 생각할 수 있는 시각에서 로저의 몸통과 팔을 찍은 사진들이었다.

"등쪽, 몸통, 팔과 다리에 스물두 곳의 칼자국이 있어요. 우리가 일일이 다 세볼 수 있었어요. 여기에는 심장이 제거될 때 생긴 상처들도 포함해서예요."

그녀는 희생자의 등을 찍은 사진들 중에 하나를 가리켰다. 사진은 견갑골 사이로 깊은 비대칭의 틈이 나 있었다.

잠시 동안 세바스찬은 시선을 다른 곳으로 돌렸다. 칼자국을 보는 것은 언제나 견디기 어려웠기 때문이었다. 희고 매끄러운 피부와 원래는 피부 속에 숨어 있어야 할 것이 밖으로 드러난 깊고 날카로운 상처가 그로테스크하게 조합을 이루고 있기에.

"손바닥이나 아래팔에는 방어하다가 생긴 상처는 없었어요." 우르줄라는 계속해서 말했다. "그 이유가 뭔지 아세요?" 그녀는 누군가의 대답을 제대로 기다리지도 않았다. "모든 칼자국들은 사후에 저질러졌기 때문이에요."

메모지를 보고 있던 토르켈은 얼굴을 들어 안경을 벗었다. "그게 무슨 말이죠?"

"누군가 그를 찔렀을 때에는 그가 이미 죽은 상태라는 거예요." 우르줄라는 지금 알아낸 증거의 의미를 강조하려는 듯이 사람들을 심각한 눈빛으로 한번 둘러보았다.

"그럼 로저가 어떻게 죽은 거죠?"

우르줄라는 로저의 등에 있는 터진 상처를 다시 가리켰다. 상처는 8센티미터 넓이였다. 여기저기서 부러진 갈비뼈의 파편이 보였다. 이러한 손상을 가져오려면 상당한 힘이 가해져야만 할 것이다. 힘과 의도성을 갖고.

"심장의 상당 부분이 없어졌지만 어떤 종교적인 의식이나 제물과는 결코 관련이 없어 보여요. 포탄 하나를 꺼낸 흔적이 있어요. 그밖에는 아무것도 없고요."

우르줄라는 칠판에 새로운 사진을 고정시켰다. 회의실에 있던 사람들은 아무 말도 하지 않았다.

"등 쪽으로 총을 쐈어요. 총알은 없어졌고요. 우리는 갈비뼈에서 그 흔적을 찾았어요."

우르줄라는 지금 막 걸어놓았던 로저의 상처 사진을 최대로 확대해서 보여주었다. 갈비뼈에는 반달 모양의 작은 총알 자국이 나타나 있음을 알 수 있었다.

"상대적으로 소구경의 무기를 사용했어요. 상처 부위를 보면 구경 22로 판명되었고요."

이 정보로 인해 다들 활기를 되찾았다. 곧바로 그들은 구경탄의 다양한 무기를 열거했다. 토르켈은 데이터뱅크에서 목록을 뽑았다. 세바스찬은 이번 회의에서는 아무것도 보탬이 될 수 없었다. 자리에서 일어난 그는 벽 쪽으로 나갔다. 사진들을 더 가까이서 보고 싶은 충동을 받았던 것이다. 그의 뒤에서는 말하는 소리가 점차 작게 들렸다. 복사기가 윙윙거리며 돌기 시작했고, 토르켈의 목록들이 쏟아져 나왔다. 토르켈은 옛 동료 쪽을 바라보았다.

"뭐 발견한 거 있나요?"

세바스찬은 등에 난, 터진 상처 자국을 촬영한 사진들을 여전히 주의 깊게 관찰했다. "내 생각에는 로저의 죽음이 의도적으로 이루어진 건 아닌 것 같아요."

"누군가 그를 총으로 쏘고 22번 찔렀다면 의도적이라고 생각해야 할 거예요." 반야는 냉랭하게 말했다.

"좋아요. 내가 단어를 잘못 선택했네요. 내 생각에는 로저 에릭손의 죽음이 계획된 것은 아닌 것 같아요."

"어떤 면에서요?"

"이 총알을 빼내는 것은 쉽지 않기 때문이에요. 피가 많이 날 거예요. 시간도 걸리고 위험도도 상승하고요. 하지만 살인자는 그럴 수 밖에 없었을 거예요. 총알 때문에 자신의 신분이 탄로 날지도 모른다는 걸, 그자가 알고 있기 때문이죠."

반야는 그의 말을 듣자마자 이해했다. 일순간 그녀는 왜 그런 생각을 하지 못했는지 자기 자신에 대해 화가 났다. 결말은 그 혼자 내리지 못하도록, 그녀는 세바스찬의 말을 열심히 보완 설명했다.

"그자가 살인을 계획했다면 다른 무기를 사용했을지도 몰라요. 범인을 역추적할 수 없는 그런 무기로."

세바스찬은 동의한다는 듯이 고개를 끄덕였다. 그녀는 머리 회전이 잘되는 여자였다.

"그렇다면 정확히 무슨 일이 일어났다는 걸까요?"토르켈이 물었다.

"내가 한번 정리해보면 로저가 상당히 번화한 베스테로스의 거리로 나갔다가, 22 구경탄을 가진 누군가를 만났을 거예요. 그리고 그의 옆을 지나가다가 등 쪽에 총을 맞았고요. 저격수는 문득 이런 생각을 했겠죠. 총알 때문에 자신의 신분이 발각될 수 있다고. 그래서 총알을 다시 끄집어냈을 테고 리스타케르로 차를 타고 갔을 거예요. 시체를 그곳 물속에다 버리려고."토르켈은 아무 말도 없이 자신의 사고 과정을 따라온 다른 사람들을 유심히 바라보았다.

"여러분들의 귀에는 이 얘기가 그럴듯하게 들리지 않나요?"

"무슨 일이 일어났는지 우리는 잘 모르고 있어요."세바스찬은 피곤하면서도 약간 쇠약한 눈빛으로 토르켈을 바라보았다. 토르켈은 퍼즐의 일부를 맞추긴 했지만 전체를 다 맞춘 것은 아니었다.

"로저가 어디서 죽었는지도 우린 모르고 있잖아요. 내가 말할 수 있는 것은, 그의 죽음이 아마도 계획되지는 않았을 거라는 거예요."

"결국은 이번 사건은 계획적인 살인이 아니라 우발적인 살인일 가능성이 있어요. 하지만 누가 소년을 죽였는지에 대한 질문에는 우린 한 발작도 더 나가지 못했어요. 내 말 맞습니까?"

다들 아무런 대답도 하지 않았다. 토르켈이 이런 식으로 꾸물대며 말했을 때에는 대답해도 소용없다는 것을, 세바스찬은 경험상 잘 알고 있었다. 분명히 다른 사람들도 다 알고 있을 것이다. 토르켈은 우르줄라 쪽을 돌아보았다.

"우리가 무기를 찾는다면 갈비뼈에 난 상처가 어떤 총알 때문에 생긴 것인지 알 수 있지 않을까요?"

"아니요. 유감스럽지만 불가능해요."

토르켈은 체념하듯이 의자에 푹 눌러 앉았다.

"결국 우리는 새로운 사망 원인을 찾았지만 이게 전부예요. 더 이상 진전은 없어요."

"그렇지 않아요." 세바스찬이 벽에 걸린 다른 사진을 손가락으로 가리켰다. "우리한테는 시계가 있잖아요."

"시계가 어떤 의미가 있다는 거죠?"

"비싼 거였어요." 세바스찬은 줄곧 로저의 옷을 촬영한 화질 좋은 사진들을 가리키고 있었다. "아크네 청바지랑 디젤 재킷. 나이키 스니커. 몽땅 메이커 제품이에요."

"로저도 어쩔 수 없는 십 대잖아요."

"예. 하지만 로저가 어디서 돈을 구했을까요? 그의 어머니는 특별히 부유해 보이지도 않아 보이던데. 게다가 로저는 팔름뢰브스카 고등학교의 자선 실험 대상자였는데."

레나 에릭손은 거실의 안락의자에 앉아 팔걸이 위에 놓인 재떨이에 담뱃재를 떨었다. 아침에 새 담뱃갑을 열었는데 한 시간도 못돼서 두 번째를 열었다. 지금 입에 물고 있는 담배는 두 번째 담뱃갑의 세 번째였다. 결국 오늘 핀 것 중에는 스물세 번째 담배인 셈이다. 너무 많은 양이었다. 특히나 하루 종일 아무것도 먹은 게 없다면 더할 것이다. 그녀는 각진 거실용 탁자의 맞은편 소파에 앉아 경찰들을 쳐다보며 헛기침을 하자 약간 어지러운 걸 느꼈다. 경찰은 두 명이었다. 로저의 방에 있는 여자 경찰까지 합하면 모두 세 명이었다. 레나의 사진을 찍은 여자는 대화에 끼어들지는 않았다. 지금까지 그녀와 말한 적이 있는 경찰들 중에는 아무도 오지 않았다. 새로운 경찰들이 사복 차림으로 찾아온 것이다. 제국살인수사반이라는 명칭을 갖은 사람들이. 그들은 로저가 어디서 돈을 얻을 수 있었는지 물었다.

"로저는 국가에서 학생 보조금을 받았어요. 열여섯 살이 넘었으니까요."

그녀는 다시 담배를 꺼내들었다. 그녀의 행동은 아주 익숙하고 일상적이었으며 거의 반사적으로 나왔다. 그녀는 안락의자에 앉아 담배를 피우는 일 말고 한 일이 무엇일까? 아무것도 없었다. 그녀는 더 이상의 활력을 낼 수가 없었다. 아침에는 몇 시간 겨우 잠을 자고 일어났다. 그녀는 한 바퀴 산책을 돌기로 계획했다. 약간의 맑은 공기를 들이켜고 싶어서였다. 뭔가 먹을거리도 사고. 어쩌면 집도 좀 치워야 할지도 모르겠다. 또다시 일상으로 돌아가려면 첫발자국을 내딛어야 하지 않을까? 로저 없이.

어쨌든 간에 그녀는 기운을 차려서 아프톤블라데트(약 43만 부 발행, 스웨덴 최초의 신문. 1830년 창간_옮긴이) 신문을 사야겠다고 생각했다.

그녀가 젊은 여자 기자와 두 시간 남짓 얘기를 나누었는데, 그 대가로 신문사는 현찰로 1만 5천 크로네를 지불했다. 처음 30분 동안에는 사진사와 함께 있었지만 그는 다시 돌아갔다. 레나의 이름을 잊어버린 젊은 기자는 녹음기를 탁자에 놓고서 로저에 대한 질문을 시작했다. 로저가 어떤 아이였는지? 어린 시절에 그가 뭘 좋아했으며 그가 사망한 뒤 그의 빈자리에 대해 어떻게 느끼고 있는지? 레나는 스스로도 놀란 일이지만 인터뷰를 하는 동안에 절대로 울지 않았다. 애당초 그녀는 눈물이 터져 나올 것으로 생각했다. 로저가 사라진 뒤 처음으로 아들에 대해서 경찰 이외의 다른 사람과 얘기를 나누었기 때문이다.

레나의 직장 동료인 마리트가 전화를 걸어 유감을 표시했지만 별로 위안도 되지 않았고 불편하게만 느껴졌다. 그래서 레나는 가능한 한 서둘러 대화를 끝냈다. 가게 지배인도 전화를 걸었다. 당연히 그는 레나가 며칠 쉬고 싶으면 얼마든지 쉬어도 좋다고 말하며 다른 직원들과 그녀의 일을 나눠서 하겠다고 전달했다. 하지만 그녀가 다시 나올 계획이 있다면 적당한 시기에 미리 전화를 해달라고도. 처음에 왔던 경찰들은 오로지 로저의 행방불명에 대해서만 물었다. 그가 예전에도 집을 나간 적이 있는지. 걱정거리가 있는지. 아니면 위협당한 일이 있는지. 그들은 그의 개인적인 일에 대해서는 아무것도 알고 싶어 하지 않았다. 아들로서 그에 대해서는 전혀. 그가 어떤 아이였으며 그녀에게는 어떤 의미가 있는지에 대해서는 아무것도 묻지 않았다.

하지만 기자는 딴판이었다. 레나와 여자 기자는 함께 사진첩을 보았다. 그리고 그녀는 레나가 원하는 속도대로 이야기를 하도록 편의를 제공했다. 가끔씩 질문을 던지거나 좀 더 정확하게 되묻거나 하면서. 레나가 아들에 대해 할 수 있는 것과 하고 싶은 것을 말하게 한 뒤에,

여자는 좀 더 직접적인 질문을 하기 시작했다. 친구들이 도움을 필요로 할 경우에는, 로저가 기꺼이 친구를 돕는 아이였는지? 봉사 활동에는 참여했는지? 그가 어떤 청소년 팀을 훈련시킨 적은 있는지? 누군가의 대부가 된 적은 있는지? 이런 종류의 뭔가에 대해서. 레나는 이 모든 질문에 대해 사실대로 아니라고 대답했다. 집까지 찾아오는 유일한 친구들은 요한 슈트란트와 새로 전학 온 학교 친구뿐이었다고. 에릭 뭐라고 하는 이름의 소년. 에릭은 한 번 찾아왔다. 레나는 기자의 얼굴에서 실망하는 듯한 표정을 읽을 수 있었다. 그녀가 집단 따돌림에 대해 뭔가 더 많은 얘기를 설명해야 하는 것일까? 예전에 아들을 괴롭히던 소년이 살인 혐의로 체포된 것을 알았을 때 그녀의 심정이 어떠했는지에 대해서도? 이것은 가장 최근 뉴스거리는 아니었음에도-카타리나라고 부르는-기자는 충분한 관심거리가 될 수 있다고 생각했다. 로저의 침대와 동물 인형 두 개에 대한 사진 한 장만으로도 얼마든지 가능하다고. 결국 레나는 이야기를 털어놓았다. 괴롭힘에 대해서. 폭력에 대해. 학교 전학에 대해서도. 하지만 그녀는 주로 지금 심정과 자신의 확고한 마음에 대해 얘기했다. 레오 룬딘이 아들을 살해했다는 것과 그렇기에 그를 절대로 용서할 수 없다고. 말이 끝나자 카타리나는 녹음기를 껐다. 그리고 그녀는 가족 앨범에서 사진 몇 장을 가져가도 좋을지 묻고는 가격을 지불하고 돌아갔다. 이것이 어제 일이었다.

레나는 주머니에 돈을 쑤셔 넣었다. 그렇게 많은 돈을. 그녀는 식사를 하러 갈까 생각해보았다. 이제는 정말 한 번이라도 집 밖을 나서야만 했다. 뭔가를 먹으러 가야만 했던 것이다. 하지만 그녀는 그저 계속해서 앉아 있었다. 안락의자에. 담배를 물고 주머니에 돈을 갖고서. 앉은 자세를 바꿀 때마다 매번 다리 쪽에서 돈이 느껴졌다. 그리고 그때마다 그녀 마음속에서 나직한 목소리가 다시 들려오는 듯 했다.

어쨌든 간에 이 돈이 그 애를 죽인 건 아니야.

마침내 자리에서 일어난 그녀는 돈다발을 서랍장에 넣었다. 그녀는 외출하지 않았다. 먹지도 않았고, 안락의자에 앉아 담배만 피웠다. 하루 종일 해왔던 것처럼. 그리고 지금은 다른 경찰들이 와서는 돈에 대해 얘기를 나누고자 했다.

"국가가 지불하는 자녀 수당과 학생 보조비만으로도 충분했죠. 이 빌어먹을 부자 학교로 전학 오기 전까지는요. 전학 온 뒤부터 로저는 계속해서 뭔가 새로운 것을 갖고 싶어 했어요."

반야는 깜짝 놀란 나머지 주춤거렸다. 레나가 팔름뢰브스카 고등학교에 대해서 오로지 좋은 얘기만 하리라고 예상했기 때문이다. 게다가 반야가 학교 교장에 대해서 어떻게 생각하고 있든 간에 그녀의 아들은 소위 매력적이면서도 월등히 뛰어난 학교에 자리를 받지 않았던가! 또한 로저가 자신을 괴롭히던 학생들로부터 벗어날 수도 있었고.

"아들의 전학을 좋지 않게 생각하시나요?"

레나는 그녀를 쳐다보지 않았다. 그저 커다란 창문 너머를 바라보았다. 창문 선반에는 푸른 유리갓 스탠드 하나와 시든 열대식물 화분 두 개가 놓여 있었다. 레나가 마지막으로 화분에 물을 준 게 언제였을까? 한참 된 게 틀림없었다. 잎사귀들은 붙어 있기는 했지만 그것도 아주 축 늘어져 있었다. 창문을 통해 들어오는 흐릿한 햇살 속에서 그녀는 집 안에 담배 연기가 얼마만큼이나 꽉 들어차 있는지 알 수 있었다.

"그 여자가 로저를 나한테서 빼앗아 갔어요. 베아트리체요. 그리고 이 부자 학교가."

"그들이 왜 당신한테서 로저를 빼앗아 간 거죠?"

레나는 이내 대답하지 않았다. 그녀는 눈을 감고서 산소가 충분한 공기를 들이마셨다. 세바스찬과 반야는 발코니 문을 통해 신선하고 차가운 공기가 반갑게 밀려 들어오는 것을 느꼈다. 조용한 가운데 우르줄라가 소년의 방을 이리저리 걸어 다니는 소리가 들려왔다. 그녀는 함께 오겠다고 고집했다. 한편으로 그녀는 아직도 화를 삭이지 못한 데다가, 불평불만을 늘어놓는 토르켈과 달랑 혼자 있고 싶지 않았기 때문이다. 또 한편으로는 소년의 방이 베스테로스 경찰에 의해서만 수색되었기 때문이다. 그리고 이곳 동료들에 대한 우르줄라의 믿음은 최하 수준이었다. 그들은 이틀 동안이나 행방불명된 소년을 방치했던 것이다. 이번 사건을 제대로 처리하려면 몸소 참여해야만 했다. 그래서 지금도 행동으로 옮기고 있었다.

공허한 눈빛으로 주차장 옆 나무를 응시하면서 레나는 옷장 여는 소리, 서랍 안을 뒤지는 소리, 사진과 포스터를 가져가는 소리를 다 들을 수 있었다. 창문을 통해 볼 수 있는 것은 오로지 푸른색뿐이었다. 이것 외에 시야에는 옆집의 회색빛 전면만 꽉 들어찼다.

어떤 방법으로 그들이 로저를 앗아갔다는 것일까? 레나가 이에 대해 뭐라고 설명할 수 있을까?

"갑자기 크리스마스 때에는 몰디브로 가야 했고, 부활절에는 알프스로 그리고 여름휴가 때는 리비에라로. 로저는 집에 있으려고 하지 않았어요. 이 집은 그 애한테 충분한 휴식처가 되지 못했으니까요. 나의 행동이나 내가 가진 것으로는 그 어느 것도 충분한 게 없었어요. 나한테는 기회가 없었어요."

"하지만 어쨌든 로저는 팔름뢰브스카에서 더 잘 지냈잖아요?"

그래, 물론이었다. 그는 더 이상 괴롭힘을 당하지 않았다. 더 이상 매를 맞지도 않았다. 하지만 가장 힘든 이 순간에 레나는 차라리 그때가 낫다는 생각이 들었다. 그 당시에는 로저가 그녀 옆에 있었다. 그 당시에는 그녀가 그를 필요로 하는 것만큼이나 그도 그녀를 필요로 했다. 전학 이후에 그녀는 혼자 있어야만 했을 뿐만 아니라 외로워야 했다. 이는 더 힘든 일이었다.

문뜩 레나는 방 안이 조용하다는 것을 깨달았다. 다른 경찰들은 대답을 기다렸다.

"나도 그렇게 추측했어요." 레나는 고개를 떨어뜨렸다. "나도 그 애한테 더 좋은 일이라고 예상했었죠."

"일하시나요?" 레나가 로저의 학교에 대해 만족스러운 대답을 하지 못하자 반야는 질문을 던졌다.

"예, 시간제로요. 리들 슈퍼마켓에서. 근데 왜요?"

"로저가 당신의 돈을 훔치거나 하지 않았나 싶어서요. 당신도 모르는 사이에요."

"뭐라도 훔칠 게 있었다면 그렇게 했을지도 모르죠."

"로저가 그 점에 대해서 말한 적이 있나요? 돈이 필요하다거나 아님 돈이 없어서 절망스럽다거나. 로저가 어딘가에서 돈을 빌렸다고 하거나."

레나는 발코니 문을 완전히 밀착시키지는 않았지만 어느 정도 닫았다. 그리고 그녀는 안락의자로 돌아왔다. 담배 한 가치를 더 물고 싶은 생각은 없었다. 갑자기 몸이 너무나 피곤해진 것이다. 머릿속에서는 모든 게 빙글빙글 돌았다. 그들이 그녀를 쉬게 해주어야 할까?

"나는 모르는 일이에요. 로저한테 돈이 왜 중요하다는 거죠?"

"그 아이가 돈을 빌렸거나 이상한 사람한테서 훔쳤다면, 그게 살인의 동기가 될 수 있거든요."

레나는 어깨를 움찔거렸다. 그녀는 로저가 돈을 어디서 구했는지 몰랐다. 그녀가 그것을 알아야만 하는 걸까?

"로저가 옛날에 악셀 요한손에 대해 말한 적이 있나요?" 반야는 새로운 단서를 조사해보기로 했다. 로저의 어머니가 특별히 협조적이라고는 아무도 주장할 수 없었다. 그들은 매 대답마다 가까스로 얻어내야만 했기 때문이다.

"아니요. 그게 누구죠?"

"팔름뢰브스카의 수위에요. 예전에 있던."

레나는 고개를 절레절레 흔들었다.

"다른 경찰관들이 이곳에 왔을 때는 당신이 이렇게 말했다고 하던데요." 반야는 메모지에서 몇 장을 다시 넘겨보며 읽었다. "로저가 위협을 당한다는 생각도 하지 않았고 아무하고도 싸우지 않았다고…… 지금도 여전히 동의하시나요?"

레나는 고개를 끄덕였다.

"그럼 로저가 위협도 당하지 않았고 화근을 만들지도 않았다고 확신하는 건가요?"

질문은 남자한테서 나온 말이었다. 지금까지 그는 아무 말도 하지 않고 있었다. 그들이 집 안으로 들어올 때는 신분을 밝혔지만 그 이후로는 잠자코 있었다. 정확히 말하자면 한 마디도 하지 않았다. 여자가 자신의 신분증을 내보이며 둘 다를 소개했던 것이다. 남자는 아무것도 보여주지 않았다. 레나가 기억하기로는, 그의 이름은 세바스찬이었다. 세바스찬과 반야! 레나는 세바스찬의 푸른 눈을 물끄러미 들여다보았다. 그리고 그가 대답을 이미 다 알고 있다는 것을 알고 있었다. 그가 이 상황을 꿰뚫고 있다는 것을.

그가 알고 있는 것은 이것뿐만이 아니었다. 이 삭막한 지역에는 주로 임대주택이 있다는 것이나 DVD-Player가 원래 블루레이(광디스크)이며 반년 안에는 새로운 핸드폰이 필요할 거라는 것도. 물론 그녀가 부자가 아니라는 것도 알았다. 그녀의 외모나 그녀의 과체중과 저임금의 노동을 보고서. 그는, 로저가 어머니를 부끄러워했다는 걸 알고 있었다. 그가 그녀를 더 이상 삶의 일부로 생각하고 싶지 않아서 내동댕이치고 싶어 했다는 것도. 하지만 그녀가 출구를 찾았다는 것은 알지 못했다. 그에게 다시 돌아가는 길을. 그들 둘이 있는 곳으로 다시 돌아가기 위해.

하지만 그런 다음에 로저가 죽었잖아. 나지막한 목소리가 속삭였다. 그곳으로 다시 돌아가려고.

떨리는 손으로 레나는 담뱃갑을 열어 스물네 번째 담배에 불을 붙였다. 그러고 나서야 그녀는 세바스찬도 이미 알고 있는 대답을 했다.

"아마도 그건 아닐 거예요."

아들과는 상당히 좋지 않은 사이였다는 것을 갑자기 생각해 내고서야 화들짝 놀란 레나는 아무 말도 없이 고개만 내저었다. 그녀의 시선은 허공을 맴돌았다.

이들의 대화는 우르줄라가 나타나면서 중단되었다. 그녀는 로저의 방에서 가방 두 개와 카메라 한 대를 목에 메고 나왔다.

"난 다 끝났어요. 우리 좀 있다가 경찰서에서 만나요." 우르줄라는 레나 쪽을 향해 말했다. "다시 한 번 조의를 표하고 싶어요."

레나는 정신이 나간 듯이 고개를 끄덕였다. 우르줄라는 반야에게 상당히 많은 것을 의미하는 눈길로 쳐다보았다. 물론 세바스찬은 무시한 채로 집 안에서 나갔다. 반야는 현관문이 닫힐 때까지 기다렸다.

"로저의 아버지는 어떻게 해야 만날 수 있는 거죠?"

반야는 또다시 다른 방도를 시도해보았다. 새로운 방향을. 뭔가 간단한 문장으로도 로저의 어머니를 구슬려 볼 수 있을는지!

"아버지는 없어요."

"아, 그래요. 그런 얘기는 2천 년 전에나 가능했을 일인데요."

레나는 담배 연기 속에서 반야를 조용히 바라보았다.

"당신이 날 평가하는 건가요? 당신은 로저의 새 학교에나 잘 맞겠군요."

"아무도 당신을 평가하진 않아요. 하지만 어딘가에 아버지는 있겠죠." 세바스찬이 끼어들었다. 반야의 착각이었을까? 아니면 그의 목소리가 새로운 뉘앙스를 풍긴 걸까? 특별한 관심일까? 참견일까?

레나는 담뱃대를 털털 떨고는 어깨를 움찔거렸다. "그가 어디에 있는지 난 몰라요. 우린 한 번도 같이 산 적이 없었으니까요. 다 지나간 얘기죠. 로저가 있다는 것도, 그는 몰라요."

세바스찬은 몸을 앞으로 숙였다. 그동안에 분명히 지대한 관심을 보이게 되었다. 그는 공공연하게 레나와 눈을 마주쳤다.

"당신은 그 문제를 어떻게 해결했죠? 내 말은, 로저가 아버지에 대해 묻지 않았나요?"

"예. 그 애가 더 어렸을 때는요."

"그때 당신은 뭐라고 대답했죠?"

"그가 죽었을 거라고 말해줬어요."

세바스찬은 고개만 끄덕였다. 안나 에릭손도 아들이나 딸에게 뭐라고 설명했을까? 아빠가 죽었다고 했을까? 만약 이런 경우에 아버지가 어느 날 갑자기 나타난다면 어떤 일이 발생할까? 30년이 지난 상태라면? 당연히 그 아이는 아버지를 믿지 않을 것이다. 그가 정말로 자신을 이 세상에 태어나게 한 장본인인지 어떤 식으로든지 증거를 찾고 싶을 것이다. 아마도 아들이든 딸이든지 간에 어머니에게 무섭게 화를 낼 것이다. 혹은 실망하거나. 어머니가 거짓말한 것에 대해. 한 아이로부터 아버지를 빼앗아 갔으니 말이다. 어쩌면 세바스찬의 등장으로 그들 간의 관계를 다 망가트릴지도 모른다. 장점보다는 단점이 더 많을지도. 이 모든 일을 어떤 방향으로 선회시키든지 간에, 그가 편지에 대해 전혀 알지 못한 채 예전처럼 살아가는 게 최선이었다는 결론을 내렸다.

"그가 죽었을 거라고 주장한 이유가 뭔가요? 로저가 진실을 알게 된다면 아버지를 만날 수도 있을 텐데요."

"나도 그 점에 대해 생각해봤어요. 하지만 그 남자가 로저를 원하지 않는다고 말하는 것보다는 죽었을 거라고 말하는 게 훨씬 낫다고 생각했어요. 로저의 자존감을 위해서요. 이해하시겠어요?"

"하지만 당신은 전혀 모르잖아요! 로저의 아버지가 뭘 원하는지 전혀 모르고 있잖습니까? 그한테는 그럴 기회가 없었잖아요!" 반야는 세바스찬을 곁눈으로 흘겨보았다. 갑자기 그가 왜 이리 적극적으로 얘기에 끼어드는지 믿기지가 않았다. 그의 목소리는 점점 더 높아지고 더 커져만 갔다. 그는 소파의 가장 끄트머리로 걸터앉았는데, 그 모습이 마치 언제라도 곧 앞으로 뛰어나올 것처럼 보였다.

"그가 로저를 원하고 있을지도 모른다고 한 번쯤이라도 상상해보세요. 그가 아들이 있다는 걸 알고 있다면 말이죠."

레나는 세바스찬의 거친 감정 폭발에 대해 그다지 개의치 않는 것 같았다. 그녀는 담배를 입에 물고는 마지막 연기를 폐에서 뿜어냈다.

"그는 결혼했어요. 이미 아이들도 있고요. 자기 애들이."

"그의 이름이 뭐죠?"

"로저의 아버지 말인가요?"

"예."

"제리에요."

"만약 제리가 로저를 언젠가 나중에라도 찾는다고 가정해보세요. 로저가 더 자랐을 때. 로저가 어떻게 반응할 것 같은가요?"

반야는 당황한 눈빛으로 그의 얼굴을 쳐다보았다. 세바스찬이 왜 저런 말을 하는 걸까? 하지만 전혀 딴 의도는 없었다.

"그자가 어떻게 그런 반응을 보일 수 있다는 거죠? 그는 아들이 이 세상에 존재하는지 조차도 전혀 몰라요."

"하지만 알고 있다면요."

반야는 조심스레 세바스찬의 팔을 잡았다. 좀 조심해달라는 뜻으로.

"그런 생각은 가정일 뿐이에요. 있을 수 없는 일이죠."

세바스찬은 아무 말도 하지 않았다. 그는 반야가 이상하게 생각하는 눈길을 느꼈기에.

"그 말이 맞네요…… 난…….″ 간만에 처음으로 그는 자신이 무슨 말을 해야만 할지 알지 못했다. 그 탓에 그는 같은 말만 반복했다. "그 말이 맞네요."

다시 조용해졌다. 자리에서 일어난 그들은 이제 돌아가야겠다고 마음먹었다. 세바스찬이 현관 방향으로 향하자 반야가 그의 뒤를 따랐다. 레나는 처음에는 일어날 생각도 마중 나올 생각도 하지 않았다. 그러나 그들이 복도로 막 나가려고 할 때 레나가 그들 뒤쪽에서 소리쳤다. "로저의 시계."

세바스찬과 반야가 그녀 쪽으로 뒤를 돌아보았다. 반야는 해진 안락의자에 앉아 있는 로저의 어머니한테 뭔가 미심쩍은 점이 있다는 인상을 떨쳐버릴 수가 없었다. 꼭 집어서 말할 수 없는 뭔가.

"뭐 때문에 그러세요?"

"나랑 얘기했던 기자 말로는, 룬딘이 로저를 죽이기 전에 시계 하나를 빼앗았다고 했어요. 값비싼 시계를. 그럼 이제는 그 시계, 내 것 아닌가요?"

반야는 다시 한 발작 안쪽으로 들어갔다. 레나가 소식을 전혀 전해 듣지 못했다는 점에 대해서 너무나 기이하게 생각했다. 일반적으로 토르켈은 언제나 가족들에게 아주 정확히 정보를 제공했기 때문이다.

"지금으로서는 레오나르트 룬딘이 아드님을 살해했다는 증거는 전혀 없어요."

이 말에도 레나는 별다른 감정 변화가 없어 보였다. 마치 반야가 점심에 뭘 먹을지 보고한 것과 같은 반응이었다.

"좋아요. 하지만 그 시계는 내 거죠?"

"아마도 그럴 거예요."

"그럼 꼭 갖고 싶어요."

세바스찬과 반야는 자동차를 타고 경찰서로 향했다. 그곳에서 하루의 일과를 마무리하기 위해서였다. 반야는 속도를 냈다. 너무 빠른 속도로. 뱃속에서 화가 치밀어 오르는 것을 느꼈다. 레나가 화를 부추겼다. 일반적으로 반야는 웬만해서는 잘 화를 내지 않았다. 이는 그녀의 강점이었다. 냉정하면서도 거리를 둘 수 있는 능력. 하지만 레나는 그녀의 속을 뒤집어놓았다. 세바스찬은 전화 통화를 하고 있었는데, 일부 얘기가 반야한테도 들려왔다. 그는 리자와 전화 통화를 하고 있었다. 집에서는 어떻게 지내는지 마지막 질문을 한 뒤에 그는 짧은 대답을 듣고서 전화 통화를 마치고는 핸드폰을 주머니에 넣었다.

"로저가 남자 친구인 것처럼 해주는 대신에 리자가 그에게 돈을 지불했대요."

"나도 들었어요."

"그가 사고 싶은 물건들을 다 살 수 있는 만큼의 액수는 아니지만 그 기본은 충족될 수 있었을 거예요. 로저가 사업 수단이 있었네요."

"아니면 그 애한테는 별거 아닐 수도 있어요. 항상 머릿속에 돈밖에 생각하지 않는 가족에게서 자란 것 같은데. 아들이 살해된 지 얼마 되지도 않았는데 어머니란 사람은 오로지 돈을 뜯어낼 생각만 하고 있어요."

"어려운 상황 속에서도 유리한 점을 찾아내는 게 고통을 이기는 방법일 수도 있어요."

"추악한 방법이에요."

"어쩌면 로저의 어머니도 달리 할 수가 없었을지도 모르죠."

전형적인 심리학자. 남의 행동에 대해 항상 파악이 가능했다. 어떤 반응이라도 당연한 것으로. 모든 것에 대해 설명할 수 있었다. 하지만 반야는 세바스찬의 설명을 그렇게 간단하게 받아들일 수 없었다. 그녀는 화가 났다. 그래서 그에게 화풀이를 하면서도 양심의 가책은 느끼지 않았다.

"이제는 좀 신중했으면 좋겠네요. 이렇게 고통스러운 상황에서도 레나의 눈은 별로 빨개지지도 않았어요. 레나가 아직 한 번도 울지 않았다는 데, 내가 내기 걸게요. 한 번도! 내가 쇼크 상태에 있는 수많은 사람들을 봤지만 레나 같지는 않았어요. 그녀는 아주 상관없다는 식이에요."

"내 생각으로는, 우리가 기대하고 있던 그런 감정은 그녀한테 없는 것 같아요. 슬픔. 절망. 어쩌면 한 번도 감정이입이 안 된 상태일지도 모르고요."

"그렇다면, 왜 그런 감정이 생기지 않는 거죠?"

"내가 어떻게 알겠어요? 나도 이제 막 45분 동안밖에 보지 못했는데. 어쩌면 그녀의 감정들이 다 정지된 상태일지도 모르고요."

"감정이 정지된 상태에 있을 수는 없어요."

"없다고요?"

"없어요."

"당신, 한 번도 그런 사람들 얘기 못 들어봤나요? 다른 사람들한테는 전혀 감정의 변화가 보이지 않을 정도로 깊은 상처를 당한 사람에 관해?"

"하지만 그건 달라요. 레나의 자식이 살해됐어요. 이 상황에서 자신이 어떻게 반응할지 자유의사에 따라 결정할 수 있다는 건가요?"

"계속 살아야 하니까요."

반야는 아무 말도 하지 않았다. 세바스찬한테서 새로운 면을 보았기 때문이다.

처음에 그는 로저의 아버지 문제에 대해 테리어 강아지처럼 물고 늘어졌다. 이미 두 번째 질문부터는 수사와는 전혀 연관성이 없었던 테마였다. 그런데 지금 반야는 그의 목소리에서 새로운 뉘앙스를 깨달았다고 생각했다. 분노를 삭인 듯한. 그렇게 호락호락하지 않다는 걸. 이는 전투적이고, 위트가 넘치거나 무례함에서 나온 것이 아니었다. 아니, 이런 것과는 뭔가 사뭇 달랐다. 어쩌면 슬픔에서 비롯된 것이 아닐지!

"난 그렇게 생각하지는 않아요. 그건 정상이 아니에요. 죽은 아들을 슬퍼하지 않는다는 것은."

"그녀는 슬퍼하고 있는 거예요. 그녀가 할 수 있는 방법으로."

"그녀는 악마처럼 행동하고 있어요."

"당신은 왜 그렇게 믿고 있는 거죠?"

반야는 세바스찬의 목소리에서 문득 날카로움이 느껴지자 어깨를 움찔거렸다.

"당신이 슬픔에 관해 알기나 한 건가요? 당신한테 전부였던 사람을 잃어본 적이 있기나 했냐고요?"

"아니요."

"그렇다면 뭐가 정상적인 반응인지, 당신이 어떻게 알 수 있는 거죠?"

"글쎄, 나도 몰라요. 하지만……."

"바로 그 말이 맞는 말이에요." 세바스찬이 말을 중단시켰다. "당신은 지금 무슨 말을 하고 있는지에 관해 전혀 모르고 있어요. 이런 경우에는 차라리 입 닥치고 있는 게 더 날 겁니다."

반야는 세바스찬 쪽을 곁눈질로 흘겨보았다. 갑자기 그가 벌컥 화를 내자 너무 놀랐던 것이다. 하지만 그는 꼼짝달싹도 하지 않고 앞쪽 도로만 쳐다보고 있었다. 반야는 경찰서로 가는 길에 아무 말도 건네지 않았다. 그들은 서로에 대해 아는 게 너무 없다고, 그녀는 생각했다. 그는 뭔가 숨기고 있는 게 있을 것이다. 그게 무슨 감정인지 그녀도 느낄 수 있었다. 그가 생각하는 것보다는 훨씬 더 영리하니까.

경찰서의 커다란 사무실 안은 다소 어두웠다. 컴퓨터 화면 한 대와 끄지 않고 간 탁상용 전등 하나가 내부 공간의 일부를 밝혀주고 있었지만, 이것을 제외하고는 전체적으로 어둡고 텅 비어 있었으며 조용했다. 불이 켜 있는 곳을 따라 토르켈은 책상들 사이로 서서히 걸어 들어갔다. 그도 베스테로스 경찰서는 분주하거나 번잡한 곳이 아니라는 걸 알고 있지만, 17시만 넘으면 벌써 이 건물의 대부분이 완전히 죽은 듯이 조용해진다는 사실에는 놀라움을 금치 못했다.

토르켈은 직원 전용 휴게실로 들어갔다. 둥근 탁자 세 개와 의자 여덟 개. 냉장고와 냉동고, 전자레인지 세 개, 커피머신 한 개. 긴 벽 쪽 싱크대 위에는 그릇과 식기세척기가 놓여 있었다. 각 탁자의 한가운데에는 진홍색의 둥근 탁자보 위에 인조 꽃들이 놓여 있었다. 바닥은 관리하기 쉽고, 흠집이 많은 리놀륨 재질이었다. 세 개의 창문 모두 커튼은 없었다. 세바스찬은 일회용 종이컵 커피 한 잔을 들고서 문에서 가장 멀리 떨어져 있는 탁자에 앉아 있었다. 그는 아프톤블라데트 신문을 읽었다. 신문을 뒤적이면서. 레나 에릭손에 관한 기사는 네 페이지였는데, 잘 작성된 글이었으며 적나라하게 까발리고 있었다.

기사에 따르면 레나는, 레오나르트 룬딘이 그녀의 아들을 살해했다고 여전히 믿고 있었다. 오늘 룬딘의 석방 소식을 그녀가 어떻게 알고 있을지 토르켈은 궁금했다. 그는 그녀에게 말하려고 여러 차례 전화를 걸었지만 통화가 되지 않았다. 어쩌면 그녀는 그 사실을 아직도 모르고 있을지도 모른다.

토르켈이 다가오는 소리를 들었음에도 세바스찬은 여전히 신문에서 눈을 떼지 않았다. 토르켈이 맞은편 의자에 앉자 비로소 그는 잠깐 쳐다보다가 다시 신문을 들여다보았다. 토르켈은 탁자에 손을 포개어 올려놓고는 몸을 앞으로 숙였다.

"오늘 하루 어땠어요?"

세바스찬은 신문지를 계속 넘겼다.

"뭐가요?"

"다요. 일 말이에요. 오늘 반야와 외근했잖아요."

"예."

토르켈은 깊게 한숨을 내쉬었다. 분명히 그는 얻어낸 것이 없는 것 같았다. 어쩌면 전혀 없을지도 모른다.

"어땠냐고요? 좋았어요."

세바스찬이 신문을 한 장 더 넘겨 장밋빛의 부록 부분을 보자, 토르켈도 그의 행동을 줄곧 쳐다보고 있었다. 스포츠 기사였다. 세바스찬이 대체로 모든 스포츠 종목에는 무관심하다는 걸, 그는 알고 있었다. 스포츠를 연습하든 보든 아니면 그에 대한 기사를 읽든 간에 상관없이. 그럼에도 그는 이 지면들을 굉장한 관심을 갖고 탐독하는 것처럼 보였다. 토르켈은 기대어 앉아 세바스찬의 모든 행동을 관찰했다. 아무 말도 없이 몇 초간 있던 세바스찬이 드디어 카푸치노 한 잔을 마시려고 커피 머신이 있는 곳으로 걸어가서는 스위치를 누르는 모습까지도.

"나랑 식사하러 갑시다."

세바스찬은 물끄러미 쳐다보았다. 바로 그거였다. 우려했던 대로. "우리 다시 만납시다." 혹은 "맥주 한잔 마시러 갑시다."라는 말은 아니었지만 밥 먹으러 가자는 것이다. 표현은 다르지만 똑같은 짓거리였다.

"감사합니다만, 됐습니다."

"왜죠?"

"다른 계획이 있어요."

이 말은 거짓이었다. 스포츠 기사에 대해 갑작스럽게 흥미를 보였던 것처럼. 토르켈도 알고 있었지만 더 이상 캐묻지 않기로 결심했다. 더 이상의 거짓말을 듣고 싶지는 않았다. 이 정도면 이날 밤에는 충분했다. 그는 세바스찬이 바랐던 것처럼 휴게실을 나가지는 않았다. 대신에 기계에서 커피 한 잔을 뽑아 다시 탁자로 와서 앉았다. 세바스찬은 의문이 가득한 눈길로 그를 쳐다보고는, 어쩔 수 없이 다시 신문을 쳐다보았다.

"부인에 대해서 말 좀 해줄 수 있나요."

이런 질문은 세바스찬이 기대했던 게 아니었다. 그가 놀란 얼굴로 토르켈 쪽을 바라보자, 토르켈은 마치 지금 몇 시인지 물어본 사람처럼 긴장을 푼 얼굴로 둥근 종이컵을 입에 대고 있었다.

"그건 왜죠?"

"왜 얘기해주면 안 되나요?"

토르켈은 들고 있던 종이컵을 내려놓고는 오른쪽 엄지손가락과 집게손가락으로 입언저리를 닦아냈다. 그러고는 탁자 건너편에 있는 세바스찬을 똑바로 쳐다보며 눈길을 다른 데로 돌리지 않았다. 세바스찬은 지금 이 상황에서 어떤 대안을 찾을 수 있을지 서둘러 고민해보았다. 아까 전처럼 다시 신문을 읽는 척 해볼까? 토르켈을 생지옥으로 보내 볼까. 아님……. 솔직하게 릴리에 관해 설명해보는 것은 어떨까? 그는 처음 세 가지 가능성들 중에 하나를 본능적으로 선택하고 싶었다. 다른 한편으로는 토르켈이 뭔가 더 많은 것을 알고 있다면 뭐가 더 손해인지 좀 더 깊이 생각해봐야 할지도 모를 일이다. 어쩌면 그가 호기심이 아니라 일종의 관심에서 물어보았을지도 모른다. 그가 질문한 것은 손을 내민 것이나 마찬가지였다. 아직 죽지 않고 곤히 잠자고 있던 우정을 다시 살리려는 시도로. 그의 고집은 정말 놀라울 정도였다. 가능한 이때쯤에는 세바스찬이 뭐라고 응답해야 하지 않을까? 어느 정도까지 대답해야 할지는 그 스스로 결정할 수 있을 것이다. 토르켈이 인터넷에서 세바스찬에 대해 찾아보고 세바스찬이 원하는 것보다 더 많은 걸 알아내는 것보다는 지금 얘기하는 게 훨씬 나을 것이다.

세바스찬은 신문을 옆으로 내려놓았다.

"아내 이름은 릴리였어요. 독일 여자였죠. 내가 독일에서 일할 때, 사귀게 되었죠. 1998년 결혼했습니다. 유감이지만 난 지갑에 사진을 들고 다니는 그런 타입은 아닙니다."

"그녀는 무슨 일을 했나요?"

"그녀는 사회학자였어요. 쾰른 대학에서 일했죠. 우리는 그곳에서 살았답니다."

"당신보다 나이가 더 많은가요? 아님 어려요? 그것도 아니면 동갑?"

"다섯 살 어렸어요."

토르켈은 고개를 끄덕였다. 세 가지의 신속한 질문에 진심을 담은 세 가지 대답이었다. 이제부터는 대답하기 더 어려워질 것이다.

"그녀는 언제 죽었죠?"

세바스찬은 꼼짝도 하지 않고 물끄러미 쳐다보았다. 그래, 지금은 이것으로 충분하다. 이것으로 질문 시간은 공식적으로 끝났다. 이제 토르켈이 한계선을 넘어온 것이다.

"벌써 몇 년 전이에요. 더 자세히는 얘기하고 싶지 않아요."

"왜죠?"

"왜냐면 이건 내 사생활이기 때문이에요. 그리고 당신은 나의 치료사도 아니고."

토르켈은 고개를 끄덕였다. 그의 말이 틀린 말은 아니었다. 그럼에도 그들이 서로에 대해서 잘 알고 있던 시절도 있었다. 물론 토르켈이 이 시절을 그리워하고 있다고 말한다면 너무 과장된 것일지도 모르겠다. 수년 동안에 그는 세바스찬에 대해 그다지 별로 생각하진 않았다. 하지만 세바스찬이 다시 돌아와 일하는 모습을 지켜보고 있는 지금, 그는 세바스찬이 떠나고 난 그 기간 동안에 그의 일이나 생활이 좀 더 황량했었다는 걸 깨달았다. 물론 세바스찬의 부재 탓은 아닐 테지만, 자신의 오랜 동료이자 오랜 친구를 그리워하고 있다는 생각을 떨쳐버릴 수는 없었다. 그가 믿고 있었던 것보다 더 많이. 이런 느낌은 서로 상호적인 것이라 헛된 바람은 무모하겠지만, 적어도 그와 얘기는 나눠보고 싶었다.

"우리는 아직 친구 사이잖아요. 당신은 내 문제들을 수도 없이 들어주지 않았나요? 모니카와 아이들 문제뿐만 아니라, 그 밖의 헛소리들에 대해서." 토르켈은 탁자 너머로 동료를 똑바로 바라보았다. "난 당신 얘기를 들어줄 수 있어요."

"무슨 얘기를요?"

"당신이 하고 싶은 얘기를. 당신이 설명하고 싶은 얘기가 있다면."

"그런 것 없습니다."

토르켈은 고개를 끄덕였다. 이 일이 그렇게 쉽게 진행되리라고는 그도 기대하지 않았다. 더구나 그는 세바스찬 베르크만과 대화를 나누고 있는 게 아닌가!

"그 이유 때문에 당신이 날 식사에 초대한 것인가요? 내게 고해성사를 하도록 하려고요."

토르켈은 다시 커피 잔을 들어올렸다. 그가 대답하기 전에 뭔가 시간을 벌고 싶었다.

"그동안에 당신이 잘 못 지낸 것 같아서요."

세바스찬은 대답하지 않았다. 어쩌면 더 심한 얘기가 나오지 않을까 해서였다.

"오늘 어떻게 지냈는지 반야한테 물어봤어요. 정말 엄청나게 힘들었다고 하더군요. 그것 말고는 그녀는 당신한테 뭔가…… 특별한 인상을 받은 것 같던데요. 그게 뭔지 나도 모르겠군요. 당신이 뭔가 비밀이 있는 것 같다고 했어요."

"반야는 자기 일이나 더 집중해서 해야 하는 거 아닌가요?" 자리에서 벌떡 일어난 세바스찬은 신문을 내려놓았다. 하지만 종이컵은 여전히 꼭 쥐고서 구겨댔다. "그리고 당신도, 반야가 무슨 얘기를 하든 그런 개똥 같은 얘기는 귀담아들어서는 안 될 겁니다."

세바스찬은 문 옆 쓰레기통에 종이컵을 던져 넣고는 밖으로 나갔다.

토르켈은 혼자 남았다. 그는 숨을 깊게 들이쉬었다. 그가 무엇을 기대했던 걸까? 누구보다 그가 더 잘 알고 있지 않은가? 세바스찬 베르크만은 남한테 속을 보이고 싶어 하지 않는다는 것을. 이것으로 토르켈한테는 누구라도 함께 저녁 식사할 수 있는 기회는 물 건너간 일이 되어 버렸다. 빌리와 반야는 일을 할 테고, 우르줄라는 아예 생각도 하지 말아야 한다. 하지만 그는 절대로 외롭게 혼자서 레스토랑에 가고 싶지는 않았다. 그는 핸드폰을 꺼냈다.

세바스찬은 휴게실을 나오자 빠른 걸음으로 어두침침한 대형 사무실을 걸어갔다. 그는 화가 났다. 토르켈한테 그리고 반야한테. 대부분은 자기 자신한테. 세바스찬은 아직 한 번도 '마음속에 품고 있던' 감정을 다른 동료에게 전달한 적이 없었다. 그가 무엇을 생각하는지 짐작할 수 있었던 사람은 아무도 없었다. 그들이 세바스찬에 대해 알 수 있었던 것은 그가 허락한 것들뿐이었다. 오로지 이런 방식으로만 그는 자신의 위치까지 올라갔다. 꼭대기까지. 경탄과 두려움의 대상으로.

하지만 자동차에서 그는 자기 자신의 모습을 고스란히 노출시켰다. 컨트롤을 잃었다. 더 정확히 생각해본다면 애당초 레나 에릭손의 집에서도 자제심을 잃은 것이다. 절대로 용납될 수 없는 일이었다. 이 모든 게 그의 어머니 책임이었다. 그녀의 책임이자 편지 탓이었다. 그는 어떻게 해서든지 이 일을 계속 알아내고 싶은 압박감에 시달렸다. 이 일은 그가 생각하는 것보다는 훨씬 더 많은 영향을 주었다.

회의실에서는 아직도 불빛이 빛나고 있었다. 유리 창문을 통해 세바스찬은 빌리가 노트북으로 작업하고 있는 모습을 보았다. 세바스찬은 천천히 걷다가 자리에서 멈추었다. 오늘 하루 동안에 그가 안나 에릭손을 생각할 때마다 매번, 그는 자신의 계획을 잊고 있었다는 결론을 내렸다. 얻을 것은 별로 없어도, 잃을 것은 많다는 것을. 그렇다고 그가 실제로 잊어버릴 수 있을까? 자신이 알고 있는 얘기를 이대로 쉽게 잊어버릴 수 있느냐 말이다. 마치 아무런 일도 일어나지 않았다는 듯이 계속 살아갈 수 있을 것인가? 아마도 그렇게는 안 될 것이다. 게다가 그가 주소를 찾아낸다면 주소를 갖고 있다는 게 무슨 해가 될 것인가? 그러면 나중에라도 다시 결정할 수 있는 기회가 생길 것이다. 주소를 이용하든지 아니면 아예 버리든지. 스쳐 지나가든지 아니면 그저 멀리하든지. 아니면 아예 그곳에 찾아가서 그 지역을 조금 탐색해보면 어떨까? 어떤 사람들이 그곳에 살고 있는지 볼 수 있을 테니. 만약 만

294

나서 자기 자신을 소개한다면 어떤 인상을 줄 수 있을까? 그는 결정을 내려야 했다. 이 모든 가능성을 열어놓지 않는다면 정말 바보나 다름 없을 것이다.

세바스찬은 사무실로 들어갔다. 컴퓨터를 보고 있던 빌리가 그를 쳐다보았다.

"안녕하세요."

세바스찬은 그에게 고갯짓을 하고는 자리에 앉아 다리를 쭉 뻗었다. 그는 탁자 위에 있는 과일 접시를 앞쪽으로 끌어당기고는 배를 집어들었다. 빌리는 다시 컴퓨터로 눈을 돌렸다.

"지금 뭐 하고 있는 거예요?"

"페이스북이랑 몇몇 다른 네트워크를 보고 있었어요."

"일하는 동안에도 토르켈이 허락해주나요?"

빌리는 화면의 가장자리 너머로 웃으며 고개를 절제절레 흔들었다.

"당연히 안 되죠. 난 로저를 찾고 있어요."

"그럼, 뭘 찾았나요?"

빌리는 어깨를 으쓱거렸다. 이 일은 어떻게 보느냐가 관건이었다. 그는 로저를 찾았지만 그밖에 흥미로운 것은 아무것도 발견하지 못했다.

"로저는 특별히 활동적이지는 않았어요. 자기 컴퓨터가 없다는 걸 나도 알고는 있지만, 페이스북에 글을 남긴 지도 3주가 넘었어요. 따지고 보면 로저가 더 이상 페이스북을 하지 않는다는 게 이상한 일은 아니에요. 접속한 친구가 26명밖에 없었으니까요."

"그게 적은 건가요?"

물론 세바스찬은 페이스북이 무엇인지 알고 있었다. 그는 지난 몇 년 동안에 외로운 동굴 속에 살지는 않았지만, 페이스북이 정확히 어뗗게 기능을 하는 것인지 혹은 페이스북의 구성원이 되려면 어떻게 해야 하는지 알고 싶을 정도로 매력을 느끼지는 않았다. 그는 옛 학교 동창생이나 직장 동료들과 접촉할 생각도 없었다. 오로지 그가 생각한 것은 그들이 그를 친구로 초대해놓고서 그에게 치근대며 접근하고 바보같이 통속적인 행동을 함으로써 신경을 자극한다는 것이다. 그가 완전히 녹초가 되도록 말이다. 이와는 반대로 그는 그 누구와도 적극적으로 함께 하고 싶은 생각이 눈곱만치도 없었다. 지금 실재의 삶에서나 가상의 삶에서건 간에.

"친구가 26명이라는 건 아무도 없다는 뜻이에요." 빌리가 말했다. "일반적으로는 가입하는 날에 이미 그보다는 많은 수의 친구가 생기니까요. MSN과 같다고 생각하면 됩니다. 4개월 전부터 로저는 페이스북을 하지 않았어요. 그가 유일하게 접촉한 사람은 리자, 에릭 헤버린과 요한 슈트란트뿐이었어요."

"그렇다면 로저는 사이버 친구들이 없었던 거군요."

"하지만 사이버상의 적도 없는 셈이죠. 난 네트워크에서 로저에 대한 부정적인 징후는 하나도 발견하지 못했어요."

세바스찬은 자신의 관심을 충분히 표현하기로 결심했다. 자신도 이 사건에 관여하고 있다는 걸 나타내고 싶어서였다. 그렇다면 이제부터는 추가적으로 약간의 칭찬을 곁들여 이 길로 들어설 수 있을 것이다.

"내가 이해한 바로는, 당신은 컴퓨터에 베테랑인 것 같은데요. 그렇지 않나요?"

빌리는 세바스찬의 말이 옳다는 식으로 미소를 참지 못했다.

"뭐, 어쨌든 간에 평균 이상이긴 하지요. 컴퓨터는 아주 재미있어요." 그는 좀 더 겸손하게 설명을 덧붙였다.

"혹시 내 일도 도와주실 수 있을까요?" 접어놓은 안나 에릭손의 주소 메모지를 안주머니에서 꺼낸 세바스찬은 빌리에게 건네주었다. "안나 에릭손을 찾아야만 하는데, 1979년에 이 주소로 등록되어 있어요."

빌리는 메모지를 받아들고는 펼쳐보았다.

"이 여자가 수사랑 무슨 관계가 있나요?"

"아마 그럴 것 같아요."

"어떤 점에서요?"

이곳에 있는 모두가 명령에 따라 일한다는 게 미친 짓이 아닐까! 세바스찬은 너무 피곤해서 모든 게 너무 느렸다. 그래서 그는 허무맹랑한 소리를 하면서도 만족했고 이런 말만으로도 충분하기를 희망했다.

"내가 틈틈이 알아보고는 있는데 아직 불분명해서요. 다른 사람들한테는 아무 말도 하지 않았지만 어쩌면 뭔가 단서가 될 만한 것이 있을지도 모릅니다."

빌리는 고개를 끄덕였고, 세바스찬은 약간 긴장이 풀렸다. 하지만 빌리가 던진 한 마디에 그는 자리에서 벌떡 일어날 뻔 했다.

"하지만 어떤 맥락에서 그녀가 로저 에릭손과 연관이 있다는 거죠?"

그렇다. 그의 어수룩한 말로는 충분하지 않았다. 부탁받은 대로 사람들이 들어준다면 대체 어떻게 될까? 이들 사이에 문제가 생긴다면 빌리는 계속 졸라댄 세바스찬에게 책임을 전가할지도 모르고 그를 오해할지도 모를 일이다. 토르켈은 약간 흥분할 것이다. 그리고 출발점부터 재검토해보자고 말할 수도 있을 것이고, 모든 일이 아무렇지 않게 정상인 것처럼 진행되어야 할 텐데 말이다. 세바스찬은 미끼 없이도 빌리가 낚싯바늘을 물도록 조치를 취해야 했다.

"이건 얘기하자면 아주 긴 얘기에요. 하지만 당신이 도와줄 수만 있다면 당신 일하는 데에는 최고죠. 내 생각에는 정말로 뭔가 단서가 나올 수 있을 것 같아요. 정말로."

빌리는 메모지를 다시 접었다. 만약 그가 주소 찾는 일을 거부한다면, 세바스찬은 또 어떤 거짓말을 둘러대야 할지 생각해보았다. 안나 에릭손이 로저의 생물학적인 생모일 수도 있다고 말해볼까? 입양 등록증 따위는 없으며, 이는 회원정보일 뿐이라고 둘러대는 것은 어떨까? 그가 이런 정보를 어디서 얻었는지에 대해서는 결코 말해줄 수 없다는 말도. 이렇게 말하면 통할지도 모른다. 생물학적으로 가능하다면. 세바스찬은 머리를 굴려 계산하기 시작했다. 안나 에릭손이 로저를 낳으려면 그녀의 나이가 얼마나 돼야 할까? 약 마흔 살 정도면 될까? 아니면? 이때 무슨 소리가 들리는 것 같았다.

"좋아요."

세바스찬은 다시 정신을 차렸다. 그는 방금 전 빌리한테서 무슨 말을 들었는지, 아니면 듣지 못한 것인지 확신이 서지 않았다.

"좋다고요?"

"예. 하지만 좀 기다리셔야 해요. 내일까지 봐야만 하는 CCTV가 아직 산더미같이 쌓여 있거든요."

"예, 당연하죠. 서두를 필요는 없어요. 감사합니다." 세바스찬은 자리에서 일어나 문 쪽으로 향했다. "또 한 가지만."

빌리는 다시 보고 있던 컴퓨터에서 눈을 돌렸다.

"이번 조사는 우리들끼리만 알고 있으면 좋을 것 같아요. 아직은 불분명하다는 거 잘 알고 있죠? 남의 불행을 최고의 기쁨으로 삼는 세상이니까요."

"잘 알고 있어요. 문제없어요."

세바스찬은 감사하는 마음으로 미소 지으며 방 안을 나갔다.

리모네 이탈리안 레스토랑. 예약은 그녀가 했지만 토르켈이 먼저 도착했다. 그는 창문이 두 개 있는 코너 쪽 탁자에 앉았다. 천장의 전선에는 볼링공 크기만 한 금속 공들이 대롱대롱 매달려 있었다. 그는 4인용 탁자에 앉았다. 의자들 대신에 소파가 놓여 있었다. 딱딱하고 곧은 등받이에 자홍색 커버였다. 토르켈은 병맥주를 홀짝홀짝 마셨다. 한저를 저녁 식사에 초대한다는 게 나쁜 생각일까? 애당초 그가 그녀에게 저녁을 먹겠냐고 물어본 것은 아니지만 말이다. 그는 수사에 대해 그녀와 대화를 나누고 싶었다. 왜냐면 오늘 있었던 간단한 미팅은 형식적인 것에 불과했기 때문이다. 그래서 그는 사무실에서처럼 편안하게 식사를 하면서 얘기를 나누고 싶었다. 물론 한저가 자발적으로 한 발자국 물러섰다. 그들이 자유자재로 이번 수사를 수행할 수 있도록 허락해준 것이다. 하지만 잊지 말아야 할 것은, 아직도 그녀가 최고 책임자라는 것이었다. 그래서 그런지 그 며칠 동안에 그녀에 대해 뭔가 불편한 마음이 들었던 것이다.

한저가 도착했다. 그녀는 늦어서 미안하다는 말을 하고는 자리에 앉아 백포도주 한 잔을 주문했다. 총경이 이번 사건에 대해 상황을 전해 듣기 위해 그녀를 찾아온 적이 있었다. 그는, 그들이 레오 룬딘을 석방했다는 소식에 우려를 표방했다. 그리고 또 다른 체포가 임박했다는 말도 들었다. 물론 그녀는 그를 실망시킬 수밖에 없었다. 그는 압박감을 느꼈다. 방송 매체의 관심, 특히나 가판대 신문들의 관심은 줄어들지 않았다. 매일같이 그들은 적어도 4쪽의 글을 실었다. 레나 에릭손과의 인터뷰는 더 많은 양의 지면을 차지했다. 여기서는 로저의 외로움이 주요 하이라이트가 되었고, 어쩌면 로저가 범인과 아는 사이가 아닐지도 모른다는 점에 대해 추론하고 있었다. 이런 경우에는 새로운 견해가 형성되었다. 소위 '전문가'라는 사람은 자기주장을 펼쳤다. 처음으로 사람을 죽였다면 이제 더 이상 후퇴할 곳은 없으며 그 한계선을 넘어선 것이라고. 어쩌면 이 사람이 다시 살인을 저지를지도 모른다고도 설명했다. 아마도 조만간. "당신의 두통은 뇌암일 수도 있다."는 기사나 세계적인 유행병 히스테리에 대해 대중매체들은 통례적으로 공포 제조기였다. 익스프레셴이라는 신문은 사건이 발생된 첫 번째 주말 동안에 방만하게 수사한 사실을 알아내자 경찰의 실효성에 대해 의문을 제기했다. 이 기사와의 연관선상에서 또 다른 해결되지 않은 살인 사건들에 대해 수많은 인포메이션을 제공하기도 했다. 오로프 팔메 살인 사건이 다시 도마에 오른 것이다. 한저는 자신이 토르켈을 만날 거라고 총경에게 설명했다. 그러므로 내일이면 그에게 더 많은 인포메이션을 제공할 수 있을 거라는 희망도. 이로써 그는 만족하게 되었다. 하지만 돌아가기 전에 그는 분명히 했다. 한편으로는 특별살인 사건전담반을 끌어들인 일이 결코 오류가 아니기를 희망하며, 또 다른 한편으로는 만약 이것이 오류로 밝혀질 경우에는 그녀가 전적으로 책임을 져야만 한다는 것이었다. 그 밖의 다른 사람들이 아닌, 그녀만이.

웨이트리스가 와인을 가져오며 어떤 음식을 시킬지 물어보자, 그들은 잠시 동안 메뉴판을 찬찬히 들여다보았다. 토르켈은 자신이 어떤 음식을 주문할지 이미 알고 있었다. 살모네 알레 칼라브레제. 체리토마토, 양파, 케이퍼, 올리브와 감자 그라탕이 곁들여진 구운 연어였다. 그는 전채 요리를 즐겨먹는 타입은 아니었다. 한저는 이내 아넬로 알라 그릴리아로 결정했다. 그릴한 양고기에 파르메산 치즈 감자와 적포도주 소스가 곁들여진 요리였다. 그의 음식보다 더 비싼 것이었다. 물론 별로 중요한 문제는 아니었다. 그가 한저에게 전화를 걸었고 식사를 함께 하자고 초정했다. 그는 이 모든 것을 일 때문에 함께 하는 식사라고 생각했다. 당연히 계산은 그가 할 것이다. 좀 더 정확히 말하자면 특별살인사건전담반이 계산하는 것이다.

식사를 기다리는 동안에 그들은 이번 사건을 재검토했다. 토르켈은 신문기사를 읽었다고 했다. 이름 모를 범인에 대해. 반야가 먼저 동일 단서부터 뒤쫓았다는 것도 말했다. 하지만 로저가 총에 맞아 사망한 사실이 발견되었기에-세바스찬의 의견에 따르면-이런 가능성은 희박해졌다고 덧붙였다. 살인한 사람은 나중에 발각되지 않기 위해서 희생자의 몸에서 총알까지 도려냈다는 사실에 대해서도. 유감스럽게도 이는 한저가 신문사에 제공할 수 있는 정보가 아니었다. 이 사실을 대중에게 알려서는 안 될 것이다. 만약 그들이 로저의 진짜 사망 원인을 알고 있다는 걸, 살인자에게까지 전달해서는 안 되는 것이다. 이것을 제외하고는 토르켈이 한저에게 보고할 일이 많지 않았다. 악셀 요한손에 대해서는 아직 이렇다 할 만한 진전이 되지 않았다. 이는 내일 낮 수사와 국가 범죄 수사 기술 연구소의 보도에 달려 있었다. 토르켈의 핸드폰이 안주머니에서 진동했다. 그는 핸드폰을 꺼내어 화면을 들여다보았다. 빌마.

"나 잠시 전화 통화 좀 하고요."

한저는 고개를 끄덕이며 와인을 한 모금 마셨다. 토르켈은 전화를 받았다.

"안녕, 우리 공주." 그는 목소리도 듣기 전에 온 얼굴에 화색이 만발했다. 언제나 그의 막내딸이 그에게는 이런 효력이 있었다.

"안녕하세요, 아빠. 지금 뭐 하고 계셨어요?"

"나 여자 동료랑 레스토랑에 있단다. 너는?"

"학교 파티에 가려고요. 시내에 계신 거예요?"

"아니. 나 아직도 베스테로스에 있어. 근데 무슨 이유가 있어서 묻는 거니?"

"예. 아빠가 오늘 밤에 날 데리러 올 수 있는지 여쭤보고 싶었어요. 파티가 끝나면요. 아빠가 다시 집에 계실지 모르니까, 엄마가 전화 한 번 해 보라고 했어요. 전화해서 물어보라고요."

"내가 집에 있다면 당연히 해주지."

"괜찮아요, 아빠. 엄마가 데리러 오실 거예요. 그냥 내가 물어본 거예요."

"어떤 파틴데?"

"코스프레 파티요."

"그럼, 넌 어떻게 치장하고 갈거니?"

"티니요."

토르켈은 이 단어가 무슨 뜻인지 잘 알지 못했다. 그는 코스프레 의상을 선택하는 것이 그렇게 쏙 마음에 들지는 않았다. 하지 못하도록 말리거나 창의적인 다른 대안을 찾도록 함께 하지도 못했다. 게다가 이보네가 모든 것을 다 준비했을 거라고, 그는 확신했다. 모니카와의 이혼과는 달리, 이보네와의 이혼은 긍정적으로 진행되었다. 긍정적으로 이혼한다는 게 가능했다. 그들은 서로 좋은 부부 관계를 유지할 수 없다는 데 동의했다. 그가 바람을 핀 것이다. 그녀도. 그는 이 점에 확신을 갖고 있었다. 둘 다 헤어지기를 원했다. 빌마와 엘린스를 사랑하면서도. 실제로 그들은 결혼 상태에 있을 때보다도 이혼한 뒤에 서로에 대해 더 잘 이해할 수 있었다.

"좋아. 엄마한테 안부 전해라. 너도 재미있게 보내고."

"그럴게요. 엄마도 반가워하실 거예요. 아빠 집에 돌아오시면 우리 만나요."

"그러자. 네가 보고 싶구나."

"저도요. 안녕."

토르켈은 대화를 끝내고 다시 한저 쪽으로 돌아보았다.

"우리 딸이에요."

"그런 것 같았어요."

토르켈은 핸드폰을 다시 안주머니에 넣었다.

"당신도 아들 있죠, 그렇죠? 이제 몇 살이죠?"

한저는 대답하지 못하고 머뭇거렸다. 그녀는 이런 질문을 지난 6년 동안에 이미 수차례 받았음에도, 그동안에 갈수록 더 주저하는 버릇이 생겼다. 처음에는 있는 그대로 심각하게 대답했지만 사람들이 매번 힘들어하는 기색이 역력했다. 그들은 그녀의 삶에 대한 얘기를 고통스럽게 참고 듣거나 안간힘을 다하여 노력한 다음에야, 그녀와 서로 작별 인사를 고할 수 있었다. 그래서 자녀가 있냐는 질문에 이제는 대체로 없다라는 식으로 간단하게 대답했다. 이것이 가장 복잡하지 않았고 맞는 말이었다. 그녀한테는 아이가 없었다. 이제는 더 이상 없었다. 물론 토르켈은 그녀가 엄마였다는 걸 알고 있었다.

"그 아이는 죽었어요. 니클라스는 3년 전에 죽었어요. 열네 살에."

"아, 저런! 정말 미안하게 됐어요. 내가 모르고…… 정말 미안합니다."

한저는 경험상, 토르켈이 지금 무슨 생각을 하고 있는지 알고 있었다. 니클라스가 죽었다고 들었다면 다들 물어보고 싶어 하는 게 있었다. 일반적으로 열네 살 소년은 그냥 죽지 않았을 것이다. 무슨 일이 일어났음에 틀림없다. 하지만 무슨 일일까? 다들 무슨 일이 있었는지 알고 싶어 했다. 토르켈도 예외가 아닐 것이다. 한저는 이 점에 대해 확신했다. 물론 사망 원인이 무엇인지 그가 진짜 물어봤다는 것은 좀 특별했다.

"그 애가 왜 죽은 거죠?"

"지름길로 가로질러 가려고 했나 봐요. 철도를 넘어서요. 그래서 트롤리선 쪽으로 너무 가깝게 다가갔대요."

"이런 일이 당신이나 당신 남편한테 일어났다는 걸 꿈에도 생각 못했습니다. 당신들은 어떻게 그 고통을 이겨냈나요?"

"우린 고통을 이겨내지 못했어요. 아이를 잃은 부부들의 80퍼센트는 이혼을 하게 되죠. 나는 나머지 20퍼센트에 속하고 싶다고 말하고 싶었지만 유감스럽게도 그렇게 하지 못했어요." 한저는 포도주를 또 한 모금 마셨다. 토르켈에게 이 얘기를 하는 것은 생각보다 쉬웠다.

"난 그 아이에게 정말 화가 났어요. 니클라스한테요. 그 아이는 열네 살이었잖아요. 우리는 기차 지붕에서 불 지르는 청소년들에 대한 이야기를 신문에서 얼마나 자주 읽었는지 몰라요. 매번 우리는 이렇게 말했죠. 그 애들이 좀 더 현명했어야 했다고요. 그들은 십 대니까요. 그들 중에 일부는 거의 어른이나 마찬가지잖아요. 그리고 니클라스는 우리 말에 동의하는 편이었어요. 그런 짓을 하는 게 얼마나 위험하다는 걸 알고 있었죠. 생명이 위태로워질 수도 있다는 걸. 그런데도…… 난 그 아이한테 너무나 화가 치밀어 올랐어요."

"이해가 되는군요."

"난 이 세상에서 가장 나쁜 엄마예요. 어떤 점으로 볼 때나."

웨이트리스가 양손에 접시를 들고 와 탁자에 내려놓았다. 그들은 아무 말 없이 식사만 할 수도 있었을 것이다. 하지만 그들은 식사 도중에도 약간 흥분한 채로 서로 얘기를 계속 나누었다. 그리고 몇 분이 지나자 토르켈은 식사 뒤에는 그전보다도 서로에 대해 더 많은 것을 알게될 거라고 생각했다. 그는 마음속으로 미소 지었다. 그런 일이 생긴다면 좋지 않을까 싶어서!

하랄드손은 초록색 도요타 자동차 안에 앉아 악셀 요한손의 집 문앞에서 기다렸다. 그는 오리털 파카 속에 기다란 바지와 양털 스웨터를 걸치고 있었음에도 추웠다. 커피 한 잔이 몸을 따뜻하게 녹여주었다. 온종일 그는 봄의 따뜻한 기운을 느꼈지만 저녁과 밤에는 여전히 추웠다.

요한손이 오늘 수배자 명단에 올라오게 되자 하랄드손은 적극적으로 참여해야 한다고 주장했다. 단순히 참여하는 것 이상으로. 그의 배치는 아주 당연한 것이었다. 그의 행동력 덕택에 그들이 메일의 발신인을 찾게 된 것이 아닌가! 특별살인사건전담반이 이 일로 다시 한 번 팔름뢰브스카 고등학교를 방문하게 되었으며 해고된 수위에 대한 얘기를 우연하게 알게 된 계기가 된 셈이다. 오후에 그가 지나쳐가자 토르켈은 고개를 끄덕이며 살짝 미소 지었지만 그게 전부였다. 이를 제외하고는 아무도 그에게 결정적인 인포메이션을 가지고 로저의 사건에 참여할 자격이 있는 사람들 중에 하나로 허락해주지 않았다. 하랄드손은 아무도 그의 활동에 감사하는 사람이 없다는 걸 깨달았다. 어쨌든 간에 토르켈과 그의 동료들은 아니었다. 지방경찰들 중 재능 있는 한 사람이 특별살인사건전담반의 눈앞에서 이 사건을 해결한다면 다들 어떻게 생각할까?

그가 다리를 절며 집에 돌아오기 전에 하랄드손은 수배자의 집을 계속 감시해야 되는 게 아닐지 한저에게 문의했다. 일은 그렇게 진행되지 못했다. 첫 단계에서 수배자 소환은 비공식적으로 진행되며 경찰들이 일반적인 수색대를 형성하고 배치하여 특별히 감시하게 된다. 게다가 이웃들, 친구들과 친척들과 만나서, 악셀의 행방을 찾아 그와 얘기하고 싶다고 알려야 한다. 지금으로써는 그에게 절대로 혐의가 없다는 사실에 대해 아주 주의해서 강조해야만 했다. 그들이 앞으로 이 일을 어떻게 진행할 것인지 그리고 가택 수색을 어떻게 할 것인지에 대해 특별살인사건전담반이 빠른 시일 내에 결정하게 될 것이다.

이와는 반대로 하랄드손은 곧바로 결정을 내렸다. 이 남자가 숨었다는 건 아주 명백했기 때문이었다. 죄가 없는 사람은 숨지 않을 것이다. 하랄드손이 자유 시간 동안에 무엇을 하건 밤에는 또 어떻게 보내 건 그것은 그의 일이었다. 그래서 그는 여기 도요타 자동차 안에 앉아 추위에 떨고 있었다.

그는 자동차의 시동을 걸고 한 바퀴 돌아야겠다고 생각했다. 자동차 안을 좀 따뜻하게 데우기 위한 것이었지만 만약 집으로 돌아갈 경우에는 악셀 요한손를 놓칠 위험도가 높았다. 몇 분간 엔진을 그냥 공회전시킨다는 생각은 아예 하지 않았다. 한편으로는 이렇게 늦은 밤에 자동차 한 대가 집 앞에 서서 통통 소리를 낸다면 혐의자가 이를 이상하게 생각할 수도 있기 때문이었다. 또 한편으로는 도시 안에서 엔진을 1분 이상 공회전시키는 게 금지되어 있었기 때문이다. 이는 대단치는 않은 규칙 위반이었지만 그래도 그럴 수는 없었다. 법과 규칙들은 준수하기 위해 존재하는 것이다. 그리고 이 모든 그의 행동을 환경보호의 관점에서 생각한다면 완전히 비난받아 마땅한 것이다. 몸을 따뜻하게 하기 위해 하랄드손은 커피를 좀 더 따라 붓고는 커피 잔을 꽉 움켜쥐었다. 장갑을 가져왔어야 했는데! 그는 입김을 호호 불어가며 양손을 따뜻하게 하면서 손등에 압박붕대를 유심히 바라보았다. 하랄드손이 커피를 보온병에 담았을 때 제니가 뒤편에서 살며시 다가왔다. 그녀가 그의 배에 손을 얹자 깜짝 놀란 그는 몸을 벌떡 일으키며 그녀의 손을 아래로 뿌리쳤다. 욕실에서 그는 소독연고와 붕대로 작은 상처 부위를 치료했다. 제니는 그의 응급 처리 과정을 지켜보았다. 그가 녹슬지 않은 욕실 쓰레기통에 다 쓴 붕대 통을 버리자 그녀는 다시 그의 등 뒤에 바짝 붙어 바쁘냐고 물었다.

그들은 샤워를 하며 그 짓을 했다. 연이어 그는 다 젖은 붕대를 바꾸고 상처 부위에 다시 연고를 발라야만 했다. 그가 외출하려고 하자 샤워하면서 섹스를 이미 했음에도 불구하고 그녀는 실망하는 눈치였다. 그의 퇴근 시간이 언제쯤인지 물어보면서. 그가 내일 다시 출근하기 전에 반 시간 정도 집에 돌아올 수 있는지도. 잔뜩 바라는 얼굴로. 하랄드손은 불가능하다고 생각했다. 그는 곧바로 경찰서로 가기로 결정했다. 그들은 내일 저녁에 다시 만나자고 하고는 뽀뽀와 인사를 나누었다.

그는 점점 식어가는 커피를 한 모금 마시며 다시 한 번 곰곰이 생각해보았다. 그가 외출했을 때, 제니가 짜증을 냈었다. 그는 그 사실을 잘 알고 있었다. 그리고 지금 그는 여기에 앉아 짜증이 났다. 왜냐면 그녀가 짜증을 냈기 때문이다. 그가 정말로 원하고 있는데……. 잘못된 것일까! 그는 로저 에릭손의 살인 사건을 해결해야만 했지만 이 일이 그에게 얼마나 중요한지 그녀는 이해할 생각이 없는 것 같았다. 임신하고 싶다는 그녀의 소망은 특히나 그녀의 삶에서 모든 것을 그늘지게 했다. 어느 정도까지는 하랄드손이 그녀를 이해할 수 있었다. 그도 아이를 원했다. 그도 아빠가 되기를 굉장히 갈망했던 것이다. 그래서 임신하기가 어렵다는 사실에 근심 걱정도 많이 했다. 하지만 제니는 임신하겠다는 열망에 거의 사로잡혀 있는 상태였다. 지금 그들의 관계는 오로지 섹스로만 이어졌다. 그는 그녀를 설득해보고 싶었다. 한 번이라도 외출하자고. 극장을 가거나 레스토랑에 가거나. 하지만 그녀는 DVD를 보면서 집에서 식사를 하고 싶어 했다. 그곳에서 섹스를 할 수 있기 때문이었다. 그들은 아주 가끔 친구 집에 놀러 갔었는데, 가더라도 일찍 자리에서 일어났고 그들 중 어느 한 사람도 술을 마시지 않았다. 손님을 초대하는 일은 전혀 생각해보지도 않았다. 결국 이제는 누굴 방문하는 일도 전혀 없어졌고, 제니와 그는 이 문제에 대해 중요하게 생각하지도 않았다. 하랄드손은 그녀와 그의 일에 대해서 한번 대화를 나눠보고 싶었다. 그가 가진 문제점에 대해서. 처음에는 한저와의 문제였고, 지금은 특별살인사건전담반과의 문제였다. 하지만 그는 그녀가 전혀 귀담아듣지 않는다는 걸 알게 되었다. 그녀는 고개를 끄덕이며 그의 말에 동의한다는 듯이 중얼댔지만 가면 갈수록 그가 했던 말을 그대로 모방해서 대답했다. 그러고는 그녀는 다시 섹스를 원했다. 예전에 몇몇 남자 동료들이 자신들의 관계나 결혼 생활에 대해 말한 내용들과는 전혀 딴판이었다. 그 당시에 그들의 문제는 섹스를 너무 하지 않는다는 것이었다. 그 횟수가 너무 적고, 너무 지루하다는 것.

하랄드손은 집에서 일어나는 상황을 그들에게 설명할 엄두가 나지 않았다. 하지만 그는 갈수록 빈번하게 고민하게 되었다. 임신 기간 동안에 제니가 이렇게 히스테리 반응을 보인다면 어떻게 할 것인가? 저런 오이를 사고 감초맛 젤리를 구하기 위해 한밤중에 몇 킬로미터 떨어져 있는, 열린 주유소 가게를 찾아다니거나 혹은 매 식품마다 경고 문구를 모조리 읽어야만 하는 그런 사람들처럼 살아야만 한다면 어떻게 될까? 하랄드손은 이런 생각을 떨쳐버리고 싶었다. 그는 자신의 일에 몰두해야만 했다. 그러므로 그가 여기에 있는 것이다. 왜냐면 아내를 피해서 이곳에 있는 것이 아니기 때문에.

하랄드손은 다시 몸의 체온을 올리기 위해 좀 움직여보기로 결정했다. 악셀 요한손의 문을 지속적으로 지켜보면서 달릴 수 있었다.

반야는 책상 위로 몸을 숙인 채 자리에 앉아 멀리 창문 쪽을 바라보았다. 건물 때문에 시야는 대부분 가로막혀 있었다. 현대적인 유리 건물에. 그래도 그녀는 저녁 하늘과 멜라렌 호수까지 뻗어 있는 나무들의 아련한 모습들을 바라보았다. 그녀 앞에는 메모지와 하나로 묶지 않은 종이와 검정색 포켓용 달력이 놓여 있었다. 이 물건들은 로저의 책상에서 나온 것으로, 우르줄라가 그의 방에서 챙겨온 물건들 중의 일부였다. 한 시간 전에 반야와 빌리는 그리스 식당에서 그리스식 샐러드를 먹었다. 식당의 웨이트리스가 권해준 음식이었다. 음식은 생각했던 것 이상이었다. 두 사람은 반드시 이 식당에 다시 찾아오리라고 마음먹었다. 중간 크기의 스웨덴 도시에서는 미식가적인 위험을 감행하지 않는 편이다. 한 번 좋은 식당을 발견하게 된다면 어느새 그곳의 단골손님이 된다. 호텔로 돌아온 반야는 아버지에게 전화를 걸기 위해 곧장 호텔 방으로 들어갔다.

발데마르는 피곤해 보였지만 행복해 보이기도 했다. 오늘 하루 종일 그는 롤러코스터를 탄 것 같은 기분이었다. 치료 때문에 그는 졸음이 왔다. 그럼에도 반야한테는 아버지와의 전화 통화가 너무나 좋았다. 전화를 끊고 난 뒤에 그녀가 아버지를 잃을지도 모른다는 느낌을 갖지 않게 된 것도 최근 들어 처음이었다. 그녀는 너무나 기뻤다. 너무나 기분이 유쾌해서 그녀는 자신의 에너지를 의미 있게 사용해야겠다고 결정했다.

그녀는 다시 경찰서로 돌아왔다. 낯선 도시에서 수사할 때에도 원래 그녀는 최선을 다해 일했다. 이번에도 추가 야간 근무를 해야겠다는 생각이 다른 때보다 더 들었다.

우르줄라는 6시쯤에 사무실을 나갔다. 반야와 빌리는 참 이상하다고 생각했다. 일반적으로 우르줄라는 오랫동안 일을 했던 사람이었기에. 그들 둘 다, 토르켈 때문이 아닐까 하는 생각을 해보았다. 그녀는 그렇게 은밀한 행동을 해왔던 것이다. 빌리와 반야는, 이 둘의 관계가 동료 이상이라고 의심한 지 벌써 오래되었다.

반야는 묶지 않은 종이들을 살펴보기 시작했다. 대부분이 학급 숙제였는데, 시험지나 수업 시간에 그린 그림들도 몇 장 있었다. 반야는 이 종이들을 각각 종류별로 분류했다. 숙제를 첫 번째 묶음으로, 그림은 두 번째로, 그리고 세 번째로는 여러 가지 잡다한 종이들을 분류했다. 일단 기본적으로 세 가지 묶음으로 분류한 다음에는, 다시 날짜와 테마에 따라 분류해보았다. 좀 더 세심하게 살펴본 결과 총 열두 개 묶음으로 분류되었다. 자료들을 단계적으로 분류하는 방법은 우르줄라한테서 배운 것이었다. 분류의 가장 큰 장점은 앞에 놓여 있는 자료들을 한눈에 쉽게 조망할 수 있다는 것과 이 서류들을 여러 차례 그리고 점점 집중적으로 살펴볼 수 있다는 것이다. 이런 식으로 그녀는 이상한 견본들이나 사건들을 좀 더 쉽게 발견했고 한 층 더 정확하게 평가하고 판단할 수 있었다. 시스템 개발은 우르줄라가 잘하는 일이었다. 문득 반야는, 이 팀 내에 위계질서가 존재한다고 말했던 세바스찬의 말이 떠올랐다. 그의 말이 타당했다. 우르줄라와 그녀는 묵언의 협정을 맺고 있었던 것이다. 다른 사람의 특별 지역에서는 침범하지 않는다는 식으로. 이는 서로에 대한 존중일 뿐만 아니라 그렇지 않을 경우에 둘 다 곧장 경쟁 관계에 돌입하게 될 테고 다른 사람의 자리를 위태롭게 할지도 모른다는 생각에서 비롯된 것이다. 왜냐면 그들은 애당초 이미 결정적인 단서를 제공하는 사람이 누구인지 경쟁하고 있었기 때문이었다. 결과를 낼 수 있도록. 최고가 되기 위해서.

반야는 나머지 자료들을 찬찬히 살펴보았다. 잡다한 종이들에서는 로저의 수학 능력이 스웨덴어와 영어 능력보다 훨씬 더 나빴다는 것 외에는 다른 점은 발견하지 못했다. 이번에는 검정색 포켓용 달력들을 살펴보았다. 달력들은 거의 사용하지 않은 것처럼 보였는데, 날짜는 2007년에서 오늘까지였다. 반야는 가장 최근의 달력을 집어 들고는 1월부터 살펴보기 시작했다. 로저는 달력에 별로 기록하지 않았다. 크리스마스 때 달력을 선물 받은 다음부터는 별로 사용하지 않았다. 몇 번의 생일이 기록되어 있었으며, 과제와 학급 활동이 메모되어 있었지만 날이 갈수록 기록은 점점 줄어들었다.

PW라는 단축어가 2월 초에 처음 기록으로 남아 있었다. 2월 말에 다시 나타났다가 3월 첫째 주에도 나타났다. 그다음부터는 매주 두 번째 수요일 10시에 반복해서 PW라는 글자가 기록되어 있었다. 이 글자를 보자 반야는 이내 떠오르는 게 있었다. 글자가 반복적으로 메모되어 있었다는 것. 그녀는 4월의 운명적인 금요일 날짜까지 달력을 넘겨 보았다. 매번 두 번째 수요일에는 어김없이 PW가 적혀 있었다. 언제나 10시에. PW가 어떤 사람이거나 무슨 물건일까? 학기 중에 약속 시간이 되어 있는 것으로 보아 뭔가 학교와 관련된 게 틀림없었다. 그녀는 금요일 날짜 이후의 페이지를 넘겨보았다. 로저가 자신이 죽은 날짜 다음에는 PW와의 약속이 없었다는 것을 알 수 있었다. 반야는 지난해 의 달력도 날쌔게 움켜잡았다. PW가 여기에도 적혀 있는지 살펴보기 위해서였다. 마찬가지였다. 처음으로 기록된 것은 10월 말이었고, 그 다음으로는 매번 두 번째 화요일 15시였다. 이렇게 정기적으로 11월 말까지.

그밖에 로저의 친구들은 아주 한정되어 있었으며 지금까지 수사상 에도 별다른 도움을 주지 않았다. 어쨌든 간에 그가 규칙적으로 만난 친구는 한 명이었다. 정말로 한 명이며 다른 활동을 하지 않았다고 한 다면. 그녀는 시계를 들여다보았다. 겨우 9시 15분 전이었다. 전화를 걸어도 그다지 늦은 시간은 아니었다. 먼저 로저의 어머니 레나한테 전화를 걸어보기로 했다. 전화가 연결되지 않았다. 반야도 생각하지 못했던 점이었다. 그녀가 세바스찬과 그녀의 집에 있었을 때 전화가 여러 번 울렸는데도 레나는 일어나서 전화를 받지 않았다.

그녀는 그 대신에 베아트리체 슈트란트한테 전화를 걸어보기로 결 정했다. 로저가 매번 두 번째 수요일 10시에 무엇을 했었는지 베아트 리체는 담임선생으로서 가장 잘 알고 있을 테니 말이다.

"그때가 로저의 자유 시간이었어요." 베아트리체의 목소리는 약간 피곤하게 들려왔지만 도와주려고 노력하는 것 같았다.

"그럼, 이 시간마다 로저가 뭘 했는지 아시나요?"

"유감스럽지만 저는 몰라요. 다음번 시간이 11시 15분에 시작하는데, 로저는 언제나 정확히 수업에 들어왔어요."

반야는 고개를 끄덕이며 작년 달력을 집어 들었다.

"그럼 지난 가을에는요? 화요일 15시는 어땠나요?"

잠시 동안 아무 말도 들리지 않았다.

"제 생각으로는 그 시간에는 이미 수업이 끝난 시간일 거예요. 맞아요. 수업은 끝났어요. 우리가 화요일에는 항상 3시 15분에 수업을 마치거든요."

"PW라는 단축어가 무슨 의미인지 혹시 알고 계신가요?"

"PW요? 아니요. 지금은 잘 모르겠어요."

반야는 고개를 끄덕였다. 상황은 갈수록 나아지고 있었다. 어쨌든 간에 로저가 PW와 만난다는 사실을 베아트리체한테 비밀로 했다는 것이다. 이 말은 그만큼 중요하다는 뜻이었다. 그녀는 그의 담임일 뿐만 아니라 학교 밖에서도 서로 잘 알고 있는 사이였다.

"로저가 수요일에 PW를 만났나요?" 잠시 뒤에 베아트리체가 물었다. 분명히 이 단축어에 대해 다시 한 번 곰곰이 생각해 보았던 모양이었다.

"예, 맞아요."

"그렇다면 페터 베스틴(Peter Westin)일 거예요."

"그게 누구죠?"

"우리 학교와 협력 관계에 있는 심리학자에요. 로저가 팔름뢰브스카 고등학교에 새로 왔을 때 몇 번인가 그를 찾아간 것으로 알고 있어요. 내가 페터를 찾아가 보라고 권해주기도 한 걸요. 하지만 로저가 계속해서 갔는지는 저도 잘 모르겠어요."

반야는 베아트레체가 알려준 페터 베스틴과의 약속 날짜를 메모해
놓았다. 그러고는 그녀에게 도와준 것에 대해 감사의 말을 전했다. 전
화를 끊은 반야는 이번에는 페터에게 전화를 걸었다. 아무도 전화를
받지 않았지만 자동응답기가 9시에 병원 문을 연다고 알려주었다. 반
야는 잠시 동안 지도를 확인해보았다. 병원은 학교에서 10분 거리밖에
떨어져 있지 않았다. 로저는 자유 시간에 아무도 모르게 그곳에 다녀
왔을지도 모른다. 어떤 경우라도 심리학자와 얘기할 거리가 있었다면
그것은 비밀이었을 것이다. 그밖에 누구와도 얘기를 나눌 수 없는 그
런 어떤 것.

그녀의 핸드폰이 울렸다. SMS.

악셀 요한손의 전 여자 친구를 찾았어요. 같이 가서 한번 얘기를 나눠보
지 않을래요? 빌리.

곧장 답장을 보냈다.

좋아요.

이번에 그녀는 스마일 표시의 이모티콘을 덧붙였다.

빌리가 전화를 걸었을 때에는, 악셀 요한손의 전 여자 친구 린다 베
크만이 막 일을 시작했을 때였다. 그녀는 더 이상 악셀과 만나지 않고
있으며 지금 그가 어디에 있는지 혹은 그가 뭘 하고 있는지도 알지 못
한다고 여러 번 말했다. 그녀와의 만남을 주선하려고 빌리는 상당히
설득력 있는 발언을 해야만 했다. 결국 그녀가 허락했지만 어떤 경우
에도 경찰서에는 오지 않겠다고 했다. 오늘 저녁에 그녀와 대화를 나
누고 싶거든 그들이 일터를 방문해야만 하며 그녀는 잠시 휴식 시간을
내보겠다고 말했다. 그래서 반야와 빌리는 스토르토르옛 광장에 있는
피자 가게에 앉아 기다렸다. 그들은 각자 커피 한 잔씩을 주문했다.

마침내 린다가 가게로 들어와서는 그들 맞은편에 앉았다. 그녀는 금발 머리에 상당히 평범해 보이는 30대 여성이었다. 그녀의 머리카락은 어깨까지 내려왔는데 포니테일이었으며 앞머리는 청회색의 눈 밑까지 내려왔다. 그녀는 검정과 흰색의 체크무늬로 된, 꽉 끼는 니트웨어를 입고 있었는데 그다지 몸매에 잘 어울리지는 않았다. 그리고 치마는 짧은 검은색이었다. 그녀의 목에는 가느다란 줄에 금으로 된 하트가 대롱대롱 매달려 있었다.

"15분 정도 시간 낼 수 있어요."

"그럼 15분 안에 모든 걸 다 처리해보도록 하죠." 빌리는 설탕을 집어 들며 말했다. 그는 커피에 언제나 설탕을 넣었다. 그것도 적지 않은 양을.

"내가 이미 전화할 때 말했듯이 우리는 악셀 요한손에 대해 좀 더 많은 것을 듣고 싶어요."

"하지만 당신은 그 이유에 대해서는 말하지 않았잖아요."

반야가 대답할 차례였다. 린다가 전 남자 친구에 대한 생각을 표현하기 전에는 그녀가 악셀의 부수입에 대해 알고 있다는 사실을 먼저 설명해서는 안 된다. 그래서 그녀는 조심스럽게 말하기 시작했다.

"왜 그들이 악셀을 해고했는지 당신은 알고 있나요?"

린다는 경찰들을 쳐다보며 미소 지었다. 그녀는 무엇에 관한 얘기인지 정확히 이해했다.

"예, 술 때문에요."

"술이요?"

"악셀이 청소년들한테 술을 팔았거든요. 이 바보가!"

반야는 린다를 바라보며 고개를 끄덕였다. 그녀는 악셀과 더 이상

결속력을 갖고 있지 않은 것 같았다.

"정말이에요."

린다는 악셀의 사업에 대해 부정적인 견해를 좀 더 분명히 나타내고 싶어서 체념한 듯이 고개를 절레절레 흔들었다.

"그야말로 정말 바보 같은 짓이라고 그에게 말했었죠. 하지만 당신들도 상상할 수 있겠지만, 그가 내 말을 듣겠어요? 그래서 결국 그는 해고됐지요. 내가 미리 말했듯이. 이 바보 천치가."

"그가 로저 에릭손에 대해 말한 적이 있나요?" 반야가 가득 기대에 차서 물었다.

"로저 에릭손이요?" 린다는 곰곰이 생각해보는 것 같았지만 그녀의 몸짓으로는 그녀가 그를 알고 있었는지 어떤지 추론해낼 수 없었다.

"열여섯 살 소년이에요." 빌리가 보충설명을 하면서 로저의 사진 한 장을 탁자로 쓱 밀었다.

린다는 사진을 집어 들고는 찬찬히 들여다보았다. 이제야 그녀가 그를 알아보았다. "죽은 소년인가요?"

반야가 고개를 끄덕였다.

린다가 반야를 쳐다보았다. "예, 내 생각에는 그가 온 적이 있었던 것 같아요."

"왜 그들이 만났는지 당신은 그 이유를 알고 있나요? 로저가 악셀한 테서 술을 샀나요?"

"아니요. 그런 것 같지는 않아요. 오히려 얘기하러 왔을 거예요. 내가 알기로는 그가 돌아갈 때 아무것도 들고 가지 않았어요."

"그럼 그게 언제였나요?"

"아마도 두 달 전쯤일 거예요. 그 뒤 얼마 있지 않아 내가 그 집에서 나왔거든요."

"당신은 로저를 한 번 이상 보았나요? 생각 좀 해보세요. 이건 아주 중요한 일이에요."

린다는 잠시 동안 아무 말도 하지 않았다. 그러고는 고개를 내저었다. 반야가 테마를 바꾸었다.

"당신이 집을 나갈 때 악셀은 어떻게 반응했나요?"

린다는 다시 고개를 내저었다. 이는, 그녀가 악셀을 생각할 때마다 일반적으로 나오는 육체적인 반응인 것 같았다.

"그 일로 인해서 난 역시나 하는 생각을 하게 됐어요. 그는 화를 내지도 슬퍼하지도 않았으니까요. 그가 날 못 나가게 말리려고 한 행동은 전혀 없었어요. 그는 그냥 하던 대로 계속했죠. 내가 그곳에 있든지 말든지 별로 큰 의미가 없었어요. 정말로 황당한 일이었어요."

반야와 빌리가 20분 뒤에 린다 베크만에게 감사의 표시를 하고 다시 경찰서로 돌아오자, 악셀 요한손에 대한 윤곽선이 잡혔을 뿐만 아니라 아주 자세한 세부 사항까지 파악되었다.

처음에 악셀은 완벽한 젠틀맨이었다. 주의 깊고, 인색하지 않으며, 위트가 넘치는 사람이었다. 몇 주 지나지 않아 린다가 그의 집에 들어갔다. 그때에는 여전히 그와 잘 지냈다. 적어도 초반기에는. 그러고 나서는 점점 일이 터졌다. 처음엔 그다지 심각하지 않았다. 그녀 생각에 지갑에 돈이 조금 없어지는 정도였다. 그러다가 할머니한테 유산으로 받은 보석이 사라졌다. 그리고 날이 갈수록 악셀이 생각하는 그녀와의 관계가 특히나 사리사욕을 채우는 데에 있다는 걸 그녀는 알게 되었다. 린다가 그에게 이 사실을 묻자 그는 후회한다고 말했다. 소위 그는 도박으로 인한 채무가 있으며 만약 그가 고백할 경우에는 자신을 떠날까 봐 두려웠다고. 그래서 그는 채무를 갚기 위해 모두 저지른 짓이라고 했다. 오로지 린다와 새로 시작하고 싶은 마음에. 전혀 다른 의도는 없었다고. 그녀는 그의 설명을 아무런 이의 없이 받아들였다. 하지만 얼마 있지 않아 또 일이 발생했다. 돈이 없어진 것이다. 그래서 그녀가 숨겨놓은 임대료 계약서를 찾아보았더니 그녀가 항상 믿고 있었던 것처럼 절반의 임대료를 내고 있었던 것이 아니라 혼자서 전부 다 지불하고 있었다는 걸 알게 되었다. 린다는 악셀의 인간상에 또 다른 면도 알려주었다. 성생활이 더럽다는 것. 그는 별로 흥미를 느끼지 않았다. 가끔 그런 일이 있다 해도 그는 사디스트였다. 폭력의 한계에까지 이를 정도로. 그는 언제나 그녀의 뒤에서 자세를 잡았고, 이때마다 그녀의 얼굴을 쿠션으로 내리눌렀다. 반야는 린다로부터 쓸데없이 많은 정보를 받았다고 생각했지만 린다는 잔뜩 예민해진 듯이 고개를 끄덕여 보였다. 악셀은 이상한 시간대에 외출했다. 주로 저녁 내내. 그리고 새벽에야 돌아오거나 늦을 때에는 다음 날 오전에 돌아올 때도 있었다. 그가 학교에서 일하지 않는 시간에는 다양한 방법을 탐색하면서 지냈다. 돈을 긁어모으기 위해서였다. 악셀의 세계는 오로지 시스템을 위반하기 위해 돌아갔다.

위에서 이미 말했듯이 오로지 바보처럼 행동하는 게 그의 모토였다. 그는 팔름뢰브스카 고등학교에만 일자리를 지원했다. 왜냐면 그곳의 학생들은 부자 부모를 두고 있었고 더 엄격하게 교육을 받았기 때문이다. 악셀의 견해에 따르면 그렇기 때문에 문제가 더 적다는 것. 이런 가족들은 문제를 조용히 해결하려는 경향이 있기 때문이라고. 결국 교장도 그렇게 일 처리를 했던 것처럼.

악셀이 자주 하던 말에 따르면 가장 많은 돈을 지불해 줄 수 있는 사람들한테나 잃을 게 가장 많은 사람들한테 물건을 팔아야 한다는 것. 하지만 정작 린다는 돈을 본 적이 없었다. 그의 말은 그녀로서는 가장 이해하기 힘든 일이었다. 그의 모든 '사업'에도 불구하고 악셀은 지속적으로 무일푼이었다. 모든 돈이 어디로 사라지는지 그녀한테는 정말 굉장한 수수께끼였다. 그는 친구가 별로 없었던 것 같았고, 이 소수의 친구들에 대해서도 언제나 저주를 퍼부었다. 왜냐면 그들이 그에게 돈을 빌려주지 않았기 때문이다. 그리고 만약 그들이 한 번쯤 돈을 빌려주었다고 하더라도 돌려달라는 말에 그는 저주를 퍼부었다. 항상 불평불만이었다. 모든 것과 모든 사람들에 대해서.

반야와 빌리의 입장에서 볼 때 가장 중요한 질문은 로저가 악셀과는 어떤 관계를 맺고 있었느냐였다. 로저가 그의 집에 찾아왔었다는 걸 그들은 이제 알게 되었다. 로저가 몇 주 뒤에 악셀의 해고에 한몫했다는 게 관련성이 있는 일이었을까? 어쨌든 간에 이는 상상할 수 있는 시나리오일 것이다. 반야와 빌리가 이날 밤에 헤어질 때에는 하루일과에 대해 상당히 만족할 수 있었다. 악셀 요한손이 더 흥미로워졌다. 그럼 내일은 머리글자가 PW인 심리학자를 찾아갈 것이다.

토르켈은 프런트에 앉아 있는 여자에게 고개를 끄덕여 보이며 승강기에 올라탔다. 그가 승강기의 인식 기계에 출입카드를 꽂자 4층을 누르기 전에 잠시 머뭇거렸다. 그는 302호 방을 사용하고 있었고 우르줄라는 4층 방을 쓰고 있었다. 확성기에서는 롤링 스톤의 노래들이 흘러나왔다. 이 노래들은 청소년 시절에 들었던 노래들 중에 가장 격렬한 노래였다고, 그는 기억했다. 그리고 오늘날에 와서는 승강기 전용 노래가 되었다. 문이 스르륵 열리자 그는 잠시 서 있었다. 한 번 가 봐야 하는 걸까? 그녀가 아직도 자기한테 화가 나 있는 상태인지 어떤지 잘 알 수 없었다. 그저 화가 나 있으리라고 추측하고 있을 뿐이었다. 만약 그녀의 입장이라면 그도 여전히 화가 나 있을지도 모르겠다. 이 점에 대해서는 그도 너무도 잘 알고 있었다. 토르켈은 복도를 따라 410호까지 걸어가서는 방문에 노크했다. 우르줄라가 문을 열기까지는 몇 초가 걸렸다. 그녀가 멀뚱멀뚱 완전히 중립적인 얼굴 표정을 지으며 나오자 토르켈은 그녀도 자신의 방문을 내심 기다리고 있었음을 알 수 있었다.

"방해한 것 같은데, 미안해요."

토르켈은 자신의 초초함을 들키지 않으려고 최선을 다했다. 그녀 앞에 섰을 때에야 비로소, 그는 어떤 경우에도 그녀와의 다툼으로 헤어지는 일은 원하지 않는다는 걸 깨달았다.

"우리 둘 사이의 상태가 어떤지 한번 보고 싶어서요."

"당신은 도대체 우리 둘 사이의 상태가 어떻다는 거죠?"

그가 우려했던 대로였다. 그녀는 여전히 화가 나 있었다. 이해할 수 있었다. 그가 잘못을 저질렀다면 사과하는 게 결코 어려운 일은 아니었다.

"미안해요. 내가 당신에게 미리 설명했어야 하는 건데. 내가 세바스찬을 고용할 작정이라고."

"아니요! 아예 처음부터 당신이 그 사람을 고용해서는 안 되는 거였어요!"

잠시 동안 토르켈은 약간 혼란스러웠다. 지금 그녀는 고집불통이었다. 그는 용서를 구했다. 그가 이 상황을 난감하게 해결했다는 것을 알고는 있었지만 아직도 책임자는 그가 아닌가 말이다. 당시에 그는 결정을 내릴 수밖에 없었다. 세바스찬의 말대로라면 수사에는 최고의 자질을 갖고 있는 동료를 영입해야만 했기에. 팀원들이 다들 좋아하지 않더라도. 게다가 그는 전문가답게 행동해야만 했다. 하지만 이내 토르켈은 이런 자신의 생각들을 한마디도 말하지 않기로 결정했다. 한편으로는 그가 우르줄라와의 관계를 망치고 싶지 않았고, 또 다른 한편으로는 세바스찬의 영입이 진짜로 수사에 최선의 도움인지 100퍼센트 확신할 수 없었기 때문이었다. 토르켈은 자신의 행동에 대해서 우르줄라 앞에서 해명할 뿐만 아니라 그 자신에 대한 정당성도 제시해야만 할 것 같았다. 그날 오전, 조식 식당에서 "안 됩니다."와 "안녕히 가시오!"라고 왜 세바스찬에게 말하지 못했는지, 그 이유를 말해야만 했다. 그는 거의 애원하듯이 우르줄라를 바라보았다.

"정말로 당신하고 얘기 좀 하고 싶어요. 나 좀 들어가게 해주면 안 될까요?"

"안 돼요."

우르줄라는 문을 조금도 열어주지 않았다. 정반대였다. 오히려 그녀는 그가 틈 사이로 한 발을 밀어 넣을지도 모른다고 예상했는지 문을 조금 더 닫아버렸다. 방 안에서는 짧게 세 번, 길게 세 번 그리고 다시 짧게 세 번 벨이 울려왔다. SOS. 우르줄라의 벨소리였다.

"미카엘이에요. 전화하고 싶은가봐요."

"알았어요."

토르켈은 그들의 대화가 이것으로 끝났다는 것을 눈치챘다.

"안부 전해줘요."

"안부는 당신이 직접 전해주세요. 그이가 내일 올 거예요."

우르줄라는 문을 잠갔다. 잠시 동안 우두커니 선 채로 토르켈은 뭔가 소리를 엿듣고 싶었다. 외부 수사 중에 미카엘이 방문한다는 것은 한 번도 없던 일이었다. 토르켈이 기억하는 한에서는 전혀 없었다. 이것이 무슨 의미인지, 그는 상상해보고 싶지 않았다. 무거운 발걸음으로 그는 자신의 방으로 통하는 계단으로 걸어갔다. 그의 삶은 24시간 전보다도 더 복잡하게 꼬인 것 같았다.

하지만 그가 뭔가 다른 것을 기대했던 것일까?

세바스찬 베르크만을 고용했으면서.

세바스찬은 소파에서 잠을 깼다. 그는 등을 대고 누운 상태로 잠시 졸았던 게 틀림없었다. TV가 나지막한 볼륨으로 나오고 있었는데 막 뉴스가 시작됐다. 그는 오른손을 너무 꽉 움켜쥐고 있어서 그런지 아래팔까지 저려왔다. 경련이 일어나는 상태에서 그는 조심스레 손가락을 펼쳐보았다. 다시 눈을 감자 눈앞에서는 폭풍이 몰아치기 시작했다. 성난 바람이 밖에서부터 집을 향해 거세게 몰려왔는데, 굴뚝을 통해 열려 있는 벽난로 속으로 우레와 같이 몰아쳤다. 반쯤 잠이 깬 몽롱한 상태에서 지금 막 깨어난 꿈과 소음은 하나로 뒤섞였다. 물의 장벽은 우렛소리, 파워, 초인간적인 힘을 가졌다.

그는 아이를 꽉 붙들었다. 아이도 꽉 붙들고 있었다. 모든 괴성들 사이에서, 아우성치는 모든 사람들 사이에서. 모래는 회오리쳐 일어났다. 그 힘은 굉장했다. 이 광란 속에서도 그가 알고 있었던 것은, 아이를 꽉 붙들고 있었다는 것뿐이었다. 그는 아이의 양손을 볼 수 있었다. 물론 불가능한 일이었지만 아이의 손을 정말로 보았다. 아이도 여전히 바라보고 있었다. 아이의 작은 손에는 반지를 끼고 있었다. 그의 오른손에 꽉 붙들려서. 그는 예전에 붙들었던 것보다 더 세게 붙들고 있었다. 생각할 겨를이 없었다. 그 어떤 것에 대해서도. 하지만 그는 뭔가 생각해야만 한다는 걸 알았다. 다른 어떤 것보다 더 중요한 생각은, 그가 절대로, 절대로 놓쳐서는 안 된다는 것이었다. 무슨 일이 있어도. 그가 생각한 것은, 오로지 아이를 놓쳐서는 안 된다는 것뿐이었다. 절대로. 하지만 그는 놓쳤다. 아이가 그의 손에서 미끄러져 빠져나간 것이다.

갑자기 아이가 더 이상 없어졌다. 몰아치는 물속에서 그는 뭔가와 부딪치는 걸 느낄 수 있어야만 했다. 아니면 아이의 작은 몸이 어딘가에 매달려 있거나. 그것도 아니면 아이가 그에게 매달려 있거나. 그는 도무지 알 수 없었다. 그는 완전히 기진맥진해지고 쇼크를 받은 상태였는데, 한때 해변이었던 곳에서 몇백 미터 떨어진 곳까지 밀려와 있었으며 아이는 더 이상 그곳에 없었다. 딸아이는 옆에 없었다. 어디에도. 그의 오른손에는 아무것도 없었다. 자비네는 멀리 사라져버렸다. 그는 자비네를 영영 찾지 못했다.

그날 아침에 릴리는 해변에서 조깅을 한다며 그들만을 남겨놓고 나갔다. 그녀가 여느 아침마다 하는 것처럼. 그는 운동을 좋아하지 않았다. 그녀는 운동의 긍정적인 효과에 대해 설교했다. 한때 그의 허리선이었을 물렁한 살집을 손가락으로 꾹 누르면서. 그는 조깅하러 가겠다고 그녀에게 약속했다. 언젠가 한 번은. 휴가 때쯤. 하지만 언제라고 꼭 집어 말하지는 않았다. 어쨌든 두 번째 휴가 날은 아니었다. 그는 딸과 함께 보내고 싶었던 것이다. 릴리는 평소보다 느지막하게 나갔다. 원래는 날씨가 따뜻해지기 전에 달리러 나갔지만 오늘은 넓은 침대에서 그들이 함께 아침 식사를 하고서 장난을 치며 자리에 누워 있었다. 가족 모두가. 제일 먼저 릴리가 잠자리에서 일어나 그에게 키스를 했고, 자비네에게 마지막 키스를 하고는 즐거운 마음으로 윙크를 하며 호텔 방을 나섰다. 오래 뛰지 않을 거라고, 그녀는 말했다. 지금 날씨가 덥기 때문에, 반 시간 내에 다시 돌아오겠다고. 하지만 그는 그녀마저도 영영 찾지 못했다.

세바스찬은 소파에서 일어났다. 오슬오슬 추위가 느껴졌다. 조용한 방 안은 서늘했다. 도대체 몇 시나 된 것일까? 10시가 막 넘었다. 그는 소파용 탁자의 식기를 정리하여 부엌으로 들어갔다. 부모님 집에 돌아온 뒤, 그는 전자레인지에 '란트가스트 호프'라는 브랜드의 시골풍 냉동식품을 전자레인지에 데웠다. 그러고는 접시와 알코올 도스가 낮은 맥주 한 병을 들고서 TV 앞에 앉았다. 음식을 한 입 베어 물자, 그는 이런 음식을 제공하는 란트가스트 호프야말로 즉각 가게 문을 닫아야 할 것만 같은 생각이 들었다. 맛이 없다는 말로는 표현할 수 없는 그런 맛이었다. 하지만 저녁 식사는 TV프로그램하고는 잘 맞았다. 설득력이 약하고, 상상력도 부족하며, 어떤 느낌도 느껴지지 않는 그런 것. 다른 채널을 돌렸더니 어떤 젊은 아나운서가 카메라 앞에 등장했다. 그는 시청자들에게 전화를 걸어 각자 한마디씩 하도록 권하고 있었다. 세바스찬은 음식을 반쯤 먹고는 등을 기댄 채로 잠이 들었다. 그리고 그는 꿈을 꾸었던 것이다.

이제 그는 부엌에 서 있었다. 자신이 무엇을 해야 할지 잘 몰랐다. 그는 접시와 병을 식기세척기 옆에 내려놓았다. 그리고 우두커니 서 있었다. 그는 아무런 준비가 되어 있지 않았다. 다른 날 같았으면 그는 그냥 무방비상태로 잠들지 않도록 애를 썼다. 식사 뒤에 잠깐 눈을 붙이거나 기차나 비행기로 여행할 때 잠시 조는 행위 따위는 한 번도 한 적이 없었다. 일반적으로 이런 잠깐 동안의 잠은 그날의 남은 시간들을 무참히 짓밟았기 때문이었다. 하지만 그 어떤 이유에서인지 그는 오늘 긴장감이 풀려 있었다. 이날은 다른 날과는 뭔가 달랐다. 그가 일을 했던 것이다. 2004년 이후로 그에게는 한 번도 없었던 폭넓은 맥락의 일부가 되었던 것이다. 오늘이 좋은 날이었다고는 말하고 싶진 않았다. 하지만 뭔가 다른 날이었다. 그렇기 때문에 오늘은 꿈이 그를 엄습하지 않을 거라는 생각이 들었다. 그리고 이제 그는 여기에 서 있었다. 부모님의 부엌에. 불안하고 흥분된 상태로.

그는 무의식적으로 오른손을 쥐었다 폈다를 반복했다. 그가 남은 이 밤을 뜬 눈으로 지새우고 싶지 않거든 방법은 딱 한 가지뿐이었다. 먼저 샤워부터 해야 할 것이다. 그러고 나서 섹스가 필요했다.

집은 정말로 형편없어 보였다. 여기저기 다림질한 빨랫감, 더러운 빨랫감, 먼지와 설거지거리가 널려 있었다. 침대보는 반드시 바꿔야 하고 옷가지들은 바람에 말려야만 할 것이다. 한낮 동안에는 봄 햇살이 너무나 좋아서 창문을 말끔히 닦아야 될 것 같은 민망한 생각이 들었다. 베아트리체는 어디서부터 시작해야 할지 도무지 알 수가 없었다. 그래서 그 대신에 아무것도 하지 않기로 했다. 최근에는 언제나 그랬던 것처럼. 밤이면 밤마다 그리고 주말마다 그렇게. '최근'이란 언제까지를 말하는지, 그녀는 한 번도 생각해보지 않았다. 1년일까? 아니면 2년? 그녀는 알 수 없었다. 그녀가 알고 있는 것은 오로지 아무런 욕구가 없다는 것이었다. 그녀는 아무것도 하고 싶은 생각이 들지 않았다. 그녀는 사회적으로는 성공한 유명 교육학자이고, 학교에서는 학교 동료이자 여선생인 자신의 모습을 지키는 데에만 모든 에너지를 쏟았다. 그녀가 얼마나 피곤한지 아무도 느끼지 못하도록 겉모습만 지탱하기 위해서 말이다. 얼마나 외롭고 얼마나 불행한지.

지금 그녀는 깨끗한 속옷 더미를 종류별로 분류하지도 않은 채로 그 냥 옆으로 밀쳐놓았다. 그러고는 이 저녁에는 줄곧 소파에 앉아 벌써 두 번째 와인 병을 들이켜고 있었다. 누군가 창문을 통해 들여다볼 경우에-어지러운 방 안을 무시한다면-하루 종일 힘들게 일하고 온 여자가 이제 소파에 앉아 휴식을 취하고 있다고 생각할 것이다. 즉 워킹맘, 아내, 어머니라는 인상을 쉽게 받을지도 모를 일이다. 그녀는 다리를 쭉 펴고 있었으며, 옆 탁자에는 와인 한 병과 좋은 책이 있었고 부드러운 배경음악이 흐르고 있었다. 지글지글 타오르는 덮개 없는 난로불만 없는 셈이었다. 혼자 있으면서 자신을 위해 시간을 향유할 수 있는 성숙한 여자.

그렇다고 해서 지금의 모습이 진실과 그다지 동떨어진 것도 없었다. 베아트리체는 외로웠고, 이는 그녀의 문제였다. 울프와 요한이 집에 있었음에도 그녀는 외로웠다. 요한은 이제 열여섯 살로, 자유를 맘껏 누리고 싶은 과정에 있으며 동시에 아빠의 아들이었다. 그는 언제나 그래왔다. 그래서 요한이 팔름뢰브스카 고등학교에서 공부를 시작할 때에는 상황이 더 심해졌다. 어떤 면에서는 베아트리체도 그를 이해할 수 있었다. 매번 엄마가 담임이 되어야 한다는 것은 분명 그렇게 재미난 일이 아니기 때문이었다. 하지만 그녀는-그녀의 주장에 따르면-자신이 자처한 것보다 훨씬 더 가족으로부터 소외되었다. 그녀는 이 점에 대해 울프와 얘기도 나눠보았고, 혹은 적어도 시도해보았다. 물론 결과는 없었다.

울프. 그녀의 남편은 아침에 나가면 저녁에 들어온다. 그녀는 남편과 식사하고, TV를 보고 한 침대에서 잠을 잔다. 그가 있어도 그녀는 외롭다. 그는 집에 있지만 그녀 옆에 있어준 적이 없다. 그가 가출 뒤 집으로 돌아온 이래로 한 번도 없었다. 그리고 그전에도 전혀.

때마침 초인종이 울렸다. 베아트리체는 문 쪽을 바라보았다. 누가 올 사람이 있을까? 이 시간에? 현관으로 나간 그녀는 무의식중에 실내화 한 켤레를 옆으로 밀어 넣고는 문을 열었다. 그녀가 잘 알지 못하는 얼굴을 알아보는 데까지는 몇 초가 걸렸다. 학교에서 만났던 경찰이었다. 세바스찬인가 뭔가 했던 남자.

"안녕하세요. 이렇게 늦게 죄송합니다만 방금 이 근처를 지나던 길이었거든요."

베아트리체는 고개를 끄덕였고 단순반응으로 손님의 뒤쪽을 훑어보았다. 자동차가 보이지 않았다. 출구에도, 도로에도. 그녀가 그를 다시 바라보자 세바스찬은 그녀의 마음을 눈치챘다.

"막 산책 중이었어요. 당신이 누군가, 얘기할 사람이 필요할 것 같다는 생각이 들어서요."

"제가 왜요?"

이제 작업을 걸 찰나였다. 이 집으로 오다가 세바스찬은 머리를 짜서 자신의 전략을 생각해냈다. 그는 그녀에 관해서나 그녀의 남편에 관해서 알고 싶다는 것부터 시작하기로. 두 사람 다 한 아들의 부모로서 자신들을 소개했다. 각기 남편과 아내로서가 아니라. 이는 그들의 관계가 좋지 않다는 것을 의미했다. 세바스찬이 이런 경우를 처음 경험한 것은 아니었다. 부부 관계에서는 상대방에 대한 응징이 무의식적으로 나타나기도 하기 때문이었다. "애당초 난 내 자신을 당신의 파트너로 생각하지 않아요."라는 식으로. 아버지와 아들은 지난날 사건에 대해 서로 얘기하려고 며칠간의 이벤트 여행을 떠났다. 한 가족 세 명이 함께 가는 대신에. 이는 세바스찬에게는 엄마와 아빠의 사이가 지금은 그다지 좋지 않다는 확실한 시그널이었다. 그래서 그는 세심하게 경청해주는 청중의 역할을 하기로 결정했다. 그가 어떤 일을 듣든지 상관없는 일이었다. 로저의 죽음에 관한 것일 수도 있고, 베아트리체의 나쁜 부부 관계에 관한 것일 수도 있다. 실제로는 그녀가 양자물리학에 대해 강의할 수도 있을 것이다. 청중이란 베아트리체가 지금 가장 다급하게 필요한 바로 그런 사람이라는 걸, 그는 확신하고 있었다. 청소 도우미를 제외하고는.

"우리가 학교에서 만났을 때 난 당신이 학생들한테 엄격한 사람일 거라는 인상을 받았죠. 그리고 여기 집에서도 당신은 엄격해질 수밖에 없는 것 같아요. 당신의 아들이 로저의 절친이 된 뒤부터는 말이죠."

베아트리체는 무의식적으로 고개를 끄덕였다. 세바스찬은 계속 말했다.

"하지만 로저는 당신의 학생이었죠. 어린 소년이. 소년이 어느 정도는 당신한테 말했을 텐데요. 들어줄 사람이 필요했을 테니까요."

머리를 비딱하게 한 상태로 세바스찬은 가장 감정을 담은 미소를 지어 보이면서 자신의 얘기를 마무리 지었다. 그의 미소는 복합적인 인상을 주었다. 그가 다른 사람에게 최선을 다하는 사람이며 어떤 다른 속셈이 없다는 듯이. 그의 말을 베아트리체가 수용하고 있다는 걸, 그는 알 수 있었다. 하지만 아직은 상황이 다 정리된 것은 아니었다.

"하지만 난…… 다 이해하지는 못하겠어요. 내 말은 당신은 경찰이 잖아요. 그래서 이 사건을 수사하고 있는 거잖아요."

"난 심리학자입니다. 가끔 경찰들과 협력 작업도 하죠. 예를 들어 프로파일러(범죄 심리 분석관)로. 하지만 그것 때문에 내가 이곳에 온 것은 아닙니다. 난, 당신이 오늘 저녁에 혼자 앉아 골머리를 앓고 있지나 않나 싶어서 왔습니다."

세바스찬은 가볍게 터치를 하면서 자신의 말을 강조해야 할지 어떨지 곰곰이 생각해보았다. 그녀의 팔 윗부분을 한 손으로. 하지만 그는 참았다. 베아트리체는 고개를 끄덕였다. 그녀의 눈가가 약간 촉촉해진 것은 아닐까? 그의 작전이 정확히 적중한 것이다. 정말 굉장한 일이었다. 그의 생각이 어찌 이리 잘 먹혀 들어가는 것인지…… 그가 좀 더 옆으로 접근할 수 있도록 그녀가 옆으로 다가오자 그는 미소를 억지로 참아야만 했다.

살인자가 아닌 남자는 그의 베개를 탁탁 두드렸다. 그는 피곤했다. 여러 가지 측면에서 길고 힘든 날이었던 것이다. 그는 줄곧 자신이 자연스럽게 행동해야만 한다는 강박관념을 갖고 있다는 걸 깨달았다. 너무 긴장하고 있는 탓에 부자연스럽게 행동할 수도 있다는 불안감이 다시 들었다. 그래서 그는 적어도 자연스럽게 행동해야만 한다는 생각을 더 이상 갖지 않기로 했다. 왜냐면 언젠가는 부자연스럽게 행동한다는 느낌이 들게 될 테니 말이다. 이렇듯 그는 생각을 다시 고쳐먹었다. 너무 피곤했던 것이다. 게다가 경찰들이 레오나르트 룬딘을 석방하기도 했으니. 이는, 그들이 다시 적극적으로 다른 범인을 찾고 있다는 뜻이었다. 그를.

살인자가 아닌 남자는 등을 대고 편안하게 누운 채로 양손을 모았다. 자기 전에 잠시 저녁기도를 하려고. 그가 하루를 참고 견딜 수 있는 힘을 주신 것에 대해 감사의 마음을 표했다. 가능한 한 다시 삶이 정상적인 형태로 돌아오기만을 희망했다. 일상적인 날로 돌아오기를. 어디선가 그가 읽은 적이 있는데, 살인 사건이 일어나고 첫 24시간 동안이 살인자를 찾을 수 있는 가장 중요한 시간이라는 것. 이번 사건의 경우에는 3일이 지난 이후에야 비로소 소년을 찾기 시작했다. 이런 지체 상황이 의미하는 것은, 그의 행동에 정당성이 있다는 것이다. 기도의 끝마무리로 그는 또 한 가지 소망을 빌었다. 밤새도록 깨지 않고 잘 수 있게 해달라고. 꿈을 꾸지 않고서. 지난밤처럼 그런 꿈은 꾸게 하지 말아 달라고.

참 이상한 꿈이었다. 축구장 벽 뒤편에 서 있는 그를 향해 자동차 서치라이트가 비추고 있었다. 소년이 그의 앞, 바닥에 누워 있었다. 살인자가 아닌 남자는 잘라낸 심장을 손 안에 쥐고 있었다. 심장은 아직 따끈했다. 심장은 아직 뛰고 있었을까? 물론. 꿈속에서는 그랬다. 천천히 뛰었고, 박동은 서서히 줄어들었다. 완전히 멈출 때까지.

어쨌든 간에 꿈속에서 그는 오른쪽으로 몸을 돌려보았다. 갑작스럽게 누군가 그곳에 서 있다는 걸 느꼈기 때문이었다. 불과 몇 미터 떨어지지 않은 곳에. 아무런 소리도 들리지 않았지만 누군가 분명히 있었다고, 그는 확신했다. 도대체 누구일까! 하지만 그가 착각한 것이었다. 왜냐면 놀랍게도 그는 아무 말 없이 자신을 지켜보며 서 있는 아버지를 보았기 때문이었다. 이게 꿈이었음에도 비현실적인 느낌이 들었다. 그의 아버지는 이미 수년 전에 돌아가셨다. 살인자가 아닌 남자는 피 흘리는 소년 쪽을 가리키며 손짓했다.

"거기서 그렇게 있지만 마세요. 날 좀 도와주시지 않을래요?"

그의 목소리는 밝았고 절망한 소년의 목소리처럼 톤이 고르지 않고 높았다. 아버지는 핏자국을 만지지 않았으며 오로지 경직되고 침울한 눈빛으로 그 장면을 지켜보고만 있었다.

"걱정이 있을 때는 서로 말하는 게 최선일 때가 많단다."

"뭐에 대해서요? 얘기할 거리가 있나요?" 살인자가 아닌 남자가 외쳤다. 어린아이 같은 목소리로. "소년은 죽었어요. 내가 이 애의 심장을 손에 들고 있어요. 날 도와주세요!"

"하지만 가끔씩은 우리가 얘기를 하다보면 너무 많은 얘기를 하게 되지."

그러고는 아버지는 사라졌다.

살인자가 아닌 남자는 주위를 둘러보았다. 어안이 벙벙했다. 화가 치밀었다. 그리고 실망감도 들었다.

아버지는 그렇게 사라져서는 안 된다. 지금은 절대로 안 되는 것이다. 아버지가 그를 도와주어야만 했다. 예전에 항상 그랬던 것처럼. 아버지는 도와줘야만 하는 것이다. 이것이 바로 그가 해야 할 망할 놈의 책임이었다. 하지만 아버지는 사라졌다. 그리고 살인자가 아닌 남자는, 여전히 들고 있던 심장이 차가워졌다는 걸 알았다. 차갑고 딱딱하게 굳었다는 걸.

그 뒤 그는 잠에서 깨어났고 다시 잠들 수가 없었다. 낮 동안 내내 이날의 꿈이 떠올랐다. 아버지가 뭔가 의미하려는 게 있었다면, 도대체 그게 무엇이었을까? 하지만 몇 시간이 지나자 꿈에 대한 기억은 점차 흐려졌다.

하지만 이제…… 이제는 잠을 자야만 했다. 휴식이 필요했던 것이다. 한 단계 앞으로 나아가야 할 필요가 있었으니까.

그가 학교에서 보낸 메일은 원하던 결과를 내지 못했다. 여하튼 경찰은, 레오나르트가 재킷을 직접 차고에 숨겨놓은 게 아니라고 생각하는 것 같았다. 재킷은 위조된 단서였다고. 그렇다면 이제부터 그는 어떻게 해야 하는 것일까? 그는 죽은 소년에 대해 찾을 수 있는 기사는 몽땅 찾아 읽었다. 하지만 그다지 새로운 게 없었다. 그는 내부자의 정보를 제공받을 수 있는 경찰서 안의 사람이 있는지 골똘히 생각해보았지만 아무도 떠오르지 않았다. 수사팀이 확대된 게 틀림없었다. 익스프레센 신문에 따르면 경찰들이 보강되었다고 쓰여 있었다. 세바스찬 베르크만. 분명히 그의 분야에서는 상당한 거물이었다. 연쇄살인범 에드바르트 힌데를 체포할 때에도 탁월하고도 결정적인 역할을 한 바 있었다. 이는 1996년도의 일이었다. 베르크만은 심리학자였다.

살인자가 아닌 남자는 그의 생각이 갈수록 헤매고 있다는 걸 느끼자 막 잠이 들려고 했다가 깜짝 놀라 일어났다. 그는 자리에 일어나 앉았다. 이제 알 것 같았다.

"걱정이 있을 때는 말해라."

그의 아버지가 그를 도우려고 했던 것이다. 언제나 그랬던 것처럼. 그는 이런 힌트를 이해하기에는 너무 어리석었다. 걱정거리가 있을 때는 대체 누구랑 얘기를 나누란 말일까? 심리학자나 치료사와?

"하지만 가끔씩은 우리가 너무 많은 얘기를 하게 되지."

그는 이 말의 의미를 알 것 같았다. 그는 줄곧 알고 있었지만 여태까지 떠올리지 못했다. 필요하다고는 한 번도 생각하지 못했던 것이다. 하지만 그가 지금껏 얻은 모든 것을 다 무너뜨릴 수 있는 딱 한 사람이 이 도시에 있었다. 그가 싸워왔던 모든 것을. 그를 위협할 수 있는 사람.

전문가다운 경청자.

페터 베스틴.

2시 20분. 날씨는 소스라지게 추웠다. 영하로 떨어지지는 않았지만 거의 얼 지경이었다. 어쨌든 하랄드손이 자동차에 앉아 맞은편 도로가의 임대주택을 멍하게 바라보고 있을 때에도 그의 입에서는 하얀 연기가 뿜어 나왔다. 어디에선가 한 번 들어본 적이 있는 것 같았다. 얼어 죽을 때는 고통이 없다고, 거의 쾌적하게 죽을 수 있다고. 듣자하니 죽기 전에는 온몸이 따뜻해지면서 긴장이 풀린다고 했다. 이 말에 따르면 하랄드손의 생명은 아직 위험한 시점까지 치닫지는 않았다. 그는 팔짱을 끼고 운전석에 앉아 강아지처럼 꽁꽁 얼어 있었다. 그는 아주 조금만 움직여도 몸이 사정없이 벌벌 떨릴 것 같았다. 또한 체온이 10분의 1은 떨어질 거라고 믿을 지경이었다. 그가 지켜보고 있는 건물의 창문가에서는 여전히 여기저기에서 불빛이 흘러나왔다. 하지만 대부분의 집에서는 불이 꺼진 상태였다. 이곳 사람들은 이미 잠들었다. 따뜻한 지붕 아래에서. 하랄드손은 그들을 부러워하지 않을 수 없었다. 이날 밤, 그는 한두 차례 포기하고 집으로 돌아가고 싶은 생각이 굴뚝같았다. 하지만 매번 시동을 걸려고 했다가도 내일 일을 상상해보았다. 만약 내일 로저 에릭손의 살인 사건을 해결한 사람으로서 그가 경찰서에 출근한다면 어떨까 싶어서. 살인자를 잡아 이 사건을 해결한 사람으로서. 그에 대한 반응이 어떨까? 다들 경의를 표하면서도 질투할지도 모른다.

그는 상상 속에서도 총경이 그에게 감사의 말을 전하는 소리를 들을 수 있었다. 그의 독자적이고 자발적인 헌신을 높게 평가하는 소리를. 이런 노력으로 그는 자신의 의무보다 일보 진전했으며, 특별살인사건 전담반의 생각보다 한 층 더 나아간 셈이 되었다고. 오로지 진정한 경찰관만이 할 수 있는 발자취라고. 그리고 마지막으로 총경은 의미심장한 눈빛으로 한저를 바라볼 테고, 그녀는 약간은 창피한 눈빛으로 바닥만 바라보고 있을 것이다. 어쩌면 하랄드손은 자신의 비정규적인 출동으로 인해 더 많은 사람들의 생명을 구할 수 있을 것이다.

이런 생각을 하니 하랄드손은 꽁꽁 언 도요타에 앉아서도 몸이 아주 훈훈해진 것 같았다. 이런 일이 진짜 일어난다면 제일 먼저 어떤 느낌이 들지 상상해보았다. 모든 게 다 변화할지도 모르겠다. 그의 삶에서 계속 찾아왔던 하강 악순환이 이제 끝날지도 모를 일이다. 그리고 그는 다시 회복할 것이다. 어떤 면에서나.

체온이 떨어지고 졸린 몽상 속에서 하랄드손은 화들짝 놀랐다. 누군가 집 입구 쪽으로 다가가고 있는 게 아닌가. 키가 크고 여윈 사람. 한 남자. 그는 양손을 재킷 주머니에 넣고서 어깨는 바짝 추켜올린 채로 빠른 걸음으로 걸어가고 있었다. 분명히 이 밤에 꽁꽁 얼어붙은 사람이 하랄드손만 있는 것은 아니었다. 그 남자는 집 앞의 가로등을 지나갔다. 덕분에 잠시 동안이나마 하랄드손은 불빛에 비친 그의 얼굴을 볼 수 있었다. 그는 계기판에 집게로 고정시켜놓은 사진을 슬쩍 쳐다보았다. 확실했다. 집으로 들어가는 남자는 악셀 요한손이었다.

집에 오신 것을 환영한다고, 하랄드손은 생각했다. 그리고 오싹하게 추위를 느끼던 피곤도 순식간에 사라졌다. 집 문 앞에 도착한 악셀 요한손은 네 자리 비밀번호를 눌렀다. 자물쇠가 찰칵 소리가 났고 그는 문을 열었다. 그는 자동차 문에서 나는 또 한 번의 찰칵거리는 둔탁한 소음을 듣자 곧장 어둠 속, 따뜻한 실내로 들어갔다. 요한손은 열린 문 안에서 주위를 둘러보았다. 하랄드손은 잠시 동안 미동도 하지 않고 앉아 있었다. 혐의자가 집으로 들어갔을 때 자동차 문을 열었어야 했는데! 이제 그는 어떻게 해야 하는 걸까? 악셀 요한손은 문에 선 채로 도요타를 뚫어져라 바라보고 있었다. 자동차 문을 열었는데도 계속 앉아 있다면 뭔가 더 수상하게 보일지도 모를 일이다. 그래서 하랄드손은 문을 열고서 자동차에서 내렸다. 그는, 악셀 요한손이 20미터 떨어져 있는 곳에서 문고리를 놓고서 한 발자국 뒤로 물러나는 모습을 보았다. 하랄드손은 힘찬 발걸음으로 도로를 가로질러 갔다.

"악셀 요한손!"

하랄드손은 예상외로 옛 친구를 다시 만났을 때처럼 그런 반가운 소리를 냈다. 너무나 좋아서 놀란 목소리로. 절대로 위협적이 아닌. 분명히 경찰답지는 않았다.

하랄드손은 그를 향해 달렸다. 하지만 빌어먹을! 자동차에서 너무 오래 앉아 있어서 그런지 몸이 얼어버려 느릿하기만 했다. 그가 집 모퉁이로 접어들었을 때에는 악셀 요한손과의 거리가 점점 더 벌어졌다는 걸 깨달았다. 하랄드손은 속도를 높였다. 그리고 허벅다리가 뻣뻣해서 도무지 협조를 해주지 않는데도 개의치 않았다. 그는 순전히 의지력으로 움직였다. 요한손은 재빨리 달아났다. 그는 가벼운 발걸음으로 집들 사이를 빠져나갔다. '개인 주차장'이란 표지판이 있는 나지막한 횡목을 뛰어 넘어서는 아스팔트 길을 지나 다음번 잔디밭으로 빠르게 달려갔다. 갈수록 더 속도를 내면서. 하지만 하랄드손도 그의 꽁무니를 바짝 뒤쫓았다. 그는 자신의 보폭이 점점 커지고 있으며 몸도 따뜻해지고 있다는 걸 느꼈다. 점차 더 빠른 속도로 달렸다. 요한손과의 거리는 더 이상 벌어지지 않았다. 오히려 그 반대였다. 하랄드손은 그 거리를 좁혀 나갔다. 처음에는 좋지 않았지만 이제 그의 컨디션은 좋아졌다. 덕분에 피곤함 때문에 뒤쫓지 못하는 불상사는 있을 수 없는 일이었다. 도망자를 눈에서 놓치지 않거나 젖은 풀밭에 미끄러지지만 않는다면 요한손을 점차 따라잡을 수 있을 것이라고, 그는 확신했다.

발을 심하게 삔 남자로서는 나쁘지 않은 실력이었다.

갑자기 어떻게 된 것일까?

하랄드손은 반사적으로 속도가 느려지자 마음속으로 자신에 대해 욕지거리를 하면서 다시 속도를 높였다. 그는 달렸다. 관자놀이에서 맥박이 마구 망치질하는 소리가 들려왔다. 새로운 숨쉬기 리듬을 찾았다. 그의 다리는 한결같이 그리고 온 힘을 다해 공기를 가로지르고 있었다. 물론 악셀 요한손도 속도를 늦추지 않았다. 그는 스쿨투나베겐을 가로질러 도랑 위의 다리로 향했다. 하랄드손은 그를 뒤쫓으면서도 머릿속으로 파고드는 생각들을 떨쳐버릴 수가 없었다. 공식적으로는 그가 다친 사람이 아니었던가. 심하게 다리를 삐었다고 다들 알고 있지 않은가? 그는 이런 오해를 지탱하기 위해 수많은 노력을 기울이지 않았던가? 아직도 경찰서에서는 고통스러워도 낯붉히지 않고서 책상에서 커피 머신이 있는 데까지 가까스로 절면서 갔다가 다시 돌아왔다. 이따금 동료가 있는 곳으로 갈 때면 반쯤 가다가 휴식을 취할 수밖에 없었다. 왜냐면 그의 발은 그 정도로 아프다고 다들 알고 있기 때문이었다. 오늘 밤에 그가 몇 킬로미터 이상 추격전을 벌이고 난 뒤에 혐의자를 잡는다면 다들 다리를 다친 척 했다느니 거짓부렁을 했다느니 하면서 자신을 의심할지도 모른다. 그들은, 로저의 행방을 수색하던 날에 그가 왜 수색대를 벗어나 자취를 감추었는지 해명을 요구할지도 모르겠다. 하지만 그게 다 무슨 소용이 있단 말인가? 그가 소년을 살해한 자를 잡는다면 누구도 크게 문제 삼지 않을 것이다. 그가 며칠 먼저 진실을 정확히 고백하지 않았다 해도.

하지만 한저는 어떨까? 그는 확신했다. 그는 그녀한테서 결코 칭찬과 좋은 말을 듣지 못할 것이다. 혹시 그에 대한 내부 수사가 진행되는 것은 아닐지? 아마도 그렇게는 아니겠지만 그의 동료들은 뭐라고 말할까? 어쨌든 간에 일이 그렇게 된다면, 그가 그렇게 학수고대하는 일보 전진은 어렵게 될 것이다. 그의 머릿속에서는 이런 생각들이 계속 교차했다. 그는, 악셀 요한손이 도랑을 건너 팔비레텐을 따라 왼편의 자전거 길로 접어드는 모습을 보았다. 굉장히 앞서서 달려가고 있었다. 조만간 그가 드에크네베르크에 있는 녹지대에 도달할 것이다. 그러고 나면 그를 어둠 속에서 따라잡는 것은 불가능할 것이다. 하랄드손은 속도를 줄였다. 그리고 멈춰 섰다. 요한손은 더 이상 보이지 않았고, 하랄드손은 숨이 차서 견딜 수가 없었다. 그는 자기 자신에 대해 소리 질러 저주를 퍼부었다. 왜 하필 다리를 삐었다고 둘러댔을까? 왜 제니가 아팠다거나 혹은 식중독에 걸렸다는 얘기를 하지 않았을까? 그냥 금방 잊어버릴 만한 얘기도 얼마든지 많지 않은가? 하랄드손은 방향을 돌려 자동차가 있는 쪽으로 걸어갔다.

그는 제니가 있는 집으로 가고 싶었다. 그녀를 깨워서 그녀와 섹스를 하고 싶었다. 자기 자신이 완전히 무용지물이라는 것을 느끼고 싶지 않았기에.

열린 침실 창문들 중 하나로 상쾌한 저녁 공기가 들어와 먼지 많은 방 안의 온도를 완전히 서늘하게 해주었다. 세바스찬은 기분 좋게 기지개를 펴고는 불끈 쥐고 있던 주먹을 조심스레 폈다. 아직도 그는 자신의 피부에서 자비네의 숨결을 느낄 수 있었다. 그래서 손바닥을 쓰다듬어 보았다. 한순간이라도 그 아이에게 다가가고 싶어서였다. 이불 속은 따뜻했고, 세바스찬의 몸에서는 잠시 동안 그대로 누워 있고 싶은 느낌이 들었다. 아직 추운 것은 마다하고 싶은 그런 느낌이. 그는 베아트리체 쪽으로 몸을 돌렸다. 그녀는 아무 말 없이 그 옆에 누워 그를 빤히 쳐다보았다.

"악몽을 꿨나요?"

그는 잠에서 깨어나자 서둘렀다. 이별은 언제나 그렇게 골치가 아팠다.

"아뇨."

그녀는 좀 더 다가와 벗은 몸의 온기로 그를 감싸 안았다. 그는 차라리 추운 게 났다고 생각했음에도 그녀의 행동을 뿌리치지 않았다. 그녀는 그의 목과 등을 쓰다듬었다.

"불편한가요?"

"아니요. 하지만 이제 그만 가는 게 좋겠어요."

"나도 알고 있어요."

그녀는 그에게 키스했다. 너무 강렬하지 않게. 너무 절망하지도 않은 채로. 그녀는 그에게서 화답으로 키스를 받았다. 그녀의 빨간 머리는 그의 뺨으로 흘러내렸다. 그리고 그녀는 몸을 돌리며 베개를 다시 똑바로 놓은 다음에 편안하게 누웠다.

"난 아침 일찍 일어나는 걸 좋아해요. 이 세상에 혼자 있는 것 같은 느낌이 들거든요."

세바스찬은 일어나 앉았다. 그의 발은 차가운 나무 바닥을 내딛었다. 그는 그녀를 쳐다보았다. 그녀 때문에 자신이 놀랐다고, 그는 고백하고 싶었다. 이전에는 전혀 눈치채지 못했었지만, 그녀는 잠재적인 사육자였다. 세바스찬은 대단히 위험한 여성들을 이렇게 불렀다. 뭔가 관계가 발전될 수 있거나 뭔가 응답해야 할 것 같은 여자. 섹스, 그 이상의 여자. 이런 여자들한테는 다시 돌아가고 싶은 마음이 들었다. 특히나 약간 기분이 언짢아질 때면 특히나 그랬다. 그는 거리를 좀 두기 위해서 자리에서 일어섰다. 기분은 훨씬 좋아졌다. 어떤 여성들을 막론하고 대체로 그들과 같이 침대에서 눈을 뜰 때보다는 처음에 침대로 갈 때 더 아름답게 느껴졌다. 그런데 몇 명은 이와는 정반대였다. 잠재적인 사육자는 그가 떠나기 전까지도 가장 아름다웠다.

그녀는 그를 보며 미소 지었다.

"집까지 태워다 줄까요?"

"고맙지만 괜찮아요. 산책하는 거 좋아합니다."

"데려다 줄게요."

그는 저항할 수 없었다. 아무튼 그녀는 사육자였다.

그녀는 조용한 아침을 가로지르며 자동차를 운전했다. 햇살은 지평선 뒤에서 쉬면서, 밤이 사라지기만을 기다리고 있었다. 라디오에서는 데이빗 보위의 '히어로스'가 흘러나왔다. 그녀는 말을 많이 하지 않았다. 그들은 보위에 대해서만 대화를 나누었다. 세바스찬은 자신이 좀 더 무뚝뚝해졌다는 느낌을 받았다. 옷을 입은 상황에서는 그게 더 편했다. 지난 며칠 동안에는 많은 일이 일어났으며 그의 머릿속을 빙글빙글 맴돌았다. 수많은 느낌이 있었고 지금도 여전히 특별한 느낌이 있다. 아직은 별 볼일 없는 연결 고리라도 감정적인 연결이었다. 그는 그 이유를 상황 탓으로 돌렸다. 완전히 지쳐 있었으며 그 본연의 모습은 아니었던 것이다.

베아트리체는 그의 부모님 집 앞에서 자동차를 멈추고는 시동을 껐다. 그녀는 약간 의아한 눈빛으로 그를 바라보았다.

"여기서 살아요?"

"지금은요."

"어쩐지 집이 당신과는 잘 어울리지 않는 것 같은데요."

"당신 말이 얼마나 딱 떨어지는지, 당신도 모를 거예요."

그는 그녀를 향해 미소 지으며 옆 좌석의 문을 열었다. 자동차 내부 조명에 불이 켜지면서 그녀의 주근깨가 더 아름다워 보였다. 그는 그녀 쪽으로 몸을 숙였다. 그녀한테서 좋은 향기가 풍겨왔다. 도대체 뭘 어쩌겠다는 거지? 잘 자라는 인사 아니면 아침 인사를 하겠다는 건가? 제기랄! 이 여자랑 거리를 둬야 하는 거 아닌가! 그녀가 그의 옆으로 바짝 다가와서는 입 한가운데에 키스를 하자 그는 결심을 단행하기가 더 어려워졌다. 자동차 안은 비좁았고 둘 사이는 따뜻해졌다. 그녀의 손이 그의 머리와 목을 쓰다듬었다. 그는 그녀의 포옹에서 살짝 벗어났다. 조심스럽지만 어쩔 수 없었다. 적어도 뭐라도 해야 했다.

"이제 가야 합니다."

그가 재빠르게 조수석 쪽 문을 닫자 그녀를 너무나 유혹적으로 보이게 하는 기만적인 불빛이 꺼졌다. 베아트리체는 시동을 다시 걸고는 후진했다. 할로겐 서치라이트가 그를 비춰주었다. 그는 그녀의 자동차가 완전히 방향을 틀기 전에 마지막으로 손짓을 하며 서치라이트가 부모님 집을 스쳐 옆집인 클라라 룬딘의 집까지 비추는 모습을 볼 수 있었다. 그녀의 자동차 불빛으로 인해 건너편 집에서는 두 눈과 하늘색 오리털 재킷이 반짝 빛났다. 클라라 룬딘이 한 손에 담배를 피면서 계단에 앉아 그를 바라보고 있었다. 화가 치밀어 오르면서도 온통 아픔이 가득한 눈빛으로. 세바스찬은 그녀에게 고개를 끄덕여 보이고는 좀 주저하는 발걸음으로 다가갔다.

"안녕하세요?"

대답이 없었다. 그는 기대하지도 않았다. 클라라는 한참 동안 바라본 뒤에야 담배를 눌러 끄고 집 안으로 들어갔다. 아마도 좋은 징조는 아닐 듯싶었다. 그는 부모님 집으로 들어가는 계단 위로 올라갔다. 28시간 전쯤에 그는 이 집을 소유하게 되었고, 어디엔가 존재할지도 모를 자식과 새로운 직업을 얻게 되었다. 뿐만 아니라 잠재적인 사육자와 어쩌면 복수를 원할지도 모를 한 사람도 만났다. 그는 이곳으로 오기 전까지 잘못 생각하고 있었던 것이다. 예상과는 달리 베스테로스는 많은 일이 일어나고 있었으니까.

병원은 팔름뢰브스카 고등학교에서 600미터 떨어져 있는 곳, 3층짜리 건물에 자리 잡고 있었다. 그곳에는 1층에 사무실들이 있었고 그 위층에는 가정집들이었다. 반야는 경찰서에서 8시 25분까지 세바스찬을 기다렸지만 그다음부터는 인내심의 한계를 느끼고 혼자 베스틴한테 가기로 결정했다. 그녀는 홀가분했다. 일반적으로 그녀는 심문할 때 다른 경찰들과 같이 가는 것을 더 좋아하는 편이었다. 아무리 사소한 일이라도 그랬다. 한편으로는 여러 각도의 시각에서 이야기를 관찰하는 게 더 낫기 때문이기도 했고, 또 다른 한편으로는 여러 팀 구성원들이 동일한 인포메이션을 소유할 수 있기 때문이었다. 그래서 그녀는 긴 보고는 하지 않았다. 해가 갈수록 부담스럽고 번거롭다고 생각했기 때문이었다. 하지만 세바스찬과 함께 갈 때는 달랐다. 결코 지루하지는 않았지만 그는 무엇보다도 싸움을 조장하는 데 일각연이 있었다. 그래서 그녀는 오랫동안 그를 기다리지 않았던 것이다.
'베스틴과 렘멜'이라는 작은 간판이 유리문에 부착되어 있었고, 그 아래에는 더 작은 글씨로 '심리학 석사'라고 명시되어 있었다. 반야는 안으로 들어갔다. 안에는 다정한 심리학자의 분위기가 물씬 풍겼다. 밝은 가구들과 일반적인 개인 병원보다 더 밝은 조명들. 작으면서도 흰색 빛의 디자이너 전등이 소파 탁자에 놓여 있었다. 기다리는 동안에는 대기실의 안락한 소파에 앉아 있을 수 있었다. 그곳에서부터 유리문은 시작되어, 그 뒤편에 있는 치료실처럼 보이는 방들에까지 쭉 둘려 있었다. 그녀는 문고리를 아래로 잡아당겼다. 잠겨 있었다. 그녀가 여러 차례 힘차게 두드리고 나서야 한 40대쯤 돼 보이는 남자가 걸어 나왔다. 그는 롤프 렘멜이라고 자신을 소개했다. 반야는 자신의 신분증을 제시하면서 방문 이유를 말했다.

"페터는 아직 안 왔어요. 하지만 곧 올 겁니다." 롤프는 이렇게 말하고는 그녀에게 앉으라고 권했다.

반야는 소파에 자리를 잡고서는 탁자에 있던 다건스 나이터(스웨덴 신문_옮긴이)의 어제 신문을 넘겨보았다. 그녀는 혼자 대기실에 앉아 있었다. 잠시 뒤 약 열다섯 살가량의 소녀가 들어왔다. 그녀는 약간 토실토실 살집이 있었고 막 감은 머리를 하고 있었다. 반야는 그녀에게 다정하게 고개를 끄덕이며 인사했다.

"페터 베스틴한테 약속이 있니?"

소녀는 고개를 끄덕였다.

다행이라고 반야는 생각했다. 그럼 베스틴이 오늘 반드시 오긴 올 테니까.

"잠시 당신이랑 할 얘기가 있어요." 세바스찬은 토르켈을 누구보다도 잘 알고 있는 데다가 그의 목소리 톤을 알고 있기에 그가 무슨 말을 할지 이내 알아차렸다. 오늘은 자명종이 울렸는데도 예외적으로 세바스찬은 다시 잠들었다. 경찰서에는 9시가 조금 지난 뒤에야 도착할 수 있었다. 하지만 지금 문제가 되는 것은 그의 지각 때문이 아니라 뭔가 심각한 일 때문일 것이다.

"그래요."라고 세바스찬은 대답하고는, 세 개의 취조실들 중에 한 곳으로 들어가는 토르켈의 뒤를 어슬렁거리며 뒤따랐다. 방들은 나란히 2층에 있었다. 토르켈은 눈짓으로 좀 서둘러 달라고 표시했다. 심각한 일이었다. 서두르라고 하는 걸 보니. 그것도 개인 방에서 대화를 나누자고 하고. 그다지 좋은 상황이 아닌 듯 싶었다. 세바스찬은 좀 천천히 걸었다. 그는 아주 무관심한 척 하면서도 언제나 최악의 상황을 준비했다. 하지만 토르켈에게는 이런 인상을 주지 않았다.

"이리 좀 오세요. 내가 하루 종일 시간이 있는 것도 아니지 않습니까."

토르켈은 세바스찬이 들어오자 문을 닦고서 그를 뚫어져라 쳐다보았다.

"당신이 우리와 같이 일하고 싶다고 나한테 찾아오기 전날에, 레오나르트 룬딘의 어머니와 섹스를 했나요?"

세바스찬은 고개를 내저었다.

"아니요. 그건 바로 그전 밤이었어요."

"제발 좀 그만하세요! 당신 정말 미친 거 아니요? 그 여잔 지난번 중요 혐의자의 어머니란 말입니다."

"그래서 그게 무슨 상관이죠? 레오는 아무런 죄도 없잖아요."

"하지만 그때 당신은 그 사실을 몰랐잖아요."

세바스찬은 토르켈을 보며 히죽거리며 웃었다. 자신감이 강하다 못해 뭔가 도를 넘어선 게 틀림없었다.

"아니요. 난 당신이 그 사실을 알고 있다고 확신합니다."

토르켈은 고개를 절레절레 내저으며 화가 치밀어 올라 작은 취조실을 한 바퀴 돌았다.

"이 일은 어떤 시각에서 봐도 잘못한 일입니다. 당신도 잘 알고 있을 텐데요. 지금 룬딘의 어머니가 내게 전화를 걸어 그 일을 다 얘기했어요. 내가 어떤 결론을 짓지 못한다면 신문사에 다 폭로하겠다고 위협도 하고요. 제발 좀 그 빌어먹을 물건을 자제할 수 없습니까?"

단박에 세바스찬은 토르켈에게 미안하다는 생각이 들었다. 토르켈이 동료 직원들의 의견을 어기면서까지 평판이 나쁜 트러블메이커를 팀으로 데려왔기 때문이다. 틀림없이 그는 자신이 내린 결정에 대해 어떤 식으로든지 변명해야만 될 것이다. 무엇보다도 자기 자신을 위해서. 그의 논리는 분명히 너무 케케묵은 것일지도 모른다. 걱정할 것 없습니다. 그는 옛날과는 딴판입니다. 정말로 많이 변했답니다, 라는 식으로. 하지만 사실상 전혀 변한 게 없다는 걸, 세바스찬 자신은 잘 알고 있었다. 사람들은 항상 자기중심적으로 돌아간다. 그렇기 때문에 남에게 자신의 변한 모습을 보여주려고 하지만, 근본적으로는 언제나 변한 게 없이 그대로였다.

"당신 말이 맞아요. 하지만 클라라와 내가 그런 은밀한 관계를 가졌을 때는 아직 당신들의 일을 시작하기 전이었어요. 아닌가요?"

토르켈은 그를 빤히 바라보았다. 대답하고 싶은 생각이 들지 않았다.

"지금부터는 그런 일이 절대로 없을 겁니다." 세바스찬은 가능한 한 진심을 다해 말하고는 이렇게 덧붙였다. "약속할게요."

이 약속으로 인해 지난밤에 벌거벗은 베아트리체에 대한 기억을 말끔히 지워버려야 했다. 베아트리체 슈트란트, 살해된 소년의 담임선생. 그녀의 아들은 로저의 절친한 친구였는데 말이다. 이 일은 어떤 식으로 보더라도 정말로 그의 잘못이란 게 확실했다. 신이시여, 그는 정말로 구제불능입니다. 그도 이 사실을 시인해야 할 텐데요.

왜 그는 뭐든지 다 엉망진창으로 만들어 놓는 걸까?

토르켈이 그를 빤히 쳐다보자 아주 잠시 잠깐 동안 세바스찬은 이런 생각을 했다. 즉각 떠나라고 말할지도 모르겠다고. 이것만이 올바른 결정이라고. 하지만 토르켈이 다시 말을 시작하기 전까지는 상당한 시간이 걸렸다. 세바스찬으로서는 설명할 수 없는 이유로 그가 지체한 것이다.

"정말 확신할 수 있나요?" 마침내 토르켈이 물어보았다.

세바스찬은 다시 한 번 고개를 끄덕여 보였다. 아주 진심을 다해서. "당연합니다."

"당신이 만나는 여자마다 다 곧바로 섹스를 할 수는 없는 거예요." 토르켈의 목소리는 좀 부드러워졌다. 갑자기 세바스찬은 방금 전 이해할 수 없었던 모든 정황들을 알 것 같았다. 알고 보면 아주 간단한 일이었다. 토르켈이 그를 좋아하고 있었던 것이다. 세바스찬은 적어도 노력은 해봐야겠다고 결심했다. 어찌된 영문인지 그는, 토르켈이 그럴 만한 자격이 있다고 느꼈다.

"나한테는 혼자 있는 게 좀 어려워요. 밤이 가장 끔찍하거든요."

토르켈은 그의 눈을 빤히 들여다보았다.

"한 가지 사실은 당신도 알아야 할 것 같군요. 당신은 더 이상 기회가 없어요. 이제 당장 나가주시오. 한동안은 당신을 보고 싶지 않군요."

세바스찬은 고개를 끄덕여 보이며 밖으로 나갔다. 일반적으로 그는 까칠하게 행동하거나 자신이 우월하다고 생각했을 것이다. 그는 다시 다른 술수를 써서 어떻게 하더라도 모면하려고 했었다. 다시 한 번 이 상황에서 벗어나기 위해서.

"당신은 날 똥간으로 밀어 넣었어요." 뒤에서 토르켈의 목소리가 들려왔다. "그곳은 내 맘에 전혀 들지 않아요."

세바스찬이 후회나 양심의 가책을 느꼈다면 이 순간에는 두 가지 모두 느꼈을 것이다. 문을 나갈 때에도 그는 이런 감정들을 느끼고 있었다. 베아트리체는 단 한 번의 실수였다는 것을. 그리고 이 점에 대해 그 스스로 다짐해야 된다는 것도.

20분이 지났는데도 페터 베스틴이 나타나지 않자 샤워를 막 하고 온 소녀는 그와의 예약을 포기했다. 잠시 뒤 반야는 그 근처를 한 바퀴 돌아보았다. 신선한 공기를 마시고 싶었기에. 그녀는 천성적으로 조용히 앉아 있는 성격은 아니었다. 그래서 이 기회를 틈타 부모님에게 전화를 걸었다. 부모님은 막 외출하려는 찰나였지만 잠시 동안 얘기할 시간은 있었다. 이 시간은 예전에 별 걱정이 없던 시절과 흡사했다. 반야는 먼저 어머니와 한참동안 얘기를 나누고는 연이어 아버지와는 잠시 동안 통화했다. 참 이상한 일이었지만 아버지와 그녀는 동일한 주제에 대해 서로 나눌 말이 별로 없었다. 지난 몇 달 동안 오로지 삶과 죽음을 넘나드는 상황을 경험한 뒤에는 일정 부분은 다시 일상적인 대화로 돌아왔다. 반야는 이러한 일상적인 상황을 얼마나 그리워하고 있었는지 너무나 잘 알고 있었다. 어머니가 반야가 좋아하는 테마들 중에 하나를 끄집어내자-반야의 애인 관계나 경우에 따라서는 애인이 없기에 신경 쓰는 문제 등-반야는 웃기만 했다. 그녀는 언제나처럼 자신을 방어했지만 옛날처럼 열정적은 아니었다.

그녀는 외레브로에서 사귄 사람이 아무도 없었을까? 베스테로스. 이 곳에서도 없었다. 남자 친구 사귈 시간 같은 건 일하면서는 도무지 낼 시간이 없었다. 그녀와 함께 일하는 호감남 빌리. 반야는 그를 좋아하고 있는 것은 아닐까? 그렇다. 하지만 빌리를 사귄다면 이건 친오빠와 잠자리를 갖는 거와 진배없었다. 그래서 반야는 요나탄을 사귄 적이 있었는데, 그는 반야 어머니가 생각하는 최종 종착지였다. 그럼 반야가 다시 요나탄과 만날 생각은 없는 걸까? 그는 아주 친절하고 다정다감한 사람인데 말이다.

몇 달 전만 해도 요나탄에 대해 말을 걸어오면 반야는 매번 뛸 듯이 화를 내며 자기방어를 했다. 그녀는 하루 종일 전 남자 친구랑 자신을 연결시키려고 노력하는 어머니에 대해 화가 나 미칠 지경이었다. 반야가 그와의 재결합을 생각하지 않는다는 걸 어머니가 이해하지 못하기 때문이었다. 하지만 이제 그녀는 어머니의 노력에 대해 언제나 있는 일상이라고 받아들였다. 한동안은 어머니의 얘기와 간청을 받아들일 때도 있었다. 그럼 어머니는 반야가 크게 저항하지 않는다는 점에 대해서 놀라워하는 것 같았다. 그녀의 주장은 힘을 잃었고, 결국은 반야 자신이 정착해야 할 곳에 다다른 것이다.

"거참! 어쨌든 넌 이제 성인이니까 네 문제는 스스로 결정할 수 있을 거야."

"고마워요, 엄마."

그러고서 아버지가 전화를 받았다. 그는 오늘 저녁에 반야의 집을 방문하기로 결정했다. 어떤 핑계도 대지 말라고, 아버지가 말했다. 그래서 반야는 굳이 반대하려고 하지 않았다. 엄격하게 구분된 상태에서 양쪽 세계를 살고 있는 그녀는 오늘 밤에는 기꺼이 양 세계가 하나로 교차하기를 바랐다. 그는 18시 20분 기차를 탈 거라고 했다. 반야는 기차역에 마중 나가겠다고 약속했다. 그녀는 전화를 끊은 뒤에 다시 병원으로 돌아갔다. 그곳에서 그녀는 페터 베스틴의 동료로부터 집 주소를 받았다. 이 남자는 약간은 신경이 날카로워진 것 같았지만, 경찰은 베스틴과 말하고 싶어 한다는 걸 전달했다. 반야는 자동차에 올라탔다. 로테배겐 12. 그녀는 내비게이션에 주소를 입력했다. 그곳까지 주행 시간은 거의 30분이 걸릴 것이다. 팀 회의가 있는 10시까지는 사무실로 들어가겠다고 동료들에게 약속했다. 베스틴은 기다려야만 할 것이다.

토르켈은 이미 다들 모여 있는 회의실로 들어섰다. 그가 들어가자 우르줄라는 궁금한 눈빛으로 토르켈을 쳐다보았다.

"도대체 세바스찬은 어디다 떨어뜨리고 다니는 거죠?"

이날 아침 토르켈은 다른 날과는 달리 그녀의 질문을 특히나 예민하게 받아들였다. "세바스찬 어디 있나요?"와 "도대체 세바스찬은 어디다 떨어뜨리고 다니는 거죠?"라는 질문은 근본적으로 차이가 났기 때문이었다. 마지막 말에 따르면 그들이 떼려야 뗄 수 없는 밀접한 관계라는 소리처럼 들린다. 톰과 제리, 요기 베어와 부부, 토르켈과 세바스찬. "도대체 세바스찬은 어디다 떨어뜨리고 다니는 거죠?"와 같이 소극적이면서도 동시에 공격적인 말투로 질문한다면, 그건 토르켈한테는 세바스찬이 그녀보다 훨씬 중요하다는 뜻으로 들릴 수밖에 없을 것이다. 마치 그가 이런 극단적인 것을 필요로 한다는 식으로. 그녀만이 알고 있다는 듯이! 지금 이 순간 토르켈은 고통스러운 의학적인 실험에 세바스찬을 팔아넘길 준비도 되어 있을지도 모르겠다. 하지만 아침에는 우르줄라와 논쟁을 벌일 필요가 없었는데도 이미 심각한 상태였다.

"세바스찬은 오는 중이에요." 그래서 그는 이렇게 대답하고는 의자를 끌어당겨 앉았다. 탁자 위에 있던 보온병을 끌어당겨서 종이컵에 커피를 따라 부었다. "미카엘이 벌써 왔나요?" 자연스러운 억양으로 아무런 의미 없는 질문을 던졌다.

"오늘 오후나 돼야 와요."

"좋겠어요."

"물론이죠."

반야는 가만히 듣고만 있었다. 우르줄라와 토르켈 사이에서 뭔가 특별한 말투가 오고 갔다. 이런 말투를 반야는 한 번도 떠올릴 수 없었다. 아니면 그녀가 어렸을 때나 부모님이 뭔가 허락을 안 해주시고 서로 다툴 때 그런 말투를 쓴 적이 있을지도 모른다. 부모님이 정중하면서도 중립적인 말투로 얘기를 한다면, 딸의 입장에서 반야는 모든 게 다 해명이 되었다고 믿었다. 그 당시에는 이런 말투를 잘 이해하지 못한 것이다. 반야는 빌리 쪽을 곁눈질해 보았다. 그가 그걸 알기나 하는 것인지. 겉으로 보기에는 전혀 아니었다. 그는 오로지 자신의 노트북에만 집중하고 있었다.

세바스찬이 안으로 들어와 한 바퀴 쭉 고개를 끄덕이고는 자리에 앉았다. 반야는 우르줄라를 남몰래 관찰했다. 그녀는 우선 세바스찬을 향해 침울한 눈빛으로 쳐다보다가 그다음에는 토르켈을 향했다. 그러고 나서는 책상만을 빤히 쳐다보고 있었다. 도대체 무슨 일일까? 토르켈은 커피를 한 모금 마시고는 헛기침을 했다.

"빌리, 당신이 먼저 시작해보세요."

빌리는 자리에서 일어섰다. 노트북을 접은 뒤, 탁자에서 작은 A4용지 묶음을 집어 들었다.

"어젯밤에 나는 전화 회사에서 대화 목록을 건네받았어요, 오늘 아침에는 범죄 수사 기술 연구소도 받았고요. 그래서 이 모든 자료를 하나의 서류로 작성해봤습니다."

탁자 주변으로 다가온 빌리는 A4용지를 나누어 주었다. 반야는 의아한 생각이 들었다. 각자 자료를 집어갈 수 있도록 그냥 한가운데에 놓지 않은 이유가 도대체 무엇일까? 그래도 그녀는 이러쿵저러쿵 따지지는 않고서 그 대신에 자료들 중 첫 페이지를 열심히 읽어보았다.

"전화 통화는 한 장에 다 나와 있어요. 로저는 금요일 20시에 마지막 전화 통화를 했어요. 담임선생님한테 건 전화였고요."

빌리는 화이트보드에 전화 시간대를 적었다. 세바스찬은 종이 자료에서 눈을 뗐다.

"아무도 전화를 받지 않아도 나중에 다시 한 번 전화를 걸었는지도 알 수 있나요?"

"예. 어쨌든 이 전화가 그가 건 마지막 전화가 맞아요."

"무슨 다른 생각이 있는 건가요?" 반야가 세바스찬에게 질문했다.

"로저가 슈트란트에게 전화했을 때 요한이랑 얘기하고 싶다고 말했어요. 그렇지 않나요? 하지만 그는 요한의 핸드폰에다 전화를 걸지 않았어요."

빌리는 화이트보드 쪽으로 등을 돌리고는 말했다. "예, 로저가 다시 전화하진 않았어요."

"혹시나 그사이에 로저가 누군가를 만난 것은 아닐까요." 토르켈의 주장이었다.

"예를 들자면 살인자가 될 수도 있고요." 우르줄라가 보충 설명했다.

"다음 페이지를 봐주세요." 빌리는 계속해서 말했다. "받은 전화 목록이에요. 마지막 전화는 저녁 6시 30분이 되기 직전이었는데, 리자한테 온 전화였어요. 이건 여러분들이 직접 확인할 수 있을 겁니다."

빌리는 화이트보드에 리자와의 전화 통화에 대해 기록하고서 다시 탁자 쪽으로 등을 돌려 자료를 넘겨보았다.

"그 다음 페이지 봐주세요. 문자 통화에요. 이 문자들은 물에 손상된 핸드폰을 복구해서 얻어낸 거예요. 문자가 정말 얼마 없었어요. 있어도 대부분은 요한이나 에릭과 리자와 주고받은 거고요. 다들 이미 알고 계시다시피 로저한테는 친구들이 별로 많지 않았어요. 이 문자들 중에는 그다지 눈에 띄는 것은 없었어요. 하지만 다음 페이지를 한번 넘겨보시죠. 여기에 로저가 지운 메시지가 있어요, 근데 아주 흥미진진하죠."

세바스찬은 그 앞에 있던 자료들을 후다닥 넘겨보았다. 그는 몸을 쭉 펴고 똑바로 앉았다. '아주 흥미진진하다'고 빌리는 말했지만 사실상 내용의 절반도 그렇지 못한 것 같았다.

"문자메시지들 중에 두 개는 어떤 프리페이드 핸드폰에서 걸려온 거였어요." 빌리는 계속해서 말했다. "목요일에 하나를 받았고 또 하나는 금요일에 받았는데, 로저가 행방불명되기 몇 시간 전이었어요."

세바스찬은 그 대목을 읽어보았다.

"지금 당장 그만둬! 모든 사람들을 위해!"

다른 메시지의 내용은 다음과 같았다.

"제발, 전화 좀 해줘! 전부 다 내 잘못이었어! 아무도 널 욕하지는 못할 거야!"

세바스찬은 자료들을 자기 앞에 놓고는 빌리 쪽을 바라보았다.

"기술적인 면에 대해서는 제가 아직 잘 몰라서 한 가지 물어봅시다. 여기 프리페이드 핸드폰이란 게, 내가 추측하고 있는 그런 핸드폰을 의미하는 거 맞죠?"

"우리가 지금 알고 있는 핸드폰 번호가 가입자의 이름으로 되어 있지는 않다는 건 알고 있지요? 그렇다면 당신이 생각하는 게 맞습니다." 빌리는 핸드폰 번호를 화이트보드에 적으면서 대답했다. "난 이 전화번호로 걸려온 모든 통화랑 메시지 목록을 요구했어요. 여기서 뭔가 얻어낼 게 있을지 한번 봐주세요."

세바스찬은 반야의 행동을 유심히 지켜보았다. 그녀는 자료 목록을 탐구하는 동안에 마치 할 말이 있는 사람처럼 완전히 무의식중에 팔을 올리며 집게손가락을 쭉 뻗고 있었다. 잠시 동안 세바스찬은 학교 유니폼을 입은 그녀의 모습을 상상해보다가 곧장 그런 생각을 떨쳐버렸다. 그는 이번 수사에서 이미 그 한계선을 넘었다. 그리고 그가 지난 해 동안에 잠시 스쳐갔던 수많은 만남에서 터득한 바에 따르면 어쨌든 간에 기회를 갖게 되든지 아니면 기회를 얻지 못하든지 둘 중 하나였다.

"이 전화의 메시지에서도 견고딕체로 왔나요? 그러니까 굵은 글씨체로. 아니면 자료로 옮겨 담을 때 당신이 일부러 이렇게 한 건가요?"

빌리는 반야를 약간 날카로운 눈초리로 바라보았다.

"나도 견고딕체가 뭔지 알아요."

"미안해요."

"이 글씨체는 로저의 전화 메시지 그대로 옮겨 온 거예요. 견고딕체로."

"이건 소리를 지르는 것과 같은 느낌을 주는데요."

"아니면 메시지 작성자가 핸드폰 기능을 잘 모르거나."

352

"대체로 나이 든 사람들한테 이런 일이 발생할 수 있을 것 같아요."

세바스찬은 짧은 메시지를 다시 한 번 읽고 난 뒤에 반야의 말에 찬성했다. 그는 다급하게 탁자 한가운데에 있는 전화를 집어 들었다. 그리고 외부 스피커를 틀어놓고는 번호를 눌렀다. 순식간에 방 안은 긴장과 기대감에 찬 침묵으로 가득했다. 하지만 전화는 울리지 않았다. 그 대신에 이내 메일 박스가 열렸다. "지금은 고객님의 사정으로 전화를 받을 수가 없습니다. 나중에 다시 연락 주시기 바랍니다."

빌리는 외부 스피커를 껐다. 토르켈은 그를 진지하게 바라보았다.

"로저한테 정기적으로 전화를 걸어온 사람이 누군지 한번 알아봐주세요."

빌리는 고개를 끄덕였다.

"근데 이건 또 뭐죠?" 우르줄라는 손가락으로 다음 줄을 가리켰다.

세바스찬은 자료를 찬찬히 살펴보았다.

첫 번째 메시지에는 '맥주 12 + 보드카' 다음번 메시지에는 '맥주 20병과 진' 그리고 마지막으로 스마일 표시가 되어 있었다. 세 번째 메시지는 '적포도주와 맥주 한 병씩' 이런 메시지가 계속되었다.

"이거 주문하는 거 아닌가요?"

다른 사람들도 들여다보았다.

"뭘요?"

"여기 적혀 있는 그대로겠죠." 세바스찬은 빌리를 쳐다보았다.

"로저가 이런 종류의 메시지를 언제 받은 거죠?"

"한 달 전에요."

세바스찬과 반야의 시선이 서로 오고 갔다. 그는 그녀의 얼굴에서 단박에 알아차렸다. 그가 무엇을 원하고 있는지 그녀가 이미 알고 있다는 것을. 하지만 뭐든지 확실히 하기 위해 그는 말했다.

"바로 이 시점에 악셀 요한손이 주류 밀거래로 해고되었죠."

자리에서 일어난 반야는 세바스찬을 향해 재촉하는 눈길로 빤히 바라보았지만 그는 줄곧 자료들만 뚫어져라 쳐다보았다. 그녀가 뭘 원하고 있는지 그는 정확히 알고 있었다. 그곳에는 절대로 가고 싶지 않았다.

반야는 집으로 향했다. 세바스찬은 몇 발자국 거리를 두고서 그녀의 뒤를 따라갔다. 집 앞에 도착하자 그는 일단 자동차에 앉아 기다리기로 작정했다. 하지만 그런 자신의 모습이 수상쩍은 인상을 줄지도 모른다는 생각이 문득 들었다. 물론 반야가 그의 행동에 대해 이상하게 생각하지 못하도록 미연에 방지할 생각은 없었다. 오히려 생존해야겠다는 본능이 들었다. 앞으로 얼마간은 수사에 좀 더 참여해야겠다고 결심했다. 어쨌든 빌리가 그에게 주소를 찾아줄 때까지는 말이다. 그리고 멋진 밤을 함께 한 베아트리체 슈트란트가 자신의 계획을 위태롭게 할 수도 있을 테니까. 반야가 초인종을 누르지도 않았는데 벌써 문이 열렸다. 베아트리체였다. 머리를 위로 틀어 올린 그녀는 심플한 윗도리와 청바지를 입고 있었다. 그녀는 놀라는 눈치였다.

"안녕하세요, 무슨 일이 있나요?"

"우린 요한이랑 할 얘기가 있어요." 반야가 설명했다.

"그 애는 집에 없어요. 울프랑 캠핑 갔거든요."

베아트리체는 세바스찬을 쳐다보았지만 그들이 불과 몇 시간 전에 만났다는 사실을 전혀 눈치채지 못하게 했다.

"우리도 다 알고 있어요." 반야는 계속해서 말했다. "하지만 어디로 갔는지 말해주실 수 있나요?"

그들은 서쪽 방향으로 E18 길을 따라 자동차를 몰았다. 베아트리체의 자세한 길 설명을 참고했다. 작은 교외인 딩투나를 지나 그곳에서 남쪽으로 작은 국도를 따라 멜라렌 호수 옆, 릴라 블락켄 만으로 향했다. 베아트리체는 아마도 그곳 어딘가에서 야영을 할 거라고 일러주었다. 반야와 세바스찬은 가는 도중에 아무 말도 하지 않았다. 한번은 반야가 페터 베스틴과 전화 통화를 하려고 시도해 보았다. 하지만 아무도 받지 않았다. 이 심리학자가 다시 전화를 걸어주지 않는다니! 반야는 차츰 이상한 생각이 들었다. 그녀가 벌써 네 번씩이나 문자를 남겨 놓았는데도. 세바스찬은 잠을 자기로 하고 눈을 감았다.

"어제 집에 늦게 갔어요?"

세바스찬은 고개를 내저었다.

"아니요. 그냥 잠을 잘 못자서요."

그러고는 그는 눈을 감았다. 대화할 생각이 없다는 걸 분명히 하고 싶었던 것이다. 하지만 잠시 뒤 그는 다시 눈을 뜰 수밖에 없었다. 왜냐면 반야가 급브레이크를 잡았기 때문이었다.

"또 무슨 일이에요?"

"우회전 아니면 좌회전해야 하는 거 맞죠? 내비게이션이 이 길을 몰라요. 당신이 지도 좀 봐야 할 것 같아요."

"아! 제발 좀."

"당신이 결정해야 할 것 같아요. 이제 당신 차례에요."

세바스찬은 한숨을 쉬고는 지도를 보며 자세히 들여다보았다. 그는 반야의 말에 맞서고 싶지 않았다. 이번에는 예외적으로 그녀가 이기도록 내버려 두고 싶었다.

빌리는 베스테로스를 싫어했다. 아이고 참! 그가 이 빌어먹을 베스테로스를 얼마나 싫어하는지!

그동안에 그는 다소 매끄럽지 않은 화면의 CCTV로 이 도시의 구역구역을 다 들여다보았다. 이곳에서 실제로 살아보면 좋을지도 모를 테지만, 비디오 촬영을 더 이상 들여다보지 않으려면 유일한 탈출구가 전화 목록을 작성하는 것이었다.

빌리는 움찔하며 자지러졌다. 그의 손가락은 자판을 날아다녔다. 멈추었다가, 다시 돌리고, 다시 플레이를 누르고…… 그러다가 여기, 마침내 찾았다! 신사 숙녀 여러분, 왼쪽에서 등장했습니다. 로저 에릭손. 그는 필름을 다시 멈추고는, 필름과 같이 전달받은 목록을 들여다보았다. 몇 번 카메라일까? 1:22. 드로트닝가탄(스톡홀름 관광의 중심도로 중 하나인 드로트닝가탄은 꽤 긴 거리이다_옮긴이). 이 도로는 어디에 있는 걸까? 빌리는 베스테로스 지도를 꺼내서는 이 도로를 찾아 표시했다. 화면 구석의 시간 표시를 보니, 21시 29분이었다.

다시 플레이.

빌리는, 로저가 고개를 숙이고서 느릿느릿한 걸음으로 카메라 안으로 나타난 모습을 보았다. 약 50미터 걸어가자 로저는 주위를 둘러보다가 오른쪽으로 꺾었다. 그러고는 화면의 주차 차량 뒷면으로 사라져버렸다.

빌리는 한숨이 절로 나왔다. 행운은 잠시뿐이었다. 비디오테이프에서는 소년이 아직 살아서 제 갈 길을 가고 있었다. 이는 무엇을 의미하는 것일까? 빌리가 이 일을 계속해야 한다는 것을 말한다. 다시 말해서 베스테로스를 좀 더 들여다봐야 한다는 것. 그가 원하든 원하지 않든 간에. 로저는 북쪽으로 계속 올라갔다. 빌리는 다시 목록을 들여다보고는 지도와 비교했다. 북쪽에 있지 않은 카메라 촬영 테이프들은 제외시켰다. 그리고 새로운 해당 테이프를 찾았다.

정말로 그는 마음속 깊이 베스테로스를 싫어하게 됐다.

릴라 블락켄은 유명한 휴양지였다. 어쨌든 간에 여름에는 그랬다. 지금은 아무도 없었다. 그들은 잠시 사잇길로 커브를 틀자, 목적지를 찾을 수 있었다. 자동차에서 내린 세바스찬은 아무도 타고 있지 않은 주차 차량으로 향했다. 그가 생각하기에는 베아트리체의 집 앞에서 울프를 만났을 때에 봤던 자동차 같았다.

'릴라 블락켄 휴양지에 오신 것을 환영합니다.' 훼손된 간판의 내용이었다. 그 아래에는 몇몇 메모지가 걸려 있었는데, 판매 상품과 교환 상품 목록이었다. 물론 그 글씨도 겨울비로 인해 희미하게 지워졌다. 특히나 낚시 허가증 제공에 대한 내용도 걸려 있었다. 그는 반야 쪽으로 돌아보았다.

"내 생각에는 여기가 맞는 것 같아요."

그녀는 주위를 둘러보았다. 물가까지 뻗어 있는 텅 빈 풀밭 위에는 활엽수 몇 그루가 자라고 있었다. 물가 아주 아래쪽에서 푸른 텐트가 하나 보였는데, 바람에 약간 흔들거렸다.

그들은 젖은 풀밭을 지나 텐트 있는 곳으로 향했다. 오늘은 흐린 날이었지만 밤에는 그다지 춥진 않았다. 언제나처럼 반야는 앞장섰다. 세바스찬은 그 점에 대해서 생각하니 절로 웃음이 나왔다. 그녀는 항상 일인자가 되고 싶어 했다. 언제나 자신이 결정하고 싶어 했던 것이다. 반야는 그랬다. 젊은 시절 인생에 대한 강한 의욕을 갖고 있었을 때 그가 그랬던 것처럼. 그 당시에는 스스로 결정을 내려야만 만족했었다.

그들이 더 가까이 다가서자, 썩은 다리 위에 앉아 있는 두 사람이 보였다. 다리는 그들의 텐트와는 약간 떨어진 곳에 있었는데, 물 위를 가로질러 놓여 있었다. 아마도 그들은 낚시를 하는 듯 보였다. 둘이 딱 붙어 앉아서. 세바스찬과 반야가 다가서자 울프와 요한이 그들을 알아보았다. 흔히 볼 수 있는 아버지와 아들의 그림 같은 분위기였다. 물론 세바스찬은 한 번도 경험해본 적이 없지만.

울프와 요한은 따뜻하게 옷을 껴입었는데, 모자에 초록색 고무장화를 신고 있었다. 그들 옆에는 양동이 몇 개와 칼 하나, 그리고 갈고리와 낚싯봉이 든 상자가 놓여 있었다. 둘은 낚싯대를 손에 들고 있었다. 요한이 그대로 앉아 있는 동안에 울프가 자리에서 일어나 그들을 향해 걸어왔다. 걱정스런 눈빛으로.

"무슨 일이 일어났나요?"

봄기운에 눈이 녹아내리자, 멜라렌 호수는 상당히 불어난 상태여서 물 표면이 거의 다리에 닿을까 말까 위험해 보였다. 울프가 그들 쪽으로 걸어오자 두터운 다리 상판들 사이의 틈바구니를 통해 차가운 호수물이 밀려 들어왔다. 세바스찬은 그 자리에서 꼼짝하지 않았다. 물에 젖고 싶지 않아서였다.

"우린 다시 한 번 좀 더 자세히 요한이랑 얘기를 해야 해요. 몇 가지 새 인포메이션을 갖고 있거든요."

"예. 하지만 우린 이곳에서 휴식을 좀 취하려고 하는데요. 모든 것을 다 잊고서요. 그 일은 우리 아들을 몹시 힘들게 했거든요."

"예. 이미 말씀하셔서 다 알고 있어요. 하지만 유감스럽게도 다시 한 번 요한과 얘기를 나눠봐야 합니다."

"아빠, 괜찮아요."

울프는 체념한 듯이 고개를 끄덕이며 옆으로 한 발자국 물러섰다. 그들이 다리 위로 들어올 수 있도록 하기 위해서였다. 그들이 다가서 자 요한은 낚싯대를 옆에 놓고서 아주 천천히 자리에서 일어섰다. 반 야는 더 이상 기다리고 싶지 않았기에 걸어가면서 물었다.

"요한, 로저가 악셀 요한손과 술을 팔았니?"

요한은 한동안 꼼짝달싹도 하지 않고 반야 쪽을 바라보았다. 그는 옷을 너무 많이 입은 꼬마처럼 보였다. 창백해진 그는 고개를 끄덕였 다. 울프도 놀란 나머지 몸을 움찔거렸다. 이는 분명히 처음 듣는 얘기 였던 것이다.

"너 무슨 말이니?"

이제 세 명의 어른들이 열여섯 살 소년을 뚫어져라 쳐다보자, 그의 낯빛은 더 창백해졌다.

"처음부터 로저의 생각이었어요. 로저가 주문을 받았거든요. 악셀이 물건을 팔고요. 그런 다음 둘이 물건 값을 더 비싸게 받았어요. 그리고 벌어들인 돈을 반으로 나누고요."

울프는 아들을 아주 진지한 눈빛으로 바라보았다. "너도 그 일에 관 여한 거니?"

소년은 이내 고개를 절레절레 흔들었다. "아니요. 난 하고 싶지 않았 어요."

울프가 아주 엄한 눈으로 빤히 쳐다보자, 요한은 애원하는 눈빛이었 다. "요한, 난, 네가 로저를 보호하고 싶어 하는 마음 다 이해한단다. 하 지만 나와 경찰에게 네가 알고 있는 모든 걸 다 털어놔야 해." 울프는 아들의 어깨를 감싸 안았다. "너도 이해하지?"

요한은 아무 말도 하지 않고 그저 고개만 끄덕였다. 반야는 질문을 계속해야 할 때라고 느꼈다.

"이 일은 언제부터 시작된 거지?"

"어느 가을날이었어요. 로저가 악셀과 얘기를 나누더니 갑자기 이 일을 시작했어요. 돈도 잘 벌었고요."

"그런데 왜 둘 사이가 안 좋아진 거지? 로저가 왜 악셀을 중상모략한 거야?"

"악셀이 돈을 나누려고 하지 않았어요. 그래서 술을 직접 팔기 시작했고요. 로저가 필요 없어진 거예요. 직접 주문을 받을 수 있었거든요."

"그래서 로저가 교장을 찾아간 거니?"

"예."

"악셀 요한손이 해고되고."

"예. 바로 그날에요."

"악셀이 처음에는 로저와 같이 일했다는 사실을 말하지 않았니?"

"그건 잘 모르겠어요. 근데 로저가 스스로 그 얘기를 했다는 건 알아요. 처음에는 같이 저지른 일이지만, 금방 후회하게 돼서 더 이상 오랫동안 그 일에 동참하고 싶지 않았다고요."

마지막 질문은 세바스찬한테서 나온 것이었다. 그는 생생하게 상상할 수 있었다. 꼬장꼬장한 교장 앞에서 부지런하면서도 깊이 죄를 뉘우치는 학생인 것처럼 로저가 연기하는 모습을. 자신을 속인 남자를 한 방에 날려버린 것이다. 로저는 세바스찬이 생각했던 것보다 훨씬 계산적이었다. 로저는 매번 새로운 모습을 보여준 것이다. 그에 관한 얘기는 호기심이 넘쳐났다.

"로저는 왜 그런 일을 한 거니?"

"돈이 필요해서요."

울프는 개입하지 않을 수 없었다. 이 문제가 자신의 가족과는 무관하다는 걸, 분명히 해야만 했던 것이다. "뭐 땜에 로저가 돈이 필요했는데?"

"아빠, 아빠는 그전 로저의 모습에서 어떤 인상을 받으셨어요? 로저가 처음 전학 왔을 때 어떤 옷을 걸치고 있었는지 생각 안 나세요? 로저는 무슨 일이 있어도 괴롭힘을 당하고 싶지 않았어요."

잠시 동안에 아무 말도 없었다. 하지만 이내 요한이 계속 말을 이었다. "이해하지 못하시겠어요? 로저는 그저 일원이 되고 싶었어요. 그래서 할 수 있는 일은 뭐든지 다 했을 거예요."

처음에는 어떤 사람인지 그 윤각이 들어나지 않던 소년 로저가 차츰 그 정체를 드러낸 것이다. 날이 갈수록 그의 숨겨진 면이 노출되었고 이는 행동의 근거로 작용했다. 전혀 다른 사람이 되고픈 소년. 뭔가 다른 모습을 보여주고 싶었던 것이다. 어떤 희생을 치르더라도. 반야는 유니폼을 입던 자신의 초년 시절을 떠올렸다. 인정받으려는 싸움이 폭력으로 발전하게 된다는 사실에 얼마나 놀랐던지. 잘못하면 살인으로까지 이어질 수 있다는 것에. 반야는 빌리한테 받은 로저의 문자메시지 자료를 꺼내들었다.

"로저의 전화에서 이런 문자메시지를 발견했단다." 반야는 의혹이 가는 메시지 두 개가 있는 페이지를 요한에게 건네자 그는 신중하게 읽어보았다.

"누가 이런 메시지를 보냈는지, 혹시 생각나는 사람 있니?"

요한은 머리를 내저었다.

"모르겠어요."

"이 번호 혹시 모르겠니?"

"모르겠어요."

"확실해? 이건 정말 중요한 거야."

요한은 고개를 끄덕였다. 상황은 이해할 수 있어도 정작 전화번호는 알고 있지 않다는 걸, 그는 알리고 싶었다.

울프는 또다시 아들의 어깨를 살포시 끌어안았다. "로저와 넌, 어차피 반년 전부터 별로 만나지도 않았잖니? 그렇지 않니?"

요한은 다시 고개를 끄덕였다.

"그럼 왜 그랬지?" 반야가 물었다.

"두 분도 다 알다시피 이 나이대의 남자아이들은 상당히 다른 관심사를 갖고 성장하잖아요."

이런 문제는 애당초 자연법칙에 기인하는 것이기에 아무도 맞설 수 없다는 것을 강조하고 싶어서 울프는 어깨를 움찔거렸다. 하지만 반야는 이대로 포기할 수는 없었다. 이번에는 직접 요한에게 질문을 던졌다. "너희들이 같이 놀지 않은 데에는 무슨 이유가 있었니?"

요한은 머뭇거렸다. 뭔가 골똘히 생각하다가 또 한 번 어깨를 움찔거렸다. "로저가 좀 변했어요."

"어떻게?"

"잘은 모르겠는데…… 어쨌든 걔는 돈이랑 섹스만 밝혔어요."

"섹스?"

요한은 고개를 끄덕였다.

"로저가 줄곧 그 얘기만 했어요. 저한테는 그 점이 힘들었고요."

울프는 몸을 숙여 아들을 얼싸안아 주었다. 너무나 전형적인 모습이라고, 세바스찬은 생각했다. 대부분의 부모들은 섹스에 대한 얘기가 나오면 자녀들을 보호하려는 듯한 모습을 보였다. 대체로 부모들은 주변에 있는 사람들의 눈을 의식해서 하는 행동이었다. 가족의 틀 안에서 자녀를 동물적인 것과 더러운 것으로부터 보호해주려는 의지를 남들한테 보여주기 위해서. 만약 어젯밤에 울프가 차가운 텐트 안에서 벌벌 떨면서 누워 있는 동안에, 세바스찬과 그의 아내가 관계를 맺었다는 것을 알았다면…… 만약 그가 이 사실을 알았다면 지금의 이 구체적인 진술의 기회는 분명히 줄어들었을 것이다.

그들은 요한과 몇 분간 더 얘기를 나누었다. 로저에 대한 그 밖의 정보들을 얻기 위해서 열심히 시도했지만, 요한은 더 이상의 정보는 제공하지 못했다. 요한은 피곤해 보였고 아주 지쳐 있었다. 그들은 기대했던 것보다 이미 더 많은 얘기를 들었다. 그래서 감사의 마음을 전하고는 자동차로 돌아왔다. 마지막으로 세바스찬은 호숫가에 서 있는 아버지와 아들을 어깨 너머로 흘낏 쳐다보았다.

보호해주고 사랑해주는 아버지와 아들.

그들 사이에는 다른 사람이 들어올 자리가 없었다.

그렇다면 아마도 세바스찬이 베아트리체를 유혹한 것은 아닐 것이다. 아마도 베아트리체가 유혹한 게 아닐까 싶다.

릴라 블락퀸에서 돌아오는 길에 반야는 로테배겐에 있는 페터 베스틴의 집에 잠깐 들렀다 가기로 결정했다. 그다지 많이 돌아서 가는 길도 아니었다. 다시 연락해주지 못한 베스틴의 무능력을 탓하던 그녀의 속상한 마음은 그 사이에 걱정으로 변했다. 그 이후로 벌써 오전 시간이 다 흘러가버렸기 때문이었다. 그녀의 걱정은 이미 근거가 있는 것으로 증명되었다. 그녀가 주소 근처에 도착하자 찌르는 듯한 타는 연기가 자동차 안으로 밀려들어왔다. 옆 창문을 통해 반야는 나무들과 집들 사이로 검거나 짙은 회색 연기들이 피어오르는 것을 보았다. 그녀는 자동차 속도를 차츰 줄이면서 골목으로 좌회전했다. 그러고는 로테배겐으로 다시 좌회전했다. 그곳은 밤나무들이 줄지어 서 있는 도로로, 단독주택 단지였다. 주택들의 평온한 정경은 길 뒤에서 막고 있는 수많은 소방차들의 청색 경고 회전등으로 인해 어지러웠다. 소방관들은 장비들을 이리저리로 바쁘게 끌어당기고 있었다. 차단된 소방차들 뒤에는 구경하기 좋아하는 사람들이 떼로 몰려든 채였다. 세바스찬도 잠에서 막 깨어났다.

"이곳이 우리가 오려던 곳인가요?"

"그런 것 같아요."

자동차에서 내리자 반야는 빠른 걸음으로 집으로 향했다. 그녀가 좀 더 다가가면 갈수록 현장은 더 심각해 보였다. 위층의 한쪽 외벽이 상당 부분 없어졌으며 그 안의 가구들은 검게 타버려 잿더미만 새까맣게 남았다. 코를 찌르는 듯한 칠흑 같은 물이 도로 위로 흘러내려 하수구로 스며들었다. 냄새는 갈수록 더 심해졌다. 소방관 여섯 명이 마지막 소방 작업에 매달려 있었다. 이 집에 불이 나기 전에도 같은 색깔이었을 법한 잿빛의 울타리에는 집 번호 12호라는 표지판이 걸려 있었다. 바로 페터 베스틴의 주소였다.

신분증을 보여준 반야는 잠시 뒤에 소방 작업 책임자와 얘기를 나눌 수 있었다. 그의 이름은 준트슈테트였다. 50대가량의 남성은 콧수염이 달려 있었고 그의 윗도리는 상당히 반짝거렸다. 윗도리의 등판에서 소방 대장이란 것을 알 수 있었다. 위층에서 시신 한 구를 발견했다고 지금 막 경찰에 신고하자마자 어느새 사복 경찰이 이곳에 왔다는 사실에 그는 너무 신기해했다. 반야의 몸은 뻣뻣이 굳어졌다.

"여기서 사는 사람인가요? 페터 베스틴이요?"

"우리도 확실한 건 모릅니다. 하지만 그럴 가능성이 상당히 있어요. 시체가 거실의 잔해에서 발견되었거든요." 준트슈테트는 이렇게 말하고 난 뒤, 소방관들 중 한 명이 잿더미가 된 발 한쪽을 발견했다고 보고했다. 이 발은 무너진 천장 아래에서 불쑥 튀어나왔다고 한다. 그들은 시신을 가능한 한 안전하게 옮기려고 했지만 소방 작업이 아직도 한창 진행 중인 데다가, 설상가상으로 집이 무너져 내릴지도 몰라서 몇 시간 더 걸릴 수도 있다고 했다.

불은 이른 아침에 발생했고 긴급 전화가 소방서로 걸려온 시각은 4시 17분이었다. 이웃 사람이 그들에게 알려왔다. 소방대원들이 도착했을 때에는 이미 위층의 상당 부분이 화염에 휩싸여 있었다. 그래서 그들은 주변의 주택으로 불이 번지지 않도록 막는 일에 집중해야만 했다.

"방화나 의도된 살인일 가능성이 있다고 생각하시나요?"

"더 정확한 것을 말하기에는 아직은 너무 성급한 면이 있습니다만, 분명히 누군가 불을 지른 것 같고 불이 이렇게 빨리 퍼진 것으로 봐서는 충분히 가능합니다."

반야는 주위를 둘러보았다. 세바스챤이, 좀 떨어져서 구경하고 있는 이웃 사람들 쪽으로 걸어가고 있었다. 보아 하니 그는 그들 중 몇 명과 얘기를 나누려는 것 같았다. 반야는 핸드폰을 꺼내어 우르줄라에게 전화를 걸었다. 상황을 먼저 설명하고는 가능한 빨리 와달라고 부탁했다. 연이어 그녀는 토르켈에게도 전화를 걸었지만 통화가 되지 않았다. 하는 수 없이 그의 메일 박스에 메모를 남겨놓았다.

세바스찬은 자신과 대화를 나누었던 이웃들에게 고개를 끄덕이며 인사를 하고는 반야에게 다시 돌아왔다.

"몇몇 사람들이 어제 저녁 늦게쯤 베스틴을 봤다고 하네요. 오늘 저녁에도 이곳에 있는 걸 봤고요. 베스틴은 항상 집에 와서 잠을 잔대요."

그들은 서로를 쳐다보았다.

"내 생각엔, 뭔가 너무 우연적인 것 같아요." 세바스찬이 말했다. "로저가 그의 환자였다는 걸 어느 정도 자신할 수 있겠어요?"

"전혀요. 로저가 처음 전학 왔을 때는 몇 번인가 베스틴을 찾아간 것 같아요. 하지만 로저가 최근까지 찾아간 것 같진 않아요. 우리가 알고 있는 사실은 이 이니셜과, 매달 두 번째 수요일이라는 시간이에요."

세바스찬은 고개를 끄덕이며 그녀의 팔을 잡았다. "우리가 밝혀내도록 해보죠. 이 학교는 이런 비밀을 유지하기에는 너무 작아요. 내 말 믿을 수 있죠? 나도 이 학교의 학생이었으니까요."

그들은 자동차로 돌아왔다. 방향을 돌려 팔름뢰브스카 고등학교로 다시 돌아가기로 했다. 이번 사건은 왠지 그곳에서 다시 시작해야만 할 것 같았다.

겉으로 들어난 사실로 봐서는 그렇게 완벽한 학교에 찾아가면 갈수록 더 큰 균열을 발견하게 된다는 게 증명되었다.

빌리에게 전화를 건 반야는 페터 베스틴에 대한 모든 정보를 가능한 한 다 수집해달라고 부탁했다. 심리학자이며 로테배겐 12번지에 살고 있는 그 남자에 대해. 빌리는 가능한 신속하게 해결하겠다고 약속했다. 그동안에 세바스찬은 레나 에릭손과 전화 통화를 했다. 그녀가 학교 심리학자에 관해서 알고 있는지를 듣기 위해서였다. 반야가 추측한대로 로저의 엄마는 아는 바가 하나도 없었다. 세바스찬은 감사의 말을 전달하고는 전화를 끊었다. 반야는 세바스찬을 쳐다보았다. 애당초 그녀는 그를 절대로 좋아할 수 없다고 생각했지만 지난 몇 시간 동안에 그런 생각을 완전히 잊고 있었다. 그는 어려운 상황 속에서도 상당히 잘 돕고 있었다. 그녀는 저절로 나오는 미소를 참을 수가 없었고, 당연히 세바스찬은 이내 그녀의 미소를 곡해할 만한 기회를 잡게 되었다.

"당신 나한테 아양 떠는 건가요?"

"뭐라고요? 아니에요!"

"하지만 당신이 방금 소녀처럼 흥분한 눈으로 날 쳐다봤잖아요."

"내가 어떤 사람인지 당신도 잘 알면서."

"그렇게 부끄러워할 것 없어요. 난 지금도 여자들에게 이런 약발이 잘 먹히니까요." 세바스찬은 우스꽝스럽게 히죽거리며 웃었다.

그녀는 눈을 돌리며 속도를 더 냈다. 이번에는 그가 자기 뜻대로 하기 위해 말꼬리를 물고 늘어졌다.

"잠깐 시간 있나요?" 한저의 목소리 톤에서 하랄드손은 뭔가 하고 싶은 말이 있다는 걸 금세 눈치챘다. "당신하고 얘기 좀 하고 싶어요! 그것도 지금 당장!"

그의 추측이 맞았다. 그가 하던 일을 멈추고 돌아보자, 한저는 그 앞에 팔짱을 낀 채로 서서 상당히 성난 낯빛으로 빤히 쳐다보고 있었다. 연이어 그녀는 머리로 자신의 사무실 문 쪽을 가리켰다. 하지만 그는 그렇게 쉽게 그녀의 뜻대로 하도록 내버려 둘 순 없을 것이다. 매번 어쩌자는 걸까? 하랄드손은 홈그라운드에서 할 일을 두고 그녀에게 허락받고 싶은 생각은 추호도 없다고 생각했다.

"우리 여기서 얘기하면 안 될까요? 가능한 내 발을 좀 보호해야 할 것 같아서요."

한저는 대형 사무실 안을 둘러보았다. 얼마나 많은 동료들이 그들의 대화를 엿들을 수 있는지 파악하기 위해서였다. 그러자 그녀는 한숨을 내쉬며 신경질적인 제스처로 텅 빈 자리에서 의자 하나를 끌어당겼다. 그녀는 하랄드손 맞은편에 앉아서 몸을 숙인 채로 목소리를 죽이며 말했다.

"당신, 지난밤에 악셀 요한손의 집 앞에 있었나요?"

"아니요."

부인했다. 어떤 이성적인 생각에서가 아니라 그저 반사작용이었다.

그녀는, 그가 그곳에 있었다는 걸 벌써 알고서 물어본 것일까? 그냥 '예'라고 말하는 게 더 낫지 않았을까? 그랬다면 그가 그곳에 갈 수밖에 없었던 좋은 근거를 생각해낼 수 있었을 텐데. 만약 그게 문제가 된다면? 아마도 문젯거리가 될 것이다. 만약 곧이곧대로 말했다면 그녀는 그와 얘기도 하지 않으려고 할 것이다. 아니면 그녀가 어떤 의혹을 품진 않을까? '아니요'라고 부정한 것이 먹혀들어 간다 하더라도, 그녀가 그의 적극적인 참여에 대해 덮어놓고 칭찬하려고 들까? 결코 생각도 할 수 없는 일이었다. 하랄드손의 생각은 복잡하게 꼬여 들어갔다. 피해 대책을 세우고 어젯밤의 출동을 곧바로 시인하는 것이 더 나을 것 같다는 느낌이 엄습해왔다. 하지만 그렇게 하기에는 유감스럽지만 지금은 때가 너무 늦었다.

"당신이 거기 없었다는 말, 정말 맞는 건가요?"

이제 그는 더 이상 자신의 결정을 번복할 수 없었지만 곧장 대답할 필요는 없었다.

"근데 왜 물어보는 거죠?"

"데지레 홀민 부인한테서 전화를 받았어요. 그녀는 악셀 요한손과 같은 건물에서 사는 부인이에요. 그녀 말에 따르면, 밤에 악셀을 봤대요. 그리고 누군가 자동차에서 그를 기다렸다가 그가 집에 도착하자 그를 뒤따라갔다고 했어요. 차에서 내려서."

"그럼 지금 당신은, 내가 바로 그 사람이었다는 건가요?"

"그곳에 정말 있었나요?"

하랄드손은 조급하게 생각해보았다. 홀민이라. 홀민…… 요한손과 같은 층에 사는 그 작은 반백의 노인 여자가 아닌가? 그래, 맞다. 그가 악셀에 대해 묻기 위해 그녀의 집에 초인종을 눌렀을 때, 그녀는 놀랍도록 관심을 보였다. 그녀가 위층에 앉아서도 개인 탐정 역할을 톡톡히 하는 모습이 너무나 훤히 상상되었다. 소위 경찰을 도우면서도 그녀는 단조로운 백발 은퇴자의 삶에 약간의 긴장감을 주기 위해서. 하지만 그 시각은 이미 어두운 때였고 노인은 상당히 피곤한 상태였으며게다가 눈이 침침해서 잘 보이지 않는다는 것도 부정할 수 없는 사실이 아닌가? 어쩌면 좀 노쇠한 상태라고 말해도 좋을지도 모르겠다. 이런 맥락에서 보면 그는 어떻게든지 이 상황을 극복할 수 있지 않을까?

한저는 아무 말도 하지 않고 그를 관찰하고 있었다. 만족감이 전혀 없는 것은 아니었다. 하랄드손은 자신의 무덤을 파기 위해 이미 첫 삽을 팠다는 것을 알지 못했다. 그녀는 더 이상 왈가불가하지는 않았지만, 그가 죄책감을 느꼈으리라고 확신했다.

하랄드손은 곤혹스러웠다. 그녀의 눈빛이 끔찍하게 싫었다. 그는 그녀가 아무 말도 하지 않는 것도 싫었다. 그녀의 침묵은 자신을 믿지 않는다는 것을 고스란히 나타내고 있기 때문이었다. 더욱이 그녀는 약간 자신을 비웃고 있는 것이 아닐까? 그는 곧장 으뜸 패를 내놓기로 결심했다.

"도대체 내가 어떻게 뜀박질로 누구를 쫓아갈 수 있다는 거죠? 난 이 자리에서 화장실까지도 못 뛴단 말입니다."

"당신 발 때문인가요?"

"맞습니다."

한저는 고개를 끄덕였고, 하랄드손은 그녀를 보고 미소 지었다. 이거 참, 그가 설명을 기가 막히게 해낸 것은 아닐까? 한저는 자신의 주장이 얼마나 터무니없는지 알아차릴 테고 이제 그만 본인의 자리로 돌아가는 게 나을 것이다. 하지만 그가 자신의 대응에 상당히 감탄하고 있었음에도 그녀는 처음 자세 그대로 몸을 앞으로 굽힌 채로 앉아 있었다.

"당신 자동차가 어떤 거죠?"

"왜요?"

"홀민 부인 말로는 요한손을 뒤쫓던 남자가 초록색 도요타에서 내렸다고 하더군요."

좋아! 하랄드손은 생각했다. 이제는 가장 낮은 패를 돌릴 때다. 때가 밤이었다는 것과 노인은 피곤했고 눈이 거의 침침했으며 노쇠했다는 것을 부각해야 할 것이다. 그가 그녀의 집에서 얼마나 멀리 떨어져 있었던가? 족히 20미터에서 30미터는 될 것이다. 적어도. 그는 흥분이나 분노를 가라앉히고서 그녀를 향해 히죽히죽 웃었다.

"내가 늙은 홀민 부인을 헐뜯으려고 하는 건 아니에요. 하지만 어젯밤은 정말 어두웠다고요. 그 자동차가 무슨 색인지 부인이 어떻게 볼 수 있다는 겁니까? 좀 찬찬히 생각해 보세요. 노인의 나이가 몇 살이죠? 나도 부인과 얘기를 나눠봤는데, 정말 연세가 많으시더라고요. 그런 부인이 그 많은 자동차 브랜드를 어떻게 낱낱이 다 구분할 수 있다는 건지 정말 놀랄 노릇이네요."

"자동차가 가로등 밑에 서 있었다고 했어요. 그리고 위에서 홀민 부인이 망원경으로 지켜봤다고 했거든요."

한저는 등받이 쪽으로 기대어 앉은 자세로 하랄드손을 관찰했다. 그녀는 그의 머리가 어떻게 돌아가고 있는지 확실히 알았을 것이다. 마치 애니메이션에서 톱니바퀴가 갈수록 빨리 돌아가는 것처럼. 그녀는 약간 놀라워했다. 늦어도 지금쯤은 그녀가 무엇을 원하고 있는지, 그가 알아차려야 되지 않을까?

"나만 초록색 도요타를 갖고 있는 건 아니잖습니까? 실제로 그런 사람들 중 한 명이라고 해도요."

아니, 바로 당신이라고 한저는 생각했다. 그리고 더욱더 놀라워하는 표정이었다. 하랄드손은 자신의 무덤을 스스로 파고 있을 뿐만 아니라 무덤 속으로 아예 뛰어들어 구멍을 토사로 메우기까지 한 것이었다.

"홀민 부인이 번호판을 적어놓았어요. 변명하지 못하도록."

하랄드손은 한 마디도 반박하지 못했다. 더 이상 아무런 생각도 들지 않았다. 머릿속이 완전히 텅 빈 것 같았다. 한저는 책상 위로 좀 더 깊이 몸을 숙였다.

"이제 악셀 요한손이 다 알아버렸을 거예요. 우리가 그를 찾고 있다는 거. 그러니 더 꼭꼭 숨지 않을까요?"

하랄드손은 대답하려고 해보았지만 입에서 한 마디도 터져 나오지 않았다. 아무것도. 성대에서는 더 이상 아무런 소리가 나오지 않는 듯이.

"나 특별살인사건전담반한테 이 사실에 대해서 보고해야만 합니다. 이번 일은 그들이 담당하는 사건이에요. 이 말을 난 분명히 해야만 한다고요. 왜냐면 당신이 그 사실을 아직도 깨닫지 못했기 때문이에요."

한저가 자리에서 일어나서 하랄드손을 내려다보자 그의 눈은 깜박거렸다. 이게 그렇게 큰 잘못이란 말인가? 솔직히 말해 그날 있었던 사람이 하랄드손이 아니었다면 그녀는 그에게 미안한 마음을 가져야 하는 게 아닐까?

"당신이 리스타케르에서 행방을 감추었을 때 정말로 어디에 가 있었는지에 대해서도 한번 진지하게 얘기를 나눠봐야 할 거예요. 홀민 부인이 설명하기로는 악셀을 쫓던 남자는 절대로 다리를 절룩거리지 않았다고 했어요. 정반대였다고 하더군요. 정말로 빨랐다고."

한저는 뒤를 바라보았다. 하랄드손은 멍한 눈빛으로 그녀의 뒷모습을 바라보았다. 왜 이런 일이 생긴 것일까? 그는 어떻게 해서라도 이 상황을 모면하고 싶었을 뿐이었다. 그저 상황을 모면하려던 것이 최악의 시나리오가 되어버렸다. 게다가 이번 일로 유명해지지도 않았다. 총경의 감사 인사도 물 건너간 셈이 되었다. 하랄드손은 자신의 삶이 지속적으로 하향곡선을 그리며, 갈수록 더 빨리, 그리고 가파르게 아래를 향해 내려가고 있다는 걸 느꼈다. 그가 느끼고 있는 것처럼. 완전히 땅으로 곤두박질치면서.

우르줄라는 그전부터 이미 준트슈테트를 알고 있었다. 그가 소방서에서 새로 일하기 전에는 한동안 스웨덴 정부의 사고조사위원회에서 일한 적이 있었다. 그들이 SKL에 있을 때 서로 알게 된 것이다. 그 당시에 그들은 복잡한 사건 하나를 담당하게 되었다. 비행기 한 대가 상공에서 추락했는데 조종사가 자신의 아내를 독살했다는 혐의를 받게 되었다. 준트슈테트와 우르줄라는 단숨에 호감이 갔다. 그는 그녀와 마찬가지로 겁내지 않고 사건 수사에 뛰어들었으며 쓸데없이 우쭐해 하지 않았다. 그녀가 자동차에서 내리자 준트슈테트는 한눈에 그녀를 알아보고는 찡긋거리며 윙크했다.

"오호! 이렇게 영광스럽게 방문해주시고! 내겐 영광이 아닐까요?"

"그건 내가 할 소리에요."

그들은 서로 다정하게 얼싸안고는 이내 얼마나 오랜만인지에 대해서 몇 마디 주고받았다. 연이어 그녀에게 보호모를 건네준 그는 폐쇄된 지역으로 그녀를 안내했다.

"아직도 특별살인사건전담반에서 일하시나요?"

"예."

"소년 살인 사건 때문에 이곳에 온 거예요?"

우르줄라는 고개를 끄덕였다. 준트슈테트는 폭삭 망가진 집을 머리로 가리켰다.

"당신들은 서로 연관성이 있다고 믿고 있는 거죠?"

"우리도 잘 모르겠어요. 시체는 이미 옮겼나요?"

그는 고개를 내저으며 그녀를 집 안으로 안내했다. 그곳에는 준트슈테트의 자동차가 주차되어 있었다. 그는 자동차에서 내열성 외투를 뒤적거리며 찾더니 우르줄라에게 건네주었다.

"자, 이거 걸쳐요. 희생자가 어디에 있는 지 바로 보여줄게요. 당신이 처음부터 곧장 그곳에 들어가지 못해도 너무 불평하진 마요."

"불평하지 않을게요. 맹세해요. 그리고 당연한 일이에요. 서로 일하는 방식이 다르니까요."

그들은 서로 마주 보고 미소 지었다. 그러고는 전에는 현관문이었을 장벽의 구멍을 통과하여 집 안으로 들어갔다. 누군가 그들을 복도로 안내했다. 부엌 가구는 화염에 불타지 않고 남아 있었는데 누군가 그 자리에 앉아주기를 기다리는 것처럼 보였다. 그와는 반대로 바닥에는 검게 그을린 물이 가득했다. 천장을 통해 새어나온 물이 벽으로 흘러내린 것이다. 그들은 계단으로 올라갔다. 물 때문에 미끄러웠다. 찌르는 듯한 악취가 점점 더 심해지더니 우르줄라의 코를 따끔거리게 했고 그 탓에 그녀의 눈에서는 눈물이 약간 흘러나왔다. 우르줄라가 이미 수많은 화재를 봐왔지만 매번 볼 때마다 다시 매혹되었다. 불이란 일상의 모든 것을 놀라우면서도 동시에 거의 유혹적인 것으로 탈바꿈시키기 때문이었다. 잔해들 사이에는 손상되지 않은 안락의자가 있었다. 그전에는 외벽이었을 뒤편으로 지금은 정원과 이웃집이 보였다. 덧없는 삶과 일상의 잔해가 한곳에서 만나게 된 것이다. 준트슈테트는 좀 천천히 걸었다. 굉장히 조심하면서 움직였다. 그는 우르줄라에게 그 자리에 서 있으라고 신호했다. 바닥은 준트슈테트의 몸무게 때문에 예사롭지 않게 삐걱거렸다. 그는 침대의 잔해 옆에 놓여 있던 흰 수건을 가리켰다. 천장의 일부가 무너진 바람에 그 위로는 하늘이 훤히 보였다.

"여기에 시신이 있어요. 시신을 옮기기 전에 바닥을 떠받쳐야 해요."

고개를 끄덕인 우르줄라는 쪼그리고 앉아 걸으면서 카메라를 꺼내 들었다. 준트슈테트는 그녀가 뭘 하려고 하는 것인지 알고 있었다. 그도 말없이 몸을 숙이고는 앞으로 걸어갔다. 그러고는 바닥의 천 조각 중 가장 가까운 끝단을 잡아서 옆으로 잡아당겼다. 그랬더니 특히나 검게 그을린 들보뿐만 아니라 부서지거나 멀쩡한 기와가 나타났다. 하지만 그 아래에 뭔가 우뚝 솟아나 있었는데, 분명히 발처럼 보였다. 발은 불에 검게 탔지만 몸은 타지 않았다. 우르줄라는 연속해서 사진을 찍었다. 그녀는 전체 사진을 찍기 시작했다. 근접 사진을 찍기 위해 조심스레 그녀가 발쪽으로 다가가자, 코를 찌르는 화염 냄새 사이로 좀 더 달콤한 악취가 느껴졌다. 이는 시체실과 불에 탄 벽이 하나로 어우러진 악취였다. 작업이 진행될수록 웬만한 냄새에는 거의 익숙해졌지만 이 악취는 가장 견디기 어려웠다.

그녀는 침을 꼴깍 삼켰다.

"발 크기로 보면 아마도 어른 남자인 것 같아요." 준트슈테트가 말하기 시작했다. "조직 검사할 때 도와줄까요? 복사뼈에는 아직 부드러운 부분이 남아 있는데요."

"필요하다면 나중에 내가 할 수 있어요. 치과 기록을 비교할 땐 날 좀 도와주세요."

"좀 전에 말했다시피 우리가 시신을 옮기려면 몇 시간을 기다려야 할 겁니다."

우르줄라는 고개를 끄덕였다.

"좋아요. 만약 제가 이곳에 없으면 저한테 곧바로 연락 주세요."

그녀는 명함을 뒤적거려 찾은 뒤 준트슈테트에게 건네주었다. 그는 명함을 주머니에 집어넣고는 천 조각을 다시 덮어 놓고서 앉은 자리에서 일어났다. 우르줄라도 그가 하는 대로 똑같이 했다.

그들은 화재의 원인에 대해 함께 조사하기 시작했다. 우르줄라는 이 분야의 전문가가 아니었지만, 놀랍도록 빠르게 번진 화재의 수많은 징조들을 침실에서 발견했다.

롤프 렘멜은 바닥에 쓰러졌다. 가까운 지인이 그에게 전화를 걸어 화재 때문에 페터의 집이 다 타버렸다고 설명했던 것이다. 물론 그는 침실에 시신이 한 구 있다는 말은 듣지 못했다. 반야가 그에게 그 사실을 말해주자 그는 더 창백해졌다. 그는 대기실 소파에 앉아 얼굴을 감쌌다.

"그게 페터인가요?"

"우리도 아직 모르지만 아마도 그럴 가능성이 상당히 높아요."

렘멜은 몸을 잔뜩 웅크리고 앉아 숨을 거칠게 내쉬었다. 세바스찬은 그에게 물 한 잔을 가져다주었다. 렘멜은 물을 몇 모금 마시자 좀 진정되는 모양이었다. 그는 경찰들을 쳐다보았다. 여자 경찰이 아침에 페터를 방문했을 때만 해도, 그는 동료가 직장에 지각하는 줄로만 믿었다. 특히나 여자 경찰로 인해 그가 신경이 예민해졌기 때문이었다. 이제야 그는 아침 방문의 심각성을 자신이 이해하지 못했다는 걸 깨달았다.

"당신은 오늘 오전에 왜 이곳에 왔던 거죠? 당신의 방문과 화재가 무슨 연관성이 있나요?" 그는 반야를 뚫어져라 쳐다보며 질문을 던졌다.

"우리도 몰라요. 어쩌면 페터의 환자였을지도 모르는 한 소년에 관한 일이에요."

"도대체 누구죠?"

"로저 에릭손이요. 팔름뢰브스카 학교에 다니던 열여섯 살 소년이에요."

반야는 사진을 보여주기 위해 자리에서 일어났지만 그는 이미 무슨 말을 해야 할지 알고 있었다.

"살해된 소년 말인가요?"

"맞아요."

그녀는 신중을 기하기 위해 그에게 사진을 보여주었다. 렘멜은 물끄러미 사진을 쳐다보면서 한참동안 찬찬히 생각에 잠겼다. 절대로 실수를 범하지 말아야겠다는 생각에서.

"저도 확실한 건 잘 몰라요. 페터가 학교랑 계약을 맺었거든요. 덕분에 수많은 청소년들이 이곳에 왔고요. 아마도 로저라는 아이도 페터를 찾아왔을 겁니다."

"로저가 이번 학기에 두 번째 주 수요일마다 10시에 약속 시간을 잡았나요?"

렘멜은 고개를 내저었다.

"나는 일주일에 3일만 이곳에 옵니다. 수요일과 목요일에는 종합병원에서 일하고요. 그래서 나도 잘 몰라요. 하지만 페터의 사무실에서 확인할 수 있을 것 같군요. 그곳에 예약 달력이 있으니까요."

"당신은 면담 때 도와주진 않나요?" 그들이 유리문을 통해 작은 복도로 들어서자 세바스찬이 물었다.

"아니요. 우리는 각자 맡은 면담만 챙깁니다. 다른 일을 하면 불필요한 비용이 발생하게 되거든요."

두 번째 문 앞 오른편에 선 렘멜은 문을 열기 위해 열쇠를 꺼내들었다. 그가 열쇠를 자물통에서 돌리려고 하자 문이 갑자기 저절로 열리는 것을 보고는 뭔가 굉장히 놀라는 것처럼 보였다.

"이상하네……."

세바스찬은 문을 활짝 열었다. 방 안은 엉망진창이었다. 서류와 종이는 찢겨 있었다. 서랍은 열려 있고. 서류철은 텅 비어 있고, 유리는 깨져 있었다. 롤프는 쇼크를 받은 것처럼 보였다. 반야는 급히 흰 라텍스 장갑을 양손에 꼈다.

"당신은 밖에서 기다려주세요. 세바스찬, 우르줄라에게 전화 좀 해 줘요. 여기서 도움이 필요하다고 말해주세요. 가능한 빨리요."

"내 생각에는 당신이 직접 전화하는 게 훨씬 나을 것 같아요." 세바 스찬은 미소를 지어 보이려고 해보았다.

"우르줄라한테 무슨 일로 여기에 와야 하는지만 말하면 돼요. 우르 줄라가 당신을 싫어하는 건 사실이지만 그녀는 전문가이기도 해요." 반야는 렘멜 쪽으로 돌아보았다. "당신은 오늘 이 방에 한 번도 들어오 지 않았나요?"

렘멜은 고개를 끄덕였다. 그는 둘레를 둘러보기 시작했다.

"페터의 달력이 어디 있는지 알고 있나요?"

심리학자는 여전히 쇼크 상태였다. 그가 대답하기까지는 어느 정도 시간이 걸렸다.

"오늘은 처음이에요. 그리고 달력은 초록색에 큰 책 모양이에요. 거 의 A4용지만 할 거예요."

반야는 고개를 끄덕이며 바닥에 있는 종이들 사이에서 조심스레 찾 기 시작했다. 쉬운 일이 아니었다. 왜냐면 이 방 안을 여기저기 밟고 지나다니면서 증거물이 될 수도 있는 것들을 헤집어 놓을 수는 없는 일이기 때문이었다. 동시에 그녀는, 페터 베스틴과 로저 사이에 실질 적인 관련성이 있는지를 찾아내는 것이 얼마나 중요한지를 느낄 수 있 었다. 만약 이런 관련성이 있다면 이번 사건은 생각지도 못한 방향으 로 전환될 수 있기 때문이었다.

10분 뒤 반야는 포기했다. 그녀의 눈으로는 이 방에서 달력을 찾을 수 없었다. 그리고 그녀는 달력을 찾는다는 명목으로 뒤죽박죽이 되게 뒤집어 놓을 수도 없었다. 우르줄라가 전화를 걸어왔다. 로테배겐에서 아직 몇 시간 더 걸린다고 했다. 그래서 한저에게 연락을 했고 그녀의 대원들 중에 증거 확보에 일가견이 있는 사람을 파견해준다는 약속을 받았다고 전했다. 이런 조치는 우르줄라의 마음에는 전혀 들진 않았지만 공간을 확보하는 일이 그만큼 어렵고 중요한 일이었다. 반야는 심리학자에게 더 물어볼 게 있어서 렘멜의 열쇠로 문을 걸어 잠그고 밖으로 나왔다. 그는 다시 소파에 앉아 전화를 걸고 있었다. 그의 눈에는 눈물이 흘러내렸으며 목소리는 쉰 상태였다. 그는 반야를 바라보면서 기운을 차려보려고 애를 썼다.

"여보, 나 전화 끊어야 해. 경찰이 나랑 얘기를 더 하고 싶어 하거든."

"증거 확보 중이에요. 일단, 아무도 이 방 안에 들어가서는 안 됩니다. 당신 열쇠는 제가 가지고 있어도 되겠죠?"

그는 고개를 끄덕였다. 반야는 누군가를 찾는 눈빛으로 주위를 둘러보았다.

"우리 동료는 도대체 어디 있는 거죠?"

"갔어요. 무슨 확인할 일이 있다면서요."

반야는 한숨을 쉬며 핸드폰을 꺼냈다. 그런데 세바스찬의 핸드폰 번호를 알지 못한다는 것을 깨달았다. 언젠가는 그의 번호가 필요할 거라는 걸 왜 진작 생각지도 못한 것일까!

세바스찬은 팔름뢰브스카 고등학교의 카페테리아로 들어섰다. 그가 이곳 학생이었을 때는 지하에 카페테리아와 비슷한 안락한 공간이 없었다. 그 당시에는 학생들이 숙제를 하던 학습실이었다. 벽들은 하얗지 않았고 천장에는 작고 환한 조명이 달려 있었다. 당시에는 밝은색 나무로 된 나지막한 탁자와 검은 가죽 소파, 작은 벽걸이 스피커와 라운지 음악 같은 것은 세바스찬의 기억으로는 존재하지 않았다. 그가 공부할 때만 해도 벽마다 책장으로 가득했고, 학생들을 위해서는 빼곡한 책상들과 딱딱한 의자들이 전부였다. 그 밖에는 아무것도 없었던 것이다.

심리학자의 병원에서 세바스찬은 항상 제2인자의 역할을 해야 하는 게 뭔가 고통스러웠다. 그는 하루 종일 적응하려고 노력했다. 혼자 딴짓하지 않고서 팀의 일원이 되려고 말이다. 전부 부질없는 짓이었다. 물론 이것은 특별히 어려운 일은 아니었다. 오로지 차를 타고 반야의 뒤를 졸졸 따라다니면서 대부분의 상황에서 입을 닫치고 있기만 하면 됐다. 하지만 지루하고 굉장히 무미건조했고, 죽을 지경으로 따분했다. 그가 자동차를 타고 다닐 때 반야에게 몇 마디 빈정대는 말을 던졌지만 이것만으로는 충분하지 않았다. 이 순간 그는 최소한도에서 자신의 존재를 유지하고 있었던 것이다. 세바스찬 베르크만은 이렇게 작아지고 싶지는 않았다.

우르줄라의 작업에 피해를 주지 않기 위해 반야가 뒤죽박죽이 된 심리학 병원에서 아주 세심하게 종이들을 살피는 동안에 세바스찬은 한참 동안 우두커니 구경만 하다가 마침내 위치를 바꾸어 솔로 활동으로 전환하기로 결심했다. 정보는 여기저기 널려 있었다. 언제나 누군가는 아는 게 많았다. 문제는 누구한테 물어봐야 할지만 찾아내면 됐다.

이런 이유로 인해서 그는 카페테리아를 둘러보았다. 그리고 리자 한손을 발견했다. 그녀는 약간 떨어진 식탁에 앉아 여자 친구들과 대화를 나누고 있었다. 그들 앞에는 다 마신 카페라테 잔이 보였다. 그는 그녀에게 다가갔다. 그가 그녀와 눈이 마주치자 그의 등장에 그녀는 그다지 달가워하지는 않는 것 같았다. 하지만 그의 방문을 받아들여야만 했고, 그것으로 충분했다.

"안녕, 리자. 1분만 시간 내줄 수 있니?" 다른 소녀들은 놀란 눈으로 그를 쳐다보았지만 그는 대답을 기다리지는 않았다. "뭐 한 가지, 네 도움이 필요해서 그래."

22분 뒤에 세바스찬이 렘멜과 베스틴의 연합병원에 들어서자, 증인 두 명이 각자 증언을 했다. 로저 에릭손이 매달 둘째 주 수요일마다 10시에 페터 베스틴의 병원에 갔다고. 대부분의 단체들은 내부적으로 컨트롤이 잘되고 있는 편이었다. 게다가 틴에이저들보다 내부적으로 더 단속받는 무리들도 없을 것이다. 이런 의미에서 본다면 로저가 아무도 몰래 심리학자를 살짝 방문한다는 것은 아예 불가능한 일이었다. 리자는, 로저가 두 번째 수요일마다 누구를 찾아갔는지 알지 못했다. 하지만 그녀는 학교의 위계질서를 정확히 파악하고 있었고 이 사실을 알고 있는 사람을 찾는 데 크게 도움이 되었다. 12학년의 소녀가 그를 보았다고 했다. 그리고 로저와 같은 학년에 다니는 또 다른 소녀가 이를 증명해주었다. 그들은 병원 대기실에서 그를 두 번 만났다는 것이다.

세바스찬이 병원으로 들어섰을 때, 반야는 막 전화를 걸고 있었다. 그가 무관심하게 병원 안을 서성이자 그녀는 화난 눈으로 쳐다보았다. 그는 반야를 보며 미소 지었다. 뒤편에서는 한 남자가 증거 확보를 위해 막 지문 인식 가루를 베스틴의 문지방에 뿌리고 있었다. 세바스찬의 타이밍은 완벽했다. 그는, 반야가 전화 통화를 마칠 때까지 기다렸다.

"어떻게 진행되고 있죠? 증거는 확보했나요?"

"아직은요. 근데, 당신 어디 갔다 온 거죠?"

"할 일이 좀 있어서요. 로저가 매번 둘째 주 수요일 10시에 이곳에 왔었는지, 증인이 필요할 것 같아서요. 근데 그런 사람이 있었어요."

"그걸 누가 말해준 거죠?"

세바스찬은 여학생 두 명의 이름을 말했다. 학생들이 로저를 병원에서 봤던 날짜를 메모지에 기록도 해놓았다. 그는, 반야가 더 펄 듯이 화낼 거라는 것을 알고 있었다.

"전화해보세요. 당신이 원한다면 정보를 확인할 수도 있을 거예요."

그녀는 메모지를 힐끗 쳐다보았다.

"확인할게요. 나중에. 우린 사무실로 들어가야 해요. 빌리가 뭔가 발견한 모양이에요."

토르켈은 뭔가 좋은 소식이 있기만을 바랐다. 그는 사건이 진척되기만을 학수고대했으며 그 기쁨을 맛보고 싶었다. 애당초 사건이 완전히 절망적으로 치우치지만 않아도 그는 기쁠 것만 같았다. 조금 전에 그는 한저와 면담도 가졌다. 어젯밤의 만남에 대해 몇 마디 정중한 미사여구를 한 다음 그녀는 토마스 하랄드손에 대해 보고했다. 그의 출동이 좋은 뜻에서 비롯되었는지 어쨌는지는 중요하지 않았다. 분명한 것은 이 멍청한 사람 때문에 현재 유일한 혐의자를 지하로 내몬 셈이 되었다는 것이다. 결과적으로 봤을 때 전화 통화 목록과 재생한 문자메시지는 원칙적으로 아무런 소용이 없게 되었다는 것이다. 불행은 더 심한 불행으로 진행되었고, 설상가상으로 로저의 치료사가 살해당하는 일까지 터지고 말았다. 결국 그는 죽었다. 이런 멍청한 우연을 믿어야 하나니, 그가 이 직업에서 너무 오랫동안 일했다는 생각이 들었다.

세바스찬의 주장대로 첫 번째 살인이 계획된 것은 아니라는 말도 별로 위로가 되지 않았다. 두 번째 살인은 결정적이었다. 분명한 것은 베스틴이 죽을 수밖에 없는 운명이었다는 것. 왜냐면 그가 로저 에릭손에 대해서 뭔가 알고 있었기 때문이다. 토르켈은 자신들이 빨리 대처하지 못한 점에 대해서 마음속 깊이 저주를 퍼부었다. 이런 저주받은 사건에서는 아무것도 유리한 쪽으로 진행되지 못할 것이다. 대중매체들이 이 두 가지 살인 사건들 간의 관련성을 찾아내는 데는 오랜 시간이 걸리지 않을 것이다. 이 이야기를 보도하려면 반드시 그 연관성이 필요할 테니 말이다.

게다가 우르줄라는 토르켈한테 아직도 화가 나 있었다. 그리고 미카엘이 올 것이다.

그는 회의실 문을 열었다. 우르줄라는 여전히 사건 현장에서 일하고 있는 중이었고, 다른 사람들은 이미 다 모여 있었다. 빌리는 정보를 제공했다. 토르켈은 자리에 앉은 채로 머리를 끄덕이며 시작하라고 요구했다. 천장의 프로젝트가 윙 하고 소리를 내더니, 또 다른 CCTV 화면들이 돌아가기 시작했다. 프로젝트는 정확하게 정보를 제공했다. 로저가 오른쪽에서 어슬렁거리며 화면에 나타난 것이다.

"21시 29분쯤 로저가 이곳으로 왔어요." 빌리는 벽에 걸린 지도의 도로명에 동그라미로 표시했다. "구스타브스보르크스가탄에서 족히 1킬로미터는 떨어져 있을 거예요. 여러분들이 보시다시피 로저가 도로 위로 걸어오다가 사라졌어요. 정말로 사라진 것이죠." 빌리는 리모컨으로 화면을 다시 돌려 로저의 모습을 정지시켰다. 로저가 주차 차량 뒤로 사라지기 직전의 화면으로. "로저가 아마도 슈프랭그랜드로 접어들었을 거예요. 작은 골목인데, 가다가 그 끝에서 다시 세 방향으로 갈라지는 인도들이 있어요." 빌리는 지도에 펜으로 표시했다. "이 골목에서 북쪽과 서쪽 방향으로 모든 카메라를 다 확인했어요. 카메라가 그다지 많이 설치되어 있진 않았어요. 그리고 이건 로저 에릭손의 마지막 화면이고요."

모두들 벽에 있는 정지된 화면을 유심히 관찰했다. 토르켈은 기분나쁜 상태가 영도 아래로 계속 떨어지는 것같이 느껴졌다. 아니면 이런 기분을 어떤 단위로 측정할 수 있기는 하는 걸까? 어쨌든 기분이이렇게 곤두박질치는데 말이다.

"로저가 북쪽으로 곧장 갔다고 가정한다면 그가 어디에 도착했을까요?" 이 질문은 반야의 입에서 나온 것이었다. 토르켈은 감사했다. 이런 암담한 상태에서 가능한 뭔가를 창조해내려는 사람이 팀 내에 있다는 사실에 대해.

"E18의 다른 쪽으로는 발뷔가 있어요. 주로 임대주택들이 모여 있는지역이에요."

"혹시 당신, 그곳에 사는 주민들 중 아는 사람 있나요? 동창생이 산다거나 뭐 그런 거?"

빌리는 고개를 내저었다. 세바스찬은 자리에서 일어나 지도 쪽으로걸어갔다.

"근데 이건 뭐죠?" 그는 슈프랭그랜드의 끝자락에서 약 20미터 떨어진 곳에 홀로 더 크게 자리 잡은 건물을 가리켰다.

"모텔이에요."

세바스찬은 방 안 여기저기를 돌아다니며 차분하면서도 설명하는 투의 어조로 말했다. 주로 자기 자신과 대화하는 것처럼.

"로저와 리자는 한동안 서로 사귀는 척 했어요. 리자 말로는, 로저가 다른 사람과 만난다고 했지만 누구랑 만나는지는 알 수 없다고 했고요. 로저한테는 비밀이 많았어요."

세바스찬은 다시 한 번 지도 쪽으로 가서는 손가락으로 모텔의 위치를 가볍게 두드렸다.

"요한의 진술에 따르면 로저가 섹스에 대해 굉장히 말을 많이 했다고 했어요. 모텔은 이런 만남을 위해서는 완벽한 장소일 거예요."

그는 방 안을 한 바퀴 쭉 둘러보았다.

"그래요, 내 경험에서 나온 말이에요." 그는 반야를 향해 뭔가 의미심장한 눈빛을 던졌다. "우린, 이런 모텔은 아직 안 되죠. 우리 둘은 아직 준비가 되지 않았으니까요."

반야는 그를 피곤한 눈으로 바라보았다. 벌써 오늘만 해도 두 번째 성적인 발언이었다. 그가 응한다면, 그녀는 서둘러 그를 집으로 보내고 싶은 맘이 들었을 것이다. 하지만 그녀는 아무 말도 대꾸하지 않았다. 무엇 때문에 그녀가 그러지 말라고 그에게 경고해야만 하는 걸까? 토르켈은 팔짱을 낀 채로 세바스찬을 회의적으로 바라보았다.

"당신 말이 그다지…… 발전적으로 들리지는 않는군요. 열여섯 살짜리가 모텔에서 만난다고요? 이 나이에는 오히려 집이 더 낫지 않을까요?"

"어쩌면 어떤 이유로 인해 집이 불가능할지도 모르죠."

다들 아무 말도 하지 않았다. 빌리와 반야는 토르켈과 마찬가지로 회의적인 눈빛으로 바라보고 있었다. 세바스찬은 연극을 하듯이 팔을 쭉 펼쳤다.

"자, 보세요. 우린 성에 집착하는 열여섯 살 소년과 모텔의 연관성을 살펴보고 있는 거예요. 적어도 이런 연관성을 캐볼 필요는 있지 않을까요?"

반야가 자리에서 벌떡 일어났다. "빌리."

빌리가 고개를 끄덕이자 그들은 같이 방 안을 나섰다.

에딘스 빌리히 모텔은 60년대에 건축되었는데 지금은 경제적으로
열악한 상태에 처해 있었다. 건물은 아메리칸 스타일에 따라 지어졌
다. 총 2층이며 전면이 기다랗고 외부 계단으로 통하기 때문에 각 방
들은 직접 주차장과 연결되어 있었다. 1층에는 작은 프런트가 있었다.
건물 정면에는 네온 간판이 반짝였는데, 아직 빈 방이 있음을 알려주
는 문구였다. 굉장히 커다란 주차장에는 자동차가 달랑 세 대만 주차
되어 있었다. 빌리와 반야는, 벌써 몇 년 전부터 이 건물을 찾아오는
손님이 별로 없다는 걸 알고 있었다. 비밀리에 누군가를 만나고자 한
다면 이곳이 완벽한 장소였다.

"우리는 아메리칸 익스프레스 카드는 받지 않습니다."라는 문구가
걸려 있는 유리문을 통해 그들은 걸어 들어갔다. 프런트는 상당히 어
두침침했다. 높이가 높은 둥글고 검은 나무 카운터와 더러운 푸른색
카펫과 둥근 커피 탁자와 안락의자 두 개가 있었다. 내부 공기는 질식
할 것같이 담배 연기로 꽉 차 있었는데, 윙윙거리는 탁자용 환풍기가
프런트 한쪽에 있었지만 제대로 작동하지 못했다. 카운터 뒤에는 50대
중반 정도로 보이는, 긴 금발 머리의 여자가 앉아 있었다. 그녀는 싸구
려 잡지를 넘겨보고 있었다. 잡지에는 수많은 그림들과 가능한 적은
글귀가 나와 있었다. 그 옆에는 아프톤블라데트 오늘자 신문이 놓여
있었는데 로저의 살인 사건에 대한 기사가 실려 있었다. 반야는 이 기
사를 오늘 오전에 대강 훑어보았다. 팔름뢰브스카의 교장이 자신의 학

교에는 집단 따돌림과 배척과 같은 문제에 대해 얼마만큼 적극적으로 싸우고 있는지와 로저가 이 학교를 '집처럼 생각했다'는 문구 외에는, 새로운 것이 전혀 없었다. 반야는 이런 거짓부렁들을 접하게 되면 속이 미식거렸다. 여자는 잡지를 보다가 막 들어온 사람들을 향해 눈을 돌렸다.

"안녕하세요, 뭘 도와드릴까요?"

빌리는 그녀에게 미소 지었다.

"지난 금요일에 여기서 일했나요?"

"왜 묻는 거죠?"

"우린 경찰입니다."

빌리와 반야는 신분증을 보여주었다. 여자는 미안하다는 듯이 고개를 끄덕였다. 반야는 로저의 사진을 재킷 안주머니에서 꺼내고는, 그녀 앞에 있는 등불 밑에다 놓았다.

"당신, 이 아이가 누군지 알고 있나요?"

"예, 신문에서 봤어요." 여자는 가판대 신문을 손으로 톡톡 두드려 보였다. "매일같이 이 아이에 대한 기사가 실려요."

"그게 아니라, 당신이 로저를 이곳에서 본 적이 있냐는 거예요."

"없어요. 내가 봐야 하나요?"

"그가 지난 금요일에 이곳에 왔을 거라고 생각하고 있어요. 10시가 되기 직전에."

카운터 뒤에 앉아 있던 여자는 고개를 절레절레 흔들었다. "하지만 우리는 거의 모든 손님들의 얼굴을 다 알지는 않아요. 돈을 지불하는 사람들의 얼굴만 보죠. 그 아이도 누구랑 한방을 썼을 수도 있잖아요."

"로저가 어느 한방에 투숙한 적이 있나요?"

"나도 몰라요. 내 말은 그럴 수 있다는 거예요."

"이날 밤에 들어온 손님들에 대해 더 많은 정보를 알고 싶습니다."

여자는 일단 회의적인 눈빛으로 쳐다보다가 엄청나게 낡은 컴퓨터 쪽으로 두 걸음 옮겨갔다. 빌리의 눈대중으로는 컴퓨터가 적어도 8년은 된 것 같았다. 어쩌면 더 오래됐을 수도 있고. 고고학적 가치가 있는 유물이었다. 여자는 오래되어 누렇게 된 자판을 두드리기 시작했다.

"여기에는 금요일부터 토요일까지, 총 아홉 개 방이 기록되어 있어요."

"다들 8시 반에 들어왔나요?"

"당신 말은 밤 말인가요?"

빌리는 고개를 끄덕였다. 여자는 다시 컴퓨터를 조사했다. 잠시 뒤에 그녀는 찾아야 할 내용을 찾았다.

"아니요. 이날은 7시쯤 입실했어요."

"이 손님들에 대한 모든 정보가 필요합니다."

여자는 근심스러운 듯이 이마를 찌푸렸다.

"그러려면 무슨 증서가 필요한 거 아닌가요? 뭐, 그런 서류 같은 거요."

반야는 몸을 앞으로 숙였다. "그런 말은 난생처음인데요."

하지만 여자는 이미 마음을 먹었다. 자료 보호에 관한 내용은 잘 몰랐지만, 경찰이라면 가능한 다양한 허가증을 다 제시해야만 한다는 것을 텔레비전에서 본 적이 있었다. 여자는 손님들을 무턱대고 넘겨줄수는 없었다. 왜냐면 그렇게 해달라는 부탁을 손님들한테 받았기 때문이었다. 여자는 꼼짝달싹하지 않았다.

"하지만 그게 그래요. 당신들은 허가증이 있어야 하잖아요."

반야는 화가 난 눈으로 먼저 여자부터 쳐다보다가 빌리 쪽으로 눈을 돌렸다.

"좋아요. 우리가 허가증을 갖고 다시 올게요."

여자는 만족한 듯이 고개를 끄덕였다. 그래, 바로 그거였다. 여자는 손님들의 사생활을 보호하고 더불어 의사표현의 권리도 지켜냈다고 생각했다.

하지만 여자 경찰은 계속해서 말했다. "어차피 우리가 다시 올 때는 탈세조사반과 같이 올 거예요. 보건당국에서 누가 나올 수도 있고요. 당신이 레스토랑도 책임지고 있나요?"

프런트 뒤편에 있던 여자는 뭔가 불안한 눈빛으로 빤히 바라보았다. 그들이 일을 그렇게 처리해도 되는 것일까? 이번에는 남자 경찰이 주위를 둘러보더니 심각하게 고개를 끄덕이며 한마디 거들었다. "소방대책도 잊지 말아야 합니다. 내가 보기에는 비상구도 시급하게 검사해봐야 합니다. 당신이 손님들의 안녕을 그렇게 걱정하는 걸 보면."

그러고 나서 둘은 문 쪽으로 향했다.

프런트의 여자가 머뭇거렸다.

"잠깐 기다려봐요. 난 당신들의 일을 불필요하게 어렵게 만들고 싶은 생각은 없어요. 손님들의 정보를 복사해서 드리리다."

여자는 경찰들을 쳐다보며 약간 멍청하게 미소 지었다. 여자의 눈빛은 신문기사로 향했다. 갑자기 여자는 로저를 다시 알아보았다. 참 이상한 느낌이었다. 스릴과 승리의 혼합이라고 할까. 가산점을 몇 점 얻을 수 있는 기회였다. 어쩌면 여자는 이로 인해 경찰들로 하여금 보건당국의 조사건을 잊어버리도록 할 수 있을 것이다. 돌아서서 가는 경찰들을 여자는 빤히 쳐다보았다.

"그 아이가 지난 금요일에 이곳에 왔어요."

여자 경찰은 호기심 어린 눈빛으로 여자 쪽으로 시선을 던졌다. "당신 방금 뭐라고 했나요?"

"내가 말했잖아요." 여자가 신문기사를 톡톡 두드렸다. "그 아이가 지난 금요일에 이곳에 왔다고요."

반야는, 여자가 프런트 뒤에서 가리키는 사진을 보자 몸이 오싹하고 움츠러 들었다.

커다란 회의실에는 예전에는 없던 긴장감이 감돌았다. 많은 질문들이 아직 해결되지 못한 상태였다. 사건이 여러 방향으로 전개되고 있는 바람에 갑자기 무엇부터 해결해야 할지 우선권을 정해야 했다. 가장 최근 소식은 프런트에 있던 여자의 주장이었다. 그녀가 지난 금요일 모텔에서 팔름뢰브스카 고등학교의 교장, 라그나르 그로스를 똑똑히 봤다는 것이다. 물론 이런 일이 처음은 아니라는 것도. 그는 규칙적으로 그곳을 찾았다. 언제나 현금으로 방 값을 지불했으며 로베르트 뭐라고 불렀다. 지난 금요일에 그로스가 왼쪽 방으로 입실할 때, 여자가 지나가는 그를 보았다. 이번에는 그가 입실 절차를 밟지 않았다. 프런트 여자의 말에 따르면 그는 매번 애인이랑 만나는 것 같다고 했다. 물론 이런 기회를 마련코자 모텔을 이용하는 사람들은 몇 쌍 더 있었다. 이런 모텔은 선전 책자에서는 발견할 수 없었지만 현존하는 것은 사실이었다. 세바스찬은 아무도 몰래 배시시 웃었다. 이번 일은 갈수록 뭔가 해결되는 것 같았다. 하필이면 현학적인 그로스가 이런 뻔뻔스럽고 지저분한 일에 연루되어 있는 사람으로 밝혀질지도 모르기 때문이다. 토르켈은 반야와 빌리를 쳐다보며 아주 자랑스럽다는 듯이 고개를 끄덕였다.

"좋아요. 아주 잘하셨습니다. 누구보다도 교장 선생 수사부터 우선권을 둡시다. 내가 보기에는 로저와 그가 살인 사건이 일어나던 날에 동일 장소에 있었을 가능성이 클 것 같아요."

빌리는 라그나르 그로스의 사진을 꺼내어 토르켈에게 건네주었다.

"이걸 걸어주실 수 있나요? 지금까지는 전혀 생각도 못했어요. 정말 흥미로운 일은 로저와 페터 베스틴이 교장 선생과 관계가 있다는 거예요. 베스틴은 학교와 계약을 맺었고, 그 뒤부터 로저가 그를 찾아왔다는 거예요."

교장의 사진을 화이트보드에 건 뒤에 토르켈은 교장의 사진에서 로저로 향하는 화살표를 그리고, 다시 한 번 로저로부터 베스틴 쪽으로 화살표를 그렸다.

"아마 우리의 교장 선생님을 다시 한 번 방문해야 할 겁니다. 새로운 질문 보따리를 잔뜩 싸들고 말이죠." 토르켈은 다른 사람들 쪽을 돌아보았다. 한동안은 다들 아무 말도 하지 않았다.

"내 생각엔, 우리가 이 일을 좀 조심스럽게 접근해야 할 것 같아요. 교장과 한판 대결을 하기 전에 정보를 더 모으는 것은 어떨까요?" 마침내 세바스찬이 침묵을 깼다. "지금껏 그는 누구보다도 영리한 모습을 보여줬어요. 뭔가 숨기고 있는 비밀들 중에 더 중요한 정보가 있을 거예요. 이 말은 무슨 말인가 하면요, 우리가 그에게 더 많은 것을 캐내려고 하면 할수록 그자는 더 교묘하게 빠져나가려고 들 거라는 거죠."

반야는 그의 말에 찬성을 표하며 고개를 끄덕였다. 그녀도 같은 결론을 내렸다. "게다가 우린 페터 베스틴에 대해서도 그다지 아는 바가 없잖아요. 침실에서 숨진 사람이 정말로 베스틴인지, 불은 어떻게 나게 되었는지 전혀 알지 못하고 있어요." 반야가 보충해서 설명했다. "우르줄라는 아직도 로테배겐에 있어요. 가능한 한 빨리 임시 보고서를 제출하겠다고 약속했고요."

"병원에 누군가 잠입했었다고 들었는데, 이 일에 대해서는 뭐 새로운 증거가 있던가요?" 그사이에 토르켈이 질문을 던졌다.

"아니요. DNA나 달력은 없었어요. 지금은 더 이상의 진행은 되지 않고 있는 상태예요. 베스틴 동료의 말로는, 자신은 기록을 정규적으로 담당하는 심리학자는 아니라고 했어요. 기껏 기록한다면 한두 마디 정도. 그마저도 지금 없어진 달력에 기록했다고 했고요."

"정말 우린 운도 없는 것 같아요." 빌리가 한숨을 쉬었다.

"아니요. 더 혹독하게 일하면 우리한테도 운이 따를 겁니다." 토르켈은 그의 말을 맞받아치고는 팀원들을 향해 재촉하는 눈빛을 던졌다. "행운이란 힘들게 일해야 얻을 수 있다는 거, 다들 알고 계시잖아요. 지금은 화재가 왜 났는지부터 알아내야 할 겁니다. 그리고 페터 베스틴의 달력이 내용 때문에 도둑맞았는지도 알아내야 할 테고. 어찌된 영문인지 완전히 알아낼 때까지 말이죠. 난 한저한테 부탁해서 경찰들을 몇 명 보내달라고 해보겠습니다. 지난밤에 그곳에서 뭔가 의심나는 사람을 목격한 사람이 있는지 병원 근방에서 목격자들을 중심으로 조사해봐야 하니까요."

"그리고 악셀 요한손에 대한 일은 지금 어떻게 진행 중이죠?" 빌리는 벽 모서리에 걸려 있는 건물 관리인의 사진을 머리로 가리켰다. "뭔가 새로운 사실이 있나요?"

토르켈은 갑자기 폭소를 터트리며 머리를 절레절레 흔들었다.

392

"거 원참! 우리의 사랑스런 친구 토마스 하랄드손이 요한손의 집에 잠복을 하면서 사설탐정 놀이를 한 모양입니다."

"그게 무슨 말인가요?"

"내가 어떻게 처리해야 할지……."

"내게 맡겨주세요. 우리가 하랄드손을 대기실에서 처음 만났을 때 그 자리에서 당장 떨어버렸어야 했는데, 맞죠?" 반야는 입술에 약간은 빈정거리는 미소를 머금으며 물었다. 토르켈은 고개를 끄덕였다.

"아주 지당한 말이네요, 반야. 당신 말이 맞아요."

유니폼을 입은 경찰 한 명이 노크를 하고는 머리를 빠끔히 내밀며 빌리와 반야에게 뭐라고 물어보았다. 그는 두 명에게 각각 봉투 한 장씩을 건네주었다. 빌리는 봉투 안을 뜯어보았다.

"우리가 당장 보고해도 될까요?" 빌리는 물어보고 싶은 눈빛으로 토르켈을 쳐다보았다.

"그게 도대체 뭔데요?"

"반야와 난 모텔 손님에 대해 좀 더 자세히 살펴보고 싶었어요. 이건 바로 그 일에 대한 잠정적인 보고서예요."

토르켈은 고개를 끄덕였다.

"여하간 악셀 요한손 일은 종결되어야만 합니다. 아직 흔적도 찾지 못하고 있어요. 하랄드손 때문에 그자가, 우리가 찾고 있다는 걸 이젠 눈치챘을 겁니다. 그가 베스테로스를 떠났을 위험성이 상당해요. 한저가 그자를 찾는 데 모든 수단을 총동원하겠다고 약속했습니다. 그래서 이 일은 그녀에게 맡겼습니다. 또 내가 덧붙이고 싶은 말은, 그녀가 굉장히 창피해하고 있다는 거예요."

토르켈이 말하는 동안에 앞쪽으로 나간 빌리는 봉투에서 사진들을 꺼냈다. 그는 토르켈이 말을 끝낼 때까지 기다렸다.

"그럼, 시작해볼게요. 금요일 밤 9시에 총 일곱 개의 방에 손님이 투숙했어요. 그들 중에 자녀가 있는 세 가족과 나이 든 부부 한 쌍은 월요일까지 그곳에 숙박했으니 여기서 제외시키기로 하겠습니다. 로저나 라그나르 그로스가 이 자녀가 있는 가족이나 노인 부부를 방문했을 가능성은 별로 없어 보여요. 이들을 제외한다면 흥미로운 세 사람의 이름이 남습니다."

빌리는 사진들을 걸었다. 사진에는 두 명의 여자들과 한 남자의 모습이 담겨 있었다.

"말린 스텐 28세, 프랑크 클레벤 52세, 그리고 스티나 보크스트룀 46세예요."

다른 사람들은 확대된 증명사진을 좀 더 자세히 보기 위해서 앞으로 가까이 다가섰다.

말린 스텐의 처녀 때 성은 라그나르손이며 가장 나이가 젊은 손님이었다. 그녀는 긴 곱슬머리에 매력적이었다. 제출된 자료에 따르면 그녀는 윌리엄 스텐이라는 남자와 결혼한 지 얼마 되지 않았다. 중간 사진은 프랑크 클레벤이었다. 세 자녀의 아버지로 에스킬스투나에 살고 있었다. 그는 짧고 짙은 색 머리카락이었는데, 머리숱은 별로 없고 관자놀이가 희끗했다. 인상적인 얼굴형이었다. 피부는 햇빛에 거칠어져 있었다. 사진으로 보기에 그는 아주 결단력이 있는 인상이었다. 마지막 줄에 있는 사진 속 인물은 스티나 보크스트룀이었다. 얼굴은 좁고 머리는 짧은 금발이었으며 몸은 상당히 앙상했다. 아직 미혼이라고 했다. 빌리는 짙은 머리카락의 여자를 가리켰다.

"마린 스텐과는 이미 전화 연락이 닿았어요. 그녀는 세일즈 담당자라는데, 그날 미팅이 있은 뒤에 이곳에서 숙박을 했다는군요. 스텐의 말에 따르면 그녀는 아무것도 본 게 없다고 했어요, 왜냐면 일찍 잠자리에 들었기 때문이랍니다. 스톡홀름에서 살고 있고요. 다른 두 사람하고는 아직 전화 통화가 안 되었어요. 하지만 여러분들이 볼 수 있는 것처럼 그들도 베스테로스에서 살지 않습니다. 여하튼 동사무소에 등록된 서류상으로는."

토르켈은 고개를 끄덕이며 모든 사람들을 향해 바라보았다. "오케이, 좋아요. 우린 두 명의 손님들과 전화 통화를 해야 합니다. 그들이 뭔가 숨기고 있는 게 있는지 알아내야 합니다. 물론 말린도 마찬가지고요."

반야를 제외한 다른 사람들은 모두 토르켈의 말에 찬성했다. 그녀는 방금 받은 서류들을 뒤적거리고 있었다. 그러고서는 얼굴을 들어 쳐다보았다. "미안한데요, 내 생각으로는 기다려야 할 것 같아요."

다들 그녀를 빤히 쳐다보았다. 세바스찬까지도. 반야는 자신이 중요한 역할을 수행하고 있는 것 같아 이 상황을 즐겼다. 그녀는 얘기를 계속 이어나가기 전에 효과적으로 잠시 뜸을 들였다. "로저가 맞은 총이 구경 22가 아니었나요? 전통적인 사격 게임용 총기 말이에요."

토르켈은 도저히 참을 수 없다는 듯이 그녀를 빤히 바라보았다. "맞아요, 그래서요?"

"내가 방금 베스테로스 총기 연합의 회원 목록을 가져왔어요." 반야는 다시 한 번 잠시 말을 멈추었다. 그녀가 차례대로 한 사람씩 쳐다볼 때에는 만족스러운 미소를 참을 수가 없었다. "우리의 존경하는 그로스 교장 선생께서 1992년부터 그곳 회원이시랍니다. 게다가 아주 활동이 많은 회원이고요."

총기 연합은 도시 북쪽에 있는 항구 근처에 자리 잡고 있었다. 가건
물처럼 생긴 목조건물이 있었는데 아마도 예전에는 군인들이 사용했
을 것으로 보였다. 보아하니 내부와 외부에 사격대가 있는 게 분명했
다. 반야, 세바스찬과 빌리가 가까이 다가서자 총기에서 나는 둔탁한
탕탕 소리가 들려왔다. 이곳에 오기 전에 반야는 총기 연합에 전화를
걸어 비서와 전화 통화를 했다. 그는 이 근방에 살고 있으니 사무실로
와서 질문에 대답해 주겠다고 약속했다. 한 남자가 계단에서 내려와
그들을 반겨주었다. 그는 군인처럼 보였다. 40세가량으로 짧은 팔 셔
츠에 닳아 헤진 청바지를 입고 있었다. 그는 자신을 우베 린트스트룀
이라고 소개했다. 함께 가건물로 걸어 들어간 그들은 행정실과 창고를
겸하고 있는 소박한 방으로 들어섰다.

"당신이 전화 통화에서 말하기는, 우리 회원에 관한 일이라고 그러
셨던가요?" 린트스트룀은 찢어진 사무실 의자에 앉으며 물었다.

"예, 라그나르 그로스에 대한 겁니다."

"그로스요. 음, 아주 훌륭한 사수죠. 스웨덴 대화에서 두 번이나 동
메달을 획득했으니까요." 우베는 넘쳐나는 책장 쪽으로 향했다. 그러
고는 닳아서 너덜너덜한 서류철을 한 권 끄집어내어 펼쳐보았다. 그는
자신이 찾으려는 부분을 찾기 전까지 여기저기를 넘겨보았다. "1992
년부터 회원이군요. 왜 이 사람에 대해 물어보시는 거죠?"

빌리는 그의 질문을 무시했다.

"그가 무기를 이곳 협회에다 보관해두었나요?"

"아니요. 집에다 보관합니다. 다들 그렇게 하지요. 도대체 그가 무슨
짓을 한 거죠?"

다시 한 번 린트스트룀의 질문에는 대답하지 않았다. 이번에는 반야

가 신문에 끼어들었다.

"그가 어떤 무기를 갖고 있는지 알고 계시나요?"

"예, 그는 여러 개를 소유하고 있어요. 시합용도 있고 사냥용도 있고요. 이 일이 지난번에 죽었다는 그 학교 남학생과 관계가 있는 건가요?"

그는 고집불통이었다. 우베는. 세바스찬은 이 대화에서 이미 듣고 싶은 건 충분히 들었다고 생각하고는 사무실에서 몰래 빠져나왔다. 린트스트룀의 질문을 무시하는 상황에서 굳이 그들이 다 함께 있을 필요는 없었다. 반야가 또 다른 질문을 마구 쏟아내는 동안에 빌리는 잠시 세바스찬 쪽을 돌아보았다.

"그가 구경 22를 갖고 있나요?"

"예, 브루노 CZ 453 바민트에요."

여전히 린트스트룀은 질문보다는 대답에 충실해야 했다. 좋은 시작이었다. 반야는 모델명을 노트에 메모했다.

"그게 뭐라고요? 브루노……?"

"브루노 CZ요. 사냥용 무기죠. 뛰어난 총이에요. 당신은 무슨 총을 갖고 있죠? 지크 자우어 P225인가요? 아님 글로크 17인가요?"

반야는 린트스트룀을 쳐다보았다. 그는 대답할 때마다 참으로 열정적으로 꼭 질문으로 끝마쳤다. 이번에는 예외적으로 그녀가 질문에 대답했다.

"지크 자우어에요. 그로스가 소유한 무기가 구경 22밖에 없나요?"

"내가 아는 한에는 그렇습니다. 그런데 왜 묻는 거죠? 소년이 총에 맞아 죽었나요?"

세바스찬은 긴 복도를 따라 느릿느릿 걸어가다가 커피 머신과 찌그러진 대형 냉장고가 있는 공동 휴게실 앞을 지나갔다. 이곳에는 거대한 유리 진열장이 있었는데 우승 트로피들과 메달들로 꽉 차 있었다. 그 앞쪽에는 의자 몇 개와 담배 자국들이 난 탁자들이 군데군데 짝을 이루고 있었다. 아마도 여기에 자국들이 생긴 것은 총 든 남자들이 밖으로 나가서 담배를 피우지 못하고 안에서 피웠기 때문일 것이다. 세바스찬은 방 안으로 걸어 들어갔다. 한 탁자에는 13세가량의 소녀가 홀로 앉아 있었는데 콜라 캔과 시나몬 파이를 앞에 놔두고 있었다. 여자아이는 아무런 표정 없는 십 대의 얼굴 표정으로 세바스찬을 세세히 관찰했다. 세바스찬은 아이를 향해 머리를 끄덕이며 인사했다. 그는 금빛으로 빛나는 트로피 진열장 쪽으로 향했다. 고지식할 만큼 모든 스포츠 종류마다 비정상적으로 커다란 크기의 금 트로피로 승리를 축하한다는 게 신기했다. 실제로 운동선수들은 자신감이 보잘것없으며 자신들의 노력이 얼마나 무의미한지 마음속 깊숙이 알고 있을 것만 같았다. 그런 이유로 인해 트로피가 비정상적으로 과장되어 있을 것이다. 그 영광보다는 그 크기를 더 부풀리고 싶어서.

벽들마다 단체 사진들인 양 몇 가지 총기 사진들과 액자에 넣은 신문기사들이 여기저기 걸려 있었다. 일반적인 클럽 사무실이었다. 세바스찬은 사진들을 흘낏 쳐다보았다. 사진들에는 무기를 들고 다리를 쩍 벌린 다수의 남자들이 포즈를 취하고 있었는데, 카메라를 보며 자랑스러운 듯이 히죽거리고 있었다. 세바스찬의 눈에는 그들의 몸짓이나 표정이 뭔가 가소로워 보였다. 무기와 트로피를 높이 쳐들고 있는 것이 정말로 굉장한 체험이라고 할 수 있을까? 그는 등 뒤에서 소녀의 시선을 느끼자 뒤를 돌아보았다. 그녀의 얼굴은 여전히 아무런 표정이 없었다. 그녀가 입을 열었다.

"거기서 뭐 하시는 거예요?"

"일하는 중이야."

"무슨 일이요?"

세바스찬은 여자아이를 잠시 바라보았다.

"난 심리학자야. 근데 넌 뭐 하니?"

"좀 있다가 훈련받을 거예요."

"너처럼 어린애들도 이런 걸 해도 되는 거야?"

소녀가 웃었다.

"우리는 상대방을 향해서 총을 겨누는 건 아니에요."

"그래, 아직은 아니겠지…… 근데 재미는 있니?"

소녀는 어깨를 움찔거렸다.

"바보같이 공들고 여기저기 뛰어다니는 것보다는 훨씬 재밌어요. 경찰 심리학자는 재미있나요?"

"그럭저럭. 난 너처럼 총을 쏘고 싶구나."

소녀는 말없이 그를 바라보며 다시 시나몬 파이를 먹었다. 대화는 이것으로 끝났다. 세바스찬은 다시 벽을 쳐다보았다. 그의 시선은 행복해 보이는 남자 여섯 명의 사진에 머물렀다. 사진 속 남자들은 지나치게 커다란 트로피를 사이에 두고 포즈를 취하고 있었다. 사진 위에 있는 작은 금 플래카드에는 'SM-동메달 1999'라고 쓰여 있었다. 세바스찬은 이 사진을 좀 더 자세히 관찰했다. 특히 남자 여섯 명 중에 한 명을. 남자는 왼쪽에 서 있었는데 특히나 행복해 보였다. 입을 너무 벌리고 웃는 바람에 이가 다 드러날 정도였다. 벽에 걸려 있던 사진을 확 잡아 뜯은 세바스찬은 그곳에서 당차게 걸어 나왔다.

우르줄라가 로테배겐을 터나기 전에 준트슈테트와 그녀는 화재 발생에 대해 좀 더 많은 얘기를 나누었다. 페터 베스틴의 집 화재는 고의적이라는 추측에 무게를 실었다. 불이 침실에서 시작되었다는 건 의심의 여지가 없었다. 침대 뒤쪽 벽과 그 옆 바닥은 폭발에 의해 화재가 발생했다는 분명한 흔적이 있었다. 불꽃이 한 번 타오르자 순식간에 벽으로 옮겨붙었다. 침실 창문이 강력한 열에 의해 산산조각이 날 때, 산소가 추가적으로 공급되면서 불길은 더 커졌다. 처음에는 침대 주위에서 불길이 빨리 번져나갔다는 물증이 없었다. 하지만 더 자세히 조사해본 결과, 그들은 화재가 순식간에 퍼졌다는 증거를 발견하게 된 것이다. 결국 방화와 살인으로 추정해볼 수 있었다. 희생자의 근본적인 사망 원인은 아직도 분명하지 않았지만 준트슈테트는 잿더미 사이에서 시신을 파내는 데 성공했다. 이 작업을 하는 데에만 몇 시간이 걸렸다. 왜냐면 손상된 바닥이 아래로 꺼질지도 모른다는 압박감이 있었기 때문이다. 우르줄라는 조심해서 희생자를 시신 자루에 집어놓고는, 법의학 연구소로 직접 운전해 가기로 결심했다. 그곳에서 부검을 하기 위해서. 준트슈테트는 가능한 서둘러 보고서를 마무리하겠다고 약속했다.

병리학과에서는 그녀의 등장에 약간 눈살을 찌푸리는 듯 했지만 그녀는 아랑곳하지 않았다. 이번 부검에서는 우르줄라가 맨 앞줄에 서 있기로 결심했다. 그렇지 않으면 특별살인사건전담반한테는 이 사건이 악몽으로 발전될지도 모르기 때문이었다. 치과 기록과 비교해본 결과 화재가 난 집에서 발견된 시신은 정말로 페터 베스틴이라는 데 더 이상 의심의 여지가 없었다. 이로써 우르줄라는 연쇄살인이라는 걸 확신하게 되었다. 두 번씩이나 살인한 사람이라면 앞으로도 계속해서 살인을 저지를 수 있다는 것도 알고 있었다. 살인이 지속될 때마다 더 쉽게 느껴질 것이다.

그녀는 토르켈에게 전화를 걸었다.

빌리와 반야는 우베 린트스트룀과의 대화에서 별다른 진전을 보지 못했다. 그는 대화가 진행되면 될수록 더욱더 방어 자세를 취했다. 하지만 그들은 그에게서 가장 중요한 사실을 캐내게 되었다. 그로스 교장이 소유하고 있는 무기의 총알이 로저의 생명을 앗아간 총알과 동일하다는 것이었다. 린트스트룀은 가장 신뢰하면서도 가장 성공적인 협회 구성원들 중 한 명인 그로스 교장에 대해 그들이 관심 갖는 이유를 알아내려고 노력했다. 그는 자신의 질문에 대답을 듣지 못하면 못할수록 말수도 점점 줄어들었다. 반야는, 그로스 교장과 그가 협회 구성원 그 이상의 관계라는 걸 추측할 수 있었다. 그 덕분에 우베 린트스트룀이 자신의 친구에게 전화를 걸어 그들이 찾아왔다는 걸 설명할까봐 그녀는 걱정스러웠다. 그것도 그들이 다음번 모퉁이를 돌아서기도 전에 곧장.

"당신, 소유하고 있는 총기 휴대 허가증을 매 5년마다 연장 신고해야 된다는 걸 알고 있겠죠? 만약 당신이 오늘의 대화를 비밀로 지키지 않는다면……." 반야는 마지막 문장을 아꼈다.

"무슨 뜻인가요?" 협회 비서는 발끈하면서 물었다. "당신이 날 협박하는 거요?"

빌리는 그를 보며 살짝 미소 지었다. "그녀가 하고 싶은 말은요, 그저 이번 대화를 우리끼리 알고 있자는 겁니다. 안 그래요?"

우베의 낯빛이 어두워졌지만 상기된 채로 고개를 끄덕였다. 그러거나 말거나 그들은 미리 입단속을 하려고 노력했다. 그에게 경고의 메시지를 준 것이다. 이윽고 세바스찬이 사무실로 어슬렁어슬렁 걸어 들어왔다.

"또 한 가지 더 있어요." 그는 우베에게 액자에 있는 사진 한 장을 코앞에 들이대고는 뭔가를 손가락으로 가리켰다. "여기 사진에 있는 사람 누구죠? 제일 왼쪽에 있는 사람?"

우베는 사진을 보기 위해 고개를 숙였다. 빌리와 반야는 입을 쫙 벌리고 히죽거리고 웃고 있는 사진 속 남자를 쳐다보았다.

"이건 프랑크 클레벤인데요."

빌리와 반야는 한눈에 그를 알아보았다. 그의 사진이 경찰서 벽에 이미 걸려 있었기 때문이었다. 입을 쫙 벌리고 히죽거리고 웃고 있지는 않았지만, 의심할 여지없이 바로 이 남자는 지난 금요일에 다 허물어져가는 모텔에서 방 하나를 예약했던 프랑크 클레벤이었다.

"이자도 이곳 협회의 구성원인가요?"

"예전에요. 스웨덴 타이틀매치 이후에 다른 곳으로 이사 갔습니다. 아마도 지금은 외레브로에 살고 있을 것입니다. 아니면 에스킬스투나에 살고 있거나. 그 사람도 이 사건에 연루되어 있나요?"

"아무도 연루되어 있지 않아요. 당신의 총기 휴대 허가증이나 신경 쓰세요." 반야는 다시 한 번 경고의 말을 남기고는 두 남자와 함께 사무실을 나왔다. 세 사람은 평상시보다 더 빠른 걸음걸이로 자동차로 돌아왔다. 오늘은 정말로 좋은 날이었다.

프랑크 클레벤은 에스킬스투나에 있는 레르크베겐에 살고 있었다. 하지만 빌리는 그곳에 아는 사람이 아무도 없었다. 그리고 기록에 따르면 프랑크는 핸드폰을 소유하지 않았고, 그의 이름으로 등록된 것은 아무것도 없었다. 몇 번의 추적 끝에 빌리는 프랑크의 고용인을 알아내게 되었다. 회사는 H&R 건설 회사로, 그곳에서 프랑크는 건축 기사로 일하고 있었으며 회사 핸드폰을 소유하고 있었다. 빌리는 그에게 전화를 걸었다. 경찰이 자신을 찾고 있다는 사실을 듣자 그는 놀라는 기색이었다. 하지만 빌리는 강조해서 말했다. 자신들이 그곳을 방문해서 몇 가지 질문을 하려는 것 말고는 다른 뜻이 없으며, 30분을 넘지 않을 거라고. 그들은 재촉했다.

경찰서에 남아 있던 빌리의 전화를 받았을 때에는 반야와 세바스찬이 에스킬스투나로 향해 벌써 반쯤 가고 있던 길이었다. 빌리는 동사무소에 등록된 프랑크 클레벤의 기록을 읽어주었다. 기록은 많지 않았다. 52세로, 결혼해서 세 자녀를 두고 있었다. 출생지는 베스테르빅이며 청소년기에 베스테로스로 옮겨왔다. 고트란트에 있는 포병연대3에서 군복무를 했으며 1981년 말 이래로 권총과 무기 휴대에 관한 허가증을 소유하게 되었다. 전과나 채무는 없었다. 특별히 이상한 점도 없었다. 하지만 프랑크는 주소를 기입하지 않았다.

에스킬스투나에 도착하기 직전에 그들은 건설 현장에 들렀다. 현장에는 새로운 쇼핑센터가 건설되고 있었다. 지금은 아직 미래의 소비 중심지를 상상할 수는 없지만 몇 개의 들보가 바닥에 우뚝 솟아 있어서 언젠가는 벽으로 둘러싸일 것이다. 뒤편에는 몇 명의 일꾼들이 커다란 노란색 건설 장비로 작업하고 있었다. 세바스찬과 반야는 건설 현장으로부터 조금 떨어진 건설 바라크로 향했다. 그들은 일종에 십장이라는 사람과 만났다.

"우리는 프랑크 클레벤을 찾고 있습니다." 남자는 고개를 끄덕이며 중간 바라크를 가리켰다.

"내가 그를 마지막으로 봤을 때까진 그곳에 있었어요."

반야와 세바스찬은 고맙다는 인사를 하고는 갈 길을 재촉했다.

프랑크 클레벤은 사진보다는 실물이 훨씬 잘생겨 보이는 사람에 속했다. 수많은 외부 작업으로 인해 피부가 상했음에도 얼굴 모습은 섬세하고 잘생겼다. 그가 악수를 청하자 말보로 맨처럼 반야와 세바스찬의 눈이 휘둥그레지고 반짝였다. 물론 대화 중에는 증명사진에서 본 다정한 미소를 단 한 번도 볼 수 없었다. 클레벤은 다른 바라크에 있는 자신의 작은 사무실로 가자고 제안했다. 그곳에서라면 방해받지 않고 얘기를 나눌 수 있다고. 반야와 세바스찬은 그의 뒤를 따라 그곳으로 향했다. 반야 생각에는, 그의 어깨가 점점 무거워지는가 싶더니 자갈길을 걸어갈 때마다 으드득거리는 소리가 나는 것 같았다. 그들이 정확한 단서를 찾았을지도 모른다고, 그녀는 느꼈다. 드디어.

클레벤은 문을 열며 들어오라고 권했다. 그들이 좁은 바라크로 들어가자 잿빛 햇살이 먼지 긴 창문을 통해 들어오고 있었다. 실내에서는 용해제 냄새가 강하게 풍기고 있었다. 작동 중인 커피 머신이 복도에 있었는데, 복도는 작은 방 두 개와 서로 연결되어 있었다. 클레벤의 사무실은 첫 번째 방이었다. 셀로판테이프 자국이나 지난해 무료 달력 말고는, 설계도가 있는 공동 책상과 의자 몇 개가 유일한 가구였다. 클레벤은 자리에 앉으라고 권하면서 서 있는 경찰들을 바라보았다. 하지만 이내 그도 그들처럼 서 있기로 결정했다.

"제가 시간이 별로 없어요. 그러니까 빨리 서두르셔야 합니다." 클레벤은 조용한 목소리로 말하려고 애를 썼으나 물론 잘되지 않았다.

세바스찬은, 실내가 덥지 않았는데도 클레벤의 윗입술에 땀방울이 송송 맺혀 있는 모습을 지켜보았다.

"우리는 시간이 아주 충분해요. 그러니까 우리가 얼마나 빨리 일을 진행할 수 있는지는 당신한테 달려 있어요." 클레벤 맘대로 대화 조건을 정할 수 없다는 것을 분명히 하기 위해 세바스찬이 응답했다.

"당신들이 여기에 온 이유를 도무지 모르겠네요. 당신 동료 말로는, 당신들이 나와 반드시 할 얘기가 있다고 하던데."

"먼저 자리에 앉으세요. 그러면 함께 온 내 동료가 당신한테 다 설명할 겁니다."

세바스찬은 고개를 끄덕이는 반야를 쳐다보면서도 클레벤이 자리에 앉을 때까지 기다렸다. 잠시 잠자코 있다가 드디어 그는 협력하기로 결심했다. 그는 마치 끓는 석탄에 앉는 것처럼 의자의 가장 끄트머리에 자리를 잡았다.

"지난 금요일에 베스테로스 모텔에서 왜 숙박했는지 설명해줄 수 있나요?"

클레벤은 그녀를 쳐다보았다.

"난 지난 금요일에 모텔에 숙박한 일이 없어요. 누가 그러던가요?"

"우리가요."

반야는 아무 말도 하지 않았다. 일반적인 경우에는 질문 받은 사람이 대답했을 텐데도. 그들은 물증으로만 밀고 나갈 뿐이었다. 이번 일에 확신이 없었다면 그들이 에스킬스투나에까지 오지 않았을 거라는 걸, 이 남자도 알아야만 할 것이다. 보통 이런 질문을 받는 사람들은 진실을 말하거나 아니면 뭐라고 변명을 하거나 이와 유사한 반응을 보이기 마련이었다. 그리고 세 번째 대안으로는 그저 아무 말도 하지 않을 수도 있을 것이다. 클레벤은 마지막 대안을 선택했다. 그는 반야와 세바스찬을 번갈아 쳐다보면서도 한 마디도 하지 않았다. 반야는 한숨을 쉬며 몸을 앞으로 굽혔다.

"당신은 그곳에서 누굴 만난 거죠? 도대체 거기서 뭘 한 거예요?"

"말했잖습니까. 거기에 가지 않았다고요." 그는 거의 애원하듯이 그녀를 바라보았다. "다른 사람과 혼동했을 수도 있다고요."

반야는 서류를 똑바로 바라보았다. 그녀는 혼잣말을 하면서 상황을 질질 끌었다. 세바스찬은 클레벤에게서 눈을 떼지 못했다. 남자는 입술이 바짝 마른 것처럼 입술 위를 사뭇 핥았다. 머리카락 밑에는 땀방울이 송송 맺혔다. 방 안이 덥지도 않은데도.

"당신이 프랑크 클레벤 아닌가요? 주민번호 580518번?" 반야가 중립적인 목소리 톤으로 질문했다.

"맞아요."

"그럼 당신은 지난 금요일에 방값으로 797크로네를 지불하지 않았나요? 당신의 EC 카드로요?"

클레벤은 창백해졌다.

"카드를 도둑맞았어요. 내 카드를 도둑맞았다고요."

"도둑맞았다고요? 그럼 도난 신고를 했나요? 했다면 언제죠?"

그는 아무 말도 하지 못했고, 그의 뇌는 열을 내며 돌아가는 것 같았다. 땀방울은 백묵처럼 하얗게 질린 뺨 위로 흘러내렸다.

"신고하지 않았어요."

"카드는 차단했나요?"

"경황이 없어서 잊어버리고 있었어요. 아! 잘 모르겠어요……."

"자, 이봐요! 당신, 진짜 당신 카드를 도난당했다는 걸, 우리보러 믿으라고 하는 건 아니죠?"

아무 말도 없었다. 반야는 지금 같은 상황이 프랑크 클레벤에게 얼마나 불리한 것인지 그에게 설명해야 할 때가 왔다고 생각했다.

"우린 살인 사건을 수사 중이에요. 이 말은, 우리가 당신의 진술을 하나하나 추적할 거라는 뜻이에요. 다시 한 번 물어보겠습니다. 당신 지난 금요일에 베스테로스에 있는 모텔에 간 적이 있나요, 없나요?"

클레벤은 거의 쇼크 상태에 있는 것 같았다.

"살인 사건이라고요?"

"예."

"하지만 난 아무도 죽이지 않았어요!"

"그렇다면 거기서 무슨 일을 한 거죠?"

"아무것도요. 난 아무것도 하지 않았어요."

"당신은 살인 사건이 있던 밤에 베스테로스에 있었어요. 그런데 그 사실을 부인하고 있고요. 내 귀에는 당신의 말이 상당히 의심스럽게 들리는데요."

클레벤은 몸을 잔뜩 움츠리고는 의자 안쪽으로 몸을 완전히 바짝 붙여 앉았다. 그는 그 앞에 앉아 있는 두 사람의 눈을 제대로 쳐다볼 수 없었다. 세바스찬은 뜬금없이 벌떡 일어섰다.

"이제 그만 이 일은 없었던 거로 하죠. 대신 내가 당신 집으로 가서 당신 아내가 이 사실을 알고 있는지 확인해보겠어요. 반야, 여기 이 사람 옆에서 기다리고 있을 수 있죠?"

반야는 고개를 끄덕이고는 클레벤을 지켜보고 있었다. 그는 천천히 문 쪽으로 걸어가고 있는 세바스찬을 물끄러미 쳐다보았다.

"아내는 아무것도 몰라요." 그는 쥐어짜듯 말했다.

"모른다, 아무것도 모른다고 해도, 당신이 이날 집에 있었는지 없었는지는 당신 아내가 말해줄 수 있지 않을까요? 여자들은 대체로 이런 일에는 빠삭하게 알고 있지 않나요?"

세바스찬은 최대한 히죽거리고 웃으며, 이런 질문을 하기 위해 클레벤의 아내와 그의 자녀가 있는 곳으로 간다는 생각만 해도 기분이 좋아 어쩔 줄 모르겠다는 듯이 행동했다. 그가 거의 문 앞에 다다르자 클레벤이 그를 붙잡았다.

"좋아요. 내가 모텔에 갔어요."

"아, 그래요."

"하지만 내 아내는 이 사실에 관해서는 아무것도 몰라요."

"그 얘긴 아까 했잖아요. 당신이 그곳에서 누구랑 만난 거죠?"

아무런 대답도 없었다.

"누구랑 만났냐고요. 우리는 여기서 하루 종일도 앉아 있을 수 있어요. 순찰차를 불러서 당신 손에 쇠고랑을 채워 보낼 수도 있고요. 다 당신이 어떻게 하느냐에 달려 있습니다. 하지만 한 가지 사실은 당신도 알아야만 해요. 우리가 결국은 진실을 알아내고 말 거라는 거죠."

"난 말할 수 없어요. 누구라고 말하면 안 돼요. 그 사실이 밝혀지면 나한테도 힘든 일이지만, 그 사람한테도……."

"그게 누구죠?"

프랑크는 아무 말도 하지 않고서 난처하다는 듯이 고개만 끄덕였다. 갑자기 세바스찬은 모든 게 확연해지는 것 같았다.

총기 협회!

프랑크의 난처해하는 눈빛.

거짓의 온상인 팔름뢰브스카 고등학교.

"당신, 라그나르 그로스를 만났나요?"

프랑크는 조용히 고개를 끄덕였다. 그는 바닥만 쳐다보았다. 세상이 무너졌다는 듯이.

자동차를 타고 돌아오는 길에 세바스찬과 반야는 정말로 쾌감을 느꼈다.

프랑크 클레벤과 라그나르 그로스는 이미 오래전부터 관계를 맺고 있었다. 그들이 총기 협회에서 알게 된 것은 14년 전이었다. 그들의 사랑은 처음에는 주저하는 듯했으나 일정 시간이 지나자 열정적으로 변모했다. 과히 파괴적이었다. 클레벤은 베스테로스에서 이사를 했다. 그가 자신에 대해 부끄럼을 느꼈기에 관계를 끝내고 싶었던 것이다. 마침내 그는 결혼했고 자녀도 두었다. 그는 동성애자는 아니었다. 그래도 그는 이런 관계를 그만둘 수는 없었다. 쾌락, 섹스, 부끄러움, 이 모든 것이 그에게는 거의 마약과 같이 작용했던 것이다.

결국 관계는 지속됐다. 그들은 만남을 그만두지 않았다. 만남을 주도한 것은 언제나 그로스 쪽이었으나 클레벤은 절대로 '싫다'라는 말을 하지 않았다. 그는 만남을 학수고대했으며, 그로스의 집에서는 절대로 만난 일이 없었다. 싸구려 방과 물렁한 침대가 있는 모텔이 그들의 사랑 오아시스가 되었다. 클레벤이 방을 예약하고 돈을 지불했다. 그는 아내의 불신을 막기 위해서 언제나 골똘히 핑계를 생각해내야 했다. 외박만 하지 않으면 대부분은 어려운 일이 없었다. 아예 집에 들어가지 않는 것보다 늦게라도 집에 돌아가는 게 훨씬 나았다. 이렇듯 그들은 지난번 금요일에도 만났다. 16시쯤. 그로스의 만족도를 채워주기 어려웠는지, 클레벤이 호텔에서 나간 것은 오후 10시가 조금 되기 전이었다. 그로스는 그보다는 30분 일찍 자리를 떴다.

정확히 오후 9시 30분에.

아마도 로저가 이곳을 지나갔을지도 모르는 같은 시각에.

다섯 명의 팀원들은 뭔가 일이 진전되는 듯한 느낌을 받자 이를 반겼다. 돌파구가 생길지도 모른다는 느낌이 들었던 것이다. 수사가 다시 활기를 띠고 있기에 어쩌면 종결될 수도 있다는 희망이 들었다. 막다른 골목에서 하루 종일 모든 단서를 찾는 데 혈안이 된 결과, 라그나르 그로스의 모텔 밀회로 인해 새로운 퍼즐 조각을 찾았다. 이는 외관상으로 볼 때는 너무나도 잘 들어맞는 부분이었다.

"사립학교의 교장이, 그것도 기독교적인 인간상과 가치 시스템으로 돌아가는 학교에서 동성애자라니." 토르켈은 동료들을 쳐다보며 말했다. 그들의 눈빛에서 그는 새로운 활기를 느낄 수 있었다. "그 사실을 숨기려고 그로스가 하지 말아야 할 짓을 했다는 생각이 드는데, 이런 생각이 절대로 빗나간 것은 아닌 것 같군요."

"하지만 누군가를 죽였다면 그건 하지 말아야 할 짓을 한 정도가 아니라 절대로 그래서는 안 됐던 거죠." 우르줄라가 끼어들었다.

토르켈은, 그녀가 피곤해 보인다고 생각했다. 당연한 일이었다. 온종일 화재 현장과 씨름을 했으니. 그럼에도 토르켈은 자신과 그랬듯이 그녀도 잠을 설쳤을 가능성이 많다는 생각을 하지 않을 수 없었다.

"누군가를 죽이려고 계획한 것은 아닌 것 같아요." 세바스찬은 과일 쟁반 쪽으로 몸을 숙이고는 배 하나를 집어 들었다. 그러고는 한 입 덥석 베어 물고는 아기작아기작 소리를 내며 씹어 먹었다.

"우리가 지금 로저 에릭손을 죽인 범인이 페터 베스틴의 죽음에도 관여했을 거라고 추정하는 거 아닌가요?" 우르줄라가 물었다. "두 번째 살인도 우발적 사고라고는 아무도 믿지 않을 거 아니에요?"

"아무도 믿……않……죠…….”배를 반쯤 씹고 있는 상태에서 그의 말을 이해하기는 쉽지 않았다. 몇 초간 다 씹어서 삼키고 난 뒤 세바스찬은 다시 말하기 시작했다. “제 생각으로는 로저 살인 사건은 계획된 게 아닌 것 같아요. 물론 범인은 자기 자신이 피해를 입지 않고 모면하기 위해 아주 지능적이고 시스템적으로 행동했어요. 결국 로저의 살인 사건은 무심코 저지른 실수일 수는 있지만, 살인자는 죽이려고 마음먹고는 있었을 거예요. 그래야 자신의 정체가 아무한테도 발각되지 않을 테니까요, 그렇지 않을까요?"

"그럴 거예요.”

"근데 그런 일을 어떻게 다 조율했을까요?”빌리가 물었다. “내 말은 그의 머릿속에서요.”

"아마도 그는 자기 자신을 아주 중요한 사람으로 간주하고 있을 거예요. 반드시 이기심에서 비롯된 것은 아닐 거예요. 그는 자신이 감옥에 갈 경우에 자신 땜에 한 사람 혹은 여러 사람들이 피해를 입을 수 있다고 믿고 있을 거예요. 아마도 그는 자신이 믿고 있는 바를 행동으로 옮기고 있을지도 모르죠. 자신이 마무리 지어야만 할 일을 실행으로 옮기거나 그러려고 노력하고 있을 거예요. 어떤 희생을 치러서라도.”

"팔름뢰브스카 학교의 교장이 이런 범주 안에 들어가는 사람일까요?”반야가 물었다.

세바스찬은 어깨를 움찔거렸다. 라그나르 그로스와의 두 번에 걸친 짧은 만남을 근거로 볼 때 교장을 100퍼센트 그런 사람으로 분류하거나 완전히 결백한 사람으로 판단하기는 무리였다. 어쨌건 간에 그는 학교에서 일어난 일련의 일들을 경찰서에 신고하지 못하게 막았다. 그렇다면 그는 이보다 더 잘못된 일을 범한 것일까? 그럴지도 모른다. 그렇다면 그 한계선을 한참 넘어선 것은 아닐까? 그 점에 대해서는 증거를 찾아야만 할 것이다. 이 점에 대해서 세바스찬은 열어놓고 생각하기로 했다.

"있을 수 있는 일이라고 봐요."

"로저가 베스틴을 방문했다는 걸 라그나르 그로스도 알고 있었다고 봐야 할까요?" 베스틴 단서 찾기에 골몰하고 있는 우르줄라의 질문이었다.

"그렇지 않을까요?" 빌리의 눈빛은 간절히 동의를 요했다. "베스틴이 학교 일에 관여하게 됐으니 당연히 교장과는 얘기를 나누었을 것 같아요. 누가 면담을 받아야 할 대상인지 말이에요. 어쨌든 그는 학생들에게 얼마만큼 치료 시간을 할당해야 할지 계산해야만 했을 테니까요."

"그 점에 대해 우리가 좀 더 알아보도록 합시다." 이제 막 활력을 얻은 팀원들이 아직 해결되지 않은 질문에 대답하기 전에 토르켈이 먼저 끼어들었다. 수사 과정에서 신빙성이 있는 단서를 찾겠다는 열망은 컸다. 하지만 지금 그들은 버릴 것은 버리고, 분류할 것은 분류해야만 했다. 그들이 알고 있는 것은 무엇인지, 가능성이 있거나 십중팔구 개연성이 있는 것은 또 무엇이며, 그들이 모르고 있는 것은 무엇인지.

"세바스찬과 반야가 가능한 범행 경과를 재구성해 보았답니다. 여러분들은 이제부터 잘 들어보시고, 데이터나 법의학적인 증거에 적합하지 않은 부분이 무엇인지 찾아내주세요. 잘 아셨죠?"

다들 고개를 끄덕여 보였다. 토르켈이 세바스찬 쪽으로 몸을 돌리자, 그는 반야에게 손가락으로 시작하라는 표시를 했다. 고개를 끄덕인 반야는 서류를 보고 시작했다.

"우린 다음과 같은 내용을 소개합니다. 로저는 모텔 방향으로 걸어가고 있었죠. 레오 룬딘과 만난 뒤에 그는 화가 몹시 났고 동시에 절망적이었습니다. 얼굴에는 피가 흘러내리는 데다가 굴욕감 때문에 화가 치밀어 오른 그는 윗도리 소매에 눈물을 닦았습니다. 그는 모텔 마당으로 들어갔어요. 그곳에서 약속한 누군가를 만나기 위해서였죠. 그때 문득 그는 멈추어 섰습니다. 모텔 방에서 보이는 어떤 행동으로 인해 그가 기겁을 하고 주춤한 것이지요. 그는 위쪽을 올려다보며 학교 교장을 유심히 쳐다보았습니다. 라그나르 그로스는 자신이 방금 나온 방문 쪽으로 몸을 돌리고 있었죠. 한쪽 손으로는 문을 잡고서요. 로저가 처음 본 한 남자가 방문에서 나타나더니 몸을 숙여 그로스의 입에다 키스했습니다. 처음엔 교장이 잠시 저항하는 듯 싶었어요. 하지만 로저가 그늘 쪽으로 몸을 숨기고 줄곧 지켜본 결과 교장은 저항하지 못하고 키스를 받아들였죠. 그 뒤에는 방문이 다시 잠겼고, 라그나르 그로스는 방심하지 않고 주변을 둘러보았습니다."

"정말로 로저가 모텔에 있는 누군가를 방문하려고 했더라도 늦어도 이 시각에는 자신의 계획을 변경했을 겁니다."

자리에서 벌떡 일어난 세바스찬이 말 중간에 끼어들며 방 안 여기저기를 돌아다니자, 반야는 그를 계속해서 바라보았다.

"로저가 주차장으로 몰래 들어갔죠. 그리고 그로스가 자신의 자동차에 도착하자, 그곳에 서 있던 로저가 그에게 겁을 주었습니다. 입술에 거만한 미소를 띠면서. 그는 방금 전에 목격했던 장면으로 교장과 담판을 지으려고 했던 것이죠. 그로스가 모든 사실을 부인했으나 로저는 꼼짝달싹도 하지 않았습니다. 실제로 아무 일도 없었더라도 로저가 다른 사람들한테 말할 경우에는 어떤 일이 일어날까요? 로저는 상대방이 열을 올리며 해법을 찾는 모습을 지켜보면서 그 순간을 향유했을 겁니다. 레오와 싸운 뒤에 다시 막강한 힘을 소유한 듯한 느낌을 가졌을 거예요. 그로스가 진땀을 흘리며, 예외적으로 괴로워하는 모습을 보면서 말이죠. 승자가 된 기분이었을 겁니다. 로저는 당연히 교장의 작은 연애 모험에 대해 일언반구도 하지 않겠다고 했겠지만 그로스의 입장에서 보면 정당하게 느껴지지 않았을 거예요. 말하지 않는 대신에 로저가 돈을 요구했을 테니까요. 그것도 아주 많은 돈을. 그로스는 거절했을 겁니다. 로저는 어깨를 움찔거리며, 그렇다면 15분 내에 페이스북에 올려버리겠다고 말했을 거예요. 그로스는 모든 걸 다 잃어버릴 위기에 처했다는 걸 깨달았을 겁니다. 로저는 뒤를 돌아 가던 길을 계속 가려고 했죠. 주차장은 비어 있었고 불빛도 어두침침했어요. 로저가 등을 보였다는 건, 교장이 자기방어에 철저할 수 있다는 걸 너무 과소평가했던 거예요. 그로스는 그를 내리쳤고, 로저는 바닥에 쓰러졌습니다."

"그동안에 비가 별로 안 왔어요. 우리가 모텔 앞에 있는 주차장으로 가서 조사해봐야 할 것 같아요. 그곳에 단서가 될 만한 것이 남아 있는지."

우르줄라는 고개를 끄덕이며 그녀 앞에 있던 메모지에 간단하게 메모했다. 로저가 시체로 발견된 이후에는 몇 번 소나기는 내렸지만 그걸 제외하면 사실상 거의 비가 오지 않았다. 그렇다 해도 그렇게 많은 사람들이 빈번하게 오고가는 주차장에 DNA 흔적이 남아 있으리라고 믿는다는 것은, 낙관주의적인 한계선을 크게 넘어서는 것이었다. 그것도 그곳에서 살인 사건이 있은 지 벌써 족히 일주일은 지났는데 말이다. 하지만 그녀는 그곳에 가볼 생각이었다. 어쩌면 소년이나 교장이 뭔가 흘린 것이 있을지도 모르기에.

세바스찬이 반야를 쳐다보자 그녀는 서둘러 서류를 다시 쳐다보고는 말을 이었다. 토르켈은 아무 말도 하지 않았다. 그가 세운 이론에 팀원들이 실제로 동의를 했기 때문이기도 하고, 또 다른 한편으로는 세바스찬이 반야에게 결론을 맡겼기 때문이기도 했다. 다른 때 같았으면 세바스찬은 자신의 광채 속에서 자신만 빛나고 싶어 했을 것이다. 그는 다른 사람과 이런 광채를 공유하려고 들지 않는 사람이었다. 반야가 뭔가 일을 제대로 처리한 게 틀림없었다.

"온 힘을 다해 그로스가 로저를 차 안으로 들어 올렸습니다. 그는 소년을 다치게 할 계획은 없었지만 그냥 그대로 가게 내버려둘 수도 없었습니다. 자신의 얘기가 더 이상 퍼지도록 내버려둘 수도 없었고, 모든 것을 다 망가트리고 싶지도 않았죠. 그들은 둘 다 수용할 수 있는 해결책을 찾아야만 했을 겁니다. 성인다우면서도 이성적인 방법으로 서로 얘기를 하려고 했겠죠. 그로스는 정처 없이 여기저기로 차를 몰고 다니다 인적이 드문 곳까지 왔습니다. 진땀을 빼면서 잔뜩 예민해진 상태로 말이고요. 물론 의식 없는 소년을 옆 좌석에 태우고서요. 그는 골똘히 생각했습니다. 소년이 다시 의식을 찾을 경우에 이 상황에서 벗어날 수 있는 방법은 무엇이며 학생에게는 뭐라고 말해야 할지 말입니다. 로저가 의식을 다시 찾자, 그로스는 악몽 같은 상황을 제압하려고 노력했죠. 하지만 그는 이성적이면서도 조용한 대화를 할 수가 없었습니다. 로저가 그에게 달려들어 여러 번 그에게 주먹을 날렸으니까요. 그로스는 브레이크를 잡지 않을 수가 없었어요. 자동차는 좌우로 흔들리면서 갓길에 정차했습니다. 그리고 그로스가 소년을 진정시키려는 시도는 실패로 돌아갔죠. 물론 이것만으로는 그가 남자들과 그렇고 그런 사이라는 걸 세상 사람들에게 알리기에는 충분하진 않았을 겁니다. 로저는 소리를 지르며 난리법석을 쳤죠. 그리고 그는 그로스를 신체 손상과 청소년 유괴로 고발하겠다고 다시 한 번 외쳤습니다. 그로스는 재빠르게 반응할 수는 없었을 겁니다. 이미 로저가 자동차 문을 열고 바닥으로 뛰어내린 상태였는데도요. 화가 잔뜩 난 소년은 어두운 길을 따라 방향을 잡고 가려고 엄청 애를 썼겠죠. 그가 도대체 어디에 있었을까요? 이 미친 남자가 어디에서 그를 쫓아왔을까요? 아드레날린이 그의 현관에서 요동치고, 그 때문에 로저는 자신이 얼마나 두려워하고 있는지도 느끼지 못했을 겁니다. 그 앞으로 자동차의 서치라이트가 기다란 그림자를 만들었지요. 그로스는 자동차에서 내리며 그를 불렀죠. 하지만 소년은 가운뎃손가락만을 위로 쑥 펼치며 자신의 심정을 표현했죠. 그로스는 점점 더 절망적이 되었습니다. 그는 사상누각처럼 자신의 인생이 무너져 내리는 걸 보았을 겁니다. 그는 소년을 어떻게 해서든 막아야만 했습니다. 그는 골똘히 생각하지도 못하고 본능적으로만 행동했습니다. 자동차 주변을 뛰어다니다가 그는 트렁크를 열고는 연습용 총기를 꺼냈습니다. 재빨리 장전을 하고는 두려워하는 소년을 조준하고 방아쇠를 당겼습니다. 그리고 로저가 땅에 쓰러졌고요. 그로스가 자신이 무슨 짓을 했는지 깨닫기까지는 채 몇 초도 걸리지 않았을 겁니다. 그는 쇼크 상태에서 주변을 둘러보았습니다. 아무도 오지 않았고 근처에는 아무도 없었습니다. 무슨 소리를 들었거나 본 사람은 아무도 없었죠. 결국 이 일에서 벗어날 수 있는 가능성은 여전히 있었던 겁니다. 살아남을 가능성이요. 소년에게 달려간 그로스가 서치라이트의 불빛을 통해 탄환이 명중된 등 쪽의 구멍에서 피가 펄펄 흘러나오는 것을 보았을 땐, 두 가지 사실을 분명하게 깨달 았습니다. 소년이 죽었다는 것. 탄환에 지문이 찍혀 있다는 것도. 그는 로저를 움켜쥐고는 도로에서 덤불까지 질질 끌어 옮겼죠. 그리고 자 동차에서 칼을 꺼냈습니다. 가랑이를 벌린 자세로 소년의 몸 위에 서 서 탄환이 명중된 자리를 벌거벗겼죠. 마치 무언가로부터 원격조종이 라도 당하고 있는 듯이 아무런 생각도 없이 그로스는 심장을 도려냈습 니다. 그리고 탄환을요. 거의 기겁한 상태에서 그는 커다란 상처를 낸, 피범벅이 된 작은 금속을 내려다보았습니다. 그러고 나서야 자신의 다 리 사이에 있는 육체를 의식하게 되었죠. 탄환은 제거했지만 총상으로 인한 사망이라는 사실은 더욱더 분명해졌습니다. 그렇다면 이 살인 사 건을 칼부림으로 보이는 게 가장 나을지도 몰랐겠죠. 그의 생존 본능 은 무엇보다도 우세했으니까요. 그래서 그로스는 로저를 칼로 미친 듯 이 찌르기 시작했습니다."

"그러고서 로저의 시체를 자동차로 옮긴 그는 리스타케르로 차를 몬 뒤 그곳에다 시신을 **빠트렸어요**. 이것이 우리가 알고 있는 이야기의 전부입니다."

세바스찬과 반야는 설명을 마쳤다. 가능한 사건 과정을 상세하고 생 동감 있게 묘사했다. 물론 범인과 희생자가 실제로 가질 수 있는 생각 과 감정이 가상으로 가미된 것도 사실이었다. 하지만 그걸 제외한다면 그들의 사건 묘사가 토르켈의 귀에는 제법 있을 법한 일로 들렸다. 그 는 팀원들을 둘러보고서 안경을 빼고는 안경다리를 접었다.

"그럼, 라그나르 그로스와 한번 얘기를 해봐야 되겠네요."

"아니에요, 아닙니다. 아니에요. 절대로 있을 수 없는 일이에요!"

그로스는 머리를 절레절레 흔들었다. 그리고 의자에서 앞쪽으로 몸을 굽히고는 잘 가꾼 양손으로 방어하는 제스처를 해보였다. 그가 움직일 때마다 후고 보스의 향수 냄새가 반야 쪽으로 날아왔다. 요나탄한테서도 맡았던 동일한 에프터 쉐이브라는 생각이 문득 들었다. 어쩌면 두 명의 남자가 공유한 유일한 공통점이었을 것이다. 방금 전 그녀는 살인 사건이 있었던 밤에 대해 자신의 이론을 말했다. 그로스가 모텔 앞에서 로저를 만나는 바람에 서로 다투게 되었다는 것을.

"어떻게 된 일이죠?"

"아무 일도 없었어요! 이미 말했다시피 난 지난 금요일 밤에 로저를 만난 적이 없어요."

실제로 그는 그렇게 말했다. 그녀가 1시간 전쯤에 그의 학교를 찾아갔을 때 이미. 반야와 빌리가 그를 경찰서로 데려가기 위해 사무실에 나타나자 그는 피곤하고 화가 난 것처럼 보였다. 그들이 용건을 말하자 피곤함은 순식간에 날아갔고, 그 대신에 그는 모욕적이고 이해할 수 없다는 식이었다. 이 비극적인 사건에 연루되었다고, 그들이 정말로 믿고 있는 걸까? 그렇다. 그들은 정말로 믿고 있는 것이다. 그로스는 지금 당장 체포되는지 물었다. 만약 그럴 경우에 이것이 어떤 의미인지도.

하지만 반야는 그저 대화를 나누려는 것뿐이라고 그에게 말했다. 그래서 그로스는 이전에도 두 번에 걸쳐 했던 것처럼 사무실에서 얘기를 나누고 싶어 했지만 반야는 이번엔 경찰서에서 얘기를 나누어야 한다고 주장했다. 그로스가 한동안 사무실을 비우기 위해 모든 서류를 다 정리하다보니 시간이 한참 걸렸다. 교장은 포박은 당하지 않기를 바랐다. 반야는 그를 진정시켰다. 그들은 수갑을 채우지 않을 것이며 경찰들도 유니폼을 착용하지 않았다고. 그리고 그는 사법 경찰차량의 조수석에 앉게 될 거라는 말도. 밖으로 나서자 그들은 그로스가 어디 가는지 묻는 학교 직원을 만났다. 교장이 경찰서에 가는 이유는 CCTV에서 청소년 몇 명의 신원을 확인하려는 것이라고 말하며, 반야는 교장의 처지를 배려해주었다. 교장은 건물 앞, 거대한 예수상 아래에 있는 문을 나서자 감사의 마음을 표현했다.

이윽고 그로스는 세 개의 취조실들 중 한 곳에서 커피, 물, 목캔디와 변호사를 모두 거절했다. 토르켈이 먼저 그에게 자신을 소개하자 세 명은 자리에 앉았다. 반야와 토르켈이 한쪽 편에, 그리고 그로스가 반대편에. 그는 탁자 위에 팔을 올려놓기 전에 얼룩진 탁자 위를 손수건으로 말끔히 닦았다.

"도대체 그게 뭐죠?" 반야가 탁자에서 헤드폰을 집자 그가 물었다.

"여기 이거요?" 반야는 그로스에게 스위치를 가리켰다.

그는 알고 있었다.

"저 방 안에서 누가 당신한테 말하고 있는 거죠?"

반야는 아무런 대답도 하지 않기로 결정했다. 대신에 코멘트를 전혀 달지 않고 헤드폰을 귀에 꽂았다. 그로스는 뒤를 돌아보며 벽 쪽에 있는 대단히 커다란 거울을 물끄러미 바라보았다.

"저 뒤에 베르크만이 앉아 있나요?"

그는 말의 억양에 반감을 숨길 수 없었다. 이번에도 반야는 대답하지 않았다. 하지만 교장의 짐작이 맞았다. 거울 뒤편에는 세바스찬이 앉아 있었다. 그는 심문 과정을 지켜보며 필요할 경우에 직접 반야에게 코멘트를 달아줄 수 있었다. 그들은, 세바스찬이 취조실에 참석해서는 안 되는 것으로 거리낌 없이 서로 의견의 일치를 본 것이다. 세바스찬이 없더라도 자제력이 강한 그로스의 입을 열게 하는 것은 아주 어려운 일일 것이다. 이런 판국에 그를 자극하기 쉬운 세바스찬이 함께한다면!

반야는 탁자에 녹음기를 올려놓았다. 그러고서 이 자리에 참석한 사람이 누구이며 취조 시간은 몇 시인지 프로토콜 했다. 연이어 그들은 CCTV를 바탕으로 로저가 지난 길을 추적했다는 것과 그 결과 라그나르 그로스가 모텔 앞에서 로저를 만났다는 가정에 이르렀다고 그에게 설명했다. 교장은 인상을 전혀 쓰지 않고 귀 기울여 들었다. 먼저 모텔에 대한 얘기가 나오자 그의 반응은 아무 말 없이 고개를 내저었다. 그는 가슴에 팔짱을 끼고서 의자에 바짝 기대어 앉았는데, 이는 뭔가 분명히 거리를 두겠다는 신호였다.

반야나 그녀가 말했던 것에 대해서. 이 모든 상황에 대해서도. 그러고는 그는 모든 걸 부인했다.

"그러니까 당신 말은, 사건이 일어난 금요일 밤에 로저를 만나지 않았다는 거죠?" 반야는 다시 한 번 기본적인 질문부터 던졌다. "하지만 당신은 그 시간에 모텔에 있었잖아요?"

거울 뒤편에서 세바스찬이 혼자서 고개를 끄덕였다. 의심할 여지없이 그들은 그로스를 사건 시간이나 장소와 연결시킬 수 있었다. 그 탓에 이 남자를 아주 난처하게 만들었다. 대단히. 그래서 그런지 그는 반야의 질문에 한 번도 대답하지 않았다. 하지만 반야는 고삐를 늦추지 않았다.

"이건 수사상의 질문이에요. 당신이 금요일 밤 9시 반에 이 모텔에 있었다는 걸 우리도 다 알고 있습니다."

420

"하지만 난 그곳에서 로저를 만나지 않았어요."

"프랑크에 대해 말해달라고 하세요." 세바스찬이 마이크로 말했다.

반야가 헤드폰에서 나는 소리를 귀담아듣고서 재빨리 유리벽 쪽을 바라보는 모습을, 세바스찬은 줄곧 지켜보았다. 마치 그녀가 안을 들여다볼 수 있다는 듯이 그는 다시 한 번 확인해주기 위해 고개를 끄덕여 보였다. 반야는 앞으로 몸을 숙였다.

"우리한테 프랑크 클레벤에 대해 설명해주세요."

그로스는 곧바로 대답하지 않았다. 그는 시간을 끌었다. 재킷 밑으로 빠져나온 와이셔츠 소매가 정확히 1.5센티미터가 될 때까지 만지작거리면서. 그러고서는 등받이에 등을 기대고 앉아 반야와 토르켈을 태연한 눈빛으로 바라보았다.

"그는 총기 협회에서 알게 된 오랜 친굽니다. 우리는 가끔 만나는 사이에요."

"만나면 뭘 하죠?" 토르켈이 끼어들었다.

그로스는 그를 향해 입을 열었다. "우리가 함께 했던 옛날 일을 회상하면서 얘기를 나누죠. 당신도 알고 있다시피 우리는 스웨덴 대회에서 동메달을 땄습니다. 만나서 우리는 대체로 와인 한 병을 마시는 편인데, 카드놀이도 가끔 하죠."

"그런데 왜 당신 집에서는 만나지 않는 거죠?"

"어차피 우리는 프랑크가 다른 곳에 여행 갔다 지나는 길이나 집에 돌아가는 길에 만납니다. 그러기에는 모텔이 더 편리하죠."

"우린 당신이 프랑크 클레벤과 모텔에서 만났다는 걸 다 알고 있어요. 당신이 그와 성관계를 맺기 위해서 말입니다."

그로스는 반야 쪽을 바라보며, 마치 헛된 주장으로 그를 구역질 나게 했다는 듯이 뜸을 들였다. 그는 몸을 앞으로 숙이더니 반야를 똑바로 쳐다보았다.

"그럼 내가 물어보겠는데, 도대체 그런 얘기를 누구한테 들은 거요?"

"프랑크 클렌벤이 우리한테 말해주었죠."

"그렇다면 그가 거짓말한 겁니다."

"그는 결혼도 하고 세 아이의 아버지예요. 도대체 무슨 이유로 그가 그런 주장을 한단 말인가요? 한 남자와 섹스를 한답시고 베스테로스로 왔다고 한답니까?"

"그건 나도 모르겠습니다. 당신이 그 사람한테 직접 물어보면 되겠군요."

"내 생각엔, 당신이 그와 절친이라고 알고 있는데요?"

"나도 그렇게 생각했었죠. 하지만 지금 말을 들어보니, 정말 우리가 친한 친구 사이였나 심히 의심스럽습니다."

"당신이 모텔에 있었다는 걸, 우린 증명할 수 있어요."

"예, 그곳에 있었습니다. 프랑크도 만나고요. 내가 그 사실을 부정하는 건 절대로 아니에요. 하지만 내가 맹세코 강조하고 싶은 것은 우리는 성관계를 맺지 않았습니다. 그리고 이날 밤에 로저 에릭손을 만난 일은 더더욱 없고요."

반야와 토르켈은 재빨리 서로 눈길을 교환했다. 라그나르 그로스는 교활했다. 그는 증거가 있는 사항에 대해서는 인정했고, 다른 사항에 대해서는 전부 부인했다. 그를 경찰서로 너무 빨리 불러들인 것일까? 애당초 그들은 간접증거를 제시했다. 비밀스런 섹스, 총기 협회의 회원. 이것 말고도 더 많은 증거를 필요로 하는 것일까?

그 옆방에서 세바스찬도 같은 생각을 하고 있었다. 그로스가 사소한 일에 집착하고 강박관념적인 행동을 하는 것으로 보아 정신적인 장애를 갖은 남자라는 걸, 팀원들은 다 알고 있었던 것이다. 물론 아주 심각한 상태는 아니라고 해도. 그들이 이런 생각을 하는 게 결코 사리에 맞지 않는 것은 아니었다. 그로스는 벌써 여러 해 전부터 거의 본심을 헤아릴 수 없을 만큼 깊게 자리 잡은 방어 메커니즘을 갖고 있었다. 이를 이용하여 그는 자신이 원하지 않았던 일에 대해서도 자신을 보호했다. 세바스찬이 평가하기로는 그로스가 언제나 장점과 단점을 저울질한다고 보고 있다. 그래서 만약 그가 어떤 결정을 내려야 한다면 이것에 따라서 현실을 꾸며나갔다. 그의 결정이 곧 진실이 되는 것이다. 그는 자신과 클레벤이 모텔 방에서 서로 섹스를 했다는 주장을 듣고도 자신은 단 한 번도 거짓말한 적이 없다고 생각하고 있었다. 그는 스스로 그렇게 믿었다. 아마도 그에게 고백을 받아내려면 사진을 증거로 제시해야 할 것이다. 그들이 지금 갖고 있지 않은 증거물을.

"페터 베스틴은요?" 반야는 새로운 단서를 제시했다.

"그 사람은 또 왜 물어보는 거죠?"

"그를 알고 있죠?"

"학교가 그의 병원과 계약을 맺었어요. 근데 그게 무슨 관계죠?"

"그가 어디서 사는지 알고 있나요?"

"아니요. 개인적으로는 접촉하지 않습니다." 그로스는 의자에 앉은 채로 머릿속으로 생각하면서 몸을 앞으로 숙였다. "내가 그자하고도 성적 관계를 맺었다고 주장하려는 겁니까?"

"그게 그렇게 되나요?"

"아니에요."

"오늘 새벽 4시에 당신은 어디에 있었나요?"

"난 집에서 잠을 잤어요. 이 시간에는 항상 선잠이라도 자려고 애쓰는 편이죠. 잠버릇이 좋지 않아서요. 왜 물어보는 건가요?"

이젠 그가 빈정대는 투로 말했다. 세바스찬은 안에서 한숨을 내쉬었다. 그로스는 자신에 대한 신뢰감을 다시 찾았다. 그는, 그들이 아직 또렷한 물증을 갖고 있지 않다는 걸 깨달았다. 그들은 아무것도 얻어내지 못할 거라고. 그럼에도 취조실에 있는 토르켈은 얻을 만한 것은 얻어내려고 애를 썼다.

"우리는 당신의 무기를 좀 더 자세히 살펴봐야 합니다."

"도대체 왜죠?" 그로스는 상당히 놀라는 것 같았다.

반야는 마음속으로 저주를 퍼부었다. 그들은 신문사들이 모르도록 정보를 비밀리에 지니고 있었던 것이다. 살인자를 제외하고는 로저가 총에 맞아 죽었다는 걸 아무도 알지 못했다. 이번 경우에는 그로스가 그녀의 물음에 대해 의아하게 생각하기보다는, 오히려 무기를 보여주지 않겠다고 거부한다면 오히려 그들한테는 더 도움이 될 것이다.

"안 될 이유가 있나요?"

"나는 이유를 이해하지 못하겠어요. 소년은 총을 맞지 않았잖아요?"

교장은 반야와 토르켈을 향해 번갈아가며 의심스러운 눈빛을 보냈다. 이들 중에 아무도 그의 말을 확인해주어야 할지, 거부해야 할지 알지 못했다.

"당신은 무기를 보여주지 않으려는 건가요?"

"결코 그런 건 아니에요. 당신이 보고 싶어 하는 무기를 얼마든지 보세요. 당신이 원하는 기간만큼요."

"우리는 당신 아파트를 조사하고 싶은데요."

"나는 빌라에 살아요."

"그럼 우린 당신의 빌라를 조사해보겠습니다."

"그러려면 가택수사 명령이 필요한가요?"

"아니요. 거주자가 허락했으니 검사와 얘기만 나누면 그것으로 충분합니다."

반야는, 교장이 더 이상 협조해줄 생각이 없다는 걸 깨닫고는 상대방을 고려해주는 척하면서 위협을 가해야겠다고 결정했다.

"가택수사 명령을 내리려면 행정적인 소모가 불가피하죠. 게다가 더 많은 사람들이 우리들의 신청서를 보면 볼수록, 그만큼 이 정보는 외부로 흘러나갈 수 있는 위험이 더 커질 거예요."

그로스는 반야를 빤히 쳐다보았다. 그는 자신이 잘못 생각하고 있었다는 걸 이내 눈치챘으며 암시한 위협을 아주 잘 이해했다는 걸, 그녀는 알 수 있었다.

"당연한 일이에요. 당신이 원하는 대로 다 조사하셔도 됩니다. 내가 로저를 살해하지 않았다는 확신을 당신이 좀 더 신속하게 가질 수만 있다면, 그것보다 더 좋은 일이 어디 있겠습니까?"

반야는 그로스 교장이 결국 협조적으로 나오기 시작했다는 걸 느꼈다.

"당신, 핸드폰 있나요?"

"예. 보고 싶은가요?"

"예, 부탁드려요."

"내 서재에 들어가면 책상 가장 윗서랍에 있어요. 지금 당장 우리 집에 갈 건가요?"

"예, 곧."

그로스는 자리에서 일어났다. 반야와 토르켈은 뻣뻣이 쳐다보고만 있었고, 그는 바지 호주머니에 손을 넣어 작은 열쇠 꾸러미를 꺼냈다. 열쇠는 세 개였다. 그는 탁자에 열쇠를 올려놓으며 절제된 손놀림으로 반야 쪽으로 밀어주었다.

"내 무기장 열쇠는 오른쪽 청소 도구장 안에 걸려 있어요. 다시 한 번 강조하겠는데 당신들이 신중하게 행동해야 합니다. 유니폼을 입거나 청색 경고 회전등 사용은 자제해주셨으면 합니다. 이웃들한테 나는 존경받는 인물이니까요."

"최선을 다하겠어요."

"예, 아무쪼록 그래주길 바랍니다." 그는 다시 자리에 앉았다. 등받이에 등을 편안하게 기대어 앉아 다시 가슴팍에 팔짱을 꼈다. 반야와 토르켈은 서로 쳐다보았다. 연이어 반야는 거울 쪽을 슬쩍 쳐다보았다. 세바스찬은 마이크를 입에다 댔다.

"이 상태로는 취조를 계속할 수 없을 것 같아요."

반야는 고개를 끄덕이면서 시계에서 시간을 소리 내어 읽고 난 뒤에 녹음기를 껐다. 그녀는 토르켈을 바라보자 둘 다 같은 생각이라는 걸 알 수 있었다. 그들은 그로스를 너무나 일찍 불러들인 것이다.

정확히 말하자면 그로스는 빌라에 살고 있는 것이 아니라, 줄줄이 연결되어 있는 작은 연속 주택에 살고 있었다. 간이 차고는 이웃집의 차고와 연결되어 있었다. 이 거리에 있는 집들 중에 어느 집이 그의 집인지 찾기란 어렵지 않았다. 당연히 그의 집이 가장 깨끗했다.

도로에 깔려 있던 작은 모래들이 도로와 인도에서 말끔히 치워진 상태였다. 그것도 사유지 경계선까지 아주 정확하게. 간이 차고에는 모든 것이 흠집 하나 없이 정리되고 분류되어 있었다. 우르줄라와 빌리가 집으로 들어가자 정원길이나 완전히 말끔하게 정리된 잔디 위에는 지난해에 떨어진 잎사귀가 단 하나도 남아 있지 않다는 걸 알아챘다. 현관문 앞에 도착했을 때 우르줄라는 문 옆, 창문 아래쪽 창틀을 손가락으로 문질러보았다. 그녀는 빌리에게 손가락을 보여주었다. 먼지 하나 없었다.

"그로스 교장은 온종일 집 안 정리하고 치우는 데 시간을 다 쓰는 모양이에요." 빌리가 열쇠를 자물통에 꽂아 문을 열고 안으로 들어서자 반야가 말했다.

집은 상당히 작았다. 약 90제곱미터가량으로 보이며 2층이었다. 작은 복도로 들어가다가 복도 끝에서 한 층 위로 올라가는 계단이 있었다. 그 앞에는 문 두 개와 아치형 문이 두 개 있었다. 빌리는 복도 전등을 켰다. 그들은 서로 눈길을 주고받고는 말없이 신발을 벗었다. 가택수사를 할 때 일반적으로는 신발을 벗지 않았지만 이 집에서는 신발을 신고 들어가는 게 일종의 모욕이라는 생각이 들었다. 입구 오른편, 옷걸이 아래쪽에 있는 신발장에 자리가 있었음에도 그들은 현관의 깔개에 신발을 벗어놓았다. 선반에는 모자가 있었고, 옷걸이에 외투 하나가 걸려 있었다. 그 아래쪽에는 신발 한 쌍이 보였다. 잔디나 흙 얼룩한 점 없이 말끔하게 청소된 상태였다. 세제로 닦은 것이 아니라 아예멸균 상태라고 보아도 좋을 정도였다. 우르줄라는 몇 년 전에 미카엘과 같이 한 번 구경 간 적이 있는, 최신에 건축된 집을 연상하지 않을수 없었다. 바로 그런 냄새가 풍겼다. 사람이 전혀 살지 않는 듯한.

우르줄라와 빌리는 계속해서 안쪽으로 걸어갔다. 그들은 각각 문을하나씩 열었다. 오른쪽 문 뒤에는 옷 방이 있었고, 왼쪽 문은 욕실로통했다. 한눈에 보기에도, 두 곳 다 그로스 교장 삶의 다른 곳처럼 흠잡을 곳 없이 깨끗하게 정리되어 있었다. 이러한 인상은 나머지 아래층에도 마찬가지였다. 오른편의 아치형 문은 품위가 넘치는 소형 가구로 장식된 거실로 통했다. 소파와 이것과 잘 어울리는 소파 탁자 뒤편에는 책장이 하나 있었는데, 반쯤은 책으로 그리고 나머지 반쯤은 레코드판으로 꽉 차 있었다. 재즈와 클래식이었다. 책장 중간에는 먼지 하나 없는 레코드플레이어가 보였다. 그로스 교장 집에는 TV가 없었다. 어쨌든 간에 거실에는 없었다.

왼쪽 아치형 문은 반짝반짝 빛이 나는 부엌으로 통했다. 벽에는 부엌칼들이 한 줄로 걸려 있었다. 전기주전자는 가열 판에 자리 잡고 있었다. 탁자에는 소금과 후추통이 있었고. 이 물건들 말고는 모든 표면이 말끔하게 텅 비어 있었다.

그들은 함께 계단 위로 올라섰다. 올라가면 1제곱미터 정도 남짓한 작은 복도에는 문이 세 개 있었다. 여기에는 욕실이 하나 더 있었고, 침대 방과 서재가 각각 하나씩 있었다. 무겁고 어두운 색의 떡갈나무 책상 뒤편에는 그로스의 무기들이 공중된 무기장 속에 가지런히 놓여 있었다. 빌리는 우르줄라 쪽으로 돌아보았다.

"위쪽 할래요? 아래쪽 할래요?"

"난 상관없어요. 당신은 어딜 맡고 싶어요?"

"난 아래부터 시작할 테니, 그럼 당신이 이 무기들을 맡아주세요."

"좋아요. 우리 중에 먼저 끝나는 사람이 차고랑 자동차를 맡아서 조사하죠."

"그거 좋겠네요." 빌리는 고개를 끄덕이며 계단을 내려갔다. 우르줄라는 서재로 들어갔다.

반야는 아버지를 얼싸안고 나서야 크게 달라졌다는 걸 느꼈다. 그전과 그 이후가. 그는 살이 많이 빠졌지만 변한 게 그것뿐만은 아니었다. 지난 몇 달 동안 아버지를 안을 때에는 항상 인생의 덧없음으로 인해 그녀는 불안한 생각에서 헤어 나오지 못했다. 아버지를 포옹할 때마다 이제 마지막일지도 모른다는 생각 때문에 절망적인 연민을 느꼈던 것이다. 의사들로부터 긍정적인 진단을 받고난 뒤에는 아버지와의 포옹이 갑자기 완전히 다른 의미를 갖게 되었다. 의학은 그들의 인생 여정을 더 연장시켜주었고 지난번까지 간신히 끝자락에 매달려 있었던 낭떠러지에서 그들을 보호해주었다. 이제는 아버지와의 포옹이 미래를 약속해주었다. 발데마르는 그녀를 보고 미소 지었다. 그의 청록색 눈은 기쁨의 눈물로 반짝거렸음에도 그리 오랫동안 생기 있어 보이지는 않았다.

"네가 얼마나 보고 싶었는지 모른단다."

"나도요, 아빠."

발데마르는 그녀의 뺨을 쓰다듬어주었다.

"참 이상한 생각이 들더구나. 모든 걸 새롭게 발견한 것 같은 느낌이 들어. 마치 모든 게 다 처음인 것처럼."

반야는 그를 아무 말 없이 바라보았다.

"아빠 말씀이 이해돼요." 그녀는 몇 발자국 뒤로 물러섰다. 반야는 엉엉 울면서 호텔 로비에 서 있고 싶은 생각은 눈곱만큼도 없었다. 그녀는 창문을 가리켰다. 밖은 이미 어두워졌다.

"우리 산책하러 나가자꾸나. 내게 베스테로스를 좀 구경시켜다오."

"내가요? 난 이곳에 산 지 얼마 안 되었어요."

"하지만 넌 나보단 이 도시를 잘 알고 있잖니. 여하튼 한동안 이곳에서 살았잖니, 아니니?"

발데마르는 웃으며 딸의 팔을 잡고 회전문을 나왔다.

"이곳에 온 지 1000년은 된 것 같구나. 내 나이 스물한 살 때였으니까. 그 당시에 ASEA에서 첫 번째 직장을 잡았었지. 그래도 네가 나보다는 더 잘 알고 있을 것 같구나. 난 이 호텔이랑 경찰서랑 몇몇 범행 장소들만 알고 있단다."

그들은 걸어 다녔다. 발데마르는 과학 김나지움에서 교육을 막 끝냈던 당시를 회상하며 얘기를 나누었다. 젊고 혈기왕성하게 베스테로스로 왔던 그때를. 둘은 서로 잡담을 나누며 이 순간을 즐겼다. 정말로 한참 만에 처음으로 아무런 걱정 없이 잡담을 나누었다. 꼬박 하루 동안 불안한 마음과 생각을 전환하려고 애쓸 필요도 없이.

도시에는 차츰 어둠이 내려앉았고, 날씨가 변덕을 부렸다. 안개비가 조금씩 흩뿌리기 시작한 것이다. 그들은 물가 옆에서 나란히 걸을 때에는 비가 온다는 걸 전혀 눈치채지 못했다. 반 시간쯤 비가 내리고 빗방울이 점점 더 굵어지고 나서야 발데마르는 어디든지 피할 곳을 찾는 게 좋겠다고 생각했다. 반야는 호텔로 돌아가 뭐라도 먹자고 제안했다.

"너 그럴 시간이 있는 거니?"

"그냥 시간 내려고요."

"나 땜에 네가 난처한 일 당하는 건 싫단다."

"나 없이도 한 시간 정도는 괜찮아요, 아빠."

발데마르는 만족했다. 그는 다시 딸의 팔에 팔짱을 꼈다. 그들은 조금 빠른 걸음으로 호텔로 돌아왔다.

아버지가 호텔바의 메뉴판을 들여다보는 동안에 반야는 콜라 라이트와 와인 한 잔을 주문했다. 반야는 그를 찬찬히 살펴보았다. 그녀는 아버지를 정말로 사랑했다. 물론 그녀는 어머니도 사랑했지만 어머니와는 언제나 뭔가 복잡하게 꼬이는 게 있었다. 말다툼이 잦았던 것이다. 개인적인 자유를 얻으려면 좀 크게 싸워야 했다. 이와는 반대로 아버지와는 모든 것이 편안했다. 그는 아량이 넓었다. 물론 요구하는 것도 있었지만, 그것은 그녀가 편안하게 느낄 수 있는 분야에 한해서였다. 남녀 관계나 재능에 대한 것은 전혀 아니었다.

그는 그녀를 믿었다. 그래서 그녀는 안정감을 느꼈다. 애당초 그녀는 와인 한 잔을 마시려고 주문했지만 오늘 밤에 일을 더 해야 될 수도 있거나 적어도 새로운 상황에 직면하게 될지도 모른다는 생각에 참기로 했다. 맑은 정신으로 있는 게 훨씬 낫다고 생각한 것이다.

발데마르는 메뉴판에서 눈을 뗐다.

"엄마가 안부 전해 달라고 하더구나. 원래 같이 오려고 했었거든."

"근데 왜 엄마는 안 오셨어요?"

"일할 게 더 있어서 말이지."

반야는 고개를 끄덕였다. 당연했다. 이런 일이 처음은 아니었다.

"엄마한테 보고 싶어 한다고 전해주세요."

주문받는 여자가 음료수들을 가지고 오자 그들은 식사를 주문했다. 반야는 칠리 치즈버거를, 발데마르는 아이올리 소스(마요네즈와 마늘로 만든 걸쭉한 소스_옮긴이)와 마늘빵을 곁들인 고기수프를 주문했다. 주문받는 여자는 메뉴판을 다시 가져갔다. 그들은 아무 말 없이 잔을 들어 건배했다. 그리고 그녀는 사건이나 일상의 도전으로부터 멀리 떨어진 상태에서 다시 살아온 아버지와 한곳에 앉아 있었다. 그런데 이 순간에 문득 낯익은 목소리가 들려왔다. 개인적인 만남의 순간에 결코 있어서는 안 될 목소리가.

"반야?"

그녀는 목소리가 들리는 방향으로 고개를 돌렸다. 잘못 들었기를 바라면서. 하지만 유감스럽게도 그녀가 바라는 대로는 되지 않았다. 세바스찬 베르크만이 곧장 그녀한테로 걸어왔다. 그의 외투는 비에 젖어 있었다.

"어! 당신, 그로스의 가택수색에 대해 뭐 들은 바가 있나요?"

반야는 방해받고 있다는 눈빛으로 그를 바라보았다.

"아니요. 여기서 뭐 하는 거죠? 당신은 이곳에 거주할 수 있는 집이 있는 걸로 알고 있는데요."

"지금 뭐 좀 먹고 경찰서로 가는 길입니다. 빌리와 우르줄라가 알아낸 게 있는지 알고 싶기도 하고 해서요. 뭐 좀 아는 바가 있나요?"

"아니요. 지금은 휴식 중이에요."

세바스찬은 아무 말 없이 의자에 앉아 있던 발데마르에게 눈길을 돌렸다. 아버지가 자기 자신을 소개하기 전에 빨리 무슨 조치를 취해야 할 것 같았다. 최악의 경우에는 그와 함께 앉자고 요구하기 전에.

"난 지금 막 식사하려던 참이었어요. 먼저 가세요. 난 나중에 갈게요. 우리 경찰서에서 만나요."

평범한 사람이라면 그녀의 목소리에 거리감을 두고 있다는 걸 눈치채지 못할 사람은 없을 것이다. 하지만 세바스찬은 발데마르에게 악수를 청하며 미소 짓는 게 아닌가. 그녀는 자신이 깜박했다는 사실을 뒤늦게 깨달았다. 세바스찬은 평범한 사람이 아니라는 걸.

"안녕하세요. 세바스찬 베르크만입니다. 반야와 같이 일하고 있죠."

발데마르는 세바스찬을 다정하게 반겼다. 그러고는 의자에서 반쯤 일어나 그와 악수했다.

"안녕하세요. 발데마르입니다. 반야의 아버지죠."

반야는 더 화가 치밀어 올랐다. 그녀는 아버지가 자신의 일에 얼마나 많은 관심을 갖고 있는지 정확히 알고 있었다. 그래서 결코 짧은 인사 정도로 끝나지 않으리라는 것도 예상할 수 있었다. 일은 예상대로 흘러갔다. 발데마르는 자리에서 일어나 세바스찬을 호기심 어린 눈으로 바라보았다.

"반야는 동료들에 대한 얘기를 많이 해주지만, 당신 얘기는 아직 한 번도 들은 적이 없는 것 같은데요."

"전 이번 수사에서는 상담사로 잠시 동안만 일하게 됐습니다. 저는 심리학자이지, 경찰은 아니거든요."

세바스찬이 자신의 분야를 언급하자, 발데마르의 얼굴 표정이 변하는 걸 알 수 있었다. 그는 옛 기억을 이것저것 더듬어내는 것 같았다.

"베르크만 씨라…… 당신, 혹시 세바스찬 베르크만 아닌가요? 연쇄 살인범 힌데에 대해 책을 쓴……."

세바스찬은 쏜살같이 재빨리 고개를 끄덕였다.

"여러 책을 썼지요. 어쨌든 그게 접니다."

발데마르는 반야 쪽을 바라보았다. 그는 거의 흥분상태에 있는 듯이 보였다.

"이 책은, 네가 수년 전에 내게 선물한 거 아니니? 혹시 기억나니?"

"예."

발데마르는 다시 세바스찬 쪽을 바라보며 반야의 맞은편 쪽, 빈 의자를 가리켰다.

"우리랑 같이 앉지 않으실래요?"

"아빠, 내 생각엔 세바스찬이 다른 일을 해야만 할 것 같아요. 우린 지금 상당히 복잡한 사건을 수사 중이거든요."

세바스찬은 반야를 쳐다보았다. 그녀의 눈빛에서 뭔가 애원하는 기색이 보인 것일까? 어쨌거나 그녀가 그와 합석하고 싶어 하지 않는다는 것은 의심할 여지가 없었다.

"하지만 아닙니다. 전 시간이 있어요." 세바스찬은 앉기 전에 먼저 젖은 외투 단추를 풀러 옷을 벗더니 등받이에 걸었다. 그동안에 그는 이해할 수 없는 조롱조의 미소를 띠며 반야를 주시하고 있었다. 그는 이 상황을 즐겼다. 그녀도 그걸 알고 있었다. 그래서 그런지 처음에 그가 알은체를 했을 때보다 지금 더 화가 치밀어 올랐다.

"난 정말 감쪽같이 몰랐네요. 당신이 내 책들 중에 한 권을 읽었다는 걸." 의자에 편안한 자세로 앉은 세바스찬은 그녀에게 말했다. "당신은 그런 말을 단 한 번도 한 적이 없었잖아요."

"아마도 내가 아직 그럴 짬이 없었나보죠."

"이 아이가 당신 책을 얼마나 좋아하는데요!" 발데마르가 보충 설명을 했는데, 자신의 한 마디 한 마디마다 딸의 눈빛이 얼마나 어두워지고 있는지를 전혀 눈치채지 못했다. "우리 딸이 그 책을 읽어보라고도 했는걸요. 내 생각에는 이 아이가 경찰관이 된 계기들 중 하나도 다 그 책 때문이었을 겁니다."

"아, 정말요? 그런 말을 듣다니 참 반갑군요!" 세바스찬은 만족한 듯이 의자에 기대앉았다. "내가 반야한테 그렇게 많은 영향을 주었다니 전혀 생각도 못해 본 일입니다."

게임 오버. 세바스찬은 그녀를 향해 히죽거리며 웃었다. 그녀는 이제 절대로, 절대로 다신 주도권을 잡지 못할 것이다. 일이 이 지경이 되도록 그녀의 사랑하는 아버지가 방금 일조를 했다.

미카엘은 기차역에서 우르줄라에게 전화를 걸었다. 그는 자신을 데리러 올 수 있는지 물었다. 만약 데리러 올 수 없다면 그는 택시를 타고 호텔로 갈 거라고 했다. 우르줄라는 욕이 절로 났다. 그가 온다는 것을 새까맣게 까먹지는 않았지만 하루 종일 단 한 번도 기억해내지 못했다. 그녀는 얼른 시계를 봤다. 오늘은 정말 지겹도록 긴 하루였다. 아직 하루가 끝나지도 않았으니 말이다.

그로스의 침실에서 그녀는 차곡차곡 가지런히 접어놓은 윗도리, 스웨터, 바지와 그 밖의 모든 옷가지들이 들어 있는 서랍장을 살펴보고 있던 중이었다. 그로스의 옷들은 다른 물품들도 전부 그렇지만 그 사이 간격을 정확히 3센티미터씩 간격을 두고 옷걸이 대에 걸려 있었다. 그녀가 남편에게 한 시간 더 기다려달라고 부탁해야만 했다. 그녀의 기분은 상당히 나빴다. 구체적인 단서가 없었기에 그녀는 더 당황스러웠다. 그녀는 총기부터 살펴보기 시작했지만 그래봤자 일에는 더 진척이 없다는 것을 이내 깨달았다. 물론 얼마 전에 총기를 사용했다는 징후는 보였으나 그로스는 경기에 참여하는 사수였다. 희생자의 심장에 있던 탄환을 발견하지 못한다면 이런 정보는 가치 없는 일이었다. 나머지 서재를 조사해도 마찬가지로 별다른 결과가 없었다. 책상이나 창문 옆 책꽂이 겸용 책상이나 책장에는 특별한 것이 없었다. 어쩌면 컴퓨터에서는 뭔가 활용할 만한 것을 찾을 수도 있을 테지만, 그 점에 대해서는 빌리가 맡을 것이다. 욕실도 실망스럽기만 했다. 개수대에는 머리카락 한 가닥 없었다.

그리고 이제 그녀는 자신을 기다리고 있는 미카엘과 전화 통화를 했다. 결국 혼자 오라고 부탁할 수밖에 없었다. 때는 저녁 식사 시간이었다. 그녀도 뭐라도 먹어야 하지 않을까? 우르줄라는 하던 일을 그만두고는 계단으로 내려가 부엌을 빠끔히 들여다보았다. 그곳에서는 빌리가 막 서랍과 싱크대를 조사하고 있던 참이었다.

"나 잠깐 나갔다 올게요. 한두 시간 안에 다시 올 거예요."

빌리는 깜짝 놀란 눈으로 그녀를 바라보았다.

"오케이."

"자동차 내가 타고 가도 괜찮겠죠?"

"도대체 어딜 가는 거죠?"

"가야 할 일이 있어요. 그리고…… 뭐 좀 먹기도 해야 하고."

빌리는 아직도 이해할 수 없었다. 우르줄라가 밥을 먹기 위해 일터를 나갈 만큼 그렇게 불가피하게 행동했던 적이 있었을까? 그는 기억나지 않았다. 그는 샌드위치만을 먹고 사는 여자 정도로 생각했던 것이다. 여러 범행 장소에 갈 때마다 그 근처에 있는 주유소에서 샌드위치를 사와서 먹는 그런 사람으로.

"무슨 일이 있나요?"

"미카엘이 이 도시에 왔어요."

빌리는 이 모든 일이 여전히 이상하다고 생각하면서도 가능한 이해하려고 고개를 끄덕여주었다. 그는 우르줄라를 크리스마스 파티에 한번 데리러 간 적이 있었다. 그때 단 한 번 약 10분 정도 본 적이 있는 남자가 미카엘이었다. 바로 그 남자가 그녀와 식사를 하기 위해 베스테로스에 왔다는 것.

뭔가 결정적인 단서를 찾았어야 했는데! 우르줄라는 집을 나오면서 화가 난 걸음걸이로 주차된 자동차 쪽으로 향했다. 자동차 문을 열자 문득 그녀는 미카엘이 애당초 왜 베스테로스에 와야 하는지, 한동안 완전히 잊고 잊었던 이유를 생각해냈다. 그는 그에게 화를 내서는 안 된다. 절대로. 그는 아무런 죄가 없었다. 그녀가 그를 자신의 목적으로 인해 악용한다는 것은 아주 나쁜 짓이었다. 그녀가 그에게 전화를 했기 때문에, 그가 이곳으로 온 것이었다. 그녀가 그를 만나고 싶어 하고, 보고 싶어 했기에. 그리고 그녀는 미카엘이 옴으로써 토르켈을 엄하게 징벌하려고 했던 것은 아니었기에 그녀는 그에게 특히나 다정하게 대해야 할 것이다. 엉뚱한 사람을 벌주지 않으려면.

우르줄라는 자동차에 올라타자 핸드폰을 꺼내들었다. 시내로 가는 길에서 그녀는 두 번의 짧은 전화를 했다. 한 번은 경찰서에 한 것이었는데, 토르켈이 아직 남아 있는지 확인하기 위해서였다. 그리고 또 한 번은 미카엘과 통화한 것으로 만날 장소를 약속했다. 그녀는 속도를 줄였다. 아무쪼록 그가 먼저 도착한 뒤에야 자신이 도착하겠다는 계산이었다. 그래서 그녀는 라디오를 켜고는 한동안 귀 기울여 들으며 생각을 가다듬었다. 공은 이미 던져졌다. 곧 징벌이 내려질 것이다.

"안녕하세요, 토르켈 씨."

토르켈은 뒤를 돌아보았다. 그는 짙은 머리에 몸집이 커다란 남자를 한눈에 알아보았다. 남자는 프런트 앞 소파에 앉아 있었다. 토르켈은 그에게 머리를 숙이며 최선을 다해 억지미소를 지어 보였다.

"미카엘, 만나서 반갑군요. 우르줄라한테서 당신이 온다는 말을 이미 들었습니다."

"우르줄라가 여기에 있나요?"

"글쎄 나는 잘 모르겠네요. 하지만 내가 한번 확인해 볼게요."

"아니에요. 괜찮습니다. 내가 여기서 기다린다는 걸 우르줄라도 알고 있어요."

토르켈은 다시 고개를 끄덕였다. 미카엘은 생기가 넘쳐 보였다. 관자놀이의 짙은 머리카락이 약간 희끗해지기는 했지만 그에게 제법 잘 어울렸다. 그들은 동갑내기였지만 토르켈은 자신이 더 나이가 들어 보이고 겉늙었다는 생각을 떨쳐버릴 수가 없었다. 미카엘은 정말 나이가 들어 보이지 않았다. 게다가 그는 한동안 알코올의존증과 한판 승부를 겨루어야 했는데도, 결코 그래 보이지 않았다. 정반대였다. 그는 예전보다 더 스포츠로 단련되고 건강해 보였다. 이 모든 것은 다 유전자 탓이라고, 토르켈은 생각했다. 물론 동시에 그는 피트니스에 등록해야 되는 것은 아닌지 곰곰이 생각해보기도 했다.

두 사람은 한동안 아무 말 없이 서 있었다. 토르켈은 절대로 불친절한 인상을 주어서는 안 된다. 하지만 아무리 노력해도 그가 무슨 말을 해야 할지 머릿속에 떠오르지 않았다. 그는 솔직히 관심이 별로 없었기에 틀에 박힌 방법을 선택했다.

"커피? 커피 한잔 하실래요?"

미카엘은 고개를 끄덕였고, 토르켈이 입구로 향했다. 그는 카드 열쇠를 꺼내어 미카엘에게 유리문을 열어주었다. 그들은 커다란 사무실을 통과한 뒤, 휴게실로 갔다.

"난 살인 사건에 관해 신문에서 읽었습니다. 어려운 사건인 것 같던데요."

"예, 그런 편입니다."

토르켈은 잠자코 앞으로 계속 걸어갔다. 그와 미카엘은 지난 몇 년

438

동안 얼굴 볼 일이 몇 번 없었다. 특히나 우르줄라가 새롭게 이 부서에서 일하게 됐던 초반에는. 그 당시에 토르켈은 이 둘을 모니카와 자신의 집으로 초대했다. 아마도 두세 번 정도였을 것이다. 이때에는 그와 우르줄라가 오로지 동료 관계였으며 파트너로서만 서로 만났다. 그들이 호텔 방에서 관계를 맺기 시작하기 전에는. 이렇듯 그들이 관계를 맺은 것은 얼마나 된 일일까? 4년? 코펜하겐에서의 늦은 밤까지 계산한다면 5년쯤 됐을 것이다. 이날 밤의 일로 그는 적어도 이마에 땀을 송송 흘려가며 실수를 아주 뼈저리게 후회했다. 결코 다시는 일어나서는 안 될 일이라고. 그 당시에는 그랬다.

하지만 오늘날은 완전히 딴판이 되었다. 당시의 실수에 대한 후회와 저주는 몇 가지 불문율로 바뀌었다. 즉 오로지 일할 때에만 만나는 것으로 생각했고, 결코 직장이 있는 도시에서는 개인적으로 만나지 않는다는 것. 미래에 대한 계획은 없었다. 최근에는 대체로 토르켈이 힘들어했다. 그들이 옷을 벗은 채로 만족스럽게 나란히 침대에 누워 있더라도 그는 더 많은 것을 희망하지 않을 수 없었다. 그래서 그런지 타지에서는 더 자주 이런 익명의 호텔 방에 들어가게 됐다. 하지만 그가 한계선을 넘어서는 바람에 서로의 약속을 지키지 않았을 때에는-이런 일이 몇 번 되진 않지만-그녀의 눈에서 불이 났다. 그래서 그는 몇 주 동안 서로 만나지도 못하고 지내야만 했다. 여기서 토르켈은 한 가지 터득한 게 있었다. 미래에 대한 계획은 없으며 그 대가가 너무 크다는 것.

이제 공동 휴게실에 들어온 그는 컵 안으로 흘러내리는 브라운색의 커피를 빤히 바라보고 있었다. 미카엘은 가장 가까운 탁자에 앉아 자신의 카푸치노를 조금씩 마셨다.

그들은 사건에 대해서는 신물이 날만큼 서로 얘기를 나누었다. 그 탓에 이제는 일반적인 얘기를 나눌 수밖에 없는 형편이 되었다.

바람이 많이 부는 날씨네요.

이제는 정말로 봄이 온 것 같아요.

이 직업은 어떤가요?

항상 똑같습니다. 언제나 같은 일로 화가 나지요.

벨라는 어떻게 지내고 있나요?

잘 지내고 있어요. 감사합니다. 벨라는 1년 내에 법학공부를 마칠 것 같아요.

미카엘, 요즘도 축구를 하나요?

아니요. 무릎이 말을 듣지 않아서요. 관절이 안 좋아요.

미카엘과 얘기하는 내내 토르켈은 어제 아침에 그의 아내와 잠자리를 가졌던 것을 생각하고 있었다. 그는 잘못이라고 느꼈다. 정말로 잘못이라고.

이 세상에서 모든 걸 왜 우르줄라가 결정해야 하는 걸까? 그녀가 하필이면 이곳 경찰서에서 남편과 만나기로 한 이유가 뭐란 말인가? 때마침 우르줄라가 그들의 뒤쪽에서 나타나자 이내 토르켈은 그 이유를 짐작할 수 있었다.

"여보, 왔어요. 내가 너무 늦었죠. 미안해요."

우르줄라는 눈길 한 번 주지 않고서 토르켈을 그냥 지나쳐가더니 미카엘에게 애정 어린 키스를 했다. 그러고 나서야 그녀는 토르켈을 돌아보며 느닷없이 아이러니한 윙크를 보냈다.

"근데, 커피 마실 시간이 있나요?"

토르켈이 뭐라고 대답하려던 참에 미카엘이 그를 도와주러 왔다.

"내가 저 아래 프런트에 앉아 기다리는데 토르켈이 친절하게 대해주었어."

"원래 우린 해야 할 일이 아주 많아요. 추가 인원도 보강해야만 하고요. 그것도 아주 많아요. 내 말이 맞죠, 토르켈?"

사실이었다. 미카엘의 등장은 토르켈한테는 징벌로 여겨졌다. 어쩌면 가장 세련된 징벌 종류는 아니라고 해도, 그녀는 그를 꼼짝달싹 못하게 만들었다. 그것도 아주 효과적으로. 토르켈은 아무런 대답도 하지 않았다. 이런 논쟁에 끼어들어 봤자 의미가 없었다. 미카엘이 이곳에 있는 한은 아무런 의미가 없었다. 만약 우르줄라가 이런 기분을 계속 유지한다면 그가 질 게 뻔했다.

토르켈은 휴게실에서 나가기 전에 미안하다는 인사를 하고 점잖게 미카엘에게 악수를 청했다. 적어도 약간은 자존심이 있다는 것을 증명한 셈이었다. 완전히 꼬리를 내린 채로 그곳에서 빠져나가고 싶은 생각은 죽어도 하기 싫었다.

우르줄라가 미카엘의 팔짱을 끼고 난 뒤, 그 둘은 휴게실을 나갔다.

"난 이 도시에서 특별히 맘에 드는 레스토랑은 잘 몰라요. 하지만 빌리 말로는 이 근처에 그럭저럭 쓸 만한 그리스 식당이 있다고 했어요."

"잘됐네."

둘 다 아무런 말도 없이 몇 발자국을 걷자 미카엘이 잠시 발길을 멈추었다.

"왜 날 오라고 한 거지?"

우르줄라는 의아한 눈빛으로 그를 바라보았다.

"그게 무슨 소리예요?"

"내 말 뜻은, 지금 내가 한 말 그대로야. 왜 날 이곳으로 불렀냐고. 당신이 나한테 원하는 게 뭐야?"

"아무것도 없어요. 난 그저 스톡홀름에서 한 시간 떨어진 곳에 있다고 생각하니까 우리가 서로……."

미카엘은 그녀를 탐구하듯이 줄곧 지켜보았다. 도무지 납득하지 못한 듯이.

"당신, 베스테로스보다 더 가까운 스톡홀름 바로 근처 도시에서 일했을 때도 전화 한 통 안 했어."

우르줄라는 마음속으로 한숨을 내쉬었으나 결코 겉으로 드러내지는 않았다.

"바로 그것 때문이에요. 우리가 만나는 시간이 너무 적어서요. 나는 뭔가 변화를 주고 싶어요. 자, 그만 가요."

그녀는 그의 팔을 잡고는 살며시 몸 쪽으로 끌어당겼다. 그녀는 남편에게 몸을 바짝 갖다 대면서도 자신의 아이디어를 저주했다. 어제만 해도 합당하고 납득이 가는 것처럼 생각했는데 말이다. 그녀가 도대체 얻을 수 있는 게 뭘까? 토르켈을 질투하게 만들려는 것일까? 그에게 굴욕감을 느끼도록? 그녀의 자립심을 강조하려는 것일까?

미카엘이 이곳에 왔다는 사실만으로도 이미 그녀의 목적은 채워졌다. 토르켈은 이 상황을 분명히 불편하게 느꼈다. 물론 그는 잠자코 그 자리를 모면하려고 빠져나갔을 때에도 그의 어깨는 그리 오랫동안 축 늘어져 있진 않았다.

이제부터 우르줄라는 도대체 남편하고 무슨 일을 해야 할지 생각해 봐야 할 것이다.

그들이 그리스 식당에서 족히 한 시간을 보냈을 때, 우르줄라는 그 로스의 집에 돌아가 봐야겠다는 생각을 하게 되었다. 그럼에도 불구하고 둘만의 저녁 식사는 유쾌했다. 그녀가 생각했던 것보다는 더 호감이 갔다. 미카엘은 왜 여기서 만나자고 했는지 그 이유를 몇 번인가 물었다. 그녀가 그저 만나고 싶어서 그랬다는 말은, 그가 믿기 어려워하는 것 같았다. 그의 반응이 결코 이상한 것도 아니었다.

그들의 관계는 오랫동안 아주 힘들었다. 그들의 관계가 유지된 것은 애당초 기적이라고 할 수도 있었다. 하지만 이 싸움을 하는 동안에 그들을 이어주는 끈도 더 강력해졌다. 파트너의 가장 비밀스러운 약점들을 알게 될 경우에 그 관계가 더 강해지거나 아니면 아예 망가진다는 것은 사실이었다. 그들은 둘 다 약점을 지녔다. 특히나 부모로서. 벨라에 관한 한, 우르줄라는 딸에게 진실로 가까이 다가서기 어려운 약점을 지니고 있었던 것이다. 마치 아주 작고 섬세한 필터가 존재하는 것처럼 그들 사이에는 얇은 막이 가로막고 있었다. 유감스럽게도 우르줄라가 가족보다 일을 우선함으로써 그들 사이를 그렇게 만든 것이다. 우르줄라는 무의식적으로 딸보다는 법의학 연구소와 시체들을 더 우선시한다는 걸 느낄 때면 자주 괴로웠다. 그녀는 자신의 어린 시절과 부모님 탓으로 돌렸다. 게다가 감정보다는 논리적인 사고에 더 우선권을 주는 자신의 뇌에도. 하지만 아무것도 변할 수 있는 것은 없었다. 그들 사이를 가로막은 얇은 막은 그대로 있었고 이로써 결속 능력에 대한 근심도 그대로였다. 언제나 그녀는 좀 더 많이, 좀 더 빈번하게 사회적인 참여에 헌신해야 한다는 생각을 했다. 특히나 미카엘이 다시 알코올의존증에 빠져 있을 무렵에는. 이 당시에는 조부모님들이 벨라의 구세주였다.

명확하게 드러난 약점들에도 불구하고 우르줄라는 매번 미카엘에게 감탄했다. 약물의존에도 그는 가정을 절대로 재정적인 위험에 빠트리지 않았으며 집에서 살지 못하는 일도 없었다. 정말로 상황이 나빠졌을 때에는 다친 동물이 그렇듯이 스스로 한 발 물러섰다. 상황이 반복될 때마다 대체로 그는 스스로 자신에게 실망감을 느꼈다. 그의 인생은 자신의 절망과 오랜 싸움이라고 할 수 있었다.

바로 이런 상황 속에서 우르줄라는 그에 대한 사랑의 열쇠를 찾았다. 그가 절대로 포기하지 않는다는 것을. 모든 실패와 과실과 헛되이 사라져버린 희망에도 불구하고 그는 언제나 계속해서 싸워나갔다. 그녀보다 더 명확하게, 그녀보다 더 가혹하게. 그는 쓰러지면 단념했지만 어느 순간 다시 일어섰으며 계속해서 앞으로 나아갔다. 그 아이 때문에. 벨라 때문에. 그리고 가족 때문에. 그리고 우르줄라는 그녀를 위해 싸운 모든 사람들에 대해서는 신의를 지켰다. 이는 특별히 낭만적이지도 않았고 결코 완벽한 관계를 뜻하는 동화와 같은 꿈도 아니었다. 우르줄라는 이러한 이상에 대해서 그다지 크게 감명 받는 성격이 아니었다. 그녀는 언제나 신의를 사랑보다 중요시 여겼다. 그녀는 자신과 같은 생각을 하는 사람들을 필요로 했다. 그리고 그렇게 행동하는 사람들을 놓지 않았다. 그들은 그럴 만한 가치가 있는 사람이기에. 만약 관계 속에서 이런 사람들을 발견하지 못할 경우에는 또 다른 곳에서 찾으려고 했을 것이다.

토르켈은 그녀의 첫 번째 애인은 아니었다. 그는 그렇게 믿고 싶어 할지는 모르겠지만, 아니다. 다른 남자들도 있었다. 이미 예전에 그녀는 미카엘을 대신하여 다른 남자들을 사귀었다. 처음엔 그녀도 자기 자신을 나쁜 여자로 자책하려고 애를 썼지만 잘되지 않았다. 아주 간절히 애를 써보았는데도. 다른 남자들과 관계를 맺어도 미카엘을 속인다고는 볼 수 없었다. 그녀의 불륜은 남편의 곁에 남아 있기 위한 전제 조건이었다. 그녀는 미카엘에 대한 복잡한 감정뿐만 아니라 토르켈처럼 구속력이 없이 육체적으로 가까이 지낼 수 있는 남자들을 필요로 했던 것이다. 우르줄라는 이런 자신을 일종의 배터리로 느꼈다. 잘 작동하려면 양극과 음극이 필요한 것처럼. 이런 작용이 없으면 그녀는 공허함을 느꼈다.

어찌됐건 간에 그녀는 미카엘이나 토르켈에게 한 가지만은 요구했다. 바로 신의였다. 그리고 이런 맥락에서 보면 토르켈은 그녀의 기대를 저버렸다. 이로써 그녀한테는 양극을 연결하여 누전을 일으키기로 결정한 단순한 계기가 되었다. 어떻게 보면 유치하기 짝이 없는 결정이었다. 깊이 생각하지도 않고 흥분했다. 하지만 적어도 원하는 대로 돌아갔다.

저녁 식사는 편안했다. 그녀는 레스토랑 앞에서 미카엘과 헤어졌다. 그리고 되도록 서둘러 호텔로 다시 돌아오겠다고 약속도 했다. 물론 늦어질 수도 있단 말도 덧붙이고서. 미카엘은 책을 가져왔으니 읽고 있으면 된다고 말했다. 그녀가 걱정할 필요 없다고.

미카엘과 만난 뒤에 토르켈의 저녁은 가파른 내리막으로 치닫고 있었다. 빌리가 그에게 전화를 걸었다. 그가 라그나르 그로스의 집에서 막 돌아오는 길이라고. 그리고 그는 아무것도 발견하지 못했다고 보고했다. 옷에서 혈흔을 보지 못했으며, 신발에서도 흙 한 점 찾지 못했다고. 로저가-아니면 어떤 다른 사람이라도-집에 있었던 흔적은 전혀 없었다. 자동차 타이어는 피렐리 상표가 아니었으며 타이어에도 혈흔은 남아 있지 않았다. 물론 차고에서도 아무것도 발견하지 못했다. 쉽게 점화되는 용액의 용기나 탄내가 나는 옷은 없었다. 어떤 식으로든지 로저 에릭손이나 페터 베스틴의 살인과 관련된 것은 전혀 없었다. 전혀. 정말로 아무것도 없었다.

빌리는 교장의 컴퓨터를 다시 한 번 조사해볼 작정이라고 말했지만 너무 큰 기대는 하지 말라고 토르켈에게 말했다.

토르켈은 전화를 끊자 한숨이 절로 나왔다. 그는 탁자 앞에 앉아 사건 서류가 걸려 있는 벽을 유심히 관찰하였다. 뭔가 새로운 것은 전혀 떠오르지 않았다. 물론 그로스를 24시간 동안 붙들어놓을 수는 있을 테지만 토르켈은 그의 혐의를 어떻게 굳혀야 할지 잘 생각나지 않았다. 이 세상의 어떤 검사도 그에 대한 구속영장을 허락해주지는 않을 것이다. 그렇다면 원칙적으로는 그들이 그를 오늘이나 내일 오후에는 석방해야 했다.

때마침 반야가 사무실 방 안으로 급히 뛰어 들어오는 바람에 화들짝 놀란 그는 자리에서 벌떡 일어서려고 했다. 그는 오늘 또다시 그녀를 보게 될 줄이야 전혀 생각도 하지 못했다. 애당초 그녀는 개인적인 일을 보러 나간 것으로 알고 있는데!

"젠장, 왜 당신은 세바스찬한테 일을 맡긴 거죠?"

그녀의 눈은 분노로 이글거렸다. 토르켈은 피곤한 눈빛으로 그녀를 바라보았다.

"내가 벌써 충분히 설명한 것 같은데요."

"그건 바보 같은 결정이었어요."

"무슨 일이 있나요?"

"아니요. 아무 일도 없었어요. 하지만 그를 당장 쫓아내세요. 방해가 된다고요."

토르켈의 전화기가 울렸다. 그는 단말기의 화면을 보았다. 총경이었

446

다. 토르켈은 잠시 실례한다는 눈빛으로 반야를 쳐다보며 전화를 받았다. 그들은 채 1분도 되지 않아 서로의 정보를 교환했다.

토르켈이 들은 바로는, 익스프레센 신문의 리포터들이 페터 베스틴과 팔름뢰브스카 고등학교 간의 관계나 로저 에릭손과의 관계를 알아냈다는 것이다. 이것에 관한 내용이 이미 인터넷에 공개되었다는 것.

총경이 전해들은 정보로는 토르켈이 나그나르 그로스를 풀어주길 원하며 왜 그럴 수밖에 없는지 그 이유에 대한 것이었다.

토르켈은 총경으로부터 만족스럽지 않다는 말을 들었다. 이 사건은 해결되어야만 한다는 말도. 가능하면 서둘러서.

총경은 토르켈의 팀이 최선을 다하고 있다는 말을 들었다.

토르켈은 총경으로부터 이런 요구를 들었다. 오늘 밤 일을 마치기 전에 먼저 밖에 모여 있는 기자들의 질문을 받아줄 수는 없는지.

총경은 전화를 끊었다.

토르켈도 전화를 끊었지만 그런다고 그의 걱정이 해결되지 않았다. 반야의 눈빛을 보면서 그는 그 사실을 깨달았다.

"우리가 교장을 풀어줄 건가요?"

"그래야 할 것 같아요."

"하지만 왜요?"

"내가 방금 전화기에 대고 하는 말 들었잖아요?"

"물론 들었죠."

"바로 그거예요."

반야는 몇 초 동안에 아무런 말없이 우두커니 서 있었다. 그녀가 방금 들은 정보들을 파악해보려고 하려는 듯이. 그녀는 재빨리 결론을 내렸다.

"난 이 사건이 지긋지긋해요. 이 불쾌한 도시도 지긋지긋하고요."

그녀는 갑자기 발길을 돌려 문 쪽으로 걸어가더니 문을 열었다. 하지만 문가에 멈추어 서서는 다시 한 번 토르켈 쪽을 돌아보았다.

"난 세바스찬 베르크만도 지긋지긋해요."

반야는 커다란 사무실을 나오자 문을 쾅 닫았다. 토르켈은 쏜살같은 발걸음으로 텅 빈 사무실에서 사라진 그녀의 모습을 지켜보았다. 그는 피곤한 얼굴로 의자 등받이에 걸려 있는 콤비네이션 재킷을 집어 들었다. 세바스찬을 기용한 그의 경솔한 행동 탓에 이제 그는 그만하면 충분할 만큼 비난을 받았다.

반 시간쯤 뒤에 토르켈은 석방을 위한 모든 서류를 준비했다. 그로스는 정확하고 말수가 적었다. 그는 그들이 비밀을 지켜줄 것을 다시 한 번 희망했다. 그리고 민간 차량이나 택시를 이용하여 집까지 데려다달라고 요구했다. 그것도 뒷문으로. 그는 건물을 떠날 때에는 기자들로부터 법률의 보호를 받고 싶어 했다. 민간 차량은 이렇게 늦은 시각에는 조달할 수 없었기에 토르켈은 택시를 불렀다. 작별 인사에서 그로스는 그들을 다시 보지 않기를 희망했다. 토르켈도 고백하지만 이런 소망은 피차일반이었다. 택시의 붉은 미등이 뒷마당을 떠날 때까지 그는 꼼짝달싹하지 않고 서 있었다. 잠깐 동안 그렇게 머물러 있었다. 이제 그는 당장 해야만 할 일을 하기로 했다. 기자들보다는 깨끗한 양심을 보호할 수 있는 무언가를.

하지만 무슨 말을 해야만 하는 걸까? 아무런 생각도 떠오르지 않았다. 그는 선택의 여지가 없었다. 곧장 나가서 신문기자들한테 얼굴을 보여줘야 했다.

토르켈이 자신의 직업에서 싫어하는 점이 있다면 그것은 단연 매체와의 관계가 점점 중요해진다는 사실이었다. 물론 그는 대중의 정보 욕구를 이해할 수 있었지만 이 점이 진정 기자들의 진짜 동기인지 갈수록 회의적이 되었다. 그동안에 신문사들은 줄곧 독자를 현혹시키려고 해왔다. 그러다보니 섹스, 불안과 센세이션한 내용보다 더 잘 팔리는 기사는 없었다. 이로써 정보보다는 공포를 제공하게 되었다. 누군가의 죄를 면해주기보다는 서슴지 않고 단죄했으며, 범죄 용의자의 신분을 캐고자 하는 대중의 욕구에 부합하도록 언제나 서둘러 결정을 내리고 있었다. 이름과 사진을 게재하면서. 아직 재판도 열리기 전에.

그리고 언제나 보도에는 이런 공포감을 자아내게 하는 잠재의식적인 메시지를 전달해주었다. 당신도 이런 일을 겪을 수 있습니다. 당신도 결코 안전하지는 않아요. 당신 자녀의 일일 수도 있으니까요.

이런 점이 토르켈은 문제라고 생각했다. 신문은 복잡한 상황을 단순화시켜 비극으로 몰아나간다. 이로써 사람들에게 경악과 불신을 자아내게 만드는 것이다. 당신도 당할 수 있습니다. 절대로 밤에 외출하지 마세요. 길에서 만나는 사람은 아무도 믿어서는 안 됩니다. 기자들이 애당초 팔려고 하는 것은 불안감이었다.

두 시간 뒤에 우르줄라가 호텔로 돌아갈 때에는 그녀의 기분이 최악이었다. 그리고 갈수록 기분은 더 나빠졌다. 식사 뒤에 그녀가 다시 그로스의 집으로 갔을 때 빌리는 이미 모든 일을 다 해치운 상태였다. 그들은 부엌에 앉아 가택수사의 결과에 대해 이야기를 나누었다. 간단했다. 아무것도 없었다. 눈곱만큼도.

우르줄라는 한숨이 절로 나왔다. 처음에 그로스의 정리 정신을 높이 평가했던 그녀로서는 그 덕분에 아주 사소한 것도 발견하지 못하게 되었다. 그녀는 사소한 것도 신경 쓰는 그의 성격이 수사에는 단점으로 작용했다는 결론을 내리게 되었다. 그로스는 결코 생각하지 않은 일이나 계획하지 않은 일을 감행하지 않을 것이다. 그는 자신의 정체가 발각될 수 있는 중요한 증거를 절대로 그냥 남겨두거나 서투르게 숨겨둘 사람이 아니었다. 그가 뭔가를 숨겼다면 영원히 발각되지 않도록 철저히 대비했을 것이 분명했다. 그 어떤 것도, 절대로 발각되지 않도록.

그들은 포르노그래피도, 금지된 물건들도, 숨겨놓은 사랑의 편지도 찾지 못했다. 그뿐만 아니라 컴퓨터에서는 수상한 링크도, 프랑크 클레벤이나 다른 남자들과의 성적 관계를 의미하는 그 어떤 것도 없었다. 로저 에릭슨에 대한 문자메시지는 그의 핸드폰에서 발송되지 않았다. 그들은 그 어떤 훈계의 글도 발견하지 못했다. 그로스는 비인간적일 만큼 완벽했다.

빌리는 우르줄라의 좌절감을 함께 나누며 컴퓨터를 분해했다. 컴퓨터를 사무실로 가지고 가서 더 나은 프로그램을 이용하여 세 번째로 꼼꼼히 조사할 작정이었다.

하지만 그로스의 물건들에는 금지된 것은 있지 않을뿐더러 개인적인 것들도 존재하지 않았다. 그 어떤 연결 고리를 암시할 만한 것도 없었고, 은밀하거나 그 어떤 다른 것도 전혀 없었다. 그의 사진은 물론, 그가 좋아하는 사람들의 사진도 없었으며 편지도, 보관하고 있는 크리스마스 카드나 초대 카드도 전혀 없었다. 그들이 발견할 수 있었던 가장 개인적인 물건이라고는 고작 그의 증명서들이었다. 물론 전혀 흠잡을 일이 없이 완벽했다. 결국 빌리와 우르줄라는 교장의 내부 생활을 다른 곳에서 찾아야 한다고 확신했다.

토르켈에게 보고하기 위해 빌리가 차를 타고 가기로 결정했다. 우르줄라는 좀 더 남았다가 특히나 위층을 다시 한 번 조사해보기로 했다. 그녀는 간과하고 지나친 것이 아무것도 없다는 걸 반드시 확인하고 싶었다. 미카엘이 생각났기 때문이기도 했다. 그녀는 아무것도 발견하지 못했다. 정말로 눈곱만치도.

택시를 잡아타고 호텔로 향한 그녀는 곧장 호텔 방으로 들어갔다. 미카엘은 텔레비전 앞에 앉아 유로 스포츠를 시청하고 있었다. 그녀가 스파르타식의 소박한 방 안으로 들어가는 순간에 이미 뭔가 심상치 않다는 것을 느꼈다. 미카엘은 자리에서 너무 서둘러 일어났으며 뭔가 너무나 밝은 얼굴로 미소 지어 보였다. 우르줄라는 아무 말도 없이 미니바로 가서는 냉장고 문을 열었다. 물 두병과 주스 한 팩을 제외하고는 아무것도 없었다. 쓰레기통에서 그녀는 금지된, 작은 플라스틱 병을 발견했다. 그는 병을 숨기려고 단 한 번도 애를 쓰지 않았다. 그가 취하기에는 너무 적은 양의 술이었다. 하지만 그에게는 좀 많은 양이었다. 아니, 너무 많은 양이었다.

우르줄라는 그를 쳐다보며 화를 내고 싶었다. 하지만 그 순간 무슨 생각이 들었을까? 서로 다른 배터리의 극점에는 양극과 음극이 있어야 하는 이유가 떠올랐다.

그들이 절대로 너무 가까이 해서는 안 된다는 것을……

하랄드손은 술에 취했다. 이런 일은 자주 있는 일이 아니었다. 일반적으로 그는 술에 대해서는 아주 소극적인 편이었지만, 오늘 저녁 식사만큼은 포도주 한 병을 열어서 두 시간 내에 혼자 다 비웠다. 제니는 깜짝 놀랐다. 그녀는 무슨 일이 있냐고 물었지만 하랄드손은 일에 대해서는 모호한 말만 중얼거렸다. 그가 무슨 말을 해야 할까? 제니는 그가 직장에서 한 거짓말에 대해서는 전혀 알지 못했다. 뿐만 아니라 악셀 요한손을 혼자서 감시한 사실이나 그 결과에 대해서도 전혀 몰랐다. 그녀는 아무것도 알지 못했으며 이런 사실을 들어서도 안 된다.

만약 사실대로 듣게 될 경우 그녀는 바보 천치라고 생각할지도 모른다. 물론 그게 맞는 말일 것이다. 지금 이 순간에는 술 취한 바보 천치다. 그는 소파에 앉아 TV 채널들을 여기저기 돌려보았다. 제니를 깨우고 싶지 않아서 TV 소리도 없이. 물론 그들은 섹스를 했다. 그는 머릿속으로 딴 생각을 하고 싶었다. 별다른 효과가 없었다. 이제 제니는 잠이 들었다.

그는 계획을 세워야 했다. 한저한테 한 방 호되게 얻어맞았지만 그는 다시 벌떡 일어날 것이다. 아무도 토마스 하랄드손을 무력하게 만들 수 없다는 걸 똑똑히 보여줄 것이다. 그가 내일 직장에 나간다면 앙갚음을 하고 그들에게 본때를 보여줄 것이다. 한저에게 꼭 보여줄 것이다. 지금 그에게 부족한 것은 오로지 계획이었다.

그가 로저 에릭손의 살인자를 체포할 확률은 갈수록 가능할 것 같지 않았다. 하지만 즉석복권으로 백만 크로네를 획득할 기회는 더 많아졌다. 복권을 사지 않고서도. 그가 다시는 이번 수사에 접근도 하지 못하도록 한저는 조치를 취했다. 하지만 악셀 요한손은 여전히 가능성으로 남아 있었다. 그동안에 특별살인사건전담반은 하랄드손의 정보에 따라 한 명의 혐의자를 감금했다. 소년의 교장을. 하랄드손이 알고 있기에는 악셀 요한손은 포기 대상이 아니었으며 여전히 해볼 만한 혐의자였다.

하랄드손은 요한손에 관한 자료들을 집으로 갖고 오지 않아 화가 났다. 그는 냉철하지 못한 자신에 대해 저주를 퍼붓기도 했다. 그렇다면 지금 경찰서로 가서 자료를 가져오는 것은 어떨까? 택시로 왕복을 하면 비용도 비싸고 번거롭다. 게다가 그는 취한 상태에서는 절대로 동료와 만나고 싶지 않았다. 완벽한 계획이 없다면 내일 서류를 가져와야 할 것이다.

하랄드손은 특별살인사건전담반이 요한손의 전 여친과 만났다는 것을 알고 있었다. 그는 그녀가 무슨 말을 했는지 알아내야만 했다. 여친에게 전화를 걸거나 그녀를 방문해서 물어보는 것은 불가능했다. 그가 그런 짓을 했다는 걸 혹여 한저가 어떤 식으로든지 풍문으로 듣게 된다면 그의 입장은 더 악화될 것이다. 만약 단 1분이라도 로저 에릭손의 사건에 개입한다면-말로는 지나치게 표현하진 않았지만-한저가 수사 방해죄로 하랄드손을 처넣겠다고 분명히 의미했다. 물론 이는 농담이었거나-더 정확하게 말하자면-경고였을 것이다. 권력을 드러내어 하랄드손의 머리를 말끔히 씻어주는 일종의 방법일 것이다. 그렇다면 단 한 번이라도 그가 실수하게 된다면 이제부터는 그녀가 공격해올 것이다. 멍청한 바보…….

하랄드손은 숨을 크게 내쉬었다. 집중해야 한다. 그는 한저에게 화를 내는 데에만 모든 시간과 에너지를 낭비해서는 안 된다. 그는 계획을 세워야만 한다. 그녀를 자제시키고, 그들 둘 중 누가 더 나은 경찰관인지 분명히 깨닫게 할 계획이어야 한다.

악셀 요한손의 전 여친과 만날 기회는 사라졌다. 하지만 만약 하랄드손이 이번 수사에 완전히 배제되더라도 그를 도와줄 수 있는 또 다른 사람들이 있었다.

하랄드손은 핸드폰을 꺼내어 주소 목록에서 번호를 찾았다. 거의 자정이 되었음에도 수신자는 핸드폰 음이 두 번 울리자 이미 전화를 받왔다. 라트얀 미킥.

한곳에서 오래 근무할 경우 장점들 중에 하나는 친구가 많다는 점이었다. 도움이 필요할 때에는 때때로 호의를 베풀어주고 보듬어주는 그런 친구들.

이는 절대로 부도덕하지도 않고 불법도 아니었다. 이는 오로지 일상을 좀 더 간편하게 살기 위한 지원이라고 생각하면 될 것이다. 그들이 아이들을 유아원에서 데려오려고 사무실을 비우게 될 경우에 누군가 프로토콜을 대신 작성했다. 금요일 오후 자동차로 시스템블러겟(스웨덴 주류 판매 면허점_옮긴이)에 잠시 들려서 포도주 한 병을 사왔다는 식으로. 그들은 몸소 달려들어 서로 도와준다. 이런 작은 친절들은 모든 참여자들의 삶을 쉽게 해주고, 결과적으로 봤을 때에는 필요시에 타인의 봉사에 감사해도 될 것이다.

한저가 악셀 요한손을 찾는 일로 책임을 넘겨받은 뒤에 라트얀한테 그 일을 맡겼다. 그러므로 그는 사라진 수위에 관한 모든 정보에 접근할 수 있었다. 그들의 핸드폰 대화는 2분밖에 걸리지 않았다. 라트얀은 하랄드손만큼이나 베스테로스 경찰서에서 오랫동안 근무했다. 그는 금방 이해했다. 그는 당연히 도와주고 싶어 했고 악셀 요한손 여친의 취조 프로토콜을 복사해주겠다는 말도 했다. 자료는 다음 날이면 하랄드손의 책상에 올라와 있을 것이다. 라트얀은 진짜 믿을 만한 사람이었다.

하랄드손은 만족스러운 미소를 지으며 핸드폰을 소파에 올려놓았다. 때마침 제니가 잠에 취한 상태로 문에 서 있는 걸 보았다.

"누구랑 전화한 거예요?"

"라트얀이랑."

"이 시간에요?"

"음."

제니는 그의 옆자리 소파에 앉으며 다리를 몸 쪽으로 당겼다.

"뭐 하고 있었어요?"

"TV 보고 있었어."

"무슨 프로 봤는데요?"

"별다른 거 없어."

제니는 한쪽 팔은 소파 등받이에 걸치고 또 다른 손은 그의 머리에 올려놓았다. 그녀는 머리카락을 쓰다듬으며 자신의 머리를 그의 어깨에 올려놓았다.

"무슨 일 있죠? 말해 봐요."

하랄드손은 눈을 감았다. 그의 머릿속은 약간 어지러웠다. 그는 직장이나 한저에 대해서 정말 다 털어놓고 싶었다. 그것도 솔직하게. 불평도 늘어놓고 모든 얘기를 가소롭다는 듯이 비웃고 싶었다. 삶이 그의 손아귀에서 벗어날까봐 얼마나 두려워하고 있는지 정말로 다 설명하고 싶었다. 앞으로 10년 동안 어떻게 지내게 될지 예측할 수 없어서 더 두렵다는 것도. 그는 어떻게 해야 할까? 그는 누구인가? 자신의 미래가 걱정된다는 말을 하고 싶었다. 어쩌면 그녀가 아이를 가질 수 없을지도 모른다는 자신의 불안감에 대해서도. 그들의 관계가 지탱할 수 있을까? 제니가 그를 떠나지는 않을까? 그는 그녀를 사랑한다는 말을 꼭 하고 싶었다. 이런 말을 한 적은 거의 없었다. 그가 하고 싶은 말은 너무 많았지만 어떻게 해야 할지 몰랐다. 그래서 그는 고개만 절레절레 흔들며 눈을 감은 채로 등받이에 기대앉았다. 그의 머리를 쓰다듬고 있는 그녀의 손안에서.

"그럼, 잠을 좀 청해봐요."

제니는 몸을 앞으로 숙여 그의 뺨에 키스했다. 하랄드손은 자신이 얼마나 피곤한지 느낄 수 있었다. 피곤하고 취해 있다는 걸. 그들은 침대에 바짝 붙어 누웠다. 제니는 그의 몸을 꼭 껴안았다. 그는 자신의 목 주위에서 그녀의 편안한 숨결을 느꼈다. 그가 한참동안 느끼지 못했던 친밀함이었다. 섹스는 매일같이 하지만 친밀함은…… 서서히 잠이 쏟아지는 동안, 그는 자신이 얼마나 이런 감정을 그리워하고 있었는지 분명히 깨달았다. 잠들기 전 마지막으로 이런 생각이 분명하게 들었다. 죄가 있는 사람은 도망간다는 것. 이 속에 결론이 있다. 전형적인 패턴이. 뭔가 생각이 드는가 싶었지만 술에 취한 그의 두뇌는 더이상 분명히 생각해낼 수 없었다. 토마스 하랄드손은 잠에 빠져들었다. 깊이, 꿈도 꾸지 않고.

자정이 막 지날 때쯤에야 비로소 토르켈은 기자회견을 마칠 수 있었다. 그는 두 번에 걸친 살인 사건의 연관성에 관한 특별 질문에는 대답하지 않았다. 죽은 소년으로 인해서 팔름뢰브스카 고등학교의 관계자를 취조했는지에 대한 질문은 완전히 무시했다. 그럼에도 불구하고 그는 어느 정도는 설득력 있는 인상을 주고 싶은 마음에 사건은 잘 진행 중이며 사건이 해결되는 것도 시간문제라고 말했다.

드디어 그는 호텔까지 오는 길에 간단한 산책을 할 수 있었다. 그는 식당이 아직 끝나지 않았기만을 간절히 바랐다. 죽을 듯이 배가 고팠기에 호텔 레스토랑에서 가벼운 식사를 하고 싶었다. 그곳에 도착하자 그는 오늘 형편없는 하루를 보낸 사람이 그뿐만은 아니었다는 걸 알았다. 바에는 미카엘이 술을 마시며 앉아 있었다. 기분이 썩 좋아 보이진 않았다. 토르켈이 막 그의 옆을 눈치채지 못하게 지나치려는 순간, 미카엘이 그를 보았다.

"토르켈!"

토르켈은 멈추어 서서 약간은 조심스러운 듯 눈을 찡긋거리며 윙크했다.

"여기 계셨군요! 미카엘."

"이리로 와서 나랑 술 한잔합시다."

"아니요. 괜찮습니다. 전 좀 더 할 일이 있어서요."

미소를 머금은 토르켈은 미카엘이 마시던 술을 혼자 계속 마시게 내버려두고 싶었다. 그뿐만 아니라 절대로 무례하게 보이지 않고 가능한 관심이 없다는 걸 보여주고 싶었다. 하지만 그의 생각은 뜻대로 되지 못했다. 미카엘이 등받이가 없는 바 의자에서 내려와 가능한 곧장 토르켈 쪽으로 오려고 했기 때문이었다. 아, 저런! 완전히 취했구나. 토르켈은 미카엘이 그 앞에 오기 전에 이미 이런 생각이 들었다. 그가 너무나 가까이 다가오는 바람에 토르켈은 그의 팔에서 위스키와 좀 더 달콤한 술 냄새가 뒤범벅이 되어 있다는 걸 알 수 있었다. 그는 그 앞에 바짝 다가와 섰을 뿐만 아니라 말소리도 너무나 컸다.

"젠장, 토르켈, 내가 엄청난 실수를 범했어요."

"나도 알고 있어요."

"당신이 그녀와 얘기 좀 해줄 수 있나요?"

"그런다고 될 일이 아닌 것 같아요. 이 문제는 당신네들 사이에서 해결해야 할 것……."

"하지만 그녀는 당신을 좋아해요. 당신 말은 듣잖소."

"미카엘, 내 생각에는 말이에요, 이젠 그만 올라가서 자는 게 나을 것 같아요."

"하지만 우리 딱 한 잔만 더 합시다. 딱 한 잔만."

토르켈은 고개를 절레절레 흔들면서 이 상황에서 어떻게 하면 벗어날 수 있을지 열심히 생각해보았다. 그는 미카엘과 가까이 지내고 싶은 마음이 전혀 없었다. 그는 그런 자기 자신이 야비해 보였다. 그러면서도 이 남자와 가까이 지낸다는 생각만 해도 곧장 화가 치밀어 올랐다. 별안간 그는 우르줄라의 원칙이 얼마나 중요한지 이해할 수 있었다. 일 때문에 다른 도시에 나올 때에만 만나고, 거주 도시에서는 절대로 만나지 말자. 지금의 상황은 거주 도시에서 있을 때보다도 더 형편없었다. 하지만 그녀도 규칙을 깼다. 남편을 불러온 것은 그녀였다. 그것도 비빌 언덕이 필요한 그런 사람을. 누군가와 자신의 감정을 함께 하고 싶어 하는 그런 남자를.

"젠장, 내가 무슨 개똥 같은 짓을 한 건지 모르겠네요. 난 그녀를 사랑하고 있다고요. 당신 이해할 수 있나요? 하지만 그녀는 아주 복잡해요. 당신은 그녀와 같이 일하지 않습니까? 그 사실을 누구보다 더 잘 알고 있겠죠?"

토르켈은 몸소 행동으로 옮길 작정이었다. 그를 우르줄라의 방에 데려다 주기로 말이다. 이것만이 유일하게 옳은 방법이었다. 그는 미카엘의 팔을 붙들고는 그를 다정하게 이끌었다. 반드시 바에서 나가도록.

"자, 갑시다. 내가 위에까지 모셔다 드릴게요."

미카엘은 얌전하게 그를 따랐다. 승강기가 이미 1층에 정차했기에 그들은 일하고 있는 소녀의 시선을 받으며 프런트 앞을 재빨리 지나왔다. 토르켈은 5층 버튼을 눌렀다. 순간 그는 깜짝 놀랐다. 그가 우르줄라의 방 호수를 어떻게 알고 있다고 말할지 고심하면서도, 이내 불안감을 누르고 생각해보았다. 그래, 그들은 직장 동료였다. 당연히 다른 동료의 방 호수를 알고 있어야 되는 게 아닐까! 미카엘은 그를 쳐다보았다.

"당신은 정말로 친절한 것 같아요. 우르줄라는 항상 당신에 대해 좋은 말만 해요."

"그렇게 말씀해주시니 나로서는 정말 기쁘군요."

"아내가 전화를 했다는 게 정말로 놀랄 일이에요. 당신도 알고 있잖아요, 우르줄라는 일할 때에는 일만 한다는 거. 아내는 자기만의 규칙이 있어요. 아내가 일할 땐 아내 소식을 전혀 들을 수가 없어요. 언제나 그렇게 해왔어요. 그리고 나도 그 점에 대해 전혀 문제 삼지 않았고요."

미카엘은 깊이 한숨을 내쉬었다. 토르켈은 잠자코 있었다.

"그런데 어제 아내가 전화를 걸어왔어요. 그리고 하는 말이 나보러 꼭 오라고 하더군요. 될 수 있는 대로 빨리요. 당신은 이해할 수 있나요?"

토르켈은 승강기에 있는 시간이 예전에 탔던 시간들과 비교해도 가장 길게 느껴졌다. 이제 겨우 3층이었다. 어쩌면 미카엘을 그냥 바에 두고 혼자 나오는 게 훨씬 나았을지도 모른다.

"당신도 알다시피 우린 굉장히 어려운 시간을 지냈어요. 그래서 그런지 모르겠는데, 아내가 뭔가 하고 싶은 말이 있는 것 같아요. 이제 끝내자는 말. 아내가 결단을 내린 것 같지 않나요? 당신도 알고 있죠? 그렇지 않았다면 아내가 왜 날 이곳까지 불렀겠어요? 예전에 이런 일이 한 번도 없었는데요."

"미카엘, 난 모릅니다. 당신이 그 점에 대해서는 우르줄라와 직접 얘기를 나누는 게 좋을 거예요."

"아내는 항상 그런 식이에요. 뭔가 결정을 내렸을 거예요. 그럼 반드시 뭔 일이 바로 있을 거예요. 난 도대체 어떻게 해야 할까요?"

"우르줄라가 당신과 헤어질 생각은 하지 않고 있을 거예요."

마침내 그들은 5층에 도착했다. 토르켈은 성급하게 유리문을 열어 승강기에서 내렸다. 미카엘은 승강기 안에 그대로 서 있었다.

"아무래도 뭔가 이상한 것 같았어요. 자꾸 불길한 생각이 드는 걸 보니. 아내는 아무런 말을 하지 않았어요. 나랑 밥을 먹고 나서 방에서 기다리라고 했죠. 난 무엇 때문에 이곳까지 날 불렀냐고 아내에게 물었어요. 하지만 아내가 하는 말이라곤 고작 날 보고 싶었다는 말뿐이었어요. 하지만 뭔가 이상한 것 같았어요."

"자, 그만 내리세요."

토르켈은 미카엘에게 이리로 오라고 눈짓을 보냈고, 그제야 미카엘은 어렵사리 승강기를 나왔다. 그들은 같이 복도를 따라 걸었다.

"그래서 난 미니바에서 술 한 병을 가져왔어요. 맘이 굉장히 초조했거든요. 아내가 날 떠나고 싶어 한다는 확신이 들었어요."

토르켈은 아무런 대답도 하지 않았다. 그가 무슨 말을 할 수 있을까? 미카엘의 말은 끝도 없이 계속되는 호수처럼 자꾸 반복되었다. 그들이 문 앞에 도착하자 토르켈이 문을 두드렸다.

"아내가 방에 있을 것 같진 않아요. 나갔을 거예요. 이런 상태에서 날 보고 싶어 하지 않았을 테니까요. 다행히 카드 열쇠가 있어요."

미카엘은 바지 주머니를 뒤적거리다가 한참 만에 흰색 카드를 꺼내더니 토르켈에게 건네주었다. 토르켈이 얼떨결에 그를 쳐다보았는데, 그의 눈에는 눈물이 맺혀 있었다.

"그렇지 않으면 아내가 왜 날 이곳까지 불렀을까요?"

"나도 모르는 일이에요. 난 정말로 몰라요."

토르켈은 거짓말을 했다.

그는 방문을 열었다. 방 안에서는 소주와 우르줄라의 냄새가 났다. 토르켈이 예전에 한 번도 경험하지 못한 뒤섞인 냄새가. 그들은 안으로 들어갔고, 미카엘은 구석에 있는 안락의자들 중에 한 곳에 풀썩 앉았다. 그는 죄의식으로 가득한 모습이었다.

"제기랄, 내가 실수를 했어요."

토르켈은 풀이 죽어 의자에 앉아 있는 미카엘을 바라보며 측은하고 미안한 마음이 들었다. 미카엘은 죄가 없었다. 잘못은 우르줄라와 그에게 있었다. 토르켈은 이 상황에서 벗어나고 싶었지만 그럴 수가 없었다. 한동안 그는 모든 것을 설명하고 싶은 생각이 들었다. 미카엘이 베스테로스의 호텔 방구석에서 취한 채로 웅크리고 있어야 하는 이유에 대해서 솔직하게 털어놓고 싶었다.

토르켈이 잘못이라는 것, 죗값을 치러야만 한다면 미카엘이 아니라 자신이라는 것을.

별안간 우르줄라가 문 앞에 나타났다. 그녀는 아무 말도 하지 않았다. 어쩌면 그녀도 토르켈과 같은 심정일지도 모른다. 그녀가 말이나 행동으로 보여줘야 할 일들이 있다. 물론 지금은 그럴 만한 적당한 시기는 아닐 것이다. 아무 말 하지 않는 것만이 적당한 일이었다.

토르켈은 고개만 끄덕해 보이고는 밖으로 나왔다.

토르켈이 한 시간도 훨씬 전에 이미 건물에서 나갔다는 걸 모르고, 빌리는 작은 방 책상에 두 발을 걸치고 앉아 있었다. 그는 이 방에서

CCTV의 필름을 보면서 다소 익숙해진 상태였다. 그는 혈당을 높이기 위해 초콜릿 케이크 한 조각을 먹었다. 하루 종일 기진맥진한 상태가 된 그는 잠시 눈을 감고서 그냥 앉아 있었다. 그는 텅 빈, 어두운 사무실 내부의 소리에 귀 기울였다. 에어컨 돌아가는 소리를 제외하고는 스텔라 피닉스 데이터 리커버리의 가장 최근 소프트웨어가 그로스의 하드 드라이브와 어떻게 한판 승부를 겨루고 있는지에만 집중해서 듣고 있었다. 프로그램은 삭제된 데이터를 찾았고, 하드 드라이브의 화난 듯 윙윙거리는 소리는 아직도 작업 중이라는 것을 의미했다.

빌리는 어딘가에서 뭔가 발견되었다는 것을 알았다. 언제나 그랬다. 문제는 적합한 자료를 찾았는지였다. 보통 컴퓨터는 사람들이 생각하는 것보다 더 많은 내용을 담고 있다. 대부분의 사람들은 데이터를 삭제한 뒤에 하드 드라이브에 얼마만큼의 정보가 남아 있는지 전혀 모른다. 하드 드라이브의 어떤 곳에 이런 정보가 저장되어 있는지 밝혀내는 파일 할당표는, 컴퓨터 정보를 '삭제'할 경우에 원래 데이터를 완전히 없애는 게 아니라 조회할 수 있는 장소만 없애는 것이다. 그러므로 하드디스크의 어딘가에는 여전히 정보들이 저장되어 있다. 하지만 그로스의 컴퓨터에 대해서는, 빌리는 약간 회의적이었다. 이미 두 번씩이나-별로 효과적인 프로그램은 아닐지라도-다 조사해보았는데도 쓸 만한 자료를 하나도 발견하지 못했다. 물론 그로스가 하드디스크를 언제나 말끔히 지울 수 있는 아주 강력한 로그를 사용했다는 증거도 전혀 없었다. 빌리는 삭제된 메일들과 서류들이 굉장히 많다는 점을 알아냈지만, 이 모든 자료들은 수사에는 별다른 도움이 되지 않는 것으로 판명되었다.

빌리는 온몸을 쫙 펼쳤다. 하드디스크를 조사하는 데에는 15분에서

20분이 걸려야만 했다. 뭔가 새로운 것을 찾기에는 너무 짧은 시간이었고, 그렇다고 그냥 앉아 있기에는 너무 긴 시간이었다. 그는 혈액순환을 촉진시키기 위해 방 안을 한 바퀴 돌았다. 그리고 1초간 그는 1층의 자동판매기에서 초콜릿 케이크를 사와야겠다는 생각을 했다. 하지만 그는 이내 그만두기로 했다. 그의 설탕 섭취가 너무 높았기 때문이었다. 지금 초콜릿 한 조각을 사 먹는다면 더 짧은 시간 내에 더 많은 초콜릿을 원하게 될 것임을 잘 알고 있었다. 그는 탁자에 있는 다른 모니터들을 쳐다보았다. 거기에는 로저가 아직 살아생전에 보여준 마지막 데이터들을 볼 수 있었다. 소년은 모텔로 가는 길에서 약간 벗어났다. 어쨌든 간에 오늘 오전에만 해도 그들은 그럴 것이라고 추측했지만 지금은 더 이상 확신할 수 없었다. 빌리는 자판을 눌러 장면들을 천천히 살펴보았다. 한 장씩 차례로. 이런 속도라면 소년의 마지막 행적을 알 수 있을 것 같았다. 화면에서 사라진 마지막 장면은 테니스 신발을 신은 오른쪽 다리였다. 그러고 나서 화면 모퉁이에는 로저가 사라진 뒤편 자동차의 흙받기를 제외하고는 텅 비어 있었다.

문득 빌리는 좋은 아이디어가 떠올랐다. 여태까지는 로저가 가던 길을 계속 갔을 것이라고만 생각해왔다. 그렇기 때문에 그는 로저가 다른 카메라의 화면에 다시 나타날지도 모른다는 생각에 계속 찾아보았던 것이다. 하지만 로저는 누군가를 만났거나 무슨 일인가를 한 다음에 가던 길을 다시 돌아왔을 수도 있다. 이는 아주 불가능한 것도 아닐 것이다. 어느 경우든 간에 그가 더 많은 초콜릿을 먹고 있는 것보다는 한 번쯤 시도해볼 만한 가치가 있을 것이다. 빌리는 편안한 자리를 취한 뒤 작정한 일을 시작했다. 그는 마지막으로 모습을 드러낸 로저의 화면으로 다시 돌렸다. 그곳에서부터 그가 되감기 속도를 4배까지 올리자, 속도는 점차 빨라졌다. 빌리는 텅 빈 거리 장면을 관찰했다. 시간 표시는 계속 흘러갔다. 1분, 2분, 3분. 빌리는 시간을 좀 더 절약하기 위해서 8배속으로 속도를 높였다. 로저가 그 뒤로 사라진 지 13분 뒤에 자동차가 출발하는 모습과 텅 빈 도로가 뒤로 펼쳐지는 모습이 보였다. 빌리는 필름을 계속 돌아가도록 했는데, 이제는 16배속으로 더 빨리 돌렸다. 이내 두 사람의 모습이 나타났고, 그들은 16배속에서 화면을 통해 움직였다. 그 동작은 우스꽝스럽게 보였다. 빌리는 화면을 멈추고는 다시 돌렸다. 그랬더니 두 사람의 모습이 다시 보였다. 나이 든 부부가 개 한 마리를 데리고서 맞은편에서 걸어오고 있었다. 그들이 개를 데리고 산책하는 것 이상의 의미가 있다고는 전혀 볼 수 없었다. 그럼에도 빌리는 시간 표시를 메모하고는, 한저에게 이 부부를 찾아도 될지 물어보기로 결정했다. 운이 좋으면 그들이 뭔가 봤을지도 모른다. 빌리는 필름을 계속해서 돌렸다. 몇 분이 지났지만 아무것도 나타나지 않았다. 로저는 다시 돌아오지 않았다.

빌리는 의자에 등을 대고 앉았다. 그런데 별안간 새로운 생각이 머릿속으로 스쳐 지나가는 게 아닌가! 이 자동차는? 로저가 지나간 지 약 13분 뒤에 자동차는 운행되었다. 자동차가 도착한 것은 언제였을까? 빌리는 두 번쯤 자판을 두드리고는 다시 로저의 모습이 보이는 화면으로 돌아왔다. 여태까지 이 자동차가 갓길에 세워져 있는 생명 없는 물건 정도로만 생각해왔다. 하지만 동일한 자동차가 13분 뒤에 누군가에 의해 운행되었다. 필름을 되감은 빌리는, 로저가 화면에 나타나기 전에 이 자동차가 6분간 주차되어 있었다는 걸 알게 되었다. 자동차가 19분이라는 짧은 시간 동안에 로저의 바로 근방에 주차되어 있었다는 것을 깨닫자 그의 피곤했던 증상은 모두 날아가 버렸다. 빌리는 자신이 바보 천치였다는 생각이 문뜩 들었다. 그는 가장 근본적인 잘못을 저질렀다. 증거자료의 의미 가능성을 너무 한 방향으로만 한정해서 생각했던 것이다. 새로운 가능성에 대한 문을 활짝 열어놓지 않고서 특정한 대상만 집착하고 찾았다. 이때까지 로저는 한 카메라에서 다음번 카메라로 옮겨왔다. 그 시간 내내 계속해서 이동했다. 연이어 빌리는 로저가 계속해서 이동해 간 곳을 다시 찾았다. 또 다음 카메라로.

이제 모든 것을 중립적으로 다시 한 번 관찰하자 빌리는 가장 있을 법한 또 다른 시나리오가 있었다는 걸 알았다. 이 자동차는 그냥 정차되어 있었던 것도 아니었으며 비어 있었던 것도 아니었다. 로저가 도착하기 전 6분 동안 이 자동차를 주차한 사람이 내내 자동차 안에 앉아 있었을지도 모른다. 화면을 통해서는 빌리가 자동차 뒤쪽 흙받기밖에 볼 수 없었다. 누가 내렸는지 내리지 않았는지는 알아낼 수 없었지만 로저가 나타난 화면 쪽으로 다시 돌려보았다. 그는 이 필름을 처음 본 사람처럼 상상해보려고 노력했다. 아무런 부담감 없이 중립적으로.

로저는 오른편에서 화면으로 나타났는데, 몇 발자국은 직진으로 걸어오다가 도로를 가로질러 갔다. 빌리는 이 장면을 멈추었다. 장면을 한 장면씩 뒤로 돌렸다. 바로 저기! 별안간 로저가 그의 왼편에 있던 뭔가를 향해 머리를 돌렸다. 어떤 일이 그의 관심을 사로잡았다는 듯이. 그러고서야 그는 도로를 가로질렀다. 빌리는 화면을 다시 한 번 돌렸다. 중립적인 시각에서 해석해보자면 로저가 자동차 뒤쪽으로 가서는 조수석 쪽으로 돌아가는 것처럼 보였다.

빌리는 숨을 깊게 들이마셨다. 성급하게 결론을 내려서는 안 된다. 그는 모든 것을 차근차근 컨트롤해야 하고 화면과 자동차에 집중해야 한다. 자동차는 볼보 자동차처럼 보였다. 암청색이나 검정색. 콤비가 아니라 리무진 형태였다. 아주 신형은 아니었고 2002년에서 2006년산 정도로 보였다. 빌리는 좀 더 정확하게 알아내야 할 테지만 문 네 개, 볼보, 리무진이라는 것 정도만 알 수 있었다. 빌리는 화면을 차근차근 넘겨다보며 오로지 자동차에만 집중했다. 로저가 사라진 뒤 57초 동안 화면 여섯 개에서 빌리는 전에 느끼지 못한 다른 뭔가를 발견했다. 마치 누군가 자동차 문을 꽝 닫은 것같이 자동차가 짧은 시간 동안에 살짝 흔들렸던 것 같았다. 분명히 보이지는 않았다. 그리고 어쩌면 그가 잘못 본 것일 수도 있었다. 하지만 그가 곧 조사할 수 있을 것이다.

빌리는 시계를 쳐다보았다. 거의 12시 30분이었다. 토르켈에게 전화를 걸어도 그리 늦은 시간은 아니었다. 토르켈은 오히려 전화를 걸지 않는다고 불평하고 있을지도 모른다. 그는 핸드폰을 꺼내어 단축번호를 눌렀다. 토르켈이 전화를 받을 때까지 기다리면서 그는 모니터 화면을 유심히 쳐다보았다. 새로운 진행으로 인해 뭔가 해명이 될지도 모르는 일이었다.

로저는 다른 카메라에서는 나타나지 않았다. 그가 더 이상 돌아다니지 않았기 때문이다. 그는 어두운 색 볼보에 타고 있었다. 아마도 죽음으로 가는 길이었을 것이다.

레나 에릭손은 족히 일곱 시간 전부터 빌리처럼 같은 의자에 줄곧 앉아서 의아한 눈빛으로 주위를 둘러보았다. 작은 방 안에는 수많은 사람들이 모여 있었다. 이미 만난 적이 있기에 레나는 여기에 모인 사람들을 알고 있었다. 작동 중인 커다란 화면 두 대 앞에서 자판을 누르고 있는 젊은 경찰까지도.

이렇듯 많은 경찰들은 오로지 하나만을 의미했다. 다름 아닌 무언가 중요한 일이 일어났다는 것.

그녀의 현관문 초인종이 울릴 때 이미 그녀는 어느 정도 예상하고 있었다. 그 이후로 그녀의 감정은 더 담담해졌다. 오랜 초인종 소리를 듣고 마침내 마지못해서 침대에서 일어난 그녀가 피곤한 몸을 이끌고 문을 열어준 것은 6시 45분이었다. 며칠 전에 그녀의 집에 찾아왔던 젊은 여자 경찰이 다시 자기 자신의 이름을 소개하고는 서둘러 용건을 말했다. 그들은 그녀의 도움이 필요하다는 것.

이러한 상황들은-이른 아침, 여경의 간결하지만 진지한 말투, 그녀가 급하게 레나와 함께 가고 싶어 한다는 점-두려움과 불면증으로 보낸 날들을 한 방에 날려 보냈다. 레나는 자신의 온몸에 예민함과 불안함이 감돌고 있다는 것을 느꼈다.

그들은 아무 말도 하지 않고서 안개가 자욱한 잿빛 아침을 가르며 자동차를 타고 갔다. 그러고는 레나가 여태껏 그 존재에 대해 까맣게 모르고 있었던 경찰서 아래쪽 차고에 자동차를 주차했다. 연이어 그들은 몇 계단 콘크리트 계단을 올라가서는 커다란 철문을 통과하여 건물로 들어섰다. 여경은 빠른 걸음걸이로 긴 복도를 따라 걸었다. 도중에 그들은 작업 시간이 막 끝난 몇몇 유니폼 차림의 경찰들과 마주쳤다. 그들은 뭐가 그리 좋은지 웃었다. 그렇게 밝은 모습이 왠지 어울리지 않는 것 같았다. 모든 것이 너무나 빨리 스쳐 지나갔기에 레나는 전체 경찰서 모습의 인상을 정리하기가 힘들었다. 오히려 여러 가지 다양한 그림들이 그저 나열될 뿐이었다. 웃고 있는 사람들, 이쪽저쪽으로 갈리는 복도, 그리고 계속해서 걸어만 가는 여경. 마지막으로 커브를 돌자 마침내 그들은 목표 지점에 도달했다. 그곳에는 몇몇 사람들이 이미 그녀를 기다리고 있었다. 그들은 레나에게 인사를 했지만 그녀는 제대로 듣지 못하고 혼자서는 돌아갈 길을 절대로 찾지 못하겠다는 생각만 하고 있었다. 책임자처럼 보이는 남자가 다정스레 그녀의 어깨를 다독여주었다. 그 남자와는 한참 전에 레오 룬딘에 대해 말한 적이 있었다.

"이곳까지 와주셔서 정말 감사합니다. 보여드릴 게 있어서요."

그들은 작은 방으로 통하는 문을 열고는 그 안으로 들어갔다. 이곳은 꼭 감금된 것 같다고, 레나는 생각했다. 그들이 너에게 인사하고 안으로 들어오라고 해. 너에게 반갑다고 말하면서 해야 할 일을 보여주고 있어.

그녀는 숨을 깊게 들이쉬었다. 경찰들 중에 한 명이 그녀에게 의자를 끌어다 주었다. 그들 중에 가장 어리고, 상당히 몸집이 큰 남자가 탁자 앞에 있는 자판을 두드리기 시작했다.

"우리가 이제부터 당신에게 설명하는 일에 대해서는 절대로 밖으로 새어 나가면 안 된다는 걸 명심하셔야 합니다." 그들 중에 가장 나이 많은 남자가 말했다. 책임자였다. 토르스텐이라고 불렀던가? 어쨌든 간에 레나는 고개를 끄덕여 보였다. 그는 계속해서 말했다. "우리는 로저가 어떤 자동차를 탔다고 생각하고 있습니다. 우리가 알고 싶은 것은 혹시 당신이 그 자동차를 알아볼 수 있는지입니다."

"화면에서 볼 수 있나요?"

"유감스럽지만 별로 보이지는 않습니다. 아니, 좀 더 자세히 말하자면 상당히 조금밖에 보이지 않아요. 준비되셨죠?"

이 몇 마디만 하고는 가장 나이 든 남자는 더 이상 아무 말도 하지 않고 컴퓨터 앞에 있는 젊은이에게 고개를 끄덕여 보였다. 젊은 남자가 자판을 눌렀다. 그랬더니 별안간 화면에는 텅 빈 아스팔트 도로가 나타났다. 길가에는 잔디와 나지막한 집이 보였고, 화면의 귀퉁이에는 뭔가 반사되는 형태가 아른거렸다. 아마도 가로등의 노란색 불빛이었을 것이다.

"내가 뭘 주의해서 봐야 되는 거죠?" 당황한 레나가 물었다.

"저기요." 젊은 남자가 화면 맨 아래, 왼쪽 구석을 가리켰다. 자동차의 후면 흙받기였다. 어두운 색 자동차. 무슨 일이 있어도 그녀가 자동차를 알아봐야만 했다.

"볼보에요." 젊은 남자가 말을 이어나갔다. "2002년에서 2004년산 중의 한 모델이에요. S60일 겁니다."

"아무 말도 하지 말아주세요."

레나는 화면을 뚫어지게 쳐다보았다. 그녀는 자동차가 깜빡이를 켜고 잠시 시동을 걸고는 어디론가 사라지는 모습을 살펴보았다.

"이게 전부인가요?"

"유감스럽지만 그러네요. 다시 한 번 보시겠어요?"

레나는 고개를 끄덕였다. 젊은 경찰이 재빨리 자판을 몇 개 누르자 화면은 처음 부분으로 다시 돌아갔다. 레나는 빤히 들여다보면서 뭔가를 발견해내려고 온 힘을 다했다. 하지만 주차된 자동차의 일부분밖에 볼 수 없었다. 아주 일부분. 긴장한 그녀는 뭔가 일어나기만을 바랐지만 동일한 거리 장면과 동일한 자동차만 보였다. 화면이 멈추자 레나는 경찰관들의 묻고 싶어 하는 눈빛에서 지금 무슨 말이라도 해야 한다는 걸 눈치챘다. 그녀는 그들을 바라보았다.

"난 잘 모르겠어요."

그들은 고개를 끄덕여 보였다. 그들도 이미 예상한 대로였다.

"주변 사람들 중에 어두운 색 볼보 자동차를 몰고 다니는 사람 알고 있나요?"

"이런 자동차는 아주 평범한 자동차 같은데요. 난 잘 모르겠어요……. 아니요, 지금은 아무도 떠오르지 않아요."

"예전에 로저가 집까지 이런 자동차를 타고 온 적이 있었나요?"

"아니요."

방 안은 조용해졌다. 레나는 경찰들한테서 긴장감과 기대감이 사그라졌다는 것을 느낄 수 있었다. 이제 그들은 실망한 상태였다. 그녀는 반야 쪽을 돌아보았다.

"이 화면들은 어디서 나온 거죠?"

"CCTV에서요."

"근데 어디에 있던 건데요?"

"유감스럽지만 그 점에 대해서는 우리가 얘기할 수 없어요."

레나는 고개를 끄덕였다. 그녀가 발설하지 않으리라고는 그들도 믿지 않았다. 그래서 그들은 포기하려고 하는 것 같았다. 책임자가 다시 말을 꺼내자 그녀의 추측이 맞아떨어졌다.

"이런 일들이 대중들에게 알려진다면 우리 수사가 더 어려워질 겁니다. 아무쪼록 이 점에 대해서는 양해를 부탁드립니다."

"난 아무런 말도 하지 않을 거예요."

레나는 다시 화면들과 텅 빈 정지 화면 쪽으로 돌아보았다.

"로저가 이 필름 안에 있나요?"

빌리는 거의 느끼지 못하도록 살짝 머리를 끄덕이는 토르켈을 쳐다보았다.

"예."

"그 아이를 봐도 될까요?"

다시 빌리가 묻는 듯한 눈빛으로 바라보자 토르켈이 다시 한 번 고개로 대답해주었다. 자판 위로 몸을 숙인 그는 장면들을 계속해서 앞으로 넘긴 다음 플레이 단추를 눌렀다. 몇 초가 지나자 로저가 오른쪽 화면에서 나타났다. 레나는 몸을 앞으로 숙였다. 그녀는 뭔가 놓칠지도 모른다는 두려움에 단 한 번도 눈을 깜빡이지 않았다. 그가 살아 있었다. 그곳에서 걸어 다녔다. 빠르고 가벼운 발걸음으로. 그녀는 그의 몸을 보며 자랑스러웠다. 트레이닝이 잘되어 탄탄했기 때문이었다. 지금 그는 녹슬지 않는 문 안, 영안실에 해부된 채로 싸늘하게 누워 있었다. 그녀의 눈은 눈물로 꽉 찼지만 그녀는 눈을 깜빡이지 않았다. 그는 살아 있었다. 잠시 그는 왼쪽으로 고개를 돌리더니 도로를 가로질러 자동차 뒤로 사라졌다. 화면에서 그는 가버렸다. 그녀로부터. 모든 게 너무 빨리 지나가버렸다. 레나는 화면을 어루만지고 싶은 충동과 싸워야만 했다. 방 안에는 침묵만이 감돌았는데, 그곳에 있던 모든 사람들은 입을 다물었다. 젊은 경찰은 조심스레 그녀의 옆으로 다가왔다.

"다시 한 번 보고 싶으세요?"

레나는 고개를 가로저으며 침을 꼴깍 삼켰다. 그녀는 목소리가 막히지 않기를 바랐다.

"고맙지만 됐습니다. 괜찮아요……."

책임자가 그녀에게 걸어오더니 가볍게 어깨에 손을 올려놓았다.

"이곳에 와주셔서 감사합니다. 곧 집까지 다시 모셔다드리겠습니다."

이 한 마디로 회의는 끝이 났다. 그리고 그녀는 다시 반야의 안내를 받았다. 이번에는 이곳에 올 때처럼 서두르지 않았다. 어쨌든 간에 여자 경찰은 서둘러 걷지 않았다.

하지만 레나는 달랐다. 불안감이 솟구쳤기 때문이었다. 이제는 화가 치밀어 올랐다. 그럴 수밖에 없는 데에는 그럴 만한 이유가 있었다. S60. 2002년에서 2004년산. 그녀는 이 자동차가 누구의 것인지 정확히 알고 있었다.

그들은 책상에서 일하고 있던 유니폼 차림의 경찰에게 다가섰다. 반야는 그에게 뭐라고 말했고, 경찰관은 자리에서 일어나더니 자신의 재킷을 집어 들었다. 레나는 고개를 가로저었다. 여경이 무슨 말을 했는지 추측할 수 있었다.

"그럴 필요는 없어요. 날 출구까지만 데려다 주세요. 어차피 시내에서 할 일도 좀 있고요."

"괜찮으시겠어요? 우린 모셔다드려도 전혀 문제가 없어요."

"괜찮아요. 감사합니다."

그녀는 반야를 향해 손을 흔들었다. 경찰관은 그의 재킷을 다시 제자리에 걸어놓고는 복도를 따라 출구까지 데려다주었다.

시내에서 할 일이 좀 있다는 말은 전혀 이상하게 들리지 않았다. 적어도 그녀는 한 가지 해야 할 일이 있었을 것이다.

반야와 다른 사람들은 회의실에 모였다. 이미 밖에서부터 그들은 토르켈이 이상할 정도로 체념하고 있다는 걸 알았다. 주먹을 꽉 쥔 채로 방 안을 빙글빙글 돌아다니면서. 반야는 자신의 기분이 이토록 나쁘지만 않았더라도, 세바스찬과 빌리가 앉아 있는 탁자 주변을 빙글빙글 돌아다니는 그의 모습이 정말로 웃기다고 생각했을지도 모른다. 반야는 문을 열고 들어왔다. 세바스찬은 그녀가 들어와도 아무런 말을 하지 않았다. 그녀는 그와 눈을 마주치고 싶지 않았다.

그녀의 분노는 비이성적일 정도였다. 발데마르는 지나치게 수다를 떨었다. 그는 그녀와 함께 한 저녁 식사를 무시하고 세바스찬을 초대했다. 게다가 그녀의 맞은편에 앉은 그에게 더 관심을 보였다. 이로써 그를 더 중요한 사람으로 생각하게 된 것은 사실이었다. 이 모든 것에 대해 반야는 발데마르에게 감사해야만 했다. 하지만 반야의 생각으로는, 세바스찬은 이 자리에서 새롭게 알게 된 얘기들을 자기 멋대로 이용할 사람이었다.

그래, 그녀는 확신할 수 있었다. 그녀는 이런 생각만 해도 치가 떨렸다. 지금 그녀는 팔짱을 낀 채로 문 옆에 서 있었다. 토르켈이 그녀를 바라보았다. 그녀는 피곤해보였다. 제기랄, 그들은 누구나 할 것 없이 모두 피곤했고, 죽을 지경이었으며, 성이 나 있었다. 어쩌면 이렇게 된 데에는 약간은 세바스찬 효과 탓일지도 모른다. 이번 사건은 이례적으로 얽혀 있었다. 토르켈은 머리를 끄덕이며 세바스찬이 계속 참여해도 좋다고 알렸다.

"내가 방금 전에 말했다시피, 그는 조금 앞쪽으로 주차를 했어요. 왜냐면 그곳에 CCTV가 있었다는 걸 알고 있었을 테니까요. 그는 극도로 치밀하게 계획하고 예측할 뿐만 아니라 더욱이 우리와 게임을 벌이고 있어요. 여러분들도 예상하시겠지만 우리가 이 자동차를 쉽게 찾진 못할 거예요."

반야는 마음과는 달리 마지못해 고개를 끄덕여 보였다. 그의 말이 타당하게 들렸기 때문이었다.

"하지만 그건 아직 확실하지 않아요." 빌리가 대답했다. "내 말은 그가 정말 카메라에 대해서 뭔가 잘 알고 있는지 어떤지에 대해서 말입니다. 카메라는 막다른 골목으로 통하는 도로 한쪽만 볼 수 있도록 설치되어 있어요. 그가 이곳으로 접어들었을 거예요. 그리고……." 그는 자리에서 일어나 벽에 걸려 있는 지도 쪽으로 향했다. 그러고는 가능한 진행 과정을 보여주기 위해 연필로 표시한 뒤에 자신의 말을 끝맺었다. "……돌리지 않고 후진했을 거예요."

방 안 여기저기를 돌아다니던 토르켈은 발걸음을 멈추고 빌리와 지도 쪽을 바라보았다.

"그자가 그곳에 카메라가 있는지 몰랐다고 칩시다…… 그자가 2미터를 후진했다면 운전자가 누구였는지 우리가 알 수 있지 않을까요?"

"예."

토르켈은 자신의 귀를 믿지 못하는 것처럼 보였다. 2미터라! 그들이 이 빌어먹을 사건을 해결하는 데 고작 2미터밖에 떨어져 있지 않았다는 것인가?

"이번에는 왜 이렇게 사건이 잘 안 풀리는 거죠?"

빌리는 어깨를 움찔거렸다. 그는 지난 며칠 동안에 토르켈의 저조한 기분에 익숙해 있었다. 그 자신이 잘못을 저질렀거나 뭔가를 간과하고 지나쳤다면 그의 반응이 달랐을 것이다. 지금은 자신 때문에 토르켈의 기분이 나쁜 것이 아니었다. 빌리는 확신할 수 있었다. 아마도 토르켈의 나쁜 기분은 뭔가 우르줄라와 관계가 있는 것 같았다. 때마침 우르줄라가 문을 밀고 들어왔다. 매점에서 커피 한 잔과 봉지 하나를 사서 들고는.

"늦어서 죄송해요." 우르줄라는 들고 온 먹을거리를 탁자에 내려놓고서 의자를 끌어다 앉았다.

"미카엘은 잘 있나요?"

빌리의 착각일지는 모르지만 토르켈의 목소리가 좀 부드러워진 것 같았다. 약간 동정적인 것도 같고.

"집에 갔어요."

빌리는 깜짝 놀란 나머지 우르줄라를 쳐다보았다. 그런 일이 있다니! 정말 재미있는 일이었다.

"어젯밤에 왔잖아요?"

"그래도 갔어요."

"콩 볶듯이 왔다 간 건가요?"

"예."

토르켈은 우르줄라의 목소리를 귀 기울여 들었다. 만약 우르줄라 자신이 이 테마를 나중에 다시 끄집어내지 않는다면, 이 말은 미카엘의 방문에 관해 그들이 듣게 될 마지막 말이었다. 그녀의 말은 황당했다. 그녀는 비닐봉지에서 치즈 빵과 마시는 요구르트를 꺼내며 방 안을 둘러보았는데, 그는 그런 그녀의 모습을 계속 주시했다.

"내가 늦어서 못 들은 얘기가 있나요?"

"나중에 내가 처음부터 얘기해 줄게요. 방금 하던 얘기나 계속합시다."

토르켈은 서류가 있는 자기 자리로 다시 돌아온 빌리에게 눈짓했다.

"다음 얘기는 더 나쁜 소식이에요. 내가 차량 검사증 레지스터를 조사해보았는데요. 베스테로스에는 검정색, 짙은 남색이나 무연탄색의 볼보만 해도 총 216대랍니다. 만약 우리가 접경 지역인 엔쾨핑, 살라, 에스킬스투나와 그 밖의 몇몇 다른 지역까지 계산해 넣는다면 대략 500개는 될 거예요."

토르켈은 대답은 하지 않고서 여러 차례 주먹만 꽉 움켜쥐었다. 그 대신에 세바스찬이 빌리에게 물었다.

"그중에 팔름뢰브스카와 연관 있는 차량은 어느 정도나 되나요? 우리가 학부모나 직원들의 레지스터를 조사해보면 어떨까요?"

빌리는 세바스찬을 빤히 쳐다보았다.

"우린 못해요. 그렇게까지 하려면 하나씩 손수 살펴봐야 해요. 그럼 시간도 엄청 걸리고요."

"그렇다면 한번 시작해보자고 제안해보고 싶어요. 지금까지 우리가 찾은 모든 단서들은 이 우둔한 학교랑 연결되어 있었으니까요."

빌리는 세바스찬의 제안을 이성적이라고 생각했다. 빌리는 팀 내의 혼란이 세바스찬의 참여 탓이라고 생각할 만큼 행동 연구가는 아니었다. 그래서 빌리는 토르켈이 의견을 표명하기 전까지는 이 제안에 대해 자신의 의견을 나타내고 싶지 않았다. 하지만 고개는 끄덕여 보였다.

"좋은 생각이네요. 하지만 모든 카메라에 있는 필름을 다 조사했으면 합니다. 이 빌어먹을 자동차를 찾아야 하니까요!"

빌리는 이 말을 듣자마자 한숨을 크게 내쉬었다.

"그런 일은 나 혼자서는 다 해낼 수 없어요."

"문제없습니다. 내가 한저와 상의하리다. 그때까지만 세바스찬이 당신을 도와줄 겁니다. 그럼 세바스찬도 진짜 경찰 일을 해볼 수도 있을 테고요."

잠시 잠깐 세바스찬은 토르켈을 지옥에나 보내버릴까 하는 생각을 했다. 레지스터를 비교하고 CCTV를 돌려보는 것은 그가 하고 싶지 않은 일이었다. 하지만 이런 야비한 말을 입에 담기 전에 그는 곰곰이 생각해보았다. 여기서 활동한 지 꽤 되었다는 걸 생각한다면, 그는 이제 와서 해고되고 싶진 않았다. 이 사건이 해결되기 전에는 절대 그러고 싶지 않았다. 그리고 자신이 알고 싶은 주소를 알기 전에는 절대로 그럴 수 없었다. 안나 에릭손을 찾을 수 있도록 도와줄 수 있는 유일한 사람을 적으로 만든다면, 그거야말로 정말 어리석은 일이었다. 그가 이곳에 온 이유가 바로 그것 때문이 아니었던가! 그래서 세바스찬은 보통 때와는 달리 호의적으로 빌리에게 미소를 지었다.

"뭐, 그러죠. 내가 해야 할 일이 뭔지 얘기하세요, 빌리. 내가 그 일을 할게요."

"당신, 컴퓨터 잘 다룰 줄 아나요?"

세바스찬은 고개를 절레절레 흔들었다. 토르켈은 약간 흥분해서 방 안을 한 바퀴 더 돌았다. 그는 옛 친구와 말로 한바탕 싸움을 걸기로 했다. 그는 마음속 분노에서 약간은 벗어나고 싶기도 했고, 또 한편으로는 그가 세바스찬한테 쉬운 일만 주는 것은 아니라는 걸 우르줄라에게 보여주고 싶었다. 하지만 그런 일은 결코 일어나지 않았다. 그 대신에 세바스찬이 자리에서 벌떡 일어나 빌리의 어깨를 다정하게 두드렸다. "그럼, 어디 시작해봅시다."

벌컥 화가 난 토르켈은 곧장 회의실을 나가버렸다.

레나는 곧바로 집에 돌아가지 않았다. 잠시 동안 맑은 공기를 마시자 경찰서에서의 결심은 차츰 누그러지기 시작했다. 그녀가 속은 것이라면 도대체 무슨 일 때문일까? 아까 본 자동차가 그녀가 알고 있는 동일 자동차일까? 더 심각한 일은 그녀의 예상이 맞을 경우였다. 만약 그럴 경우에는 어찌해야 할까?

그녀는 지난 가을에 오픈한 쇼핑센터를 한 바퀴 돌아보았다. 이 쇼핑센터의 건설 기간만 해도 몇 년 걸렸다. 그동안에 베스테로스 사람들은 이 건물이 결코 완공되지 못하리라고 믿었다. 아무런 목적도 없이 레나는 반짝이는 돌바닥 위를 걸어가며 조명이 비추는 커다란 쇼 윈도 안을 들여다보았다. 여전히 꽤 이른 시간이었기에 가게들은 아직 문을 열지 않았다. 그녀는 베스테로스의 화려한 새 건물에 마치 홀로 있는 것 같았다. 쇼윈도에는 이미 여름 신상품들이 전시되고 있었다. 적어도 광고판들은 신상품이라는 것을 주장하고 있었지만 레나는 작년 옷과의 차이점을 느낄 수 없었다. 어차피 그곳에 걸려 있는 옷들 중에 어떤 옷을 입어 봐도 젓가락처럼 마른 마네킹들이 입고 있는 것처럼은 보이지 않을 테니 말이다.

게다가 그녀한테는 다른 문제들이 있었다. 지난 며칠 동안 다소 성공적으로 쫓아냈던 나지막한 환청이 다시 들리기 시작했던 것이다. 이번에는 예전보다 더 강하게 들려왔다.

그건 너 때문이잖니!

이젠 너도 알겠지!

네 잘못이라는 거!

이 목소리의 말이 옳은 것인지, 그녀는 알아내야만 했다. 하지만 만약 그렇게 된다면 너무 가슴 아플 것이다. 정말 견딜 수 없이 고통스러울 것이다. 하지만 그녀는 이제는 더 이상 부정할 수 없다는 생각이 들었다. 화면에서 본 검정색 자동차가 이를 확인해주고 있었다.

쇼핑센터의 통행로 중간쯤 가다보니, 한 커피숍에서는 어린 소녀가 엄청나게 커다란 유리 진열장 속에 막 구운 빵들을 진열하고 있었다. 설탕, 바닐라, 계피의 달콤한 향기가 솔솔 불어오는 바람에 옛날이 떠올랐다. 지금과 같은 괴로운 생각과는 아주 거리가 먼 그 옛날이. 레나는 그 당시의 삶으로 되돌아가고 싶었다. 단 한순간이라도. 그녀는 아직 커피숍이 열리지 않았더라도 빵을 좀 판매하도록 소녀를 설득했다.

그녀는 설탕이 좀 과하다 싶을 정도로 많은, 아주 커다란 달팽이 모양의 바닐라 빵을 선택했다. 소녀는 작은 종이 봉지에 빵을 넣어서 그녀에게 건네주었다. 레나는 고맙다는 인사말을 하고는 몇 발자국 출구 쪽으로 걸어 나왔다. 그러고는 달팽이 모양의 바닐라 빵을 봉지에서 꺼냈다. 빵은 부드럽고 따뜻했다. 한순간에 옛 삶이 다시 돌아온 것 같았다. 그녀는 허겁지겁 한 입을 베어 물었다. 빵맛이 강렬하게 퍼지며 입안 가득히 아주 달콤하게 느껴지자 별안간 그녀는 기분이 나빠졌다.

도대체 왜 이곳에 와 있는 걸까? 아이쇼핑과 커피타임을 하러 온 것인가? 그녀는 로저의 생전 모습들이 생각났다. 그가 처음으로 웃던 일, 그의 첫 걸음마, 학교에 다니던 일, 생일, 축구게임. 그의 마지막 말들.

"나 지금 가요……."

자동차 뒤로 사라진 그의 마지막 발걸음.

레나는 달팽이바닐라빵을 종이 봉지에 던져 넣고는 갈 길을 재촉했다. 그녀는 이미 시간을 낭비할 만큼 했다. 그녀가 알아내야만 할 일들을 회피했던 것이다.

이런 가공스러운 끔찍한 사건에 그녀도 책임이 있는 걸까? 아니면 그 이상일까? 그녀가 죄가 있는 것은 아닐까? 그렇다는 식으로 환청은 끈질기게 주장하고 있었다.

레나는 성급히 도시를 걸어갔다. 그녀의 몸은 속도에 익숙하지 않았다. 그녀의 폐는 견디기 어려웠으며, 그녀의 가슴은 피로감을 느꼈다. 하지만 그녀는 속도를 늦추지 않았다. 그녀는 어떤 곳보다 가기 싫은 장소로 향했다.

로저와 그녀에게 종말이 시작된 그곳. 그녀에게 열등감과 아주 가치 없는 인간으로 느끼게 해준 바로 그곳. 팔름뢰브스카 고등학교.

학교 뒤편에서 레나는 그녀가 찾고 있던 것을 발견했다. 먼저 그녀는 앞쪽에 있는 대형주차장을 돌아다녔으나 찾는 물건을 발견하지 못했다. 그래서 그녀는 실망한 채로 학교 주변을 한 바퀴 돌다가 마침내 바로 학교 카페테리아 입구 옆, 더 작은 주차장에서 발견하게 되었다.

그곳에 서 있었다. 짙은 남색 볼보. 그녀가 예상하고 두려워했던 바로 그 차.

메스껍고 눈물이 다시 흘렀다. 그리고 생각이 밀려들었다. 이 자동차에 로저가 올라탔다는 것. 그녀의 로저가. 아주 최근 일이었으나 이상하게 영원한 날이 되어버린 그 금요일에. 이제 해야 할 일이 한 가지뿐이었다. 왼쪽 흙받기 쪽으로 다가선 레나는 무릎을 굽혔다. 그녀는 경찰들이 눈치챘는지는 알 수 없었다. 어쨌든 간에 그들은 이것에 대해서는 아무런 말도 하지 않았다. 하지만 자동차가 화면에서 깜박이를 켜고 도로를 나서려고 했을 때, 왼쪽 불빛이 접착테이프로 고정되어 있었다는 걸 분명히 알아볼 수 있었다.

적어도 레나만은 그걸 알아보았다. 몇 주 전에 로저가 가정통신문을 집으로 가져온 일이 있었다. 차량의 양쪽 후부등이 맹목적인 파괴욕에 의해 파손되었다는 것과 일시적으로는 수리했으나 범인은 신분을 밝히고 피해 보상하도록 촉구하는 간결하면서도 비난하는 글이었다. 이 일이 어떻게 해결되었는지는, 그녀는 모른다. 그녀는 손가락으로 넓은 접착테이프를 만져보았다. 시간이 멈추고 다시 아무 일도 일어나지 않기를 희망하는 듯이. 결코 아무 일도.

하지만 일은 일어날 것이다. 그녀가 이 사실을 알았다는 게 일의 시작이었다. 그녀는 자리에서 일어나 몇 발자국 자동차 주위를 돌며 조심스레 차가운 강철을 만져보았다. 어쩌면 로저가 정확히 이곳을 어루만졌을지도 모른다. 혹은 여기를. 그녀는 계속해서 손으로 더듬어보았다. 그의 손길이 자동차를 어루만졌을 법한 곳을 머릿속에 그려내고 싶었다. 어디가 됐건 차 문들 중에 한 곳은 만졌을 테니까. 아마도 앞문이었을 것이다. 그녀는 앞문을 쓰다듬어 보았다. 차갑게 잠겨 있었다. 레나는 몸을 앞으로 숙여 그 안을 살펴보았다. 무늬 없는 어두운 색 커버들. 바닥에는 아무것도 없었다. 의자들 사이 작은 칸에 동전이 몇 개 들어 있었다. 그밖에는 아무것도 없었다.

레나는 몸을 쭉 폈다. 놀랍게도 그녀의 불안감이 어디론가 사라져버렸다는 걸 느꼈다. 일어날 수 있는 최악의 상황이 이미 벌어졌다. 그녀의 책임이라는 게 증명된 것이다. 어떤 의심의 여지도 남지 않았다.

이제 그녀의 마음은 완전히 텅 빈 것 같았다. 한기가 온몸으로 퍼져나갔다. 싸늘한 환청이 마침내 그녀와 하나가 된 듯이.

그녀의 잘못이었다. 그녀의 몸속에서는 이런 생각에 대해서 단 한순간도 저항하는 낌새가 없었다. 그리고 온기도 전혀 없었다.

로저가 그녀로부터 떠나간 날에 레나의 일부도 죽었다.

다른 일부는 지금 죽었다.

그녀는 핸드폰을 꺼내어 번호를 눌렀다. 벨소리가 몇 번 울리고 난 뒤에 남자 목소리가 들렸다. 그녀는 몸속처럼 아주 차디찬 자신의 목소리를 들었다.

"내가 오늘 경찰에 갔다가 보고 온 게 있어요. 당신 자동차를요. 그게 바로 당신이었다는 걸 알았어요."

씨아 에들룬트는 개 한 마리를 기른 지 그리 오래되진 않았다. 원래 그녀는 애완견을 좋아하는 사람이 아니라고 생각해왔다. 하지만 2년 전에 로돌포가 그녀의 생일 때 갑자기 털이 복슬복슬하고 매혹적인 강아지를 선물했다. 코커스패니얼 암컷이었다. 로돌포가 환하게 웃으며 꽤 괜찮은 암컷을 소개할 때에는 그의 눈망울은 할 수 있는 한 최대한 도로 반짝거렸다. 씨아는 차마 안 받겠다고 거절할 수가 없었다. 특히 나 그녀가 주저한다는 것을 눈치채자마자 로돌포는 그녀를 도와주겠다고 약속했기 때문이었다.

"이 개는 당신 것만이 아니에요. 우리가 함께 키우도록 해요. 내가 약속할게요. 우리의 작은 베이비를……."

하지만 실상은 완전 딴판이었다. 6개월이 지나자 로돌포의 눈망울은 갈수록 반짝이는 횟수가 줄어들었고 그녀한테도 점점 찾아오지 않았다. 개에 대한 책임은 자신한테 있다는 것을 그녀는 알았다. 오로지 자신한테만. 강아지의 이름이 로돌포의 할머니 이름을 따라 루시아 알미라라고 부르고 있는데도. 단 한 번도 만나보지 못한 칠레 여인의 이름으로. 그녀는 항상 여유가 되면 할머니를 한 번 방문하겠다고 계획하고 있었다.

이 일도 녹록치 않았다. 결국 씨아는 이제 강아지와 침대를 같이 사용하게 되었다. 그녀가 결코 만날 수 없는 칠레 할머니의 이름을 그대로 사용하는 강아지와.

하지만 생활 패턴으로 봤을 때 그녀한테는 이미 큰 문제였다. 씨아는 간호사로 일하고 있었다. 일도 많고 불규칙했다. 강아지를 키운다는 것이 이제는 고통이 되었다. 동네 산책도 아주 짧게 나가는 일이 빈번했다. 근무 당번 표에 따라 씨아는 한밤중에나 아니면 그 다음 날 오후에나 강아지와 산책을 나갔다. 하지만 오늘은 비번이라 오랫동안 산책을 나갈 작정을 했다. 자신과 알미라가 다 만족할 수 있도록. 그들은 축구장으로 가는 작은 오솔길을 따라 걸었는데, 길은 숲으로 연결되는 산책길이었다.

그들이 텅 빈 축구장에 도착하자 씨아는 강아지 목줄을 풀어주었다. 강아지는 무척 좋아서 짖으며 덤불과 침엽수림 속으로 뛰어 들어갔다. 씨아는 알미라의 짧은 꼬리가 나지막하고 무성한 덤불 사이에서 달랑달랑 흔들리는 모습을 보았다. 씨아는 미소가 절로 나왔다. 오늘은 다른 날과는 달리 좋은 강아지 주인이 된 것처럼 느껴졌다.

알미라는 다시 달려왔다. 강아지는 오랫동안 멀리 가지 않았는데, 언제나 그의 여주인이 정확히 어디쯤 있는지 알고 싶어 했다. 알미라는 눈으로 확인한 뒤에 다시 뛰어다녔다. 물론 이번에도 다시 돌아올 수 있는 거리만큼만. 씨아는 덤불에서 나오는 강아지를 보자 이내 이마를 찌푸렸다. 알미라의 꼬리에 뭔가 어둡고 칙칙한 색이 묻어 있었기 때문이었다. 씨아는 강아지를 불렀고 알미라는 그녀에게 달려왔다. 씨아는 유심히 살펴보았다. 피같이 보였지만 강아지의 기분은 최고로 좋았다. 그런 것으로 보아 강아지의 피가 아닐 수도 있었다. 강아지가 코를 킁킁거리며 냄새를 찾아 다시 달려 나가려 하자 목줄을 채웠다.

"너, 뭘 찾은 거니? 나한테 보여줘!"

이미 15분 만에 세바스찬은 모니터에서 어두운 색 볼보를 찾는 일에 고통을 느꼈다. 전혀 의미 없는 일 같아 보였다. 빌리는 어떤 식으로 일해야 할지 그에게 설명해주었다. 자동차가 로저를 태우고 언제 떠났는지 알아야만 하기에, 어느 곳에, 어떤 일이 일어난 뒤에, 어떤 방향으로 방향을 틀었는지를 염두에 두어야 한다고 했다. 세바스찬은 그 말에 전혀 집중하지 않았다. 그는 자신과 조금 떨어진 자리에 앉아 주소록을 가지고 있는 빌리 쪽을 곁눈질했다. 조금 전 빌리는 팔름뢰브스카 학교 교장의 비서한테서 주소록을 받아온 상태였다. 그는 전혀 지루해하지 않는 것 같았고 오히려 끈질기고 집중력이 좋아 보였다. 그는 아무런 미동도 없이 화면 앞에 앉아 있던 세바스찬 쪽을 쳐다보았다.

"뭐가 잘 안 되나요?"

"아니요, 아니에요. 다 잘되고 있어요. 당신 쪽은요?"

빌리는 그를 보며 미소 지었다.

"난 지금 막 시작했는걸요. 일단 계속해보세요. 카메라는 충분히 많으니까요."

빌리는 다시 그의 주소록을 들여다보았다. 세바스찬은 화면으로 시선을 돌렸으나 한숨부터 나왔다. 지금 같은 상황으로 인해 그는 30년 전에 에를란더 교수 밑에서 연구원으로 일했던 시절이 떠올랐다. 당시에 교수는 그에게 수천 개의 질문지를 평가하라고 요구했다. 그래서 그는 몇몇 학생들에게 돈을 주고는 그 일을 시켰으며 정작 자신은 술집에 갔다. 하지만 이번에는 그렇게 쉽게 꼼수를 부릴 수가 없었다.

"내가 당신한테 줬던 이름은 어떻게 찾아봤나요? 안나 에릭손이요."

"미안하지만 아직 못 찾아봤어요. 당신도 알다시피 그동안에 자꾸 다른 일이 있어서요. 하지만 언젠가는 꼭 찾아볼게요."

"뭐, 서두를 필요는 없어요. 난 그저 호기심에서 찾아달라는 거니까요."

세바스찬은 재촉하는 빌리의 시선을 느꼈다. 세바스찬은 그가 원하는 대로 보조를 맞춰줄 수 있을 것이다. 아직은 그의 진짜 얼굴을 드러낼 때가 아니었다. 빌리가 가르쳐 준대로 세바스찬은 정확히 F5 자판을 눌렀다. 그러고는 베스테로스 어딘지도 모르는, 생기 없이 다 똑같아 보이는 도로 화면을 지루하게 관찰했다. 때마침 걸려온 전화로 인해 그는 죽도록 지겨웠던 상황에서 마침내 구원받을 수 있었다.

그들은 두 대의 자동차로 축구장에 도착했다. 반야와 우르줄라가 한 차에, 토르켈과 세바스찬이 또 다른 차에 나누어 탔다. 토르켈은 학창 시절로 다시 돌아온 느낌이었다. 그들은 마치 '소녀 대 소년'의 변형된 형태로 게임을 벌이고 있는 것 같았다. 회의가 끝난 뒤 그녀는 지난 시간 동안의 전개 과정을 알기 위해 남았지만 그를 완전히 인간미 없이 대했다. 지하 주차장에 들어갔을 때에는 그녀가 아예 그를 무시했다. 그녀는 한 마디 말도 없이 자신의 자동차로 돌아가 버린 것이다.

경찰차 두 대가 이미 그 장소에 와 있었다. 그들이 자동차에서 내리자 유니폼 차림의 경찰이 자갈이 있는 곳에서 그들을 반겨주었다. 잔뜩 긴장한 그는 이곳까지 방문해준 그들에게 감사의 마음을 표했다.

"피를 발견했어요. 아주 많은 피를요."

"누가 발견한 거죠?" 우르줄라가 물었다. 지금까지는 오로지 법의학적인 발견에 대한 것이었다. 이 경우에는 당연히 질문할 사람은 그녀밖에 없었다.

"씨아 에들룬트라는 여자예요. 개랑 산책하는 길이었답니다. 저쪽에서 기다리고 있어요."

그들은 축구장을 지나 동료를 따라 숲 쪽으로 갔다. 몇 발자국 걷지 않았는데 이미 땅이 가팔랐다. 그곳으로 내려갈 경우에는 축구장 쪽에서는 더 이상 보이지 않는다고, 반야는 메모했다.

길은 왼쪽 커브길이었는데 작은 공터로 통했다. 그곳에는 두 사람이 기다리고 있었다. 커다란 사각형으로 차단막을 치고 있는 여경찰과 또

한 명은 좀 떨어진 거리에서 코커스패니엘과 서 있는 25세가량의 여자였다.

"이분이 발견했어요. 지금까지 우리는 아무것도 물어보지 않았어요. 당신이 지시한 대로요."

"내가 맨 먼저 발견 장소를 확인하고 싶어서 그랬어요." 우르줄라가 대답하고는 공터 쪽으로 갔다.

남자 경찰은 그곳에서 몇 미터 떨어져 있는 장소를 가리켰다.

"저기서 볼 수 있어요."

우르줄라는 발길을 멈추고서 다른 사람들에게 지금 서 있는 자리에 그대로 있으라고 손짓했다. 그녀는 지난해의 누런 풀들이 바닥에 납작하게 눌려 있는 것을 보았다. 그 아래 누리끼리한 바닥에는 훨씬 더 짧지만 이미 파릇파릇한 새 풀들이 소록소록 올라오고 있었다. 그사이에 적갈색의 혈흔이 보였다. 산발적으로 퍼져 있는 혈흔의 한가운데에는 핏덩어리가 커다랗게 웅덩이를 이루고 있었다.

"꼭 전쟁터 같아요." 차단막을 쳤던 여경찰의 입에서 무심코 흘러나왔다.

"그럴 가능성도 있죠." 우르줄라는 그저 냉랭하게 대답하고는 조심스레 다가서며 웅덩이 앞에 쪼그리고 앉았다. 대부분의 피는 말랐지만 바닥에는 쏙 들어간 자국이 몇 군데 있었다. 마치 발자국처럼 보였는데 아교 모양의 붉은 내용물로 가득했다. 우르줄라도 그렇게 생각하고 있는 걸까? 공기 중에서 강한 쇠 냄새를 맡은 걸까? 그녀는 다른 사람들에게 고개를 끄덕여 보였다.

"서둘러서 분석해봐야 할 것 같아요. 이곳에서 삶을 포기한 불쌍한 사슴이었다면 우리가 시간 낭비할 필요가 없을 테니까요. 몇 분 걸리지 않을 거예요."

그녀는 하얀색 가방을 열고는 작업에 착수했다. 토르켈과 세바스찬은 강아지 주인한테 가보았다. 여자는 마침내 그녀의 말을 들어 줄 사람이 나타날 때까지 오랫동안 그곳에 서서 기다렸다는 듯이 피곤한 낯빛이었다.

"알미라가 발견했어요. 내 생각에는 우리 강아지가 조금 핥아 먹은 것 같아요⋯⋯."

레나가 집 안으로 들어서며 문을 닫자 긴장감이 돌았다. 그녀는 복도 바닥에 풀썩 주저앉았다. 한 발자국도 더 걸을 수 없을 만큼 힘이 다 빠졌다. 집 밖, 사람들 사이에서는 가면을 쓰는 게 훨씬 쉬웠다. 그곳에서는 집중할 수도 있었고, 다른 곳에 시선을 돌릴 수도 있었으며 아무런 생각 없이 돌아다닐 수도 있었다. 뭔가 연극을 하듯이. 하지만 집에서는 더 어려웠다. 거의 불가능했다. 그녀는 바닥의 신발들과 비닐봉지 사이에 앉아 로저의 옛 학교 사진 한 장을 바라보았다. 사진은 벌써 한참 전부터 걸어놓은 것이었다. 이 사진은 로저가 1학년 때 그녀가 사가지고 온 첫 사진이었다. 사진 속 로저는 푸른 테니스 스웨터를 입고서 카메라를 향해 미소 짓고 있었다. 그의 입가에서 이 빠진 자국이 보였다. 이 사진을 마지막으로 봤던 게 언제였을까? 한참만이었다. 그들이 이 집으로 이사 왔을 때 그녀가 사진을 걸어놓았다. 물론 현관문의 소지품 보관장에 너무 가까이 걸어놓았기에 재킷과 겨울옷으로 가려질 때가 비일비재했다. 로저가 점차 커가자 그녀도 이 사진에 대해서는 더 이상 신경 쓰지 않았다. 이제야 사진을 보았다는 게 참 기이하다는 생각이 들었다. 몇 년 동안 옷들 사이에 가려진 채로 잊힌 사진을. 이제는 더 이상 새 재킷들을 걸어놓지 않을 것이다. 더 이상은 로저의 사진을 가리지 않을 것이다. 그녀가 살아 있는 한 로저는 그곳에 앉아 이 빠진 모습으로 미소 짓고 있을 것이다. 아무 말도 하지 않을 것이며 더 이상 나이도 먹지 않을 것이다. 생기가 가득한 눈빛으로.

문에서 초인종 소리가 들렸다. 레나는 열어줄 생각을 하지 않았다. 이 순간이 더 중요했다.

하지만 그녀는 깜박하고 문을 잠그지 않았다. 그녀는 문 안으로 들어온 그를 쳐다보았다. 이 상황에서 가장 이상한 점은, 그가 갑작스레 그녀 앞에 나타났다는 게 아니었다. 그의 눈에 어린 절망감이 특별히 이상하게 느껴지지 않는다는 점이었다. 그녀가 공포에 사로잡힌 이유는 무엇일까? 일곱 살배기 소년의 미소 짓는 얼굴을 바라보던 그녀가 아들의 삶을 앗아간 그 남자를 바로 지금 바라보고 있었다는 사실이었다.

하랄드손은 느지막이 잠자리에서 일어났다. 원래 그는 늦잠 같은 건 자지 않았다. 그는 와인과 제니를 원망했다. 와인 때문에 그는 평소보다 훨씬 깊게 잠을 잤다. 꿈도 꾸지 않고서. 제니는 병원에 가기 전에 그를 깨우지 않았다. 그는 알람을 맞춰놓고 잤지만, 울리는 소리가 나자 비몽사몽 상태에서 알람을 그냥 꺼버렸다. 알람이 울리기나 했는지도 그는 전혀 기억나지 않았다. 9시 반이 조금 지나서야 그는 잠에서 깼다. 우선 재빨리 옷부터 입고서 일터로 날아가려고 했지만 어쩐지 오늘 아침은 모든 게 슬로모션으로 진행되었다. 그가 샤워와 아침 식사를 하고 옷을 입었을 때에는, 또 한 시간이 지났다. 그는 경찰서로 서둘러 가기로 결심했다. 그곳에 도착한 시간은 11시였다.

라트얀은 하랄드손이 부탁한 대로 모든 걸 다 준비해놓았다. 그가 커피 한 잔을 들고서 책상에 앉자 그 위에는 서류철이 몇 개 놓여 있었다. 그는 긴장한 채로 서류철을 열어보고는 빼곡한 A4용지 세 장을 꺼냈다. 하랄드손은 한 손에는 커피를, 그리고 또 다른 손에는 복사 서류를 들고서 등을 기댔다. 그는 온 정신을 집중하여 읽기 시작했다. 45분 걸려 그는 린다 베크만의 취조 서류를 세 번 읽었다. 그는 서류를 내려놓고는 컴퓨터를 켜고 악셀 요한손의 데이터를 입력했다. 결과는 상당히 이목을 끄는 목록이었다. 선량한 요한손은 빈번하게 이사를 다녔고 가는 곳마다 경찰들과 안면이 있었다. 하랄드손은 프로토콜 데이터를 넘겨보았다. 우메오, 솔레프테오, 예블레, 헬싱보리와 몇몇 더 작은 도시와 베스테로스에서 법률을 위반했다. 공공법규 위반, 절도, 성추행…… 그 순간 하랄드손은 기겁하고 말았다. 솔레프테오에서도 성추행으로 신고가 있었다. 그런데도 악셀은 전혀 판결을 받지 않았다. 두 번에 걸친 사전 조사는 증거 부족으로 인해 중단되었다. 하랄드손은 더 옛날 프로토콜을 살펴보았다. 악셀 요한손은 우메오에서 일어난 성폭력 사건 수사 과정에서도 증인으로 취조를 받았다. 벌써 11년 전의 일이었다. 그가 놀러 간 축제에서 한 소녀가 아주 야비하게 성폭력을 당했던 것이다. 어두워질 무렵 소녀는 담배를 피러 정원에 나갔는데, 그때 일이 벌어진 것이다. 모든 손님들은 취조를 받았지만 아무도 벌을 받진 않았다. 그날의 성폭력은 밝혀지지 않았다.

하랄드손은 다시금 어제의 영감을 떠올렸다. 죄가 있는 사람은 도망간다는 것.

그는 의자에 등을 기대고는 이런저런 생각을 해보았다. 라트얀이 그에게 복사해준 서류를 들고서. 짧은 구절에 그는 솔깃해졌다. 악셀 요한손이 침대에서는 지배적이었다는 것. 죄가 있는 사람은 도망간다는 것. 이 말은 사리에 맞지 않을지도 모른다. 하지만 하랄드손이 맹렬한 속도로 가능성에 접근하고 있다는 사실만으로도 그는 위험을 자처할 수도 있었다. 그는 몸을 다시 꼿꼿이 세우고는 자판을 눌렀다. 먼저 악셀 요한손이 우메오에 언제 살았는지 조사해보았다. 그러고는 이 당시에 해명되지 않은 사건들을 찾아봤다. 유사 사건들은 상당히 많았다. 그는 성적 배경과 관련 없는 사건을 제외시켰다. 그랬더니 숫자가 줄었지만 그래도 여전히 많았다. 하랄드손은 찾는 분야를 계속 제한해나갔다. 먼저 성폭력부터 찾았다. 놀랍게도 여전히 다수의 사건들이 있었다. 기습적으로 희생자를 습격했던 성폭력 사건을 찾아보았다. 훨씬 줄어들었다. 일반적으로 이런 사건들은 굉장히 드물었다. 대부분의 성폭력 사건에서는 희생자와 범인이 서로 알고 있었다. 아주 짧은 만남이었더라도. 이와는 반대로 악셀 요한손이 우메오에서 살았을 당시에는 이런 성폭력 사건이 다섯 건 있었다. 그중에 세 건이 거의 유사한 유형이었다.

외로운 지역에 사는 외로운 여자들. 외롭지만 완전히 버림받은 것은 아니었으며 근처 사람들과 왕래하며 지냈다. 근처에 있는 다른 사람들을 알고 지낼 경우에는 그들은 안전한 편이었다. 담배를 피우기 위해 어두운 정원에서 서성일 수도 있었다. 왜냐면 열린 창문으로 그들은 축제 소리를 다 들을 수 있었기 때문이었다. 그들은 지름길로 공원을 통과했다. 수풀 뒤쪽에서도 버스 정류장에서 들려오는 대화 소리를 여전히 들을 수 있었기 때문이었다. 하지만 이렇듯 안전하다고 생각하는 것은 일종의 환상이었다. 세 건의 유사한 성폭력 사건의 경우에 매번 남자는 뒤에서 접근하여 여자를 바닥에 내다꽂았다. 그런 다음에 그는 그녀의 얼굴을 바닥에 짓눌렀다. 여자로 하여금 비명을 지르지 못하게 하려던 것이었다. 그러고서 등 뒤에서 강간했다. 몸이 상당히 건강한 범인이 세 건의 성폭력을 모두 저질렀다. 아마도 그는 재빨리 근방의 사람들 사이로 들어감으로써 아주 정상적인 사람인 것처럼 도시의 거리를 활보하고 다닐 것이다. 여자들은 그의 모습을 전혀 보지 못했다. 어떤 인물 묘사도, 증인도 없었다.

하랄드손은 다시 의자에 등을 기대고는 숨을 크게 내쉬었다. 여기서는 뭔가 심각한 일이 진행 중이라는 느낌이 들었다. 그는 두 배나 세 배 앙갚음을 할 것이다. 악셀 요한손은 연쇄 성폭력범이었다. 어쩌면 몇 년 전에 우메오에서 행패를 부렸던 소문난 성범죄자, 소위 '해거먼'으로 알려진 니클라스 린트그렌보다도 악질이었다.

하랄드손은 요한손을 찾고 말 것이다. 그렇게 된다면 총경은 예전보다 더 분명하게 감사의 말을 전할 테니까.

로저 에릭손과 그의 심리학자는 한 가지 사건이기는 하나 여러모로 대단히 큰 사건이었다. 이는 말단일지언정 하랄드손의 경력을 쌓을 수 있는 사건이기도 했다. 그는 바들바들 떨리는 손으로 조사에 착수했다. 예블레. 그곳에서의 성폭력은 악셀의 거주 기간이 상당히 짧은 기간 동안에 일어났다. 동일한 방법으로.

헬싱보리에서 악셀이 거주하는 동안에는 전혀 없었다. 하랄드손은 하던 일을 멈추었다. 하랄드손은 잠시 멈추었다. 마치 조깅을 한 느낌이 들었다. 아주 빠른 속도로 달리다가 갑자기 멈춰서는 바람에 뒤로 자빠질 뻔 했을 때처럼 말이다. 그는 실망감에 휩싸였다. 물론 또 다른 여성이 그 끔찍한 성폭행을 당하지 않은 것만으로도 다행이라고 생각했지만 그의 추측이 송두리째 무너졌다. 거의 완벽한 추측이었는데!

하랄드손은 진술서를 다시 확인해보았다. 역시나 기를 죽이는 결과

밖에 없었다. 악셀 요한손은 헬싱보리에서 2년 이상 거주했지만 이 기간 동안에 신고된 성폭력 사건에서는 그 전의 유형과 한 건도 일치하는 게 없었다. 하랄드손은 다시 등을 기대고 앉아 마지막 남은 커피를 다 마셨다. 그동안에 커피는 다 식어버렸다. 그는 골똘히 생각해보았다. 같은 유형의 성폭행 사건이 없었다는 게 따지고 보면 별의미가 아닐지도 모른다. 어쩌면 범행들이 그냥 신고되지 않았을지도 모르는 일이 아닐까? 모든 성범죄가 경찰에 신고되는 것은 아닐 테니 말이다. 낯선 사람한테 당한 대부분의 성폭력이 십중팔구 경찰에 신고된다고 장담할 수 있는 걸까?

애당초 그는 헬싱보리를 기점으로 삼을 필요가 없었을지도 모른다. 거의 모든 다른 사건들에서는 DNA 흔적을 확보했다. 그럼에도 짜증이 났다. 완벽하진 않기 때문이었다. 마치 숫자를 색칠할 때 뜬금없이 하나나 두 개의 숫자를 빠트린 격이 되었다. 물론 이 그림이 무엇을 뜻하는지는 알 수 있을 테지만 자꾸 빠진 숫자에 시선이 가는 것처럼. 그래서 화가 난다. 게다가 하랄드손은 악셀 요한손이 절대로 중간에 쉬지 않았을 것으로 확신했다. 어쨌든 간에 2년 이상의 공백기는 만들지 않았을 것이다. 그가 이런 식으로 시작한 성폭력이 그렇게 오랫동안 잡히지 않았다면 절대로 쉴 리가 없다.

하랄드손은 자리에서 일어나 휴게실로 향했다. 커피 잔을 더 채우기 위해서였다. 경찰서에 도착했을 때에는 뭔가 몸이 축 늘어지고 졸린 느낌이었다, 한 마디로 술이 덜 깬 상태였다. 하지만 지금 느낌은 기대감이 꿈틀거리는 바람에 긴장감마저 감돌았다. 그는 헬싱보리의 수수께끼를 풀어내고 싶었던 것이다.

자신의 자리로 돌아온 그는 베스테로스의 문서실을 뒤져보았다. 자신이 뭘 찾아야만 하는지 알고 있었다. 그리고 실제로 악셀 요한손의 전형적인 범죄 유형과 일치하는 두 건의 성폭력을 찾았다. 둘 다 악셀이 베스테로스로 온 뒤에 저질러진 사건이었다. 헬싱보리를 막 떠난 뒤에.

이제 하랄드손은 자신이 상상하는 그림이 어떤 모양인지 알 것만 같았지만 마지막 빠진 숫자들을 다 조합해보고 싶었다. 제니와 그는 90년대 말에 헬싱보리에 한 번 가 본 적이 있었다. 때는 외레순 다리(덴마크와 스웨덴 남부 사이의 해협을 이어주는 다리_옮긴이)가 완공되기 전이었다. 우리는 스코네에서 휴가를 즐겼는데, 덴마크까지 구경 갈 수가 있었다. 나룻배가 왕복으로 운행된 덕분이었다. 하랄드손의 기억으로는 다른 나라, 다른 도시로 건너가는 데 약 10분 정도밖에 걸리지 않았다.

그는 덴마크 헬싱괴르의 경찰 전화번호를 찾았다. 자신의 용건을 먼저 설명하자 다른 사람이 받더니 다른 번호를 알려주었다. 하랄드손은 다시 전화를 했지만 이번에는 연결되지 않았다. 그래서 전화번호를 다시 눌렀는데 서로 의사소통이 잘되지 않았다. 마침내 샬롯데라고 부르는 여성이 전화를 받아 그를 도와줄 수 있게 되었다. 하랄드손의 덴마크어 실력은 아주 미미한 것이었다. 몇 분 동안 질문을 여러 차례 반복하고 나자 이들은 영어로 의사소통하기로 결정했다.

그는 사건이 발생된 것으로 예상되는 기간을 알고 있었고, 그 유형도 알고 있었기에 설명은 상당히 빠르게 진행될 수 있을 것이다. 그리고 실제로도 그랬다. 헬싱괴르 경찰은 그 당시에 일어났던 성폭력 사건들 중에 해결되지 않은 두 건을 언급했다. 하랄드손은 승리의 제스처를 취하기 위해 정신을 바짝 차려야만 했다. 사건은 국제적이었다.

그렇다면 사건 해결만이 남았다.

악셀 요한손을 찾기만 하면 되는 것이다. 하지만 한저한테 이러한 상황을 허락부터 받아야 할 것이다.

하랄드손이 열린 문에 노크를 하며 사무실로 들어섰지만 한저는 하던 일을 멈추지 않았다.

"발은 어때요?"

"괜찮아요, 고마워요."

하랄드손은 그녀의 장단에 따라 춤을 추며 마구 흔들릴 생각은 없었다. 몇 초 뒤면 어차피 그가 우위에 설 것이다. 조만간 그녀도 그의 작은 잘못에도 불구하고 자신이 좋은 경찰이라는 걸 생각하지 않을 수 없을 것이다. 게다가 그녀가 해왔던 것보다는 그의 실력이 나을 뿐만 아니라 앞으로도 더 나을 것이라고 확신했다.

"나보러 로저 에릭손의 사건 수사에서 손을 떼라고 했었죠."

"맞아요. 당신이 내 말을 지켜주기를 바라요."

"아니요." 하랄드손은 말을 신중하게 골라 했다. 그는 이 순간을 만끽하고 싶었다. 한꺼번에 모든 것을 밝히고 싶지는 않았다. 그는 한저가 변하는 모습을 하나씩 차례로 모두 경험하고 싶었다. 잘못된 오해에서부터 벗어나 억지로나마 감탄해하는 그 모습을. "악셀 요한손에 대해 좀 조사해봤어요."

한저는 반응은 하지 않고 그녀 앞에 제시한 서류들에 관심을 가졌다. 하랄드손은 한 발자국 가까이 다가서며 목소리를 낮추어 말했다. 뭔가 더 강렬한 인상을 주고 싶어서였다. 좀 더 흥미로워 보이도록.

"갑자기 그자한테 뭔가 이상하다는 생각이 들었던 거죠. 로저 에릭손과는 상관없이요. 어떤 감정이…… 이걸 직관이라고 하나요."

"흠."

그녀는 무관심해 보였다.

"그리고 내 말이 옳다는 걸 알아냈죠. 그자는 성범죄자예요. 연쇄 성범죄자 말입니다."

한저는 완전히 무관심한 눈빛으로만 그를 쳐다보았다.

"아, 그런가요?"

그녀는 그를 믿지 않았다. 그냥 그를 믿고 싶지 않았던 것이다. 어찌 됐건 그녀는 당장 그런 자신의 마음을 행동으로 표현해야만 했다. 그녀의 책상에 다가온 하랄드손은 하루 동안의 전체적인 개요를 제시했다. 장소, 시기, 여러 차례에 걸친 이사, 희생자들에 대해.

"나는 한 가지 연관성을 찾아냈어요. 그는 지난 12년 동안에 우메오, 솔레프테오, 예블레, 헬싱보리와 이곳 베스테로스에서 성폭력을 저질러왔던 거예요."

한저는 재빨리 그 목록들을 쳐다보며 처음으로 하랄드손에게 집중했다.

"당신, 날 엿 먹이고 싶은가요?"

"뭐라고요? 아닙니다. 물론 DNA 테스트가 필요하겠지만 난 내 생각이 맞다고 생각하고 있어요."

"경찰서 사람이라면 당신 말이 옳다는 걸 이미 다 알고 있어요."

"뭐라고요? 도대체 어떻게요? 요한손이 어디 있는지 난 아직 모르지만⋯⋯."

"하지만 난 알고 있죠." 한저는 그의 말을 끊었다. 하랄드손은 몸이 꼼짝달싹도 못하게 굳는 것 같았다. 대화는 전혀 생각지도 못한 방향으로 전개되었다. 그녀의 말이 도대체 무슨 뜻이란 말인가?

"악셀 요한손은 여기에 있어요. 당신 동료 라트얀이 오늘 오전에 그를 잡았어요."

하랄드손은 그녀의 말을 듣긴 했지만 그 말을 어떻게 받아들여야 할지 몰랐다. 그는 입을 쩍 벌린 채로 우두커니 서 있었다.

우르줄라는 지난날 서로간의 갈등을 잊고서, 실제로 그녀가 마스터해야 할 일에 집중하기로 결정했다. 그것은 바로 사건 장소를 조사하는 일이었다. 간단한 테스트만으로도 그녀가 이미 짐작한 대로 증명할수 있었다. 인간의 피가 분명했다. 이로써 그녀는 더욱더 예민해지게되었다. 이제 그녀는 주위를 둘러보며 인상적인 곳이 있는지 살펴보았다. 그녀한테는 시간이 필요했다. 먼저 전체적인 조망을 하면서 하나씩 잘 기억하고 있어야 한다. 이는 나중에 다양한 단서들을 분석하여의견을 조합하려면 세세한 일에도 신경을 써야 했기 때문이었다. 어떤사건 과정이 가장 가능성이 있는지! 그녀는 목덜미에서 토르켈의 시선을 느꼈지만 신경 쓰지 않았다. 그가 깊은 인상을 받았다는 걸 그녀는 알고 있었다. 이 순간은 그녀가 누릴 수 있는 기회였다. 다른 사람들은 그녀를 쳐다보면서 그녀가 여기저기 비상 경계선 뒤에서 천천히걸어 다니는 모습을 보았다. 증거물들을 망가트리지 않으려고 노력하는 모습을. 10분 뒤에 그녀는 그들에게 돌아왔다. 그녀는 준비가 되어있었다.

"피의 양에 대해서는 뭔가 말하기가 어려울 것 같아요. 땅으로 스며들어갔거든요. 아니면 새들이나 다른 동물들이 쪼아 먹었을 가능성도있고요. 하지만 이 피는 인간의 피에요. 아주 많은 양이에요. 여기 한번 보세요."

그녀는 차단선의 한쪽 끝으로 걸어가서는 부드러운 바닥을 가리켰다. 언제나 가장 자극을 많이 받는 편인 반야는 조심스레 몇 발자국을 걸어 들어갔다. 그녀는 우르줄라가 가리키는 곳을 확인하기 위해 쭈그리고 앉았다.

"타이어 자국이네요."

"십중팔구 피렐리 P7이에요. 이 중간에 지그재그로 난 자국을 보면요. 이곳에 자동차 한 대가 서 있었던 거죠. 여기서부터 저쪽에 있는 좁은 숲길로 주행한 것 같아요." 우르줄라는 풀밭의 자국들을 가리켰는데, 자국들은 좁은 길로 통하고 있었다. 그녀는 다른 동료들을 향해 승리의 미소를 지어 보였다. "내가 말할 수 있는 것은, 우리가 범행 장소를 찾았다는 거예요. 연구소에서 확인해야 할 거예요. 이곳의 피가 로저의 피인지 아닌지. 하지만 지난주에 몇 리터의 피를 쏟은 사람이 로저 말고는 베스테로스에서는 없을 거라고 봐요." 그녀는 일부러 말을 멈추고는 빈터 쪽을 바라보았다. "하지만 로저는 여기서 살해되진 않았어요."

"근데 왜 이곳이 범행 장소라고 말한 거죠?" 토르켈이 물었다.

"범행 장소이긴 해요. 하지만 살인 장소는 아니에요. 그는 이곳까지 끌려온 거예요. 이리 와 봐요." 우르줄라는 동료들을 안내했다. 조심스레 세 사람을 축구장 방향으로 다시 돌아가도록. 차단선을 지나 계속. "길가로 가주세요. 우리가 방금 이곳을 따라 왔다는 것만으로도 증거 확보에는 득이 될 게 없거든요."

그들은 아무런 말도 없이 걸었다. 그리고 얼마 지나지 않아 우르줄라가 발견한 것을 보았다. 누리끼리한 풀에 분명하게 핏자국이 나 있었다. 토르켈은 유니폼 입은 여경찰에게 눈으로 표시했다.

"이곳 차단선 지역을 더 확장해야 합니다."

우르줄라는 이곳을 더 이상 신경 쓰지 않고 앞으로 계속해서 걸어갔다. 덤불과 관목을 지나 비탈 위, 축구장으로.

"누군가 그를 이곳으로 끌고 왔어요. 저기에서부터 저쪽으로"

우르줄라는 축구장을 가리켰다. 그들은 경기장의 가장자리, 잿빛 자갈밭에서 어렵사리 희미한 타이어 자국을 발견할 수 있었다. 오로지 두 곳에서만 아주 미세한 자국이 나 있었다. 그들은 아무 말도 없이 서 있었다. 다들 상황이 심각하다는 것을 분명히 깨달았다. 그것도 지금처럼 이렇게 심각하게 느낀 적이 없었다. 아주 일상적이고, 무미건조한 지역이 우르줄라의 눈을 통해서 의미를 갖게 되었다는 게 정말 마법과 같았다. 작아서 거의 드러나지 않던 자국이 핏자국으로 변모한 것이다. 부러진 가지가 시신의 흔적으로. 뿐만 아니라 더러운 자갈은 더 이상 작은 돌무더기가 아니라 소년의 생명을 일순간에 앗아간 장소였다. 이제 그들은 서서히 앞으로 움직이기 시작했다. 계속해서 조사해야겠다는 자극은 받았지만 이와 동시에 조심스러웠다. 먼저 증거를 망가트려서는 안 된다는 생각부터 했다. 무엇보다도 만족스러운 마법을 보존하려면.

토르켈은 핸드폰을 꺼내어 한저에게 전화를 걸었다. 그는 경찰 요원을 증강해야만 했다. 더 넓은 지역을 샅샅이 살펴보아야만 했던 것이다. 한저가 전화를 받는 순간에 그들은 거의 눈에 띄지 않는 흔적들이 끝이 나고 원형 모양의 어둡고 칙칙한 자국으로 바뀌는 지점에 도착했다. 오로지 한 가지만을 의미하는 자국이 있는 곳에. 그들은 16세 소년이 죽은 장소에 도착한 것이다. 모든 게 시작했다가 모든 게 끝나버린 바로 그 지점에.

토르켈은 자신들의 위치를 한저에게 말할 때 본능적으로 속삭이게 되었다.

세바스찬은 주위를 둘러보았다. 그들은 중요한 발견을 했다. 몇 가지 잃어버린 주행 방향뿐만 아니라 전체 범행 과정의 흔적을 발견한 것이다. 이제 그들은 다음번 행보를 계속해야만 했다. 타이어와 핏자국을 검사하는 게 한 가지 일이었다. 여기에서 전체 의미를 읽어내야 했다. 그래야 살인자의 행방을 찾을 수 있을 것이다. 범행 장소는 살인 사건에서 가장 중요한 요소들에 속한다. 로저의 마지막 여행에서 그들은 아주 많은 것을 알게 되었다. 하지만 이 장소가 살인자에 대해 무엇을 알려줄 수 있을 것인가?

"누군가를 이곳에 쏘아 죽였다는 게 너무 이상한 것 같아요. 축구장 한가운데에서." 잠시 뒤에 세바스찬이 말했다.

우르줄라는 고개를 끄덕였다. "특히나 저쪽에 임대주택들이 이렇게 가깝게 있는 곳에서요." 그녀는 언덕에서 조금 떨어져 있는 커다란 잿빛의 고층 건물 세 채를 가리켰다.

"이걸 보면 내 이론이 더 맞아 떨어지는 것 같아요. 이번 살인 사건은 계획된 게 아니라는 점이요." 세바스찬은 몇 발자국 앞으로 걸어가더니 어둡고 칙칙한 자국을 들여다보았다. 별안간 그는 여러 가지 가능성을 끌어내고 싶었다. "로저는 여기서 총에 맞았어요. 그가 바닥에 죽은 채로 쓰러지자 살인자는 총알을 빼내야만 한다고 생각했을 거예요. 이를 위해서 그는 좀 더 안전한 장소를 골랐을 테고요. 그의 선택이 최고의 선택이라고는 우리가 더 이상 말할 수는 없지만요."

다른 사람들이 고개를 끄덕였다.

"게다가 우리는 로저가 등 뒤에서 총에 맞았다는 걸 알고 있잖아요?

그렇지 않나요? 그렇다면 두 가지 대안이 있을 수 있어요. 로저가 위험을 알고서 도망치려고 했거나 아무런 예감도 못한 상태에서 총에 맞았거나."

"내 생각에는 그가 위험하다는 걸 알았을 것 같아요." 우르줄라는 단정적으로 말했다. "그는 도망 중이었던 게 틀림없어요."

"나도 같은 의견이에요." 반야가 그녀의 의견에 동의했다.

"어떤 근거로 이런 추측을 할 수 있는 건가요?" 토르켈이 물었다.

"살인 사건이 일어난 장소를 한번 자세히 둘러보세요." 우르줄라가 설명했다. "우린 축구장이 끝나는 지점에서 한참 떨어져 있어요. 내가 위협을 느낀다고 생각한다면 난 숲으로 달려갈 거예요. 특히나 누군가 나한테 무기를 겨눈다면 더 그렇겠죠."

토르켈은 주위를 둘러보았다. 우르줄라의 말이 맞았다. 축구장은 그들 앞쪽으로 거의 직사각형 모양으로 자리 잡고 있었다. 그들이 서 있는 곳에서 가장 멀리 떨어져 있는, 축구장의 짧은 면 쪽 옆으로 클럽 회관과 커다란 무료 주차장이 있었다. 긴 쪽 면은 높다란 울타리로 막혀 있었으며 그 뒤로 10미터의 길이 나 있고 길 뒤로는 들판이었다. 바로 맞은편의 긴 면에는 고층 건물이 자리 잡고 있었으며 옆쪽 짧은 면은 숲이 시작되는 지점이었다. 누구나 순식간에 결정을 내려야 하는 상황이라면 숲이 가장 보호받을 것 같은 장소임에 분명했다. 고층 건물들도 안전한 장소를 제공해줄 테지만 언덕 위에 있었으며 그런 이유로 인해 결코 정복할 수 없는 산성과 같은 느낌이 들었다. 게다가 언덕으로 올라갈 때에는 달리기 속도가 점차 느려질 것이다.

아무런 움직임도 없이 선 자세로 주변을 자세히 둘러본 세바스찬은 조심스레 손을 들었다. "난 생각이 달라요."

"아주 놀랄 일이네요!" 반야는 지나치게 드라마틱한 톤으로 속삭였다. 세바스찬은 그녀의 말을 전혀 듣지 못한 사람처럼 행동했다.

"난 여러분들의 의견에 동의해요. 로저가 위협을 인식했다면 분명히 그는 숲으로 도망을 쳤겠죠. 하지만 그가 정말로 자신의 처지가 위험하다는 것을 알고 있었는지는 잘 모르겠어요." 세바스찬은 말을 쉬며 동료들의 관심을 끌었다. "우리 이론으로는, 로저가 자동차를 타고 이곳으로 왔다는 거예요. 주차장은 저쪽에 있고요."

세바스찬은 축구장의 맞은편 짧은 면, 클럽회관과 주차장이 붙어 있는 쪽을 가리켰다. 그곳에는 현재 경찰차가 서 있었다. 지금 막 일반 차량 두 대가 들어와 멈추더니 남자들이 자동차에서 내렸다. 그러자 즉시 경찰들로부터 저지당했다. 기자들이 찾아온 것이다.

"로저가 온종일 총기 소지자와 함께 다녔을까요?" 세바스찬이 계속해서 말했다.

"하지만 숲에도 타이어 자국이 있었어요." 우르줄라가 그의 말에 이의를 제기했다.

"당신 말은, 그가 숲으로 가지 않고 거기서 나왔을 수도 있다는 건가요?" 토르켈이 물었다.

"가능해요." 우르줄라가 대답했다.

"가능하긴 하지만 그럴 가능성은 희박해요." 세바스찬은 고개를 가로저었다. "그곳은 사람이 접근하기 어렵고 외진 데다가 보호구역이에요. 로저를 살해할 계획이 없었더라면 왜 그곳으로 자동차를 몰고 와서 세웠을까요? 이건 전혀 연관성이 없는 일이 아닐까요?"

다른 사람들은 그의 의견에 동의한다는 듯이 고개를 끄덕였다. 세바스찬은 팔을 쳐들며 승리자의 제스처를 해보였다.

"이 자리를 한번 보세요. 상당히 동떨어져 있어요. 누군가를 아무도 모르게 옮기기에는 아주 좋은 장소랍니다. 그리고 이곳은 로저의 집과도 상당히 가깝지 않나요?"

"맞아요. 아마 그럴 거예요. 로저는 언덕 너머에 살고 있어요." 반야는 커다란 고층 건물들을 가리켰다. "아마 500미터 정도 떨어져 있을걸요."

"그리고 이곳에는 아주 가깝게 질러가는 지름길도 있고요, 그렇지 않나요?" 세바스찬이 물었다.

다른 사람들은 고개를 끄덕였다. 토르켈은 그를 쳐다보며 자신의 뺨을 긁었다. 그는 오늘 오전에 수염 깎는 걸 깜박 잊어버렸다는 걸 이제야 알았다.

"당신은 어떻게 추정하고 있죠? 로저가 이곳까지 자동차로 왔다면…… 그다음에는요?"

다들 세바스찬을 쳐다보았다. 그가 바라고 있는 대로 그렇게.

"리자 말로는 로저가 누군가를 만나러 나갔다고 했어요. 머지않아 살인자가 될 운전자는 자동차에서 기다리다가 로저가 맞은편 도로를 따라 걷고 있는 것을 보자 짧게 경적을 울렸습니다. 로저는 도로를 가로질러 왔어요. 운전자가 창문을 내리고 잠시 얘기를 나눈 뒤 로저는 볼보에 올라탔습니다. 그리고 이내 볼보는 출발했죠. 그들이 이 지역을 돌아다니는 동안에 로저와 운전자는 열띤 논쟁을 벌였을 거예요. 그들은 서로 의견의 일치를 보지 못했죠. 운전자는 축구장 옆 주차장으로 접어들었고, 로저는 자동차에서 내렸습니다. 아마도 그는 상황을 잘못 이해하고 자신이 이겼다고 확신했을 거예요. 이게 아니라면 그는 상황에 불쾌감을 느끼고 이 주차장을 벗어나 어서 집으로 가야겠다는 생각을 했을지도 모르죠. 어쨌든 간에 그는 그의 등 뒤로 뭔가 일이 벌어질 것임을 전혀 예상하지 못했습니다. 운전자는 상황을 처음부터 끝까지 주시하고 있었어요. 그는 해결책을 찾지 못했거나 아니면 오로지 하나의 해결책만을 찾았을지도 몰라요. 그는 서둘러 경솔한 결심을 하게 된 것이죠. 자동차에서 내린 뒤, 트렁크를 열고 무기를 꺼내든 거예요. 로저는 막 축구장을 가로질러 가고 있었는데, 누군가 주차장 쪽에서 자신에게 총부리를 겨누고 있다는 것을 까맣게 알지 못했어요. 두 사람 간의 간격은 그리 멀리 않았고요. 특히나 총을 겨누려고 했다면 그 거리는 충분했을 거예요. 사냥꾼과 스포츠용 총기. 운전자는 방아쇠를 잡아당겼습니다. 로저는 땅바닥에 쓰러졌어요. 운전자는 총알을 다시 회수하려고 작정했죠. 그래서 그는 잔디밭으로 달려가 로저를 안전한 숲으로 질질 끌고 갔어요. 서둘러 다시 돌아온 운전자는 자동차를 타고 다시 그곳으로 향했습니다. 그러고는 시신에 구멍을 뚫어 총알을 빼낸 뒤에 시신을 자동차에 끌어올렸어요. 연이어 그는 숨겨진 장소로 시신을 운반한 다음 물속에 던져버렸죠."

세바스찬은 아무런 말도 하지 않았다. 도로 저쪽에는 몇몇 자동차들이 지나가고 있었다. 숲에서는 새 한 마리가 지저귀고 있었다. 토르켈은 침묵을 깼다.

"당신은 스포츠용 총기를 중요하게 생각하고 있군요. 아직도 그게 교장이었을 거라고 믿고 있는 건가요?"

"그건 그저 추측일 뿐이에요. 그리고 지금은 나 없이도 여러분들이 증거확보를 잘할 수 있을 거고요." 세바스찬은 고층 건물들이 있는 쪽으로 좀 멀리 걸어가고 있었다.

토르켈은 그의 뒷모습을 빤히 쳐다보았다. "어딜 가려는 거요?"

"레나 에릭손한테요. 로저가 이 지름길을 자주 이용했었는지 알아보려고요. 만약 그가 그렇게 해왔다면 내 추측은 더 가능성이 있게 되어요. 그리고 누군가 그와 자동차를 다른 곳에서도 봤을 가능성도 높아지고요."

다른 사람들은 고개를 끄덕였다. 세바스찬은 잠시 멈추고는 동료들을 초대한다는 손짓을 하며 뒤를 돌아보았다.

"누가 나랑 같이 갈 사람 있나요?"

아무도 선뜻 나서지 않았다.

세바스찬은 사람들의 왕래가 많았을 법한 좁은 오솔길을 금세 찾았다. 이 길은 잿빛 고층 건물이 있는 언덕으로 통했다. 잠시 뒤에 그는 아스팔트로 된 보행로로 접어들었는데 언덕 쪽으로 가파르게 점점 넓어지다가 고층 건물들 사이로 꺾어졌다. 세바스찬은 자신이 팔름뢰브스카 고등학교에 다닐 때 이 고층 건물들이 건설되었다는 걸 기억해냈다. 하지만 그 당시에는 지금만큼 가깝게 가본 적이 단 한 번도 없었다. 건물들은 도시의 끝자락에 적당하지 않은 자리에 위치한 데다가 그의 부모는 중산계급으로서 임대주택에 대해서는 태생적으로 혐오했다. 점잖은 사람들은 본인 소유의 집에서 살아야 한다는 식으로. 그는 축구장이 있는 자신의 등 뒤쪽으로 경찰차가 더 들어오는 모습을 보았다. 그들은 오랫동안 그곳에 남아 있을 것이다. 그는 경찰 업무의 법의학적인 면에 대해 의구심을 갖고 있었다. 물론 그는 이성적으로는 법의학이 얼마나 중요한지 알고는 있었다. 법의학은 법정에 결정적인 역할을 하여 법의학이라는 전문 분야 자체보다도 더 많은 판결을 내릴 수 있게 해주는 분명한 증거를 만들어준다는 걸. 그와는 반대로 심리학적인 증거물은 다양한 의미를 갖게 되고 의문시될 수도 있다. 이리저리 적용해보고 반대에 부딪히게도 되고. 특히나 경험이 많고 숙련된 형사소송 변호인의 경우라면 더욱 그럴 것이다. 인간의 어두운 동기에 대한 이론이나 작업의 전제 조건들에 대해 더 많이 취급하게 된다. 이는 밝은 조명 아래의 법정에서보다는 사전 조사에서 더 유용해진다. 그런데 세바스찬한테 증거물이란 중요한 것이 되지 못했다. 그는 법정 판결 때 자신이 영향력을 주겠다는 생각이 없었다. 그의 목표는 범인을 파고들어 가는 것이었다. 그리고 다음번 행보들을 예측할 수 있다면 그는 성공을 거둔 셈이었다.

옛날에는 그가 생각하고 추구하는 그 모든 게 이런 식의 작업이었다. 지금 그는 옛날이 그립다는 생각을 하게 되었다. 지난 며칠 동안에 그는 이런 느낌을 여러 번 조금씩 느낄 수 있었다. 그가 기껏해야 힘을 반쯤밖에 들이지 않았음을 인정하면서도. 뭔가 집중을 해야만 했다. 아주 잠깐 동안이지만 그는 슬픔과 오랜 고통을 잊어버릴 수 있었다. 그는 잠시 발걸음을 멈추고는 이런 생각에 몰두했다. 다시 옛날로 돌아갈 수 있는 기회가 있는 것은 아닐까? 원동력이나 미친 듯이 몰두했던 집중력을 다시 찾을 수 있지 않을까? 뭔가 다른 것에 시선을 돌릴 수 있도록.

물론 그렇게는 되지 못할 것이다. 그러려면 그는 누군가를 속이려고 작정해야 한다. 예전처럼은 결코 되지 못할 것이다. 그건 꿈일 것이다.

세바스찬은 레나 에릭손이 살고 있는 임대주택의 입구로 통하는 유리문을 열었다. 스톡홀름의 거주지들에는 언제나 건물 입구에서 각 집의 인터폰 번호를 눌러야 했다. 이곳에는 번호를 몰라도 그냥 안으로 들어갈 수 있었다. 레나가 몇 층에 살고 있는지, 그는 생각나지 않았다. 복도 표지판을 보니 그녀의 집은 4층이었다. 세바스찬은 더러운 흰색 계단을 무겁게 웅웅 울리는 발걸음으로 올라갔다. 4층 계단참에 도착하자 그는 걸음을 멈추었다. 이상했다. 레나 에릭손의 집 문이 꽉 닫혀 있지 않았다. 가까이 다가가 초인종을 누르며 그는 한쪽 발로 문을 조금 밀어보았다.

"아무도 안 계세요?"

아무도 대답하지 않았다. 문은 조금씩 활짝 열리더니 작은 복도 쪽이 한눈에 들어왔다. 갈색 서랍장 앞, 바닥에는 신발이 몇 개 놓여 있었고, 서랍장 위에는 광고 카탈로그가 아무렇게나 널려 있었다.

"여보세요? 누구 집에 안 계세요?"

그는 집 안으로 들어섰다. 왼쪽에는 화장실로 들어가는 문이 있었고 곧장 들어가면 IKEA 가구가 있는 거실로 통했다. 담배 연기가 코를 찔렀다. 블라인드가 쳐 있어서 집 안은 어두웠다.

세바스찬이 거실로 들어가자 의자 하나와 깨진 도자기가 바닥에 나뒹굴고 있는 모습을 목격했다. 걸음을 멈춘 그는 순간적으로 불안감이 커지기 시작했다. 무슨 일인가가 이곳에서 일어난 것이 분명했다. 집 안의 고요함은 별안간 재앙을 예고했다. 성급히 그는 다음번 방으로 가보았다. 그의 추측에 따르면 그곳은 부엌이었다. 이곳에서 그는 레나를 발견했다. 그녀는 리놀륨 바닥에 쓰러져 있었다. 그녀의 발은 그가 있는 쪽으로 향했다. 한 발이 다른 발 아래쪽에 놓여 있었다. 아래로 떨어진 부엌 휴지가 그녀 쪽에 놓여 있었다. 세바스찬은 그녀에게로 달려가 몸을 숙였다. 그제야 그는, 그녀의 뒤통수에서 피가 흐르고 있다는 걸 목격했다. 그녀의 머리카락은 완전히 뒤엉켜 있었고, 피는 그녀의 머리 밑으로 거울처럼 반짝이는 작은 웅덩이에 모여 있었다. 치명적인 광륜처럼. 그녀의 하얀 목에 맥박을 짚었지만 그의 손가

506

락 끝에서 느끼는 냉기는 오로지 한 가지만을 의미한다는 걸 이내 알수 있었다. 그가 너무 늦게 왔다는 것을. 세바스찬은 자리에서 일어나 핸드폰을 꺼내들었다. 토르켈에게 전화를 걸고 싶은 찰나에 전화기가 손에서 진동했다. 토르켈의 번호를 몰랐던 그는 스트레스를 잔뜩 받은 목소리로 전화를 받았다.

"예!"

전화를 건 사람은 빌리였다. 그의 목소리는 까칠했다. 세바스찬은 자신이 어디에 있으며 방금 전에 뭘 발견했는지에 대해 전혀 설명하지 않았다.

"토르켈이 당신한테 전화했나요?"

"아니요, 하지만……."

"팔름뢰브스카 고등학교에 볼보가 한 대 있을 것 같지 않나요?" 다짜고짜 빌리가 물었다. "경우에 따라서는 학교가 운영하는 재단이 소유하고 있을지도 모르고요. 2004년산 암청색의 S60이에요. 그리고 더 좋은 것은……."

세바스찬은 거실로 몇 발짝 들어가 보았다. 시체에서 조금 떨어진 곳으로. 빌리와 볼보에 대해 말하기에는 상황이 너무 황당했다.

"빌리, 내 말 잘 들어요……."

하지만 빌리는 말을 듣지 않았다. 정반대였다. 그는 계속 얘기했다. 빠르면서도 흥분한 상태로.

"지금 난 로저에게 문자메시지를 보냈던 핸드폰 번호들을 다 갖고 있어요. 그중에는 프랑크 클레벤과 레나 에릭손도 있었어요. 이게 뭘 의미하는지 이해할 수 있나요?"

깊이 숨을 들이마신 세바스찬은 로저의 방에서 뭔가 인기척을 느끼자 빌리와의 전화 통화를 끊고 싶었다. 그곳에서 들려서는 안 되는 무슨 소리가 들렸다. 그는 빌리의 말을 전혀 귀담아듣지 않고서, 소년의 방문 쪽으로 몇 발자국 걸어갔다.

"이제 우린 라그나르 그로스를 체포할 거예요! 우리가 그를 잡을 수 있다고요."

세바스찬은 빌리의 목소리에서 승리의 기운을 느낄 수 있었다.

"여보세요, 세바스찬. 당신 내 말 듣고 있나요? 우리가 이제 교장을 잡을 수 있을 거라고요!"

"그럴 필요 없어요…… 그는 이곳에 있으니까."

세바스찬은 핸드폰을 내려놓고서 라그나르 그로스를 뚫어져라 쳐다보았다. 그로스는 로저의 방에서 램프 갈고리에 대롱대롱 매달려 있었다. 그로스는 죽은 자의 퀭한 눈으로 쳐다보고 있었다.

그들은 그날 오후에 아주 고되게 일했다. 소홀하게 지나치는 일이 없이 가능한 빠르면서도 효과적으로. 그날의 결과는 무자비한 집중력을 요구했다. 그들은 오랫동안 난관을 극복할 수 있도록 기다려왔다. 그런데 이제 그들은 해결책으로부터 몇 발자국 떨어져 있지 않은 듯이 보였다. 결코 일을 그르치면 안 될 것이다. 그 어떤 일도. 그리고 이는 극복하기 아주 어려운 과제였다. 그들은 다양한 인포메이션을 비교하고 자료와 증거물을 법의학적으로 테스트하려면 시간이 필요했다. 그리고 동시에 이 모든 것은 눈 깜짝할 사이에 처리해야만 했다.

토르켈은 가능한 신문 매체와 거리를 두려고 노력했다. 범행 장소에 대한 인포메이션이나 집 안에서 두 명이 죽었다는 게 알려지게 된다면 수사상 도움될 게 하나도 없었다. 하지만 관계자들에 대한 이 모든 복잡한 수사 과정 속에서도 그로스 교장의 죽음에 관한 뉴스는 신속하게 세간에 알려졌다. 난폭한 추측성 발언들이 퍼져나갔다. 특히 지역신문들은 경찰에 정보통을 두고 있었기에 세부적인 사항들에 대한 정보가 오랫동안 비밀리에 보존될 수 없었다. 토르켈과 한저는 기자회견을 갖기 전에 전체 기자들에게 편지를 보내어 다시 침착하게 수사할 수 있도록 부탁했다. 일반적으로 아주 조심스레 자신의 의견을 표현했던 토르켈도 이번 사건에서는 조만간 난관을 타개하겠다는 약속을 했다. 물론 사전에 그는 우르줄라와 한저와 공동으로 잠정적인 결과들을 수집했다.

그들이 도착하자 방 안에는 이미 최고의 기자들로 꽉 들어차 있었다. 그래서 토르켈은 쓸데없는 잡담으로 시간을 낭비할 수 없었다.

또 다른 두 명, 다시 말해서 한 명의 여자와 한 명의 남자가 더 사망했다. 여자는 살해된 로저 에릭손의 가장 가까운 가족이었으며, 마찬가지로 죽은 채로 발견된 남자에 의해 살해되었을 가능성이 많았다. 수사가 진행되는 동안, 이미 이전부터 수사 대상에 올랐던 이 남자가 여자를 죽인 뒤에 자살했을 것으로 추정했다.

물론 한 가지 점에 대해서 토르켈은 분명히 했다. 혐의자한테서는 사전에 구금 수사를 할 만큼 소년과의 관계가 문제시되진 않았다고. 그는 여전히 범행 혐의에서는 자유로웠다. 토르켈은 자신의 짧은 기자회견을 마치기 전에 다시 한 번 그 점을 강조했다.

이는 말벌 떼에 시럽 한 컵을 주는 것과도 마찬가지였다. 기자들은 성급히 손을 들었고 질문이 우후죽순 빗발쳤다. 다들 다른 사람들이 무슨 말을 하는지 귀담아듣지 않고서 자기 말만 해대며 대답을 요구했다. 몇몇 질문들에 대해서는 토르켈이 알아들었는데도, 그러건 말건 기자들은 계속해서 반복했다.

희생자들 중 한 명에는 팔룸뢰브스카 고등학교의 교장이 있다는 소문들이 있는데, 맞는 말인지?

죽은 채로 발견된 사람이 그 사람인지?

로저의 어머니는 살해된 것인지?

별안간 토르켈은 덥고 좁은 공간에서 두 파당이 특별한 놀이를 하고 있는 것 같다는 생각을 했다. 한편으로는 질문 받는 사람들만큼이나 기자들도 정확한 정보를 알고 있었다. 다른 한편으로는 경찰들은 이미 알려진 정보에 대해 공식적으로 증명해줄 의무가 있었다. 한쪽은 이미 대답을 알고 있었고, 다른 쪽은 무슨 질문을 할지 알고 있었던 것이다.

항상 그런 것은 아니었지만, 토르켈이 수사를 담당한 이래로 어떤 것도 대중에게 알려서 득이 되는 일은 없었다. 정보가 팀 밖으로 흘러나가자마자 어디에선가 틈새가 생겼던 것이다.

토르켈은 가능한 살짝 피해갈 수 있도록 대답했고 줄곧 수사의 불확실한 상황에 대해 언급했다. 그는 기자들의 질문에 어떻게 대처해야 할지 잘 알고 있었다. 그 탓에 그는 기자들 사이에서는 좋은 인상을 주진 못했을지도 모른다. 한저는 기자들을 대상으로 거칠게 반응하기는 어려운 처지였다. 토르켈은 그녀의 마음을 이해할 수 있었다. 이곳은 그녀의 도시이자 그녀의 경력이었다. 기자들을 적대시하는 것보다는 오히려 다정하게 대해주는 편이 궁극적으로는 그녀한테 더 큰 이득이었다.

"단서의 일부가 학교에 있다는 건, 재차 말씀드릴 수 있습니다." 토르켈이 서둘러 자신들의 이름으로 감사하다는 인사를 하고 회견장을 나가려 할 때, 한저가 말했다. 그는 그녀가 당황해하는 것을 느낄 수 있었다. 그럼에도 한저는 자신의 실수를 정당화하려고 했다.

"그들도 다 알고 있는 일이에요."

"그게 문제가 아닙니다. 우리가 기자들 앞에서 얼마나 정보를 제공할지는, 우리가 결정해야 됩니다. 거꾸로 돼서는 안 되는 거예요. 이게 원칙입니다. 이제 그들은 학교에다 그야말로 서커스 장을 열 거예요."

그리고 이런 상황을 토르켈은 피하고자 했던 것이다. 결국 고등학교는 잠재적인 사건 장소로 변모하게 되었다. 이곳을 철저하게 조사해내는 것은 토르켈이 정한 첫 번째 조치들 중 하나였다. 세바스찬이 소름 끼치는 장면을 발견한 뒤 그는 빌리와 우르줄라와 협의 하에 정한 것이다. 그로스의 집에서는 혐의가 있는 개인 물품이 부족했다. 증거라고 할 만한 것이 없었던 것이다. 볼보는 팔름뢰브스카 고등학교 재단 소속이기에 당연히 전체 건물이 수색 대상이 되어야만 했다. 그들이 알기로는, 그로스가 제한받지 않고 마음대로 접근할 수 있었던 유일한 곳이었다. 우르줄라가 범행 장소에 대해 임시 조사를 마친 뒤에 토르켈은 서둘러 그녀를 그곳으로 보내기로 결심했다. 하지만 그녀는 혼자 가서는 안 되며, 세바스찬이 그녀를 동반해야 했다.

토르켈이 의아하게 생각하는 것은, 우르줄라가 한 번도 자신의 말에 맞서지 않은 것이었다. 사건을 해결하고 가능한 한 서둘러 개별 퍼즐 조각들을 맞추는 것은, 그녀의 이기심보다 더 중요했던 것이다. 세바스찬은 학교와 그 주변을 가장 잘 알고 있는 사람이었다. 우르줄라는 그에게 운전석 옆자리를 제공해 줄 정도였다.

하지만 그들은 그곳으로 가는 길에 한 마디도 대화를 나누지 않았다. 둘 사이에는 역시나 한계선이 있었던 게 분명했다.

빌리는 지금 진행되고 있는 모든 것으로부터 고립된 것 같았다. 홀로 사무실에 남아 있었기 때문이었다. 토르켈은 그에게 암청색 S60을 찾아달라고 청했다. 학교에는 찾을 수 없었다. 이 점에 대해서는 우르줄라와 교장의 비서가 확인했다. 그래서 빌리가 모든 순찰 경찰들에게 수배 명령을 내렸으며, 적어도 레나 에릭손의 집으로 가 볼 작정이었다. 그는 자신이 할 수 있는 일은 다 했다. 그리고 새로운 범행 장소를 꼼꼼히 살펴보고 싶었다. 그가 경찰서를 나서려는 시각에는 경찰서가 평소보다 더 썰렁했다. 빌리는, 토르켈이 범행 장소와 학교 주변을 차단하기 위해 많은 인원을 파견했다고 추측했다. 조사해야 할 장소가 갑자기 너무 많아진 것이었다. 축구장, 레나의 집, 학교 및 다시 한번 그로스의 집이 조사 대상이었다. 동시에 그들이 손에 넣기 어려운 네잎 클로버일 가능성이 높았다. 토르켈은 우선순위를 정해야만 했다. 그들이 어떤 장소들을 분석해야 하며 또 어떤 장소들을 베스테로스 경찰의 증거 확보반에 위임해야 할지가 문제였다. 자동차의 시동을 걸자 빌리는 위장에서 뭔가 스멀거리는 것을 느꼈다. 한참 만에 처음으로 로저 에릭손의 사건 해결이 절박하다는 것을 느꼈다. 별안간 모든 게 그들한테 유리한 쪽으로 흘러가는 것 같았다. 그리고 이런 식으로 계속 진행될 것이다.

빌리가 레나 에릭손의 집 근처 도로로 막 접어들자, 경찰 순찰대가 그에게 연락을 취해왔다. 찾고 있던 볼보 차가, 그가 지금 가고 있는 집 쪽으로 서 있다는 것. 반 시간 쯤 뒤에 빌리는 볼보 뒤쪽에 차를 주차하고는 토르켈에게 전화를 걸었다. 발견 장소에 대해 보고하기 위해서였다. 토르켈은 반야와 함께 레나의 집에 있었기에 이내 교장의 주머니 속에서 볼보에 맞는 자동차 열쇠를 발견했다.

정말로 그들에게 유리한 쪽으로 모든 게 흘러가고 있는 것 같았다.

우르줄라와 세바스찬은 30분 동안 학교 건물을 조사하고 난 뒤에 이제 학교 창고의 더러운 잿빛 문 앞에 서 있었다. 그들을 동행한 경비원이나 여자 비서도 알지 못하는 문이었다. 세바스찬이 학교 다닐 때만 해도 그곳에 방공 창고가 있었지만 오늘날에는 안전을 강조하며 이 장소를 이용하자는 사람은 없었다. 직원들은 그다지 도움이 되진 못했다. 경비원이든 여자 비서든 어떤 문을 열어주건 간에 사전에 교장에게 허락을 받아야만 했다. 이 두 사람을 유심히 쳐다보고 있던 세바스찬은 학창 시절이 기억났다. 그 당시 직원들은 이미 아버지에 대해 얼마나 조심스러워했었는지. 그리고 조심이란 단어만으로는 기본적으로 족하지 않았다. 권위에 대한 존경이나 두려움은 학교에 깊이 뿌리박게 되었다. 그런데 지금도 변함이 없었다.

"이봐요, 내 말 좀 들어보세요. 내 생각에는 당신이 이 문을 열어주던 열어주지 않던 라그나르 그로스한테는 아무런 상관이 없단 말입니다. 그는 이제 더 이상 이런 일에 신경을 쓸 수 없어요."

하지만 그의 말은 도움이 되지 않았다. 정반대였다.

경비원은 거드름을 피웠다. 별안간 그는 이 문에 맞는 열쇠를 갖고 있지 않다고 빡빡 우겼다. 여태까지 한 번도 가진 적이 없다고. 여자 비서는 그의 말에 동의한다는 듯이 고개를 끄덕였다. 그들에게 다가선 세바스찬은 경비원의 눈빛 속에서 뭔가 의구심이 불타오르고 있다는 걸 알 수 있었다. 그로스의 권력이 줄어들었다는 걸, 그들 둘 다 알고는 있었지만 어떤 식으로든지 경비원의 권력이 박차를 가하고 있었다. 언제나 대부분의 사람들에게 우월하게 보였던 학교가 망하기 전, 마지막 싸움이라고나 할까! 세바스찬은 이 남자를 유심히 바라보며 여러 가지 생각이 들었다. 이 순간 그는 아버지의 꿈을 예전보다도 더 망가트리고 있다는 걸. 이번 사건으로 인해 팔름뢰브스카 고등학교의 흠잡을 데 없는 학교 명성은 더 이상 예전 같지 못할 것이다. 교장이 죄를 지었건 짓지 않았건 상관이 없었다. 이를 세바스찬은 알고 있었다. 그리고 아마도 그의 맞은편에 서 있는 남자도 이를 알고 있을 것이다. 경비원이 그로스의 운명에 관해 아무것도 짐작하지 못함에도 불구하고 경찰들이 수차례 방문함으로써 그의 귀가 밝아졌다. 한 점 부끄럼 없던 것은 더 이상 한 점 부끄럼 없는 상태가 아니었다. 그들은 서로를 바라보았다. 세바스찬은 갑자기 면전에 서 있는 사람이 학교의 경비원으로 보이지 않고 오히려 거짓말쟁이, 위선자나 아버지가 만들어 놓은 그 모든 것처럼 느껴졌다. 그는 숨을 깊게 들이쉬며 한 발자국 앞으로 나아갔다. 비상시에는 키 작은 남자의 주머니에서 열쇠 꾸러미를 끄집어낼 작정이었다. 문은 열어야만 했다. 하지만 세바스찬이 이렇게 싸움을 거는 모습을 본 적이 없는 우르줄라는 그를 말릴 수밖에 없었다.

"이제 당신은 그만 가세요!" 눈을 찡긋거리며 그녀는 학교 직원을 밀어낸 다음 세바스찬을 쳐다보았다. "우린 경찰이에요. 그 점을 잊지 마세요. 제발 이성적으로 행동해주세요."

그러고서 그녀는 더 이상 말을 하지 않고서 그의 옆을 지나쳐갔다. 세바스찬은 그녀의 뒷모습을 빤히 바라보았다. 이번에는 예외적으로 빈정거리는 말대꾸가 떠오르지 않았다. 하지만 그녀의 말이 틀렸다. 그는 경찰이 아니었다. 그는 오로지 자신을 위해 이곳에 와 있는 것이다. 결코 다른 사람을 위해서가 아니었다. 그는 할 수만 있다면 기쁜 마음으로 팔름뢰브스카 고등학교의 몰락을 준비하도록 그들을 도와주고 싶었지만 이미 끝난 것 같았다. 그는 이제 갈 길을 재촉하여 한 여자를 찾을 것이다. 이미 오래전에 한 번쯤 잠자리를 했던 그녀를 찾아서. 더 이상 다른 일은 하지 않을 것이다. 다른 일은 절대로.

우르줄라는 아무런 말도 없이 다시 돌아왔다. 거대한 공구 가방을 질질 끌고 온 그녀는 가방을 내려놓고서 열었다. 가방에 손을 쑥 밀어 넣더니 커다란 구멍 뚫는 기계를 손에 들었다. 그리고 3분 뒤, 그녀가 자물쇠를 뚫는 동안에 쇳밥이 날아다녔다. 그녀는 온 힘을 다해 문을 눌러 열고는 문 안을 살펴보았다. 내부는 잘 정리된 사무실처럼 보였다. 창문이 없었지만 벽에는 흰색으로 페인트가 칠해져 있었고 불빛은 편안했으며 어둡고 큰 책상 위에는 컴퓨터가 한 대 놓여 있었다. 벽에는 우아한 서가들이 있었고 방 중앙에는 영국식 가구 소파가 놓여 있었다. 좀스러울 정도로 정리된 것으로 보아 세바스찬은 자신들이 제대로 찾아온 게 분명하다는 걸 직감했다. 가구들은 대칭으로 정리되어 있었고 방 안은 공간적인 균형이 정확히 맞아떨어졌다. 그리고 탁자 위의 필기구들이 지독히 꼼꼼하게 자리 잡고 있는 것으로 볼 때 분명히 그로스의 손길이 닿은 곳이었다. 세바스찬과 우르줄라는 서로 쳐다보며 미소 지었다. 영원히 지키고 싶어 했을 교장의 작은 비밀이 발견되는 순간이었다.

우르줄라는 세바스찬에게 흰색 라텍스 장갑 한 켤레를 건네주고는 먼저 안으로 들어갔다. 그는 아주 예전에 릴리와 함께 방문했던 동독의 국가공안요원 박물관에 있는 취조실이 떠올랐다. 겉으로 보기에는 세련되고 교양 있어 보이지만 그 안에는 어마어마한 비밀이 도사리고 있었다. 비밀과 사건들을 벽에 숨겨놓고 결코 세상 밖으로 나오지 못하게 했다. 안으로 들어서자 우르줄라와 그는 진한 냄새를 맡을 수 있었다. 신선한 레몬 향과 건조하고 혼탁한 공기.

조심스레 그들은 살펴보기 시작했다. 세바스찬은 말끔하게 정리된 서가들을 선택했고, 우르줄라는 책상을 맡았다. 세바스찬이 몇몇 서류철 뒤에서 첫 번째 증거 자료를 찾는 데에는 몇 분 걸리지 않았다. 그는 그림으로 장식된 DVD 더미들을 우르줄라에게 내밀었다.

"리얼 맨, 하드 콕스. 2부와 3부네요. 그가 1부는 어디다 숨겼을까요?"

우르줄라는 무미건조하게 웃었다.

"우린 지금 막 시작했어요. 틀림없이 찾을 수 있을 거예요."

세바스찬은 DVD들을 조사하기 시작했다.

"베어백 마운틴. 베어스 잭킹 엔드 퍼킹. 그다지 다채롭진 않네요." 그는 DVD 더미들을 옆으로 밀어내고서 서가를 계속해서 뒤지기 시작했다.

"여기 좀 봐요."

우르줄라가 그에게 다가와 안을 들여다보았다. 서류 뒤쪽에 종이 상자가 하나 있었는데 삼성 핸드폰이었다. 상자는 거의 새것이나 다름없어 보였다.

레나 에릭손의 집을 수사함으로써 토르켈과 반야가 처음에 주장했던 이론이 더 탄력을 받았다. 그로스는 그 어떤 이유로 인해서 레나의 집에서 그녀와 갈등을 빚게 되었다. 그들은 서로 다투었다. 레나의 뒤통수에는 깊은 상처가 또렷하게 나 있었다. 그녀는 떠밀려 넘어지면서 불행하게도 부엌 탁자의 모서리에 부딪쳤고 그 바람에 사망했다. 연이어 그로스가 스스로 목숨을 끊었다는 추측과는 다른 결론을 내릴 만한 증거에 대해서는 아무것도 찾지 못했다. 로저의 책상에서 반야는 아주 짧막한 작별 편지를 발견했는데 공책을 한 장 찢어 그 위에다 쓴 것이었다. 푸른 만년필로 이렇게 쓰여 있었다.

날 용서해 주세요.

집 안을 잠시 조사한 우르줄라가 세바스찬과 함께 팔름뢰브스카 고등학교로 돌아오자, 그제야 토르켈은 팀원들에게 작업을 분담했다. 가장 큰 문제는 단서 확보에 지장을 주지 않도록 집 안의 통행을 막아야 하는 것이다. 공공연히 베스테로스의 모든 경찰서가 이곳에 들러 안을 조사하겠다고 했다. 토르켈은 현관문에서 마구 들이닥치는 경찰 한 명을 막아야만 했다. 이로써 꼭 들어올 이유가 있는 사람들만 통행하도록 한 것이다.

먼저 그들은 시체들에 집중했다. 가능한 모든 각도에서 사진촬영을 함으로써 죽은 사람들을 가능한 한 서둘러 해부할 수 있도록 만반의 준비를 갖추었다. 레나의 주머니에서 반야는 핸드폰을 발견했고, 이로써 이날의 비극으로 치닫게 된 사건의 전말을 해명할 수 있는 실마리를 찾게 될지도 모른다.

그들이 암청색 볼보 S60 사진들을 레나한테 보여준 뒤, 그녀는 경찰서에서 나오자마자 전화 한 통화를 걸었다. 대화는 25초밖에 걸리지 않았다. 지금 아들 침실 전등에 대롱대롱 매달려 있는 남자와의 통화였다. 바로 암청색 볼보 S60을 가진 남자. 대화는 이런 내용이었다. 레나가 이 자동차를 알아봤으며, 어떤 이유에선가 경찰들에게는 말하지 않았다는 것. 그 이유에 대해서는 전화로 말하지 않았다.

무엇 때문에 그녀가 그로스를 직접 만나기로 결정한 걸까?

반야의 첫 번째 생각은, 그들이 지금까지 전혀 짐작도 못한 관계가 레나와 교장 사이에 있을지도 모른다는 것이었다. 몇 분 뒤 전화를 걸어온 우르줄라는 세바스찬과 함께 그로스에 대한 금쪽같은 간접증거를 발견했다고 보고하자, 반야는 자신의 추측이 맞는다고 확신했다.

특히나 서적 장롱의 작은 박스에 보관돼 있던 프리 페이 핸드폰이 중요했다. 핸드폰의 전화 목록에는 오로지 세 사람의 전화번호만 기록되어 있었다. 프랑크 클레벤, 로저 그리고 레나 에릭손. 로저가 죽기 바로 전에 그에게 애원하는 문자메시지를 보낸 바로 그 핸드폰이기도 했다. 반야는 자신의 핸드폰에서 외부 스피커를 켜서 토르켈도 이 새로운 소식을 들을 수 있도록 했다. 그 밖에도 세바스찬과 우르줄라는 학교의 장부와 적지 않은 양의 남성 동성애자들의 포르노 필름들을 발견했다는 것. 그들은 한 시간 안에 경찰서에서 만나기로 서로 의견 일치를 보았다.

빌리는 좀 늦게 도착했고, 다른 사람들은 도착하자마자 상황에 대해 의논하기 시작했다. 회의실 안은 평소보다 좀 더웠다. 새로운 결론에 대한 열띤 토론으로 인해 그들을 둘러싼 실내의 공기 온도도 올라간 모양이었다. 우르줄라는 빌리가 들어오자 고개를 끄덕이며 인사했다.

"예, 내가 이미 말씀드린 것처럼 팔름뢰브스카 고등학교는 정말로 그로스의 개인적인 열정이었어요. 심지어는 장부도 그가 혼자서 도맡았으니까요. 여기 좀 한번 봐주세요." 우르줄라는 종이를 몇 장 가져와서는 쭉 돌려보게 했다. "우리는 그로스와 레나 에릭손의 관계를 찾았어요. 장부를 보면 최근 석 달 동안에 도드라지게 나타난 세 가지 포지션이 있었어요. '개인지출' 명목을 보면 처음엔 2000크로네이었다가 그 다음 달에는 5000크로네를 두 번에 나누어 지출했어요." 우르줄라는 잠시 말을 멈추었다. 회의실에 모인 팀원들은 그녀가 뭘 원하고 있는지 짐작은 했지만 그녀가 계속 진행하도록 아무도 말하지 않았다.

"난 은행에 전화를 해보았어요. 바로 그 다음 날에 레나 에릭손이 거의 동일한 금액을 자신의 은행 계좌에 입금했다고 하더군요." 이로써 우르줄라는 이 죽은 두 사람들 간의 관계를 명백히 설명해냈다.

"강탈이었나요?" 토르켈이 질문을 던졌다.

"무슨 이유로 교장이 1만 2천 크로네를 출금해서 그녀에게 줘야만 했을까요?"

"무엇보다도 그로스가 같은 때에 로저에게 두 번씩 문자메시지를 보내야만 했던 이유일 거예요. 문자에서 '그것'을 그만두라고 말한 이유요." 반야는 보충설명을 하고는 새것처럼 보이는 상자 속 전화기를 가리켰다.

"뭘 그만두라는 얘긴지 그게 문제군요." 이젠 뭔가 말해야만 할 것 같은 감정이 들자 빌리가 끼어들었다. "결국 여러 가지 가능성들이 있는 거네요."

"우린 그로스가 소년들을 좋아했다는 걸 알고 있어요." 반야는 탁자 중앙에 포르노 필름을 가리키며 말했다. "어쩌면 레나가 그 소문을 어디서 들었을지도 몰라요."

"당신이 컴퓨터로 동성애 포르노를 본다는 걸 들키지 않으려고 1만 2천 크로네를 대가로 지불할 수 있을 것 같아요?" 세바스찬은 완전히 회의적으로 말했다. "그는 DVD들을 그냥 버릴 수도 있어요. 그녀는 돈을 빼내기 위해 좀 더 중요한 비밀을 캐냈을 거예요."

"그럼 뭔가요?" 반야가 질문했다.

"리자가 당신에게 했던 말이 생각이 나네요. 로저가 비밀이 많았다는 말……."세바스찬은 자신의 문장을 다 마치지 않았다.

반야는 그가 무슨 말을 하려는지 이내 알아들었다. 잔뜩 흥분한 그녀가 의자를 박차고 자리에서 일어섰다. "……그럼 누군가를 만났다면. 그로스인가요?"

다들 반야와 세바스찬 쪽을 바라보았다. 어쩌면 그들의 추측이 일리가 있을지도 모른다. 이런 비극을 초래한 비밀이 그로스한테는 심각하면서도 결정적이었다는 것은 모든 팀원들의 생각이었다. 열여섯 살 소년과의 성관계가 바로 이런 범주에 속할 것이다.

"레나가 그걸 알았다고 가정해봅시다. 그럼 그를 고발하는 대신에 그녀는 자신이 알고 있는 사실을 유용하게 활용하려고 결정했을 거예요."

"그녀는 돈이 없었어요. 오죽했으면 신문사에 자신의 인터뷰까지 팔아먹었겠어요?"토르켈이 화이트보드 쪽으로 가자 반야는 의아한 눈빛으로 그를 바라보았다. 그는 컨디션이 좋아 보였다. 지난날의 모든 신경질이 별안간 다 날아간 듯이 보였다. 그의 개인적인 불운도.

"좋습니다. 그럼 이 이론을 다시 한 번 살펴봅시다."그는 말하는 동안에 화이트보드에 몇 가지 중점 사항에 대해 불규칙적으로 그리고 거의 읽을 수 없는 글자로 적어놓았다. 그의 열정이 끓어오르면 오를수록 그는 더 악필이 되었다.

"로저가 살해되기 한 달 전에 그로스가 레나에게 돈을 주기 시작했어요. 그가 그녀로 하여금 비밀을 폭로하지 못하도록 막으려고 했을 거예요. 맞나요? 그녀의 아들이 라그나르와 깊은 관계였다는 가정하에서요. 그렇다면 이는 무엇을 의미하나요? 이젠 이 문제가 남는군요."

그는 뭔가 재촉하는 듯이 팀원들을 빤히 쳐다보며 그들의 생각을 듣고 싫어 했다.

반야가 먼저 시작했다. "우린 그로스가 동성애자라는 걸 알고 있어요. 그가 로저에게 문자메시지를 보내서 뭔가를 그만두라고 하거나 중지하라고 요구했다는 것도 알고 있고요. 리자 말로는, 로저가 누군가와 비밀리에 만났다고 했어요."

"오케이. 잠시만요."

토르켈은 더 이상 기록하지 않았다. 반야는 잠자코 있었다. 그녀는 칠판에 적혀 있는 '만남'과 '비밀'이 무엇을 의미할지 쳐다보며 말을 계속 이었다.

"그로스가 같은 날 저녁에 모텔에 있었던 것도 알아요. 그 근방에 로저도 있었고요. 그로스는 이 모텔을 섹스 장소로 이용했던 것 같아요. 게다가 이날 밤에 학교차인 볼보가 로저의 길을 막았죠. 심중팔구 로저는 이 자동차에 올라탔을 거고요. 그는 이 차를 타고 축구장으로 갔을 거예요."

"괜찮으시다면, 내가 볼보에 대해 약간 부연설명을 할게요." 빌리가 끼어들었다. "이 차에 대한 몇 가지 재미난 새로운 사실이 있어요."

토르켈은 고개를 끄덕였다. "당연히 말씀하셔야죠."

"유감스럽게도 우리는 자동차에서 어떤 혈흔도 확보하지 못했지만 로저의 지문은 확보했어요. 그로스와 두 명의 또 다른 사람들이 그 차를 타고 있었어요. 로저의 지문은 조수석과 자동차 서랍에서 발견됐어요. 더구나 트렁크에는 시체를 덮는 데 사용되었을지도 모르는 건축자재 비닐이 있었어요. 우르줄라는 미팅이 끝나면 다시 한 번 혈흔과 DNA를 조사할 작정이고요. 게다가 볼보의 타이어가 피렐리 P7입니다." 빌리는 자리에서 일어나 붉은색 표지로 제본된 낡은 책 한 권을 탁자에 내려놓았다. "난 운행 일지도 발견했어요. 재미있는 건, 로저가 행방을 감추기 전인 목요일 운행은 표기되어 있었지만 그다음 표기된 날짜는 그다음 주 목요일이었어요. 그사이에 7킬로미터의 행방이 묘연한 셈이죠."

"그러니까 누군가 이 차를 금요일부터 그다음 월요일 오전 사이에 사용했다는 말이죠? 이 자동차로 7킬로미터를요?" 토르켈은 질문을 하면서 동시에 화이트보드에 열성적으로 받아 적었다.

"운행 일지에 따르면 그렇다는 거죠. 정확한 운행 거리를 보충해 넣는 것은 힘든 일이 아닐 겁니다. 그런데도 7킬로미터는 기록하지 않았어요."

세바스찬은 토르켈 옆에 걸려 있는 지도를 바라보았다. "하지만 학교에서 모텔로 갔다가 다시 리스타케르에 있는 축구장과 학교로 돌아가려면 7킬로미터 이상은 주행해야 하지 않을까요?"

빌리는 고개를 끄덕였다. "예, 그 말이 맞긴 합니다. 하지만 앞에서 말한 것처럼 운행 일지는 누구나 쉽게 조작할 수 있어요. 어쨌거나 자동차가 사용된 것은 사실이고요." 빌리는 다시 자리에 앉았다.

"좋아요." 토르켈이 다시 중간에 끼어들었다. "우르줄라는 좀 있다가 자동차를 다시 한 번 조사해보시고요. 하지만 한 가지 사실만은 절대로 잊어서는 안 됩니다. 학교 심리학자인 페터 베스틴이 죽었다는 사실을 말이죠." 토르켈은 이름을 칠판에 적었다. "우리가 알기로는 로저가 이번 해 동안에 베스틴을 여러 번 찾아갔단 말입니다. 만약 그로스와의 성관계에 대해 들었다면 그건 아마도 베스틴이 될 거예요. 그랬다면 그는 그로스에 대해서 자신의 지식으로 한판 대결을 벌였을 거예요. 이 말은, 그의 스케줄 달력이 없어진 이유에 대해서도 설명될 수 있다는 얘기예요. 아니면 우리가 이 심리학자에 대해 생각해볼 만한 일이기도 하고요."

"그런 얘기라면 세바스찬이 당신한테 말해줄 수 있을 거예요." 반야가 농담 섞인 어조로 말했다. 세바스찬을 제외하고 다들 껄껄 웃었다. 그는 웃지 않고 한동안 그녀를 빤히 바라보았다.

"내가 말할 수도 있겠지만, 당신도 내 책을 읽지 않았나요? 그러니까 당신이 알고 있지 않을까요?"

토르켈은 머리를 절레절레 흔들며 두 명을 관찰하고 있었다.

"제발 우리 하던 얘기나 계속합시다. 좋아요, 그럼 로저가 교장과의 비밀스런 성관계를 설명했다고 생각해봅시다. 만약 그런 일이 있었다면요."

"아니요. 절대로 말하지 않았을 겁니다." 세바스찬이 말했다. "미안합니다만 로저는 다른 사람들과 경쟁하고 싶었을 거예요. 그러려면 돈이 필요했을 거고요. 가능한 한 그로스에게 자신의 성 사업에 대한 대가를 얻어냈을 거예요. 하지만 절대로 베스틴에게 설명하진 않았을 겁니다. 그건 금 낳는 거위를 죽이는 거나 진배없는 일일 테니까요."

"어쩌면 로저가 압박을 받고 있었던 것은 아닐까요?" 우르줄라가 물었다.

"그런 것 같진 않아요. 로저는 그날도 누구랑 만날 거라고 리자한테 말했다니까요."

"아무리 이리저리 돌려 생각해봐도 베스틴이 로저에 대해 뭔가 알고 있다는 이유만으로 사망한 것 같지는 않아요." 우르줄라가 계속해서 말했다. "다른 이유가 딱히 없는 것 같아요. 없어진 물건도 스케줄 달력밖에 없고요."

그때 문 두드리는 소리가 들렸다. 한저가 들어왔다. 그녀는 거의 새
것처럼 보이는 우아한 어두운 보라색 옷을 입고 있었다. 토르켈은 사
건이 해결될 날을 위해 그녀가 이런 옷을 구매했다는 생각을 떨쳐버릴
수가 없었다. 그녀로서는 절대로 거절하지 못할 다음번 기자회견 때
멋진 사진을 뽑아내기 위해 이 옷을 구입했을 것이다.

"방해하려는 건 아니고요." 그녀가 말했다. "나도 여기 앉아서 들어
도 될까요?"

토르켈은 고개를 끄덕이며 탁자의 머리맡에 있는 빈 의자를 손으로
가리켰다. 한저는 옷이 구겨지지 않도록 조심스레 앉았다.

"우리는 좀 전까지 가능한 시나리오에 대해서 얘기 중이었어요." 토
르켈은 계속해서 말하며 칠판에 알아볼 수 없도록 끄적거려놓은 글자
들을 가리켰다. "그로스가 비밀리에 레나 에릭손한테 돈을 지불했다는
사실을 알아냈어요. 아마도 압박용일 거예요. 어쩌면 로저가-자의적
이든 타의적이든-그로스의 애인이었기 때문일 수도 있고요."

한저는 눈을 깜빡이며 재미있다는 듯이 몸을 앞으로 굽혔다.

"학교 차량은 우리가 찾고 있던 타이어와 동일한 것이었어요. 그리
고 우리는 로저와 교장의 지문을 타이어에서 발견했고요. 더군다나 우
리는 이날 밤에 이 학교 차량이 모텔로 갔다는 것도 확인했습니다. 지
금까지 우리는 혈흔은 찾을 수가 없었어요. 그래서 다시 한 번 볼보 차
량을 검사해야만 합니다. 우리 생각에는 이번 살인은 계획된 것이 아
니라 그로스와 로저가 같이 자동차를 타고 축구장으로 간 것 같아요.
그곳에서 뭔가 일이 우발적으로 벌어진 거죠. 그로스가 로저 쪽으로
총을 쏜 뒤에 그 총알을 빼내야겠다고 생각한 거고요. 우리가 오늘 아
침에 이 자동차를 알아볼 수 있는지 레나 에릭손한테 물어봤을 때는

그녀가 모른다고 거짓말을 했거든요. 하지만 그녀는 그로스가 아들의 살인자라는 걸 그때 알았을 겁니다. 그래서 그녀는 다시 한 번 그를 압박하려고 결심했을 거예요. 하지만 상황이 파국으로 흘러간 거죠."

토르켈은 한저 앞에서 멈추어 서서는 그녀를 빤히 바라보았다.

"내 생각에도 당신 말은 수긍이 가는 것 같아요."

"어찌되었건 간에 연속적인 증거가 있는 셈이네요. 그래도 우리는 법의학적인 뒷받침이 있어야 해요. 증명되어야 한다는 거죠."

반야와 빌리는 고개를 끄덕였다. 가능성이 개연성이 되려는 순간은, 언제나 야릇한 느낌이 들었다. 이제 그들은 개연적인 것을 증명할 수 있는 길을 찾아야만 할 것이다.

그런데 갑자기 세바스찬이 손을 번쩍 쳐들더니 홀로 박수갈채를 보내기 시작했다. 그의 박수는 작은 방 안에 비꼬는 듯이 울려 퍼졌다.

"브라보! 여러분들의 환상적인 이론에 적합하지 않은 물건이 있는데, 제가 어떻게 해야 될지 모르겠군요. 이 좋은 분위기를 깨고 싶진 않은데요."

상반신을 뒤로 완전히 기대고 앉은 세바스찬을 바라보며 반야는 아주 화가 나서 미칠 지경이었다.

"지금은 너무 늦은 감이 있다고 생각하진 않나요?"

세바스찬은 그녀를 향해 과할 정도로 다정한 눈빛으로 미소 지으며 탁자에 DVD 한 꾸러미를 내려놓았다. "남자들이요. 진짜 남자들. 그로스는 어린 소년들을 좋아하진 않아요. 그는 근육과 커다란 물건을 좋아합니다. 프랑크 클레벤을 한번 생각해보세요! 진짜 건장한 남자 타입 아닙니까? 연약한 16세 소년이 아니에요. 여러분들은 잘못 생각하고 있는 겁니다. 동성애자들은 그런 애송이를 좋아하지 않는답니다.

물건이 기능을 잘해야 만족하니까요."

우르줄라가 그쪽으로 돌아보았다. "하지만 어떤 남자들은 그냥 섹스에 대해서는 거부하는 사람도 있을 수 있어요. 동성애자들이 좋아하는 타입과는 별개로요. 당신이 그걸 가장 잘 아시잖아요?"

"나한테는 섹스가 문제가 아니라 정복입니다. 이건 아주 다른 차원이에요."

"제발 우리가 하던 주제에서 머물러 줄 수는 없는 건가요?" 토르켈은 이 두 사람을 애원하는 눈빛으로 바라보았다. "그래야 이 사건이 아주 쉽게 해결될 수 있답니다. 그리고 세바스찬, 당신 말이 당연히 맞는 말이에요. 우리는 그로스와 로저가 정말로 깊은 관계를 가졌다고 단정지을 수는 없습니다."

"이번 일에 뭔가 꺼림칙한 것이 있어요." 세바스찬이 계속 말을 이었다. "그건 그로스의 자살이에요."

"그게 무슨 말인가요?"

"우리의 살인자를 다시 한 번 자세히 살펴봐야 합니다. 아마도 그는 로저를 죽이려고 계획하진 않았을 거예요. 하지만 그런 일이 발생하자 이를 은폐할 수 있는 수단과 방법을 가리지 않았습니다. 그는 총알을 빼내기 위해서 소년의 심장을 도려냈으니까요." 세바스찬은 자리에서 일어나 방 안을 여기저기 돌아다니기 시작했다. "그가 페터 베스틴으로부터 협박당했다면 곧바로 죽였을 거예요. 그는 레오의 집에 거짓증거를 가져다놓고 베스틴의 사무실로 침입했어요. 극단적으로 압박받는 상황 속에서 그는 언제나 아주 뚜렷한 목표를 향해 행동했지요. 그리고 이 모든 것이 발각되지 않도록 말이죠. 그는 냉정하고 생각이 많은 사람입니다. 신경질적으로 행동하지 않는단 말입니다. 그는 아이

방에서 목을 메진 않았을 겁니다. 용서를 구하지도 않았고요. 그는 후회란 것도 모릅니다!"

세바스찬이 설명을 마치자 다들 아무 말도 하지 못했다. 다른 사람들은 그의 의견에 반대하고 싶은 심정이었다. 세바스찬의 권위와 그의 설득력 있는 사고 과정은 당장 해결책을 찾고 싶은 사람들의 바람과는 상충되는 것이었다. 다시 주도권을 잡고 싶은 사람들 중에 반야가 가장 앞서갔다.

"오케이, 프로이트 박사님. 한 가지만 질문할게요. 당신의 말이 옳다고 치죠. 살인을 저지른 게 그로스가 아니라고, 우리가 한번 받아들여 보죠. 그가 모텔에 간 것은 우연이었다고 생각해볼게요. 그의 자동차가 지극히 우연한 기회에 로저가 지나쳐 간 곳에 주차를 했고요. 그는 운전석에 앉아 있을 때 로저가 차에 올라탔어요. 그들은 축구장으로 향했습니다. 그런 다음에 누군가 로저를 죽였다는 거죠? 이게 당신의 이론인가요?"

그녀는 다시 의자에 등을 기대었다. 그녀의 눈빛은 날카로웠지만 약간은 이겼다는 느낌을 풍겼다. 세바스찬은 그대로 멈춰 서서는 그녀를 조용히 쳐다보았다.

"아니요. 그건 내 이론이 아니에요. 난 당신들의 말이 맞지 않다고 말했을 뿐입니다. 우리가 뭔가를 간과했다는 말이죠."

토르켈의 전화벨이 울렸다. 그는 다른 사람들에게 양해를 구하고 전화를 받았다. 세바스찬은 다시 자기 자리로 돌아와 앉았다. 토르켈은 한동안 핸드폰에서 들려오는 얘기를 듣고 있다가 대답했다. 그의 말소리는 아주 단호하게 들렸다.

"그걸 이리로 갖다 주세요. 지금 당장." 그는 전화를 끊고는 한저를 바라보았다. "당신네 기술자들이 방금 그로스의 집에서 새로운 증거물을 찾았답니다. 난로에서 페터 베스틴의 스케줄 달력을 발견했다는군요."

한저는 웃으면서 다시 등을 기대고 앉았다. 이제 그들은 그로스의 정체를 파악할 수 있게 되었다. 결정적으로. 반야는 이 기회를 놓칠세라 다시 세바스찬 쪽을 빤히 바라보았다.

"이번 증거물이 그의 심리학적 프로필에 어느 정도 부합할까요, 세바스찬?"

세바스찬은 어떤 대답을 해야 할지 알고는 있었으나 더 이상 이 문제에 대해서 왈가불가하고 싶지 않았다. 다른 사람들의 마음은 이미 단호하게 굳혀진 상태였다.

세바스찬은 방 안을 나왔다.

안에 남아 있던 사람들은 살인 사건을 반드시 종결지을 속셈이었다. 그는 그들의 심정을 이해할 수 있었다. 이번 사건은 사람들의 진을 빼놓는 복잡한 수사였다. 게다가 그들은 다들 지쳐 있었다. 피상적으로 보자면 답은 완벽해 보였다. 하지만 세바스찬으로서는 피상적인 것만으로는 충분하지 못했다. 그는 숨어 있는, 근원적인 연관성을 찾고 싶었다. 그가 알고 있는 모든 것이 서로 맞아떨어져야 답이 나올 것 같았다. 다시 말해서 사건의 줄거리, 결과, 원동력, 모티프가 동일한 이야기로 설명될 수 있어야만. 그러므로 피상적인 것만으로는 해결되지 않았다.

그렇다면 그가 신경 써야 할 것은 무엇일까? 일련의 증거물들은 뭐라고 반박할 여지가 없었으며, 개인적인 입장에서 보더라도 그는 만족 그 이상이었을 것이다. 자신의 아버지가 이루어놓은 지식의 사원이 더

럽혀지고, 신들의 영역에서 추방되었으니 말이다. 팔름뢰브스카 고등학교는 실체가 드러났으며 비방의 도마 위에 올라간 것이다. 커다란 창문들 사이로 저무는 해가 빛났다. 그는 경찰들이 일하고 있는 빼곡한 대형 사무실 한가운데로 몇 발자국 걸어 들어갔다. 발걸음을 멈춘 그는 작은 회의실에 남아 있는 토르켈과 다른 수사원들 쪽을 유리문을 통해 다시 바라보았다.

그로스의 벽난로에서 베스틴의 달력이 발견되었다. 그중 대부분은 불에 탔기 때문에 증거물로서는 부족할 것이다. 이 달력이 그로스의 집에서 발견되었다는 사실만으로, 한저는 다시 한 번 확신을 가졌다. 하지만 세바스찬은 이 달력으로 인해 이번 사건이 더 미궁에 빠질 것으로 짐작했다. 그가 알고 있는 그로스는 살아생전에 그렇게 부주의한 행동을 할 사람이 아니었다. 이 남자는 볼펜 한 자루, 종이 한 장도 삐뚤게 놓지 않았던 것이다. 그런 미심쩍은 것을 남겨놓았다니 이는 그로스의 행동과는 전혀 부합하는 게 아니었다.

세바스찬은 달력을 발견했다는 말을 듣고 있던 우르줄라를 찬찬히 지켜보았다. 그녀는 어찌됐건 간에 그와 같은 의견이었을 것이다. 그가 알고 있는 그녀의 성격으로 보자면 말이다. 그들이 세세한 일까지 서로 다투긴 했을지언정 애당초 목표는 동일했다. 숨어 있는 심연의 것을 찾고자 한다는 것. 즉 말끔하게 서로 이어질 수 있는 사건의 맥락이었다. 실제로 그는 그녀의 눈빛 속에서 그도 느끼고 있었던 의혹의 눈길을 보았다. 하지만 하필이면 이번에는 그녀가 최선을 다하지 못한 상황이었다. 분명히 그녀는 날림으로 일을 처리했던 것이다. 그녀와 빌리가 그로스의 집을 조사하는 동안에 그녀는 미카엘과 식사를 했다. 그녀는 이 집 안의 벽난로를 조사하지 않았다. 빌리가 알아서 해주리라 생각했던 것이다. 그런데 빌리는 그녀의 의도를 제대로 읽지 못했다. 그녀가 이미 다 둘러보았다고 믿었던 것이다. 일반적으로는 우르줄라가 이렇듯 분명한 증거물을 놓치는 일이 없었다. 회의실에 있던 사람들은 부끄러워하는 그녀의 모습과 당장 결단을 내리는 세바스찬을 지켜보았다. 그는 이 모든 게 괴로웠다. 그들이 만족하고 있다면 자신들의 방법대로 감행하게 될 것이다. 그로스의 이름이 더럽혀지고 진짜 살인자가 거리를 자유롭게 활보하고 다닐지언정.

일이 이렇게 마무리 되더라도 그는 살아갈 수 있을 것이다. 그래서 그는 자리에서 일어나 회의실에서 나온 것이었다. 아직 대형 사무실에 있던 그는 마지막으로 유리문을 통해 팀원들을 바라보고 있었다. 그러고는 윗도리를 입고서 밖으로 나왔다.

그가 경찰서를 거의 벗어나려고 할 때 등 뒤에서 목소리가 들려왔다. 빌리였다. 그가 뒤를 돌아보자 빌리가 그를 향해 뛰어오고 있었다. 이제 막 세바스찬 앞에 도달한 빌리는 목소리를 낮추어 말했다.

"어제 내가 시간이 좀 있었어요."

"아, 그래요. 당신 좋았겠군요."

"당신이 왜 필요로 하는지 난 모르겠지만, 어쨌든 안나 에릭손의 주소를 알아냈어요."

세바스찬은 빌리를 빤히 바라보았다. 그는 빌리가 무슨 생각을 하고 있을지 더 이상 알 수가 없었다. 별안간 그녀가 아주 가까이 다가와 있는 것 같았다. 허깨비처럼 느껴졌던 그녀가. 30년 만에. 그가 알지 못하는 한 여자. 그런데 그는 그녀를 만날 준비가 되어 있는 걸까? 그도 정말 만나고 싶기나 한 걸까? 아마도 아닐 것이다.

"이번 일은 우리 사건하고 전혀 관련이 없는 거죠, 그렇죠?"

빌리는 그를 탐구하듯이 찬찬히 바라보았다.

세바스찬은 더 이상 거짓말을 하고 싶지 않았다.

"당신 말이 맞아요. 전혀 관계가 없습니다."

"그렇다면 내가 당신한테 이 주소를 알려주면 안 된다는 것도, 당신이 알고 있죠?"

세바스찬은 고개를 끄덕였다. 그런데 별안간 빌리가 몸을 앞으로 숙이더니 그에게 귓속말을 했다.

"스톡홀름 스토르스케르스가탄 12번지에요." 그러고는 그는 미소를 지으며 세바스찬에게 악수를 청했다. "어쨌든 당신이랑 함께 일해서 아주 즐거웠어요."

세바스찬은 다시 고개를 끄덕여 보였다. 하지만 그는 이제 본연의 모습으로 돌아와야 할 것 같은 압박감을 느꼈다. 특히나 이 주소를 받아든 지금으로서는. 애당초 그는 이 주소를 얻으려고 여기까지 온 것이 아닌가!

"나도 같은 말을 하고 싶군요."

그러고는 그는 가던 길을 계속 걸었다. 다시 돌아오지 않기로 결심하고서. 절대로 다시 돌아오지 않겠다고.

살인자가 아닌 남자는 아무 말도 없이 앉아 있었다. 이젠 뉴스가 사방으로 퍼져나갔다. 인터넷, TV, 라디오로. 경찰 수색은 철통같았다. 수색의 정점은, 공용방송을 통해서 방송된 최근 기자회견에 관한 짧은 방송물이었다. 우아한 옷차림의 여자 경찰소장이 특별살인사건전담반 경감의 호의를 받고 등장했다. 그는 경감을 이미 여러 차례 TV에서 본 적이 있었다. 여자 경찰소장은 얼굴 가득히 긴장된 모습도 없이 화사하게 빛났다. 그녀의 미소가 너무 밝은 바람에, 그녀는 치아를 다 드러내고 웃는 것처럼 보였다. 경감은 예전이나 지금이나 한결같아 보였다. 언제나처럼 엄격하고 꼼꼼해 보였다. 여자는-화면 아래쪽에 여자의 이름이 케르스틴 한저라고 자막이 나왔다-경찰이 살인 혐의자를 확보했다고 보도했다. 더 자세한 사항들에 대해서는 법의학적인 분석이 종결되어야만 발표할 수 있다고. 하지만 그들은 이미 이 사건에 대해 확신을 갖고 말하고 있었다. 아침에 비극적인 살인 사건이 발생했다는 것. 혐의자는 대략 50대 남자로 베스테로스에 주거지가 있는 사람이라는 것. 그리고 이 남자가 오늘 아침에 스스로 목숨을 끊었다는 것도. 그들은 그가 누구인지 말하지는 않았어도 이 지역에서는 다 아는 사실이었다. 라그나르 그로스 교장 선생.

특히나 살인자가 아닌 남자는 그 사실을 알고 있었다. 그는 어제 인터넷 사이트에서 이 소문을 보았다. '플래시백'이라고 부르는 인터넷 사이트에는 이러저러한 가십거리와 추측이 남발했다. 물론 그중에는 놀랍게도 맞는 정보들도 많았다. 〈베스테로스의 종교적 의식 살인〉이라는 토론 포럼에서 그는 익명의 글을 발견했다. 글의 저자는 팔름뢰브스카 고등학교의 교장이 경찰에 연행되었으며 심문을 받았다고 확언했다.

살인자가 아닌 남자는 곧바로 학교의 비서실로 전화를 걸어 교장과 통화하고 싶다고 청했다. 하지만 그로스가 오늘 오후에 출장 중이라는 말만 전달받았다.

그는 직장에 양해를 구하고 서둘러 자신의 자동차로 향했다. 그는 전화국 안내에서 교장의 개인 주소를 받자마자 곧장 그곳으로 출발했다. 그는 자동차를 약간 떨어진 곳에 주차하고는 다른 사람들의 눈에 띄지 않게끔 이층집을 지나가며 산책했다. 그 집 앞에 서 있는 자동차만 봐도 다 알 수 있었다. 민간 차량이었어도, 그는 다시 알아볼 수 있었다.

며칠 전에 레오 룬딘의 집 앞에 서 있던 바로 그 자동차였던 것이다.

살인자가 아닌 남자의 몸이 조금씩 달아올랐다. 마치 그가 이제 막 복권의 거액 상금을 따낸 것처럼 느껴졌다. 게다가 그 사실을 자신 말고는 아무도 모르는 것처럼. 그는 자신이 원했던 것을 다 얻은 셈이었다. 그가 그곳에 서자 문이 열리면서 한 여자가 밖으로 나왔다. 그는 그녀가 눈치채지 못하도록 가던 길을 계속 걸었다. 하지만 여자는 완전히 자신의 감정에만 정신이 팔려 있었다. 그녀가 자동차 문을 세게 후려 닫는 것을 보아 그녀는 떨 듯이 화가 나 있다는 걸, 그도 알 수 있었다. 그는 조금 떨어져 있었지만, 그녀의 자동차가 그의 옆으로 휙 지나가자 그는 조심스레 뒤를 돌아보며 자신의 자동차 쪽으로 다시 걸어갔다.

집에서 달력을 가져오는 데 10분. 그가 다시 이곳으로 오는 데 걸리는 시간이 10분. 그로스의 집에는 오로지 한 명의 경찰관뿐이었다. 그는 계획대로 작전을 수행할 수 있었다. 그리고 그의 뜻대로 일은 잘 돌아가고 있었다.

깜깜한 밤에 세바스찬은 부모님 집 앞에 서서 집을 유심히 바라보았다. 날씨가 쌀쌀한데도, 그는 옷을 너무 가볍게 입고 있었다. 스멀스멀 추위가 파고들었지만 그는 꿈쩍도 하지 않았다. 오히려 이 추위가 어딘지 모르게 바로 이 순간과 잘 어울리는 것 같았다. 이미 집에 돌아왔으면 뭐라도 해야 할 시간이었다. 하지만 지난 며칠 동안의 결과로 인해 그는 아무것도 하지 못하고 있었다. 아침이면 차를 타고 떠나야 할 것이다. 아주 사라져버려야 할 것이다. 애당초 그가 수사에 참여한 이유가 주소를 얻어내는 일이 아니었던가! 그런데 이제 그 주소를 손에 넣었으니 말이다.

스토르스케르스가탄 12번지. 만약 그가 그녀에 대해서 알고 싶다면 대답은 이곳에 있을 것이다.

그는 그 자리에 선 채로 지금까지 발생했던 모든 일을 생각해보았다. 뭔가 긍정적인 면이 있지 않았을까! 편지와 결부된 가능성들뿐만 아니라 사건과 특별살인사건전담반에서의 일은 그에게 새로운 에너지를 주었다. 이전까지는 너무나 오랫동안 비난과 두려움이 뒤범벅되었다면 지난 며칠 동안에는 이와는 뭔가 다른 기분으로 충만되어 있었다. 물론 이런 두려움의 감정들은 쉽게 사라지지 않을 것이다. 꿈은 여전히 꾸고 있었으니까. 매일 밤마다. 그리고 자비네의 향기도 아침마다 그를 깨웠다. 하지만 상실의 강도가 더 이상 그를 완전히 마비시키지는 않았다. 그는 두려우면서도 매혹되는 또 다른 존재가 있을지도 모른다는 생각을 했다. 그가 여태까지 알고 있던 삶에서도 확신과 신뢰감이 들었다. 그렇게 부정적으로만 느껴졌던 반복되는 두려움이 편안하게도 느껴진 것이다. 어찌 보면 자신이 선택했고 마음 깊은 곳에서 간절히 바랐던 운명. 즉 그가 행복할 수 없다는 것과 재앙이 자신을 억누르고 있다는 것.

그는 이미 어린 시절에 그 사실을 알고 있었다. 마치 쓰나미가 그걸 증명이라도 해주는 것 같았다. 그는 클라라의 집 쪽을 바라보았다. 그녀는 계단 위를 올라가며 그를 빤히 바라보았다. 그는 그녀의 시선을 외면했다.

어쩌면 지금 그는 전환점에 서 있을지도 몰랐다. 어찌됐건 간에 뭔가 일이 벌어졌다. 베아트리체와 하룻밤을 지낸 뒤부터 지금까지 그는 다른 여자를 만나지 않았다. 그렇다! 그는 이 생각을 단 한 번도 하지 못했다. 이는 뭔가 큰 의미가 있는 것이었다. 그는 시계를 보았다. 19시 20분. 부동산 중개인이 이미 도착했어야 할 시간이었다. 원래 그들은 19시에 만나기로 약속했었다. 서둘러 계약서에 사인해야 20시 30분에 스톡홀름으로 가는 열차를 탈 수 있는 것이다. 이것이 그의 계획이었다. 그런데 왜 이 남자는 이곳에 오지 않은 걸까? 화가 난 세바스찬은 집 안으로 들어와 부엌 불을 켰다. 그러고는 중개인에게 전화를 걸었다. 이름이 페터 니란더라고 부르는 중개인은 전화벨이 여러 차례 울리고 나서야 전화를 받으며 미안해했다. 그는 아직 어떤 집을 돌아보고 있는 중이라 아주 빨라야 내일 오전은 되어야 올 수 있다고 했다. 흔히 있는 일이었다.

이렇게 지긋지긋한 집에서 하룻밤을 더 보내야 했다. 그의 삶에서 전환점이 되는 순간을 위해서라면.

토르켈은 콤비와 신발을 벗었다. 거의 죽을 듯이 피곤한 그는 부드러운 호텔 침대에 쓰러졌다. 잠시 동안 그는 TV를 켰다가 기자회견 장면이 나오자 다시 껐다. 자신의 모습을 보는 게 싫어서는 아니었다. 전체 사건이 뭔가 그를 괴롭혔던 것이다. 그는 한동안 눈을 감아보려고 애를 썼지만 잘되지 않았다. 그의 불만족은 사그라지지 않았다. 간접 증거들은 뚜렷했지만 분명한 기술적인 증거들이 부족했다. 그들의 확신이 하나도 남김없이 옳다는 걸 뒷받침할 수 있는 뭔가가 부족한 것이다. 그는 혈흔이 없다는 것을 가장 아쉬워했다. 건축자재 비닐 여기저기에서. 혈흔은 범인이 남김없이 제거하기 어려운 물질이었다. 현미경으로 알아볼 수 있을 정도로 미량만 있더라도 유기 액체를 테스트할 수 있다. 게다가 로저는 피를 엄청나게 쏟았다.

그럼에도 불구하고 그들은 볼보에서 한 방울의 혈흔도 발견하지 못했다. 우르줄라도 자신과 같은 생각이라는 걸, 그는 알고 있었다. 그녀는 회의가 끝난 뒤에 몇 시간 동안 자동차를 다시 살펴보았지만 지금까지 아무것도 발견하지 못했다. 그가 알고 있는 그녀의 성격대로, 그녀는 아직도 그곳에서 자동차를 조사하고 있었다. 벽난로에 숨겨져 있던 그로스의 달력으로 인해 그녀는 큰 실수를 저질렀다. 이제 그녀는 평생토록 모든 걸 세 번씩 재검토하지 않고는 절대로 하던 일을 끝내지 않을 것이다.

그리고 한저는? 그녀를 완전히 제동 걸거나 약간 고삐를 늦추도록 막지는 못할 것이다. 게다가 그녀는 총경을 그녀 편으로 만들었다. 토르켈과 한저는 기자회견이 열리기 반 시간 전에 그를 만났다. 토르켈은 두 사람에게 기자회견을 연기해달라고 애원했다. 하루나 며칠 안에는 뭔가 결정을 내릴 수 있지 않겠냐며. 하지만 그는 이들이 당장이라도 사건을 해결하고 싶어 한다는 것을 한눈에 알 수 있었다. 그는 열을 내며 신중해야 한다고 설득했지만 그들은 경찰이라고 하기보다는 정치인들처럼 보였다. 그들한테는 사건 해결이 시급했던 것이다. 흠집 없이 경력을 쌓기 위해서라면. 이와 반대로 토르켈한테는 사건의 해결이 더 중요했다. 사건 해결은 진실을 깨낼 때에만 가능했다. 사건 해결은 희생자의 권리이지, 자신의 경력과는 아무런 상관이 없는 것이다. 결국 한저와 총경은 그를 밀어젖혔다. 그는 더 강력하게 싸울 수 있다는 생각을 했지만 너무 피곤하고 지쳐 있었다. 그래서 그는 이 사건을 앞서 결정 내리기기로 했다. 그럴 수밖에 없는 이유가 마음에 들지 않았지만 지금 한 번뿐이었다. 어쨌든 간에 그가 정하는 것이 아니라 지역 경찰소장이 정하는 것이었다. 알고 보면 그가 이런 상황을 받아들일 수밖에 없는 것도 이번이 처음도 아니었다. 경찰과 같은 조직에서는 익숙해져야만 했다. 그렇지 않으면 세바스찬처럼 될 수밖에 없는 것이다. 아무도 함께 일하고 싶어 하지 않는, 견디기 어려운 괴짜로 전락하고 마는 것이다.

드디어 뉴스가 끝났기를 희망하면서 토르켈은 다시 리모컨을 집어 들었다. 하지만 그가 TV를 다시 켜기도 전에 별안간 문 쪽에서 누군가 노크하는 소리가 들려왔다. 그는 자리에서 일어나 문을 열었다. 밖에는 우르줄라가 서 있었다. 그녀도 피곤해 보였다.

"뭘 발견했나요?"

우르줄라는 머리를 절레절레 흔들었다. "이 자동차 안에는 핏자국이 단 한 방울도 없었어요. 약간의 단백질도 없어요. 단백질은 그곳에 전혀 없었어요."

토르켈은 고개를 끄덕였다. 그들은 한동안 마주 보고 서 있었다. 그들 중에 누구도 무슨 말을 해야만 할지 알지 못하는 것 같았다.

"그럼 내일은 집으로 돌아가는 게 어때요?" 마침내 우르줄라가 물었다.

"그럽시다. 그게 좋겠어요. 한저는 이 사건을 마무리 짓고 싶어 하는 것 같아요. 우린 그녀의 명령에 따라야 하고."

우르줄라는 이해할 수 있다는 듯이 고개를 끄덕이며 다시 돌아가려고 등을 돌렸다. 하지만 토르켈이 그녀를 잡았다.

"당신은 자동차에 대해서만 말하려고 날 찾아온 건가요?"

"그런 건 아니에요." 그녀는 그를 바라보았다. "하지만 그 말은 해야 할 것 같았어요. 그리고 더 무슨 말을 해야 할지는 잘 모르겠네요."

"어쨌든 세바스찬은 갔어요."

우르줄라는 고개를 끄덕였다.

"그 대신에 모든 게 엉망진창이 됐고요."

"나도 알고 있어요. 미안하게 생각해요."

"하지만 그게 꼭 당신 잘못은 아니라는 생각이 들어요."

그녀는 그를 빤히 쳐다보며 한 발자국 그 앞으로 다가와 그의 손을 어루만졌다.

"물론 당신이 날 이해하리라고 믿어왔어요."

"내 생각엔 이제야 내가 당신을 이해하게 되는 것 같아요."

"아니에요, 내가 더 행동을 똑바로 했어야 했어요."

토르켈이 활짝 웃었다.

"당신은 과거에도 똑바로 행동했어요. 감히 누가 당신한테 그러라고 얘기할 수 있겠어요?"

"당신이 한번 그렇게 해주면 좋겠는데."

그녀는 그를 향해 미소 지으며 방 안으로 들어왔다. 그는 문을 닫았다. 그녀는 핸드백과 재킷을 의자 위에 걸쳐놓고는 샤워를 하러 들어갔다. 토르켈은 윗도리를 벗고서 침대를 정리했다. 그렇게 하도록 그녀가 원했다. 먼저 그녀가 샤워를 하고 그다음 차례는 그였다. 연이어 그는 그녀가 누워 있는 침대로 기어들어갔다. 이렇게 하는 것은 그녀의 규칙이었다. 일을 하러 타 지역으로 나왔을 때에만. 절대로 살고 있는 도시에서는 아니었다. 미래에 함께하자는 계획도 없었다. 그리고 그녀를 위해 한 치의 어긋남도 없이 충실해야 한다고, 그는 생각했다.

앞으로도 그가 반드시 해야만 할 일이었다.

세바스찬은 잠이 오지 않았다. 머릿속에서 윙윙거리는 소리가 너무 많았고, 지금까지 일도 너무 많았다. 그는 스톡홀름의 주소가 제일 먼저 떠올랐는데, 그의 뇌리에서 떠나지 않아서 한시도 긴장을 풀 수가 없었다. 이렇듯 상상할 수도 없는 가능성과 동시에 이런 위험이 그의 코앞에 있는데 어떻게 잠을 잘 수 있을까? 이는 정말 이해가 되는 일이기도 하다. 하지만 그가 이렇게 잠 못 드는 이유는 이 주소 때문만은 아니었다. 과거 편지 말고도 또 다른 일 때문이었다. 또 다른 모습. 더 사실적이고, 더 분명한 모습. 축구장에서 죽음을 맞이한 어린 소년의 모습. 뭔가 명료하게 파악할 수 없는 소년. 그는 줄곧 이런 인상을 갖고 있었다. 그는 여기서 결정적인 오류가 있다는 걸 느꼈다. 그와 다른 사람들은 핵심적인 것 대신에 주변적인 것에 너무 빨리 몰두하기 시작했다. 악셀 요한손, 라그나르 그로스, 프랑크 클레벤. 결국 그들은 한 명의 범인을 찾으려고 했다.

하지만 이 사건에서 그들은 희생자에 대해서는 별로 생각하지 않았다. 비극의 주인공인 소년, 로저 에릭손은 미스터리로 남았다.

세바스찬은 자리에서 벌떡 일어나 부엌으로 걸어갔다. 냉장고에는 주유소에서 사온 물 몇 병이 아직도 들어 있었다. 그는 그중에 한 병을 열어 부엌 탁자에 올려놓았다. 그리고 가방을 가져온 그는 종이, 볼펜과 수사와 관련된 자료를 뒤적거리며 찾았다. 그가 반드시 제출했어야만 했던 자료들과 서류철들이었다. 그는 아직도 이 자료들을 갖고 있었다는 걸 까맣게 잊고 있었다. 원래 그는 이 복사본들을 돌려주기 위해 다시 경찰서로 찾아갈 타입도 아니었다. 이와는 반대로, 그는 이와 유사한 사건들을 위해 가능한 많은 자료들을 보관하고 있었다. 예전에 일했을 때에도 그는 이런 식으로 자료를 모았다. 그는 자신의 가방을 꽉 채워 다니는 습관을 버리지 않았다는 사실에 기쁨을 느꼈다. 유감스럽게도 로저에 대한 자료는 별로 많지 않았다. 서류들은 그가 다닌 두 학교에 대한 것이었다. 세바스찬은 자료를 옆에다 놓고는 메모지를 펼쳤다. 그리고 볼펜을 집어 들고서 자신의 생각을 정리하기 시작했다. 맨 위쪽에 그는 이렇게 적어 보았다.

전학

그는 메모지를 찢어 탁자의 가장 위쪽 모서리에 놓았다. 예전에 그는 이렇게 찢은 종이에다 핵심어를 적어 넣는 작업을 즐겨 했다. 이런 식으로 자신의 생각을 술술 나오도록 정리하기 위해서였다. 사고의 틀에서 세부적인 것까지 정리하는 데 도움이 됐다. 세부적인 사항들을 이리저리 돌려보고 더 첨가할 것은 없는지 살펴보기 위해서였다. 세바스찬은 하던 일을 계속했다.

친구가 없음

로저의 제한적인 친구 관계에 대해서는 경찰들도 문제점으로 생각했다. 그와 가깝게 지내는 사람이 거의 없었다. 그에 대해서 뭔가 알고 있는 사람이 거의 없었다. 리자는 표면상으로만 그의 여자 친구였고, 어린 시절 친구인 요한조차도 그와 사이가 요원해졌다. 한마디로 말해서 그는 고독한 사람이었다. 외로운 사람들은 파악하기가 가장 어렵다.

정신과 치료를 받음

죽은 페터 베스틴의 병원에서. 어쩌면 누군가와 대화하고 싶었을지도 모른다. 이것으로 그가 외로웠다는 추측이 더 설득력을 얻게 된다. 그는 뭔가 일을 처리해야만 했거나 떨쳐버려야 했을지도 모른다.

돈이 필요했음

술 거래와 악셀 요한손의 모든 행적은 미궁으로 나타났다. 하지만 로저는 돈을 벌기 위한 일이라면 뭐든지 다 했던 학생이었을 것이다. 그는 특히나 새로 전학 온 학교, '고상한' 팔름뢰브스카 고등학교의 일원이 되기 위해 돈이 필요했다.

어머니가 교장에게 돈을 받음

돈에 대한 비도덕적인 생각은 가족력인 것 같았다. 그래서 로저의 어머니가 압박했을 것이라는 가정도 상당히 개연성이 있어 보였다. 그로스가 자신의 행위가 폭로되는 것을 막기 위해 돈을 지불하리라는 걸, 레나는 알고 있었다. 이는 교장이 혼신을 기울인 학교의 평판과 관련되어 있었던 것이다. 세바스찬도 알다시피 레나가 라그나르와 연결될 수 있는 것은 오로지 로저 때문이었다. 세바스찬은 다음 맥락을 종이에 적어보았다.

게이 애인?

하지만 그는 다시 이 말을 재빨리 지웠다. 이 가정은 정황증거일 뿐 세바스찬의 생각을 혼란스럽게 만들었다. 이런 종류의 사고 방향은 너무 지배적이어서 수사를 완전히 좌지우지할 수 있었다. 그 대신에 사고를 자유롭게 하고, 제한하지 않는 게 낫다. 너무 큰 의미를 두지 않고 맥락을 살펴보아야 하는 것이다. 소소한 세부적인 사항에서 해결책이 발견되는 경우도 빈번하기 때문이다. 세바스찬은 이를 알고 있었기에, 게이 애인이라는 말 대신에 다음과 같은 말을 적었다.

비밀스런 남자 애인 / 비밀스런 여자 애인

하지만 이것에 대한 증거도 너무 희박했다. 비밀스럽다는 것은 반야가 리자에게서 받은 느낌으로 중요하게 분류했던 것이었다. 그도 이런 느낌을 받았다. 하지만 이것도 '비밀'이란 단어에 대한 그들의 주관적인 평가일지도 모르는 것이다. 한 사람이 비밀로 붙이고 싶은 게 있었다면 그것은 섹스와 관련 있는 것일 테다. 그렇다면 그들의 느낌이 옳다고 주장할 수 있는 뭔가가 있는 것이 아닐까? 리자의 느낌 이상의 것이 있을지도 모르는 것이다. 그래, 실제로 한 가지가 있긴 했다. 세바스찬은 다음번 주요 문장을 적어 내려갔다.

"항상 섹스에 집착했어요."

이 말은, 반야와 그가 요한과 캠핑 장소에서 대화를 나눌 적에 요한이 했던 말이었다. 어쩌면 세바스찬이 생각하고 있는 것보다도 더 중요한 말일지도 모른다. 요한은 이 이유 때문에 로저와 함께 시간을 보내지 않았다고 설명했다. 로저는 지나친 성적 관심을 갖고 있는 것 같았다. 로저가 성에 너무 몰두했기에 요한한테는 큰 부담으로 다가왔다. 하지만 로저가 누구와 섹스를 한 것일까? 리자가 아니라면 도대체 누구일까?

마지막 통화

이것도 세바스찬을 혼란스럽게 했다. 로저의 마지막 전화 통화. 그가 금요일 저녁에 요한과 집전화로 전화 통화를 하려고 했지만 요한은 집에 없었다. 왜 그는 요한의 핸드폰으로는 전화를 걸지 않았던 걸까? 한동안 그들 생각으로는 로저가 어쩌면 더 이상 전화할 여유가 없었을 것으로 봤다. 하지만 두 대의 카메라 덕분에 그의 마지막 행보를 재구성한 지금으로서는, 그들이 더 이상 이를 증명할 증거는 없었다. 이와는 정반대였다. 로저는 전화 통화를 하지 못했지만 그 뒤 한동안 도시를 거닐고 다니다가 자동차에 올라탔다. 그렇다면 시간이 부족한 것이 아니었다. 가장 개연성이 있는 대안은 무엇이었을까? 그는 요한한테 볼일이 있었던 게 아니었을지도 모른다. 어쩌면 전화 왔었다고 메모만 남겨놓아도 충분했을지도 모른다. 어쩌면.

세바스찬은 냉장고에서 물 한 병을 더 가져왔다. 그가 뭔가 잊고 있는 것은 없는 걸까? 분명히 아주 많은 걸. 그는 차츰 몸도 피곤했고, 로저에 대해 파악하기 너무 어렵다는 사실에 좌절감도 느꼈다. 그는 뭔가를 간과하고 있었다. 그는 학교 자료물, 학교 연감, 그의 마지막 성적표들을 넘겨보기 시작했다. 로저가 다른 곳에서보다도 학교생활이 더 나았다는 것을 제외하고는 아무것도 발견하지 못했다. 특히 베아트리체의 교과목들에서. 분명히 그녀는 좋은 교사였다.

자리에서 일어난 세바스찬은 머리를 맑게 하려면 맑은 공기가 필요하다는 것을 느꼈다. 그는 자신의 사고 과정을 어떻게 진행시켜야 할지 알고 있었다. 퍼즐 조각을 올바른 자리에 맞추려면 그에 합당한 생각이 떠오를 때까지 한동안 시간이 걸렸다. 아무런 생각도 나지 않는 때도 많았다. 대부분의 과정에서처럼 보장할 수 있는 것은 아무것도 없었다.

중개인은 8시 반에 도착했다. 그동안에 세바스찬은 억지로 가방을 챙기고서 산책을 나갔다. 여전히 아무런 생각도 나지 않았다. 그의 생각은 동일한 원을 맴돌고 있었다. 어쩌면 로저의 비밀은 밝혀질 수 없는 것일지도 모르겠다. 어쩌됐건 간에 그가 갖고 있는 자료로는. 중개인은 반질반질 빛나는 대형 메르세데스를 몰고 왔다. 그는 너무 지나칠 정도로 밝게 활짝 웃고 있었으며 완벽하게 잘 어울리는 우아한 콤비 양복을 입고 있었다. 세바스찬은 한눈에 보자마자 그를 미워했다. 그는 악수를 하자고 내민 손을 단 한 번도 잡지 않았다.

"집을 파시려고요?"

"난 가능한 빨리 이곳에서 떠나고 싶어요. 계약서 좀 주세요. 빨리 서명할 수 있도록. 내가 이미 전화에 대고 말했지요, 그렇죠?"

"예, 하지만 적어도 서로 약정을 체결해야 되지 않을까요?"

"그럴 필요 없어요. 당신은 판매 총액 중에 1퍼센트를 받지 않습니까? 안 그래요?"

"예?"

"그렇다면 총액이 많으면 많을수록, 당신은 더 많이 받게 되는 셈이죠?"

"맞습니다."

"그렇다면 당신한테는 충분히 매력적인 셈이죠. 될 수 있는 대로 더 비싸게 팔면 될 테니까요. 나도 만족하고요."

세바스찬은 중개인에게 고개를 끄덕이며 볼펜을 잡았다. 밑줄 친 곳에 서명하기 위해서였다. 중개인은 약간은 회의적인 눈빛으로 그를 바라보았다.

"그래도 집부터 둘러봐야 하지 않을까요?"

"그럼, 난 다른 사람한테 전화하겠어요. 지금 당장 내가 서명해도 될까요, 아니면 말까요?"

중개인은 머뭇거렸다.

"당신은 어떻게 알고 저희 사무실에 전화하셨죠?"

"전화번호부에서 찾았죠. 자동 응답전화기에 메모를 남길 수 있는 첫 번째 전화번호였어요."

중개인은 자기만족에 활짝 웃었다.

"당신이 그렇게 말해주시니 저로서는 아주 기쁘군요. 자동 응답전화기는 개점 시간을 알리고 나중에라도 손님이 전화할 수 있도록 하는데 아주 유효하지요. 하지만 손님은 다른 곳에 전화할 수도 있다는 것도 염두에 두고 있죠. 치밀하지 않나요, 그렇죠?"

세바스찬은 이 질문이 아무 뜻 없이 그저 던져보는 말이라고 추측했다. 어찌됐건 간에 실제로 자신의 경우에도 중개인의 말과 정확히 일치한다고 설명해줌으로써 그의 이론을 확인시켜주고 싶은 생각은 전혀 없었다.

"손님과 연락을 취하는 일은 정말로 중요한 일이라고 생각합니다. 서류철에 내 핸드폰 번호도 있어요." 중개인은 대답을 기다리지도 않고 자기 말만 계속했다. 어차피 대답을 들을 수도 없었을 테지만 말이다. "하실 질문이 있으시면 언제든지 전화해주세요. 주말이든, 저녁이든, 언제가 되든 상관없습니다. 이게 제 직업 철학이죠."

언제라도 세바스찬이 연락을 취할 수 있다는 것을 보여주기라도 하려는 듯이 그동안에 중개인의 핸드폰이 울렸다. 세바스찬은 중개인이 전화를 받지 말기를 기대하면서 피곤한 눈빛으로 그를 바라보았다.

"여보세요, 여보! 지금 전화 받기가 좀 힘든 상황이야…… 알았어." 중개인은 뭔가 개인적인 말을 하려고 몇 발자국 떨어져서 전화를 받았다. "여보, 당신 해낼 거야. 내가 약속할게. 이젠 전화 끊어야 해요. 뽀뽀."

중개인은 전화를 끊고는 미안하다는 미소를 지으며 세바스찬 쪽으로 돌아섰다. "죄송합니다. 내 여자 친구에요. 오늘 여자 친구가 면접이 있거든요. 이런 날에는 항상 극도로 예민해져요."

세바스찬은 그 앞에 서 있는 남자를 빤히 바라보았다. 이미 그는 그에 관해 너무 많은 것을 알게 되었다. 그는 중개인에게 직격탄을 날릴 수 있는 말을 마음속으로 서둘러 찾아보았다. 그의 입을 막고 싶어서였다. 그가 다시 말하고 싶어 하지 않을 만큼 단호한 말이 제일 좋을 것이다. 마침내 그동안 줄곧 그가 생각해내려고 애쓴 한 마디가 떠올랐다.

사고의 과정.

연관성.

당신은 누구와 전화한 거죠?

바질리오스 코우코비노스는 이번 주행을 아주 이상하다고 생각했다. 그는 여행 가방을 든 남자를 집 앞에서 택시에 태웠다. 이 남자는 다급하게 말했다. 먼저 그는 집 앞에서 팔름뢰브스카 고등학교로 곧장 가고 싶어 했다. 그는 내릴 생각은 전혀 하지 않았으며 그곳으로 가기만을 원했다. 가능한 한 빨리.

학교에 도착하자, 그는 자동차의 킬로미터 측정기를 0으로 맞추어 달라고 바질리오스에게 부탁했다. 그러고서 방향을 바꾸어 E18가의 모텔로 가는 가장 빠른 길로 가길 원했다. 남자는 지도를 꺼내어 이 모텔이 어디에 위치하고 있는지 보여주었지만, 바질리오스는 베스테로스를 손바닥 뒤집듯 잘 알고 있었기에 곧장 출발할 수 있었다. 연이은 주행 길에서는 둘 다 아무 말도 하지 않았다. 수시로 바질리오스가 백미러를 통해 이 남자를 쳐다보았는데 그때마다 그는 잠시도 가만 앉아 있지 못했다. 너무나 흥분한 상태 같았다.

그들이 모텔에 가까워지자 남자의 마음이 변했다. 그는 근방의 거리 이름을 댔다. 슈프랭그랜드. 별안간 그는 그곳으로 가길 원한 것이다. 하지만 이것만으로는 만족해하지 않았다. 남자는 바질리오스에게 해당 골목으로 진입했다가 후진해서 정차하도록 원했다. 바질리오스가 하라는 대로 하자, 남자는 킬로미터 측정기를 바라보았다. 측정기는 방금 6킬로미터를 가리키고 있었다. 그는 바질리오스에게 신용카드를 주며 잠시 동안 기다려달라고 부탁했다. 그러고서 자동차에서 내린 그는 모텔 방향으로 서둘렀다. 바질리오스는 엔진을 끄고서 자동차에서 내렸다. 담배 한 대를 피우고 싶었다. 그는 머리를 절레절레 내저었다. 이 남자가 처음부터 모텔로 오려고 했던 거라면 집 앞에서부터 곧장 올 수도 있었을 텐데.

그는 이 남자가 다시 돌아오자 어떤 표정을 짓고 있는지를 알 수 있었다. 그는 스트레스를 잔뜩 받은 나머지 거의 창백해 보였다. 그의 손에는 학교의 연감처럼 보이는 책자가 들려 있었다. 택시 운전기사는 앞면 그림만 보고서 책자를 한눈에 알아보았다. 그들이 막 도착했던 시건방진 학생들의 학교였다. 바로 팔름뢰브스카 고등학교.

바질리오스가 다시 자동차에 올라타자 남자는 근처 고층 건물들 옆, 축구장으로 가자고 말했다. 그리고 연달아 다시 학교로 돌아오자고.

그 와중에도 남자는 쉴 새 없이 킬로미터 측정기를 주시했다. 앞에서도 말했다시피, 이번 주행은 아주 이상했다.

이 이상한 주행은 정확히 7킬로미터였다.

세바스찬은 곧바로 알아차렸을지도 모른다. 그가 아니라면 누가 또 있을까! 그 자신도 가장 가깝게 체험한 바 있었다. 그녀를 알고 있는 사람이라면 그녀에게서 뿜어 나오는 힘과 능력, 변화의 의지를 알 수 있을 것이다. 그녀와 헤어진다면 꼭 다시 보고 싶은 마음이 굴뚝같을 것이다.

바로 로저가 그랬던 것처럼.

로저는 그를 위해 옆에 있어줄 누군가를 필요로 했다. 그가 전학할 때에도 그를 도와줄 사람이. 그가 두들겨 맞아 잔뜩 화가 나 있어도 전화할 수 있는 누군가를. 사랑할 수 있는 누구를. 로저는 이날 밤에 전화를 걸었지만 요한과 통화하려고 했던 것은 아닐 것이다. 그 대신에 베아트리체와.

세바스찬이 모텔로 간 것은 즉흥적인 생각이었다. 택시를 후진해서 정차했을 때 갑자기 든 생각이었던 것이다. 모텔은, 그가 짐작하고 있던 것보다 훨씬 더 중요한 장소였다. 로저는 우연히 그곳에 간 것이 아니었다. 그는 이미 여러 번 그곳에 간 적이 있었지만 그로스와 함께 간 것이 아니었다. 사진이 있는 학교 연감을 모텔의 프런트 여자에게 제시하면서, 세바스찬은 더 확신을 얻게 되었다.

오예, 그녀는 그곳에 간 적이 있었다. 그것도 여러 번.

그녀는 단순히 어른이라는 의미가 아니었다. 그녀는 그보다 더 많은 의미를 지니고 있었다.

반야와 토르켈은 취조실에 앉아 있었다. 그들 맞은편에는 베아트리체 슈트란트가 앉아 있었다. 반야와 세바스찬이 팔름뢰브스카 학교에서 처음 만났을 때처럼 그녀는 오늘도 암녹색 블라우스와 긴 치마를 입고 있었다. 물론 지금 그녀는 피곤해 보였다. 피곤하면서도 창백해 보였다. 얼굴이 창백해서 그런지 그녀의 주근깨는 더 또렷하게 보였다. 어쩌면 순전히 착각일지도 모른다. 하지만 방 안 옆자리에 앉아 있던 세바스찬은 그녀의 빛나던 빨간 머리의 윤기가 전보다 흐릿해졌다고 생각했다. 베아트리체는 손에 손수건을 들고 있었지만, 서서히 뺨으로 흘러내리는 눈물을 닦아내려고 애를 쓰진 않았다.

"당연히 내가 말했어야 했어요."

"정말로 그게 더 나았을 거예요." 반야는 약간 생트집을 잡았다. 그녀의 목소리는 비난하는 투로 화가 나 있었다. 베아트리체는 지금 막 섬뜩한 생가이 들은 것처럼 그녀를 바라보았다.

"그들이 아직 살아 있을까요? 레나와 그로스 말이에요. 만약 내가 이 얘기를 진작 했더라면 그랬을까요?"

탁자 주위에 앉은 사람들은 아무 말도 하지 않았다. 반야가 예라고 대답할 것 같은 생각에 토르켈은 그녀의 아래팔을 부드럽게 잡았다. 반야는 하고 싶은 말을 꾹 참았다.

"이젠 뭐라고 말할 수도 없어요. 그것 때문에 골머리를 앓아도 아무런 소용이 없습니다." 토르켈은 조용히 그리고 믿음이 가는 목소리로 말했다. "지금이라도 로저와 당신에 대해 얘기해주세요."

베아트리체는 숨을 깊게 들이마시고는 잠시 숨을 참았다. 마치 마음을 단단히 먹고 뭔가 말하려는 사람처럼.

"당신들은 우리 관계를 미친 짓이라고 생각할 거예요. 나도 이해합니다. 난 결혼했고, 그 애는 이제 열여섯 살이에요. 하지만 나이에 비해 무척 성숙한 아이예요. 그래서…… 그런 일이 일어날 수 있었어요."

"그럼 언제부터 시작된 거죠?"

"로저가 학교에 전학 온 지 몇 달 뒤였을 거예요. 그는 누군가를 필요로 했어요. 집에서는 그다지 도움을 받지 못했거든요. 그래서 내가…… 난 누군가 날 필요로 한다는 느낌을 갖고 싶었어요. 사랑을 받고 싶었던 거죠. 이 말이 당신들한테는 틀림없이 경악스러울 거예요."

"그는 열여섯 살이에요. 당신한테 의존했던 거라고요. 당신은 내 말을 어떻게 생각하나요?" 반야의 말투는 다시 냉혹하고 불필요할 정도로 딱딱해졌다.

베아트리체는 부끄러운 마음에 눈길을 아래로 떨어뜨렸다. 신경이 날카로워진 그녀는 양손을 탁자에 놓고는 손수건을 손가락으로 만지작거렸다. 만약 반야가 곧바로 마음을 진정하지 않는다면 그들은 베아트리체의 말을 제대로 듣지 못할지도 모른다. 그녀는 좌절 상태에 빠질 테고, 그렇다면 그들은 그녀로부터 아무것도 얻어낼 수 없을 것이다. 다시 한 번 토르켈은 반야의 아래팔을 살짝 잡았다. 세바스찬은 헤드폰을 작동시키기로 결심했다.

"그녀가 사랑받고 싶었던 이유가 뭔지 물어보세요. 결혼도 했는데."

반야는 거울 쪽을 힐끔 쳐다보면서, 이번 사건과 그게 무슨 상관인지 눈빛으로 물었다. 세바스찬은 버튼을 누르고 다시 한 번 똑같은 말을 반복했다.

"당신이 그녀의 말을 끊지 말아요. 그냥 질문해보세요. 그녀가 말하고 싶어 할 거예요."

반야는 어깨를 움찔거리며 다시 베아트리체를 쳐다보았다.

"결혼 생활에 대해서 말해줄 수 있나요?"

"우리 결혼은……."

베아트리체는 다시 얼굴을 들고 바라보았다. 머뭇거렸다. 그녀의 가정생활과 삶을 가장 잘 설명할 수 있는 적당한 말을 찾는 것 같았다. 그리고 결국 그녀는 그 말을 찾았다.

"애정이 없어요."

"왜죠?"

"내가 당신에게 이미 설명했는지 모르겠네요. 울프와 난 6년 전에 이혼했다가 약 1년 반 전에 다시 결혼했어요."

"왜 이혼한 거죠?"

"내가 다른 남자와 사귀었거든요."

"당신이 불륜을 저질렀다는 말인가요?"

베아트리체는 고개를 끄덕이며 부끄러워 시선을 떨어트렸다. 그녀 앞에 앉아 있는 더 나이 어린 반야가 그녀에 관해 어떻게 생각할지 불을 보듯 뻔했다. 반야의 목소리로도 들을 수 있었고 시선으로도 느낄 수 있었다. 베아트리체는 그런 반야를 불쾌하게 여기지 않았다. 그녀가 큰 소리로 결혼 생활에 대해 설명하는 지금, 자신의 행동들이 정말로 비도덕적으로 느껴졌기 때문이다. 하지만 그녀는 사랑을 체험하고 사랑에 푹 빠지면 저항할 수 없었다. 그게 잘못이었다는 걸 줄곧 알고 있었지만 말이다. 여러 면에서. 매사에.

하지만 어떻게 그녀가 사랑을 거부할 수 있을까? 그녀가 그토록 절망적으로 그리워했으며 그 어디에서도 찾을 수 없었던 사랑을?

"그래서 울프가 당신을 떠났나요?"

"예, 요한과 나를요. 정확히 말하자면 그는 현관문 밖으로 나가버렸어요. 우리가 다시 대화를 나누기까지는 약 1년이 걸렸어요."

"하지만 지금은 그가 당신을 용서했나요?"

"아니요. 울프는 요한을 위해서 다시 돌아왔어요. 우리의 이혼으로 1년 동안 요한이 너무 힘들어했거든요. 요한은 미친 듯이 날뛰고 방황했어요. 요한은 나와 같이 살았지만 가족을 망가트린 것은 나만의 잘못이라고 생각했죠. 그의 눈빛에서 읽을 수 있었어요. 명백하게 전시 상태였어요. 우리는 아무런 해결책을 찾지 못했어요. 대부분의 아이들은 부모가 이혼해도 이겨내는 편이에요. 시간이 더 많이 걸리는 아이도 있고, 시간이 더 적게 걸리는 경우도 있고요. 하지만 결국은 언젠가는 다시 좋아지지요. 하지만 요한의 경우는 그렇지 못했어요. 2주보다 좀 더 자주 울프의 집에서 지냈는데도 말이죠. 요한은 가족이 다시 같이 살지 않는 한 이 모든 게 아무런 의미가 없다고 말했어요. 마침내 그 생각에서 벗어나지 못하게 됐죠. 요한은 병이 나고 의기소침해졌어요. 한동안은 자살하고 싶다는 생각 때문에 몹시 괴로워했어요. 치료를 받기 시작했지만 더 나아지지 않았어요. 이 모든 일로 인해 우리는 다시 한 가족으로 돌아왔죠. 우리 세 사람은 옛날처럼 함께 살았어요."

"그래서 울프가 다시 돌아온 거군요."

"요한을 위해서요. 그 점에 대해 나도 고마워했지만 울프와 난…… 당신들이 상상하는 그런 결혼 생활은 하지 못했어요."

세바스찬은 좁은 공간에서 고개를 끄덕였다. 결국 베아트리체가 그를 유혹한 것이지 자신이 아니라는 그의 느낌이 옳았던 것이다. 하지만 그녀의 처지는 그가 생각했던 것보다 더 심각했다. 지난 몇 년 동안에 그녀는 얼마나 지옥 속에서 살았을까! 언제나 받아주지 않는 한 남자와 매일 같이 살아야 한다고 생각해보자. 그 어떤 것도 그녀와 함께 하려고 하지 않는 남자와. 더구나 아들마저도 가족에게 닥친 이 모든 힘든 상황이 다 그녀의 책임이라고 여긴다면. 어쩌면 베아트리체는 완전히 고립되었을지도 모른다. 사랑을 느낄 수 있는 기회가 주어진다면 그녀가 받아들인다 해도 절대로 이상한 일이 아닐 것이다.

"레나 에릭손은 당신의 관계에 대해서 어떻게 알았죠?" 토르켈이 취조실 안에서 물었다.

그동안에 베아트리체는 울음을 멈추었다. 마침내 그녀는 잘 해낼 수 있었다. 모든 걸 설명할 수 있게 된 것이다. 맞은편에 앉아 있는 젊은 여자가 그녀에 대해서 뭔가 동정심을 갖게 된 것 같아 보였다. 물론 그녀가 베아트리체의 행동을 좋게 평가할 수는 없을 테지만 그럴 수밖에 없는 이유를 이해할 수 있었다.

"나도 모르겠어요. 뜬금없이 그녀가 알게 되었어요. 그런데 우리 관계를 그만두라고 말리기보다는 그로스와 학교를 압박했어요. 그래서 교장 선생님도 이 얘기를 듣게 되었고요."

"그럼 그가 그 대가를 지불했나요?"

"그랬을 거예요. 그는 다른 어떤 것보다도 학교의 명성을 중요시했으니까요. 학기가 끝날 때까지 나는 계속 수업을 할 수 있었어요. 이미 학기 중에 경비원이 해고되었거든요. 그런데 누가 또 해고된다면 좋아 보일 리가 없었어요. 하지만 당연히 그로스는 로저와의 관계를 끝내라고 나한테 강요했죠."

"그래서 하라는 대로 했나요?"

"예. 적어도 나는 시도는 했어요. 하지만 로저가 거부하더군요. 더 이상 관계를 지속할 수 없다는 걸 받아들이지 않았어요."

"하지만 해당 금요일에 당신은 로저를 다시 만났죠?"

베아트리체는 고개를 끄덕이며 다시 한 번 숨을 깊게 들이마셨다. 그녀의 얼굴은 다시 혈색을 찾았다. 그녀의 행동은 비난받아 마땅하기에 취조실에 있는 사람들은 그녀를 비난할 권리도 있을 테지만 그녀 스스로 말하도록 하는 게 더 나을 것이다.

"그는 금요일 밤에 내게 전화를 했어요. 마지막으로 나와 만나고 싶어 했죠. 그 애 말은 우리가 만나서 얘기를 나눠야 한다고 했어요."

"그래서 당신은 허락했나요?"

"예. 우리는 만날 장소를 약속했었어요. 그곳에서 내가 로저를 기다리기로 하고요. 집에는 산책 갔다 오겠다고 말했어요."

세바스찬은 유리 뒤편에서 신중한 낯빛으로 고개를 끄덕였다. 로저가 요한의 핸드폰으로 연락을 취하지 않은 이유에 대해서, 그들이 지금까지 내내 고심해왔기 때문이었다. 그때 베아트리체는 거짓말을 했다. 전화는 그녀한테 온 것이었고, 요한은 집에 있었다. 베아트리체는 한 모금 물을 마시고는 계속해서 말을 이었다.

"난 학교까지 걸어갔어요. 그곳에서 차를 빌려 약속 장소로 갔지요. 로저가 도착했을 때에는 절망 상태였어요. 그리고 누군가에게 맞았기 때문에 코피도 흘렸고요."

"레오 룬딘이었죠."

"예. 어쨌든 우리는 서로 대화를 나누었어요. 그리고 나는 이제 그만 관계를 끝내야만 한다고 설명했죠. 그는 우리가 더 이상 만날 수 없다는 걸 받아들이려고 하지 않았어요. 그는 울고불고 애원했어요. 그리고 미친 듯이 화도 내고요. 나한테 버림받는 느낌이었나 봐요."

"그다음엔 무슨 일이 일어났죠?"

"그는 자동차에서 내렸어요. 매우 화가 나고 절망한 상태였어요. 내가 그 애를 마지막으로 본 것은, 축구장 쪽으로 뛰어가는 모습이었어요."

"로저를 뒤따라가지 않았나요?"

"아니요. 나는 학교로 다시 돌아와서 차를 주차했어요."

방 안에 있던 사람들은 아무 말도 하지 못했다. 침묵은 베아트리체를 의심한다는 뜻이었다. 다들 그녀가 거짓말을 하고 있다고 믿었다. 그녀의 눈에서는 다시 눈물이 흘렀다.

"나는 로저의 죽음과는 아무런 관련이 없어요. 당신은 날 믿으셔야 해요. 난 그 애를 사랑했어요. 당신은 내키는 대로 생각할지도 모르겠지만 난 그 애를 사랑했다고요."

베아트리체는 흐느껴 울며 양손으로 얼굴을 감싸 안았다. 반야와 토르켈은 서로 시선을 주고받았다. 토르켈은 문 쪽을 향해 가볍게 고개를 까딱였다. 그리고 둘 다 자리에서 일어섰다. 토르켈은 반야와 같이 금방 돌아오겠다고 말했지만 베아트리체는 전혀 신경 쓰지 못하는 것 같았다. 그들이 복도로 나가는 문을 열자마자 베아트리체는 한 가지 질문을 던졌다.

"세바스찬이 이곳에 있나요?"

토르켈과 반야는 의자에서 울고 있는 여자의 말을 잘못 이해한 사람들처럼 서로 쳐다보았다.

"세바스찬 베르크만 말인가요?"

베아트리체는 눈물을 흘리며 고개를 끄덕였다.

"왜요?"

반야는, 세바스찬과 베아트리체가 이미 만난 적이 있다는 것을 기억해냈다. 물론 학교에서 딱 한 번이었다. 그들이 울프와 요한의 캠핑 장소가 어디인지 물어보러 갔을 때에는 아주 잠깐 동안이었다.

"난 그와 말하고 싶어요."

"그렇게 할 수 있는지 한번 보죠."

"제발요. 그도 날 만나줄 거라고 생각해요."

토르켈은 반야를 위해 문을 열어주었고 둘은 복도로 걸어 나갔다. 몇 초 있지 않아 세바스찬이 다른 곳에서 모습을 나타냈다. 그는 다짜고짜 말부터 시작했다.

"난 그녀가 이번 살인 사건과는 아무런 관련이 없다고 믿습니다."

"당신이 그렇게 생각하는 이유는 뭐죠?" 그들이 복도를 따라 함께 걸어가는 동안에 토르켈이 물었다. "당신이 여기까지 우릴 끌고 온 거 아닌가요? 그녀가 볼보를 운전했다는 것과 로저와 관계를 맺었다는 것도요."

"나도 알아요. 하지만 너무 성급하게 단정 지을 수는 없어요. 난 이 자동차를 운전한 누군가가 범인이라고 생각하고 있어요. 하지만 그게 그녀는 아니에요."

"당신도 모르는 일이에요."

"하지만 짐작할 수 있어요. 그녀의 말에서나 행동에서나 그녀가 거짓말을 하고 있다는 증거는 아무것도 없었으니까요."

"하지만 그것만으로는 그녀를 혐의자에서 제외시키기에는 충분하지 않아요."

"자동차의 단서 확보 결과와 사건 당일 저녁에 주행했다는 베아트리체의 진술이 정확히 일치하고 있어요. 더구나 볼보 자동차 안에서 어떤 혈흔도 발견하지 못했고요."

반야는 토르켈 쪽으로 돌아보았다.

"예외적으로, 난 세바스찬의 의견에 찬성하고 싶어요."

토르켈은 고개를 끄덕였다. 그도 같은 생각이었다. 베아트리체의 말은 아주 믿을 만하게 들렸다. 유감스럽게도. 분명히 반야의 생각도 같았다. 그녀는 피곤함과 실망감을 숨길 수 없었다.

"단서가 있는 자동차가 또 있다는 말이네요. 그렇다면 우리가 처음부터 다시 시작해야 된다는 건가요?"

"반드시 그런 것은 아니에요." 세바스찬이 말했다. 그들은 그를 쳐다보았다. "속인 사람이 있다면 속은 사람도 있기 마련이에요. 우린 아직 베아트리체의 남편에 대해서 아는 바가 없지 않나요?"

하랄드손은 쇼크 상태였다.

그의 상태를 달리 표현할 길은 없었다. 그의 플랜, 그의 복수, 이 모든 게 수포로 돌아갔다. 이제 휴게실에서 미지근한 커피 한 잔을 들고 앉은 그는 어떻게 이 모든 게 잘못될 수밖에 없었는지 되풀이해서 생각해보았다. 그가 라디얀에게 전화를 걸 때 어떻게 했었는지? 지금 기억나는 것보다도 훨씬 많은 얘기를 했던 게 분명했다. 그는 죄인들만 도망을 친다는 말과 악셀 요한손이 불법거래 말고도 더 많은 잘못을 저질렀다고 재잘거렸다. 그가 반드시 로저 에릭손이나 페터 베스틴과 어떤 관련이 없다 하더라도 뭔가 찜찜한 게 있다는 말도. 술 때문에 그가 혀를 놀렸던 것이다. 그것도 아주 많이.

라디얀은 서류를 복사만 한 것이 아니라 직접 읽어보았다. 그걸 읽어보고, 하랄드손이 했던 것처럼 악셀 요한손에 대한 유용한 정보를 찾았다. 라디얀 미킥은 형편없는 경찰이 아니었다. 하랄드손이 몇 시간 뒤에 내린 결론과 동일하게 내리는 데는 그리 오랜 시간이 걸리지 않았다. 물론 예블레와 솔레파의 다른 경찰들과 베스테로스 동료들조차도 여러 차례에 걸친 성범죄들 중에는 유사점이 있다는 걸 확인했다. 그리고 모든 사건들에는 동일한 범인이 있다는 걸 알아냈지만 그들이 이 정보를 검증할 수 있는 이름이 없이는 큰 도움이 되지 않았다.

하랄드손은 이름을 알고 있었고 그 이름을 라디얀에게 넘겨주었다. 라디얀은 도시에서 하랄드손이 맺고 있는 것보다도 더 크고 영향력 있는 조직망을 갖고 있었다. 물론 이 사실에 대해서는 지금 알게 되었다. 경찰서에는, 라디얀과 그의 동료 엘로브손이 경찰서에서 출동한 지 15

분 만에 주소를 알아낸 것으로 알려졌다. 10시 반에 그들은 악셀 요한손을 체포했다. 하랄드손이 경찰서로 산책을 나오기 시작한 시각과 거의 같은 시각에. 그들이 DNA 검사를 하겠다고 말하자 악셀은 불필요한 언동을 하지 않고 털어놓았다. 게다가 그는 레지스터에 기록된 것보다도 더 많은 성폭력을 저질렀다고 자백했다. 하지만 그는 로저 에릭손과 페터 베스틴의 살인 사건과는 어떤 관계도 없다고 반박했다. 그리고 사건 시간에 뚜렷한 알리바이를 제시하기도 했다. 그럼에도 불구하고 베스테로스의 경찰한테는 운이 좋은 아침이었다. 열다섯 건의 성범죄가 해결되었으니.

라디얀과 엘로브손에 의해.

들리는 소문에 의하면 총경이 오늘 그들을 방문할 예정이라고 했다. 하랄드손은 자신의 눈에서 불이 나는 것을 느낄 수 있었다. 그래서 그는 이를 억누르기 위해 손가락을 꾹꾹 눌렀다. 온 힘을 다해 눈물을 꾹 참았다. 눈을 감았지만 어둠 속에서도 색채가 가물거리고 불빛이 번쩍였다. 그는 이대로 더 머물고 싶었다. 현실과는 아주 멀리. 영원히 눈을 감은 채로 숨고 싶었다. 그런데 그때 발자국 소리가 다가오더니 그의 탁자 앞에 멈추어 섰다. 그는 얼굴을 가리고 있던 손을 떼고는 그 앞에 다가온 사람을 희미하게 바라보았다.

"이리 오세요."라고 짧은 한 마디를 한 뒤, 한저는 뒤돌아섰다.

하랄드손은 공손하게 그녀의 뒤를 따라갔다.

그들 다섯 명은 또다시 회의실에 모였다. 오전 동안 빌리와 우르줄라는 수사 과정을 다시 한 번 칠판에다 기록하는 데 시간을 보냈다. 회의실 안의 분위기는 활기도 없고 무거웠다. 한동안 그들은 이 사건을 당장 해결할 수 있을 거라고 믿었거나 적어도 그렇게 되도록 권하고 싶었다. 그런데 지금에 와서는 장거리를 완주했다고 생각했는데, 다시 10킬로미터를 더 달려야만 한다는 걸 알게 되었다. 그리고 그들은 더 이상 뛸 수 있는 기력이 충분하지 않았다.

"울프 슈트란트는 6년 전에 베아트리체 슈트란트와 이혼했다가 1년 반 전에 그들은 다시 결혼했어요." 빌리는 말했다. 그는 베아트리체의 남편에 대해 찾을 수 있는 것은 다 찾아냈다.

반야는 한숨을 내쉬었다. 세바스찬은 그녀를 쳐다보며 그녀의 한숨이 지겨움 때문이 아니라 무관심 때문이라고 생각했다. 그는 울프 슈트란트에 대해 호감을 표시하지는 못했지만 헌신적인 행동에 대해서는 약간 이해가 갔다. 여러모로 봤을 때 그의 이런 행동은 인생을 망친 꼴이 되었다.

"그는 두 번에 걸쳐 고발을 당했네요." 빌리는 계속 말을 이었다. "협박과 신체 상해였어요. 두 번 다 2004년에 일어난 일이고요. 고발한 사람은 비르거 프란첸인데, 당시에 베아트리체 슈트란트와 관계를 맺고 있던 남자에요."

"그 남자가 베아트리체와 바람피운 남잔가요?" 반야는 자신의 목소리를 듣는 순간에 쓸데없는 질문을 했으며 오로지 호기심에서 나온 거라고 생각했다. 그녀도 그에 대한 대답을 들을 수는 없다는 걸 알고 있었다. 그리고 실제로도 그녀의 말이 옳았다.

"그건 나도 모르겠어요. 여기에 나와 있는 바로는 고발 당시에 그들은 관계를 맺고 있었지만 따로 살고 있었어요."

"그럼 그 당시 고발로 어떤 벌을 받았죠?" 토르켈은 참지 못하고 물었다. 그는 얘기를 계속 진전시켜서 결론을 끌어내고 싶었다.

"첫 번째 고발에서는 하루치 벌금형이었고, 두 번째에서는 집행유예와 프란체의 집 근처에 살지 못하도록 금지 당했어요. 베아트리체와 요한의 집 근처가 아니고요." 빌리는 이해하기 좋게 설명했다.

"그렇다면 그는 오히려 질투심이 강한 타입에 속하는 것이 아닐까요?" 세바스찬은 의자에 등을 기대고 앉았다. "아내가 아들의 친구와 잠자리를 한다면 그를 미치게 만들었을 수도 있어요."

토르켈은 빌리를 바라보았다. "계속 설명하도록 해요."

"그는 총기 휴대 허가증이 있어요."

"어떤 총기죠?"

"유니크 T66 매치가 그의 이름으로 등록되어 있어요."

"22 구경탄이네요." 우르줄라가 말했다. 질문보다는 더 많은 정보를 주기 위해서였다. 빌리는 그 말이 맞다고 고개를 끄덕였다.

"또 다른 총기도 있나요?"

"아니요. 그게 전부예요. 그는 구인 회사에서 시스템 관리직으로 일하고 있고, 르노 메간 2008년도산 자동차를 타고 다녀요."

토르켈은 자리에서 일어섰다. "자, 그렇다면 이젠 나가서 울프 슈트란트와 뭔가 얘기를 나눠봅시다."

반야, 세바스찬과 우르줄라도 자리에서 벌떡 일어났다. 빌리는 자리에 그대로 앉아 있었다. 다른 사람들이 울프를 데리고 돌아올 경우에 모든 중요한 증빙 자료들을 필요로 할 것이다. 그걸 준비하는 게 그의 일이었다. 네 사람들이 곧장 회의실을 나가려는 찰나에 문을 두드리며 한저가 1초간 머리만 빠끔히 내밀었다.

"날 위해 1분만 시간 내 줄 수 있나요?" 그녀는 대답도 기다리지 않고 안으로 불쑥 들어왔다.

"우린 바로 나가려는 참이었는데요." 토르켈은 당황해하는 목소리를 숨기지 못했다. 한저는 그 말을 듣고도 무시하기로 결정했다.

"로저 에릭손 사건에서 새로운 거 있나요?"

"우린 울프 슈트란트를 체포하려고 합니다. 베아트리체의 남편이 죠."

"내가 제시간에 잘 온 것 같군요. 방금 전에 난 총경과 얘기를 나누었는데……."

토르켈이 그녀의 말을 가로막았다. "예, 그가 만족스러워하겠네요. 나도 악셀 요한손에 관해 들었습니다. 축하합니다."

토르켈은 몸짓으로 문 쪽을 가리켰다. 걸어 나가면서 계속 얘기하자는 뜻이었지만 한저는 꼼짝도 하지 않았다.

"고마워요. 예, 그가 만족스러워하셨지만 좀 더 만족스러운 일이 있었으면 하시네요."

토르켈은 이런 상황을 잘 알고 있었다. 도대체 그녀가 무엇을 바라고 있는지.

"어제 우리는 상당히 크게 보도했어요. 사건이 해결됐다고 말이죠." 한저가 말했다.

"그건 내 책임이 아니에요. 어제 라그나르 그로스의 일은 많은 걸 암시해주긴 하지만 더 자세히 들여다보면 증명할 방법이 없었어요. 그렇지 않았나요?"

"총경님이 약간 화가 나셨어요. 당신들이 우리한테 말도 하지 않고 베아트리체 슈트란트를 잡아들여서요. 총경님은 앞으로는 체포에 관한 한 베스테로스의 경찰들 중에 누군가가 맡기를 희망하고 계세요."

"나나 내 팀원들이 무엇을 하든 간에 그에게 보고할 의무는 없습니다." 토르켈의 목소리는 더 날카로워졌다. 그는 자신의 권한을 주장하려는 것은 아니었지만 어리석은 배려심을 발휘할 생각도 없었다. 총경은 PR 실수를 한 다음부터 기분이 나빠졌기 때문이다.

"그가 내 일에 대해 나무랄 일이 있다면 왜 그가 직접 이곳으로 오지 않는 거죠?"

한저는 어깨를 움찔거렸다. "대신에 그가 날 여기에 보낸 거예요."

토르켈은 자신에게 찾아온 전령을 방금 사살하고 한저에게 부당하게 행동했다는 것을 깨달았다. 그는 정신을 다시 차리고 머릿속에서 이 상황을 곰곰이 따져보았다. 여기서 그가 얻을 수 있는 게 무엇이며, 잃을 수 있는 것은 또 무엇일까?

"오케이, 좋아요. 우린 누구든지 데려가겠습니다."

"지금은 청소년 수련 시설의 시위에서 폭력 행위가 발생했어요. 게다가 E18가에서는 심각한 사고가 났고요. 그 탓에 인원이 부족해요."

"당신 말은 무슨 말인지 알겠지만 어떤 경우에도 기다릴 수 없어요. 한계가 있단 말입니다."

"아니에요, 당신이 기다릴 필요가 없어요. 당신이 우리 경찰을 대동해야만 한다면 반드시 그래야 하는 이유를, 내가 설명하고 싶었던 겁니다."

한저가 대형 사무실을 향해 머리를 끄덕이기 전에 토르켈은 그녀의 얼굴에서 동정심을 엿볼 수 있었다. 토르켈은 창문을 통해 대형 사무실 쪽을 볼 수 있었다. 그는 그녀의 시선을 놓치지 않았다. 그는 마치 그녀로부터 나쁜 농담을 당한 희생자인 듯이 얼굴 표정을 지으며 돌아섰다.

"당신, 날 엿 먹이고 싶은 거죠!"

밖에는 하랄드손이 책상 쪽으로 기대고 앉아 연필 홀더를 바닥으로 내동댕이치고 있었다.

민간 차량은 노란색 집 앞, 20미터 떨어진 곳에 멈추었다. 차에서는 다섯 명이 내렸다. 하랄드손은 토르켈과 반야와 같이 차 뒷좌석에서 조용히 앉아 있었다. 그들이 경찰서를 출발할 때, 하랄드손이 잡담을 하려고 시도했지만 그의 말에 아무도 관심 있어 하지 않는다는 것을 이내 눈치채고는 바로 입을 다물었다.

이제 그들은 도로를 가로질렀다. 하랄드손, 반야와 토르켈은 우르줄라와 세바스찬보다 몇 발자국 앞서서 걸어갔다. 주거지는 오후 햇살 아래 조용했다. 멀리 어디에선가 잔디 깎는 기계 소리가 윙윙 들려왔다. 세바스찬은 정원 가꾸기에 대해서는 아는 바가 별로 없었지만 4월에 잔디를 깎는다는 것은 너무 이른 게 아닌가 싶었다. 아마도 열성이 넘치는 사람일지도 모른다.

팀원들은 슈트란트 집의 출구 쪽으로 가까이 갔다. 그들이 베아트리체를 고등학교에 데리러 갔을 때 그녀는, 요한이 오후에 학교에서 돌아오면 일반적으로 울프가 집에 있다고 말해주었다. 그가 다니는 구인 회사에서도 이미 퇴근했다고 했으니, 그녀의 말이 맞을 것이다. 왜냐면 가족의 자동차인 르노가 차고 입구에 가지런하게 서 있었다.

자동차 쪽으로 달려간 반야는 구석의 뒷바퀴 옆으로 갔다. 그녀가 다른 동료들을 쳐다볼 때에는 그녀의 눈빛이 기대감으로 반짝거렸다.

"피렐리 타이어에요."

우르줄라도 반야 옆으로 서둘러 가서는 그녀 옆에 쪼그리고 앉았다. 그녀는 카메라를 가져와 타이어 사진을 찍었다.

"P7이네. 우리가 찾는 타이어와 일치해요."

우르줄라는 주머니에서 작은 칼을 꺼내들고서 타이어 홈에서 흙과 먼지를 조금 긁어냈다. 반야는 자리에서 일어나 우르줄라 주변을 돌아 트렁크 쪽으로 갔다. 그녀는 손잡이를 잡았다. 닫혀 있지 않았다. 그녀가 이상하다는 눈빛으로 토르켈을 쳐다보자, 그가 기운을 내어 고개를 끄덕였다. 반야는 트렁크 뚜껑을 열었다. 토르켈은 그녀 옆으로 다가왔고, 그들은 거의 텅 빈 트렁크 내부를 같이 살펴보았다. 양쪽 사이드 덮개는 검은색이어서 이곳에 혈흔이 있는지를 확인하려면 합당한 장비 없이는 불가능했다. 트렁크 바닥에는 플라스틱 발판이 있었다. 발판은 새것이었다. 그 아래쪽에는 커다란 보관용 칸 두 개가 뚜껑으로 덮여 있었다. 아마도 예비타이어나 경고 삼각대, 안전장치와 별 볼일 없어 보이는 다른 물건들이 들어 있을 것이다. 물론 그 위에 있는 뚜껑은 뭔가 관심을 끌 만했다. 뚜껑 위에는 회색의 니들펠트가 덮여 있었기 때문이다. 어쨌든 간에 가장자리 천은 회색이었다. 가운데부터는 커다랗고 거무칙칙한 얼룩이 퍼져 있었다. 토르켈과 반야는 이미 꼬들꼬들하게 굳은 혈흔을 많이 보았던 터라 이 모습이 무엇을 의미하는지 이내 알아보았다. 게다가 여기서 나는 냄새 때문에 그들의 생각은 의심할 여지가 없었다. 그들은 단번에 문을 닫았다.

세바스찬은 그들이 긴장된 표정으로 안을 들여다보는 모습을 지켜보면서 뭔가를 발견했음을 알 수 있었다. 뭔가 결정적인 것을.

마침내 그들은 제대로 찾아왔다. 세바스찬은 서둘러 집 쪽으로 향했다. 순간적으로 2층 창문에서 뭔가 움직이는 모습이 보였던 것 같아서였다. 그는 눈을 떼지 않고 계속 바라보았다. 아무것도 없었다. 모든 게 조용했다.

"세바스찬⋯⋯."

토르켈이 그를 불렀다. 세바스찬은 다시 한 번 2층 창문 쪽을 바라본 뒤에야 토르켈 쪽으로 시선을 돌렸다.

살인자가 아닌 남자는, 그들이 출입구 쪽으로 걸어 들어와 멈춰 서 있는 것을 보았다. 자동차 옆에서. 그는 줄곧 잘 알고 있었다. 자동차가 약점인 것을.

운명적인 금요일 이후에 그는 차를 폐차할까 하는 생각도 했지만 그 반대 결정을 내렸다. 만약 폐차한다면 어떻게 설명해야 할까? 아직 쓸 만한 자동차를 무엇 때문에 폐차했다고 할 것인가? 만약 그렇게 한다면 곧바로 의심받을지도 몰랐다. 결국 그는 폐차 대신에 자신이 할 수 있는 일을 했다. 청소하고 박박 문질렀다. 트렁크에는 새 발판을 깔았고, 팔기 위해 인터넷의 자동차 중고시장에 내놓았다. 두 명의 관심 있는 사람들이 있어서 자동차를 보았지만 그들 중에 어느 누구도 맘에 들어 하지 않았다. 그는 트렁크의 보관용 칸 두 곳에 새 뚜껑을 두개 주문했는데 다음 주나 받아볼 수 있었다.

너무 늦었다.

이곳, 자동차 쪽에 경찰이 와 있었다. 여자 둘이 뒷바퀴 쪽에서 무릎을 꿇고 있었다. 그가 흔적을 남겨놓은 것은 아닐까? 어쩌면. 살인자가 아닌 남자는 마음속으로 저주를 퍼부었다. 그가 이 상황을 모면할 수 있을까? 새 타이어를 구하는 것은 간단했다. 하지만 지금에 와서?

너무 늦었다.

그렇다면 그가 할 수 있는 일은 단 한 가지였다. 밖으로 나가서 자백하는 것. 자신의 죄를 받아들이는 것밖에. 어쩌면 그들이 그를 이해해

줄지도 모른다. 그를 이해는 하겠지만 용서하진 않을 것이다. 절대로 용서하진 않을 것이다.

아무도 그를 용서해줄 수는 없다. 용서를 구한다는 것은 이해뿐만 아니라 후회하는 마음도 있어야 할 것이다. 그런데 그는 여태까지 그런 마음을 한 번도 느끼지 못했다.

그는 불가피했기에 일을 저지를 수밖에 없었다. 그렇게 오랫동안 지탱할 수 있었다.

하지만 이제는 이 일도 끝이 났다.

"그가 무기를 갖고 있어요. 제발 극도로 조심해야 해요." 토르켈은 자신을 둘러싸고 한데 모인 팀원들에게 거의 속삭이는 듯한 낮은 목소리를 내며 집 안으로 들어가기 전에 어찌해야 할지 지시했다. "벽 쪽에 바짝 붙어서 들어가야 되요. 반야, 당신은 뒤쪽을 맡아요."

모두들 신중하게 고개를 끄덕였다. 반야는 몸을 약간 숙인 채로 집 뒤편으로 사라지면서 무기를 꺼내들었다.

"우르줄라, 당신은 집 옆으로 가요. 혹시나 그자가 창문을 통해 옆집으로 도망갈지도 모르니까. 세바스찬, 당신은 뒷마당에 있고요."

세바스찬은 토르켈의 지시를 따르는 데 아무런 문제가 없었다. 이런 경찰 일에는 상당한 흥미가 있었기 때문이다. 그는 팀원들이 로저 에릭손이라는 행방불명된 열여섯 살 소년에 관해 처음 들은 이후부터 지금까지 이 순간을 학수고대했다는 것을 알고 있었지만, 체포 그 자체는 그에게 아무런 의미가 없었다.

그에게는 여행이 전부였고, 목표는 아무것도 없었다.

토르켈은 하랄드손 쪽을 쳐다보았다.

"우리 둘이 초인종을 눌러봅시다. 당신이 무기를 아래쪽으로 겨누고 옆에 서 있었으면 좋겠는데요. 우리가 그를 놀라게 해서는 안 됩니다. 이해하시겠어요?"

하랄드손은 고개를 끄덕였다. 아드레날린이 혈관에서 요동쳤다. 이번 일은 중대하면서도 실제로 겪어야 할 일이었다. 그는 로저 에릭손의 살인범을 체포할 것이다. 혼자서 하는 일은 아니지만 어쨌든 간에.

그는 현장에 나와 있으며, 이번 일에 직접 참여하고 있었다. 무기를 꺼내든 그는 토르켈과 함께 집 현관문 앞으로 다가서자 그의 귀에서는 윙윙거리는 소리가 들려왔다.

그들은 현관문 고리가 아래쪽으로 살짝 내려가는 것을 보고서야 몇 발자국 움직였다. 토르켈은 눈 깜짝할 사이에 무기를 꺼내들고는 문 쪽을 겨누었다. 하랄드손은 토르켈을 슬쩍 쳐다보았다. 무기를 아래로 내리고 있으라는 명령은 더 이상 유효하지 않으며 자신의 권총도 위를 겨누어야 한다는 것을 알았다. 그리고 서서히 문이 열렸다.

"밖으로 나갑니다." 집 안에서 들려오는 소리였다. 한 남자의 목소리.

"천천히 나와요! 내가 당신 손을 볼 수 있도록 올리고요!" 토르켈은 집 문에서 4에서 5미터 정도 떨어진 곳에 서 있었다. 하랄드손도 그가 하라는 대로 따라했다. 문과 문틀 사이의 틈으로 발 한 짝이 나타나더니 마침내 쑥 밀려 나오는 게 보였다. 울프 슈트란트는 양손을 올린 채로 밖으로 나왔다.

"당신이 날 찾고 있는 것 같군요."

"멈춰요!"

울프는 명령에 따랐다. 그는 경찰들이 무기를 겨누고 다가오는 모습을 지켜보고 있었다. 우르줄라와 반야는 집 옆면에서 나왔는데, 그들도 무기를 겨누고 있었다.

"돌아서요!"

울프는 돌아서서 먼지 쌓인 복도를 태연하게 바라보았다. 토르켈은 자신이 직접 울프에게 다가서는 동안에 하랄드손에게는 지금 그대로 있으라고 눈짓했다.

"무릎을 꿇어요!"

울프는 그의 명령대로 행동했다. 그러자 이내 바닥의 굵은 돌들이 그의 무릎 속으로 파고들었다. 토르켈은 몇 걸음 앞으로 걸어갔다. 그러고는 한 손으로는 울프의 목덜미를 잡고 있는 동안에 다른 손으로는 그의 몸을 샅샅이 뒤졌다.

"내가 했어요. 내가 그를 죽였어요."

토르켈은 수색을 마치고서 울프를 다시 일으켜 세웠다. 다른 경찰들은 권총집에 권총을 다시 넣었다.

"나라니까요. 내가 그를 죽였어요." 울프는 같은 말을 반복해서 말하고는 토르켈의 얼굴을 쳐다보았다.

"그래요. 그 말 다 들었습니다." 토르켈은 수갑을 채우려고 준비하고 있는 하랄드손에게 고개를 끄덕였다.

"양손을 등 뒤로 하세요."

울프는 거의 애원하는 눈빛으로 토르켈을 쳐다보았다.

"당신이 어떤 식으로든지 이 물건을 면해주도록 해줄 순 없나요? 아주 정상적으로 여기서 나가도록 해주시면 좋겠습니다. 그래야 요한이 날 범죄자로 보지 않을 테니까요."

"요한이 집에 있나요?"

"예, 그 애가 2층 자기 방에 있어요."

소년이 무슨 일이 일어났는지를 아직까지 보지도 듣지도 못했다고 할지라도 언젠가는 자기 방을 나올 것이다. 그렇다면 소년은 빈 집을 발견해서는 안 될 것이다. 그는 대화를 나눌 수 있는 누군가를 필요로 했다. 토르켈은 반야를 자기 쪽으로 불렀다.

"당신이 소년 옆에 남아 있어요."

"예."

토르켈은 다시 울프 쪽으로 돌아섰다.

"그럼 이제 우린 갑시다."

머리를 뒤로 돌려 울프는 어깨 너머로 집 안을 돌려다 보았다.

"요한, 나 잠시 경찰이랑 같이 갔다 올게. 엄마가 곧 집에 올 거야!"

대답이 없었다. 토르켈은 울프의 한쪽 팔을 잡았다. 하랄드손은 수갑을 집어넣고는 울프의 다른 쪽 팔을 맡았다. 그들은 울프 슈트란트를 사이에 두고 자동차까지 걸어가기 시작했다. 그들이 세바스찬 옆으로 지나가자 그는 그들과 합세했다.

"당신이 언제부터 알고 있었던 거요?"

울프는 정말로 당혹스러운 표정으로 세바스찬을 쳐다보면서, 오후의 햇살 때문에 눈을 깜박거렸다.

"내가 언제부터 알고 있었냐고요? 당신 아내가 로저 에릭손과 관계를 맺었다는 걸 알았을 때부터요."

잠시 동안 너무 놀란 나머지 울프의 눈이 휘둥그레졌다는 걸, 세바스찬은 느낄 수 있었다. 쇼크와 믿을 수 없다는 표정이 불현듯 그의 얼굴에 나타났다. 울프는 얼굴 표정을 다시 가다듬기 위해 눈을 내리깔았다.

"음…… 한참 동안……."

세바스찬은 깜짝 놀라 멈칫했다. 그의 몸이 경직되었다. 방금 전에 본 울프의 표정이 무엇을 뜻하는지 알 수 있었다. 남자는 정말로 소스라치게 놀랐다. 그 남자는 세바스찬이 그에게 말해주기 전에는 그의 아내와 아들의 절친한 친구가 무슨 짓을 했는지 새까맣게 모르고 있었던 것이다. 순식간에 세바스찬은 팀원들 쪽을 쳐다보았다.

"이번 일이 뭔가 수상해요."

토르켈은 멈춰 섰다. 하랄드손과 울프까지도. 울프는 여전히 자신의 발만 물끄러미 쳐다보고 있었다.

"당신 무슨 말하는 거예요?"

"이 남자는 아무것도 모르고 있어요!" 세바스찬은 몇 발자국 토르켈 쪽으로 걸어갔다.

"뭐라고요? 당신 무슨 말 하는 거요?"

세바스찬은 팀원들에게 말할 때에야 비로소 자신의 말이 무슨 뜻인지 알았다.

"이자가 아니에요."

누군가 세바스찬의 말에 반응하기도 전에 한 발의 총소리와 울부짖는 소리를 들을 수 있었다. 울프 쪽으로 돌아선 세바스찬은 하랄드손이 가슴을 부여잡고 진입로 바닥에 쓰러져 있는 것을 보았다.

"총이다!"

우르줄라는 앞쪽으로 몸을 던지더니, 피를 철철 흘리고 있는 하랄드손을 단박에 르노 자동차 뒤편으로 끌고 왔다. 안전보장을 위해서였다. 토르켈도 재빨리 반응했다. 그는 울프 슈트란트를 옆으로 밀치고는, 공격을 피하기 위해 몸을 구부린 채로 그 뒤를 따랐다. 몇 초 되지 않아 그들은 출입구를 벗어났다. 세바스찬이 잠시 동안 뒤를 돌아본 몇 초 사이에. 그가 아까 전에 보았던 2층 창문에서는 지금 총부리가 돌출되어 있었다. 그 안에는 창백한 어린아이의 얼굴이 보였다.

"세바스찬!"

토르켈이 소리쳤다. 세바스찬은 팀원들이 본능적으로 행동하고 있다는 것을 눈치챘다. 오랜 기간의 트레이닝으로 인해 그들은 곧바로 안전한 곳으로 피할 수 있었던 것이다. 하지만 그는 여전히 진입로 쪽에 서 있었다. 고스란히 잘 보이는 곳에. 다시 창문 쪽을 바라보았을 때, 그는 총부리가 왼쪽으로 움직이는 것을 목격할 수 있었다. 자신이 서 있는 방향으로. 이제 그는 서둘러야 했다. 문 쪽으로 냅다 달렸다. 몇 발자국 집 가까이로 다가서자 바로 뒤편 돌바닥으로 총알 한 발이 내리꽂히는 소리가 들렸다. 그는 더 빨리 달렸다. 누군가 열린 문에서 그 앞으로 나타났다. 반야였다. 그녀는 무기를 들고 있었다.

"여기서 뭐 하는 거예요?"

세바스찬은 자신이 집 쪽으로 너무 가까이 있어서 위층 창문을 통해 자신을 맞출 수 있는 각도가 아니라고 확신했다. 그렇다고 해서 반야에게 가장 최신의 정보를 주기 위해 이대로 서 있을 수도 없는 일이었다. 그는 복도 안으로 뛰어 들어갔다. 안전한 곳으로. 그러자 반야가 순식간에 옆으로 왔다.

"세바스찬, 여기서 뭐 하는 거예요?"

세바스찬은 숨을 거칠게 몰아쉬었다. 그의 심장은 미친 듯이 뛰었고, 맥박 뛰는 소리가 귓가에 들려오는 것 같았다. 너무 힘들어서가 아니라 15초 동안에 1년치 아드레날린이 다 소모되었기 때문이었다.

"그 애가 저 위에 있어요." 세바스찬이 헐떡거리며 말했다. "무기를 갖고서요."

"누구 말이에요?"

"요한이요. 그 애가 하랄드손을 쐈어요."

그 순간 그들은 위층에서 나는 소리를 들었다. 반야는 성급하게 몸을 돌리더니 계단 쪽을 향해 총을 겨누었다. 하지만 아무도 내려오지 않았다. 다시 조용해졌다.

"당신 말 확실해요?"

"내가 그 앨 봤어요."

"무엇 때문에 그 애가 하랄드손을 쏜 거죠?"

세바스찬은 어깨를 움찔거렸다. 그러고는 떨리는 손으로 가방에서 핸드폰을 꺼내들었다. 그는 번호를 눌렀다. 통화중이었다. 세바스찬은 다른 번호를 눌렀다. 마찬가지로 통화중이었다. 아마도 토르켈이 지원을 촉구하는 전화를 거는 중일 것이다. 무장한 대원들을 증원하기 위해서.

세바스찬은 자신의 생각을 가다듬어 보려고 노력했다. 그가 지금 알고 있는 사실이 무엇일까? 위층에 경찰을 저격한 10대 소년이 있다는 것. 심리적으로 불안정한 한 소년이. 만약 그가 어머니에게 많이 의지했다면 그전부터 심리 상태가 불안정했을지도 모른다. 좀 전에 경찰들이 그에게서 아버지를 빼앗아가려는 것을 봤다면 그는 아마도 감정이 격해졌을 것이다. 어쩌면 그는 로저 에릭손 살인 사건에 연루되어 있어서, 그의 세상이 송두리째 무너지는 것 같은 느낌을 받고 있을지도 모른다.

세바스찬은 계단으로 향했다. 반야는 그를 말리려고 그의 가슴을 잡았다.

"어디 가려는 거예요?"

"2층이에요. 그 애와 얘기를 좀 해야겠어요."

"안 돼요. 그래서는 안 돼요. 우리는 증원군이 올 때까지 기다려야 돼요."

세바스찬은 깊게 숨을 들이마셨다.

"그 애는 열여섯 살이에요. 두려워하고 있다고요. 지금 자기 방에 갇혀 있어요. 만약 증원군을 보고 더 이상 탈출구가 없다고 생각한다면 방아쇠를 자기 자신한테 겨눌지도 몰라요." 세바스찬은 심각한 눈빛으로 반야를 바라보았다. "난 그런 일이 일어나기를 원치 않아요. 당신도 그렇죠?"

반야는 그의 눈을 쳐다보았다. 그들은 아무 말도 하지 않고 서 있었다. 세바스찬은 반야가 이 얘기를 얼마나 신중하게 고려하고 있는지 알 수 있었다.

플러스와 마이너스. 이성과 감정.

만약 그녀가 계단 위로 올라가지 못하도록 막는다면 어찌해야 할까? 세바스찬은 그녀를 어떻게 설득해야 할지 곰곰이 생각해보았다. 어려운 일일 테지만 어떻게든지 해야만 했다. 만약 누군가 서둘러 요한과 만나지 않는다면 그가 곧 죽을지도 모른다는 생각으로 세바스찬의 머리가 꽉 차 있었다. 그리고 이런 일은 절대로 일어나서는 안 된다는 것도. 마침내 그의 말에 반야는 고개를 끄덕이며 길을 비켜주었다. 세바스찬은 그녀 옆을 지나갔다.

"토르켈에게 전화해서 말해주세요. 내가 소년한테 올라갈 테니 제발 기다려달라고요."

반야는 고개를 끄덕였다. 세바스찬은 마지막으로 깊은 숨을 들이마셨다. 그러고는 계단 난간을 잡고서 계단에 첫발을 올려놓았다.

"행운을 빌어요." 반야는 그의 팔을 부드럽게 어루만졌다.

"고마워요."

세바스찬은 서서히 계단 위로 올라가기 시작했다.

계단은 작은 복도에서 끝이 나는데, 여기서부터 왼쪽으로는 2층으로 올라갈 수 있었다. 문은 네 개였다. 복도의 끝에서 오른쪽으로 두 개, 왼쪽과 직선 방향으로 각각 한 개씩. 하얀 페인트칠 벽에는 플래카드 액자, 사진들과 어린아이 그림들이 아무렇게나 걸려 있었다. 바닥에는 먼지 낀 붉은색 카펫이 깔려 있었다. 카펫의 넓이는 복도보다 몇 센티미터 작았다. 세바스찬은 닫혀 있는 문들을 보고 곰곰이 생각해보았다. 현관문이 요한의 방 창문과 같은 방향이었다. 계단의 위치를 고려해본다면 앞쪽에 있는 닫힌 문이 요한의 방으로 통할 것이다. 세바스찬은 그곳으로 조심스레 몇 발자국을 걸어갔다.

"요한……?"

아무 말도 없었다. 세바스찬은 오른쪽 벽으로 붙었다. 바로 문 앞에 서 있는 게 뭔가 꺼림칙했다. 그는 유니크 T66 매춰의 총알이 안쪽 문을 관통할 수 있다는 것을 알진 못했지만 그 사실을 알고 싶어 하지도 않았다.

"요한, 나 세바스찬이야. 나 기억하니?"

"꺼져요!" 방 안에서 희미하게 소리가 들렸다. 세바스찬은 숨을 내쉬었다. 접촉. 가장 중요한 첫걸음이었다. 그럼, 이제는 다음번 발걸음을 내딛을 수 있을 것이다. 그는 이 방 안으로 들어가야만 했다.

"나 너랑 대화를 나누고 싶어. 허락해줄 수 있겠니?"

대답이 없었다.

"우리가 조금만 얘기를 나눌 수 있다면 좋을 텐데. 난 사실 경찰이 아니야. 너도 이 사실을 알고 있지? 난 심리학자란다."

그의 말이 끝날 무렵 고요한 침묵 속에서 저 멀리 사이렌 소리가 어렴풋하게 들렸다. 그는 마음속으로 두려웠다. 저 밖에서 도대체 무슨 짓을 하고 있는 걸까? 소년을 더 불안하게 만들고 있는 게 아닌가! 세바스찬은 이 방 안으로 들어가야만 했다. 그것도 지금 당장에.

그는 있던 자리를 바꾸어 문의 왼쪽 벽으로 붙었다. 한 손으로 조심스레 문고리를 잡았다. 문고리는 차가웠다. 그 순간 세바스찬은 자신이 얼마나 땀을 흘리고 있는지를 느낄 수 있었다. 그는 다른 손으로 이마를 닦았다.

"난 그저 너랑 얘기를 나누고 싶단다. 그밖에 다른 이유는 없어. 내가 약속하마."

대답이 없었다. 사이렌 소리는 갈수록 더 가까워졌다. 이제 그들은 바로 앞 도로가에 도착했을 것이다. 세바스찬은 목소리를 높였다.

"내 말 들리니?"

"제발 꺼져주지 않을래요?" 요한의 목소리가 위협적이기보다는 오히려 체념하고 감정을 억누르는 것처럼 들렸다. 그가 울고 있는 것일까? 방금 전에 막 포기한 것일까? 세바스찬은 다시 한 번 깊게 숨을 들이마셨다.

"나, 이제 문 열 거다." 그는 문고리를 아래로 돌렸다. 안에서는 눈에 띄는 반응이 없었다. 문이 바깥쪽으로 열리자 세바스찬은 문을 10센티미터가량 열어놓았다.

"내가 문을 활짝 열고 들어갈 거야. 괜찮지?"

또다시 침묵밖에는 아무런 인기척이 없었다. 세바스찬은 여전히 벽쪽에 붙어 있으면서, 두 번째 손가락으로 문틈을 더듬으며 문을 조심스레 좀 더 밀었다. 그는 집중하기 위해 잠시 눈을 감았다.

그러고 나서 그는 한 발자국을 앞으로 내딛고는 문과 문틀의 중간 정도에 섰다. 양손이 잘 보일 수 있도록.

창문 아래, 바닥에 앉은 요한은 양손으로 무기를 들고 있었다. 그는 세바스찬의 등장에 완전히 놀란 듯한 얼굴 표정을 지으며 쳐다보았다. 당황하고, 쇼크를 받은 상태로. 그래서 위험했다. 세바스찬은 움직이지 않고 문에 서 있었다. 그는 아주 따사로운 눈으로 요한을 주시했다. 그는 아주 작아 보였지만 아주 심하게 상처를 받은 것처럼 보였다. 그의 얼굴은 창백하고 땀으로 흠뻑 젖어 있었다. 빨갛게 달아올라 움푹 꺼진 눈 아래에는 다크서클이 가득했다. 아마도 수면부족 때문일 것이다. 여태껏 일어난 일이 요한의 짓이라는 생각이 그를 괴롭혔다. 이제는 더 이상 되돌아갈 수 없는 이 지경까지. 가장 큰 위험 요소는 그가 압박을 너무 많이 받고 있다는 것이었다. 실제 세계에서 그를 둘러싸고 있던 얇은 벽이 무너졌다는 것. 세바스찬은 소년이 얼마나 긴장하고 있는지 알 수 있었다. 그의 턱은 창백한 뺨 아래에서 덜덜 떨고 있었다. 순식간에 요한은 세바스찬에 대한 모든 관심을 잃어버리고 다시 창문 쪽으로 온통 관심을 돌렸다. 그리고 그는 현관문 앞에서 무슨 일이 벌어지고 있는지 살펴보았다. 문틀에 서 있던 세바스찬은 한 대의 구급차와 두 대의 순찰차량들이 도착하는 모습을 볼 수 있었다. 활기가 넘쳐흘렀다. 그는 무장하고 있는 한 남자와 토르켈이 얘기를 나누고 있는 모습도 보았다. 무장한 남자는 지금 도착한 특수 무장팀에 속하는 것 같았다. 요한은 무릎에 있던 무기를 들어 세바스찬을 겨누었다.

"저들한테 말해요. 여기서 당장 나가라고."

"난 그럴 수 없어."

"제발 날 내버려둬요."

"그들은 돌아가지 않을 거다. 네가 경찰관을 쐈잖니."

요한은 정신을 집중하며 눈을 깜박였는데, 뺨에는 눈물이 주르륵 흘러내렸다. 세바스찬은 한 발작 방 안으로 들어갔다. 요한은 깜짝 놀란 나머지 몸을 움찔거리며 무기를 들어 올렸고, 세바스찬은 곧바로 자리에 멈춰 섰다. 그는 방어적이면서도 달래는 몸동작으로 양손을 내밀었다. 요한의 시선은 분주하게 방 주위를 여기저기 맴돌았다.

"나 여기 좀 앉고 싶구나."

세바스찬은 한 발작 옆으로 내딛었다. 그러고는 열린 문 옆에서 벽에 등을 기대고는 바닥 쪽으로 스르륵 미끄러지듯이 앉았다. 요한은 한시도 그를 눈에서 떼지 않았지만 총부리를 내렸다.

"무슨 일이 일어났는지, 나한테 설명해줄 수 있겠니?"

요한은 머리를 가로저었다. 그는 몸을 돌려 도로가의 움직임을 다시 주시하였다.

"저들이 날 데리러 오나요?"

"아니. 내가 여기 있는 동안은 아니란다." 세바스찬은 다리를 조심스레 앞으로 뻗었다. "난 시간이 아주 많은 사람이야."

요한은 고개를 끄덕였다. 세바스찬의 생각으로는 소년의 어깨가 약간 아래로 처진 것 같았다. 그가 약간 긴장을 푼 것일까? 겉으로 보기엔 그랬다. 그럼에도 요한의 머리는 작은 새의 머리처럼 갑작스럽게 짤랑짤랑 움직이고 있었다. 창문 밖에서 무슨 일이 벌어지고 있는지 알고 싶을 때마다. 총기는 다시 세바스찬을 향했다.

"사람들은 자신들이 사랑하는 것을 보호하고 싶어 해. 그건 당연한

일이야. 그리고 네가 아버지를 정말로 사랑하고 있다는 것도 이해할
수 있고."

여전히 소년은 아무런 반응을 하지 않았다. 아마도 그는 집 앞에서
무슨 일이 일어나고 있는지 더 이상 알 수 없었기에 오로지 신경을 바
깥에 집중하고 있을지도 모른다. 만약 그게 아니라면 세바스찬의 말을
그냥 듣지 않고 있을지도 모르는 일이었다. 세바스찬은 아무 말도 하
지 않았다. 그들은 계속해서 앉은 채로 있었다. 열린 창문 사이로 세바
스찬은 바퀴 달린 들것을 아스팔트 위로 미는 소리와 잠시 뒤에 병원
차 문이 다시 닫히는 소리를 들을 수 있었다. 하랄드손이 수송되고 있
는 것 같았다. 감정을 누그러트린 목소리와 발자국들. 자동차 한 대가
시동을 걸더니 출발했다. 잔디 깎는 기계는 바깥 어디에선가 아직도
작업 중이었다. 그곳의 삶은 여전히 납득할 만하고 이해할 만한 모양
이었다.

"나도 내가 사랑하는 사람들을 지켜주려고 했단다. 물론 성공하지는
못했지만."

어쩌면 세바스찬의 목소리에서는, 창문 밖의 증원팀들이 거의 다 도
착했으니 바깥에 더 이상 신경 쓸 필요 없다는 뜻이 담겨져 있을지도
모른다. 어쨌든 간에 요한은 세바스찬 쪽을 바라보았다.

"무슨 일이 있었나요?"

"그들은 죽었어. 내 아내와 내 딸."

"어쩌다가요?"

"물에 빠져 죽었어. 쓰나미가 몰려왔을 때. 너, 기억나니?"

요한은 고개를 끄덕였다. 세바스찬은 그를 줄곧 쳐다보고 있었다.

"난 그들을 다시 얻기 위해 모든 일을 다 했단다. 우리가 다시 한 가

족이 될 수 있도록 말이야."

세바스찬이 희망하고 있는 바대로 그의 말이 소년의 마음을 조금씩 움직이고 있는 것 같았다. 분명히 이는 소년이 공감할 수 있는 것이었다. 가족. 그들이 더 이상 존재하지 않을 경우에 남겨놓은 빈자리. 베아트리체는 요한이 그리움 탓에 병들었다고 설명했다. 가족, 완벽한 가족의 이미지. 아무도 이러한 이미지를 흔들어놓지 못하도록 요한이 얼마나 노심초사했을까? 세바스찬은 짐작하기 시작했다.

요한은 아무 말도 하지 않았다. 세바스찬은 앉은 자세가 불편했다. 조심스레 그는 바닥에서 무릎을 들어 올리고는 아래팔을 올려놓았다. 요한은 이 행동에 반응하지 않았다. 그래서 그들은 한동안 아무 말도 하지 않고 마주 앉아 있었다.

요한은 아랫입술을 깨물었다. 창밖을 보고 있었지만 더 이상 아무것도 관심이 없다는 듯이 그의 시선은 멍하니 앞을 응시하고 있었다.

"난 로저를 죽이고 싶지 않았어요."

세바스찬은 이 말을 이해하기 쉽지 않았다. 요한은 꽉 물고 있는 치아 사이로 나지막하게 말했기 때문이다. 세바스찬은 잠시 눈을 감았다. 그는 울프의 살인 동기가 없다고 눈치챘을 때 이미 예상하고 있었지만 그래도 소년의 말을 믿고 싶지는 않았다. 비극은 어차피 충분히 컸다.

"난 로저의 어머니 레나한테 설명했어요. 로저의 어머니가 모든 걸 다 끝내주길 바라면서요. 하지만 아무 일도 일어나지 않았어요. 모든 게 그대로 진행됐어요."

"로저와 너의 어머니 일 말이니?"

요한은 계속해서 창밖을 바라보았다. 시선은 여전히 저 바깥, 한 지점을 향하고 있었다. 저 멀리, 어느 곳에.

"엄마가 예전에도 다른 사람을 만났어요. 당신도 그걸 알고 있나요?"

"응. 비르거 프란첸."

"그때는 아빠가 그냥 집을 나가셨어요."

세바스찬은 그 다음 말을 기다렸지만 더 이상은 아무 소리도 없었다. 요한은 마치 세바스찬이 알아서 그 다음 말을 설명해주길 바라는 것 같았다.

"너, 아빠가 다시 없어질까 봐 두려웠니?"

"아빠는 분명히 그렇게 하실 거예요. 이번에는 더 심각하니까요."

요한의 목소리는 아주 단호하게 들렸다. 그래서 세바스찬은 하고 싶은 마음이 있더라도 그의 말을 반박할 수 없었다. 나이 차이. 여선생과 남학생의 관계. 그것도 아들의 절친한 친구와. 이러한 기만은 의심할 여지없이 더 심각하게 받아들여질 것이다. 그리고 용서하지 못할 것이다. 특히나 울프와 같은 남자에게는. 아내의 잘못을 한 번도 용서해주지 못한 남자라면.

"그들이 서로 함께하고 있다는 걸, 넌 어떻게 알았니?"

"그들이 서로 키스하는 걸 한 번 봤어요. 그리고 나는 로저가 누군가와 같이 잘 지낸다는 걸 알았죠. 로저가 여러 번 말했으니까요……. 그들이 뭘 하는지. 하지만 난……."

요한은 말을 끝맺지 못했다. 어쨌든 간에 그의 목소리는 크지도 않았다. 소년은 이런저런 생각을 하고 있는 것처럼 고개를 마구 흔들었다. 세바스찬은 그런 그의 모습을 바라보면서 기다렸다.

과정은 이미 진행 중이었다. 요한이 이미 입을 열었기 때문에 지금 당장은 입을 다물지 않을 것이다. 그는 말하고 싶어 했다. 비밀로 하는 것은 무거운 짐이었다. 죄책감까지 더해지면 비밀 때문에 사람이 망가질 수 있었다. 세바스찬은 소년이 한결 마음을 가볍게 먹고 있다는 것을 확신했다. 소년한테서 심리적인 변화가 일고 있다고 믿고 있었다. 어깨는 좀 더 아래로 축 늘어지고 치아는 더 이상 악물고 있지 않았다.

그래서 세바스찬은 계속해서 기다렸다.

요한은 누군가 같이 방에 앉아 있다는 사실을 잊어버린 것 같았다가, 갑자기 다시 말을 하기 시작했다. 그의 머릿속에서는 한 편의 필름이 돌아가고 있는 듯이, 그는 자신이 보고 있는 것을 그대로 말했다.

"로저가 여기 우리 집으로 전화를 했어요. 엄마가 전화를 받았죠. 아빠는 아직 사무실에 계시고요. 난 그들이 다시 만나려고 한다는 걸 알았어요. 엄마는 소위 산책을 간다고 하셨죠." 요한은 마지막 문장을 말할 때에는 경멸하는 투로 말을 내뱉었다. "난 그들이 어디로 가서 무슨 짓을 하는지 다 알고 있어요."

말은 더 빨라졌다. 그의 시선은 여전히 저 먼 곳을 향하고 있었다. 아마도 요한만 다가설 수 있는 곳일 것이다. 마치 그가 그곳에 있는 것처럼……

요한은 축구장에서 기다렸다. 숲 가장자리에 숨어서. 그녀가 보통 로저를 어디서 내려주는지 그는 알고 있었다. 요한이 그 사실을 알기도 전에 로저가 한 번 설명해주었다. 지금 그는 학교 차 S60이 주차장 가까이 들어오는 모습을 보았다. 자동차는 멈췄지만 아무도 내리지는 않았다. 그들이 그곳 자동차 안에서 무슨 이상한 짓을 하고 있는지, 요한은 단 한 번도 생각하고 싶은 마음이 없었다. 그는 그 자리에 앉았다. 집에서 가져온 총기를 바닥에 내려놓고서 한 발로 매만졌다. 그렇게 한참 있다 보니 자동차의 실내등이 켜지고 누군가 내리는 모습이 보였다. 그건 로저였다. 요한은 로저가 뭐라고 부르는 소리를 들은 것 같았지만 대체 무슨 소리를 하는지 알아들을 수는 없었다. 로저는 빠른 걸음걸이로 축구장으로 걸어오다가 마침내 요한이 있는 쪽으로 왔다. 요한은 자리에서 일어나 무기를 들었다. 요한이 그를 부르자, 로저는 집으로 가는 길로 곧장 달려갔다. 로저는 잠시 멈칫하고는 숲 속을 살펴보았다. 요한이 나타나자 로저는 그를 바라보며 고개를 힘껏 내저었다. 반가워하지 않았다. 놀라지도 않았다. 두려워하지도 않았다. 요한의 등장은 지금 이 순간 로저가 결코 바라지 않은 문제라는 듯이 반응했다. 요한은 몇 발자국 그에게 다가섰다. 로저가 울고 있는 것처럼 보였다. 그가 요한의 오른쪽 다리 옆에서 흔들거리는 무기를 본 것일까? 만약 그렇다 하더라도 그는 그 점에 대해서는 한 마디 말이 없었다. 그는 요한에게 무엇을 원하는지 물었다. 요한은 자신의 의견을 정확히 설명했다. 로저가 다시는 자신의 집에 오지 말아주기를 원했다. 로저가 가능한 모든 방법을 써서라도 요한과 자신의 가족으로부터 멀어지기를 원했다. 요한은 자신의 말이 얼마나 중요한지 강조하기 위해 무기를 들었다. 하지만 로저는 요한이 생각했거나 희망했던 대로는 전혀 반응하지 않았다. 로저는 소리쳤다.

어차피 이 모든 게 지랄 같다고. 그의 모든 삶이 의미가 없어졌다고. 요한은 저주받을 바보 천치라고. 그러니 지금은 요한과 말하고 싶지 않다고.

그는 울었다. 그러고서 그는 갔다. 요한으로부터 멀리. 하지만 그는 그대로 놔둘 수는 없었다. 지금은 안 된다. 이렇게는 안 된다. 뭔가 변

582

화를 주겠다고 로저는 약속하지 않았다. 관계를 끝내겠다고 약속하지 않았다. 로저는 아무것도 약속하지 않았다. 이 일이 요한에게 얼마나 심각하고 중요한지, 로저는 이해하지 못하는 것 같았다. 그는 로저에게 이 일을 이해시키고 싶었다. 하지만 그는 로저의 행동을 저지하지 못했다. 요한은 무기를 들었다. 로저를 불렀다. 멈춰 서라고. 로저가 멈추지 않고 계속해서 뛰어가는 모습이 보였다. 다시 불렀다. 로저는 어깨 너머로 가운뎃손가락을 세워 보였다.

요한은 방아쇠를 당겼다.

"내가 원했던 건, 로저가 내 말을 들어주는 거밖에 없었어요." 요한은 세바스찬을 바라보았다. 그의 뺨은 축축이 젖어 빛나고 있었고, 힘이 다 빠진 상태였다. 양손에는 무기를 들고 있을 끈기나 의지가 없었기에 무기는 그의 앞, 발바닥으로 미끄러졌다. "로저가 내 말을 들어주기만을 바랐는데."

요한의 몸은 격렬한 흐느낌으로 마구 흔들렸다. 그 모습이 마치 발작을 일으키는 것 같았다. 그의 몸이 앞으로 구부러져 이마가 다리에 닿을 정도가 되었다. 세바스찬은 이 요동치고 있는 불행한 아이에게로 바닥을 조금씩 기다시피 다가섰다. 조심스레 그는 무기를 집어 들어 옆쪽으로 치웠다. 그러고서 그는 요한을 팔로 안아주며 지금 이 순간 그에게 가장 필요한 한 가지를 주었다.

시간과 친밀함.

반야는 신경이 예민해지고 초조한 상태로 복도에 서 있었다. 세바스찬이 계단 위로 올라간 지 벌써 반 시간이 흘렀다. 그녀는 닫힌 문을 통해서 요한과 세바스찬이 말하는 소리를 들었다. 하지만 그가 방 안으로 들어간 다음부터는 둘 중 한 명이 움직일 때마다 그녀는 나지막하게 중얼거리거나 가끔씩 긁는 소리만 낼 뿐이었다. 그녀는 방 안에서 나는 소리가 긍정적인 표시이기를 희망했다. 외마디 소리도, 흥분한 목소리도 들리지 않았다. 무엇보다도 사격 소리는 더 이상 들리지 않았다.

하랄드손은 병원으로 후송되는 길이거나 이미 그곳에 도착했을 것이다. 총알은 왼쪽 견갑골을 곧장 관통하여 앞쪽으로 뚫고 나왔다. 그는 출혈이 많았기에 수술을 받아야만 했지만 첫 번째 보고서에 따르면 생명이 위태로울 정도로 다치지는 않았다.

반야는 내내 토르켈과 전화로 연락을 취하고 있었다. 경찰차량 여섯 대가 현장에 대치 중이었으며 열두 명의 중무장 경찰들이 방탄복을 입고 집 앞을 포위하고 있었다. 하지만 토르켈은 지금까지 아무런 액션을 취하지 않고 밖에서 기다리고 있었다. 집 앞 모든 도로는 유니폼을 입은 경찰들에 의해 차단되었다. 가장 근처의 도로 모퉁이에서는 몇몇 구경꾼들이 기자들이나 사진기자들과 함께 사건 현장에 좀 더 가까이 접근하려고 안간힘을 쓰고 있었다. 반야는 다시 시계를 보았다. 이 위에서 도대체 무슨 일이 일어나고 있을까? 그녀는 세바스찬을 소년에게 보낸 결정을 후회하는 일이 없기만을 초조하게 바라고 있었다.

그리고 나서 그녀는 발자국 소리를 들었다. 반야는 계단 아래에서 다리를 벌린 채 무기를 겨누고 있었다. 그녀는 만발의 준비를 했다.

세바스찬과 요한이 나란히 아래로 내려왔다. 세바스찬은 소년을 얼싸안고 있었는데, 소년은 열여섯 살보다 훨씬 어리고 작아 보였다. 세바스찬이 소년을 부축하고 내려오는 것처럼 보였다. 반야는 권총을 내리고는 토르켈에게 연락을 취했다.

요한이 심리적인 치료를 받기 위해 다른 사람에게 맡겨지자 그곳에서는 베아트리체가 이미 아들을 기다리고 있었다. 세바스찬은 복잡한 도로를 뒤로하고 요한의 집으로 다시 돌아왔다. 기분이 무척 가라앉은 그는 거실 안으로 들어와 세탁물을 소파에서 밀어내고 그 자리에 앉았다. 그는 조잡한 소파 커버에 몸을 기대고는 양발을 나지막한 소파 탁자에 올려놓고 눈을 감았다. 한참 활동할 때에는 사건들이나 범죄자들이나 희생자들을 마음에 담아 두는 일이 아주 드물었다. 그에게 이들은 문제를 해결하거나 장애를 극복하는 도구일 뿐이었다. 그런데 이번에는 모든 일과 모든 사람들이 전부 그의 눈에 선명하게 남아 있었다. 자신의 재능을 입증하고 이기심을 충족시켜줄 수 있도록.

예전에는 사건들이나 범죄자들이나 희생자들이 그 기능을 다 하고 나면, 그는 그들을 잊어버렸고 다시 자기 갈 길을 갔다. 추적, 체포, 법적 결말 따위에 대해서 그는 완전히 무관심했다. 그런데 슈트란트 가족의 일은 왜 눈앞에서 사라지지 않는 것일까? 어린 범인, 산산이 파괴된 가족. 분명히 비극적이었지만 그가 한 번도 체험하지 못했던 일도 아니었다. 물론 그가 오랫동안 절대로 생각하고 싶지도 않은 결론이었다.

그는 이 사건을 끝냈다. 그리고 베스테로스와도.

한동안 슈트란트 가족에 대해 생각하지 않고 잊어버리려면 지금 그에게 필요한 것이 무엇인지 분명했다. 섹스. 그가 필요한 것은 섹스였다. 그는 한 여자와 잠을 자야만 했다. 그리고 집도 팔아치우고 다시 스톡홀름으로 돌아가야만 했다. 그의 계획은 그랬다.

그런 다음에 그는 스토르스케르스가탄 12번지로 가야만 하는 걸까? 그의 아들이든 딸이든 간에 만나도록 시도해야 하는 걸까? 지금 이 순간 그의 감정 상태가 좋지는 않았지만, 그렇다고 더 좋아지기 전에 어떤 결정을 내릴 생각은 추호도 없었다.

섹스도 하고, 집도 팔아치우고, 베스테로스를 떠난 뒤에는 그는 어떻게 해야 할까?

누군가 옆에 와서 앉자 세바스찬은 소파가 조금 아래로 내려앉는 것을 느꼈다. 그는 눈을 떴다. 반야가 가장 끄트머리 모서리에 앉아 있었다. 등은 꼿꼿이 펴고서, 양손은 무릎에 포개어놓고서. 조심스레 눈치를 보며. 소파에서 거만한 자세로 몸을 쭉 펴고 앉아 있는 세바스찬과는 정반대였다. 그녀는 그들 사이에 큰 차이가 있다는 것을 가능한 최대한 보여주려고 하는 것 같았다.

"그가 뭐라고 하던가요?"

"요한 말인가요?"

"예."

"그 애가 로저를 죽였다고 했어요."

"그럼, 그 이유가 뭐라고 하던가요?"

"아버지가 다시 집을 떠날까봐 두려웠대요. 그래서 우발적으로 일어났다고 하더군요."

반야는 미심쩍은 듯이 이마를 찡그렸다.

"스물두 번의 칼자국을 내고 웅덩이에 시체를 빠트렸어요? 이건 우발적인 사건이라고 하기에는 맞지 않는 것 같아요."

"그때는 아이의 아버지가 도왔다고 하더라고요. 그를 심문해보세요. 베스틴은 소년이 죽인 것 같진 않아요."

반야는 만족스러워 하는 것 같았다. 그녀는 자리에서 일어나 복도로 걸어 나갔다. 문가에서 멈춰선 그녀는 다시 한 번 세바스찬 쪽을 돌아봤다. 그는 뭔가 물어보고 싶은 눈으로 그녀를 바라보았다.

"당신, 그 여자랑 잠자리를 같이 했죠? 그렇죠?"

"뭐요?"

"어머니랑요. 베아트리체랑. 당신은 그 여자와 잠자리를 했어요."

이번에는 그녀가 의문문으로 물어보지 않았다. 그녀는 세바스찬으로부터 대답을 기대하지 않은 것이다. 그도 대답할 필요가 없었다. 항상 그랬듯이 침묵이 최고의 확인이었다.

그는 옛 동료의 얼굴에서 실망하는 표정을 보았을까?

"소년이 자해할지도 모른다고 당신이 방 안으로 올라갔을 때, 난 한 가지 확신이 들더군요. 당신이 완전히 쓸모없는 사람은 아니라는 거요."

세바스찬은 그들의 대화가 어떤 방향으로 흘러갈지 이미 알고 있었다. 그는 이와 비슷한 경험을 갖고 있었던 것이다. 다른 여자들과. 다른 맥락에서. 다른 말로. 그렇지만 동일한 결론으로.

"내가 오해를 했던 게 분명해요."

반야는 그를 남기고 돌아섰다. 그는 그녀가 걸어 나가는 모습을 보며 아무 말도 없이 앉아 있었다. 그도 무슨 말을 해야만 하는 걸까?

결국 그녀의 말이 옳았다고.

울프 슈트란트는 몇 시간 전에 그의 아내가 앉아 있었던 의자와 같은 의자에 앉아 있었다. 그는 아주 침착한 표정을 짓고 있었다. 정중하면서도, 아주 예의바르게. 반야와 토르켈이 취조실에 들어가서 맞은편에 자리를 잡자, 그가 제일 처음으로 한 질문은 요한의 안부였다. 그는 보호를 받고 있으며 그의 옆에 베아트리체가 있다는 소식을 전해들은 울프는 하랄드손의 상태를 물었다. 반야와 토르켈은, 그가 수술을 받았으며 생명의 위험은 없다고 말해주었다. 그러고서 그들은 녹음기를 켜놓고서 처음부터 모든 사실을 다 설명해달라고 울프에게 부탁했다. 그가 맨 처음에 로저의 죽음에 관해 들었을 시점부터.

"그날 저녁에 요한이 사무실에 있는 나한테 전화를 걸어 왔어요. 그 아이는 울고 있었는데, 완전히 이성을 잃은 것 같았습니다. 요한은 축구장에서 뭔가 끔찍한 일이 발생했다고 말했어요."

"그래서 당신이 그곳으로 갔나요?"

"예."

"당신이 그곳에 도착했을 때 무슨 일이 일어났었던가요?"

울프는 의자에서 몸을 꼿꼿이 폈다.

"로저가 죽었다고요. 요한은 완전히 정신이 없어 보였어요. 그래서 난 일단 그 아이를 진정시키려고 노력했습니다. 그리고 자동차에 태웠어요."

반야는 울프의 목소리에 어떤 감정도 실리지 않았다고 기록했다. 그는 마치 동료나 손님들 앞에서 강연회를 하는 사람 같아 보였다. 그는 익숙하고 또박또박하게 정확한 톤으로 말했다.

"그런 다음 내가 로저를 돌봤어요."

"어떻게 돌봤다는 거죠?" 토르켈은 물었다.

"일단 로저를 사람들의 눈에 띄지 않는 곳으로 끌고 갔어요. 근처 숲으로요. 난 총알을 다시 찾아야겠다고 생각했어요. 어떤 식으로든지 총알을 다시 가져가고 싶었거든요."

"그래서 당신은 어떻게 한 거죠?"

"난 자동차로 다시 돌아가서 칼을 가져왔어요."

울프는 잠시 말을 멈추고는 침을 한 번 꿀꺽 삼켰다. 옆방에 있던 세바스찬은 '놀랄 만한 일은 결코 아니'라고 생각했다. 지금까지 울프는 설명을 하면서 몸을 잠시 움직이는 것 말고는 별다른 행동을 하지 않았던 것이다. 이제부터는 어려워질 것이다.

취조실에서 울프는 물 한 컵을 청했다. 토르켈은 그에게 물을 주었다. 울프는 몇 모금을 마셨다. 그는 물을 다시 내려놓고는 손등으로 입을 닦았다.

"당신이 자동차에서 칼을 가져왔다고요. 그런 다음에는요?" 반야는 대화를 재촉했다.

울프가 대답할 때에는 목소리에 상당히 힘이 없었다. "나는 다시 돌아가서 총알을 끄집어내려고 칼을 이용했습니다."

반야는 탁자 앞에 놓여 있던 서류철을 펼쳤다. 그녀는 속을 미식거리게 하는 소년의 커다란 시체 사진을 넘겨보며 뭔가를 찾는 것 같았다. 그녀의 행동은 오로지 쇼라고, 세바스찬은 생각했다. 그녀는 취조할 때 어떤 서류철이나 프로토콜을 참조하지 않아도 어떤 점을 주시해야 할지 잘 알고 있었다. 그녀가 알고 싶은 것은, 울프가 자신이 저지른 만행을 쳐다볼 수 있는가였다. 그가 그 일을 잊어버렸거나 언젠가 잊어버리게 될까봐 사진을 확인시키려는 것이 아니었다.

반야는 보고 싶은 사진을 찾은 것처럼 행동했다.

"우리가 봤을 때, 로저는 온몸에 22군데의 칼자국이 있었어요."

울프는 탁자 위에 펼쳐져 있는 서류철의 끔찍한 사진들에서 시선을 돌리려고 애를 썼다. 자동차 사건이 일어났을 때와 같은 '카 크래쉬' 신드롬이었다. 보고 싶지는 않지만 눈을 돌릴 수 없는 것.

"로저가 칼에 찔린 것처럼 보이도록 하고 싶었어요. 뭔가 종교적인 것 같고, 미친 사람의 행동처럼요." 울프는 사진에서 시선을 돌릴 수 있었다. 그는 다시 반야를 똑바로 쳐다보았다. "애당초 나는 로저가 총에 맞았다는 사실을 숨기고 싶었어요."

"좋아요. 그럼 22군데를 찌르고 로저의 심장을 도려낸 다음에는, 도대체 뭘 했나요?"

"난 요한을 집으로 데려다줬어요."

"베아트리체는 그때 어디에 있었죠?"

"나도 모릅니다. 어쨌든 간에 집에는 없었어요. 요한은 쇼크 상태에 있었어요. 집으로 오는 길에 요한은 잠이 들었죠. 나는 그 아이를 위층으로 데리고 와서 침대에 눕혔어요." 잠시 말을 멈추자마자 울프는 뭔가 골똘히 생각에 잠겼다. 그때의 일이 그가 했던 마지막 정상적인 행동이라는 것이 별안간 생각났던 것이다. 아들을 침대에 데려다 준 아버지. 연이어 일어난 모든 일은 오랫동안의 싸움이었다. 잠자코 있으면서 함께 해결해야 했던 것이다.

"계속 설명해주세요."

"나는 숲 쪽으로 다시 갔어요. 시체를 처리하려고요. 나는 열여섯 살 소년이 절대로 갖다버릴 수 없는 장소로 시체를 갖고 가고 싶었어요. 요한을 의심하지 못하도록 하기 위해서였어요."

세바스찬은 앉은 의자에서 몸을 똑바로 폈다. 그는 헤드셋의 버튼을 눌렀다. 창문을 통해 그는 귓가에 윙윙 울려오는 소리에 귀 기울이는 반야의 모습을 지켜보았다.

"그는 베아트리체와 로저가 성행위를 했다는 걸 모르고 있었던 걸로 알고 있어요. 그렇다면 요한이 친구를 쏜 이유가 뭐라고, 그가 알고 있나요?"

반야는 잠시 고개를 끄덕였다. 좋은 질문이었다. 그녀는 다시 울프 쪽으로 관심을 집중했다.

"한 가지를, 난 이해하지 못하겠어요. 당신 아내랑 로저와의 관계에 관해 아무것도 아는 바가 없었다면, 당신은 요한이 친구를 쏴 죽인 이유를 뭐라고 생각했나요?"

"이유는 없었어요. 무심코 저지른 잘못이라고 생각했습니다. 누군가 죽어야 끝나는 게임이라고. 그들은 밖에 있다가 사격 연습을 했다고 했어요. 로저가 조심하지 않은 거죠. 그렇게 요한이 내게 설명해주었어요."

별안간 반야에게서 눈을 돌린 울프는 눈을 부라리며 토르켈을 바라보았다. 마치 지금까지는 요한의 거짓말이 가장 나쁜 위법행위였다고 믿고 있었던 듯이. 이제야 비로소 그는 요한이 무죄가 아니라는 걸 알게 된 듯이. 사고는 아닌 것이었다. 어쨌든 간에 사고는 아니었다. 절대로.

"요한은 어떻게 되는 거죠?" 이번에는 그의 목소리에서 걱정이 묻어 나왔다.

"그는 15세가 넘었어요. 그러니까 형량을 받을 수 있는 나이에요." 토르켈은 객관적으로 설명했다.

"그럼 그게 무슨 뜻이죠?"

"재판을 받게 된다는 뜻입니다."

"페터 베스틴에 관해서 설명해줄 수 있나요." 반야는 테마를 바꾸었다. 이제는 결론을 내야 할 때였다.

"그는 심리학자에요."

"그건 우리도 알고 있어요. 우리가 알고 싶은 것은 왜 그가 죽었는지에 대해서예요. 당신은 로저가 그에게 뭔가 말했다면 위험하다고 생각했나요? 그래서 그가 반드시 죽어야만 한 건가요?"

울프는 된통 이해할 수 없다는 듯이 그녀를 바라보았다.

"로저요?"

"예. 페터 베스틴은 로저의 심리학자예요. 당신은 그 사실을 몰랐나요?"

"몰랐어요. 그는 요한의 심리학자였어요. 이미 몇 년 전부터요. 우리가 이혼한 뒤부터. 요한은 아주 거칠어졌어요⋯⋯ 예, 그 일이 있은 뒤에. 로저랑 같이 어울려 다녔죠. 그래서 요한은 베스틴을 찾아갔어요. 나중에. 그 애가 뭐라고 했는지는 나도 몰라요. 내가 물어봤지만 그 애는 정확히 기억하지 못했어요. 나는 요한이 자백할 수 없었던 심정을 충분히 이해할 수 있었어요. 그렇게 되면 경찰이 오게 될 테니까요. 하지만 요한은 몇 가지 특정 사실에 대해서는 말을 했습니다. 그래서 나중에 베스틴이 한 가지씩 짐작할 수 있게 되었죠. 결코 어떤 식으로든지 베스틴은 뭔가 사건이 일어났다는 걸 알게 된 거예요. 나는 위험하게 그대로 내버려둘 순 없었어요."

반야는 아까 펼쳐놓은 사진들을 다시 모아, 서류철을 덮었다. 그들은 반드시 필요한 사항들을 다 들었다. 이제는 재판의 결정만 남았다. 아마도 요한은 나이 때문에 약한 벌을 받게 될 것이다. 그와 반대로 울프는⋯⋯ 슈트란트 가족이 다시 하나로 모이려면 상당한 시간이 걸릴 것이다.

반야가 앞으로 몸을 굽혀 녹음기를 멈추려는 순간에 토르켈이 그녀를 만류했다. 이 모든 일이 어떻게 연관성을 갖고 있는지 알고부터 그가 골머리를 썩고 있는 한 가지 질문이 아직 미해결 상태였다.

"당신은 왜 경찰을 부르지 않았나요? 당신 아들이 실수로 친구를 쐈다고 했을 때요. 왜 당신은 경찰을 부르지 않았죠?"

울프는 토르켈의 호기심에 찬 눈빛을 조용히 바라보았다. 그것은 아주 간단했다. 토르켈한테 자식이 있다면 다 이해될 일이었다.

"요한이 원하시 않았어요. 그 애는 겁이 나서 정신이 나갈 지경이었죠. 난 그를 실망시키고 싶지 않았어요. 내가 이미 한 번 실망시킨 일이 있거든요. 내가 가족을 떠났을 때. 이번에는 그를 꼭 도와야겠다는 생각을 하게 되었어요."

"네 명이 죽었어요. 당신은 감옥에 갈 테고, 요한한테 트라우마가 생겼어요. 그 아이가 살아 있는 동안에는 계속 지속되겠죠. 이런 식으로 그를 어떻게 도울 수 있을까요?"

"난 실패했어요. 내가 실패했다는 걸 나도 인정합니다. 하지만 난 내가 할 수 있는 한 최선을 다했어요. 내가 가장 하고 싶었던 것은 정말로 좋은 아빠가 되는 거였어요."

"좋은 아빠요?" 믿을 수 없다는 듯이 토르켈의 목소리가 흘러나오자, 100퍼센트 확신을 갖고 있는 한 남자의 눈길과 서로 대비를 이루었다.

"내가 요한의 삶에서 가장 중요한 몇 년 동안 함께 하지 못했어요. 하지만 아직도 좋은 아빠가 되기에 결코 늦진 않았다고 생각해요."

울프 슈트란트는 딴 곳으로 이송되었다. 그는 이날 밤에 재판관에게 인도되어야만 했다. 그들의 일은 대체로 마무리되었다. 옆방에 앉아 있던 세바스찬은 창문을 통해서 반야와 토르켈이 그들의 물건을 수합하는 모습을 지켜보았다. 기분이 좋아진 그들은 곧 집에 돌아갈 수 있을 거라며 서로 대화를 나누고 있었다. 반야는 스톡홀름행 저녁 기차를 타고 싶어 했다. 토르켈은 하루나 이틀 더 베스테로스에 남아 있을 작정이었다. 우르줄라도. 토르켈은 수사 과정의 모든 세세한 상황들을 최종적으로 하나로 연결해볼 것이다. 우르줄라는 슈트란트의 집을 수색하고 증거 확보를 위해 간과한 것이 없는지 꼼꼼히 살펴보겠다고 했다. 그들 뒤쪽으로 복도로 나가는 문이 닫히는 소리가 나기 전에, 세바스찬은 토르켈이 말하는 소리를 들었다. 반야가 먼저 가기 전에 다함께 식사하러 가자고.

그들의 목소리와 행동들은 한결 가벼워졌다. 선한 쪽이 승리했다는 믿음과 안심이었다. 미션이 완결되었다는 것. 해질 무렵이 되자 지금까지 타고 온 말에서 내려 즐거운 노래를 부를 시간이었다.

세바스찬은 노래를 부르고 싶은 생각도, 축하연을 벌이고 싶은 생각도 들지 않았다. 더 이상 섹스하고 싶은 생각도 들지 않았다.

그는 오로지 두 가지에 대해서 생각할 수 있었다. 스토르스케르스가 탄 12번지와 울프의 목소리.

아직도 좋은 아빠가 되기에 결코 늦진 않았어요.

이상한 일은, 세바스찬 자신이 어떤 식으로 결정 내렸는지 알고 있다는 점이었다. 분명하지도 의식하고 있지도 않았지만, 마음속 깊이 그는 스톡홀름에 되돌아가더라도 안나 에릭손을 찾아가서는 안 된다는 생각을 굳혔다. 그리고 그는 이런 결정에 만족했다.

그는 긍정적인 면을 예상할 수 없었다. 그에게 무슨 일이 일어날지, 이 일이 어떤 결과를 초래할지.

안나한테서 새로운 릴리는 결코 존재하지 않을 것이다. 이 아이에게서 새로운 자비네가 있을 수 없는 것처럼. 그리고 애당초 그가 그리워하고 다시 함께하고 싶은 사람은 그들이었다. 바로 릴리와 자비네.

하지만 울프의 말은 세바스찬의 의지와는 달리 그에게 깊은 인상을 주었다. 그가 한 말 때문이 아니라 그의 말하는 태도 때문이었다.

확신하면서도 당연하다는 투로. 절대로 변할 수 없는 사실이라는 듯이. 보편적인 진실이라고.

아직도 좋은 아빠가 되기에 결코 늦진 않았어요.

세바스찬한테는 아들이나 딸이 있을 것이다. 분명히 아직 살아 있는 아이가 한 명 있을 것이다. 그의 반쪽이라고 할 수 있는 인간이 어딘가에 살아 있을 것이다. 그 자신이라고 할 수 있는 아이가.

아직도 좋은 아빠가 되기에 결코 늦진 않았어요.

이 단순한 말로 인해 그는 어려운 질문을 하게 되었다. 정말로 그가 자신의 손에서 한 아이를 다시 놓쳐야만 하는 것일까? 그가 그런 짓을 할 수 있을까? 그는 그걸 원하고 있는 걸까?

갑자기 세바스찬은 이런 세 가지 질문들에 대해 아니라고 대답하고 싶어졌다.

세바스찬이 스톡홀름으로 가기 위해 탄 기차는 족히 한 시간쯤 걸렸다. 그가 경찰서에서 나와 다시 부모님 집으로 돌아간 지도 거의 3일이 지났다. 그런데도 그의 귓가에는 울프의 말이 여전히 남아 있었다. 그는 토르켈과 우르줄라도 며칠 더 이 도시에 남아 있다는 것을 알면서도 그들에게 전화 연락을 취하지 않았다. 그들이 아직도 베스테로스에 머물고 있는지는, 그도 모른다. 사건은 종결되었다. 그래서 그런지 아무도 일 이외에 서로 만나고 싶어 하는 사람은 없었다. 물론 세바스찬도 그랬다. 그는 자신이 이곳에 온 이유를 해결했다.

어제 중개인이 다시 찾아왔다. 그들은 최종적으로 집을 팔기 전에 해결해야 할 마지막 일들을 처리했다. 밤이 되자 그는 베스테로스로 오는 기차에서 알게 된 책 읽는 여자의 이름과 전화번호를 찾아냈다. 한참 동안이나 미루어왔던 만남. 그가 전화를 걸자 처음에 그녀는 화를 냈다. 그는 미안하다고 말하고는, 일 때문에 짬을 낼 겨를이 없었다고 설명했다. 그녀도 들어서 알고 있을 이번 살인 사건 때문에. 팔름뢰브스카 고등학교에 다녔던 소년의 죽음에 대해. 그가 예상했던 대로 그녀는 호기심을 나타냈고 다음 날에 서로 만나기로 약속했다. 이 일이 어제 일이었다. 그들은 그의 집에서 하룻밤을 보냈다. 그는 다음 날 오전에 다시 그녀를 떠났다. 그녀는 그를 다시 만나고 싶어 했지만 그는 약속하지 않았다. 그가 연락을 주지 않으면 그녀가 연락하겠다고, 여자는 웃으며 선언했다. 이제 그가 사는 집을 알고 있기에 그는 그녀로부터 절대로 벗어날 수 없다고. 그로부터 3시간 뒤에 세바스찬은 이 집에서 해야 할 일을 전부 끝냈다. 다시 돌아오지 않기 위해 그는 문을 걸어 잠갔다.

마지막으로 그는 다시는 찾지 않을 집 앞에 서 있었다. 솔직히 말하자면 다시는 이곳에 오지 않겠다고 맹세까지 했다. 다시는 방문하지 않겠다고. 어차피 부모님은 공동묘지에 누워 있었다. 이제 그는 부모님의 묘지로 갔다.

장례식 꽃들은 시들었다. 무덤은 아무도 돌보지 않은 것처럼 보였다. 세바스찬은 메마른 꽃다발이나 노루가 넘어트리고 반쯤 먹다 남은 꽃꽂이를 왜 아무도 치우지 않았는지 궁금했다. 공동묘지 관리소가 무덤을 돌보려면 그가 사전에 어떤 서류나 그와 유사한 것에 사인을 해야만 하는 것인가? 어쨌든 간에 그가 무덤을 관리할 계획은 없었다. 그가 베스테로스에 살았더라도 그는 하지 않았을 것이다. 이는 전혀 안중에도 없던 일이었다.

붉은 화강암으로 된 묘석에는 떠오르고 지는 해와 그 뒤에 높게 솟아오른 두 그루의 소나무가 새겨져 있었다. 묘비명은 '베르크만의 가족묘'였고, 그 아래에는 그의 아버지 이름이 적혀 있었다. 투레 베르크만. 에스테르의 이름은 아직 새겨져 있지 않았다. 새로운 글자 장식을 새겨 넣으려면 묘석을 옮겨야 하는데 그러기도 전에 묘가 만들어진 모양이었다. 글자를 새기려면 6개월은 걸린다고, 세바스찬은 어딘가에서 들었다.

투레는 1988년 이 세상을 떠났다. 22년 동안 그의 어머니는 혼자 살았다. 세바스찬은, 어머니가 그를 방문하려고 한 적이 있는지 궁금해졌다. 그에게 화해의 손길을 내밀려고 했을까? 만약 어머니가 그렇게 했다면 그는 어머니를 받아들일 수 있었을까?

아마도 아닐 것이다.

세바스찬은 아무도 돌보지 않은 무덤에서 몇 미터 떨어진 곳에 서 있었다. 이러지도 저러지도 못하고 결단력이 없이. 그의 주위는 조용했고, 햇살은 코트 사이로 스며들어 와 등을 따뜻하게 해주었다. 무덤들 사이사이에 잘 가꾸어놓은 자작나무들 중 한 그루에는 새 한 마리가 지저귀고 있었다. 한 여자와 한 남자가 묘지 밖, 보행로에서 자전거를 타고 지나가고 있었다. 그녀는 뭔가 재미난 이야기를 하며 웃었다. 진주 같은 웃음은 푸르게 빛나는 하늘로 날아올라 땅에서는 찾지 못할 것 같아 보였다. 세바스찬은 이곳에서 무엇을 찾고 있는 걸까? 그는 무덤에는 이보다 더 가까이 접근할 수 없었다. 아무튼 간에 이곳에서는 비극적인 아이러니가 있었다. 살아생전에 지나치게 깔끔했던 어머니의 마지막 영면의 장소가 퇴비더미처럼 보인다는 것이었다.

무덤까지 몇 발자국을 더 걸어간 세바스찬은 그 앞에 무릎을 꿇었다. 그는 서투른 솜씨로 시든 꽃들을 치웠다.

"내가 이곳에 오리라고 기대도 안 했죠, 어머니?"

그의 목소리 톤에는 놀라움과 혼란스러움이 뒤섞여 있었다. 돌아가신 어머니와 얘기를 나누는 동안에 무덤 앞에 꿇어앉아 무덤 주변을 치우리라고는, 그도 상상도 하지 못했던 일이었다. 도대체 그에게 무슨 일이 일어난 것일까?

그것은 뭔가 이 숫자와 관계가 있을 것 같았다.

1988년. 22년 동안 홀로. 생일이건, 평일이건, 크리스마스건, 공휴일이건 간에. 어머니한테 친구들이 있었다 하더라도 이 커다란 집에서 대부분은 적막 같은 생활을 했을 것이다. 과거에 무슨 일이 있었으며 앞으로 어떤 일이 발생할지에 대해서 생각하기에는 너무도 기나긴 시간이었을 것이다. 그녀의 자부심은 그리움보다 더 컸으며, 거절당할지도 모른다는 두려움은 사랑에 대한 욕구보다도 더 컸다. 한 아들의 어머니는 어떤 소식도 전해 듣지 못했다. 어머니는 한 번도 보지 못한 한 아이의 할머니였다. 서툰 솜씨로 꽃들을 다 정리하자 그는 자리에서 일어났다. 가방에서 지갑을 찾은 그는 집 안 피아노 위에 있던 자비네와 릴리의 사진을 꺼냈다.

"얼굴 못 보셨죠? 그래서 제가 사진 가져왔어요."

지갑을 든, 그의 오른쪽 손은 떨고 있었다. 그는 눈물이 나는 것을 느꼈다. 슬픔. 맹세코 그의 아버지 때문은 아니었다. 물론 일련의 결과들을 생각해 볼 때 어머니와의 갈등이 얼마나 부질없는 일인지에 대해 그가 슬픔을 느꼈다 할지라도 어머니 때문만도 아니었다. 그는 한 번도 릴리와 자비네를 위해 운 적이 없었다. 그는 자기 자신 때문에 울었다. 자신의 처지 때문에.

"우리가 마지막으로 만났을 때 어머니가 내게 뭐라고 말씀하셨는지 기억하세요? 어머니는 이렇게 말씀하셨죠. 신이 날 버릴 거라고. 신은 더 이상 나에게 보호의 손길을 보내지 않을 거라고요."

세바스찬은 죽은 아내와 죽은 아이의 사진을 바라보았다. 그가 자라난 곳이지만 그를 알아봐주는 이 없으며, 그에 관해 묻는 이도 없고, 그를 그리워하는 이도 없는 이 도시의 공동묘지에서 아직 완성되지 않은 묘석 위의 사진을. 이런 외로움은 다른 도시에서도 마찬가지였다. 세바스찬은 왼쪽 손등으로 양쪽 뺨의 눈물을 닦았다.

"어머니 말이 옳았어요."

스토르스케르스가탄 12번지.

우여곡절 끝에 드디어 그는 그곳에 도착했다. 기능성을 강조한 스타일의 대형 다가구주택에. 세바스찬은 건축에 대해서는 아는 바가 없으며 알고 싶은 생각도 없었지만 게르데트 지역 서쪽의 집들은 기능주의를 표방하고 있다는 것은 이미 알고 있었다.

그리고 그는 자신이 서 있는 건물에 안나 에릭손이 살고 있다는 것을 알고 있었다. 아이의 어머니. 정말로 그랬으면 좋겠는데. 정말로 그럴까?

세바스찬은 거의 한 주 전에 이미 다시 스톡홀름으로 돌아왔다. 그때부터 그는 매일같이 스토르스케르스가탄 12번지의 이 집 앞을 지나다녔다. 어떨 때는 하루에도 수차례 지나다닐 때도 있었다. 물론 지금까지 그는 집 안으로 들어가지는 않았다. 그가 집 앞에 가장 가깝게 간 것은, 현관문의 창문을 통해서 복도를 들여다보며 거주자들의 이름표를 확인했던 때였다. 안나 에릭손은 4층에 살고 있었다.

그가 용기를 내어 찾아가야 할까? 아니면 그냥 관두는 게 나을까?

도착한 뒤부터 세바스찬은 이 질문에 대해서 심각하게 혈전을 벌여야만 했다. 베스테로스에 있을 때에는 그녀에 대한 생각이 여러모로 너무 추상적으로만 흘러갔다. 마치 마인드 게임인 듯이. 그는 장점과 단점을 헤아릴 수 있었다. 결론을 내려 보았다. 그리고 다시 그 결론을 포기했다. 어떤 결론을 내리지도 않고서.

이제 그는 이곳에 왔다. 그가 내린 결정은 돌이킬 수 없었다. 돌아서 갈 것이냐, 아니면 일을 강행할 것이냐? 자신의 존재를 알릴 것이냐, 아니면 그만둘 것이냐?

그는 오락가락 망설였다. 하루에도 수차례. 그의 주장은 그가 베스테로스에서 이미 마음먹은 바와 동일했다. 새로운 생각이 나지 않았으며 어떤 새로운 깨달음도 없었다. 그는 자신의 우유부단함을 저주했다.

때때로 게르테트 지역으로 산책을 나갈 때면 그는 곧장 문 안으로 쳐들어갈까 하는 생각을 해보았다. 계단을 올라가 초인종을 누를까? 하지만 이런 생각을 한 다음에도 그는 스토르스케르스가탄으로 가지 않았다. 또 어떤 때에는 이 집 근처에 가겠다고 마음먹지도 않았는데도 여러 차례나 12번지의 입구, 검은 나무문 앞에서 우두커니 서 있기도 했다. 하지만 지금까지 그는 건물의 계단 안으로 들어가지 않았다. 아직은.

하지만 오늘은 12번지 안으로 들어가고 싶은 날이었다. 이곳으로 오는 내내 그는 직선코스를 선택했다. 자신의 거주지인 그레브 마그니가탄을 출발한 다음부터, 그는 스토르가탄 쪽으로 가다가, 우축의 나르

바베겐으로 접어든 다음에 카르라플란 방향으로 계속 걸어갔다. 그러고서는 펠퇴버스텐 쇼핑 센터를 지나 발할라베겐을 가로질렀다. 그랬더니 이미 그는 이곳에 도착했다. 산책 코스로는 15분도 채 안 걸리는 거리였다. 안나 에릭손은 아이가 더 어렸을 때부터 이곳에 살고 있었다. 그렇다면 그들은 펠퇴버스텐 쇼핑센터에서 만난 적이 있을지도 모른다. 어쩌면 그의 아이와 어머니는 슈퍼마켓의 소시지 코너에 긴 줄을 선 채로 그 앞에 서 있었을지도 모를 일이었다. 그는 맞은편 도로에서서 집 주소 12번지를 건너다보며 이런 생각을 했다.

어스름이 차츰 내리기 시작했다. 스톡홀름의 오늘 날씨는 특히나 아름다운 봄날이었다. 거의 초여름 날씨처럼 따뜻했다.

오늘 그는 자신의 존재를 알리고 그녀와 대화를 나누고 싶었다.

마침내 그는 결정을 내렸다.

그는 도로를 건너, 건물의 현관문 앞으로 걸어갔다. 그가 건물 안으로 어떻게 들어갈지 생각하고 있는데, 때마침 복도 입구의 승강기에서 내린 30대 중반의 한 여자가 현관문으로 걸어 나오고 있었다. 그는 이것이야말로 안나 에릭손을 오늘 만나라는 신호로 받아들였다.

세바스찬은, 그녀가 보도로 나오는 바로 그 순간에 문 안으로 뛰어들어갔다. 그는 문이 닫히기 전에 적시적기에 들어갈 수 있었다.

"안녕하세요, 감사합니다. 천만다행이네요."

여자는 세바스찬에게 눈길 한 번 주지 않았다. 세바스찬이 계단실로 들어가자, 현관문이 둔탁한 소리를 내며 그의 등 뒤에서 잠겼다. 그는 안나 에릭손이 어디에 사는지 잘 알고 있었음에도 거주자들의 이름표를 다시 한 번 확인했다. 4층. 그는 승강기를 타고 가야 할까 싶어 한동안 생각해보았다. 승강기는 검은색 강철 그물로 된 정방형이었는데 건물의 중앙에서 작동되고 있었다. 하지만 그는 승강기를 타지 않기로 결정했다. 그는 마음의 준비를 위해 시간이 필요했던 것이다. 그의 심장은 갈수록 빨리 뛰기 시작했고, 양손에는 땀이 흐르는 것을 느꼈다. 그는 초초했는데, 이런 일은 그다지 자주 일어나는 일이 아니었다.

천천히 그는 계단을 올라갔다.

4층에는 문이 두 개 있었다. 한쪽에는 안나 에릭손의 이름이, 그리고 다른 쪽에는 다른 사람의 이름이 적혀 있었다. 그는 정신을 집중하기 위해 시간이 좀 필요했다. 먼저 눈을 감고서 두 번가량 숨을 깊게 내쉬었다. 그런 다음 그는 앞으로 나아가 초인종을 눌렀다. 아무런 반응이 없었다. 세바스찬은 마음이 한결 가벼워졌다. 집에 아무도 없었던 것이다. 그는 한 번 더 초인종을 눌러보았으나 아무도 문을 열어주지 않았다. 결국 그의 생각이 적중하지 않은 셈이었다. 안나 에릭손은 만날 수 없었다. 어쨌든 간에 오늘은 아니었다. 곧바로 몸을 돌려 계단을 내려오려는 순간, 세바스찬은 집 안에서 발자국 소리를 들었다. 그리고 1초 정도 있다가 문이 열렸다.

그보다는 몇 살 어려 보이는 한 여자가 의심스러운 눈빛으로 그를 물끄러미 쳐다보았다. 그녀의 머리카락은 어깨까지의 길이로 어두운 색이었으며 눈은 푸른빛이었다. 광대뼈가 볼록 튀어나와 있었고 입술은 얄팍했다. 세바스찬은 그녀를 전혀 알아볼 수 없었다. 그는 언젠가 예전에 그녀와 잠자리를 갖은 적이 있는지 전혀 기억나지 않았다. 그녀는 빨간색 체크무늬 행주에 양손을 닦으며 의심스러운 눈빛으로 그를 바라보고 있었다.

"안녕하세요, 당신이……." 세바스찬은 무슨 말을 해야 할지 잊어버렸다. 그가 어디서부터 시작해야 하는 걸까? 그는 알 수 없었다. 그의 머릿속은 완전히 비어버렸고 수천 가지의 생각들이 소용돌이쳤다. 여자는 그대로 서서 아무 말도 없이 그를 바라보았다.

"안나 에릭손이죠?" 결국 세바스찬은 말을 꺼냈다. 여자는 고개를 끄덕였다.

"난 세바스……."

"알아요. 당신이 누군지." 여자는 그의 말을 가로막았다. 세바스찬의 몸이 굳어졌다.

"정말요?"

"예. 당신, 여기서 뭐 하는 거죠?"

세바스찬은 아무 말도 하지 않았다. 그는 편지를 발견한 다음부터 그들의 만남을 얼마나 여러 차례 머릿속으로 그려왔던가! 하지만 그가 전혀 예상도 하지 못한 반전이 그녀에 의해 지금 발생했다. 그는 이러한 첫 만남을 전혀 예상하지 못했었다. 그가 생각했던 바로는, 그녀가 쇼크를 받고 거의 쓰러지기 일보 직전이 될 것이라는 것이었는데. 적어도 깜짝 놀라기는 할 거라고 생각했었다. 30년 전의 귀신이 그녀의 문 앞에 서 있을 테니까. 어쨌든 간에 그는 그녀가 자신을 믿을 수 있도록 신원을 증명해 보이려고 했을 것이다. 바지 허리띠에 행주 자락을 꽂아 고정시킨 채로 그를 빤히 바라보고 있는 여자의 모습은, 그가 상상해왔던 것과는 완전 딴판이었다.

"난……." 세바스찬은 입을 다물었다. 그는 다시 한 번 생각해 보았다. 그는 될 수 있는 대로 계획에 충실하기로 했다. 처음부터 다시 시작하기로.

"우리 어머니가 돌아가셨어요. 그래서 내가 집을 치우려고 왔다가 편지 몇 장을 찾았습니다."

여자는 아무 말도 하지 않고서 고개만 끄덕였다. 그녀는 무슨 편지를 의미하는지 분명히 알고 있었다.

"그곳에 당신이 임신했다고 적혀 있었어요. 그것도 내 아이를. 내가 이곳에 온 이유는 그 말이 정말 맞는 말인지 확인하기 위해서예요. 그 이후에 무슨 일이 있어났는지도 알고 싶고요."

"안으로 들어오세요."

여자가 옆으로 한 발 물러서자 세바스찬은 약간 작은 복도 안으로 들어갔다. 안나는 문을 닫았고, 그는 신발을 벗기 위해 몸을 굽혔다.

"신발 벗을 필요 없어요. 어차피 여기서 오래 있을 필요가 없으니까요."

세바스찬은 뭔가 물어보고 싶은 표정으로 다시 허리를 폈다.

"원래는 당신을 현관 밖에서 쫓아버리려고 했어요. 지금도 그런 마음이 굴뚝같고요." 좁은 복도에서 안나는 팔짱을 낀 채로 그의 앞쪽에 서 있었다. "당신 말이 맞아요. 난 그 당시에 임신했어요. 그래서 당신을 찾으려고 했지만 찾지 못했죠. 솔직히 말하자면 이미 오래전에 당신 찾는 일을 포기할 수 밖에 없었어요."

"당신이 화를 내도, 난 이해하지만……."

"난 화나지 않아요."

"난 편지를 받지 못했어요. 그 사실에 대해 전혀 몰랐다고요."

그들은 아무 말도 하지 않은 채로 서로 마주하고 서 있었다. 잠시 동안 세바스찬은 골똘히 생각해보았다. 그가 들어야만 할 어떤 일이 일어났던 것은 아닌가 싶어서였다. 그 당시에 대해. 그가 안나 에릭손에게 돌아간다면 한 아이의 아버지가 될 수 있을까? 과연 그의 삶이 이 여자와 어떻게 될까? 물론 이런 생각을 한다는 게 너무 바보 같은 일이었다. 가능한 미래, 대안적인 현재에 대해 생각해보는 것이 거의 의미 없어 보였다. 게다가 그는 그녀에게 돌아갈 수 없었을 것이다. 그가 편지를 미리 발견했더라도 그렇게는 되진 않았을 것이다. 그 당시는 아니었다. 이제 나이든 세바스찬도 그렇게 될 수는 없었다.

"내 생각으로는…… 15년 전쯤의 일이었을 거예요." 안나는 조용한 목소리로 말했다. "당신이 연쇄살인범 검거하는 일을 돕고 있을 때였어요. 힌데 말이에요. 1966년에. 어쨌든 간에 그 당시에 난 당신을 본적이 있어요. TV에서요. 만약 그때도 당신한테 연락을 취하려고 했다면 충분히 당신을 찾을 수 있었겠죠."

세바스찬은 안나의 말을 잠시 동안 곱씹어 보았다.

"그런데…… 나한테 아이가 있는 건가요?"

"아니요. 나한테 딸이 있어요. 내 남편의 딸이죠. 당신의 아이는 없어요. 어쨌든 간에 이곳에는 없어요. 내가 낳은 당신 아이는 없다는 거죠. 그러니까 그 애는 그 사실을 전혀 몰라요…… 당신이 그 애의 아빠라는 걸 말이에요." 안나가 자세히 설명했다. "물론 내 남편은 자신이 친아빠가 아니라는 걸 알고 있지만 그 아이는 아니에요. 그러니까 만약 당신이 이 사실을 그 애한테 설명한다면, 당신은 모든 걸 다 망가트릴 거예요."

세바스찬은 고개를 끄덕이며 바닥을 내려다보았다. 애당초 그는 그다지 놀랄 일도 아니었다. 그가 머릿속에 그리던 시나리오들 중에 하나였다. 아이가 아무것도 모른다는 사실은 예상했던 바였다. 하지만 키워주는 아빠가 있으리라고는 짐작도 하지 못했다. 그가 단란한 가정을 파괴할 수도 있다는 것도. 지금까지 그는 결혼한 여자와 잠자리를 갖고도 완전히 비밀로 하지 않았던 일이 수도 없이 많았지만 이번 일은 완전히 다른 경우였다.

"세바스찬……."

그는 머리를 들었다. 안나는 더 이상 팔짱을 꽉 끼고 있지 않았다. 그녀는 온통 그의 관심을 원하는 눈빛으로 그를 바라보았다.

"정말로 당신은 망가트릴지도 몰라요, 모든 걸요. 그 애는 우리를 사랑하고 있어요. 그 애는 아빠를 사랑하고 있다고요. 만약 그 애가, 우리가 이렇게 오랜 시간 동안 자신을 속였다는 걸 알게 된다면…… 내 생각엔, 우린 그 고통을 이겨낼 수 없을 거예요. 그 애가 내 딸이지만, 난……." 그녀는 마지막 말을 다 잇지 못했다. 처음부터 아니라고 단정 지었다. "이제는 그 애가 당신 애가 아니에요. 한때 당신의 애였던 적이 있었겠죠. 만약 당신이 내게 연락을 취했더라면 그럴 수 있었을 거예요. 하지만 지금은 그 애가 당신 애는 아니랍니다."

세바스찬은 고개를 끄덕였다. 그는 그녀의 논리를 이해할 수 있었다. 이제 와서 알은체한다고 득이 될 게 뭐가 있을까? 그도 그 사실을 알고 있었다. 안나는 마치 그의 생각을 읽어내는 것 같았다.

"당신이 그 애한테 뭘 줄 수 있겠어요? 30년이 지나서 어느 날 갑자기 나타난 생판 모르는 사람이 자기 아빠라고 주장할 수 있겠어요? 우리 가족이 엉망진창이 되겠죠. 아니면 무슨 좋은 일이 있을까요?"

세바스찬은 다시 고개를 끄덕이며 문 쪽으로 걸어갔다.

"난 그만 가겠습니다."

그가 문고리를 잡자, 안나는 잠시 그의 팔을 잡았다. 그는 그녀 쪽으로 돌아섰다.

"난 내 딸을 알아요. 당신이 얻을 수 있는 것은 딱 하나밖에 없을 거예요. 만약 당신의 존재를 밝힌다면 그 애는 당신을 미워하게 될 테고,

우리 가족은 망가지고 말 거예요."

세바스찬은 고개를 끄덕였다. 그는 그녀의 말을 잘 알아들었다. 그는 그 집을 나오면서, 한때 그의 삶이었을 뻔했거나 그의 삶이 될 뻔한 대안적 삶을 떠나야만 했다. 그의 등 뒤로 안나가 문을 걸어 잠그자, 그는 계단에 물끄러미 서 있었다.

이것이 전부였다. 그가 작정했던 일은 이것으로 끝났다.

그에게는 한 번도 보지 못했으며 앞으로도 절대로 만날 수 없는 딸이 있다. 지금까지 그를 엄습한 모든 긴장감이 사라지더니 별안간 온몸이 피곤해졌다. 한 발짝도 뗄 수 없을 정도로. 세바스찬은 바로 위층으로 통하는 계단 쪽으로 비틀거리며 걸어갔다. 그는 그곳에 걸터앉아 허공을 바라보았다. 공허하게, 완전히 공허한 마음으로.

먼 곳에서 둔탁한 소음이 들려왔다. 맨 아래층 건물 현관문이 닫히는 소리였다. 그는 집까지 어떻게 돌아갈지 곰곰이 생각해보았다. 거리가 멀지는 않았지만 이 순간 그에게는 이 구간이 한없이 멀게만 느껴졌다. 그의 자리에서 바로 왼쪽에 있는 승강기가 위로 올라오도록 작동하려면 몇 초가 걸렸다. 그는 자리에서 일어섰다. 그가 이곳에서 기다린다면 승강기를 타고 아래로 내려갈 수 있을 것이다. 이것이 텅 빈 그의 집으로 향하는 첫 번째 걸음걸이가 될 것이다. 다행이도 승강기는 4층에 멈추어 섰다. 세바스찬은 누군가를 만나고 싶은 생각이 전혀 없었다. 더구나 바로 이 순간에 승강기 문 앞에서 의미 없는 웃음을 흘리고 싶은 생각은 추호도 없었다. 승강기 안에서 한 사람이 승강기 창살문을 옆으로 밀고 나오는 동안에, 세바스찬은 몇 발자국 계단 위로 비켜섰다. 그녀는 승강기를 나왔고, 세바스찬은 승강기 안의 창살을 통해 그녀를 흘낏 볼 수 있었다. 그녀의 모습이 뭔가 알고 있는 사람 같아 보였다. 그것도 꽤나 알고 있는.

"엄마, 나예요." 그는 반야가 말하는 소리를 들었다. 그녀는 신발을 벗는 동안에 문을 열어놓았다. 반야가 문을 닫기 전까지, 아주 잠시 동안에 세바스찬은 다시 한 번 복도에 서 있던 안나를 보았다.

이제야 그는 기억이 났다. 문 앞에 있던 이름이. 그는 안나의 성, 에릭손에만 집착했기에 또 다른 성, 그녀의 남편 성에 대해서는 한 번도 생각하지 못하고 있었던 것이다.

리트너. 반야 리트너.

반야는 그의 딸이었다.

이럴 줄이야! 그는 미처 생각도 하지 못했다. 전혀.

세바스찬은 다리가 후들거려서 다시 앉고 싶어졌다.

그가 다시 자리에서 일어나는 데에는 시간이 한참 걸렸다.